曾國藩 ③

黑雨

最新修订本

唐浩明 著

中国出版集团
现代出版社

目 录

第一章　裁撤湘军

一、养心殿后阁里的叔嫂密谋

跟往常一样，三十岁的慈禧太后寅初时分就醒过来了。离天亮还有一个多时辰，这是她一天中最难度过的时刻。她通常是闭着眼睛，安卧在重帏叠幛遮掩的龙床上，在细软柔和的绣龙描凤的垫被和盖被之中，无边无际、无拘无束地胡思乱想。想得最多的，是她与咸丰帝恩恩爱爱的甜蜜岁月。

凭着绝代的美艳和绝顶的机敏，在小皇帝诞生前后的几年里，年轻的风流天子将对后宫的三千宠爱集于她一身。那个时侯，她是普天之下最幸福的女人。可惜好景不长。后来咸丰帝把爱转了向，被四个有名的汉人美女：杏花春、武林春、牡丹春、海棠春缠得紧紧的。她遭到了冷落。但是，她有一个包括皇后在内，所有受到皇帝宠爱的女人所没有具备的优势，那就是，皇上唯一的儿子乃她所生。在咸丰帝身患重病，又不再专宠她一人的时候，她甚至暗暗地希望皇帝早日死去。不然的话，不知哪一天，哪个妃子的肚子里又拱出一个皇子来，皇上一时被她迷惑，把江山从自己儿子的手中轻易地拿走，送给他人。因而，当三年前，咸丰帝驾崩的时候，她表面上也悲痛欲绝，心里却暗暗得意：从此以后，这江山便是属于自己儿子的了，再不要担心别人来争夺。

但是，儿子继承的却是一片动荡的破碎的江山。皇宫内虽无人来争夺，但江南的长毛造反已达十年之久。在江宁，分明有一个太平天国，要与大清王朝分庭抗礼；有一个天王，要与自己的儿子平起平坐。她决不能容忍这种状况的存在。尽管她从小便从父亲那儿接受了汉人不可相信的家教，但时至今日，她不得不听从恭王奕䜣的劝告，重用曾国藩和他的湘军。她要利用汉人来打汉人，要利用汉人来收复、巩固儿子的江山。提心吊胆的日子终于过去了。三个多月前，当六百里红旗捷报从江宁送到紫禁城的时候，她兴奋得热泪直流，声音哽咽，紧紧抱着九岁的小皇帝，连连呼唤着爱子的乳名……

儿子的江山保住了，她的圣母皇太后的地位也保住了。虽然如此，作为一个年轻的女人，没有丈夫的岁月毕竟是孤苦的，尤其是在这个一日将至的清晨，人间所有的夫妻都在鸳鸯被中拥抱的时候，她却一人孤零零地躺着。她最怕这时醒过来，但偏偏每天这时她又都要醒过来。回忆以往的甜蜜日子，能够暂时给她以温馨，但很快，寡

妇的烦恼郁闷便会占着上风。她想起这一辈子就要永远这样孤孤单单地生活下去的时候，龙凤绣被所象征的至高无上的地位权力，便再也不能填补她内心深处的寂寞空虚。每当这时，她甚至后悔当初不该费尽心思去招惹皇上的注意，去讨得他的欢心。

咸丰元年冬天，初登皇位的咸丰帝向全国下达选秀女的诏命：凡四品以上满蒙文武官员家中十五岁至十八岁之间的女孩子，全部入京候选。慈禧太后那拉氏那年十七岁，父亲惠徵官居安徽皖南道员，正四品衔，各方面都在条件之内，家里只得打点行装，准备送她进京。正在这时，惠徵得急病死了。那拉氏上无兄长，下无弟弟，仅仅有一个十三岁的妹妹，寡妇孤女哭得死去活来。当时官场的风气是，太太死了，吊丧的压断街；老爷死了，无人理睬。惠徵居官还算清廉，家中并无多少积蓄，徽州城又无亲戚好友，一切都要靠太太出面，四处花钱张罗。待到把灵柩搬到回京的船上时，身上的银子已所剩无几了。

这天傍晚，灵舟停在江苏清江浦。正当暮冬，寒风怒号，江面冷清至极。舟中那拉氏母女三人眼看家道如此不幸，瞻视前途，更加艰难，遂一齐抚棺痛哭。凄惨的哭声在寒夜江面上传播开去，远远近近的人听了无不悯恻。突然，一个穿着整齐的男子站在岸上，对着灵舟高喊："这是运灵柩去京师的船吗？"

"是的。"船老大忙答话。

那人踏过跳板，对着身穿重孝的惠徵太太鞠了一躬，说："我家老爷是你家过世老爷的故人，今夜因有要客在府上，不能亲来吊唁，特为打发我送赙银三百两，以表故人之情，并请太太节哀。"

从徽州到清江浦，沿途数百里无任何人过问，不料在此遇到这样一个古道热肠的好人，惠徵太太感激得不知如何答谢才是，忙拖过两个女儿，说："跪下，给这位大爷磕头！"

那拉氏姐妹正要下跪，那人赶紧先弯腰，连声说："不敢当，不敢当！我这就回去复命，请太太给我一张收据。"

惠徵太太这时才想起，还不知丈夫生前的这个仗义之友是个什么人哩，遂问："请问贵府老爷尊姓大名，官居何职？"

那人答："我家老爷姓吴名棠字仲宣，现官居两淮盐运使司山阳分司运判。"

惠徵太太心里纳闷：从没有听见丈夫说起过这个人。她一边道谢，一边提笔写字："谨收吴老爷赙银三百两。大恩大德，容日后报答。惠徵遗孀叩谢。"

那人收下字据回府复命。吴棠一见字据，大怒道："混账东西，这赙银是送到殷老爷家里的，怎么冒出一个惠徵来了！这惠徵是谁？"

听差慌了："老爷不是说送到运灵柩去京师的那只船吗？我听到哭声，又问是不是到京师去，说是的，我就送去了，她们也收了。"

吴棠冷笑道："好个糊涂的东西，天下哪有不爱银子的人！你送她三百两白花花的银子，她还会不收吗？你问过她的姓没有？"

听差辩道："小人想，世上哪有这等凑巧的事，都死了人，都运到京师，又都在这时停在清江浦。所以小人想，这不要问的，必定是殷家无疑。"

吴棠发火了，拍着桌子嚷道："你这个没用的家伙，还敢这样狡辩？你赶快到江边去，把三百两银子追回来，再送到殷家的船上去！”

“去就是了！”听差答应着，心里仍不大服气。

“慢点！”侧门边走出一个师爷来，向听差招了招手，然后对吴棠说，“老爷，我刚从江边来，知道些情况。”

“你说吧。”

“收到银子的这一家是满人，主人原是安徽的一个道员。这次进京，一是运灵柩回籍安葬，一是送女儿进宫选秀女。老爷，”师爷凑到吴棠的耳边，小声说，“这进宫的秀女，日后的前途谁能料定得了？倘若被皇上看中，那就是贵妃娘娘了。到那时，只怕老爷想巴结都巴结不上哩！三百两银子，对老爷来说算不上一回事，但对这时的寡妇孤女来说，则是一个天大的人情。既然银子已经送了，老爷不如干脆做个全人情，以惠徵故人的身份亲到船上去看望一下，为今后预留一个地步。”

吴棠想想也有道理。三百两银子，对一个盐运判来说，本也算不了什么。于是，他带着师爷连夜来到江边，登上灵舟，好言劝慰惠徵太太，又鼓励那拉氏姐妹好自为之，今后前途无量。临走时，留下一个名刺。惠徵太太一家千恩万谢。

那拉氏把这张名刺珍藏在妆奁里。父亲死后的凄冷，给她以强烈的刺激，使她深刻地意识到权势的重要。对着冷冰冰的运河水，她咬紧牙关，心里暗暗发誓：此次进京候选，一定要争取选上；进宫后，一定要想方设法引起皇上的注意；倘若今后发迹了，也一定要好好报答这位吴老爷。

她终于被选上了，安排在圆明园。后宫佳丽如云，淹没了她的美貌和才华。一年过去了，她依旧只是一个普普通通的秀女。但是，极有心计的她，也就在这一年时间里，把皇上的脾性爱好都打听到了。她知道，二十岁的皇帝，好热闹喜游玩，尤其爱看戏听曲子，还能够自度新曲，是一个有文采有情致的天子。她从小跟着父亲在江南长大，学到不少优美的江南曲调，这时便常常一个人偷偷地温习着。天生的好嗓子，又加上勤奋练习，一年过后，她的江南小曲已唱得非常好了。

这一天，咸丰帝来到圆明园游玩。将至桐荫深处时，忽然传来歌声，太监欲前去斥责，咸丰帝制止了。原来，咸丰帝生长在北京的深宫之中，平日里听的只是京剧、昆曲和北方的粗豪歌曲，从来没有听到过江南的小调。这江南小调，最是婉转曲折，绵软多情，又从一个十八岁的少女口中唱出，更加动听。文采风流的青年天子一下子就被吸引住了，他站在湖边，怔怔地听了好长一会。

“把唱歌的人带到烟波致爽殿来！”咸丰帝下令。

唱歌的人被带上来了，正是惠徵的长女。咸丰帝盘坐在烟波致爽殿内西偏殿的炕上，望着圆明园里这个地位低下的宫女，惊讶得半天做不得声，心里想：宫中有这样美丽的女人，我竟然不知，真是辜负了自己，也委屈了她。

“刚才的歌是你唱的？”看了很久之后，咸丰帝好不容易才吐出一句话来。

“回万岁爷的话，是奴婢唱的。”回答的声音清清脆脆，如同银铃一般。

“你再唱一曲给朕听听。”

优美的子夜吴歌在空旷的烟波致爽殿内响起：

春气满林香，春游不可忘。落花吹欲尽，垂柳折还长。

桑女淮南曲，金鞍塞北装。行行小垂手，日暮渭川阳。

“好，唱得好！”咸丰帝以手轻轻地击着炕上的小几，凝视着容光焕发的宫女，他发现宫女手里拿着一枝兰花。

“你喜欢它？”咸丰帝指着兰花问。

“回万岁爷的话，奴婢最喜欢兰草兰花。”

咸丰帝笑道：“我也不知你叫什么名字，我就叫你兰儿吧！”

“谢万岁爷赐名！”

“你过来，让我看看你的手。”

兰儿走过去，伸出一双十指纤纤、润如凝脂般的手来。咸丰帝摸着这双玉手，不觉春心荡漾起来，对一旁侍候的太监说：“你们都出去！”

兰儿一听，羞得满脸通红，待太监刚出门，她已躺倒在皇帝的怀里了……

慈禧不忘旧恩。垂帘听政之始，便将吴棠擢升为两淮盐运使，一年后又升为漕运总督，最近两广总督出缺，她又寻思着把吴棠调升这个职位。

有仇能报，有恩能酬，这毕竟是人生的幸事。想到这里，她略觉一丝宽慰。

窗纸已发白，天亮了。慈禧是一个会保养的人。她每天坚持早晚两次散步，名曰遛圈子。早晨一次在起床之后，略为梳洗一下就出门；傍晚一次在太阳落山之前。

“小安子，咱们出去遛遛！”待心爱的太监安德海给她洗了脸，漱了口，拢了拢头发后，她起身，招呼安德海陪她出门在养心殿内散步。

养心殿位于紫禁城后半部分，在西一长街的西侧，它的前面是军机处，后面是西六宫。这座宫殿建于明朝，清雍正年间又重新修缮过一次。明朝各代帝王以及清朝顺治、康熙两代皇帝的寝宫是乾清宫，到雍正皇帝时，因其父康熙帝新死，他不愿再住到父亲住了六十多年的乾清宫去，遂住在养心殿守父丧。孝期满后，没有再搬动，养心殿就成为他的寝宫和处理政务的地方了。从那以后，各代皇帝都沿袭未改。慈禧原住在西六宫里的储秀宫，皇后慈安原住在东六宫里的钟粹宫。同治皇帝搬进养心殿后，为便于随时照料，与他共同治理国家的两宫太后也搬到养心殿来居住。

养心殿为工字形建筑，前殿后殿相连，四周廊庑环抱，结构紧凑。前殿为处理政事之所，后殿为寝居之地。当时，小皇帝住在后殿正间，慈安住后殿东阁，慈禧住后殿西阁。因为此，妃子们以及太监、宫女都称慈安为东边的太后，简称东太后，称慈禧为西边的太后，简称西太后。慈禧在安德海的陪同下，绕着碧瓦红墙、苍松古柏遛了两个圈子，凌晨醒过来后的那段苦涩心情已排遣得差不多了。吃过早饭后，她再次坐到梳妆台前，精心投入这一天的正式装扮。

和世间所有的女人一样，梳妆打扮，是慈禧最感兴趣的事。她有出众的美丽，也有出众的装扮技巧。她的美容材料中用得最多的是花。她的枕头里是空的，一年四季装满晒干的花朵。她认为这些晒干的花朵中的花蕊之气，可以使她永葆花容月貌。她要太监以新鲜红玫瑰做胭脂，以娇嫩的白牡丹做扑粉。她常常派梳头太监到北京城街头巷尾去仔细观察妇女们的发型，选好的梳给她看。她中意的，就作为一种发型定下来。每隔三天五天，她就换一种发型。每天早上，她让梳头太监梳好头后，再叫一个手脚极轻细的小太监，拿着一根两寸来长的玉棒，像擀面杖擀面一样，在她的脸上来来回回地滚动五十下。然后再敷上扑粉，擦上胭脂，戴上镶着三百零二颗珍珠的金凤朝冠，穿上明黄色的云水龙袍，罩上用三千五百粒珍珠编缀而成的披肩，踏着四寸多高的花盆底绣鞋。每当她这样装扮停当，一摇一摆、袅袅婷婷地走出后殿西阁门槛时，养心殿里所有的宫女、太监，都会向她投来发自内心的赞叹的目光。就在这一片目光中，她获得极大的满足，寡妇的怨尤被驱散得一干二净，她以满腔的热情开始一天的军国大事的处理。

今天的梳妆，她比往日用的心思更多，花的时间更长，对侍候的太监要求更严，因为今天上午她要和慈安太后一起，与两位皇亲商量一件极为秘密的大事。这两个人，一个是咸丰帝的亲弟七爷醇郡王奕谖，一个是咸丰帝的表兄蒙古亲王僧格林沁。昨天两宫太后计议这件事时，不知出于何种心理，慈禧忽然建议：七爷、僧王都是自家亲人，明日召见时干脆去掉黄幔帐，这样更显得是家人聚会，气氛亲切些，谈得也会深入些。

原来，自从挫败以肃顺为首的辅政八大臣之后，两宫太后每天便和小皇帝一起召见臣下，处理国事。召见时，小皇帝坐在正中，两宫太后坐两侧。为严男女之防，前面挂一块薄薄的黄幔帐。这样，太后可以看得清奏事的臣工，而臣工却看不见太后。这就是近代史上有名的垂帘听政。慈安太后钮祜禄氏比慈禧还要小两岁，是个性格平和，对国事不感兴趣也缺乏这方面才干的女人。她思量着僧格林沁名义上是大行皇帝的表兄，实际上并没有血缘关系，且长年带兵在外，彼此并不亲密，到底比不上六爷、七爷这些亲骨肉，转念一想，示僧格林沁以亲切也有道理，犹豫一下，又同意了。因为有这个缘故，慈禧今天的梳妆更显得不同一般。

待四五个太监忙忙碌碌地侍候个把时辰后，慈禧起身来，自己对着西洋进口的大玻璃镜，前后左右地转了几圈，觉得满意了，这才对安德海说："小安子，你去东阁那边去看看，进行得怎么样了，再去前殿看他们都来了没有。"

"喳！"安德海转身出门。一会工夫，回来禀报："母后皇太后早已穿戴完毕，正在等这边的消息。七爷和僧王也在军机处朝房等候叫起。"

"行，咱们走吧！"慈禧边说边出了门。

平素垂帘听政之处都在前殿的东暖阁，今天特为安排在西暖阁。这里是前代皇帝批阅奏章的地方，从雍正朝设立军机处之后，便成为皇帝与军机大臣密谈的房子。乾隆皇帝在西头隔出一个极小的房间，将宫中珍藏的王羲之《快雪时晴帖》、王献之《中秋帖》、王珣《伯远帖》三件稀世墨宝悬挂在这间小房子里，并命名为三希堂。批阅奏章劳累的时候，他便走进三希堂，以欣赏三王的墨迹作为休息。他的子孙嘉庆、道光、咸丰都没有这个雅兴，很少光临。不过，三希堂仍一直完好地保存着。

慈禧踏进西暖阁时，慈安已端坐在那里了。慈禧向慈安行过礼后，就挨在她的身边坐下。因为今天属于非正式的会见，故未叫值班大臣传令，而是叫安德海到军机处朝房去传奕谖和僧格林沁。

奕谖的福晋是慈禧的亲妹妹。当年，慈禧依靠奕䜣的力量击败了肃顺一班辅政大臣，后来发现奕䜣本事大，不易控制，就寻机削掉了奕䜣“议政王”的封号，转而信任这个身兼小叔子、妹夫双重身份的奕譞。奕譞的为人行事与奕䜣大不相同。他谨守祖宗家法，心胸封闭狭窄，对内只信任满人蒙古人，对汉人一贯不亲近；对外则夜郎自大，盲目轻视排斥洋人。

蒙古亲王僧格林沁剽悍勇猛，他率领的军队向来号称能征惯战，八旗兵、绿营他都看不上眼，更何况那些临时招募的练勇。可偏偏就是这些他眼中的乌合之众，这些年来在江南战果累累，最终攻下江宁，夺得对太平军作战的全胜。相反的，他的蒙古铁骑在与捻军的角逐中常常打败仗，相形之下，昔日的声威锐减。这个一代天骄的后裔，对曾氏兄弟和湘军窝着一肚皮无名怒火。

湘军进江宁后，打劫财富，屠城纵火，又放走幼天王，朝野谤讟四起，物议沸腾，僧格林沁听了十分得意，赶紧打发富明阿以视察满城为由，去江宁实地了解。谁料曾国荃一吓一贿征服了富明阿，江宁将军回去后向僧格林沁做了假汇报。僧格林沁不相信，又派出几个有心眼的幕僚偷偷到了江宁城。他们秘密地查访了十天，掌握了湘军高级将领窃取金银财宝的铁证。僧格林沁据此向太后、皇上密奏一本，要求宣示湘军洗劫江宁的罪行，注销曾国藩的爵位，将曾国荃、萧孚泗、朱洪章等人押至刑部严讯，并立即全部解散湘军。这个为泄私愤而企图将湘军一网打尽的密奏，就连慈禧也觉得太过分了。

就在江宁打下后的几天里，慈禧收到十来封奏折。这些奏折用不同的文字表达一个共同的主题：莫忘载舟之水亦能覆舟的古训，湘军凶恶贪婪，曾国荃桀骜不驯，谨防意外。令慈禧惊讶的是，这些折子竟然大部分出自汉大臣之手。不久，曾国荃自请开缺回籍养病，曾国藩禀报即将大规模裁撤湘军。慈禧的心总算轻松了一些，她顺水推舟地批准曾国荃开缺回籍的请求，耐着性子等待曾国藩裁军的具体行动。她希望湘军这个隐患能消失在曾氏兄弟的自抑过程中，那样一则不会因朝廷的制裁而激发事情的恶化；二则也不会给后世留下容不得功臣的诟病。不料，关于裁军一事，曾国藩就那份奏报外再没有下文了。驻守镇江城的督办镇江军务广西提督冯子材，密奏江宁城内根本没有裁军的举动，索饷闹事的现象到处皆是，前不久鲍超的霆军公开哗变，而曾国藩并没有给哗变的官勇以处罚，甚至想遮掩过去。

接到冯子材的密奏之后，慈禧意识到对湘军再也不能掉以轻心，趁着僧格林沁回京休假的时候，她把这位大清朝的干城召来，并与七爷一起进宫密商。

僧格林沁和奕譞一前一后地进了西暖阁。僧格林沁见两位皇太后端坐在炕上，前面并没有黄幔帐，不觉大吃一惊，忙跪下磕头，不敢仰视。奕譞也跟着跪下。

“都请起来，今天是咱们自家人聚会，不要这多礼节。”慈禧对着两个跪倒在她脚下的须眉男子嫣然一笑，说：“你们看，咱们姐妹也没有设帘子，都是自家手足，要这个帘子做什么！”

僧格林沁、奕譞周身滚过一阵暖流，坐到两宫皇太后的对面。慈安蔼然吩咐：“给僧王和七爷敬茶。”

两个宫女用鎏金铜盘端上两杯茶来。摆在僧格林沁面前的是一个血红玛瑙杯，摆在奕譞面前的是一个松花翡翠杯，泡的都是福建巡抚徐宗干进贡的闽南乌龙茶。只见慈禧一挥手，所有太监、宫女都悄然无声地退出西暖阁。

“姐姐，你先说吧。”尽管慈安的年纪小于慈禧，但名分却在慈禧之上，慈禧不得不叫她姐姐，自称妹妹。和每次召见臣工一样，慈禧在说话之先，都要说上这样一句话。也和每次一样，慈安照例回答这样一句话：“我们姐妹之间还讲什么客气，你就先说吧。”

“姐姐既然要我先说，我就先说几句。”慈禧说过这句套话后，以轻柔动听的女人声调开始她的正题，“弘德殿的师傅要皇帝背《尚书》，皇帝就不来了。今儿个我们姐妹请僧王和七爷来，是要听听你们对南面湘军的看法。曾国藩的湘军立了大功，克复了江宁，这是大家都知道的事。不过，湘军进了江宁后，放火烧尽长毛的伪宫殿，长毛多年聚敛的财富都变成湘军将领的私产，朝野对此都很愤慨。我们姐妹也觉得曾国藩、曾国荃兄弟有负朝廷的厚望。前些日子，曾国藩说裁勇，但至今并无行动。两位王爷说说，朝廷对湘军应如何处置。”

慈禧的话刚一说完，僧格林沁便迫不及待地奏道：“太后，奴才早就看出湘军不是好东西。三年前打下安庆的时候，就有人向我禀报，说湘军把安庆城洗劫一空。这次打江宁更是疯狂，金银财宝掠夺光不说，连江南女子都给他们抢尽了。老百姓说，湘军都是强盗、畜生，比长毛坏多了。太后，奴才还是先前的那句话，削掉曾家兄弟的爵位，把曾国荃等人押到刑部审讯，强行解散湘军，派我八旗子弟兵进驻江宁城。”

慈安笑道：“僧王说得有道理，但曾国荃没有造反的迹象，若是把他押到刑部，别人会说朝廷亏待功臣。”

“怎么没有造反的迹象？湘军本是团练，仗打完了，就得解散。不想造反，为何迟迟不解散？”僧格林沁是满蒙亲贵中最能打仗的人，又是咸丰帝姑母的养子，咸丰帝生前对他都很客气，更助长了他的骄横跋扈，即使在皇太后面前，他也显得放肆。两宫太后都知道他的脾气，相互对视了一眼，微微笑一下，都没有做声。

奕譞说：“太后，依奴才看，曾国藩是个最虚伪的人。打下安庆时，曾国荃把伪英王府的全部财产都运回他的湖南老家，用这笔钱给他的每个兄弟都买了田起了屋。正因为这样，曾国藩明明知道，却不做声。他又得了财产，又得了廉洁的名声。这次打下江宁，他上奏说，所传金银如海、财货如山的话都是假的。这是连三岁小孩子也哄不过的。既然没有金银财货，为什么要放火把长毛的伪王宫王府都烧掉？为什么不学当年曹彬的样，封存府库，等待朝廷派人来验收呢？怪不得别人都说曾国藩是伪君子。上次说的裁撤湘军的话，太后决不要相信他。奴才看他是不会主动去解散湘军的。”

奕譞的话说完后，西暖阁里沉默了好一阵子。慈禧问：“依七爷的意思，也是要朝廷下令强行解散湘军了？”

奕譞想了一下，说：“奴才也不是说要朝廷下令强行解散，看是不是有别的法子，逼着曾国藩去履行他的诺言。”

“有一个法子可以逼他。”僧格林沁信心十足地说。

“僧王有什么好主意？”慈安转过脸问。

“将奴才的蒙古铁骑从山东开到江南去，驻扎在江宁城四周，用武力逼他解散湘军。”僧格林沁气势雄壮，仿佛他的骑兵就是一支能降百魔的天兵天将。

慈安轻轻地点头，像是赞许。慈禧在心里冷笑：你的铁骑能敌得过曾国荃的吉字营吗？嘴里说："僧王的主意好是好，只是太露形迹了。"

奕譞说："太后说得是。蒙古铁骑开过长江，驻扎在江宁城外，的确是太露形迹了，不撤湘军和造反毕竟有所不同。但僧王的主意仍然可用。打着剿安徽境内捻贼的旗号，将人马开到苏皖一带。这样，既对江宁城内的湘军是一个压力，又可以防备今后的风吹草动。"

"七爷的这个办法最稳妥。"慈安立即表态。

慈禧望着这个二十七岁的妹夫，不觉暗暗赞赏：这几年有长进，再磨炼磨炼，以后会是一个好帮手，遂微笑着说："七爷这个主意不错。不过这样一来，压力又变得不直接。还是如七爷所说的，要尽快逼得曾国藩履行裁军的诺言才好。不然，湘军总是朝廷的一块心病。"

西暖阁里又是一阵沉寂。四周摆设的几具西洋座钟发出咔嚓咔嚓的声音，愈发衬托出阁内阁外的宁静。人间第一家的叔嫂四人都在绞尽脑汁思考着，如何才能尽快尽好地去掉大清王朝的这块心腹之病。突然，僧格林沁猛地拍了一下大腿，两宫太后都吓了一跳。他意识到自己的失态，忙说："奴才失礼，请太后饶恕。"

慈禧笑着说："僧王心中一定有了好主意。"

慈安也笑着说："不要紧的，就像在自己家里一样，僧王不必介意。"

僧格林沁说："奴才打仗，常常采用诱敌进圈套的办法，远远地将敌人引过来，进了圈套后，他就不得不听奴才的摆布了。"

奕譞兴奋起来："奴才明白了僧王的意思，是要把湘军引进朝廷布置好的圈套，然后再来名正言顺地收拾它。好，真是好主意！不过，设一个什么好圈套呢？"

"是的呀，设个什么好圈套呢？曾国藩可是一个很有心计的人哪！"慈安面有难色，她于这方面是一点主意都没有的。

"有个最简单的办法。"僧格林沁说，"皇上下道谕旨，说要曾国藩进京陛见，太后当面嘉奖。奴才再派几个人在半途杀掉他，事后杀两个替死鬼了结。曾国荃已开缺了，曾国藩这一死，湘军群龙无首，自然就瓦解了。"

僧格林沁说完后看了两个太后一眼，自以为这是最好的主意。曾国藩本是他嫉恨已久的对头，现在却通过太后的手来除掉他，岂不太令人惬意了！他没有想到，慈禧自有她的想法。她还不想杀掉曾国藩，因为皖豫一带的捻军、陕甘一带的回民都闹得很厉害，她儿子的这座江山还未完全巩固，很可能还要依靠曾国藩去平捻平回。但是，眼下他手里的这十几万湘军又必须大规模裁撤，方可保证江南不再出事。到时需要曾国藩重上前线，再让他去湖南招募新军好了。这就叫做招之即来，挥之即去。朝廷必须要建立这样的权威，才可以驾驭遍布全国的几十万团练。如果让建第一号功勋的曾国藩带头这样做，那么今后左宗棠的楚军、李鸿章的淮军就翘不起尾巴，只得乖乖地跟着学样。反之，若曾国藩不裁撤湘军，以后左、李也会跟着学。天下有了这几十万打过多年硬仗、立过大功的湘、楚、淮军存在，真好比在紫禁城里容下几个佩剑拿刀的强盗，随时都可能有不测之祸发生，养心殿里的宝座还能坐得安稳吗？所以，最好的办法，是不露声色地逼曾国藩自动裁军。

冥思苦想了半天，两位军国大臣都无计可施，倒是慈禧心里冒出一个主意来。她问僧格林沁："据说湘军里混有哥老会，僧王在山东听说过吗？"

"是的，湘军中有大批哥老会。前次鲍超的霆军哗变，有人说就是哥老会从中煽动的。"僧格林沁回答。他手下有一支汉人队伍，带兵的头领是前些年从太平军投降过来的陈国瑞。陈国瑞跟湘军不少将领有往来，湘军中有哥老会，就是他告诉僧格林沁的。

"说是哥老会反对朝廷，真有这事吗？"慈禧又问。

"据奴才所知，哥老会是湘军中一班流氓痞子结成的团伙，打着'有福同享，有祸同当'的旗号笼络人心，在湘军中拉帮结派。不过，还没有听说过哥老会反对朝廷的话，但也不能打包票。"僧格林沁说。

奕譞说："奴才听说绿营中也有哥老会的人，这很可怕。"

慈禧皱了一下柳叶眉，一个设想在她的心里陡然成熟。她转眼对慈安说："姐姐，时候不早了，僧王和七爷也累了，今天就议到这里吧。您看呢？"

慈安说："是说了很久的话了，不过，逼曾国藩早点裁军的主意还没商量出来呀，是不是明儿个还请僧王和七爷进宫来呢？"

"过几天再说吧。"慈禧边说边起身，慈安也跟着起身。僧格林沁、奕譞忙离开椅子，就要跪安。

"不用了。"慈禧轻柔的声调里显然带着几分刚气，秀美的丹凤眼专注地盯着两个堂堂男子汉，说："今儿个是咱们自家人在这里随便聊聊天，出去后，谁也不能再说起哦！"

"奴才明白。"僧格林沁说完后抬头又看了慈禧一眼。这是他第一次清楚地看见圣母皇太后。"太美了！"粗野的蒙古亲王在心里赞叹不已。就在这时，他发现慈禧也正盯着他，那眼神有点异样，他赶紧把头低下。

"在这里吃过饭再回去吧！"慈禧对着门外一招手，安德海立即又轻又快地走了过来。"你去前面御膳房招呼一下，给僧王和七爷备一桌好酒饭。"

回到后殿西阁，吃过点心，慈禧安安稳稳地睡了一个午觉，醒来后又想起上午的密谈。她有点失望，谈了半天，两位皇亲并没有给她出一个好主意，最后还是自己一时灵感上来，冒出了一个想法。她记起丈夫生前曾很有感慨地对她说过的一句话：真正能办事的还是汉人。她很想把几个老成持重的汉大臣，如大学士贾桢、周祖培等人找来，问问他们。但这样一个处置曾国藩和湘军的重大决策，是不能让他们知道的。她对自己的设想不十分满意，觉得还有欠缺，遂坐在梳妆台前，一边欣赏自己美丽的面容，一边继续思考着，力图构造得更完备些。

僧格林沁雄壮的身躯时常干扰年轻太后对国事的思索，好半天了，她的计划也没有多少进展。这时，安德海送来一大沓为奏事处呈递的奏折。她随手翻阅几份，看到了新封男爵福建陆路提督萧孚泗奏请回籍奔父丧的折子。她突然脑子一转，又有了一个新主意。

第二天一早，兵部两个年轻力壮的牙差，背着两份绝密上谕，以每日五百里的速度，分别向武昌和南昌飞奔而去。

二、官文亲到江宁追查哥老会

五天后，湖广总督官文接到了慈禧的密谕，新近荣封伯爵的满洲大学士心里得意。他出身于世代特权阶层，有着浓厚的门第偏见。这些年来，他眼睁睁地看着先前卑微低贱的汉族穷书生、种田佬，一个个爬了上来，占据高位，心里很不是味道。出于这种心理，胡林翼任鄂抚初期，他常常掣肘。后来，精明的胡林翼为了大局，不得不卑容谦辞，处处让他，又玩起夫人外交的手腕，才维持住武昌城内督抚相安的和局。也同样出于这种心理，当李续宾、曾国华在三河被围的时候，他不但不发兵救援，反而加以奚落，结果害得湘军精锐大损。江宁攻克后，虽然晋封伯爵，但看到曾国藩封侯爵，曾国荃、李鸿章都封伯爵，他心里不舒服。尤其是不久前左宗棠也封了伯爵，他更气恼。他与左宗棠由樊燮一案结下的宿怨，并没有因左后来的战功突出而淡化，反而妒火中烧，愈煽愈烈。现在，皇太后密谕他去办一件打击汉人的大事，他如何不喜从中来，踊跃前往！

官文和府里的幕僚们议出了一个完美无缺的计划。于是，几个足智多谋的幕僚和有鸡鸣狗盗之技的侠士，乘坐一条火轮向下游驶去。火轮在离下关码头二十里远的绶带洲停下来。这里有一座庙宇，名叫先觉寺，是南朝刘宋时期建造的，已有一千余年的历史了。太平天国不信佛教，故这些年寺院冷清。寺里有十多间空房，主持见有远客来临，忙收拾无间干净的房子，让这一班人住下。

寺里的和尚们不知道这班人是什么身份，只见他们气概不俗，吃得好，又舍得多给房钱，料定是有钱的富商，招待得十分殷勤。夜里，侠士们换上青衣黑帽夜行服，潜入吉字大营的各个军营中，偷偷地从营官房里将该营花名册盗出，然后趁着天未亮回到先觉寺。白天，幕僚们关上房门，从每本花名册中抄出二三十、四五十不等的人名来，连同他们的籍贯、年龄、任职等情况都抄下。抄好后，这本花名册又在当天夜晚被送回原处。这样，在先觉寺住了三天三夜的督署幕僚们，已经从吉字大营中的节字营、信字营、焕字营等十多个军营的花名册上，抄下四百多名湘军官勇的名单及简历。第四天中午，官文亲自坐上豪华的英国造小火轮，风驰电掣般地来到绶带洲，将这一班人带上船，急速开到下关码头，上岸后坐进临时雇的轿子，来到由原侍王府改建的两江总督衙门。

当衙役将写着“文华殿大学士湖广总督一等伯官文”的名刺递上的时候，正在签押房批阅文件的曾国藩大吃一惊：这个一向十分讲究排场体面的满洲大员，怎么没有事先打个招呼，便直接投衙门而来？再说，官文此时来到江宁，又意欲何为呢？曾国藩来不及细想，便吩咐大开中门，迎接贵宾。

“官中堂光临江宁，怎么不通知下官？你是存心让我背一个失礼的罪名啊！”当曾国藩穿戴整齐走出二门时，白白胖胖的官文已进了大门。曾国藩老远便打着招呼，态度亲热，好像来的是一位知交挚友。

“哎呀呀，曾中堂，你看你说的，你是侯爷，我哪里敢屈你的驾来迎接。”官文的态度更亲热，满面春风地迎上前来，仿佛前面站的是他情同手足的老朋友。

坐定后，官文说："上岸后，从下关码头到总督衙门这一段，鄙人从轿窗口看到江宁城已趋平静，百业也正在复兴，曾中堂真正有经纬大才，不容易呀！"

曾国藩说："官中堂夸奖了，江宁城被围了三年，湘军进城时，长毛拼死抵抗，所有伪王宫王府，都纵火焚毁，一代繁华古都，几乎化为废墟，要恢复起来，至少要十年光阴。"

官文听后心想：好个狡猾的曾涤生，明明是湘军放火烧城，却偏要说是长毛干的，为他的兄弟和部下洗刷罪名。他笑着说："全部恢复当然不容易，眼下只有几个月，便能有这个样子，真了不起。听人说，秦淮河已修缮好了，规模和气魄都超过了咸丰初年。看来，曾中堂雅兴很高。过几天，也让鄙人去坐坐画舫，听听曲子，在胭脂花粉水面上享享人间艳福吧！"说罢，哈哈大笑起来。

曾国藩也笑着说："官中堂有这个兴致，下官一定奉陪，只是秦淮河并未全部复原，仅在桃叶渡建了几间房子，怕不能使官中堂满意。"

"九帅说是要回籍养病，离开江宁了吗？"笑了一阵后，官文转了一个话题。

"半个多月前就坐船走了。"

"这么快就走了？可惜，不知在哪段江面上失之交臂。"官文显得十分遗憾，"九帅现在可是普天之下人人仰慕的英雄啊！"

"官中堂太客气了。"曾国藩诚恳地说，"沅甫能有今天的成功，全仗官中堂的提携奖掖。当年沅甫初出山时隶属湖北，官中堂对他照顾甚优。这些年官中堂雄踞武昌上游，斩断长毛的气脉，沅甫才能侥幸克复江宁。若无官中堂，哪来今日的'九帅'呀！"

官文点点头，以一副上司长辈的口气说："事实虽如此，也要他自己争气。不过，也不要这么快就急着回家嘛。他一走，吉字营五万弟兄谁来统驭？"

"沅甫有病，还是早点回家休息为好。"曾国藩平静地说，"至于吉字营，不久就要全部解散，统统都叫他们回老家。"

"全部解散？"官文做出惊讶的神态，"长毛还未彻底消灭，北边还有捻军作乱，还得要依赖湘军保卫朝廷。"

"湘军已滋生暮气，难以担当重任，应以全部解散为好。只是目前还有些难处，故暂时未动。"曾国藩对官文的不速而至抱有极大的戒心，他从刚才的话里，已猜到官文是为朝廷来探询湘军的裁撤情况的，所以一提到湘军，他的态度相当鲜明，怕任何一丝的含糊而招致朝廷的疑心。

孰料官文听了这话，反倒加重对曾国藩的反感：什么"滋生暮气"，说得好听，其实都是假的；"暂时未动"才是实情，看你"暂时"到什么时候！

客厅里的闲聊，表面上轻轻松松，互相吹捧，骨子里你猜我忌，各怀鬼胎；厨房里的准备却是忙忙碌碌、扎扎实实的。花厅里的接风酒吃得欢畅。饭后，赵烈文奉命把官文一行送到莫愁湖畔的胜棋楼驿馆安歇。莫愁湖水面七百余亩，湖内荷叶满布，湖岸亭楼相接，号称金陵第一名湖。明洪武年间，朱元璋与中山王徐达在此下棋。朱元璋输了，顺手将莫愁湖送给徐达。徐达便在湖边建了一座楼房，取名"胜棋楼"。在这样名胜之地安歇，官文等人都很满意。赵烈文又打发人从桃叶渡招来几个绝色歌女侍候。当莫愁湖畔官文一行陶醉在舞低杨柳楼心月、歌尽桃花扇底风中的时候，两江督署书房里，曾国藩对着一盏油灯，独自枯坐了大半夜。

第二天上午，曾国藩坐轿来到莫愁湖回拜，官文不提正事，曾国藩也不问。夜晚，曾国藩提出陪官文去秦淮河。官文说："你忙，别去了，另外叫个人陪陪就行了。"他本无此兴趣，遂叫赵烈文陪着他们在秦淮河画舫上听了一夜的曲子，观赏一夜的两岸风光。官文眼界大开，兴致盎然。第三天下午，待官文睡足后，曾国藩亲自陪着他视察即将完工的江南贡院，兴致勃勃地谈起今科乡试的重大意义及各界对此事的热烈反响，然后又一同来到正在兴建中的满城。在查看的过程中，曾国藩郑重其事地请官文向朝廷建议：江宁乃江南重镇，且长毛盘踞多年，满城建好后，务必请从八旗子弟兵中挑选精锐者来此。从前驻在满城的旗兵为两千人，为重镇压，请朝廷加派三千，兴建中的满城就是按五千编制的规模设计的。又指着一处地方说，这里将建一座规模最高的祠堂，祭祀当年为国殉职的江宁将军祥厚，以及死于国难中的所有旗兵。官文听了这番话后，心中默然。视察完后，官文以诚悫的态度对曾国藩说："今夜按理鄙人应亲来督府拜会侯爷，只是府内人多耳杂，多有不便，委屈侯爷来莫愁湖一趟，鄙人有要事相告。"

曾国藩知道官文要谈正事了，遂神情肃然地说："戌正时分，下官准时来莫愁湖趋谒。"

当薄暮降临古都的时候，一顶小轿载着身穿便服的两江总督，悄悄地进了莫愁湖，上了胜棋楼。

略事寒暄后，官文挥退幕僚和仆从，神色严峻地说："鄙人这次从武昌来江宁，特为核实一桩案子。"

曾国藩一怔，说："什么大案子，竟然劳动官中堂亲自来江宁？"

"这桩案子的确非比一般。"官文的脸色凝重，与画舫中的满洲权贵判若两人，"一个多月前，有人向湖督衙门告发，说驻扎在蕲州的军营里出了哥老会。侯爷十年前在长沙剿扑匪盗，一定知道哥老会是个什么团伙。"

其实，十年前曾国藩在长沙初办团练的时候，湖南境内的会党中并没有哥老会这个名目。那时在湖南闹得厉害的是天地会、串子会、一股香会、半边钱会等等，发源于四川的哥老会还没有传到湖南来，曾国藩知道有哥老会这个名字，还是在鲍超的霆军哗变之后。他不想把这些情况告诉官文，只得含含糊糊地点了一下头。

"那真是一班遭五雷轰顶，该千刀万剐的家伙！"文华殿大学士给哥老会冠上一连串的帽子，借以发泄他对这个会党的切齿痛恨。"他们当面是人，背后是鬼，在军营里吃皇粮，领皇饷，却干着反叛朝廷的勾当，他们企图学长毛的样，造反叛乱，自立王朝。"

"哦！"曾国藩知道哥老会是个拜把子的团伙，并不像官文说的这般严重。他不好说什么，只能吐出这样一个字来。

"鄙人得知军营里竟然出现这等危害国家的事，于是亲到蕲州，命令副将管威务必严办此事，顺藤摸瓜，一个不漏地把所有哥老会匪徒全部挖出来，严加审讯，把来龙去脉都弄清楚。结果在蕲州搜出了三十二个哥老会匪徒，为首的屈正良居然还是个把总。鄙人亲自审讯屈正良，要他从实招供，倘若认罪态度好，可以免除他的死刑。”

官文停了下来，端起茶杯，轻轻地抿了一口，望着抚须端坐的曾国藩，继续说下去：“审来审去，谁知审到侯爷的湘军头上来了。”

官文又正视了一眼曾国藩，只见他仍然抚须端坐，并未因这一句话而有一丝变化。其实，自从踏进胜棋楼门槛的那一刻，曾国藩的心就没有安宁过。当官文提到哥老会的时候，他心里就有底了：一定是湖北的哥老会与霆军里的哥老会有什么瓜葛牵连。心里早有准备，故官文这句话没有收到他期待的效果。官文略觉失望，停了片刻，又说：“屈正良说，哥老会在蕲州还只开始，大本营在湘军。为立功赎罪，他交出了一份湘军哥老会的名册。鄙人吓了一跳，竟有四百多号，又都是九帅吉字营的人！”

曾国藩抚须的手蓦地停了下来。湘军中竟有四百多号哥老会，且又不是鲍超的霆军，而是老九的吉字营，这两点出乎他的意外。

在曾国藩沉思的时候，官文取出早几天在先觉寺里抄的花名册，把它递过来。他接过花名册，一页一页翻开看着。花名册开得很详细：姓名、年龄、籍贯、属于何营、编于哥老会第几堂第几方，全写得清清楚楚。其中有个别人，曾国藩还认得。翻过一遍后，他合上花名册，放到茶几上，语调沉静地说：“谢谢官中堂送来这个花名册。这些家伙是国家的祸害，也是湘军的败类，下官必将一一清查出来，严惩不贷。不过……”曾国藩拉下脸来，盯着官文看了一眼，“此事牵涉面广，关系重大，下官不能轻率动作，必须与各营官查实后再说。”

在曾国藩盯他的瞬间，官文觉得那眼光如同两道阴冷的电光，要把几天前他的鬼祟行动公之于世似的。他一阵心虚，脸上泛起不自然的笑容，忙说：“侯爷说得有道理，当然要查实。鄙人之所以亲自将这本花名册带到江宁来，也就是为了让侯爷查实。屈正良既是哥老会头目，就绝不是良善之辈，难保他不狗急跳墙，诬陷好人。何况九帅的吉字营，是一支人人景仰的英雄之师，鄙人更不会轻易相信。鄙人建议侯爷不露声色地将各营花名册调齐，然后委派几个最信得过的心腹一一核对。倘若屈正良所供与事实有出入的话，鄙人断不会饶过那小子。当然也请侯爷放心，此事决不会张扬出去的，三天后我等侯爷的消息。”

官文的态度是如此真诚，话说得如此恳切，曾国藩不能再讲什么了，说了一句“谢谢官中堂的好意”，便怀揣着花名册，离开莫愁湖，悄然回到督署。

进卧室后，曾国藩点燃两支大蜡烛，将花名册又一次翻开，一个个名字仔细审阅。他的心一阵阵紧缩，不由得暗暗地责备起九弟来：“沅甫哇沅甫，你的吉字营混有这么多哥老会，你怎么一点都不知道呢？糊涂，真正是糊涂！”

深夜，他把赵烈文、彭寿颐召来商量。他们也大为惊讶，都说从来没有听到一点风声，怎么会一下子冒出这么多哥老会，不可轻信，先查核再说。

第二天，曾国藩以清查人数为名，将吉字大营各营的花名册收上来。又把那本花名册拆开，安排五个幕僚仔细核对。两天过后，五个幕僚都来禀报，说发下来的名单与营里的花名册所载的履历完全一致。

这一下，曾国藩被镇住了。他颓然靠在躺椅上，又是恼火，又是恐惧：湘军打下江宁，招致八旗、绿营带兵将领的嫉恨和朝廷的戒备；又因为隐瞒财货、放火烧城授四海之内以口实。现在再让这个面善心不善的满人大学士抓到如此重大的把柄，湘军今后的处境将是艰难的！尽快裁撤！曾国藩从躺椅上站起，本已打定的主意，此时更加坚定了。

三天过去了，官文按时来到两江总督衙门。不待官文发问，曾国藩先讲了实话："屈正良招供的名单，我已经全部查核，与花名册上的登记无异。我会叫各营官对这些不法之徒严加审讯，依法惩办的。"

"侯爷的命令下达了吗？"官文紧张地问。

"明早就发出。"

"那就好。"官文松了一口气，以关切的口吻说，"侯爷，依鄙人之见，这个命令可不必下达，审讯之事也可以免去。"

"为何？"曾国藩略觉奇怪。

"侯爷，你听鄙人慢慢地说。"官文整整膝上的发亮缎袍，将椅子稍稍向曾国藩的身边移动几寸，然后做出一副十分真诚的态度来，说："湘军打了十多年的仗，劳苦功高，天下共仰，里面混进几百号哥老会，也不是大不了的事。倘若要在各个军营里公开清查审讯，那事情就闹大了，势必传出去。一旦传出去，于侯爷、于湘军都很不利。何况这些哥老会都出自吉字营，九帅不在这里，也难免会引起他心中不快。"

官文这末了一句话，像一记重锤打在曾国藩的心坎上。是的，沅甫离江宁时，本已心情抑郁，若此时再在吉字营清查哥老会，不是在存心拆他的台吗？那样做，要么是害得他心情更痛苦，病更加重；要么是将他逼到悬崖边，不得已而使兄弟反目为仇。这两种结果，都是曾国藩所不愿看到的。

"难道就让他们逍遥法外，不受惩罚？"曾国藩的调子分明低下来。

"不是这样说，侯爷。"官文的态度益发恳切，"侯爷对太后、皇上的忠心，朝野某些人或许不太知，鄙人却深知。其他的不说，就说这几天我看到的侯爷对满城的修复，对祥厚将军和殉难旗兵的崇祀，就足以证明侯爷的耿耿忠心可昭日月。前一向，侯爷主动奏请太后、皇上裁撤湘军，大功之后，不居功要挟，反而自剪羽翼，古往今来，能有几人？太后、皇上甚是称赞，鄙人也钦佩不已。"

曾国藩侧耳倾听官文滔滔不绝的演讲，不时以微笑表示赞同。对这位与皇家关系极为密切的满大员的每一句话，他都要仔细地听进去，认真地去琢磨。此人来得不寻常，办的这桩事也不寻常，如今又说出这样一番不寻常的话来，他究竟要干什么呢？

"侯爷，依鄙人之见，此事宜不露声色地处理。侯爷不是要裁撤湘军吗，湘军既然都要裁撤，这些哥老会匪徒，不也就跟着解散了吗？一旦解散，他们还能有什么作为呢？好在他们目前尚未有大动作，这样消灭于无形之中，既为国家除去了隐患，又为湘军、为九帅顾及了脸面，两全其美，侯爷以为如何？"

原来，他是来劝我趁此机会赶快裁军！曾国藩终于明白了官文江宁之行的意图。裁撤湘军，本就是曾国藩自己的决定，只是因遭到反对以及欠饷的实际问题不能解决，才推迟下来。现在，官文为核实哥老会一事亲来江宁，并提出这样一个纯粹出于爱护之心的最好处理办法，一向对官文表面推崇心里深存隔阂的曾国藩，不觉为自己心胸的狭隘而惭愧起来。他出自内心地说："官中堂一片苦心为湘军和下官兄弟好，令我们感激不尽。撤湘军，早已是既定方针，现在又能起到消除哥老会于无形的作用，更促使下官早日办理此事。不过，下官纵然不在江宁城审讯他们，今后也要告诉地方官员暗中监视，以免他们再结伙纠团，危害国家。"

"侯爷老成谋国，考虑深远，是应该这样做。"官文说。心里想：只要现在不审讯，把戏就不会揭穿，以后分别监视也好，抓起坐牢也好，都怪那些倒霉鬼自己的命不好，与他无关。他知道曾国藩是个深具城府、工于心计的对手，为进一步消除怀疑，取得欢心，他说："侯爷，那天给你的那本名单呢？"

"在这里。"曾国藩将屈正良招供的名单递过去。

"侯爷，今夜我当着你的面，将这份名单烧掉。从今以后，就当没有这回事。蕲州的哥老会我也不再去审讯了，都将他们流放到伊犁去，叫他们今生永远与中原隔绝。"

说罢，将名单就着蜡烛点燃。很快，一叠令人心惊胆战的黄竹纸全部化作黑蝴蝶。

曾国藩不无激动地说："谢谢官中堂的成全。"

"哪里，哪里。古话说得好，官官相护，我这个'官'，今后还要靠侯爷你的庇护呀！"官文得意地笑着说。

"官中堂取笑了。今后只是下官依赖你的时候多，若是真要下官效力时，下官敢不从命吗？"曾国藩也笑起来。

"侯爷，鄙人明天就离江宁回武昌。"

"明天就走？"曾国藩显出舍不得离开的样子，"下官还准备陪中堂到汤山温泉去沐浴哩！"

"江宁刚收复，事情多得很，鄙人在这里多有吵烦，明年冬天再来，那时和侯爷到汤山安心去洗个温泉浴！"

"好！"曾国藩高兴地说，"就这样说定了。明年腊月派人到武昌来接，夫人、公子都一起来。"

"好，一起来！"官文快活地答应。

次日上午送走官文一行后，曾国藩回到督署，又陷入了沉思。他始终对此事不踏实：过去一点风声都没听到，何以吉字营一下子冒出这么多的哥老会？再说，屈正良又不是哥老会的总头目，他怎么会有湘军哥老会的全部名单？转念又想：如果说这个名单是捏造的话，为何又与实际情况完全吻合？何况霆军中哥老会猖獗，也难保吉字营中没有哥老会。曾国藩不相信官文烧掉名单就意味着此事了结，他完全可以留下一个副本向朝廷密报，邀功请赏。与其让他去告密，不如干脆自己上个折子，把事情挑明白，说明湘军中已混有不法之徒，现即刻裁撤。

主意打定，他叫来彭寿颐，吩咐彭先拟个稿子。奏稿正在草拟的时候，赵烈文进来了，对曾国藩说："老中堂，今上午朱洪章悄悄对我说起一件事。"

"什么事？"曾国藩放下手中的公文，彭寿颐也停下笔。

"他说有天上午他要核对一个哨长的履历，却突然发现花名册不见了，到处找，找不到。他心里想：若说是出了贼，夜里被偷去，盗花名册做什么呢？别的东西都没丢，

连放花名册的抽屉里摆的几锭银子一个也不少。焕文很奇怪。第二天早上，他无意间打开屉子，花名册赫然出现在眼前。焕文以为闹鬼了，把这当做件趣事告诉我。”

“真是出鬼了。”彭寿颐听得津津有味。

“哦？”曾国藩轻轻点头，脑子里一时冒出许多想法。

“老中堂，我当时听了焕文的话后，立即就联想到了官中堂带来的花名册。恰好这时焕字营的花名册丢了一天，这中间怕有些联系。”

“是有联系。”彭寿颐立即接过话头，“不瞒老中堂，门生对官中堂那个名单也始终有怀疑。”

“莫打岔，且听惠甫说完。”曾国藩心里已有数了。

“为了证实这个想法，我走访了好几个营，都说没有发现有花名册失而复得的事。最后我到了捷字营。南云告诉我，他营里的花名册也丢失过一整天，第二天又完好无损地摆在原地。其他营没发觉，并不奇怪，因为花名册不到作用的时候，通常都不去管它。焕字营、捷字营两个营的情况就足以说明事情的真相：有人曾经在我湘军军营中有意盗窃花名册，先天夜里盗去，办完事后，又在第二天夜里归还。”

“惠甫分析得很有道理。”彭寿颐又忍不住插话了，“而这事又恰好发生在武昌来人的时候。老中堂，那个堂堂大学士带来的竟是一批鼓上蚤式的小人！”

“伪君子！”赵烈文骂道。

曾国藩没有做声。事情已经很清楚了，所谓屈正良招供的名单，其实都是从盗来的花名册上抄的，怪不得一丝不差。“这个卑鄙狠毒的鬼魅！”曾国藩在心里叫骂。

“老中堂，这个折子不拟了吧，门生再拟一个状子，向太后、皇上告官文用卑劣手段诬陷湘军。”彭寿颐气得推开已写了一半的奏稿，重新再拿出一张纸来。

“长庚说得好，不能容忍他们这样坑害九帅和吉字营。”赵烈文义愤填膺地嚷道，“打仗他们缩在后面，胜利了他们反而无端来陷害。他们这样做，天理不容！”

曾国藩心情异常痛苦，他呆坐在椅子上，脑子里反反复复地翻腾着一个巨大的疑问：“官文为什么要这样做呢？”

突然，门外传来一声高叫：“老中堂，我叔父在九江出事了！”

大家都一惊，只见门外喊的人是萧孚泗的侄儿都司衔哨长萧本道。

“怎么回事？”曾国藩喝道。

“老中堂！”萧本道一脚跨进门槛，冲着曾国藩说，“沈葆桢扣住了我叔父的座船。”

“沈幼丹为什么扣船，你坐下，详详细细地说清楚！”曾国藩满脸不高兴地说。

“老中堂，事情是这样的。”萧本道坐在曾国藩的身边，把事情的经过一五一十地讲了出来。

三、男爵的座船在九江被查封

十多天前，获得男爵殊荣的萧孚泗接到上谕，同意他回湘乡原籍奔父丧。早在围金陵的日子里，他就打听清楚了：城里金银财宝，第一数天王宫的多，其次便是天王的两个哥哥信王勇王了。那天，他带兵冲进金陵城内，首先便瞄准天王宫。但宫外激战厉害，一时进不去，他便转而打勇王府。七找八找，找到勇王府时，朱洪章的焕字营已经抢了先，他赶紧奔到信王府。捷字营的一部分人正在围攻，他的部属仗着人多势众，把捷字营赶走，将信王府里三层外三层地团团围住，再不许别人染指。信王府被打下了，果然金银如山，财货如海。萧孚泗将财富分成三份。他自己独占一份，剩下的两份，由手下的将官去分。将官们按官位高低，都得到不少财产。普通的勇丁，强悍的得到一些，弱的则捞不到，于是他们各自再四处打劫，凡能变换银钱的东西，都入了他们的腰包。

萧孚泗的那一份，少说也值四五十万两银子，跟随他身边的侄儿萧本道监督木匠做了一百个箱子，把这些财宝全部装了箱。前向已先行运走了两船。这次又在长江上雇了一只坚固的大船，把剩下的五十个装着金银珠宝的木箱悄悄地运到船上。萧本道又以重金在方山一带买了三个年轻漂亮的女子，自己留一个，送两个给叔父。接到上谕后，表面哀戚、内心庆幸的萧孚泗登上装着五十箱金银的大船，带着侄儿和三个美貌的江南娇娃以及几个随身亲兵，告别众人，起锚扬帆，溯江西上。

长江两岸素来盗匪极多，萧孚泗不敢大意，他把五十个木箱垒在后舱，上面用旧油布盖好，轻易发现不了。他和侄儿及亲兵一律做一般客商打扮。为使船走得快些，他给船老板双倍船钱，刺激船老板起早贪黑赶路，有时亲兵也帮忙摇橹。沿途停靠的都是大码头，船多人多，安全些。若实在没有遇到大码头，船一停下，萧本道就带着亲兵，衣藏利刃，在岸上通宵巡逻不睡。他们都是久经战场本事超群的汉子，一个能顶十个用。所以，从江宁开船以来一路顺利，虽是上水，一天也能走百二三十里，并不慢。这天上午，远远地看到九江城了。萧孚泗心中欢喜，长江水路，三成走了将近两成，再有七八天时间就到岳州府了；只要进入湖南，就可以放心了。

傍晚，船在九江码头停泊。萧本道带着两个亲兵上岸，买回了卤好的鸡鸭牛肉，扛一筐时鲜水果，捧一坛浔阳秋烈酒。船上的火夫烧了两条长江大青鱼。满船十多条汉子围在一起，快快活活地喝酒吃肉，猜拳行令；三个江南女子也在一旁吃饭，看着他们取乐。

船上正吃得酒酣耳热，岸上不知何时聚集一支三四百人的队伍，个个穿着整齐的绿营军服，人人手里执枪拿刀，当中一个游击穿戴的骑一匹高头大马，横眉冷眼地望着停泊在岸边的上百条大小船只。一个兵士高喊："奉巡抚沈大人之命，所有停靠本码头的船舶，不论官船、民船、商船、货船，统统检查。若有抗拒者，一律拘捕法办，不得宽容。"

船上的人无不感到意外。萧本道紧张地望着叔叔，只见萧孚泗神色自若，并无半点恐慌，大声对众人说："来来来，我们喝我们的酒，他爱检查就让他检查去，天要下雨，娘要嫁人，我们也管他不着。"

萧本道见叔父这个神态，心里略微安定点，但仍忐忑不安。盗匪打劫他不怕，怕的就是这种冠冕堂皇的奉命检查，何况早就听说江西巡抚沈葆桢天地不怕，铁面无私，虽是曾国藩保荐上来的人，却不买曾国藩的账，上半年打金陵的关键时刻，他不但不扶一手，反而当面踢一脚，险些坏了大局。万一他们动真的，木箱里的东西露了馅，怎么办呢？他无心喝酒，把叔父拉到后舱，叔侄俩嘀嘀咕咕地商量了好一阵子。

“这条船是开到哪里去的？”一个千总模样的小官在岸上吆喝着，随即便有十多个全副武装的士兵，气势汹汹地踏过跳板上了船。

“老总，这船是开到岳州去的。”船老板慌忙出舱答话。说话间，千总也上了船。

“货主在船上吗？”千总问。

“在。”萧本道忙走过去，一副谦卑的态度。

“装的什么货？”千总绷紧着脸。

“没有什么，几十箱瓷泥。”萧本道爽快地回答。

“瓷泥？”千总奇怪地问，“是景德镇的瓷泥？”

“老总，是这样的。”萧本道弯下腰说，“我们是长沙铜官瓷器工场的。上个月，一个先前在朝廷当大官的老爷，要为老母庆九十大寿，向敝工场定做一百桌酒席的杯盘碗盏，每个器皿上都要烧上‘恭贺慈母九秩大寿’八个字，只要做得好，价钱可以从优。敝工场老板为这个老爷的一片孝心所感动，下决心要烧制一百套最好的餐具来。铜官有手艺好的窑师，但泥不好。老板特为叫伙计们到贵省景德镇，买了五十箱上等瓷泥运回铜官。老总，箱子里装的都是泥巴。”

千总走进舱，抽出腰刀来，挑开旧油布，露出码得整整齐齐的五十只新木箱。他用腰刀在箱板上敲打着：“都是泥巴？”

“不错，都是泥巴。”萧本道面色怡然。

“撬开来看看！”千总盯着萧本道，喝道。

“不懂事的小畜生，老总来了也不好好招待！”萧孚泗突然闯进舱房，对着侄儿骂道。

“这是家叔。”萧本道对千总介绍。

“老总，这边说两句话。”萧孚泗拉着千总的手，走到船舱后头。他从怀里掏出两条三寸长的蒜条金来，塞进千总的腰包里。“这点小意思，分给弟兄们买两杯酒喝，请高抬贵手，包涵包涵。”

千总摸了摸腰包里两根硬挺挺的金条，心里寻思着：这两根家伙怕有半斤重，若不分出去，自己下半世就足够了，就是分些出去，得到的也是一笔可观的财产。到手的横财不要，那才是真正的傻瓜，他箱子里装的什么东西，关我屌事！

“老板，这箱子里装的真是瓷泥？”千总缓下脸来，对着萧孚泗又问了一句。

“老总，我们都是讲义气的汉子，还会害你吗？放心交差去吧，箱子里装的全是上等景德镇瓷泥！”

萧孚泗敞开上衣，露出文了一头穿山豹的胸脯，哈哈大笑起来。千总一见，吓了一跳：这莫不是一个江洋大盗！木箱里装的是鸦片，还是洋枪？他正想吆喝一声，手指又碰上硬邦邦的金条，嗓门立刻哑了。他走出船舱，对着十几个士兵，手一挥：“弟兄们，下船吧！木箱里装的是景德镇瓷泥，我都看过了！”

待千总把士兵们都带下船后，萧孚泗又和众人碰起杯来，高声吆五喝六，全然不把森严戒备的这支人马放在眼里。奉命搜查的人都回去交差去了，岸上安静下来，萧孚泗座船上的猜拳行令之声更加热火。半个时辰后，岸上又亮起一队灯笼火把，吵吵嚷嚷地沿着石磴而下，向江边走来。船舱里的人莫不感到奇怪：刚才检查过的，为何又来了？萧本道放下筷子，说："三叔，我上岸去看看。"萧孚泗点点头，心里也有点纳闷。

萧本道上得岸来，只见来的人不如刚才的多，但从他们身上鲜明的甲胄来看，身份似乎要高些，马也多了四五匹，为首的是一位参将。萧本道想：来头不小呀，一次又一次的，究竟要干什么？只见一个骑在马上的都司说话了："大家都不要惊慌，实话告诉你们，前向京师的王爷遭强盗打劫，丢失了大批金银珠宝。据侦察，这几天要路过九江。为不让强盗蒙混过关，苟将军带领弟兄们奉巡抚沈大人之命，再行搜查。这次只查大船，不查小船。"

说完，跳下马来，其他几个骑马的武官也随着跳下马，各自带着十几二十个人，分头向江边几条大船奔去，只有那个参将苟将军仍端坐在马背上，满脸杀气地监视着这场十分罕见的搜查。

萧本道赶快向船上跑去。还没有等他把所听到的话对叔父讲完，都司已带领二十多个兵士凶恶地踏过跳板，来到甲板上。

"管船的是哪个，还不给老子滚出来！"都司见满舱的人没有一个出来接他，勃然大怒。

船老大正要起身，萧孚泗一把按住。他站起来，整整衣服，大摇大摆走出舱。

"你是不是聋子？老子带了二十多个弟兄来到船上，你们没有听到声音？"都司喝道。

"老总息怒，我的确有点耳背。"萧孚泗满脸笑容回答。

"这是我们都司向老爷，你要放明白点！"一个士兵瞪了萧孚泗一眼。

前福建陆路提督心里禁不住好笑，口里说："哟，真的是有眼不识泰山，原来是向都司，怠慢了。"

"我没有工夫和你啰唆！你船上装的是什么东西，老实讲清楚！"都司依然是恶狠狠的。

"船上装的是瓷泥，刚才那位老总已经一一验看了。"

"瓷泥？"都司大为疑惑，"瓷泥是什么东西？"

连瓷泥都不知道，萧孚泗差点笑出声来。他强忍着笑，说："瓷泥，就是做瓷器的泥巴。"

"你把泥巴运到哪里去？"

"运回湖南。"

"混蛋，你们湖南连做碗盆的泥巴都没有，分明是在扯谎！"都司大声斥责。

萧孚泗吃了一惊，萧本道和满船男女也都吃了一惊。

"向都司。"萧孚泗边说边走前一步，"我们湖南虽有做瓷器的泥巴，但不如景德镇的好，所以到这里来装。"

"就是泥巴，老子也要看一看！"向都司转过脸去，对士兵们下令，"都进舱去，把箱子统统打开！"

萧本道一听，脸都白了，急着要上前去制止，但三叔在与他们打交道，又不便自作主张。

“慢点，向都司，进舱去说两句话吧。”萧孚泗伸出两只手臂来，做了个阻挡的姿势。他寻思着故伎重演，考虑到这个都司不好对付，蒜条金至少要加一根。

“有什么话，就在这里说吧！”

都司不吃这一套，倒是萧孚泗没有想到的。他愣了一下，又说：“我有一坛百年老酒，昨夜刚启的封，向都司赏脸进舱喝一口吧！”

“百年老酒？”都司又惊又喜，“行，尝尝它的味道究竟如何！”

原来这向都司是个酒鬼，一听说好酒，便口水流出，身不由己。萧孚泗暗自高兴，叫侄儿打开一坛从天京王府里抢来的好酒，满满地斟了一大碗。都司接过碗，还未喝，先已被浓烈的酒香刺激得嗓子哑哑的。灌下一口后，连声称赞：“好酒，好酒！”说着说着，一碗酒已全部进了他的大肚子。

“向都司，实不相瞒，这坛酒是我的高祖在乾隆二十年埋在土里的，至今有一百一十年了。今天是他老人家一百五十岁冥寿，我们多喝两碗。”

萧孚泗说话的时候，萧本道又倒了一碗，都司二话没说，咕噜咕噜地喝光了。萧本道要再倒，都司摆了摆手：“不喝了，老子要办公事。这样吧，不要弟兄们动手了，你们自己打开吧！”

都司说着，便觉得有点头晕，刚要坐下，被萧孚泗拦腰扶住，一只手从里衣口袋里摸出三根黄灿灿的金条来：“小意思，拿着吧！”

谁知那都司用手一推，说：“老子不要这个，你把那坛老酒给我吧！”

“行，酒也给，这点东西你也收下。”说着，便将金条朝都司身上硬塞。

“向开山，你这个龟孙子，钻到哪里去了！”一声喝问传来，随即走进一个高大的汉子。

向开山睁开醉眼一看，吓了一大跳：“苟、苟大人，卑职在这、这里搜、搜查哩！”

苟参将皱了皱眉头，一眼看见那只打开了盖子的酒坛子，恼火起来：“向开山，你居然在这里喝起酒来，老子砍了你！”

苟参将冲上前，一把揪住都司的上衣。突然，手被那几根硬金条碰着了。他松开手，从向开山的衣袋里搜出三根金条来。“这是什么？王八蛋，叫你带人搜查，你倒受起贿赂来了。来人啦！”立时从舱外进来三四个人，“给我把向开山绑起来！”

两个士兵拉着向开山出了舱。

“搜！给我翻箱倒柜地搜！”士兵们如狼似虎地乱搜起来。面对着这突如其来的变化，萧孚泗一点准备都没有，略为慌了一下，便很快镇定下来。

“苟大人，这只木箱里装的都是金子！”一个士兵惊呼起来。

“苟大人，这只箱子里装的都是珠宝！”又一个士兵高叫。

“这只也是一样，全是金器银器！”第三个也嚷起来。

苟参将过去，见打开的三只箱子里装的全是光彩夺目的金银财宝。他眯起眼睛，皮笑肉不笑地走到萧孚泗的面前，盯了好长一阵子后，猛地大喝道：“你们这伙无法无天的强盗，终于没逃脱我苟某的手心！”说罢狂笑起来。

萧本道冲过去高喊："我们不是强盗！"

"不是强盗？"参将狞笑道，"赃物都在这里，你还要赖吗？"

"这不是赃物！"萧本道继续辩解。

"不要多说了！"萧孚泗制止侄儿，对参将说，"你带我去见沈葆桢吧，我有话当面对他说。"

"哼！好大的口气，沈大人的名字是你叫的？"苟参将两手抹腰，审视着萧孚泗，"好哇，沈大人现在就坐镇九江，你跟我上岸去见他吧！"

上岸后，萧孚泗被送进九江兵备道衙门的一间小屋子里，苟参将去禀报沈葆桢。一会工夫，便带回了沈葆桢的指示："这是一桩打劫王府的要案，必须回南昌去亲自审理。所有赃物一律封好，连同船上男女，全部押到南昌去。"

萧孚泗大怒，对苟参将吼道："你去告诉沈葆桢那小儿，我不是什么打劫王府的强盗，我是打金陵的首功大员！"

苟参将笑道："我劝你还是老老实实到南昌去从实招供，好汉做事好汉当，不要冒充什么攻打金陵的首功大员了。退一万步说，你即使真的是打金陵的湘军，那班家伙我们也知道，放火烧城，打家劫舍，比强盗也好不了多少！"

这几句话，说得萧孚泗火冒三丈，真想割掉他的烂舌头，心里狠狠地说："到了南昌，见过沈葆桢后再与你算账！"

到了南昌的第二天，萧孚泗被押上了江西巡抚大堂。只见宽大的厅堂里气象森严，两旁肃立着十几个手执水火棍的衙役，正中大几后面，端坐着身穿从二品朝服的沈葆桢。这位林则徐的外甥兼女婿，素以不讲情面著称。此刻，他铁青着脸，对着下面喊道："所押何人，报上名来！"

萧孚泗抬起头来，盯着沈葆桢看了一眼，大声回答："沈大人，我是萧孚泗！"

"萧孚泗？"沈葆桢惊问："你就是曾九帅手下那个封了男爵的萧孚泗？"

"是的，我正是九帅手下节字营营官、前福建陆路提督萧孚泗。"

"那你为何不在江宁城里管带士兵，却跑到九江码头碰上了他们？"沈葆桢追问。

"老父上个月去世，我是回家奔丧的。"

"奔丧？那为什么船上还有女人？那五十箱金银又是怎么回事？"沈葆桢穷追不舍，并非因萧孚泗自报了姓名而改变态度。

萧孚泗急了，说："沈大人，请到内室，我把一切都对你明说了。"

沈葆桢犹豫一下，说："好吧，你随我到签押房来。"

沈、萧二人，从前并没有见过面。沈葆桢一待萧孚泗坐定，便问："你说你是萧孚泗，有证据吗？"

萧孚泗从衣袋里摸出一封信来，递过去说："这是我离开江宁前，曾中堂给我的一封亲笔信。曾中堂的字迹，想必沈大人认得。"

"他的字我当然认得。"沈葆桢边说边从信封里取出一张纸来。纸上写着：孚泗贤弟痛失严亲，谨备赙仪一百两，祭幛一段，挽联一副，以致哀痛。曾国藩泣拜。

沈葆桢忙把这封信重新插进信封，双手递给萧孚泗，起身，整整衣帽，对着萧孚泗作了一个揖，说："果然是萧军门，下官失礼了！"对着门口高喊，"给萧军门

敬茶！”

立刻便有一个小童进来，在萧孚泗面前摆上一杯香气四溢的茶。萧孚泗端起茶杯喝了一口，说：“沈大人，卑职回家守丧要紧，请放我走吧！”

“萧军门，休怪下官唐突，委实是事先不知。”沈葆桢摸了摸下巴，慢慢地说，“九江码头的搜查，原是为了捉拿钦命要犯。实不相瞒，荀参将把你带到九江衙门时，下官以为捉到了打劫王府的强盗，已把情况急奏太后、皇上了。”

“什么？你问都不问一下，就上奏太后、皇上，岂有此理！”萧孚泗愤怒起来。

“萧军门。”沈葆桢沉下脸来，“下官虽未审理，但五十箱货物都一一验看了，与朝廷下达的海捕文书相差无几，故对此事已有八成把握。”

“你这样做太荒唐了！”萧孚泗气愤已极，不是碍于国家律令，他真想把这个可恶的沈葆桢狠狠地打一顿。

“荒唐？”沈葆桢拉长着脸说，“真正荒唐的是你萧军门，而不是下官。下官问你，这五十箱金银财宝是哪里来的？”

“这不是我一个人的，这是节字营全体弟兄们的财产，由我带回湖南老家。”萧孚泗早已想好了答案。

“萧军门，你这样回答，自以为聪明，却骗不过世人。普天之下，都知道你们湘军打江宁，把长毛的财产洗劫一空，每个将领都发了大财，你这五十箱财宝，就是一个明证。”

“沈大人，请你不要误信传闻，这五十箱东西的确不是我萧某一个人的。”萧孚泗的语气已经降下来了。

“这件事，我也不和你争辩。我再问你，你既然是回家奔丧，为什么带着女人同船？”沈葆桢板起面孔问，签押房里的气氛，并不比公堂来得和缓。萧孚泗自知理亏，只好低下头不做声。

“老弟呀！”沈葆桢站起来，在屋子里踱步，做出一副语重心长的样子，“不要怪我责备，你委实做事太欠思量了。”

“好吧，就算我欠思量，你放我走吧！”萧孚泗说，语气中已带有几分求情的味道了。

“我怎么能放你呢？你要在南昌城里等候圣旨下来。”

“圣旨抓的是强盗，又不是我呀！”萧孚泗胆怯了。他担心事情再闹大，收不了场。

“我不能放你！”沈葆桢坚决地说，“你一个堂堂二品大员，赴丧途中，挟带女人和大批金银，大悖国家律令。不让我知道则罢，我既然知道了，就不得不上奏太后、皇上，听候太后、皇上的处置。萧军门，委屈你了，你就在南昌城里宽住半个月吧！我会好好款待你的。”

萧孚泗已听出了沈葆桢的话中之话，看来是有意冲他而来的，他有点失望了：“你真的不放我了？”

“真的不放！”沈葆桢立即答道，“萧军门，你或许还不知我沈某的为人。我是一贯以舅父文忠公为榜样，办公事六亲不认。实话对你说，若不是你萧军门，而是江西地方文武的话，对不起，我早已将他撤职查办，关进大牢了。”

萧孚泗泄气了，好半天才说：“既然如此，我就在南昌城里候圣旨吧。你放我的侄儿先回老家去报个信如何？”

“那可以。”沈葆桢爽快地答应，“有什么事，就交给你侄儿去办吧！”

于是萧孚泗把侄儿叫到身边，吩咐他火速赶到江宁城，把事情的全部经过告诉曾国藩，请他设法搭救。

第二天，萧本道背着一个小包袱离开南昌，兼程赶到九江，坐上东下的快船，恨不得船如飞箭，立即就飞到江宁。不料越急越出事，中途又遇到了麻烦。

四、江湖窃贼泄露僧格林沁的军事部署

下水船快，萧本道在船上心急火燎地过了五天五夜后，这天下午，船来到安徽和州境内的浮桥镇。浮桥镇是长江上一个不大不小的码头，有几个客人要下船，船老大把船泊在码头边。萧本道想到此去江宁只有二百多里的水路了，明天午后就可以赶到，紧张了几天的心绪略微放松。他打开船舱的木板窗门，把头伸出窗外，眺望浮桥镇的市井。

正看得起劲的时候，放在膝盖上用左手压着的包袱突然掉到船板上，发出沉重的响声。他赶紧扭过脸来，把包袱拾起，恰与一中年汉子打了个照面。那汉子是个离船上岸的客人，长得深目隆准，瘦高精干，脸上露出一种莫测的笑容，对他说了句“对不起”，便继续向前走，很快就踏过跳板，上岸去了。“看来是他不小心碰掉了我的包袱。”萧本道心里猜测。他没有多想，继续看窗外的风景。

过一会，船开动了。又走了五十多里，天黑下来，船在离和州城只有十里路的横江码头停泊。不少有钱的客人雇了车子，连夜赶到城里去花天酒地，吃喝玩乐，也有人邀萧本道。要是在往日，他必定会高高兴兴地去凑热闹，但眼下他没有这个闲情。喝了几杯寡酒，草草吃了夜饭后，便倒在铺位上睡着了。

不知什么时候，萧本道觉得自己身上似乎被触动了一下。他睁开眼，船舱里一片漆黑。他摸摸腰间，不好，包袱被人盗走了！他的这个包袱很贵重。原来，就在九江码头船上，士兵们已发现木箱里的秘密时，萧本道本能地意识到这些木箱要换主人了。他趁人不备，在一个放金元宝的箱子里悄悄地取出八个金元宝。这八个元宝大小不等，大的重半斤，小的也有二两。他把这八个金元宝放在包袱里，随身带着。这次去江宁，他也带上了。他懊恼了片刻，猛然想起贼一定走得不远，于是赶紧走出舱外。

空中挂着半个月亮，江面夜色迷蒙，什么也没有。他转过脸朝横江镇上看去，远远地好像有个黑影在移动。他擦擦眼角，睁大眼睛，仔细再看。那里的确是一个人，正在沿着石磴向镇上奔跑。“贼娘养的，竟敢偷到老子头上来了，真正是太岁头上动土！”萧本道狠狠地骂了起来，纵身一跳，从甲板跳到岸上，抬起两条飞毛腿追去。

萧本道十七岁投奔湘军，在军营里混了六年，练就一身武功，也练就一副胆量。追了一程，来到石磴脚下，那黑影已跑到石磴中部。萧本道的脚步声惊动了黑影，黑

影回头一看，知包袱的主人来了，便加快了速度。待萧本道赶到石磴中部时，黑影已到顶部；萧本道赶到顶部，黑影已沿着江边的小路跑出一里之外了。

萧本道决不甘心这八个金元宝就这样眼睁睁地被人偷走。他运足气，咬紧牙，加快步伐。渐渐地，快要与黑影靠近了。这时，远处响起一声鸡鸣，天快要亮了。萧本道想，若还不追上，天一大亮，就更难办了。他又死劲跑一阵，看看只有十多丈远了，便弯腰从路边拾起一个鸭蛋大的卵石，向前面的黑影用力一掷。只听得“哎哟”一声，黑影扑倒在地。萧本道快步跑过去，口里骂道：“狗日的，把包袱还给我！”他正要上前夺包袱。只见那黑影突然飞起一脚，直向他的头踢来。他没有料到这一着，幸而久历沙场，反应快，头一偏躲了过去。就在这一瞬间，那人一个鹞子翻身，倏地从地上跃起，站立在他的对面，两手握拳，摆出一个架势来。

晨光熹微中，萧本道看出那人背后斜背着一个包袱，那包袱正是他的！他气得咬牙切齿，伸出拳头来朝那人心窝里打去。那人早有准备，身子一闪，机灵地出现在萧本道的左侧，对着他的左肩猛击一拳。萧本道没有防备，痛得钻心。他暗暗称赞此人拳术好，忍痛还击。两人你来我往，打了几十个回合。萧本道趁着对方一个空子，扬起右腿，向对方的胸脯猛踢过去。可惜萧本道近来耽于女色，腿脚无力，对方飞起一掌，向他的脚趾砍来。萧本道一阵疼痛，几乎站不住了。

连吃了两次亏，萧本道知对方武功很好，硬打硬拼敌不过，便使出他萧家的祖传绝招——点穴术来。他看看天色，尚未过寅时，遂盯着对方左胸上部的中府穴。那人见萧本道打不过他，两只拳越打越凶。萧本道佯作招架不住，步步后退。那人开始大意了，拳出手也变得慢了。萧本道瞄准他疏慢的瞬间，猛地竖起右手食指，直朝那人左肩下刺去。只听见那人哇地叫了一声，便仰天倒地昏迷过去。这时，东方已现出灰白色，天蒙蒙亮了。

萧本道骂了一句“贼娘养的”，便弯腰去解那人肩上背的包袱。借着晨光，他终于看清楚了，此人正是昨天下午在浮桥镇下船时碰掉他包袱的那个汉子。他突然明白，这是一个极有经验的江湖窃贼，凭着包袱掉在船板上发出的响声，就已经弄清包袱里的东西，再来半夜行窃。想到这里，他搬起一块石头，向此人的脑袋砸去，一看那人深目隆准，相貌不俗，且武功极好，他又不忍心了。

萧本道虽为湘军军官，其实本性与绿林好汉、江湖窃贼相差无几。在他的观念里，盗窃别人的财物并非可耻的行为。假若他身边无钱，又急需钱用的时候，他也可能做出拦路打劫、偷鸡摸狗的事来。现在，当这个窃贼倒在自己的面前，包袱已到手的时候，他又起怜恤之心。他丢掉石头，一眼瞥见那人上衣袋里有一块鼓鼓的东西。他将那东西掏出，原来是一块木牌。牌上用火烫出一行字：蒙古科尔沁亲王僧格林沁帐下都司衔守备云格。萧本道一惊：此人竟是僧王手下的一名军官！转而又想，僧王驻军山东，此人为何到江南来了，不如把他救醒，问个详细。他把木牌收起，在那人脐下关元穴上以手掌用力一推。一会，那人苏醒过来，想爬起，却浑身无力。萧本道把他扶到一棵树边，让他靠着树干坐定。那人说：“好汉本事高强，我瞎了眼，一时见财起意，不该偷好汉的包袱。”

萧本道说：“你的功夫也不错，我看你是个人才，不计较你，你叫什么名字？”

“我叫李云。”

“一向做些什么事？”

“也没有个定准，跑跑买卖，帮人做做杂事，只要有钱赚，什么事都干。”

“哈哈哈！”萧本道大笑起来，“你莫在我面前装傻了，你看看这个。”

说着，亮出了木牌。那人大惊，下意识地摸摸衣袋，衣袋空空的。

“好汉既然已知我的身份，木牌还是还给我吧。”

“还给你不难，不过，你得将一切从实告诉我。”

“好汉要我说什么？”云格为难地问。

“我问你，你是从哪里来的？如今要到哪里去？”

“我是从江西南昌来的，如今要到安徽滁州、泗州一带去会僧王。”

“我听说僧王驻在山东济宁，你怎么去滁州、泗州一带去找他？”萧本道觉得奇怪。

“好汉不知，僧王奉太后、皇上之命，已从山东南下了。”

萧本道心想：他南下做什么？近期并未闻安徽北部有大的军事行动。又问：“你这次到南昌做什么？”

“为僧王递一份紧急公文给江西巡抚沈葆桢。”

一提起沈葆桢，萧本道就恨意顿起。这几天在船上，萧本道天天思忖着在九江被查封的事。若真的是搜查打劫王爷府库的强盗，为什么沿途未听到一点风声，更未见哪个来码头查询？第一批人打发走后，又来第二批，停泊在码头上的上百条船，只有他家的这条船出了事。这不明明是冲着他家而来的吗？沈葆桢为什么要这样和他家过不去呢？背后是不是有人在支持、指使呢？当萧本道一听说僧格林沁有信给沈葆桢时，他马上把僧格林沁与此事联系起来了。作为湘军的一名军官，他知道僧格林沁一贯仇视湘军。如此看来，是那个蒙古亲王在指使沈葆桢查封他家的船了。萧本道决心趁此时机，把这桩事弄出个究竟来。

“大哥，你身为僧王帐下的守备，却来偷我的包袱，看来你是手头短缺。”萧本道解开包袱，从中取出一个二两重的金元宝递过去，“拿去用吧！”

“这是你辛苦积攒的财产，我不能要。”在萧本道豪爽的气度面前，云格为自己的偷窃行为而羞愧。

“大哥，你这就小家子气了。”萧本道把金元宝硬塞进云格的衣袋，“天下金银财宝，本没有固定的主人，说什么你的我的，这个元宝，先前不也是别人的吗？”

这两句痛快的话，说到云格的心窝里去了。他感动地说：“我真是有眼无珠，不知兄弟你是这样一条轻财重义的好汉。我要如何赎回我的罪过呢？”

“不必言赎罪，你告诉我，僧王要你送的是件什么公文，他为何又要南下。”

云格望着萧本道的眼睛，没有回答。过一会，他反问道：“兄弟，你是做什么的？”

“我嘛，实话对你讲吧！”萧本道咧开嘴巴，爽朗一笑：“我比不上你，是堂堂朝廷武官，我是长江上的私盐贩子。不过，干的事虽不光明，为人却是磊落的，生性爱英雄事业，喜闻军国大事。”

"豪杰！"云格伸出大拇指称赞。他转了一下眼睛说，"僧王送给沈中丞的公文，我不知道，也不能问，更不敢拆开看。只是沈中丞接信的第二天，便亲自赶到九江，后来就听街头巷尾纷纷传说：沈中丞查封了湘军大将萧孚泗回籍奔丧的座船，在船上搜出几十箱金银财宝，还把萧孚泗一伙押到南昌。也不知僧王的公文与此事有没有联系。"

萧本道暗暗吃惊，忙问："你见过萧孚泗和他船上的那些人吗？"

"没有见过。我倒是想见见萧孚泗，听说他打金陵立了大功，又捉住长毛头子李秀成，封了男爵，可惜见不到。"

萧本道放心了，又问："僧王从山东南下，是不是捻子在淮北闹凶了？"

"不是。这点我倒是可以明白地告诉兄弟，僧王有次对江宁将军富明阿说过，湘军可能会造反，叫富明阿带三千人先南下，驻守扬州，他自己随后就带大兵去安徽滁州、泗州一带，湘军胆敢轻举妄动，他就充当统领，指挥驻镇江的冯子材，驻和州的德兴阿，驻扬州的富明阿，驻武昌的官文，东南西北团团包围，一鼓聚歼。"

萧本道的嘴角重重地抽搐了一下。这个自诩功臣的湘军年轻军官，做梦都没有想到湘军目前正处于这样的危险境地。必须把这一重要军情尽快告诉湘军的统帅！看看日头已出现在东方天边，他坐的船就要起锚了，遂起身道："大哥，时候不早了，船要开了，我与你就此告别，日后再相见。"

"兄弟，你留个名字吧，也让我以后好打听。"云格说。

萧本道略为思考一下，说："你要找我很容易。长江上下，只要遇到装盐的船，问声萧拐子，无人不知。大哥以后要是缺银子，尽管来长江码头找盐船。"说完，将木牌子还给云格。

结识了这位富有而慷慨的私盐贩子，云格很高兴，接过木牌后，又补充一句："兄弟日后若有用得着云格的时候，只管到僧王老营来找我。"

"行，后会有期！"萧本道说完，背起包袱，撒开两条长腿，朝横江码头飞奔而去。

五、借韦俊之头强行撤军

曾国藩、赵烈文、彭寿颐听完萧本道这番叙述后，一时都不知说什么好。过了好一阵子，彭寿颐才愤愤地吐出一句话："僧格林沁、沈葆桢欺人太甚！"

赵烈文托着腮帮子说："看来，官文来江宁城追查所谓的哥老会，与萧军门的座船无故被查封，以及僧格林沁的南下，三件事是连在一起的，矛头都是对准湘军，尤其是对准吉字营的。"

"惠甫想得深。"彭寿颐说，"不过，官文、沈葆桢都是封疆大吏，僧格林沁虽是亲王，也无权指挥他们哪！"

"是的。"赵烈文点点头说，"背后一定还有人在指挥他们。"

萧本道睁大着眼睛望着赵、彭，欲言又止。"惠甫不要瞎猜测。"曾国藩已明白赵烈文所指，但夹着萧本道在这里，不便再深谈下去，挥手道，“你们都出去，让我安静一下。”

“老中堂。”萧本道急着说，“我三叔还在南昌哩，沈葆桢那里，还求您老给他打个招呼。”

萧孚泗惹出的麻烦，不仅使他自身陷于困境，也给湘军招来祸端。全国都在说吉字营将金陵洗劫一空，放火焚烧是为了毁灭罪证，自己给太后、皇上上奏，为他们力辩其诬。可现在呢？五十箱金银，在新封男爵的座船里被当场拿获，尽管你说一百遍、一千遍这是节字营众人的财产，又有谁会相信呢？即便是众人的财产，先前不是说过金陵城里全无金银吗？这如何自圆其说呢？何况，重孝期间，携带江南女子同船，这中间的事情，能解释清楚吗？萧孚泗呀萧孚泗，你也真是糊涂到家了！幸而萧本道此来提供了僧格林沁的军事部署，若不看在这个份上，曾国藩真要狠狠地训斥一顿了。他冷冷地对萧本道说：“你们这是自作自受，我有什么办法！”

萧本道哭丧着脸说：“老中堂，您老若不管，那满船的东西都会叫沈葆桢夺去了！”

赵烈文安慰道：“谅沈葆桢也不敢。你不要着急，老中堂会有办法的。”

“奏稿还拟下去吗？”彭寿颐问。

曾国藩思索片刻后，说：“暂不要拟了。”

待赵、彭、萧退出后，曾国藩拿起笔来，蘸着朱砂，走到墙壁上的挂图边，在镇江、扬州、和州、滁州四个地方各自画了一个红圈，然后凝神呆望着。望着望着，他的眼睛渐渐模糊起来，眼前出现四张血盆大口，露出狰狞的獠牙，从东南西北四个方向向江宁猛扑过来；远处，武昌、南昌、杭州也亮起了阴绿的幽光，仿佛还听见了磨牙砺齿的声音。他觉得头在发晕，勉强移步来到案桌边，靠在椅背上，朱砂笔掉到地上，他也无力去拾起。笔尖周围浸出一圈红红的痕迹，他看着，像是自己呕出的一摊血。很长一阵子，他才清醒过来。

这些日子接二连三发生的一连串事，显然不是孤立的，赵烈文都看出来了，曾国藩能看不出来？他宁愿相信不是这么回事，但现实又充分证明赵烈文的推断是正确的。是的，僧格林沁不能指挥官文、沈葆桢，他自己的南下，也不是全由他个人做主的。那么，能指挥官文、沈葆桢和僧格林沁的是谁呢？答案没有必要挑明了。此时的曾国藩，不再像几个月前那样的恐惧。他细细地思考着：他们用的手段各有不同，官文是诬陷，沈葆桢是揭短，僧格林沁是威慑，三管齐下，意欲何为呢？有两种可能：一是借此将他兄弟和整个湘军打下去，历史上司空见惯的大功告成、功臣诛杀的悲剧再演一次；一是以此敲敲他的脑袋，让他意识到所处之环境对他并非有利，识相点，尽快撤掉湘军。两种可能性都有，孰大孰小？曾国藩陷入了沉思。

眼下江宁虽克，太平军余部尚有二十来万，安徽、河南的捻子势力很大，西北回民的骚乱多年不止，国家尚未太平。在这种情况下，将立有大功而并无造反事实的湘军全部打下去，岂不会令各地其他带兵将领有兔死狐悲之感？朝廷目前大概还不至于做出这般蠢事来。这是其一。其二，自从富明阿走后，朝廷再未派人到江宁来认真调查太平军所遗留下来的金银财宝的下落，似乎有不予追究、网开一面之意。其三，就在萧孚泗走的前些日子，曾国荃的座船也从九江驶过，他的船比萧的大，装的东西也比萧的多，沈葆桢没有借口查他的船，是否朝廷有意给曾家留点面子呢？分析了这三条后，曾国藩认为，打杀的可能性不大，借此逼迫他裁军则是主要的。想到这里，他心里升起一股极大的委屈感。

曾国藩早就明白地奏报要裁军，只不过暂时推迟一下而已，朝廷何以便如此急不可耐，视湘军为眼中钉、肉中刺，非欲拔之而后快呢？即便要这样做，堂堂皇皇地下道御旨不很好吗，为何要行此卑劣阴险的伎俩呢？他为朝中最高决策者这种有失君子风度的做法感到气闷。转而他又想，历史上所有号称有作为的君王，哪一个又没有阴一套、阳一套、君子一面、小人一面呢？对照自己，自从离开翰林院，进入六部衙门以来，尤其是这些年带兵打仗，在与各省督抚、各处统兵将领间的周旋之中，阴的一面、小人的一面干得还少吗？更何况，大清自立国以来，军队一直掌握在朝廷手中，现在一下子有十几万军队由私人招募组建，他们能征惯战、骄横跋扈，如山如海的财富可以隐瞒不报而据为己有，如锦如绣的六朝古都可以一炬焚之而弃之不惜，这样一支军队偏偏又掌握在汉人手中，朝廷能不担心吗？不撤掉它，太后、皇上能甘食安寝吗？这样一想，曾国藩释然了，心中的委屈感大大减弱。他决定以异常镇定的姿态，对官文、沈葆桢不采取任何行动，安安静静地在江宁城里等候着太后、皇上对萧孚泗一案的处理。他推测不至于给萧太大的难堪。万一事出意外，为了曾国荃和吉字营的声誉，也为了他自己的声誉，他将要为萧孚泗一辩！

曾国藩的态度，萧本道一无所知。想起拘押在南昌的三叔和那一船财产，他便惶惶然不可终日，隔一两天便到督署来一次，请曾国藩接见他。每次照例都被门房阻挡，怏怏而回。如此过了十来天。这一天，萧本道又来到督署大门口，正徘徊不敢向前时，门房看见了他："萧都司，总督大人昨天关照过，说你今天可以进去。"

萧本道大喜，直奔签押房。曾国藩面露微笑地说："昨天来了上谕，你三叔没事了，你看看吧！"

说着递过来一个大信套。萧本道将上谕抽出，急忙展开，一目数行地拜读，他越看越高兴。原来，上谕写着：

> 前福建陆路提督男爵萧孚泗，系攻克江宁首功大员，此次因父逝回籍奔丧，顺带节字营官勇历次所获战利品，系出自袍泽之谊；既在江宁娶妾，自应带回原籍奔丧，亦在情理之中。着毋庸追究，俾该前提督一行回籍成礼。江西巡抚沈葆桢办事秉公，执法严谨，其节可风，着交部优叙。并将此由五百里谕知钦差大臣协办大学士两江总督一等侯曾国藩。钦此。

萧本道想：这一定是曾大人为三叔上的求情折所起的作用，遂起身恭恭敬敬地向曾国藩磕了个头："谢老中堂的大恩大德！"

"不必谢。"曾国藩平淡地说，"回去后，告诉你三叔，就说是我讲的，规规矩矩在家守制，地方上一切事情都不要过问，若再招惹是非出来，我可再不管了。"

"是！"萧本道笔挺地站着，"卑职一定将老中堂的教导转告三叔。"

朝廷对萧孚泗一案如此宽容的态度，使曾国藩颇为惊奇。原先设想不至于太大的难堪，但多少会有点处罚，然而什么都没有，连哥老会的事也只字未提，前向的委屈顿时化作感激。

官文所谓追查哥老会一事，自然是闹剧一场，但霆军里既然有哥老会，且力量足以煽动闹事，难保吉字营和其他军营就没有。一旦他们成了气候，那湘军便真的成了叛军。萧孚泗虽未加处置，但吉字营掠夺了大批江宁城财宝的丑行，无疑已公告天下了。事态已把曾国藩逼到悬崖边，他再也没有别的选择了。裁撤湘军，而且必须尽快！只有这样，才能安太后、皇上之心，塞天下悠悠之口；也只有这样，才能消除哥老会赖以存在的基础，杜绝意外变故发生，保全湘军的大节；同时也只有这样，才能保住他本人以及整个曾氏家族和所有“功狗”们的富贵平安。

曾国藩命令彭寿颐赶紧重新拟奏稿，以明确的态度、坚决的口吻向太后、皇上表示：湘军水陆两支人马在三个月内十成撤去九成，驻守在江宁城内城外的吉字营一个不留，全部遣回原籍。

“老中堂，吉字营五万将士全部都撤掉吗？”彭寿颐发问。

“全部都撤。”

“老中堂，据说刘松山、张诗日治军严厉，松字营、诗字营的军纪要比其他营好些。战乱还没有完全平息，九帅的部属还得留一些才是。”

曾国藩以赞许的目光望了彭寿颐一眼，慢慢地说：“折子还是按我刚才说的拟，至于吉字营以后如何撤留，我另有安排。”

话一出口，他立即想到，这不又是一桩心口不一的事情吗？不过，这仅仅只是一刹那间的念头，转瞬间他便忘记了。

拜折后的第二天，曾国藩将督署内参与军机赞画的幕僚们召集起来，向他们宣布立即大规模裁撤湘军的决定。幕僚们齐声赞同，都说这是一个极为重大的明智之举。有的说，江宁城军营里的官勇越闹越不像话了，不遣散，迟早会出大乱子的。有的还拿当年川楚白莲教平息之后，团练相继解散的前事做例子，说明大乱平定后非经制之师只有自动消除，才能使朝野静谧、相安无事的道理。还有的说，当年平川楚白莲教的团练，是分散掌握在各省督抚手中，没有一支多达万人的大部队，而现在湘军主力有十多万，均听曾中堂一人调派，因而裁撤一事更显得急迫，而由此也更证明曾中堂示大公于天下的赤诚之心，将永远受到后世的景仰，为乱臣贼子所惧。幕僚们的称颂，使曾国藩欣慰，也使他的信心更加坚定了。不过，幕僚们也都谈到无银子付清欠饷，将是裁军所面临的第一大难题。

湘军自咸丰三年组建以来，十余年间，户部几乎没有直接拨过饷银，除个别省份协济小部分外，其余都由湖南一省承担。湖南素来商贾不发达，充全省岁入不及苏松间一大县，如何能负担十多万庞大的军队，应付十多年旷日持久的战争？于是湘军的军饷便常常不能及时如数发放，拖欠三五个月，支发三五成是常事。为了安定军心，鼓舞士气，恶劣的统领则公开煽动部下去掠夺百姓的钱物，去洗劫打下来的仓廪库房。稍有头脑的统领虽不煽动，但对部下的这些暴行也不加制止。这也是湘军日趋腐败的一个重要原因。即使是吉字营，虽说从上到下，都得到了多少不等的不义之财，但名义上他们的欠饷也达四个月之久，总数近一百万两。至于其他军营，也有四五个月的，

也有六七个月的，都比吉字营严重。幕僚们都问：这个难题如何解决？曾国藩请他们献计献策，帮助解决这个难题。同时又表示，不管这个难题能否解决，裁军都要坚定不移地进行。

他分别给吉字大营、老湘营、果字营、霆军、正字营以及长江水师、宁国水师、太湖水师、淮扬水师统领们下达裁军的命令，限他们在十五天内到江宁城禀报本营裁撤步骤。又给李鸿章、左宗棠发出咨文，通报这个重要情况。

几天后，城内城外的吉字营五万陆军和从大胜关到草鞋峡的长江水面上的二万水师，无论将官和勇丁，几乎人人都在谈论裁军的事。从心情上来说，有不少人愿意早日脱下戎装，回籍与家人团聚。这些人中，有的是年岁大了，厌倦军旅生涯；有的是打金陵时发了大财，急于回家去做财东地主；也有的从军十多年，经事多了，阅历广了，对连年无休无止的战争的思考也逐渐深化起来，尤其是金龙殿前那场亘古未闻的自焚悲剧，更强烈地刺激了他们：都是骨肉同胞，为何要这样你死我活地互相残杀？他们不可能得出什么明确的答案、合理的解释，只有离开了事，如此，心里方可安静一些。

但也有相当多的人不想离开湘军回原籍。多年的军营生活养成了他们漂泊、冒险、嫖赌、斗殴、吃现成饭、用大把钱的习气，他们不屑于再做单调、贫寒、勤俭、规矩的乡下佬。这批人多为没有抢到大量钱财的普通勇丁。至于将官，则几乎无人赞同撤军。将官的威风，来源于他手下成百上千的勇丁。一旦撤离了军营，回到老家，昔日的威风便大半丢掉了，就连一个小小的什长，在军营里也管十个俯首帖耳的弟兄，回家后，哪来的这些人听他的支派？因为这些原因，撤军的命令下达十来天了，江宁城内外数百个营哨，没有一点执行命令的迹象。社会秩序反而更坏了。抢劫、群斗、杀人、放火、强奸、滥赌等恶性事件到处发生，全都是吉字营勇丁作的案。各级军官不但不管束，反而参与其事。

吉字营统帅曾国荃原本就不赞成大哥这种自剪羽翼的做法。这个从小就在荷叶塘出了名的犟九爷，一贯认为天地间是强者的世界，而乱世中的强者，就是握刀把子的人，有了刀把子就有了一切。当年，他就是凭着这个信念积极募勇建营，奔赴与太平军作战的前线，而且也用这个信念去教育他手下那批营官哨官。这些年来他已尝到了手握刀把子的甜头，岂愿轻易丢弃？况且大哥的自剪羽翼，第一刀便是要剪掉吉字营。眼下长毛未净，捻乱方炽，正可利用这个作为借口，加强湘军力量，拥兵自重，即使不想造反，也不能让别人欺侮自己呀！

曾国荃这个观点在吉字营中有着深厚的思想基础，正是代表了各营新贵们的想法。现在，尽管统帅已离开军营回籍，部属们仍奉行这种观念。死的死，走的走，吉字大营留在江宁城里受封职位最高的要算骑都尉朱洪章了。于是彭毓橘、刘连捷等人推举朱洪章到督署，抬出欠饷一项来与曾国藩摊牌：撤军可以，但先得拿出一百万两银子出来，把欠饷发下，否则，对不住提着脑袋血战多年的弟兄们。曾国藩明知吉字营官勇有的是钱，根本不在乎这点欠饷，但又不能点破。在朱洪章貌似充足的道理面前，曾国藩竟然一时语塞，因为他根本就筹集不出这笔巨款来。

朱洪章占了上风，回去一鼓动，吉字大营官勇们抗拒撤军的劲头更足了。他们借酒撒野，有的破口大骂朝廷忘恩负义、过河拆桥，有的甚至公开扬言要扯旗造反。曾国藩面对这种混乱局面，又恨又怕，心中烦躁不安。几天后，他收到了李鸿章的信和闽浙督署的公函。

李鸿章的信竭力恭维恩师此举为旷代奇闻，上合天心，下孚众望，务必排除万难坚决进行下去，以达到预期目的。又说淮军理应效法湘军大量裁撤，只是目前各营都在追杀长毛余部，还不到撤的时候，且恩师当年说过，要以淮民平淮捻，淮军作为淮民的团勇，不能须臾忘记自己的职志，待到天下乂安，干戈化为玉帛之时，他一定要把全部淮军一个不留地撤掉。

湘军统帅的高足，与他的恩师既有相像之处，更有不同之处。他不畏人言，办事也没有太多的顾虑。他亲手创建的淮军，决不能在自己的手里撤除，也不容许别人插足。在他的眼里，淮军正好比丽日中天，兴旺已极，且今后还有大显身手的时候，如何能撤？至于以后全部撤掉云云，那不过是附和恩师心思的几句漂亮话而已，原不是他的本意。恭维撤军的背后，深藏着他自己的一套如意算盘：湘军撤除了，今后淮军便独步天下，再无抗衡的力量了；况且还可以趁着这个时机，把湘军中那些会打仗的将官吸引到淮军中来，千军易得，一将难求，这真是淮军壮大的良机！

闽浙总督衙门的公函说的全是左宗棠的话：楚军别是一军，受朝廷节制，与湘军无关，撤军是湘军的事，楚军不过问，亦不会仿效；撤与不撤，当以朝廷下达的圣旨为断。

曾国藩撤湘军，原本就不指望淮军和楚军效尤，这两封函札，并没有对他产生影响，倒是吉字营将官的反对和城里勇丁的胡作非为，引起他的严重不安。张运兰、萧启江来到江宁，诉说撤军的千难万难。老湘营、果字营的欠饷更为严重，官勇们扬言，朝廷若不补足饷银，他们就不离开军营。

鲍超从闽赣边界之地飞马来江宁。他对曾国藩说，前不久赵烈文奉命表示霆军暂不撤，现在忽然又要撤了，大家都没准备，而且还有一半的欠饷未发，如何向弟兄们交代？

淮扬水师统领黄翼升、宁国水师统领李朝斌也乘快艇前来禀报：水师官勇一贯清苦。长期在水上栖息，大部分都染上了风湿病，如今要裁撤回籍了，弟兄们提出两点要求：一是补足历年欠饷；二是发放一点伤病费，以便老了不能种田了，能有一口饭吃。曾国藩听了心里冷笑：欠饷都不能补齐，何谈伤病费！水师有伤病，陆军就没有伤病？

湘军的裁撤是如此艰难，两江总督一等侯又一次陷入困境。但无论从哪方面来说，裁撤一事都是势在必行，决不能有丝毫动摇，也再不能像前段时期那样暂缓了。曾国藩将各种阻挡裁军的因素一一作了分析，认为无银子补足欠饷固然是一个很重要的因素，但不是决定的因素。湘军各个军营都有欠饷，这是事实。不过，他心里有数：这些年来，有几个勇丁不发财的！将官就更不用说了。财路来自于抢掠和打胜仗时的战利品，几两银子一个月的薪水，对他们来说实在是很次要的。决定的因素在于各级将官情绪上的抵触，是他们本身不愿意撤。撤了，他们既失去了权柄，也失去了继续发财的机会。对于这批头脑简单的武夫，道理讲得再多都是空的，起作用的只能是严刑峻法。

严峻到哪层地步呢？曾国藩紧锁三角眉，在书房里踱步思索。突然，他想起十年前在王衙坪接受船山后裔赠剑的席上，老岳父送给他的那首古剑铭：“轻用其芒，动即有伤，是为凶器；深藏若拙，临机取决，是为利器。”心里顿时有了主意。

湘军建军之初，为培植严肃的军纪，曾国藩忍痛杀了金松龄，在自己人的头上，毅然动了第一刀。此事在湘军中引起极其强烈的震动，曾为早期湘军军纪的维护起了重要作用。但同时，曾国藩本人的心灵很长时期也深为不安，后悔自责过多次，并暗地做出决定，这种杀戮不可多用。从那以后，在自己人的面前，他将这把统帅权力之剑便深藏若拙了。现在看来，不杀个把高级将领，裁军便会推行不下去，他要临机取决，动用第二次了。

拿谁的头颅来做号令呢？他在心里一个个排了队。反对最烈、闹得最凶的是吉字营的朱洪章、彭毓橘、刘连捷这些人，他们都是第一批冲进金陵城的大功之人，蒙受皇上天恩重赏的英雄，岂有杀他们的道理！霆军功震天下，刀也不能架在鲍超的脖子上。张运兰、萧启江都是复出初期的擎天之柱，且一向忠心耿耿，只有功劳没有过错。杀他们，等于砍自己的手脚。就这样排来排去之后，排出了一个人来，此人就是驻扎在庐州府、至今尚未来禀报的正字营统领韦俊。他觉得韦俊的头颅，是最适宜借来一用了。曾国藩并非完全是为了眼前的急需，实在地说，这些年来，他对韦俊的怀疑、戒备从来没有消除过。

韦俊献池州府投降湘军后，曾国藩把他派到安庆前线，暗地嘱咐曾国荃把他置于与太平军作战的前沿。曾国荃对韦俊是又疑又惧，便把他安排在安庆战场的北部，专用来打太平军援救安庆的部队。一个月前还是天国的左军主将，而现在却对曾经同生死共患难的弟兄举起了屠刀，韦俊的良心受到了沉重的谴责。那一声声“叛徒”、“反草恶鬼”的咒骂声，不断从对方的营垒传来，扰得韦俊和他的一班子心腹们神魂不宁、羞愧难忍。终于，血气方刚的韦以德忍不住了，他背着韦俊，联络几个弟兄，愤恨地脱下湘军的衣帽，在一个漆黑的夜晚，骑着快马，扬鞭离开军营，企图西去湖北，再转道回广西老家，却不料被吉字营的哨兵发现了。曾国荃派出一支百人轻骑，将韦以德等人抓了回来。韦以德和他的弟兄们并不隐瞒自己的行径，曾国荃气得要以临阵脱逃的罪名斩首示众。慌得韦俊急忙派人去东流向曾国藩求情。见到大哥的亲笔信后，曾国荃才勉强放了人。

曾国藩洞悉个中缘故。恰好那时寿州练总苗沛霖与在籍办团之员外郎孙家泰构仇，围攻寿州城，他便把正字营调到寿州征讨苗沛霖。四年来，韦俊先是打苗，后来又打捻，虽未大败过，却也只是战功平平，全没有昔日两下武昌、雄踞池州府的气概了。韦以德的出逃，以及整个正字营这几年打仗的劲头，使曾国藩对韦俊更为怀疑。没有得到应有重视的韦俊，一直心情郁郁；正字营也便成了湘军中装备最差、欠饷最多的后娘崽。韦俊因此对曾国藩不满。接到裁军命令十天了，他仍按兵不动，也没有去江宁禀报。

这天，一封从江宁来的急件递到庐州府军营。韦俊拆开看时，正是曾国藩催他前去禀报，并关照他带上康福送的那副云子，晚上要和他围几局；又说江宁虽有上好的棋子，总不及那副的亲切，见它如见康福。曾国藩眷念故人之情使韦俊想起了当年劝他投降的康福。

这些年来，韦俊在湘军中过得并不顺心，他看出曾国藩始终没有真心待过他，表面上还算客气，骨子里却很冷淡。至于湘军其他将官，则连表面上的客气都没有。在军事会议上相遇时，他们都以一种鄙夷的眼光看着他，常常令他尴尬。只有康福例外。康福对他和以德总是很热情，这种热情出自真心，不是做作。康福甚至还专程去寿州看过他。韦俊对康福谈起自己的苦恼，并说程学启在李鸿章那里混得很好。康福说："如果实在不想在湘军待下去，我可以跟李鸿章说说，正字营干脆到淮军那里去算了。"韦俊感激康福够朋友。后来，听说康福战死在金龙殿前，他心里很伤感。裁撤湘军的命令下达后，他也不乐意裁军。他的心情与湘军其他营官的心情不同。除霆军外，湘军其他军营都由湖南人组成，回籍则回湖南。湖南是湘军的故乡，他们回籍将会受到英雄凯旋的待遇。他的原籍在广西。广西是太平军的故乡，那里的父老乡亲热爱的是太平军，对湘军有不共戴天之仇。他——一个太平军的叛徒、湘军的走狗，有何颜面回广西去？广西的城镇乡野，又哪里有他的一席安生之地？韦俊想到这里，心情很抑郁，暗中作了决定：一旦正字营解散，他就带着妻儿子女和侄儿远走他乡，从此隐姓埋名，了结一生。怀着一种复杂的心情，韦俊带上康家祖传云子，匆匆赶到江宁城。

"韦将军，裁军一事办得如何了？"几句寒暄后，曾国藩便进入了正题。

"回禀大人，此事尚未办。"韦俊回答。

"为什么？"曾国藩的语调显得严厉起来。

韦俊已觉气氛不善，说："弟兄们有些事想不通，都不愿意就这样离开军营回籍。"

"韦将军，你可能不明白，湘军是团练，非朝廷经制之师，没有长期存在的道理。仗打完了，就应当解散回籍，哪有什么想得通想不通的！"曾国藩的面孔明显地冷下来，"你应该执行我的命令，立即做好全营撤除的安排。"

韦俊沉默着，没有做声。

"你说有些事想不通，是哪些事？"曾国藩似乎有点不耐烦地催问。

"大人。"韦俊鼓了鼓劲，说，"弟兄们都说，四五年来，正字营收复寿州，打败捻寇，立下的战功不少，但得到保举的则不多。大家请大人向朝廷上个折子，为那些积年苦战的老弟兄们求个职衔，今后回家去，脸上也风光些。"

韦俊这话说的是事实。正字营五千人中有一半是跟着韦俊投降过来的，每次打完仗后，韦俊都上报一个保举单，列上长长的一串名字，保的都是他那批从广西过来的老弟兄，韦俊想以此来笼络他们。但每次单子一到曾国藩的手里，便被卡住了。其他军营报来的保举单，曾国藩都原封不动地报到朝廷，唯独对正字营不同。曾国藩极不情愿让这些老长毛升官受赏，他只从中挑选二三成上报，而且还要把韦俊原拟的职衔都降一二等。正字营的将官们跟别的营一比，心里不服气，口里大出怨言。久而久之，韦俊终于看出了曾国藩的心思，一种屈辱感沉重地压着他。他不死心，企图最后一次为部属们争取。

"笑话！"曾国藩从鼻子里哼了一声，冷笑道，"正字营最近未立军功，如何能上报保举单？朝廷视名器极珍，岂能像你从前那个伪天王一样，滥封滥赏，毫无一点章程！"

韦俊听了这话，脑顶上如同击了一棒似的，嗡嗡作响，好久才清醒过来，说："不上保举单可以，弟兄们说，正字营前前后后死了三百多人，伤了一千多，抚恤银三成未拿满一成，从今年春天开始就没有发饷银，至今整整欠了七个月。两项加起来，少说也欠了二十万两银子。弟兄们说，补足了银子就撤军，否则的话——”

“否则怎样？”曾国藩脖子上的青筋已一根根鼓起来了。

“否则他们不缴军装器械。”

“混账！”曾国藩一巴掌打在案桌上，把韦俊惊了一下。“不缴军装器械，岂不是蓄谋造反！韦俊，对这些混账东西，你是如何处置的？”

韦俊到底不是懦弱之辈，曾国藩凶横的态度，大大地刺伤他的自尊心，加之又长期心怀不满，他重重地顶了一句：“卑职没有处置他们，卑职认为他们说的有道理！”

“你说什么？”曾国藩怒火中烧，瞪起两只发红的三角眼，吼道，“蓄谋造反还有道理？”

这是公然的歪曲！韦俊一时没有觉察出曾国藩说这话是有意引他上钩，果然怒不可遏，刷地站起来，嗓门也变了：“他们没有造反，这是强加给他们的罪名。正字营备受歧视，弟兄们早已忍耐不住了！”

这一句话，把曾国藩蓄意杀韦俊的时刻推前了一大步。他心里想：“‘早已忍耐不住了’，这话明明是要出大乱子的信号，他们的确是贼心不死。事不宜迟，今天就要下手！”

曾国藩双手挜在腰间，把韦俊死死地盯着。韦俊并不害怕，平静地站在原地，头也不低下。曾国藩越看越觉得眼前这个谋勇兼资的原天国主将，浑身上下都长满了反骨。是的，这个人不能留下，不只是裁撤湘军要借他的头颅来慑众，尤其重要的是大清王朝的长治久安，也需要他身首异处。

“来人啦！”随着曾国藩一声高喊，立刻上来四个着戎装挂腰刀的武弁，“给我把这个破坏裁军、蓄意谋反的乱臣贼子拿下！”

韦俊直到此刻，才终于完全看清了曾国藩的真面目。他为自己当初的选择感到深深的悔恨。但事已至此，后悔已晚了，他只希望侄儿以德能逃脱曾剃头的魔掌。

韦俊的希望落空了。第二天，赵烈文带着百名全副武装的骑兵，从江宁出发赶到庐州，将韦以德骗到驿馆，立即拿下，并晓谕正字营全体官勇，此事与他们任何人都无关系，不要人人自危。

韦以德押到江宁城的第二天，全城便到处贴满了盖有“协办大学士两江总督一等侯”紫色长条关防的布告，上面赫然写着：“原正字营统领韦俊、分统韦以德抗拒裁军，图谋造反，已奏明朝廷，予以正法。”在两江总督衙门的告示壁上，不仅贴了一张特大号告示，而且旁边还竖起了一根高高的旗杆，上面悬挂着韦氏叔侄的两颗怒目圆睁的头颅。至于那盒被韦俊带来的康氏祖传云子，曾国藩却将它珍藏起来。

曾国藩的这一绝招果然有用。从那天开始，吉字营、老湘营、果字营、霆字营以及长江水师、淮扬水师、宁国水师、太湖水师的将官们，都不敢公开反对裁军了，勇丁们的撒野胡来也有所收敛，各军营开始制定分批裁撤的具体部署。幕僚们也对欠饷的难题提出了许多解决的办法。曾国藩采用了其中的两条。一条是以票抵饷。奏请户部同意，发放分期兑现的银票，持此银票者二十年内可在本州县取回全部欠饷，并依年生息。这样，既安了勇丁们的心，也解决了国家一时拿不出大批银子的困难。二是以盐抵饷。那时湖南不产盐，百姓食用盐，正宗来路是淮盐，走私的是粤盐。无论是淮盐还是粤盐，在湖南出卖的价钱都很贵，普遍在产盐区的十倍之上，偏远山沟里甚至高达二十倍。以一两银子的盐抵七八两银子的欠饷，勇丁们把盐运回去，还可以有点赚头，他们也乐意。这样也缓解了银两不足的困难。

杀鸡给猴子看的血腥手段，再辅之以解决欠饷的具体可行办法，终于使得湘军的裁撤付之于行动了。江宁城内城外的吉字大营各个军营开始动作。下关码头江面上，舟船大量增加，那些本来就急于回家当财东、过安乐日子的官勇们，已有不少在起锚扬帆了。

六、英雄不可自剪羽翼

与此同时，曾国藩以传递攻克金陵捷报同样的速度，将裁撤湘军的情况奏报太后、皇上，并特意强调杀了抵制撤军、意欲不轨的正字营统领、投诚过来的前长毛将领韦俊，目前裁撤湘军一事正顺利进行，十二月底将全部完成，十五万湘军水陆两支人马，届时只剩下一万人，若朝廷还嫌多的话，连这一万人也可不留。

不久，鉴于西北回民的乱子越闹越凶，朝廷任命杨岳斌为陕甘总督，克日赴任。离江宁前夕，他特来向曾国藩辞行。

“厚庵，你这次由武职改授文职，真是异数。”这个由他一手提拔，十多年来统领长江水师，为湘军最后攻克江宁立下了汗马功劳的部下，今天居然能在刚过不惑之年便位为一方总督，曾国藩为杨岳斌的仕途顺遂而高兴，也为自己当年识英雄于风尘之中的眼力而欣慰。他注目看了看杨岳斌眉宇间那颗黑痣。黑痣圆润饱满，凭着曾国藩的相人理论，他相信这个年轻的总督正在好运之中。

“老中堂，当年若不是您老的指点，我哪有今天，我的一切都是您老栽培的结果。”杨岳斌书读得不多，是个性情厚实的人。曾国藩这些年来对自己的信赖、器重，他一直深深地感激。他统领外江水师，与太平军殊死拼搏，与其说是尽忠王事，不如说是对曾国藩个人的感恩。而这一点，曾国藩早在水师创建之初便已看出端倪，所以历次战役中对杨岳斌保举都从优，也因此而有他的今天。

“太祖以武功开创天下，八旗子弟向以刀马功夫定优劣。入关之后，采纳范文程的建议，推崇孔孟，开科取士，以艺文教化士民。自那时起，文职便高于武职。以武职改授文职的事极为罕见，在你之先，只有三例。”曾国藩右手缓慢地梳理垂在胸前的长须，以慈爱的眼光望着杨岳斌，“一例是顺治朝徐湛恩以侍卫改郎中，一例是乾隆朝黄廷桂以提督改总督，一例是嘉庆朝杨遇春以提督改总督。两百多年来，你是第四例由武职改任文职的人。厚庵哪，你可要好自为之。”

曾国藩父亲般的关怀使杨岳斌激动万分：“卑职一定牢记老中堂的教诲，不负圣恩。”说着，打开随身带来的包袱，从中取出一个布包来，充满感情地说，“卑职此去陕甘，路途万里，不知何时再得相见。这里有一件护身坎肩，送给老中堂，就算是卑职离别时的一点小礼物。”

“厚庵，你这是做什么？”曾国藩停止抚须，但并没有伸手去接杨岳斌递过来的布包。

“老中堂，卑职知道您老平生不受礼，也不喜欢送礼的人，故卑职十多年来身受大恩，却一文礼物未送，但这次不同，请您老务必赏脸收下。”

见杨岳斌说得恳切，曾国藩这才接过包袱。打开布包看时，只见鹿皮坎肩上，鱼鳞般地布满了薄精钢片，银白色的光芒照得他几乎睁不开眼睛。“厚庵，你虽改文职，毕竟是武将出身，此去陕甘，仍要带兵打仗。这样好的护身坎肩，穿在你的身上作用大，送给我有什么用！你还是自己留着。”曾国藩把坎肩包好，递了回来。

“老中堂请听卑职说明。”杨岳斌忙以手拦住说，“卑职还有两件护身坎肩，足可在战场作防身之用。这件之所以送给大人，一来是它轻软，大人体弱，笨重的坎肩不宜；二来这件坎肩乃家父留下来的，意义不一般。大人，您老虽不上战场，但也要提防刺客。”

曾国藩想起几次遇刺的往事，深觉杨岳斌的话有道理，遂不再推辞：“这是令尊的遗物，我收下心中有愧。”

“其实，这也不是先父的东西，先父给我这件坎肩时，说起了它的来历。”

“它的来历如何？”曾国藩很有兴趣地问。

“这件坎肩本是一个护排镖师的。”杨岳斌慢慢地说，“三四十年前，湘江上有一个很有名气的护排镖师。他武艺高强，为人耿介，手下有十个本领好的徒弟。镖师被湘江上第一富有的排主所雇请，多年来往返于衡州、长沙、汉口之间，从来没有出过事，沿途强盗都怕他。后来，老排主死了，少排主掌舵，不喜欢镖师的直爽脾气，加之镖师也老了，几次想辞掉他，只是见他手下徒弟都是好汉，防盗护排少不了他们，只得依旧高价雇用。镖师本人却没有看出这一点。他觉得徒弟们长期跟着他，不能自立门户，出息不大，于是把他们一个个都推荐出去。几年后，身旁的徒弟都走光了，少排主也便将他解雇了。镖师回家后不到一个月，便被仇人害了。临死前，先父去看他。他送给先父这件护身坎肩，沉痛地说：‘英雄不可自剪羽翼！’”

曾国藩心里猛地一怔，两眼直直地望着杨岳斌。他一向将杨岳斌视为朴讷无文的周勃式的人物。杨岳斌不善言辞，也不喜言辞，偶有所论，必然是思之至深、非说不可的话。曾国藩喜欢这种性格，他讨厌夸夸其谈而又没有真知灼见的人，提倡讷于言而敏于行。杨岳斌可谓这方面的典型。因此，杨岳斌每有所言，曾国藩都极为重视。刚才这句“英雄不可自剪羽翼”的话，引起了他的强烈震动。尽管这句话在决定裁军之后，他不时听到人们说过，但都远远不及从杨岳斌口中说出的分量。

“厚庵，看来你送我这件坎肩的背后还另藏着别的内容。”曾国藩回过神来，又不自觉地抚摸胡须了。

“老中堂。”杨岳斌将上身倾斜过去，郑重地说，“目前陕甘回民骚乱，朝廷派卑职去的目的在于平乱。陕甘绿营不能当此大任，卑职还将请求随带一支湘军去；若朝廷允许，将从水师中抽调。水师官勇能打仗的多，且是卑职的老部属，刀光血火中过来的弟兄们，到底信得过些，所以请大人暂不要解散长江水师。大人要撤湘军，这当然是很英明的决定。江南的大仗已经结束，再养一支十多万的人马，既耗费粮饷，加重百姓负担，又让朝廷不放心，不是好事。何况仗打久了，军营暮气很重，腐败成风，若不裁撤，也会成事不足，败事有余，故卑职对裁军完全拥护。不过，卑职说句实话，据说大人要把湘军全部裁掉，卑职以为无论为朝廷着想，还是为大人着想，都不太妥当。这件事，卑职想了很久，请大人宽恕卑职的鲁莽，听卑职说几句心里话。”

“你说吧，厚庵。”曾国藩动情地说，“多年来，我一直想多听你说话，可是你总说得很少，以后更难听到你说话了。你今天就在我这里吃顿便饭，也算是我给你饯行，你也就在我这里久坐些时候。”

“谢谢老中堂，我也就不客气了。”杨岳斌说，“从保卫朝廷来说，长毛虽垮，但余部仍不少，江南还未到刀枪入库、马放南山的时候；淮河以北，捻军也日益坐大，虽有淮军，到底不如湘军的经验丰富。若把湘军全部撤了，缓急之间，如何应付？大清朝立国以来，从未有一支控制三千里长江的水师；有之，乃大人亲手创建的长江水师。我大清正因为水师薄弱，所以二十多年来，沿海一带备受洋人的欺凌，朝廷应吸取这个惨痛教训，大力发展海军，保卫我千里海疆。长江水师只要稍加整顿，再多配备些船炮，就可以成为我大清朝的第一支海军。”

“厚庵，你说得对！”曾国藩对杨岳斌将长江水师发展成为第一支海军的想法极为赞同。

“老中堂，这是为朝廷着想。至于为老中堂你个人着想嘛，”杨岳斌略停片刻后，坚定地说，“老镖师的临终遗言说出了一个共同的道理：不做英雄则罢，既做英雄，就不能自剪羽翼。老中堂自创建湘军以来，扫除了凶逆，也得罪了不少权贵。请恕卑职说句直话，老中堂今日的处境，正是二十多年前您老送给汤鹏那副挽联中所说的：名满天下，谤亦随之。嫉妒者，仇恨者，不满者，遍布朝野。老中堂已做了十多年的英雄，事到如今，就一定要把英雄做到底。倘若此时不顾一切地把全部湘军都裁撤，那么后果不堪设想。”

“你说说会有什么后果出现。”杨岳斌的话显然打动了曾国藩的心。

“依卑职看来，大仗还有可能会打。假如过两年太后、皇上叫老中堂重新带兵上战场，老中堂手下却无精兵强将，打不好仗，太后、皇上会如何看待老中堂呢？朝野官绅又会如何看待老中堂呢？”

曾国藩点点头。

“还有一点，卑职总有点担心，怕日后老中堂手下无一兵一卒了，有人会挟嫌诬陷老中堂，不提湘军的功劳，尽揭湘军的疮疤。那时皇上已长大，太后归政于他，他不知昔日的艰难，只看到眼前的太平，听信谗言，疏远了老中堂。”

曾国藩心里又是一怔。他很惊异这个文采不多的水师统领，竟然想得比自己还要深长。是的，这两三年来，曾国藩几乎还没有腾出时间来考虑皇上长大亲政的事，他总认为那还很遥远。经杨岳斌这一提醒，他猛然意识到，皇上今年已经九岁了，离亲政也只有几年了。真的，假若到那时自己已无实力，未曾亲历艰苦的少年天子，岂不将如同那个少排主一样，轻易地辞掉自己这个年老无用又结怨甚多的“镖师”吗？

“厚庵，你说说，湘军应当保留多少人为好？”实在地说，曾国藩也并不想把湘军

一个不留地全部裁掉，他设想留下一万精锐。现在看来，这个数目少了。

“依卑职看，要留三到四万人，至少要三万人，不能再少了。”杨岳斌不假思索地回答，“正字营全部遣散，霆军也全部遣散，只留下鲍超和宋国永等一批战将，老湘营、果字营各留三千人，吉字营留四千，合起来一万人。太湖、淮扬、宁国三个水师全部撤掉，长江水师二万人都留下来。老中堂，”杨岳斌说到这里，显得很激动，他站起来大声说，“长江水师这几年尽管也沾染了军营习气，吸食鸦片、嫖赌懒散等现象在所难免，作为统带这支军队达十年之久的将领，有一点可以保证，那就是老中堂亲手创建的长江水师，对老中堂的忠诚是不用怀疑的，它永远是保护老中堂的一件牢不可破的坎肩。”

杨岳斌的激昂之言使曾国藩深受感动，他轻轻地挥手招呼：“厚庵，我从来就把你和雪琴带领的长江水师视为我的命根子，我对它的宠爱要胜过沅甫的吉字营。”

杨岳斌坐下来继续说：“我本来想借此裁撤的机会，好好整顿一下长江水师，可惜现在不行了。请老中堂务必尽快招回雪琴，让他做这件事。雪琴性格刚强，疾恶如仇，用他来整顿长江水师，比我要好。”

“是的，是要早点请雪琴回来。”在曾国藩的心里，已完全接受了杨岳斌的建议：至少留下三万人。

厨子端上晚餐。餐桌上，杨岳斌向曾国藩请教去陕甘后如何应付复杂的民事和军事。曾国藩尽平生阅识，一一做了详尽的回答。

杨岳斌告辞后，曾国藩卧室里的灯火亮了大半夜。擅长心计的两江总督在苦苦地思索着，如何将裁撤湘军一事办得既光彩照人，又于己无损；如何做一个既是至公无私的功臣，又是暗存精锐的枭雄。

七、恭亲王东山再起

“拜见圣母皇太后。”待太监打起黄缎棉胎门帘后，醇郡王福晋轻移莲步，跨进养心殿西暖阁，跪在棉垫上，向斜靠在躺椅上的慈禧太后请安。

“快起来，柳儿。”慈禧坐起来，脸上泛起亲热的笑容，指了指身旁铺着大红牡丹刺绣缎垫的瓷墩说，“坐到这边来。”

醇郡王福晋柳儿站起来，坐到慈禧身边的瓷墩上，笑吟吟地说：“姐姐这几天益发漂亮了。”

“死丫头，姐还有什么漂亮不漂亮的，该漂亮的是你。”慈禧笑着说，脸上现出两个浅浅的酒窝，微露两排雪白细密的牙齿。这两个迷人之处，正是她同样生得花容月貌的妹妹所欠缺的。慈禧娘家只有这个比她小四岁的胞妹，她因为自己喜爱兰草兰花而被咸丰帝取名兰儿，便依此将喜爱柳枝柳叶的妹妹取个小名叫柳儿。柳儿十七岁那年，慈禧刚生下后来的同治皇帝。本来就受到宠爱，这下更加专宠了。一天，咸丰帝跟她谈起七弟奕譞的婚事，她就趁势提出自己的妹妹。出于对她的爱，咸丰帝连柳儿的面都没见，就定下了这门亲事。这样，柳儿进了醇王府，成了醇王的正室夫人，满语称为福晋。慈禧姐妹的际遇，引起了社会上的轰动。人们谈起历史上杨贵妃姐妹的故事，再次生起“遂令天下父母心，不重生男重生女”的感叹！

柳儿虽不及姐姐机敏干练，却也比一般女人有主见，能办事。三年前，在热河行宫那段惊心动魄的日子里，肃顺为独揽大权，曾严密地监视两宫太后的行迹，柳儿以特殊的身份出入宫中，为两宫太后传递信息。终于通过醇王奕𫍽，联络在京中主持外交的恭王奕䜣，叔嫂合谋，废除了辅政八大臣，实行两宫垂帘听政。柳儿实为这段历史中一个神秘而重要的人物。也因为有这个功劳，慈禧对自己的胞妹更加刮目相看。丈夫死了，儿子还小，不谙世事，在这个世界上，慈禧最能推心置腹说话的人，便是妹妹柳儿了。这几年，她常常召柳儿进宫。谈话多为家事，也谈些与普通女人无异的养儿育女、穿着打扮等琐碎话题，间或也谈及奕𫍽。

慈禧对奕𫍽的感情，自然超过对咸丰帝其他几个兄弟，她很希望妹夫能成为她处理军国大事的得力帮手。三年来，她委任他很多职务，一为加重他的权力；二为多给他以磨炼的机会，尤其在罢黜恭王的职务后，慈禧对奕𫍽更寄予重任。孰料这个二十七岁的郡王与他的同父异母兄比起来，资质差得太远了。他既没有奕䜣过人的才识，更缺乏奕䜣闳阔的器局，颇使慈禧失望。上次召他与僧格林沁一起密谋如何对付湘军，奕𫍽虽出了一些主意，但终不能令慈禧满意，整个计划还是她自己拿出来的。这时，她就想起赋闲在家的奕䜣来。在处理军国大事上，奕䜣远比奕𫍽主意多而且稳重。前几天，她要奕𫍽到恭王府去一次。今天召妹妹进宫，主要是想问问妹夫所掌握的关于奕䜣的近况。

“六爷罢职以后，七爷一直想去看他，但又不敢去。后来姐姐说要他去瞧瞧，他很高兴，第二天便去了。”柳儿细声细语地说。

“对罢职一事，六爷说了些什么？”慈禧轻轻松松地问，顺手挑了一个精巧的西洋糖果给妹妹递过去。

“一提起这事，六爷就很痛悔，说自己年轻不懂事，辜负了太后的信赖，对不起先帝。说着说着，还掩面哭起来，七爷安慰了好一阵子。”柳儿慢慢剥开花花绿绿的玻璃纸，露出一枚鱼形粉红色透明糖果来，她仔仔细细地把糖果端详一眼后，才轻轻塞进嘴里。

“这些日子，有些什么人去过恭王府？”对奕䜣的态度，慈禧较为满意，她还要更多地了解小叔子居家反省的情况。

“六爷说，除几个自家兄弟外，旁人来恭王府，他一概不见，也不让他们进王府。据九爷讲，他也没有见过多少人来恭王府拜访他。”

孚郡王奕譓的王府离恭王府很近，他提供的情报应该是准确的。

“那么，六爷这段时期在家里做些什么呢？”慈禧偏着脸问。窗外温暖的阳光照在她两把头发式上，状如乌云般的秀发光亮可鉴。

“七爷问过他，六爷说唯闭门读书而已。七爷看到六爷案桌上摆的是圣祖爷的御批、乾隆爷的御制诗和先帝的诗文。”

柳儿的这些回答，都与她从别的途径上所了解的情况大致相合，慈禧很满意。她站起来，满面春风地对妹妹说：“跟我来，我带你看看前些日子他们送给我的贺礼。”

十月初十，是慈禧的生日。她是一个很讲脸面的人，又有贪财爱货的癖好。咸丰帝在世时，每到这一天都要亲自为她贺生，还要送她一点小东西，皇后也送她一两件礼品，妃子们就更不消说了，人人都送她礼物。她把这些礼物珍藏好，一有空闲，便一件一件拿出来欣赏。每到这时，她便沉浸在一种难以言喻的喜悦之中。这两年当了太后，地位高多了，生日期间，收到的礼物更多，但终因江南战事未结束，不敢太铺张奢侈。

今年可不同，江宁收复了，心腹大患摘除了，满蒙亲贵、文武百官，莫不异口同声称赞这是托了太后的如天洪福和英明调度的结果，且又逢三十大寿，应该热热闹闹庆贺一番。于是宫中上自慈安太后，下至有头面的宫女、太监、外官二品以上的大员及各省督抚、将军、提督，人人都备了一份厚厚的礼物。从初六开始，礼物便一担担、一盒盒地抬进养心殿后阁。慈禧先看一下礼单，她觉得稀奇的，便看一看实物，一般的便挥手让太监、宫女直接收起来。初八日起，宫中又唱起大戏，一连唱五天，初十为高潮。前前后后、宫内宫外紧张忙碌了十天，寿星自己也辛苦了十天。她的辛苦，是忙着看礼物，看戏，接受大家的祝贺。虽辛苦，但她异常兴奋。她想妹妹虽贵为郡王福晋，很多东西也未必能看得到，便兴致浓厚地带着妹妹到她的珍宝室去。

姐妹俩走出寝宫，进入一条狭长的巷子，走到巷子的尽头，又进了一座宫殿。宫殿不大，殿里摆着一个接一个的书柜。在一面绘着彩色山水图案的墙壁前，姐妹俩停了下来。慈禧叫随后跟着的太监对着壁端用力一推，居然推出一个门来。柳儿吃了一惊，想不到神圣的紫禁城内竟然有这等诡秘的暗室。慈禧带着柳儿进了门。这是一间不大的房子，四周再没有门窗，光线和空气都借助屋顶的通气孔而来。房子里摆满了一人多高的木架子。

“这是什么殿？”柳儿问，她终于忍不住了。

“这是前明留下来的密室。朝廷有什么机密大事，则在此殿内计谋。世祖爷、圣祖爷当年都用过，到乾隆爷时就再没有用过了。那年先帝一时高兴，领我到这间屋子里来玩，又把开启的暗号告诉了我。我现在就用它来珍藏珠宝。”

“姐姐，这太可怕了！”柳儿心惴惴地。

“知道了就不可怕。怕就怕皇宫里还有这样的密室，我们不知道，外人反而知道，那就可怕了。”走了几步，慈禧又说，“柳儿，我真不愿意长年待在这里，当年先帝每去圆明园，我就高兴得不得了。可惜，圆明园给洋鬼子烧掉了。”

“花点银子把它恢复起来吧！”柳儿建议。

“是要修复的，只是前些年要对付长毛，国库紧。现在长毛灭了，是到修园子的时候了。”

说着说着，姐妹俩走到屋中间。慈禧指着四壁木架说：“这里面收藏着三千多盒珠宝首饰，全是他们这次送的，你今天也看不了这么多。这样吧，你信手到架子上拿下五盒来，这五盒就送给你。好不好，就看你的运气了。”

“姐姐的东西哪有不好的，任哪一盒都是稀世之宝。”

柳儿兴高采烈地看了好一阵子。只见每个盒子都是黄灿灿的，仅有大小之别，无精粗之分。柳儿随手拿了五盒中等大小的盒子，慈禧叫太监捧着，然后一道出了这间神秘的房子，重新来到寝宫。

太监把五个盒子放到案桌上。慈禧笑着说："看你的运气如何？"说罢，自己动手打开一个。

这个盒子里装的是一朵美丽的牡丹花。醇郡王福晋从来没有见过这么好看的首饰，比她后花园的真牡丹还要好看。她从姐姐手里接过，细细地欣赏。这朵牡丹的花瓣全用血红色的珊瑚薄片制成，四片绿叶子配的是碧绿的翡翠。那叶子雕得真好，对着窗户一照，里面细细的黯黑纹路都可以看得清楚。花瓣、叶片之间以头发丝般的细铜线连缀而成。柳儿越看越爱。

"把它别到发髻上看看。"慈禧含笑说。

柳儿把牡丹花插在左边发髻上，问姐姐："好看吗？"

"好看。"慈禧很高兴，仿佛仍是一个十六七岁在娘家做女的大姑娘。"你自己对着镜子照照。"

柳儿走到玻璃镜边。镜子里那位脸庞端正、身材窈窕的少妇，在牡丹花的衬托下更显得俏丽。

"插到右边去，可能会更好看些。"慈禧走到妹妹身边，把花插到她的右边鬓发上。柳儿看到玻璃镜里的形象更美了。

"姐姐，你真会打扮！"柳儿欢喜地问，"为什么插到右边要好看些呢？"

"傻丫头，你没看到你右边的头发梳得太紧了吗？"

真的，柳儿自己不觉得，经姐姐一提醒，果然发现右边是梳紧了一点，插上这朵牡丹花，就与左边显得很协调了。她不由得深深佩服姐姐目光的锐利。

柳儿打开第二盒。盒子里装了两只金钏，每个金钏上镶着八颗珍珠。金钏闪黄光，珍珠闪白光，交相辉映，甚是耀眼。柳儿很喜欢。打开第三盒，是一只纯金打成的凤簪。凤头镶以红珊瑚，凤眼里嵌两颗黑珍珠，凤嘴里叼一串光溜溜、紫莹莹的玉葡萄。柳儿爱极了。第四盒是一块花玉雕的蝴蝶佩饰。第五盒装的是一根珠缨。柳儿把珠缨提起来，立刻光彩四射。原来这是一根梅花珠缨，淡黄色的缨带上精细地结了五朵梅花，梅花的每个花瓣上镶一颗浅黄珍珠，正中是一颗直径半寸的白色明珠，两朵梅花之间以一个金环连接，环上镶着赤、橙、黄、绿、青、蓝、紫七颗玛瑙，整个珠缨近半人长。柳儿心想，这根珠缨的价值决不会低于二万两银子。柳儿拿在手里，不忍放进盒子里去。慈禧看出她的心思，拿过珠缨，亲手把它挂在外衣纽扣上："好啦，就这样挂着，不要取下来了。"

柳儿欢喜无尽，说："谢谢姐姐了！"

慈禧将眼前亭亭玉立的妹妹看了又看，说："这件外褂的花色不对，我再送你一件合适的。"转脸对一旁的宫女说，"去把僧王福晋送的那件褂子拿来。"

过一会，宫女捧出一件衣服来。柳儿接过，打开来。这是一件深紫色薄呢大褂，前胸后背各绣一朵很大的红牡丹，牡丹边飞着几只活泼的小蝴蝶。柳儿把自己的外褂脱下，换上这件。身上的牡丹花与头上的牡丹花恰好配合成一体，显得又娇艳又庄重。慈禧对妹妹说："我于穿着打扮上，就是细微处也不厌精详。戴牡丹花头饰，就要穿绣牡丹花的衣服。你不管国事，比我有时间，更要注意打扮。要知道，女人打扮，不仅是给男人看的，也给自己看。打扮得漂漂亮亮，自己看着也舒服。比如说我吧，我爱打扮，每天要花一个多时辰在打扮上，先帝大行了，我给谁看呢？还不是求得自己舒心。”

姐妹二人正说得兴起，安德海进来，低头禀报：“六爷正在外面等候召见。”

“母后皇太后呢？”慈禧问。

安德海禀道：“母后皇太后说，她今天有点不大舒服，六爷的事情，就由圣母皇太后一人做主。”

“你去请皇帝出来，我一会就去。”

“喳！”

待安德海出了门，柳儿吃惊地问：“六爷进宫来了？”

“是的，我要重新起用他。你这就回府去吧，过几天，我们姐妹再好好聊聊。”

当恭亲王奕䜣跪在养心殿东暖阁正中软垫上时，东暖阁东面墙壁边的龙椅上，已坐着九岁的同治小皇帝。南北两边墙壁前悬挂着两幅薄薄的黄幔帐，黄幔帐后面也各有一张龙椅。往日，南边坐的是母后皇太后钮祜禄氏，也就是慈安太后。北边坐的是圣母皇太后叶赫那拉氏，即慈禧太后。今天，南边黄幔帐后的龙椅空着，慈安太后未到。她对政事兴趣不大，身体稍有不适，她便不参加，慈禧太后则从不缺席。小皇帝登基已三年了。三年来，无论召见任何人，他都一言不发，如同一座木雕似的坐在那里。慈安不来，今天就只有慈禧唱独角戏了。

“六爷。”黄幔帐后面传来慈禧清脆的声音。

“臣在。”奕䜣赶紧磕头答应。

黄幔帐后面的太后注目看着跪在垫子上的小叔子。有两个多月不见了，他显得消瘦了一点，然而正因为此，更加突出了他棱角分明的五官和儒雅开阔的气质。他极像先帝，却比先帝更添三分男子汉的气概。顿时，年轻太后又忘情地想起她早逝的丈夫来。略停片刻，她的声音变了，变得格外的柔和温馨，仿佛是当年与先帝对话的兰儿，而不是两个多月前那位用严厉措词指责军机处领班大臣的威不可犯的皇太后。

“近来过得还好吗？”

“这段日子里，臣闭门谢客，反省思过，所获良多。”奕䜣回答，声调里带着忏悔的味道。

“六爷，先帝龙驭上宾，将祖宗基业扔给我们孤儿寡母，外头洋人欺侮，内里贼匪又四处作乱，我们姐妹好难啦！要保住祖宗的江山，我们姐妹俩没别的能耐，只有内靠五爷、六爷、七爷你们这班亲叔子，外靠曾国藩、左宗棠、李鸿章这批文臣武将，才勉强把这几年支撑过来。现在虽说江宁收复了，但捻子、回民的气焰仍很凶，祖宗江山还在危难中。六爷，你要和我们母子一条心哪！”

奕䜣听出慈禧的话中之话，遂再次磕头奏道：“臣年幼不懂事，前向对两位太后多有冒犯之处，心里十分悚惭。近日重温列祖列宗的教诲，深感祖宗创业之艰难，两百多年来，江山维系不易。当此内忧外患之时，臣办事不力，有负太后重托，理应遣责。臣处周公之位而不能行周公之志，不仅将来愧见列祖列宗于九泉之下，亦对不起臣僚百姓。臣心痛苦万分。”说到这里，奕䜣不觉失声痛哭起来。

奕䜣的表现使慈禧十分满意。究其实，她与奕䜣并没有多大的冲突，根本不是江宁城里的曾国藩想象的那样严重。

两宫垂帘听政后，奕䜣以皇室中的有功人员被封为议政王，食亲王禄双份，总领军机处，成为事实上的摄政王，权倾当朝。恭王府成了京城里除皇宫外的第一府第。一天到晚大门外车水马龙，冠盖如云，王府支出浩繁。这时，任过总督的岳丈桂良给女婿出了个主意：收门包。并说地方上的督抚衙门、两司衙门乃至府道衙门莫不都如此，否则，应酬的开支从哪里来？奕䜣接受了这个建议。这样一来，王府增加了一笔很大的收入。但时间一久，弊端也越来越大。大家都出门包，门包就有了数量大小之别。数量大的先得接见，数量小的往后挪。有的外官为了早得接见，不仅出门包，且贿赂门房，门房又乘机敲诈。到了后来，见一次奕䜣，甚至要交一千两银子的门包。这样一来，京师物议甚多。有次，安德海有要事要见奕䜣，门房不认识，开口便要他拿三百两银子出来。安德海说他是宫里的，门房说宫里的也要出。安德海不便说出慈禧的名字，只得打出三百两银票。过一会，门房出来说：“恭王事多，安排在五天后接见。”

安德海急了：“烦你再去通报一声，就说有要紧事，请恭王务必在百忙中见一下。”

门房笑嘻嘻地说：“那好，既有要事，再拿两百两出来吧，做特急安排。”

没法子，安德海咬紧牙，又拿出二百两来。

就这样，安德海见一次奕䜣，用去了五百两银子。他气不过，将此事告诉了慈禧太后。慈禧心里颇为不悦。

御史蔡寿琪得知官员们对恭王府收门包一事普遍不满后，向太后、皇上告了一状。慈禧将折子给恭王看。恭王看后，追问是谁上的。慈禧告诉他是蔡寿琪。奕䜣脱口而出：“蔡寿琪不是好人！”慈禧听后皱了皱眉头。

奕䜣既以摄政王自居，每议及军国大事时，便常常发表与慈禧观点不同的言论，而且侃侃高谈，引经据典，头头是道，慈禧辩不过他。她心里嫉妒，生怕自己被架空。平时在后殿议事，时间一久，太监除给两宫太后上茶外，也给奕䜣上一碗茶。有次太监忘记上茶了，奕䜣讲得口干，顺手端起慈禧的茶碗一饮而尽。喝完后，奕䜣才知拿错了，忙赔罪。慈禧一笑置之，然过后想起，心里不是味道。

后来，奕䜣鉴于军费支出大，提出裁抑宫中开支的建议，慈禧同意了。她想到裁抑的是别人，不会到自己的头上来。一次，安德海到内务府去领餐具。管事的太监说，奉恭王命，太后的餐具一个月发一次，早几天才领过，这次不能发。安德海不做声。第二天御膳房给慈禧开餐，端上来的盘盘碗碗全是缺边裂口的。慈禧惊问是何缘故。安德海为泄私愤，添油加醋地说了一大堆恭王如何克扣等坏话。慈禧听了很生气。

就这样几件事情，慈禧把它联系起来，暗自思考了很久。她认为奕䜣为皇帝的亲叔叔，又在辛酉年起了扭转乾坤的作用，见识很高，才干超群，受到内外上下的普遍尊敬，且又这样胆大骄傲，不把她放在眼里，要不了多久，他会把他们母子当做傀儡，玩弄于股掌之中，到时候，甚至会把孤儿寡母赶下去，自己做起大清王朝的皇帝来。他是道光帝的亲儿子，当皇帝名正言顺，而自己弄的这一套垂帘听政，本是祖制所不容的。慈禧越想越觉得可怕，必须先下手为强！这个处事果决、心狠手辣的女人于是先动了手。她加给奕䜣的罪名是贪墨受贿、目无君上、诸多挟制、暗使离间。一纸诏命，将奕䜣所有的职务全部剥夺干净。

从本质上来说属于懦弱型性格的奕䜣，骤然遭此重大打击，措手不及。他想起三年前的那场大变动，想起肃顺、载垣、端华的被杀，想起执政三年来这位太后的手腕，他意识到自己不是她的对手，要保全权力地位，唯一的出路是真正彻底地跪倒在她的脚下，顺从她的旨意。趁着慈禧三十大寿的机会，他投其所好，送了一份重礼：一整套法国进口的妆具和一双绣花鞋。那双鞋子上每只都缀着一颗径长一寸的东珠。管事太监告诉慈禧，光这两颗珠子就不下于五十万两银子。慈禧对这份重礼满意。她今天就穿着这双举世无匹的绣花鞋，眼睛望着鞋尖上的珠子，一边欣赏，一边思索。

罢了奕䜣职务后不到几天，以惇亲王奕誴为首的满蒙亲贵，以军机大臣文祥为首的文武大臣便不断上折为奕䜣说情，认为他功大过小，不应受此严惩，且国步维艰，正赖他砥柱中流，罢掉他，于国家大不利。甚至慈安太后也来讲情了，说我们姐妹终究是女流，天下还得要靠爷们支撑着。慈禧对王公大臣的说情置之不顾，尤其对慈安的话气恼。她嘴里不说，心里鄙夷慈安没出息：女流又怎么样？女流就不能做事业吗？武则天不是女流吗，有几个爷们赶得上她？我就是要让他们看看圣母皇太后的本事！

心里虽有这个雄心壮志，但两个多月下来，御政不久的慈禧太后深觉自己的能力不济。首先是她的书读得太少了。她亲手拟的那篇罢恭王的诏命，短短的两百来字，错字白字就有十多处，她自己不知。半个月后，妹夫悄悄告诉她，她羞得满脸通红。臣子们上的奏折，只要一涉及冷僻一点的历史典故，她便不懂，又不好意思下问军机处，许多奏折她常常似懂非懂。再就是对六部官员，对地方上的督、抚、两司、将军、都统等重要官吏的出身资历、才学品性，她都缺乏了解，对于他们的迁升处置，她常常拿不定主意。尤其令她难堪的是，凡有关军事方面的奏报，她几乎不能置一字可否。她深深感觉到，作为一国之主，她欠缺的太多了，她的细嫩的肩膀远不能挑起这副破烂而沉重的担子。这么多人对恭王罢职不满，也使她意识到自己目前的威望，还不到使臣僚们诚惶诚恐、畏之懔之的地步。三十岁的慈禧比后来的老佛爷幼稚得多，但也明智得多。她清楚地看到：自己还需要学习，还需要培植党羽，树立权威，而在这个过程中，是要有人替她把这副担子挑起来的。环视皇室四周，先帝的兄弟们，惇王奕誴愚憨、醇王奕譞浅薄、锺王奕詥放荡、孚王奕譓年纪还小。再看近支王族中，也无一才干突出之人。比来比去，再无人超过奕䜣了。

慈禧太后近来的心绪很好。这是因为，一来她对曾国藩所施加的一诬二揭三逼，旨在促使其加速裁撤湘军的手腕，完全收到了预期的效果。曾国藩自己的奏折报告湘军正在一批批地遣散，富明阿、德兴阿的奏报也予以证实。她放心了。二是沈葆桢报告，他的部下席宝田活捉了小天王洪天贵福，请求押来北京献俘。这两桩喜事都为她的三十大寿大壮颜色。再加上奕䜣自己的表现，诸多因素的综合，使得慈禧决定宽免奕䜣的过失，重新起用。

“六爷，先帝在日，常常在我面前称赞你的忠心和才干，我们姐妹对你是完全相信的。先前的过失，既然已经知道，今后不再犯就行了。皇帝年幼，我们姐妹阅历也不够，往后还要靠六爷多多辅佐。”

这分明是要再起用的话，奕䜣又惊又喜，连连磕头，说：“太后宽宏大量，臣肝脑涂地，不足以报。”

“自家手足，不必说这样的话。”慈禧的话很恳切，声调也恢复了过去的亲热，“有几件事，六爷帮我们姐妹拿个主意。”

“请太后示下。”

“江南方面，最近有两件大事。一是曾国藩裁湘军。他折子上说要裁去九成，甚至可以一个不留。二是沈葆桢抓了伪幼天王，他说要押来献俘。这两件事，六爷谈谈你的看法。”

“太后，”奕䜣思索片刻后禀道，“江宁攻下不久，曾国藩便立即着手裁军，足见曾国藩对太后、皇上忠心耿耿。此人乃宣宗爷特意为先帝破格简拔的重臣。宣宗爷和先帝都看重他既有才干又有血性，故而畀以重任。他果然不负所望，创建湘军，历尽十余年艰难，平江南巨憝。现在他又不居功自傲、拥兵自重，主动裁军，正是千古少见的忠贞之士，人臣之楷模。太后、皇上宜大力表彰，以培风气。倘若所有带兵的将帅都效法曾国藩，则祖宗江山将固若金汤。”

“喔！”慈禧点头赞同。奕䜣真不愧是曾国藩的知己，短短几句话，句句说到点子上。慈禧想起与奕譞、僧格林沁的合谋，心中不免有点惭愧。是的，奕䜣说得好，假若带兵的将领都像曾国藩这样，那真可高枕无忧了，应该大力表彰他！

奕䜣接着说：“为了表示太后对曾国藩忠心的酬劳，应当降旨让湘军保留一部分。这一方面表示朝廷对曾国藩的充分相信，同时也是形势所必需。因为长毛尚有余部，淮河两岸还有捻寇，湘军不能全撤。”

“你看要保留多少人呢？”慈禧问，她觉得奕䜣的话有道理。

“我看至少要保留三万人左右，太少了不起作用。”

“好吧，就让曾国藩保留三万。”

“基于这一点，臣建议伪幼天王不必押来京师献俘。”

“为什么？”慈禧一时不明白这二者之间的关系。

“伪幼天王是从江宁城里逃出来的。前些日子，左宗棠、沈葆桢等人为此弹劾曾国荃。现在若把伪幼天王押来京师，弄得沸沸扬扬，这不是让沈葆桢大添光彩，而令曾国荃大失脸面吗？太后既然要表彰曾国藩的忠心，同时也就要宽谅他的弟弟的疏失。伪幼天王毕竟只是个小顽童，不能和伪天王相比，可以援石达开、陈玉成、李秀成均未献俘的先例，命沈葆桢在南昌就地处决算了。”

“就依你的意见办。”慈禧明白了个中关系，爽快地答应了。

“还有一件事，户部奏请按旗兵、绿营例，命湘军将十余年的军费开支情况逐项禀报，以凭审核。六爷看如何办理为好？”

“太后，户部这是无事生事。”奕䜣断然答道，“湘军既不是朝廷经制之师，就不能按旗兵、绿营成例。十多年来，湘军军费大部分都是自筹，朝廷所拨有限。自筹的经费，何必去管它的开支！且这些湘军将领，起自闾里，从未受过朝廷的正规训练，说不定过去的那些往来账目根本就没有保留。这么多年过去了，现在一时叫他们逐年逐项申报，这不是给他们出难题吗？再说，湘军正在裁撤之时，裁则一了百了，还提这些事做什么！朝廷只希望他们早点裁掉为好。倘若他们借此拖延时日，或干脆不裁，岂不因小失大！”

“六爷说得对！”慈禧由衷赞同奕䜣的见解，为了追回几个钱而误了裁军大事，真是得不偿失！她由此更感到奕䜣人才难得，遂郑重宣布：“六爷，从即日起，你仍回军机大臣本任，总理军机处。”

奕䜣先是一喜，忙磕头：“臣奕䜣谢太后圣恩。”继而又想：“议政王”头衔为什么不还给我呢？是无意疏忽，还是有意扣留？正在乱想时，慈禧已下令了：“你跪安吧！”

奕䜣颇为失望地磕头，托起三眼花翎大帽，面对着黄幔帐后退。刚走到门帘边，正要转身出门时，又传来慈禧的声音：“六爷。”奕䜣连忙站住，心想：一定是太后记起了我的“议政王”，要还给我了。忙跪下，答道：“臣在。”

“曾国藩奏江南贡院即将建好，定于十一月初举行甲子科乡试。江南乡试中断了十多年，今年恢复，是一桩大事，主考、副主考放何人，你与贾桢、倭仁等人商量一下，看着办吧。”

“是！”奕䜣怅然答道。

第二章 整饬两江

一、甲子科江南乡试终于正常举行

在江宁城百废待兴的时候，曾国藩压下两江总督衙门、江宁布政使衙门、江宁知府衙门等官衙的兴建，将经费用在两项建设上：一是满城；一是江南贡院。修复满城是为了讨得朝廷的欢喜，恢复江南贡院，则为的是笼络两江士子的心。满城建得慢点不要紧，贡院的兴建则一刻也不能缓。今年是甲子年，为例行的大比之年，其他各省都按规定期限，于八月中旬结束了秋闱，唯独安徽、江苏例外。安徽、江苏两省在康熙六年以前还是一个省，名曰江南省（它与江西省同属一个总督的管辖，所谓两江，即江南与江西的简称），省垣江宁。后来虽分成两省，但乡试并未分开。安徽省的士子，每到大比之年仍到江宁来参加乡试。自从咸丰二年底，太平天国将都城定在此以后，苏、皖两省的乡试便中断了。咸丰十一年，曾国藩想在安庆设立一个上江考棚，专考安徽士子，但因为皖北仍在太平军之手，遂未果。这样，十二年多时间里，安徽、江苏两省士子便眼睁睁地失去三次飞黄腾达的机会。一到江宁重回朝廷之手，要求立即开科取士的呼声，便雷鸣般地灌进曾国藩的耳中。

曾国藩本人的急迫心情并不亚于这些士子。在当年出师前夕昭告天下的檄文里，他竭力谴责的就是太平军“举中国数千年礼义人伦、诗书典则，一旦扫地以尽”的行为，号召所有读书识字者起来捍卫孔孟名教。这些年来，他的确也以“卫道”的口号争取了大部分读书人的拥护、支持，这正是他成为胜利者的主要原因之一。现在，到了他为这些读书人酬谢的时候了。更何况作为恢复中断十二年之久的乡试最高主持人，历史将会以怎样令人炫目的文字予以记载啊！曾国藩每想到这些便激动万分。这个凭借着府试、乡试、会试才有今天地位的荷叶塘农家子弟，深深地理解贫寒士子盼望出头的苦心，也深深地以执掌文衡而感到无比的荣耀。他每隔几天便要亲临江南贡院工地，督促他们务必在十月底全部竣工，决不能耽误定于十一月初八日的甲子科乡试。前几天，江南贡院终于如期完工，曾国藩和所有苏皖官员们都觉得肩头上轻松了许多。

近日里，来自江淮大地、苏南苏北的二万士子，络绎不绝地涌进江宁城，给正处在由废墟重建的千年古都带来一股新鲜的机趣。这些士子中有白发苍苍的老者，也有不及弱冠的青年，有肥马轻裘、呼奴喝仆的富家子弟，也有独自一人挑着书箱、布衣旧衫的清贫寒士。他们走在街上，出入逆旅酒肆，一个个头上扎着长长的发辫，满嘴里子曰诗云，令金陵遗老们真有重睹汉官威仪之感！

江南乡试，向为全国瞩目，不仅录取人数仅次于直隶而居第二，更因为殿试一甲人员之多，令各省羡慕。清代自顺治三年丙戌开科取士，到咸丰二年壬子科后金陵落入太平天国为止，共九十一科，江南出状元五十名，榜眼三十二名，探花四十二名，居全国第一，远在其他各省之上。这样一个重要的地方，又是金陵克复后的首科，主考官放的何人，士子们都在互相打听。绝大部分人都不知道，只有极个别有亲戚在北京做大官的人心里有数，但他们都不讲。被猜到的正副主考官有好几十个，众人都拿不准，唯一拿得准的是：今科江南乡试的正主考官一定是一位德高望重、才学优长的翰苑老前辈。

这一点果真被猜中了，临到考试的前十天，两江总督曾国藩才接到部文，得知正主考官放的是刘昆，副主考官放的是平步青。刘昆字玉昆，号韫斋，道光二十一年翰林。咸丰元年由翰林院编修调任湖南学政，咸丰四年迁内阁学士，不久迁工部右侍郎。咸丰十一年因过革职，两年后复职任鸿胪寺少卿，今年初升为太仆寺少卿。如今即以堂堂九卿的身份主持江南乡试，为参加是科乡试的士子们增色不少。平步青字景孙，今年三十二岁，时为翰苑编修，是个官运正好的俊逸才子。说是今天申正可抵金陵，申初，曾国藩便带着江苏巡抚李鸿章、学政宜振甫和安徽巡抚乔松年、学政朱兰以及江宁藩司万启琛等高级官员亲到下关接官厅迎候。

湘军在裁撤过程中接到上谕：为着长远考虑，不必全部裁尽，可以保留三万左右的兵力。曾国藩正为此事而忧虑，这道上谕出乎意外，令他欣喜异常，立即决定长江水师暂不动，吉字大营保留十六个营八千人，霆军留下八个营四千人，其余张运兰的老湘营、萧启江的果字营、正字营，还有李续宜旧部全部裁撤，淮扬、宁国、太湖三个水师各留一千人，其余也统统回原籍。这段时期，下关码头日日夜夜人如潮，货如山，吉字营被裁撤的官勇们正携带从金陵城里抢劫的金银财宝、美女少奴，坐上西行船舶，怀着各式各样的想法，做着形形色色的美梦，由长江换船进洞庭湖，由洞庭湖进湘资沅澧，而后再换船进小河小港，或换骡马车担踏上大道小路，进入原本闭塞贫穷的山谷边壤。他们以及后来从各个军营撤回的十几万湘勇，拿了这笔钱起屋买田，送子读书，经商跑大码头，出门会阔朋友，开湖南一代新风，遂使历来号称天荒之地的三湘四水，从此眼界大开，风气大变，人才辈出，灿若群星，成为近代中国最有名气、最有影响的一个省份。

该走的已走得差不多了，留下来的遵照曾国藩的命令，陆军全部撤到城外，长江水师的船只也一律停泊在大胜关以上等候处理。这样，江宁城里的战争气氛大大消除，老百姓心理上的压力也减轻许多，眼前的下关码头显得平静，恰如曾国藩近来的心绪。

这是他多年来少有的平静。湘军大规模地裁撤，使他获得了太后、皇上的嘉奖。恭亲王又复职了，他的靠山没有倒。洪天贵福并没有押去京师献俘，这无疑是朝廷给沈葆桢以冷淡，而给他们兄弟以脸面。曾国藩很感激，然而他更感激的还是朝廷对军费报销一事的宽容。

当金陵刚刚收复，全体官勇都沉浸在胜利的喜悦之中时，署过兵部侍郎的曾国藩，便已想到今后如何向兵部报销军费开支一事了。这是一件十分重大又十分棘手的事，尤其是在关于金陵财货下落的谤谳四起之时，他更为此事忧心忡忡。

从咸丰三年募勇开始，曾国藩便对往来银钱一丝不苟，各项开支都记载得清清楚楚。衡州出师时，他专门建立内外两个钌钱所，所有收支银钱皆有明细账目。他提出“不怕死，不爱钱”的口号来教育湘军官勇，自己又以身作则，从不私用一文军款。湘军建立之初的那几年，账目清爽，军费开支的报销不难。到了后来，湘军人员大大扩充，先是胡林翼一支人马独立了，后来罗泽南和李续宾、李续宜兄弟也独树一帜，再接着老湘营、吉字营、贞字营、平江勇、水师内湖外江，又加上一个左宗棠的楚军，他们都各自独立，打仗还可以服从统一调配，至于银钱开支，曾国藩则无力控制，也不想控制了。这些独立出去的湘军，绝大部分的开支是一本糊涂账。朝廷给的饷银极少，都靠他们自己募集，甚或掳掠。这些统帅，压根儿就没有想到打完仗后，还有个向兵部汇报开支一事。待到部文下达后，曾国藩向他们传达命令时，他们仍不以为然，曾国藩拿他们一点办法都没有。不报吧，无法向朝廷交代，报吧，又会激起将领们的反感，弄得不好还怕发生意外。正在他急得焦头烂额时，一道上谕救了他：“所有同治三年六月以前各处办理军务未经报销之案，准将收支款目总数分年分起开具简明清单，奏明存案，免其造册报销。”真个是圣量宽宏！

曾国藩想，所有这些，可能都是皇太后对裁撤湘军的回报。他为自己以稳重、抑让的态度顺利渡过难关而庆幸。

“少荃，今科江南乡试，你是主人，韫斋、景孙远道而来，你打算如何招待？”曾国藩微笑着对坐在身旁的李鸿章说。江南乡试照例由江苏、安徽两省巡抚轮流充当监临，甲子科的监临轮到了苏抚。

“两主考的公馆，门生安排在旱西门外妙香庵。半个月前，已将庵内庵外粉刷一新，卧房、书房、客厅都换了全套洋式摆设，看过的人都说很好，想必两主考会满意。”李鸿章答道。

这几年李鸿章一洗过去在家乡的晦气，处境顺利得很。淮军接连攻下苏州、常州、镇江几大名城，声名鹊起，几与湘军相埒。淮军统帅李鸿章知道，这中间的诀窍，全在于洋人的枪炮子弹。李鸿章充分利用上海富甲天下的有利条件，用大把大把的黄金白银换来洋人的军火装备。当时令湘军、绿营将官们眼红的连发短枪，在淮军中甚为普遍，连哨长、哨官都有。他们将尺把长的乌黑发亮的英国造新式短枪，用宽宽的牛皮带吊在屁股上，神气活现地出没于市井酒楼之中，令百姓畏若天神。淮军军官们吃过酒饭，把嘴一抹，拔腿就走；看到好的货物，口一张，对卫兵说声“带上”，主人不但不敢问他们要钱，还得亲自送出门外，点头哈腰，谢谢赏光。待背影都看不见后，才吐一口痰，狠狠地骂一声：“强盗！土匪！”新近荣封伯爵的李鸿章十分懂得淮军对他的重要，在恩师起劲裁撤湘军的时候，他的淮军，除遣散老弱病残者外一概未动，并暗暗地吩咐各营营官，将湘军中那些已被裁撤而又凶悍能战的官勇搜罗过来。淮军的力量愈发强大了。志大才高的李鸿章仗着权位功勋，已不把当时的人物放在眼里，唯一对恩师曾国藩，仍存有三分恭敬、七分畏惧。

“少荃哪，我看你近来要洋化了。妙香庵里的洋式摆设，景孙年少，或许追求时髦，韫斋是个老头子，不一定喜欢。”曾国藩依旧是笑笑的，习惯地用手缓缓地梳理着花白的长胡须，虽不太赞成李鸿章的这种安排，但口气并不是指责的意思。对这个亲手栽培的门生，他基本上是满意的。尤其是他已看清了湘军衰落、淮军当旺的形势，一方面对自己当年的决策深感欣慰；一方面又对这个气概不凡的门生寄托着七成厚望、三成倚重。

“洋人最善巧思，造出的东西莫不尽惬人意，我想昆老一定会喜欢的。”李鸿章自信地说。

“准备了什么好的特产款待吗？”曾国藩不想就这件事争论下去，换了一个轻松的话题。

“吴下好吃的东西多得很，门生特地从苏州带了几个名厨来，要他们变换花样，把吴下好菜让两位主考都尝尝，尤其要他们将吴下三道最负盛名的菜烧好。”李鸿章颇为自得地说。

“最负盛名！是哪三道菜？”彭寿颐对吃最有兴趣。自从咸丰四年追随曾国藩以来，他从未在幕府吃过什么稀奇的菜。曾国藩生活俭朴，幕僚饮食与寻常百姓没有多大差别，他自己天天都和大家一起吃饭，幕僚们虽有意见，也不好意思提了。记得那年王闿运远道到祁门来，厨房晚餐于照例的冷菜外加了一个肉末豆腐汤，曾国藩见了，摇头说：“何须如此奢侈！”从那以后，幕僚们连客人的光也沾不到了。这次能沾主考的光，吃上苏州名厨烹调的吴下名菜，真令他太兴奋了。

“惠甫是阳湖人，他清楚，你问问他吧！”李鸿章有意卖关子。

“李中丞，你这不是有意难我吗！我哪里知道你肚子里的名堂啊！”赵烈文搔了搔头，想了一会，说，“是不是菇菜、莼羹、鲈鱼脍呢？”

“正是，正是！惠甫不愧是吴下才子。”李鸿章快活地笑起来了。

“少荃，眼下正是西风肃杀之际，你端出这几道菜来，是想把我们这些人都赶回老家去吗？”

曾国藩的话刚一出口，接官厅里便响起一片笑声，他自己却不笑，依旧缓缓梳理他的胡须。在座的都是饱学之士，知道他说的典故。晋代吴郡张翰被齐王司马冏招为大司马东曹掾。张翰见政局混乱，为避祸，托辞秋风起，思故乡菇菜、莼羹、鲈鱼脍，遂辞官归吴。从此，这三种食品便成为吴人引以自豪的名菜。

“真是太美了！古人说松江鲈鱼金齑玉脍，看来以后可以沾主考大人的光，遍尝东南美味了。”彭寿颐情不自禁地流露出一种难耐的欲望。

“少荃，听说松江鲈鱼以四鳃著名，真有这事吗？”曾国藩虽然一向喜欢吃鱼，但这几个月在金陵既忙又忧，还没有想起要品尝一下名扬海内的四鳃松江鲈鱼。

“的确是四鳃。”李鸿章以行家的口气答道。他比老师会生活，既要事业，也要享受。“只是有两个鳃大点，有两个鳃小点。明日门生叫人送几尾到衙门去，恩师可亲眼验看。”

“要得，明日多送几尾，叫衙门里的师爷都尝尝。”向来不受馈赠的曾国藩，难得有这样爽快的时候。

“不过，李中丞，我倒是听说，松江鲈鱼要出美味，还得靠蜀中姜不可。你备了蜀姜吗？”赵烈文向李鸿章发难。

“这个我就不懂了，不知厨子备了没有。倘若没有蜀姜，还请惠甫多多包涵，勿在两位主考面前点破哟！”李鸿章的话又引起一片笑声。

“少荃，今科乡试士子年纪最大的是多少岁？”笑过之后，曾国藩问。

“一万九千八百六十九名士子中，年纪最大的是江苏如皋籍的鲁光羲，今年七十八岁了。”李鸿章答。

众人一片赞叹声。

“难得！如此高龄，尚能临场应试。”曾国藩想起自己才五十四岁，便眼花齿落，已近老态，不禁对这个老士子发出由衷的赞叹。“三场完毕之后，我们都去看看他，以示鼓励。倘若真的中了，让他戴着大红花，在闹市中接受大家对他的恭贺，耀一耀几十年来寒窗苦读、老来遂志的光荣。”

众人都点头称是。

万启琛说：“七十八岁应乡试，诚难能可贵，但也还不是最老的。乾隆丙辰科，刘起振七十九中乡举，八十入翰苑。嘉庆丙辰科，王严八十六中乡举，未及次年会试便死了。这都是士林美谈。”

赵烈文说：“你说的还不算老。乾隆己未科，广东番禺王健寒九十九岁尚应乡试，握笔为文，挥洒自如。翁方纲曾以诗记之。”

大家都惊诧不已。

“那么，最小的多大年纪呢？”曾国藩又问。

“最小的十七岁。”李鸿章答。

“哦。”曾国藩点点头，说，“据说朱文正公也是十七岁中的乡举，座师阿文勤公夸他年虽少，魄力大。”

万启琛说：“诸位听清了吗？爵相方才用的是‘也是’两个字，这可是个吉兆，小家伙今科定然会中举。李中丞，你记得他的名字吗？”

“他叫陆宇安。”李鸿章说，“因为是敝同邑，所以记得。”

众人都说：“好，我们都记住了，放榜时注意看，想必这陆宇安今科必中无疑。”

曾国藩高兴地说：“随便说说的，哪里就算得数！”

曾国藩记起前几个月决定兴建贡院时，有个李老头子说要带着儿子、孙子，祖孙三代一起应试的事，遂问李鸿章：“有父子、祖孙一起来的吗？”

“有。”李鸿章回答，“父子结伴而来的，有两百多家，祖孙三代来的，也有八家。刚才说的鲁光羲，就是祖孙三代一起来的，孙子也有二十多岁了。”

“好！”曾国藩高兴地说：“这真是旨古以来少见的场面。少荃，你这个监临荣耀得很啦！”

“这还不都是沾了恩师您的光！”李鸿章开怀大笑，大家也都跟着笑起来。

正在大家兴致浓厚地闲谈时，一艘华丽的大官船从下游慢慢驶来，船上坐的正是甲子科江南乡试正主考官刘昆、副主考官平步青。

“一路辛苦啦，昆老！”当刘昆刚走出舱门时，曾国藩便带着李鸿章一班人踏过跳板上了船，向他问候致意，站在刘昆背后的平步青也笑着接受众人对他的热烈欢迎。

“中堂以爵相之尊亲来迎接，令老朽何以心安！”

刘昆功名比曾国藩晚一届，年龄却比曾国藩大几岁，须发雪白透亮，精神很好。那年在湖南学政任上，为杀林明光一事，很与曾国藩闹了一阵子。现在曾国藩勋名盖天下，远在刘昆之上，且乡试监临是李鸿章，曾国藩完全可以不来迎接。他不计前嫌，降尊纡贵，这的确使在官场混了半辈子的刘昆感动。在过跳板的时候，刘昆一定要让曾国藩走在最前面。曾国藩高低不肯，说是皇上钦派的主考大人，理应走在前。推推让让一阵子后，刘昆终于拗不过，第一个上了跳板。曾国藩又要推平步青走第二。平步青虽少年气盛，毕竟不敢僭越，死命不肯。

刘昆说：“爵相不要再难为他了。虽是皇上钦命，到底是晚辈，我就擅自做个主，让他走第三罢！”

于是，刘昆第一，曾国藩第二，平步青第三，李鸿章第四，乔松年第五，余下的人便依次跟在乔松年的后面，走过跳板上了岸，进了张灯挂彩的接官厅。

接官厅正中临时搭起了一座龙亭。曾国藩率领众人，对着龙亭中的牌位跪请圣安：“敬祝皇太后、皇上圣体安康，万岁万万岁！”

刘昆在一旁恭敬回答：“皇太后、皇上圣体安康，诸位请起。”

然后大家都依次上了早已备好的大轿。一行二十多乘绿蓝呢轿，气势磅礴地将两位主考大人护送到旱西门外妙香庵。

李鸿章的才能再次得到验证。全套洋式陈设，不仅使平步青喜得抓耳挠腮，就连老头子刘昆也很满意。下午，丰盛的接风筵席上，吴下名菜使得客人赞不绝口，尤其是菇菜、莼羹、四鳃松江鲈鱼脍，更是令满堂叫绝，连曾国藩也觉得味道不错。

妙香庵大门外插起两块大木牌，每个牌上写着方方正正两个大字：回避。除东厢一扇耳门外，所有的门上都贴上两条左右交叉的封条，上面赫然盖着“钦命江南乡试正主考”紫花大印。刘昆、平步青在妙香庵里安静地休息了两天。第三天上午，妙香庵各门上的封条扯了，正主考官刘昆穿朝服乘亮轿、副主考官平步青乘普通蓝呢轿出庵，由旱西门进城来。

亮轿亦名显舆，四周无围幛，里面安放大宝座，蒙上虎皮，左右踏足置木狮，轿杠裹彩绸，由八人抬着，前后吹吹打打，坐在轿中的人可以毫无遮拦地俯视围观的百姓，最是威风得很。这种亮轿平素不用，遇到大比之年，也只是正主考官一人乘坐，为的是突出其威仪。

亮轿一直抬进位于城南府东大街的江宁府衙门。这里已由江宁知府出面，摆下了十五桌入帘上马宴。待刘昆、平步青望北跪叩谢过皇恩入席端坐后，同考官、监临、提调、监试等各执事官才一一入席。这种入帘上马宴虽是宴席，其实主要是一种仪式。酒菜并不丰盛，大家也只略为尝尝而止。席间每隔半个钟头献一道茶，唱一段折子戏。一连三道茶，三段折子戏，全演的科举功名的内容，诸如商辂三元及第、梁灏八十二岁点状元之类。

第三段戏演毕，刘昆起身，众人跟着起身，走到门外上轿，径直前往贡院入闱。赴宴者刚出大门，久在门外围观的百姓便破门蜂拥而入，将宴席上的杯盘果蔬一抢而空，然后将桌子凳子一齐掀翻，再乐呵呵地扬长出门。衙门的差役并不干涉，都在一旁站着观看。前来抢食的人大半不是因为饥饿，这有个名目，叫做抢宴，为自己，或为亲朋在科举考试中抢个吉利。

当刘昆带着百余名闱中官员进了秦淮河畔的江南贡院后，立即便有三千余名淮军开了进来。进入闱中的有两千人，叫做号军，负责近两万名应试士子的试卷发放、送饭送水、号房的开关打扫以及一切服务性事项。外面有一千余人，担负着警戒、巡逻等任务。从这一刻起，往日可以随意参观的贡院，立即变得戒备森严了。金陵全城无论士农工商，都在谈论着这件非同寻常的大事：中断十二年之久的江南乡试终于恢复了！

同治三年十一月初八日，一清早便彤云密布，寒气逼人。昨夜刮了一个通宵的西北风，气温骤然下降，金陵城提前进入隆冬季节了，近两万名士子要在今天全部点名入闱。

乡试定例在八月举行，以八月初九为第一场正场，十二日为第二场正场，十五日为第三场正场。先一日（初八、十一、十四）点名入场，后一日（初十、十三、十六）交卷出场。一二两场非到时不开，唯第三场提前于十五日下午放牌，有才思敏捷，或对功名不甚经意的人，这时便交卷出场，好在中秋佳节之夜赏月。每场寅正点名，日落终止。甲子科江南乡试因为推迟了整整三个月，已是冬季，天亮得晚，点名时刻也因此推迟一个时辰。卯正时刻，贡院外大坪里人山人海，士子们背着被包，提着考篮，照着先天发下的《贡院坐号便览》，按省府县分站在各道门口等候入场。

江南贡院有东西两道辕门。东辕门牌坊上写着“明经取士”四个大字，西辕门牌坊上写着“为国求贤”四个大字。安徽籍士子分在东辕门，江苏籍士子分在西辕门。每个辕门左右又各有两道较小点的门。这样，一共有十道入闱的门。门虽多，但士子近两万，每道门口仍有近两千号人围在旁边。每点齐五十名以后，由差役执高脚牌在前引导，士子们跟着牌子鱼贯入闱。因为要一一点名验看，颇费时间，入闱速度很慢。

开始还算安静。天气虽冷，士子们因早有准备，都还耐着性子等待。到了巳初时分，突然下起雨来，雨中还夹杂着雪粒。这下可把站在露天坪里的士子们弄苦了。虽有雨伞斗笠，到底挡不住长时间的雨雪。没有多久，便一个个身上铺满了雪粒子，肩头、袖口、裤管都渐渐地湿了。尤其可怜的是那些年老体弱和衣衫单薄的人，他们更是冷得瑟瑟发抖，缩头缩脑地站在辕门外，在寒风欺凌、雨雪敲打之下，再不是一过龙门便身价百倍的士子，仿佛是一群正在遭受惩罚的罪犯。

人群混乱了。咒骂天老爷的，吆喝着快点名的，互相拍打雪粒的，各种声音嘈嘈杂杂，吵得连点名声都听不见了，入闱速度越来越慢。忽然，从西辕门外传来一阵撕心裂肺的惨叫：“爹爹，您老醒醒，您老醒醒啊！”“爷爷，爷爷！”人们都围了过去。只见一个年逾古稀的老士子直挺挺地躺在泥地上，紧闭双眼，脸色灰白，已被活活地冻死了。旁边两个士子跪在一旁失声痛哭。有心肠好的士子便过来关照劝慰，有急公仗义的士子便忙着去叫巡逻兵。四周都在悄悄议论：

“这老头子是谁，这一大把年纪了还来赴试？”

“据说是如皋来的，快八十了，一旁是他的儿子和孙子，儿子都有五十多岁了，孙子也二十多了。”

“老头子发病几天了，儿孙劝他莫入闱，他非要进不可，说等了十多年才等到，死都要死在号房里，这不就应了这句话！”

“哪里应了？还没进号房哩！”

“这是冻死的。这个鬼天老爷！主考官行行好，莫点名就好了。”

“哪有这样的好事！”

说话间过来两个兵士，将老头子的尸体抬走了，儿子孙子哭着跟在后面。士子们望着这个惨景，摇头叹息道：“可怜哪可怜！客死异乡，儿子孙子也进不了考场，一家三代都白等了十多年。”

昨夜西北风刚起，曾国藩便醒过来了，为天气的骤冷担忧。他是经历过一科乡试、三科会试，在号房里度过四九三十六天的人，深知闱中之苦。今科乡试，大不同于一般，天公如此不作美，太使人气闷了。谁知后来竟下起雨夹雪来，他为应点士子叫苦不迭。大半天来无心治事看书，不断打发人到贡院门外去探听情况。

“大人，如皋籍士子鲁光羲冻死在西辕门外。”奉命了解情况的赵烈文进来报告。

“啊！”正凝眸呆望窗外雨雪的曾国藩大吃一惊。他回过头来问，“是不是那个七十八岁的老头子？”

“正是。现在遗体已被送往清凉寺。他的儿子、孙子和他同来应试，有两个淮军士兵帮他们一起料理后事。”

“可惜！”很久后，曾国藩才吐出两个字来。这个消息使他甚为不快。七十八岁带着儿孙赴乡试，大清立国以来凤毛麟角。那天听了李鸿章的禀报后，他便思考着要围绕这个题目做一系列好文章。首先该向皇太后、皇上奏报：耄耋老人携子孙应试，这是皇太后、皇上圣德感化的体现，是孔孟儒学深入人心的生动说明，是长毛灭后国家中兴的祥瑞之象。他要借此为两江三省读书人树个榜样，鼓励年轻人奋发努力，慰勉老年人好学不怠。他还想到朝野都会广泛谈论这件罕见的奇事，正史野史都会感兴趣地记载下来，为本就天下瞩目的甲子科江南乡试增添异彩，自己作为这科乡试的总策划人，将会更显得不同凡响。可是，现在一切都倒过来了：光彩将变为阴影，美谈将变作笑柄！

“惠甫，你代我到清凉寺去看看鲁光羲的儿子和孙子，并从库房里取出四十两银子送给他们，叫他们买副棺木，早点将老人入棺，护送回籍，不要在城里待久了。”

“好，我就去。”赵烈文答应着，犹豫了一下，又说，“大人，现在雨雪交加，气候严寒，士子们都站在露天坪里，许多人都受不了，希望不点名，先放他们进去，在号房里毕竟可以躲避风雨。”

不点名就径直入闱，这可是乡试中从未有过的事情，倘若因此乱了考场，将来谁负这个责任？

“大人，士子们都在雨雪中冷得发抖，且六十岁以上的老人有一两百，若是再出几个鲁光羲这样的人，那就不好收场了。”见曾国藩阴沉着脸不做声，赵烈文又补了一句。这话果然起了作用。

"惠甫，你先不到清凉寺去了，立即持我的名刺入闱见刘大人，请他下令停止点名，先让他们都进号，然后再叫点名官挨号一一查验，发现有混进场者，杖责一百棍，赶出贡院。今后倘若朝廷追究下来，一切责任由我负！"

正在为因雨雪严寒而点名进展太慢发愁的刘昆，听了赵烈文的转告后，和平步青一商量，立即下令，大开闱门，不必点名，一律凭《贡院坐号便览》纸牌赶快入闱进号。这个命令一传达，尚在辕门外候点的一万多名士子莫不感激涕零，纷纷高喊："谢主考大人恩典！"他们自动整队，举起纸牌，不到一个时辰，便全部进场完毕。

士子入场后，曾国藩仍放心不下。他自己出身寒素，知道士子中有不少穷苦力学之辈，家境贫寒，衣衫必不厚实，经此雨雪一淋，定然湿了。号房中冷如冰窟，又要冥思苦想做文章，如何耐得了；倘再冻死几个，如何向皇上交代！他将彭毓橘、刘连捷叫来，要他们立即从湘军粮台处借调五千件衣服，棉的夹的单的都行，赶快送到贡院，好叫衣衫单薄的士子将湿衣换下。又吩咐闱中厨房速熬姜汤，每个士子发一大碗，以便消寒去湿。到了傍晚，曾国藩又亲自乘轿来到贡院，在刘昆陪同下，顺着狭窄的小巷，查看了部分号房。见所有的士子都已开始安心应考，生病的也有号军单独照顾，一切安谧，这才放下心来。

二、落选士子薛福成上了一道治理两江万言书

经过三场九天的苦战，又经过主考官、同考官以及弥封、誊录等闱中执事人员一个月的紧张封抄、审阅、评定，甲子科江南乡试就要揭晓了。刘昆、平步青、李鸿章、乔松年一致恭请曾国藩写榜。为乡试写榜，历来是一种崇高的礼遇，须年高德劭又是翰林出身才行。今科乡试写榜人，自然非曾国藩莫属。所有中式的举人，也以自己的名字，被这位由文人而建非常武功的三藩之乱后第一汉人书写，而感到莫大的光荣。尽管这是一桩辛苦的差事，但曾国藩乐意干。

写榜这一天，是大比之年最热闹的喜庆日子。一大早，贡院外便挤满了打听消息和看热闹的人。应试的士子本人一般都不去，派仆人去听，没有仆人的，就送几个钱给下榻旅店的伙计，叫他们去听。仆人和伙计得信后再来报告。这一方面固然是想摆摆士子的架子，更重要的是怕经受不了骤喜或骤悲的巨大刺激，在大庭广众中出乖现丑。贡院内大门有一队乐工，备齐锣鼓唢呐。至公堂大厅里，写榜人每写出一个名字，立即便有人一声接一声地递了出来，乐工便马上敲响锣鼓、吹起唢呐，以示祝贺。名字传到外面，人群中即刻响起一阵鼓掌欢呼，仆人或伙计便飞马奔向旅店报信领赏，用不着第二天张榜，新举人的名字便已传开了。

今天，至公堂大厅布置一新，正中一张宽大发亮的条案，案桌边是一把铺着虎皮的大太师椅。五张洒金大红纸上，早有执事人员将今科正榜二百七十三名举人、副榜四十七名副贡每人所占的位置，用细墨画好了，单等曾国藩一一填上。

曾国藩青壮年时能写出很端秀的楷书，只因多年不写了，且目力昏花，精神不支，

今天作起正楷来颇觉吃力。榜上的名字是错不得涂不得的，他每写十个名字，便停下笔，揉揉眼睛，甩甩手，休息一下。便这样写写停停，到了午刻尚未写到一半。吃了午饭，睡了半个时辰的觉，他又拿起笔来。天色渐渐暗下来，大厅里红烛高烧，笑语喧哗，四周围观的人却越来越兴奋起来。

原来，乡试和会试一样，榜上的名字都是从最后一名写起的。越写到后来，中式的名次就越在前面，故写榜的和围观的兴致也越大。贡院外也是这样。虽然天已黑，又冷，看热闹的不但不减少，反倒越来越多了。辕门外挂起了十条由十五盏灯笼连接而成的灯链，把贡院外大坪照得如同白昼。卖各种吃食的小贩也从四面八方涌到这里来，一边看热闹，一边也赚几个钱。

当锣鼓唢呐响过二百二十一次后，曾国藩为一个名字惊喜不已。这人便是今科最年少的士子陆宇安！万启琛叫了起来："爵相大人真是天上的星宿，说话百灵百验。各位还记得吗？那天在接官厅里谈论的陆宇安，这不真的中了！"

李鸿章等人都拍手大笑起来，说："果然不错，这陆宇安今后定有大出息！"

曾国藩心里分外得意，疲劳完全消失，一连写下去，再也不揉眼甩手休息了。时间已到半夜，正榜已写到二百六十八名，刘昆过来悄悄提醒，曾国藩忙停住笔。

大厅里又忙碌起来，差役搬出十几对大红蜡烛，都把它点燃了；又捧出几十挂万字号鞭炮。乐工们从贡院大门边撤回大厅外坪里，至公堂厢房里走出五名形貌丑陋的人来。他们被化装成大头凸额、眼深颔长的怪样子，脸上一律涂满朱砂，挂上满口红胡须，头上戴着乌纱帽，身穿紫红袍。这是舞台上的魁星装扮。最热闹最好看的闹五魁就要开始了。

这是一个相沿几百年的旧习。明代科举分五经取士，每经以第一名为经魁，每科第一名至第五名必须是一经的经魁。后来五经取士的制度废除了，但乡试中仍习惯把前五名称为五魁。从第五名写起，最后一名则为今科乡试的榜头，即为解元。解元名字现出后，鞭炮齐鸣，鼓乐喧天，五魁在大厅里翻滚跳跃。这就是闹五魁。就在五魁欢闹之中，金榜被郑重张贴于贡院大门外。本科乡试到此，便以最热闹的形式结束了。

一切准备就绪，曾国藩重振精神，饱蘸浓墨，写出五魁的姓名来。清代会试鼎甲中，十之六七必有江南乡试五魁中的人，所以分外引人注目。

"刘文虎！"人们扯起喉咙嚷着第五名的名字。这声音立即传出辕门外，看热闹的人群中响起雷鸣般的掌声。

"周祖盛""王铎""许殿鸣"，接下来三个名字的报出，又激起阵阵轰鸣。今科解元是谁？大厅里上百双眼睛一齐盯着曾国藩手中的兼毫玉管笔，辕门外几千双耳朵一齐竖起聆听传出的大名。

"江璧"！所有的人都以万分激动的情绪，呼喊着甲子科解元的名字，尽管这个名字与他们绝无任何关系。这正是人类一种可贵的情感：对杰出人物发自内心的敬重与崇拜！

鞭炮响起来了，鼓乐奏起来了，五魁舞起来了，金榜张贴出去了！虽然有点名那天小小的不快，甲子科江南乡试，毕竟圆满结束了。大厅里的人们在互相道贺，庆祝金陵光复后首科乡试的成功。曾国藩满斟两杯酒，笑吟吟地走到刘昆、平步青的面前，代表两江父老、两万应试士子，特别是中式的新举人们，向两位主考官表示深深的谢意。刘昆、平步青坦然接过酒杯，说了几句客套话后一饮而尽。

“爵相，这是号军们打扫号房时，从设字号房里拾来的一封给您的禀帖。”饮完酒后，刘昆从袖口里摸出一封封闭严实的信来。封面上端端正正地写着：呈两江总督曾大人亲启。

“好，我带回署去看看。”曾国藩接过信，又笑容满面地往同考官面前走去。

好久没有睡过这样香甜安稳的觉了。临近丑时回署后，曾国藩倒床便睡着了，一直睡到巳初才醒过来，闹五魁的热闹场面仍在眼前不时浮现。他想起十一年前打起卫道的旗号在衡州出兵，现在，由自己奏请在金陵恢复了江南乡试，以孔孟诗书取士选贤，又亲自为这科举人写榜题名。想到这里，他心中升腾起一股壮志已酬的自豪感，觉得这件事情的意义，比收复金陵城的意义更大。他由此而意识到应该以主要的精力履行总督的职责了，过去一再幻想做夔、皋、周公的事业，现在虽不能大行于全国，总可以在两江施展吧！

两江素来在全国占有极为重要的位置，把两江治理好了，便为全国树立了一个样板，也培育了一批好官种子，待捻乱平息、长毛残余清除后，全国便都可以仿照两江的样子整饬。如此，国家岂不中兴了？自己岂不就是当今的夔、皋、周公？曾国藩觉得仿佛年轻了十岁，全身重新奔流着建功立业的热血。他猛地记起昨夜刘昆递给他的那封信，连忙找来，拆开读着。

打头一行低几格写着：“江苏无锡籍士子薛福成。”曾国藩回忆昨夜写的榜上举人的名字，无论正榜副榜都没有“薛福成”三个字。是个落选的士子。他心里想。第二行写着：“恭呈太老夫子元侯中堂节下两江治理八条。”正思考着治理一个新两江出来，便有人自献方略，曾国藩心中欢喜，仔细地看了下去。

薛福成在简单的几句歌颂曾国藩平定长毛收复两江的话之后，随即提出了养人才、广垦田、兴屯政、治捻寇、清吏治、厚民生、筹海防、挽时变八项建议。每项建议中又都有具体实行措施，并非书生泛泛空谈，而其中兴屯政、筹海防二策，曾国藩整饬两江的计划中还没考虑过。全篇呈词，条理精密，文词清通，洋洋洒洒达万余言，结尾几句尤使曾国藩击掌叫好：

> 窃惟天下之将治，必有大人者出而经纬之。十余年来，节下廓清东南、安静寰宇之勋，磊磊轩天地，海内抵掌高谈之士，岂能诵说万一？晚生以为，节下戡乱之业，实已过唐之汾阳王、明之新建伯，而今日治理两江之初，更已见三代贤臣之伟略。节下所处之势，天子依之，海内信之，建一议，行一政，举世将视为转移，不独两江父老，普天之下，莫不以伊、傅、周、召以期节下，而节下亦必孚天下之望。大清中兴，其翘首可待之事也。

这样的人才，居然没有中式，可惜！他决定见见这个薛福成。

三、上治理两江条陈的美少年原来是故人之子

下午，薛福成来了。曾国藩初以为必是一位老成持重的宿儒，谁知竟是一个翩翩美少年！他叫薛福成不必拘礼，随便坐下，然后用惯于相人的目光将这个后生仔细打量一番。但见此人额高而宽，眉宇疏朗，两个黑白分明的眼睛里射出英气逼人的光芒。令器美才！曾国藩在心里称赞。

“足下在号房里写的条陈，老夫已看过了。今科乡试，士子如云，大家都抓紧这几天难得的机会，按题做好时艺策论，力求精益求精，锦上添花，以便得个功名富贵。足下放开正事不去用心，费如许心思写此条陈，不觉得得不偿失吗？”曾国藩靠在椅背上，以手梳理花白长须，面带微笑地问薛福成。

“回大人话，晚生一向不乐举业，此番应考，亦不过慰老母之心罢了。晚生想这读书识字，其目的在于求取治国治民的大学问，故所乐于思考的在民生国计。这篇条陈，晚生思之甚久，意欲备大人洗刷两江时作参考，故宁可放弃正题策论不作，也要写好这篇两江父老为晚生所出的论题。”

曾国藩虽是从科举正途出身的大官僚，却早在三十岁时，便对科举考试有些看法，一进北京入翰苑，从一批有真才实学的朋友身上，很快发现自己学问上的浅陋。他毅然从八股文中走出来，一心从事于先辈大家之文，留意时务经济。并把自己的这个体会详告在家诸弟，希望诸弟不要役役于考卷截搭小题之中，并沉痛地指出：科举误人终身多矣。他一贯认为，考试能够选拔出人才，但中式的不一定都是人才，落选的也不都是庸才，这中间或有天命在起作用，即所谓功名富贵乃天数。

小小年纪就能有如此闳通的见识，确实难得。曾国藩心里夸奖，嘴上却说，“民生国计要考虑，八股文也要做好，莫负圣上明经取士为国求贤的苦心。”

“晚生听从大人的教导，这次回去后刻苦攻读，争取下科中式。”薛福成态度诚恳地回答。

“这就对了。”曾国藩又凝视一眼薛福成，问，“足下所献治理江南八条，有的放矢，切中时弊，足见足下平素留心民瘼，长于思考。读圣贤书的目的，内则修身于一己，外则造福于天下。足下以一生员身份，能将两江整治纳于自己的功课之中，看来圣贤书已初步读懂。今两江初平，疮痍满目，老夫正思整饬，亟欲听取各方意见。邀请足下来，还想当面听听足下对屯政、海防两策的详论，足下不妨把胸中所有的都说出来。”

一个功德震世的长者，对晚辈的建议这等奖掖，已使初出茅庐的薛福成十分感动，何况态度如此谦和，语气如此恳切，更使薛福成大出意外。他略为思考一下，说：“晚生年轻学浅，在老大人面前一如蒙童牧夫，故也不怕出丑。差错之处，请老大人多加指教。”

“你说吧！”曾国藩的眼睛里流露出和蔼温暖的光芒，停了片刻的手又开始在胡须上缓缓地梳理起来。

“屯政始于汉代，有军屯、民屯。汉武帝在西域屯田，宣帝时赵充国在边郡屯田，都使用驻军，此为军屯。建安元年，曹操在许下屯田，得谷百万斛，后推广到各州郡，由典农官募民耕种，此为民屯。曹操的民屯不仅使曹魏强盛，也为日后晋统一全国奠定了雄厚的基础。这是因为实行民屯，一则使大批荒田得以开垦；二则又便于推广先进的耕作技术，获得高产。一直到唐宋，民屯仍存在。明末屯政废弛。我朝除有漕运地方的屯田仍隶卫所外，其余卫所的屯田改隶州县，名为民屯，其实屯田已变民田。长毛扰乱江南达十余年之久，其苏皖赣一带所受蹂躏最多，人口大批逃散死亡，目前这几省荒田极多，无人耕种，有的甚至几十里内外不见人烟，这就为今日实行屯政准备了条件。如果老大人采用当年邓艾在淮上屯田的成法，由官府出面组织百姓耕种，发牛发种，推广区田法，晚生以为，苏皖赣的荒田，不出几年，就能五谷丰登，为两江储备吃不完的粮食。眼下有一批散员亟须早为之安定，他们就是一部分裁撤的湘军。”

薛福成说到这里停下来，看了一眼曾国藩。曾国藩灼热的目光也正盯着他。他赶紧说下去：“老大人，晚生听说，被裁撤的湘军中，有些人至今仍留在长江两岸，并未回湖南。原因是这些人湖南原籍本无根基，且久在军中，不惯家居。有识之士认为，倘若不将滞留大江两岸的撤勇妥善处置，这些人贪财嗜杀，必生祸患。有人说哥老会正在联络他们，实在可怕得很。”

曾国藩梳理胡须的手轻轻抖了一下。有两三万湘军裁撤人员滞留沿途各省，没有回到湖南原籍，此事曾国藩知道，这的确是个隐患。一旦出乱子，不但危害国家，自己作为湘军统帅，也难逃咎责，且听薛福成的处置意见吧。

“晚生建议老大人速派湘军中有威望的将官，到皖赣等省召集滞留官勇，依过去的哨队重新组织起来，带到荒田较多之地实行屯政，并给他们以最优惠的待遇。往日的袍泽依旧在一起，使他们有不散伙之感，有田可耕，有事可做，又使他们不生邪恶之念，而大人得军饷之利，两江有富庶之望。”

“这是个好办法！”曾国藩点点头，轻轻地说，“既消患于无形，又获利于实在。关于海防，足下有什么好设想吗？”

受到鼓励的薛福成情绪高涨起来：“晚生以为，我大清日后真正的敌手乃海外夷人。夷人凭着坚船利炮藐视天朝，倘若我们不加强海备，挫败夷人凶焰，不是晚生危言耸听，我大清总有一天会亡国灭种！”

曾国藩脸上的肌肉抽搐着，想起胡林翼在安庆江边留下的遗言。心里念着，中国的官员和士人都有胡林翼、薛福成这样的明识，这样的忧患感的话，大清就决不会亡国灭种。

“老大人，我们也要造铁船、制利炮，非如此，则不能守御海疆，则不能保国保种！”薛福成几乎用呼喊的口气说出这几句话，这一腔赤子热血使曾国藩颇受感染。“晚生以为，老大人前几年在安庆创办的内军械所，可以将它迁移到上海去，并且把它十倍百倍扩大。上海地处海隅，便于铁船试航；民智开发，人才亦易求。这件事办好了，影响甚为巨大，说不定我大清自强将肇基于此。”

薛福成这个建议正合曾国藩的心意。半个月前，他收到容闳从美国来的信，说机器已全部买好，即将雇船运回。容闳也建议就在上海建厂，各方面都方便些。曾国藩筹建安庆内军械所时就想到要在上海建厂，现在条件已具备，当然同意。薛福成也提出这个建议，可见此子有眼力。

“足下这个建议与老夫所想正合。”曾国藩慈祥地望着薛福成问，“关于整顿江南，足下还有别的什么想法吗？”

薛福成想了一下说：“晚生认为，江南政务的整顿，首在盐政的整顿，盐政乃江南第一政务，且弊病最多，朝野都亟盼整治。晚生有志探求，但目前情况还不甚明了，亦拿不出什么好的主意，故不敢妄陈。”

“哦！”曾国藩的两只眼睛低垂下来，梳理胡须的左手也不自觉地停止了。他陷入回忆之中，耳边响起一个江南故人舒缓的吴音来。

“两江有三大难治之事：一漕运、二河工、三盐政，尤其是盐政，简直如一团乱麻，但盐政又是两江第一大政务。三十年前，陶文毅公总督两江，花大力气改革盐政，一时收效显著，可惜陶文毅公一死，后继者无力，新政不能畅行。待到长毛乱起，一切又复旧了。今大人亦为湖南人，两江一直不忘湖南人的恩泽，大人一定能超过陶文毅公，把两江治理得更好。”

那是五年前，还在祁门的时候，曾国藩刚实授江督。一个从未谋面却有过书信往来的老者来祁门求见。见面之后，彼此都非常兴奋。在祁门山中昏暗的油灯下，那人与曾国藩纵谈通宵，特别对江南的政事、吏事、民事谈得透彻。曾国藩从他的谈话中对两江风尚了解甚多，执意请他留下，但那人思家心切，不愿留在幕府。曾国藩很是遗憾。当时战事紧迫，无暇整饬江南政务，遂与之相约，待金陵攻下后再请相助。那人欣然答应，在祁门住了五天后告辞回家。临走前，曾国藩送他两百两银子。曾国藩记得，那人姓薛名湘，字晓帆，无锡人。道光二十五年中进士后分发湖南安福县。上任不久，就给曾国藩写了一封信，极力称赞他的诗文。曾国藩给他回了信，并附上两首诗。后来不知什么原因失去联系。薛湘的仕途不是很顺，一直沉沦下僚。六十刚过便辞官回乡，得知曾国藩在祁门，便绕道来见。想到这里，他又看了看眼前的美少年，觉得眉宇之间与薛湘很有点相像。他也姓薛，也是无锡人，难道是薛湘的儿子？

“有一个人，不知足下认识不认识？”曾国藩和气地问薛福成。

“不知大人问的谁？”薛福成似有所意识，眼中流出喜悦的光彩。

“薛湘薛晓帆先生，足下可曾听说过？”曾国藩盯着薛福成的眼睛。

“他是晚生的父亲。”薛福成浅浅地笑了一下。

“你真的是晓帆先生的公子？我就猜着了！”曾国藩高兴起来，“令尊大人还好吗？”

“先父已在去年病故。”薛福成轻声回答。

“哦！”曾国藩长叹一声，露出无限惋惜的神情来。薛福成见了，心里很感动。

“足下是否知道，令尊大人是老夫的朋友？老夫和他有约在先。”问罢，又自言自语地叹息，“唉，晓帆兄，你怎能失约先行呢？”

这句话，说得薛福成心里既冷凄凄地，又热乎乎地，不觉泪水盈眶，仿佛对面坐的不再是八面威风的爵相，而是自己的亲叔叔。薛福成深情地说：“先父那年从祁门回家后，时常谈起大人对他的厚待，说朝廷又为两江放了一位好总督，并将老大人多年前送给他的诗拿给我们兄弟看。”

“这诗你能记得吗？”曾国藩问。是借此温习一下自己的旧作，还是测一测薛福成对它的重视程度，以及他的记诵能力？曾国藩一时自己也弄不清是哪种想法占主要成分。

“记得，记得。老大人当年赠先父两首五言古风，先父裱挂在中堂，时常诵读，称赞大人五言诗深得汉魏精髓，气逼班氏，情追苏李，并世无第二人。这第一首是，”薛福成不假思索地背道，“风骚难可熄，推激惟建安。参军信能事，声裂才亦殚。寂寞杜陵老，苦为忧患干。上承柔淡思，下启碧海澜。茫茫望前哲，自立良独难。君今抱古调，倾情为我弹。虚名播九野，内美常不完。相期蓄令德，各护凌风翰。第二首是……”

“好了，不要背下去了。”曾国藩含笑打断薛福成，语气换成了对子侄辈的亲切随便，“我问你，你既然知道我是你父亲的朋友，为什么不直接来见我，要在号房里写这样的条陈呢？”

“老大人，我这次是应试而来，无论试前试后拜谒，都有打通关节之嫌。晚生不想利用那层关系引起老大人的重视，要凭自己的真才实学来获得信任。”

“有志气！”曾国藩脱口称赞，“你母亲身体还好吗？你有几兄弟？”

“家母身体还硬朗。兄弟六人，大哥福辰近年在京行医，其余都在无锡家中，最小的六弟也有十二岁了。”

“好！”曾国藩轻轻点头，“我想留你在幕府做点事，你愿意吗？”

能参与号称人才渊薮的两江总督幕府，在当时有胜过中进士入翰苑的荣耀，薛福成还有不乐意的吗？他立即答道：“谢大人栽培！”

曾国藩正要对薛福成勉励一番，忽然门外响起一阵噼噼啪啪的鞭炮声，王荆七笑逐颜开地推门进来。

四、践诺开办金陵书局

“大人，恭喜了，三姑娘生了位公子，大人您老做外公了！”王荆七笑着对曾国藩打拱。

曾国藩忙站起，满脸喜气地问：“母子都还平安吗？”

“平安，平安！”荆七说，“太太说论月份还差两个月，怕是旅途辛苦早产了，幸而大小平安，太太喜得直念：菩萨保佑，菩萨保佑！”

曾国藩开心地笑起来。

半个月前，曾纪泽遵父命，护理全家来到江宁。曾国藩二子五女，除大女随丈夫住湘潭、二女随丈夫住长沙外，夫人欧阳氏、长子纪泽夫妇、次子纪鸿、三女纪琛与丈夫罗允吉、四女纪纯、五女纪芬，还有王荆七的妻子和十岁的儿子，再加上一起前来做客的内兄欧阳秉铨、友人欧阳兆熊一行十二人，兴高采烈地抵达江宁督署，空旷冷清的总督衙门顿时热闹起来了。

欧阳秉铨从衡阳来，带来了老父沧溟先生的亲笔信。老人今年八十整，与夫人同庚，俩老在一起生活整整六十年了。沧溟先生一生读书授徒，课子教孙，家境清贫，人品端方。夫人贤惠能干，相夫教子。欧阳家夫唱妇随，儿孙满堂，早为远远近近的乡邻友朋羡慕叹美。更兼女婿拜相封侯，二老同蒙圣恩，诰封奉直大夫、宜夫人，又老来喜庆结缡六十春秋，花烛重圆，这两桩事更是世之难得。故为老人夫妇庆贺的那些日子，不仅欧阳一家，远近几十里的乡亲们都沉浸在喜庆之中。大家自带酒菜前来祝福，喜酒一连三天摆了五百桌。老人以异常欣喜的心情，向女婿女儿畅叙这件一生中最为快慰的事，并叹道："此中之乐，乃世间之真乐也，人生如此，夫复何求！"功名事业已到极顶的曾国藩，不但对老岳父的话从心底深处赞同，且对老人的一生倾慕不已，感慨道："这或许才是真正的人生！"

老人信中还对女婿提起另一件事：

> 十二年前，贤婿在船山公故居许下的诺言，可否记得？罗山壮烈殉国，贞干马革裹尸，觉庵、世佺亦相继谢世，所健在者，惟贤婿与老朽也。老朽深恐贤婿军政繁忙而忘记，故特为旧事重提。

这样一件大事，怎么会忘记呢！尽管王世佺赠的那把古剑曾引起咸丰帝的怀疑，几乎招致不测之祸，尽管它也并没有如王世佺所说的每到子夜便长鸣一声，但这把古剑的确曾对曾国藩起了鼓舞的作用，增加他克敌制胜的信心。后来，这把剑又激励曾国荃攻克金陵的勇气，果然仗剑进城，成了名垂后世的首功之人。这把古剑真的是吉祥之物。

且不说船山公的学问文章为曾国藩倾心悦服，就凭这把剑，他也要践诺答谢世佺先生的厚谊。将两江总督衙门迁到江宁的那一天，曾国藩便想到在此设立一个印书局，先把船山遗集全部刻印出来，然后再将安庆内军械所华蘅芳、李善兰等人这些年来翻译洋人的书陆续印出，这是一桩嘉惠世人、贻泽后代的大好事，何乐而不为呢？只是迫切需要兴办的事太多，再加上经费支绌，暂且往后推一下。

欧阳秉铨笑着说："涤生，这次在大夫第，我跟沅甫谈起赠剑刻书的往事。沅甫大惊说：'这里面还有这样的故事！大哥送剑给我的时候，并没有说起王家的交换条件。如此说来，这事该由我来办，但我现在有病在身，不能如愿。这样吧，我捐银两万，请欧阳小岑先生具体经办，在南京设局，由大哥出面召集海内名儒编辑校雠，如何？'因此，小岑先生也一道来了。"

欧阳兆熊也笑着说："九帅仗义行此不朽盛事，使我欲辞不能！"

"哎呀呀，沅甫真是豪杰之士！"曾国藩高兴地大声称赞。他心里清楚，老九本意，是想用两万银子买来一个重儒尚文的清名，用以替代老饕的恶谑。虽然不一定能完全如愿，但这的确是个聪明的举动。"小岑兄能慨然应请，也是豪杰之士。道光十九年，小岑兄独力出资刻印船山公十余种书，士林交口称誉，至今不忘。现在可是今非昔比了，有沅甫的两万银子，想必费用已无虞，我再发函邀请些耆望宿儒，他们大概也会给我面子，就在城内正式筹建一个书局，名字就叫——”曾国藩停了片刻，接着说，“就叫金陵书局吧！由小岑兄董理其事，世佺先生的儿子中也请一个到江宁来。”

“就叫觉庵师的女婿来吧，他在兄弟中最有乃祖之风。”秉铨插话。

“最好，就叫他来，家眷也带来，住在书局里。小岑兄，你就花上三年五载，把船山公存世的所有著作，包括道光十九年已刻而后毁于兵火的那十余种，全都刻出来，每种印四五百部，广赠天下，让船山公的学问文章传遍海内，播我三湘俊士才学超众之令名，育我百代子孙知书识礼之人格。”曾国藩越说越激动起来，情绪亢奋、神采飞扬，瞬时间，协揆、制军的官僚气习不见了，坐在亲友面前的，仿佛仍是当年那个赤诚无邪的书生！

“涤生，我行年六十，再也没有什么别的奢望了，能仗你的声望和九帅的厚资，将道光十九年未竟的事业完成，此生之愿足矣。令我高兴的是，你尽管官居一品，戎马十年，仍不失书生本色，就凭着老朋友这点，我也要尽心尽力把这件事办好。”

“小岑兄，过几天就开始动手，你先去城内各处踏勘地址，选一个好地方，先把金陵书局的牌子挂起来。”

作为一个酷爱书籍有志于名山事业的读书人，能以自己的力量，将一个自小就受其熏陶、仰其学问的前辈大儒的著作全部刊印行世，实现其后裔盼望多少年而无力完成的宿愿，曾国藩觉得这是人生一大快事；作为以移风易俗、陶铸世人为己任的宰相疆吏，能凭借自己的权势将一个终生研究孔孟礼制、力求平物我之情息天下之争，而本身又冰清玉洁节操可风的学者的著述大力推广，深入人心，曾国藩觉得这又是一番治国要举。他为此而兴奋而激动，甚至觉得年轻了许多，当年在长沙与绿营一争高低的盛气又回来了。加上身旁增加了夫人的体贴照顾，儿女的晨昏定省，长期孤寂的心灵得到慰藉。尤其是十四岁的满女纪芬，长相憨厚，心灵剔透，每天爹爹前爹爹后地喊着，问字请安，端茶递水，在父亲面前既稚嫩可爱，又略知几分关心，更深得曾国藩的欢心。

在温馨的家庭生活中，曾国藩也偶尔会想起陈春燕。尽管她与他生活不到两年，且未留下一男半女，在曾氏家族中，她不过一缕轻烟，一阵微风，很快便飘逝了，没有留下任何痕迹。但曾国藩还是想念她。他也曾动过心将春燕的灵柩迁回荷叶塘，以满足她临终前的最大愿望。但曾家从竟希公起，就无人置妾。曾国华那年讨小老婆，做大哥的还从京城写信规劝，结果自己也违背了家教。曾国藩想来想去，还是觉得不迁为好，多多少少可以在乡亲后辈面前有所遮掩。

夫人贤德，儿子上进，女儿孝顺。对于这个家庭，曾国藩应该是很满意了，但近两年来，他却有两点感到不足。一是岁月流逝，老境渐浸，与天下所有老人一样，曾被骂作“曾剃头”的湘军统帅，也羡慕含饴弄孙的天伦之乐。纪泽结婚多年，原配贺氏死于难产，第一个孙子还未出世便与母亲一道走了。续配刘氏，结婚五年，生过一子一女，均未及半岁便夭殇。大女二女都未生育，所以他至今还没有看到第三代，有时想起父亲四十一岁做外公，四十九岁做爷爷，比他小十一岁的四弟也做了爷爷时，心里不免有点惆怅。二是三个女婿都不甚理想。大女婿袁秉桢才不及父，风流则过之，又性情暴戾，女儿在夫家受欺负。欧阳夫人一说起就流泪。二女婿陈远济人不蠢，也肯用功，但功名不遂，连个举人都未中。三女婿罗兆升是罗泽南的次子。罗泽南死时他才十岁，朝廷给罗泽南的饰终很隆重，按巡抚阵亡例赐恤，又赏给罗兆升及其兄罗兆作举人，一体会试。罗兆升为庶出，其母把全部希望都寄托在这个恩赏举人的身上，自小宠爱无比，把罗兆升惯养成一个纨绔子弟。曾国藩不喜欢这个女婿，但早已定好，不能反悔；又看在罗泽南的分上，见他年轻，可以教化，遂在前年为他们办了婚事。这次要他们夫妇同来，也想借此教诲教诲。

听说三女儿生了个儿子，曾国藩喜不自胜，三步并作两步来到后院。

后院内眷们忙忙碌碌地，一个个喜气洋洋。过一会，欧阳夫人笑容满面地抱了外孙子出来，请外公看。曾国藩见包在小棉被里的婴儿乌青的头发，红粉粉的脸，心中高兴，伸出手来，轻轻地摸了一下小脸蛋。

“岳父大人，您老为孩子取个名字吧！”站在岳母身后的罗兆升，刚满十八岁，自己还是个孩子，在岳父面前，他显得腼腆。

曾国藩望着襁褓中的婴儿，认真地想了想，说：“他的祖父罗山先生学养深厚，谋略优长，一生为国为民，功勋卓著，要让他踵武其后，继承祖业才是。我看就以绍祖为名，以继业为字吧！”

“罗绍祖，罗继业，我的乖乖崽！”罗兆升冲着岳母怀中的儿子大声喊叫，蹦蹦跳跳地，一时得意忘形起来。曾国藩的扫帚眉渐渐皱拢。“允吉。”他轻声叫着女婿的表字。

罗兆升好像没有听见似的，笑嘻嘻地继续逗弄着儿子。

“允吉！”调门加高，显然是不耐烦了。罗兆升见岳父面色严肃，这才停止嬉笑，垂手恭立。“你父亲临死时，把你兄弟两个托付给我。我因战事繁忙，疏于照看，常觉有负所托。你今日身为人父，应当时时想到肩上责任的重大，要自身有所成立，日后才好教子。今冬好好在督署用功，明春进京参加会试。”

明春会试一事，罗兆升想都没想过，在他的日程安排中，这应该是十年以后的事。但他不敢违背岳父大人的意志，只得硬着头皮答应。

五、两张告示，三四万两银子就进了海州运判的腰包

这两个月来，曾国藩集中精力钻研盐政，把陶澍当年在江南实行盐政改革的文书档案都查看了一遍。还为此事专门写了一封长信给左宗棠，请他谈谈文毅公本人对盐务新政的评价，也请左宗棠自己发表意见。左宗棠没有回信。

当时朝廷最大的税收便是盐课。食盐按其产地分为淮盐、长芦盐、山东盐、河东盐、浙盐、闽盐、粤盐、川盐、滇盐。其中以淮盐销路最大，包括江苏、安徽、江西、湖北、湖南、河南（部分）六省。故盐课的大宗是淮课，朝廷对淮盐的收入极为重视。嘉道年间，江南疲惫，亏空严重。淮盐每年应行纲盐一百六十余万引，上缴税银五百万两，实则行销不足一百万引，上缴盐课二百万两。道光十年，陶澍任两江总督，在整顿河工、漕务、吏治的同时，又得旷代逸才魏源、包世臣等人的襄助，以横扫一

切的魄力，扭转盐务的弊端。陶澍首先请准将两淮盐务改归两江总督兼管，以统一事权，然后从成本、手续、运输、销售、人事几个方面加以改进，又在淮北改行票法。即在淮北交通不便、大盐引商不肯前往贩运的地方，允许资本较小的商人赴分司纳课，出给官票，凭票买盐贩卖。陶澍盐政改革很快收到实效，方便了民众，又为国家增加了收入。但它打击了盐官和盐商，引起他们的怨恨。当时，扬州的牌叶因而新增两张。一张画一株桃树，喻陶澍。得到这张牌的，虽全胜亦全负。故人凡拈此牌，无不痛诟。另一张画一美女，喻陶澍之女。谁得到这张牌，虽全负亦全胜。故人拈此牌辄喜，并加以戏谑。待到陶澍一死，盐务新政便衰落下来。太平军占领两江之后，陶澍的改革便荡然无存了。

陶澍死的那年，曾国藩正散馆进京，刚入仕途的年轻翰林从那时起，就对这个同乡前辈钦佩不已，引为榜样。第一步，先把陶澍当年的盐政旧制恢复过来！曾国藩做出了这个决定。就在同时，他抽出一批得力的幕僚，包括彭寿颐、黎庶昌、吴汝纶、张裕钊、薛福成在内，分派到苏北、淮北、江西、湖广一带去调查淮盐行销的现况。他没有忘记那年对黄廷瓒的许诺，特邀黄廷瓒来江宁佐幕，并由黄负责这次整顿盐政的具体事务。

这些天，黄廷瓒召集从各处调查回来的幕僚们开会，汇报情况，商量治理措施，并将详情向曾国藩做了禀报。

两江盐务弊病极多，甚至可以说是一片黑暗。归纳起来，主要在五个方面：

一为欠课严重。十年来，淮课每年三成只收到一成，朝廷损失大批收入，两江总督衙门也损失一项大的收入。

二为走私猖獗。走私的手段有夹带、跑风、整轮、淹补、放生、过笼蒸糕等等，五花八门，挖空心思。

三为盐吏腐败。上自扬州的盐运使，中到泰州、海州、通州的运判，下至各检查关卡的吏员们，无不贪污中饱，敲诈勒索，聚敛的财富多达两三百万两银子，少的也有数万两。两淮盐运使司所在地扬州的楼阁园林，大半为发了财的盐商所建。其中康山草堂最为豪华，为一个外号叫张大麻子的人建造。此人原为一寒士，五十岁后始补通州运判，十年间便拥资百余万，在瘦西湖旁买下五十亩地建了这个草堂。草堂主楼高三层，可俯瞰长江，有专门花园赏梅、赏荷、赏桂、赏菊，仿照大内气派演剧宴客。更为淫靡的是，堂内建有套房三十间，回环曲折，外人不辨其路，房内金玉锦绣堆满其间。每套房间里住一个美姬，卧床下有通道相连，张大麻子常常夜间宿一房，早起又在另一个房间里。扬州有个学子仿照刘禹锡的《陋室铭》，写了一篇《陋吏铭》，辛辣地讽刺这些盐官："官不在高，有场则名。才不在深，有盐则灵。斯虽陋吏，惟利是馨。丝圆堆案白，色减入枰青。谈笑有场商，往来皆灶丁。无须调鹤琴，不离经。无刑钱之聒耳，有酒色之劳形。或借远公庐，或醉竹西亭。孔子云：'何陋之有？'"当黄廷瓒念出这篇《陋吏铭》时，满座幕僚都笑了，唯独曾国藩不笑，他的心在为两江吏治的腐败而震慄，棒色眸子里迅速聚起两道凶光。

四为盐价高昂。盐商在沿海盐场买盐，每斤不过十余文，在汉口镇上岸时，每斤就要卖百来文，在淮北、鄂西、湘西等偏僻地带，淮盐售价竟高达每斤一百五十文。

许多穷苦百姓买不起盐，不得不吃淡食，十天半月不沾盐味是常事。百姓怨声载道。

五为邻私侵夺。正因为偏僻之地淮盐售价高，邻盐便以路近价廉乘虚而入，侵占淮盐的销地，影响淮盐的销售。如长芦盐侵夺淮北，川盐侵夺鄂西、湘西，粤盐侵夺湘南。

面临着两江盐务如此严峻的状况，曾国藩苦苦地思索着治理的办法。白天与幕僚们反复商讨，夜晚又一个人在书房里独自考虑。曾国藩认为，造成盐务这样混乱的原因很多，最主要的原因出在吏治不严上。不管是恢复陶澍的改革，还是进一步整顿盐务，首先都要整饬吏治。而整饬吏治既必须打击那些民愤极大的贪官污吏，又要制定新的盐务章程。现在官场中清正有为的人太少，贪劣昏庸者到处皆是。曾国藩想起上个月处理的一桩小事。

一天，江宁藩司送来一份禀报。报告说二月十四日上元县粮船三艘在距江宁江面三十里处遇大风倾翻，九万斤粮食全部沉入江底，请免予追究押运人某某的责任。上元县令说禀报属实，江宁藩司也照此批复："此事属实，同意免予追究。"曾国藩想，风掀翻粮船，这场风就一定很大，在他的记忆中，二月中旬没有刮过这样的风。查当天日记，果然无风雨记载。曾国藩断定此中有诈，把上元县和江宁藩司找来训斥一顿，令他们仔细查访。后来查实，九万斤粮食根本没有沉江，全部私分了，县丞分得一万斤。县令糊涂，听信县丞的话，藩司也不调查，就径直批了。曾国藩记得，道光三十年他曾上疏，指出官场的现状是京官退缩、琐屑，外官敷衍、颟顸，想不到时隔十五年，吏治更坏了，外官除敷衍、颟顸外，还要加四个字：贪劣、卑污。

曾国藩将章程的制定委托给黄廷瓒去办，叮嘱他多多吸取陶澍当年行之有效的经验。至于惩治贪官一事，他要亲自主持。将幕僚们禀报的典型例子做了排比后，他决定先把海州运判裕祺抓起来。

裕祺是个蒙古人，捐纳出身，在海州分司做了八年的运判。此人完全置国法于不顾，凡能谋财之路，他一条都不放过，仅仅八年，便在海州盐务中捞取了六七十万两银子。裕祺有一绝招，为其他盐官所不及。每年开春时，他便借引商之口，以滞销为由，出告示压低食盐收购价，弄得池商惶惶不安，只得大家一起凑集三四万两银子给他，千求万求，他才再出一张告示，借池商之口，以怜恤灶丁为由，将盐价恢复过来。就这样前后两张告示，几万两银子便入了他的腰包。引商、池商无不对他恨之入骨。他是科尔沁左翼后旗人，与僧格林沁有点瓜葛关系，便自称僧王是他的表哥。僧王是当今皇上的表叔，既是他的表哥，那他岂不也是皇上的表叔？商人们虽不清楚他的底细，见他说得有根有叶，哪个不怕他三分！便都乖乖地听任他的盘剥。

今年他故技重演。池商们早已做好准备，凑了三万两银子给他，他不收，无奈又加一万，他仍不收。原来，裕祺看中了一个池商以八千两银子从南洋带回来的一串真琪楠朝珠。这挂朝珠以碧犀翡翠为配件，腻软如泥，润不留手，香闻半里之外。裕祺的仆人将这个消息透露后，池商们只好又凑集八千两银子买下这串朝珠送给他。他这才贴出第二张告示：盐价照旧。

曾国藩想，裕祺贪婪如虎，就是杀头亦不过分，先惩办他不会错；大不了他真的是僧格林沁的什么亲戚，抬出僧王来做威胁。曾国藩早就与僧格林沁结下了无名积怨，还正好可借此敲一敲这个自以为不可一世的亲王哩！

曾国藩先派薛福成悄悄地到海州去，将情况查实，要他联络几个池商，以他们的名义写一份状子告上来。海州池商们听说曾大人要整裕祺，个个踊跃，将裕祺的罪行统统揭了出来。年少气盛的薛福成对这个贪官恨不得食肉寝皮，他把平生做文章的本事都拿出来，花了三天三夜，扎扎实实地写出一份状子。曾国藩看了这份状子后，立即派巡捕拿着令牌前去海州，将裕祺拘捕归案。又派彭寿颐暂署海州运判，清查海州分司历年账目，把裕祺贪污数目查清后再抄家。

当彭寿颐和督署巡捕来到海州，宣布两江总督的命令，锁拿裕祺，查封裕公馆时，海州盐场无论引商、池商、灶丁以及附近百姓无不拍手称快。这件事很快传遍两江三省，官场为之一震。

裕祺事先毫无准备，临上路时，把弟弟裕祥叫到一边，暗中吩咐：不惜耗费巨资，也要设法打赢这场官司，万不得已的时候，将他平日所记的另一本账拿出来，进京找僧王府，请僧王出面，与曾国藩见个高低。

裕祺押到江宁后，曾国藩亲自审讯了一次。裕祺不承认他有受贿贪污的事，至于压价复价，原是为了打击池商的嚣张气焰，逼他们出血，而这笔款子全部用在浚通运河、修缮盐场上去了，他并没有贪污。曾国藩不与他争辩，将他暂且拘押起来，等彭寿颐清查后的结果再说。

与此同时，裕祺的弟弟裕祥也在紧张地活动。裕祥首先打点了一包珍宝，来到扬州找都转盐运使司运使忠廉，求他在曾国藩面前说情。

忠廉是裕祺的顶头上司，两人关系非比一般。忠廉是满人，平生最好的是吃。来扬州后，看中了春末夏初扬子江的鲜鲥鱼，常以市场上买的不够鲜美为憾。裕祺于是在江上雇了几个打鱼的老手，专门划着小船在焦山附近急流中张网，船上架一座小火炉，炉上置一只银锅。网上鲥鱼后，就在船上剖杀，然后置于银锅内用温火炖，同时猛划双桨，直奔扬州城。银锅到达都转衙门时，鱼也恰好熟了，香气四溢。裕祺这个马屁正好拍到点子上，忠廉十分欣赏，虽知裕祺为官贪墨，民怨甚大，也不理不睬，任其所为。

忠廉接到裕祥送的礼物后，即思量着如何为他说情。忠廉心里清楚，裕祺虽贪婪聚敛，但还不是第一号的。两淮盐场共有二十三场，属于淮南者，通州分司辖有九场，泰州分司辖有十一场，海州分司所辖的只有淮北三场。与通州、泰州相比，海州分司辖地最小，能够勒索的对象自然也最少。裕祺曾亲口对他说过这样一桩委屈事——

那年裕祺到通州运判阿克桂处做客。阿克桂摆阔，从裕祺停舟处起到公馆这段路全铺上猩红哈喇呢，长达五里，夹道架设灯棚，夜行不秉烛。公馆雕梁画栋，丽如仙阙。一连三天，天天以山珍海味、歌舞大戏招待。席上，阿克桂问裕祺："你看我这里还有哪些不如你的意？"裕祺想了很久，找不出瑕疵来，最后鸡蛋里挑刺似的说了两句："都好，就是花厅地砖纵横数尺，类行宫之物，恐招致非议；另书房外池塘鱼游水清，若再添满塘荷芰则更美。"阿克桂不做声。两个时辰后，再邀裕祺在他公馆内外走一圈。但见花厅全部换成一尺见方的水磨青砖，池塘里满目荷花盛开。裕祺既惊讶不已，又觉得阿克桂太在他面前逞强了。他有一种被奚落感。

现在曾国藩整顿盐务，先不整阿克桂，却拿裕祺来祭旗，他为裕祺抱不平；同时，他压根儿就反对整理盐务，因为整来整去，势必要整到他的头上。不过他也知道，这个前湘军统帅是一个典型的湖南蛮子，要他放弃自己的想法屈从别人，确乎是一件非常困难的事。忠廉在扬州衙门里想了几天后，还是乘船来到了江宁城，他素知曾国藩不受苞苴，故一文钱的礼物也没敢带。

“大人，裕祺以压价复价的手腕，从池商手里敲银子，当然做法不妥当，但这不是他的发明，历任海州运判都是这样干的呀！”

忠廉年纪与曾国藩不相上下，高高瘦瘦的，背微微有点弯曲。曾国藩通过幕僚们的调查，知道忠廉并不廉，不过比起前任来还算有点节制。两淮盐运使，论品级虽只是从三品，论职守却是天底下头号肥缺，不是一般人所能捞得到的，凡当过几年运使的，没有不发大财的。忠廉当了三年两淮盐运使，聚敛的财富还不算太多，手段也不太刻毒，官声尚可，曾国藩对他也还客气。

“忠盐司，鄙人也知历任海州运判都有些劣迹，但咸丰十年之前，鄙人不任江督，管不着，进江宁城之前，忙于削平长毛，无暇管，现在我有工夫来办这事了，难道我能眼看他如此胡作非为而不过问吗？”曾国藩靠在太师椅上，两只手松松地握着扶手，神态安详地说。对忠廉的说情，他是早有准备的。

“鉴于这个背景，我想请大人对裕祺的处罚予以从宽；且他把这笔银子用于维修运河，有利盐船航行也是实情。我作为他的上峰，这个情况我清楚。”

“他拿出多少银子修运河？”曾国藩问，两眼逼视忠廉。

忠廉事先没有与裕祥商量好，一时答不出来，眼珠转了两下，说：“总在二十五万左右吧！”

“他自己说有五十万，你这个上峰隐瞒了他的功劳啊！”曾国藩嘿嘿冷笑两声，忠廉的背脊骨被他笑得发麻。“裕祺口里总是喊着修运河，也的确修过两次，但这些钱都是引商们出的。他的任上前前后后引商们出了五十万两银子修河，其实用于河工的不足三十万，其他的都进了他的腰包，而海州段运河至今没有修好。忠盐司，你看看这个吧！”

曾国藩从抽屉里抽出一大沓信函来递给忠廉，冷冷地说：“这些都是引商们告的状子，你带到驿馆里去细细看吧！”

这一大沓信函，犹如一排开花炮弹，把忠廉打得败下阵来。他喘了一口气，说：“看在裕祺这些年辛苦操劳，每年为国家收了近百万两盐课的分上，酌情让他赔几万银子，给个革职处分算了，再莫交部严议抄家了。”

“忠盐司，像裕祺这样的人，仅仅革职，赔几万银子，处罚太轻了。法不重，则奸猾者必怀侥幸之心。忠盐司为官多年，这个道理想必明白，鄙人也无须多说。他究竟贪污了多少，我正在派人查核，不会冤枉他。忠盐司盐务繁忙，也不必在江宁待得过久，明天就请回扬州去吧！”

这道冷冰冰的逐客令，逼得忠廉再不能多说话，只得讪讪退出。当他将此事告诉专在扬州候信的裕祥时，前海州运判的弟弟对求情一着失望了。

六、侯门娇姑爷被裕家派人绑了票

这是忠廉回扬州几天后的一个傍晚。同往常一样，夫子庙迎来它一天中最热闹的时刻。秦淮歌舞，素以夜晚为盛。灯火璀璨，月色朦胧，在灯月之中，这条注满酒和脂粉的河被一袭五色轻纱所笼罩，歌女画舫比白日更显得艳丽媚人，河水变得愈加温柔，就连那袅袅丝弦声也格外动听。一到黄昏，人们从四面八方涌过来，位于河边的夫子庙更是游人驻足观赏的好地方。

夫子庙还正在修复之中，赵烈文有一个压倒前人的宏伟计划，完全实现这个计划要一段时间。旧址上到处搭起了临时营业的简易棚子，以卖茶、卖酒、卖小吃食的居多。空坪上常常有一圈圈的人围着，那多半是走江湖跑码头的人在卖艺卖药，骗几个钱糊口。更多的像狗窝似的棚子里，住着的是从苏北、皖北逃荒来的流浪者。此处人多店多，比起别处来，混口饭吃容易些。这里正是所谓重新回到朝廷手中的江宁城的缩影：表面上看起来热热闹闹、百业复兴，其实是污泥浊水混乱驳杂，绝大部分人饥饿贫困，如处水火，极少数人纸醉金迷，荒淫享乐。歌舞场中隐血泪，繁华窟里藏污垢，当时各大都市皆如此，从剧变中刚趋稳定的江宁城，这个特点更为显著。

夫子庙西侧丝瓜巷里有一处小小的鸟市，几个半百老头盘腿坐在地上，每人面前摆几个竹编笼子，笼子里关着四五只鸟儿。这些鸟有的羽毛鲜美，啼声嘹亮，上上下下地跳个不停；也有的毛色暗淡，呆头呆脑的，并不起眼。一个柳条编的笼子里，一只浑身乌黑发亮、无一根杂毛的凤头八哥，对着眼前一位佩玉戴金的富家公子，用生硬的人声呼叫："少爷，少爷！"

少爷伸出一个手指插进笼中，逗着八哥，笑着说："叫罗二爷，罗二爷！"

那凤头八哥转了转黑黄色的小眼珠，张开口试了几下，忽然叫道："罗二爷！"

罗二爷高兴得就像那只关在笼中的雀儿一样，连蹦带跳地问："老头儿，这只八哥卖多少钱？"

老头子知道这是一个难得遇到的买主，一时还想不出合适的价来，于是随便伸出两根手指，试探着说："少爷，这个价。"

"两百文？"罗二爷不知这只八哥究竟值多少钱，随口问。

"两百文？少爷，你也太贱看了我老头子，这样的会说人话的凤头八哥，到哪里去找！"老头子的大圆头摇得像拨浪鼓似的。

"二两？"罗二爷自觉失言，忙改口。

老头子又摇摇头，样子颇神秘。

罗二爷摸了摸发光的瓜皮帽，睁大着眼睛，自言自语："总不是二十两吧！"

"正是二十两，少爷！"老头子不急不躁地说，一边笨手笨脚地往烟锅里填着枯烟叶。

"这么贵！"罗二爷一只手已伸进了口袋，摸着袋子里的银子。

"少爷，你不知这只八哥的妙处。"老头子掏出两片麻石，用力敲打。火星溅到夹

在左手指缝中的纸捻上，敲打五六下后，纸捻燃着了。他将纸捻放在烟锅上，口里冒出一股浓烟来。他抽了两口后，拿开烟杆，咧开粗糙的大嘴巴笑道，“这只八哥产自琉球岛，去年我用了十二两银子从一个洋商那里买来。每天用切细的精肉喂养，用胭脂井的水给它喝，用紫金山的泉水给它洗澡，上午带它到鼓楼听大戏，下午我亲自教它说话。经过大半年调教，它现在可以见人打招呼，什么话一听就学得出，还会背唐诗哩！”

“真的，背一首给二爷听听！”罗二爷兴致越发高了。

“好，少爷您听着！”老头儿丢掉黑不溜秋的烟杆，蹲到柳条笼面前，对着八哥亲亲热热地说：“好乖乖，背一首‘春眠不觉晓’给少爷听！”

说着，递进一条细长的小蚯蚓。那八哥一口夺去蚯蚓，颈脖子噎了两噎，死劲地把它吞了下去。好一会，才转了转小眼珠，口张了几下，哑哑地叫了起来。

“春眠不觉晓。”经老头子在一旁念着，罗二爷觉得刚才的哑哑声，也好像是叫的这五个字。

“再背！”老头子命令八哥。那鸟儿又哑哑了几声。“处处闻啼鸟。”老头子又在一旁念着。罗二爷细细品味，不错！是这样的。那鸟儿又连续叫了几声，老头子给它配了音：“‘夜来风雨声，花落知多少。’怎么样，背得不错吧！不是我吹牛，少爷，你就是走遍金陵全城，再也找不出第二只来。”老头子笑着说，又拿起那根老烟杆。

“不错，不错，我买了。”罗二爷边说边向口袋里掏钱。一会，他涨红着脸说：“老头子，我今天带的钱不够，你明天这个时候在这里等我。”

“你说话算数？”

“你说什么？”罗二爷像受了侮辱似的嚷起来，“我罗二爷有的是银子，二十两算得了什么！明天不来的，就是乌龟王八蛋！”

“少爷身上带了多少银子？”老头子站起来，凑过脸轻声问。

罗二爷正要答话，不料耳朵给旁边两人的对话吸过去了。

“八叔，今天花中蝶号画舫里来了一个仙女，我敢担保，全金陵城里的美人没有一个比得上她，就连古代的西施、昭君也不一定超得过。”

“有这样绝色的女子吗？那八叔我今晚非得去会会不可，多少银子一个座位？”

“价就不低，足足五两！”

“真的有西施、昭君那样美，花五两银子值得，只怕你小子诳我。”

“八叔，侄儿什么时候诳过你？若你不满意，那五两银子归我出，明天我在艳春馆请花酒，向你赔罪！”

“这样说来，八叔我非去不可了。”

这正是罗二爷最感兴趣的事！他也顾不得答老头子的话，手一挥：“莫啰唆了，明天见！”说罢，便跟在那一叔一侄的后面，向秦淮河走去。

后面，鸟市上的老头儿们在笑哈哈地谈论：

“牛老头，你也太贪心了，你那只赖头鸟五百钱都不值，还要卖二十两哩！”

“老弟，你莫眼红，这就是我的运气。我看这个花花公子定然家财万贯，二十两银子在他来说算不了什么！”

“牛老头，我哪里眼红，我是为你好！你不应该让他走，他口袋里有几两，你就收他几两，何必一定要二十两？”

“我哪里非要卖二十两不可。其实他只要拿出二两来，我就卖了。那两个该死的，早不来晚不来，偏偏他掏银子时来了。东不说西不说，偏偏要说婊子，硬把这个罗二爷给迷走了，但愿他明天能够来。若真的卖了二十两，我请老弟上水天楼醉一场。”

这罗二爷不是别人，正是两江总督衙门、一等侯府里的娇姑爷恩赏举人罗兆升。罗兆升跟着那两人走到桃叶渡口，只见一条画舫装饰得分外明艳，舱里传出悦耳的琵琶声和动听的女人歌喉。罗兆升想：绝代美人一定在这条船上。那叔侄俩踏着跳板，径向船舱走去，罗兆升紧紧跟上。当罗兆升的脚刚一踏上跳板，走在前面的八叔便高声喊道：“来啦！”

舱里立即走出两条大汉，应声道：“来啦！”

罗兆升一进舱，画舫便飞也似的向下游划去。他正在惊疑时，舱口边那两条大汉走过来，一个人向他嘴里猛塞一条汗巾，另一个拿出一块黑布，将他的双眼蒙上。罗兆升眼一黑，还没有明白过来，双手双脚便被牢牢地捆住了。

自鸣钟已指到子正，丈夫还不见回来，三姑娘纪琛坐立不安了。招呼她的老妈子安慰道：“不要紧的，姑爷说不定今夜酒醉了，在朋友家歇息，明天一早就会回来的。”

纪琛坐在床上，一直等到天明，又等了一上午，还是不见丈夫的面，止不住眼泪双流，告诉了母亲。欧阳夫人劝道：“你在坐月子，千万哭不得，我打发人到他平日常去的朋友家问问。”

罗兆升来江宁不久，朋友少，平素也只有几家湖南同乡可走走。到了吃晚饭时，各处都打听遍了，全不见姑爷的影子。这下欧阳夫人也着急了，晚上将此事告诉丈夫。曾国藩听了很生气，说：“都是魏姨太娇惯坏的，十八九岁做父亲的人了，还这样不懂事，外出冶游两天两夜不归家。纪泽、纪鸿幸而不像他这样，若是这个样子，我早打断他们的腿了。明天上午再多派几个人到城外几个朋友家去问问，待回来后，我要好好教训他一顿！”

又找了整整一天，罗兆升仍杳无音讯。不但纪琛哭得泪人儿似的，欧阳夫人也哭肿了眼睛，纪纯、纪芬都垂泪。总督衙门后院人心不安，都在悄悄议论姑爷。有的说，怕是迷上了哪个青楼女子，不想回家了；有的说，怕是掉到河里塘里淹死了。

“夫子，你叫人写几百张寻人帖子，四处张贴，兴许有作用。”万般无奈后，欧阳夫人终于向丈夫提出了这个建议。

曾国藩瞪起眼睛呵斥：“真是妇人之见，哪里有总督贴告示寻姑爷的，你是怕百姓没有谈笑的话柄啊！”

“那怎么办呢？你看三妹子哭成那个样。她是个坐月子的人，身子虚弱，得了病，害她一世！这两天，伢儿都没有奶了。”欧阳夫人心疼女儿外孙，说着说着，竟放声大哭起来。

“莫哭了，莫哭了！”曾国藩烦躁起来，“你去劝劝纪琛，快不要哭了，哭有什么用！我再多派些人四处去找就行了。”

第二天，曾国藩加派几个戈什哈，到城内城外到处打探消息；同时悄悄通知江宁县和上元县，凡遇到有被人谋害、跌死、淹死之类的无名尸身时，即速报告总督衙门。

就这样哭哭啼啼、折腾不安地度过了四天。第五天一清早，打扫院子的仆人在石凳上拾到一张无头帖子。仆人不识字，把它交给巡捕。巡捕一看，吓得脸都白了，忙呈递给总督。曾国藩接过看时，那帖子上写着这样几句话："裕老爷为官清廉，无辜被锁，神人共愤。罗兆升现已被抓获。放裕老爷回海州，官复原职，则放罗兆升。三日不答复，撕票！有话传递，写在纸上，放到水西门外黑松林口歪脖子松树杈上。"

曾国藩气得脸色铁青，狠狠地骂道："无耻！"对巡捕说，"这个无头帖子不准对任何人说起，谁捡到的？"

"扫院子的吴结巴。"

"你去告诉他，若把此事告诉第二人，我割了他的舌头！"

巡捕走后，曾国藩独自坐在签押房里，陷入紧张的思索中。原来，罗兆升是被裕祺家买通的人绑票绑走了，这使得曾国藩十分恼火。他先是痛恨裕家的卑污可耻，竟然到了如此恶劣的地步。这哪里是朝廷的命官家所能干出的事，分明是绿林响马的勾当！曾国藩性格中刚烈倔强的一面被激怒了：你裕祺这样做，我偏要跟你干一场。不怕你有僧格林沁做后台，你总是我手下的属员。当初鲍起豹、陈启迈那样不可一世，都参下去了，你一个小小的盐运判算得了什么！接着他又恨罗兆升不争气，假若规规矩矩在督署读书，与士人们谈诗论文，何来被绑架之事？继则后悔不该叫他们夫妇来江宁，真正是成事不足，败事有余！

曾国藩平生最恨江湖习气。他想来想去，决定对这些人不能手软，只有以硬对硬，才能镇服他们。他拿出纸来，愤怒地写着：

> 放了罗兆升，本督对你们考虑宽大处理，若胆敢撕票，你们将被斩尽杀绝，裕祺也逃不掉法网制裁！协办大学士两江总督曾国藩亲笔。

写完后，把刘松山叫进来，悄悄地吩咐了一番。

当天下午，刘松山带着三个武功高强的哨官，都做仆人打扮，一起来到水西门外黑松林，果然见林子口有一株显眼的歪脖子老松树。刘松山将曾国藩的亲笔字条插在树杈中，转身回去，走了几十步，招呼那三个哨官一起猫着腰，从小道上又来到歪脖子树边，埋伏在草丛中，眼睛死死地盯着。只等有人出现，便猛扑过去，将来人抓获，就此顺藤摸瓜，逮住这伙歹徒。

刘松山等人在草丛中趴了半个时辰之久，不见一个人走近歪脖子树，正在失望之际，黑松林里飞出一只凶恶的苍鹰。那苍鹰在歪脖子树上空盘旋了几圈，忽然，箭一般地冲下来，一个爪子抓起那张字条，哇哇叫了两声，又飞上天去。刘松山等人看着，连呼"糟糕"，却毫无办法，只得眼睁睁地看着它向林子里飞去。

第二天早上，吴结巴又拾着一张无头帖子，上面写着："票未撕，裕老爷须从宽处理，否则不客气！"曾国藩看后冷笑一声，甩在一边。他进后院告诉夫人和女儿，罗兆升被强人绑架了，正在设法营救，不要着急，一定可以救得回来的。

曾国藩一面派人盯住黑松林不放，要他们务必寻出个蛛丝马迹来，同时心里也开始犯难了。对于裕祺这种败坏吏治、蠹害盐务的贪官污吏，不严惩，何以肃国纪平民愤？且这是整饬两江吏治盐务的第一炮。第一炮若打不响，威信何在？今后的事情如何办？倘若认认真真地从严惩处，罗兆升的性命就有可能保不了。像罗兆升这样的轻佻公子，若是换成别人，就是死一百个一千个，曾国藩也不怜惜。可这个罗兆升，是罗泽南的儿子，自己的女婿，小外孙的父亲！他若有个三长两短，怎么对得起为国捐躯的老友？又怎能忍心让二十一岁的女儿变成寡妇，刚出世的外孙成为孤儿？

曾国藩的心在苦苦地承受着煎熬。真个是左也为难，右也不是！赵烈文天天来禀报，说裕祺打死只认贪污三万五千两银子。纪琛天天来哭诉，求爹爹救救自己的丈夫。整饬盐务的第一步便进行得如此窝囊，使一心想作伊尹、周公事业的曾国藩备感气沮。

就在这个时候，裕祥的第三场戏又紧锣密鼓地开演了。

七、看到另一本账簿，曾国藩不得不让步

裕祥按哥哥临上路时交代的，将另一本账目搬了出来。这是一本专记湘军长江水师、淮扬水师、宁国水师、太湖水师利用炮船夹带私盐的记录。裕祺用心深远，早就准备了这一手，以防不测，现在果然派上大用场了。

从同治二年九洑洲被攻破后，长江便全部被湘军水师所控制。水师将领们借口军饷无着，明目张胆地从盐场低价购盐，池商不敢阻挡，海州分司运判裕祺也奈何不了，只得另具一账本，将某年某月某日某人购盐若干盐价几何一一登记造册，并要押船的将领签字。还有一些水师头头为了个人发财，也利用运军粮的机会夹带私盐，有的被查获了，分司不敢没收，便也作了登记。裕祺这样做，一方面为防备日后朝廷查询；另一方面也偷偷记下湘军水师一笔劣迹，好交给僧格林沁备作他用。这时，裕祥叫人按原样誊抄一份，把底本转移公馆外，妥善保存起来。裕祥多方打听，得知彭寿颐在赣北办厘局时人言啧啧，断定他是一个在金钱上过不了关的人。

这天深夜，裕祥怀揣了几张银票，影子般地闪进彭寿颐下榻的淮海客栈。

“谁？”已睡下尚未睡着的彭寿颐警觉地跃起。

“我。”裕祥低声答道。

“你是谁？”

“裕祺的弟弟裕祥。”

“你来干什么？”彭寿颐预感来者不善，冷冷地责问，欲先来个下马威。

“彭师爷。”裕祥大大咧咧地走过去，不用招呼，自己在一条凳子上坐了下来，彭寿颐也坐在床沿上，两人恰好面对面。彭寿颐那年被林启容割去了右耳，为了遮丑，他的帽子后檐做得特别长，把耳朵全部盖住了，让人看不出。现在刚从被窝里爬出，头上光光的，失去了右耳的头脸格外丑。裕祥强压住心中的厌恶，满脸笑容地说，“家兄之事，实是小人陷害，请彭师爷明裁。”

彭寿颐冷笑道：“陷害不陷害，我自会查清，用不着你来讲。再说，我看你也像个

读书知礼之辈，裕祺是你的胞兄，你这样夤夜来访，就不怕犯打通关节之嫌吗？”

裕祥并不介意，仍旧笑嘻嘻地说：“兄长被害，我这个做弟弟的不为他申诉，谁来替他讲话呢？彭师爷，常言说得好，与人方便，自己方便，得放手时且放手哇！”

“你这是什么意思？”彭寿颐怒视裕祥，“你是想要我为你哥哥隐瞒罪情吗？”

“彭师爷，您莫生气，我只想求您在曾大人面前说句公道话。”裕祥点头哈腰地，一副谦卑之态。

“说什么话？”

“求您对曾大人说，裕祺的账都已查清，没有发现贪污情事。”

“嘿嘿！”彭寿颐又冷笑两声，“你说得好轻巧，世上有这样便宜的事？”

“不会很便宜。”裕祥从靴页里掏出一张银票来，“这是五千两银子，只买您这一句话。”

彭寿颐吃了一惊，心想：“这裕家出手倒不小气，但这五千两银子，不就买去了自己的操守了吗？不能要！”彭寿颐手一推，银票从桌面上飘下。裕祥忙弯腰拾起，想了想，又掏出一张来。

“这是一张一万的，连那一张一共一万五，如何？”

彭寿颐心一动。一万五，这可是个不小的数字，师爷当一辈子也积不了这个数目。自己留一万，将五千分给其他人，封住他们的口，再在账面上做点手脚，曾大人即使不相信，派人复查，也不一定查得出。刚一这样盘算，他又立即意识到不对。这裕祺是曾大人要惩办的要犯，状子告得扎实，民愤也很大，怎么能掩盖得过呢？一旦暴露，这一万五千两银子，不就把自己的命给卖了！

彭寿颐心里的活动，全让裕祥看在眼里。他慢慢地从衣袖口袋里掏出早已准备好的账簿来，递给彭寿颐：“彭师爷，我不会为难您的，请您把这本账簿转呈给曾大人过目。若他不认账，我们也对不起，进京送给僧王府，烦僧王送给皇上看。”

彭寿颐感到奇怪。他接过账簿，翻开一页，只见上面赫然记载着一笔笔湘军水师夹带私盐的账。再翻几页，页页如此。彭寿颐全部明白，心里也踏实了。他故意把账簿推开：“就一万五银子，我给你送？老实告诉你，账已查清，你哥哥贪污的银子近百万，你就等着抄家验尸吧！”

裕祥咬了咬牙，终于将靴页子里最后一张银票拿出来：“这里还有一万五，一共三万，我们裕家的全部家当都来了。”

“实话跟你说吧，你要我跟曾大人说，你哥哥完全没有贪污之事，你就是拿三十万银子来，我也不会说，我要不要脑袋吃饭？”老辣的彭寿颐知道这案子要全部翻过来是不行的，他不敢拿性命开玩笑。

哥哥究竟贪污了多少，裕祥并没有底，见彭寿颐这样强硬，他反而气馁了：“彭师爷，您看我哥这案子要如何了结？”

“看在你的这番心意上，我去跟曾大人说情，不抄家不充军，看做得到不。还想依旧当他的海州运判，那是绝不可能的事，你掂量着办吧！同意就这样，不同意，银子和账簿你都拿走。”彭寿颐将银票和账簿往裕祥那边推过去。

裕祥呆了半天，最后说：“彭师爷，就这样吧，最好不革职，若实在不能保，则千万请保个不抄家充军。”

“那好！”彭寿颐皮笑肉不笑地说，“裕二爷，你要想把事情办成功，今夜这里发生的一切，你不能透出半个字，懂吗？”

把裕祥提供的账簿仔细看了一遍后，深知曾国藩弱点的彭寿颐心中暗暗得意，连那五千两银子他都不愿分出去了。倒不全是出于心疼，多一人知道便多一分麻烦，况且现在用不着在账目上做过多手脚，他已有打动曾国藩的足够力量了。

彭寿颐匆匆从海州赶回江宁，在书房里单独面见曾国藩。

“海州分司的账清得怎样了？”曾国藩期望获得重大进展，在铁的事实面前逼得裕祺不得不认罪，然后再将给他的惩罚减轻一等，以此为条件求得放票，留下罗兆升一条小命。这些天来，女儿不断地哀求，夫人不停地劝说，曾国藩看在眼里，也实在不忍，他在心里作出了这样一个折中的处理设想。

“裕祺的确为官不廉，这几年用压价复价的花招，共敲诈池商银子二十七万多两。不过，他也的确拿出了二十万用来修浚运河，自己得了七万多。又从引商那里索取贿赂八九万。这两项加起来，大约有十五六万两银子。比起前任几届来，裕祺不算最贪的。海州的百姓讲，哪个运判不是混个三四年，弄二三十万银子后再走的！”

“十几万两？”曾国藩有点怀疑，他望着彭寿颐的眼睛问，“状子上告的他至少聚敛了八十万两，怎么相差这样远？”

“大人，盐商们都恨盐官，夸大其辞是可以理解的。”彭寿颐坦然地接受曾国藩的审视。他知道，这时如果自己的目光稍有回避，就会引起曾国藩更大的怀疑。在曾国藩身旁十年的江西举人，对老师洞悉一切的眼力既佩服又畏惧。回江宁的途中，他自我训练了很多遍，今天临场表演时幸而没有慌乱。

“噢！”曾国藩有点失望，略停一下说，“只当了八年的运判，便贪污十五六万银子，也可恨得很。两江的官吏都像他这样，百姓还有日子过吗？”

“大人！”彭寿颐把凳子挪近曾国藩，压低声音说：“裕祺虽然可恨，但也有可爱之处。”

“可爱之处？”曾国藩颇觉意外。

“大人有所不知。这三年来，我湘军长江水师、淮扬水师、宁国水师、太湖水师，因军饷不足，都在海州盐场以低价买盐，再以高价出卖，另外还有不少将官也利用装粮之便夹带私盐。所有这些，裕祺都没有为难。他的弟弟裕祥说，湘军打长毛功劳大，以此换军饷，或是换点零花钱，我们都支持。卑职将裕祺所记的账粗算了一下，这几年湘军水师公私共在海州盐场买盐四万引，没有纳一文盐课。也就是说，裕祺利用这批盐，支援了湘军水师约一百万两银子。”说着，把裕祥提供的账簿恭恭敬敬地递上去。

“没有这样的事！长庚，这账簿是裕祺捏造的，你不要上他的当。”曾国藩随便翻了几页，便将它扔到桌子上。

“大人，卑职已过不惑之年，且在大人幕中这多年，岂不知世上多有伪造账簿欺蒙上峰的事。”彭寿颐不慌不忙地说，“不过，这本账不是假的。现在大人看的是誊钞本，我看过裕祥保存的原本，有当时运盐的将领们的亲笔签名，黄翼升、李朝斌的名字都出现过几次，我认得他们的字，那不是假的。卑职也曾经暗访过海州盐场的其他盐吏，他们都说有这个事。”

“你当时为何不把那个原本要过来？”曾国藩逼视着彭寿颐。

彭寿颐被问得冷汗直流，心里叫道：好厉害的曾中堂！他很快镇定下来，答道：“裕祥那天将原本给我看过后，我就要他把账簿留下。他说他要誊抄一份，我同意了。谁知以后送来的不是原本，而是这个钞本。我要他交出原本。他说原本已送到京师去了，倘若曾中堂不能体谅的话，他将请僧王出来说几句话。”

曾国藩一听，气势低下来了。湘军水师的这些行径，他过去虽听说过，但屡次关于军饷的奏报，只字未涉及这个方面，尤其是大批水师将领夹带走私，其性质更为严重。想不到这些事，居然有人一笔一笔全部记下来了。这些丑闻若经过僧格林沁之口上达天听，岂不招致皇太后、皇上的震怒！事关他个人和整个湘军的名声，不能等闲视之。况且对于长江水师，曾国藩近来有一个异常重要的计划，这个计划决不能因这本账簿而遭到破坏。他已经发信给在渣江休养的彭玉麟，估计彭玉麟就在这几天内会抵达江宁。

“长庚，你说裕祺这个案子该如何处置更为妥当。”曾国藩想，看来裕祺的处罚还得减一等，他先套套经办人的口气。

“大人，裕祺身为朝廷命官，掌管海州分司要缺，利用职权，贪污勒索十多万两银子，罪恶很大。论国法，当革职永不叙用，查抄家产，本人流放军台。以此为贪墨者戒。”彭寿颐神态凛然，执法甚严，与曾国藩的初衷完全吻合。“但是，裕祺有功于我湘军水师，也即有功于国家，其功可抵去一部分罪。卑职的意思是，革职赔款，遣回原籍，其他可不予追究。”

“这样处置可以是可以，但得有一个条件。”曾国藩慢慢梳理着胡须，说，“你得要他家交出那个原本来，回海州后，你立即派人送给我。”

彭寿颐心想：裕家的财产少说也有五六十万，裕祥只花了三万银子，我就给他保住了这笔财产，他还有什么话说的！他若硬要保存这个账本再苛求，我也不怕他，就对他说：“曾大人不怕僧王，你到京师去找僧王吧！”谅他也不会再闹下去。这样一想，便壮着胆子说：“卑职一定要他交出原本。”

“还有一个条件。”曾国藩想起姑爷还在裕家人的手中，不能不提出，但又不能明提，想了想说：“你去告诉裕祥，他的哥哥贪赃枉法，民愤极大，本督只给了最轻的处分，要他明白本督有心保护之意，凡是与本案有关的其他一切非法活动都要停止。否则，本督决不宽容！”

彭寿颐不明白话中的具体所指，但这个条件无疑在理，便说：“卑职一定正告裕祥，谅他们兄弟一定会对大人感恩戴德，不敢再有别的妄想。”

曾国藩指示赵烈文，不必再逼裕祺，就以他所承认的三万五千两银子定谳，给他一个革职赔款遣回原籍的处分，并按此奏报朝廷。裕祺放出的第二天，罗兆升也被刘松山从黑松林口接了回来。这个养尊处优的罗二爷，受此折磨，早已瘦得不成人样了。

裕祺虽未被抄家充军，但革职赔款的处分也并不轻。这个号称僧王老表的蒙古盐官的被惩罚，震动了两淮盐场，也震动了两江三省，各级官吏见风色不对，都开始收敛了。黄廷瓒带着一班子人制定了几十个关于盐务管理的章程，也一一通过颁发，淮北重新推广票盐制。两江各引地盐价也作了明文限制。曾国藩裁汰了一批不法盐吏，从甲子科新举人中选了几十个操守较好、年岁较大的人去管理各处盐卡，盐务有了起色。同时，又奏请蠲免安徽州县钱粮杂税及江苏金坛等五县的两年钱漕，百姓算是得了一些实惠。

这时，太子少保、一等轻车都尉、长江水师统领彭玉麟，从渣江老家布衣戚容地来到了江宁。

八、彭玉麟焦山还愿

彭玉麟回渣江后，国秀的病短期内有所好转，但不久又加重了。他百般温存，延请名医，不惜重金购买名贵药材，却始终不能治愈。国秀终于跟小姑一样，年纪轻轻地便抛开玉麟，一个人先走了，不同的是，她给玉麟留下了一个儿子。彭玉麟叹息自己的命苦，对世事看得更淡了。他将国秀安葬在小姑墓旁，每隔三四天便去看望她们一次。他要履行当年离家前夕对小姑亡灵所说的话，在大功告成之后，不恋富贵，重过旧日的清贫生活。于是在斗笠岭下筑一个茅棚，取名退省庵。他住在退省庵里读书课子画梅花，天天依伴着小姑和国秀的怨魂。彭玉麟奏请皇上开缺，让他在籍养疴。皇上不允，改授他漕运总督，他坚辞不受。皇上只得作罢，依旧将兵部侍郎职还给他，温旨慰勉安心养病，再膺重任。如果不是曾国藩一连两封情致深厚的信打动了他的怀旧之心，如果不是信中一再说有关于水师的重大事情相商，彭玉麟就将带着儿子永钊，再也不离开小姑和国秀的坟墓，再也不离开渣江了。他要在退省庵里退世反省，打发余生。

曾国藩见彭玉麟心情忧郁，暂且不跟他谈长江水师的事。每天公余，则邀他品茗下棋，并从江宁城名门望族中借来不少前代丹青名手的真迹，与他共同欣赏，借以为他排忧解愁。正好这时戴熙的弟弟戴照致仕回原籍钱塘，路过江宁，曾国藩盛情款留。

戴熙以翰林三值南书房，官至兵部侍郎，以长于绘事闻名京师。那年就是他为孙鼎臣画了一幅《苍筤谷图》，后来引得曾国藩和左宗棠都爱不释手，各人都题了一篇七言古风于其上，成了文坛一段佳话。咸丰十年，戴熙死于战事。戴照以优贡生身份长期在礼部做小吏，也同样精于丹青，与曾国藩关系密切。戴照久慕彭玉麟大名，且又同为画坛高手，二人一见如故。谈诗文、谈绘画、谈兵事，谈得甚为投机。临别时，戴照送给彭玉麟一幅《钱塘潮涌图》，彭玉麟回赠一幅《南岳迎客松》。彭玉麟与戴照相见恨晚，自觉长期拘守渣江，也未免过于孤陋，遂与戴照约：十年后在杭州西子湖畔也筑一个退省庵，一年以一半时间住渣江退省庵，陪小姑、国秀之坟，以一半时间住杭州退省庵，与戴照等两浙名士品画说诗。

彭玉麟心情开朗了，曾国藩欢喜无尽，便将长江水师走私食盐以及杨岳斌临去陕甘前夕说的那番话告诉了彭玉麟。彭玉麟疾恶如仇，听说水师走私，极为愤慨，非要

——查明严办不可。对杨岳斌的一席话，自然心有灵犀一点通。他对朝廷和官场的看法，比杨岳斌更深一层，对曾国藩和自己的处境也洞若观火。他是属于那种大智大勇、大彻大悟一类的人，当年劝曾国藩蓄势自立，以及后来自己的功成身退，都不是常人所能想得到做得出的。几天后，彭玉麟对曾国藩说：

"涤丈，我们明天到镇江焦山寺去一趟吧！"

"好哇，你有游山玩水的兴致，我奉陪。"曾国藩想，彭玉麟一定是要借游焦山的机会谈谈关于水师的事。

"国秀临终前对我说，那年她和母亲、兄长由浙江投奔在黄州谋食的舅舅，船过镇江时，长江陡起风浪。风急浪高，船在江上左右颠簸，眼看就要倾覆，母亲吓得哭起来，兄长亦无主意。国秀则面对着高耸江面的焦山寺跪下祈祷：求菩萨保佑，若能使风浪平息，将来为菩萨再塑金身。国秀念过三遍后，果然风平浪静了，母亲喜得直叫：菩萨有灵，菩萨有灵！国秀说，她生前未能还此愿，心中不安，要我代她还了这个愿，并请菩萨保佑永钊无灾无病，长大成人。"

"我明天陪你去还愿。"曾国藩望着彭玉麟凝重中略带凄凉的面色，心头飘过一丝悲天悯人的意念。他自我感觉到，这种意念从前似乎没有过。

镇江城真是一个气势磅礴、山水形胜之地。长江从城北穿过，江面宽阔，奔流激湍，江中矗立着金山、北固山、焦山，山势不高但陡峭，林木不深而清幽。一年四季，江浪拍打山崖，溅起冲天水花，它们犹如三座铁打的金刚，岿然不动。年年月月，江风抚摸着山腰山顶，芳草青翠，百鸟丛集，它们又好比三个浣纱的少女，娇美婀娜。尤其是那些与它们有关的美丽动人的神怪传说、历史故事，诸如水漫金山寺、甘露寺招亲、孙刘剁石卜天下、康熙乾隆南巡题诗等等，更使它们显得神秘莫测，如同三位年高德劭俯视沧桑的历史老人，帮助后辈缅怀过往，启迪未来。

曾国藩、彭玉麟，加上另外两名随身戈什哈，都做普通百姓装束，乘坐安庆内军械所制造的那艘小火轮，清早从江宁出发，一路劈波斩浪，顺水而下，巳正到了镇江城。先登上金山、北固山观赏一番，在甘露寺吃了斋饭后，便来到了焦山。

一上山，曾国藩立即被眼前的景致所迷住，笑着对彭玉麟说："雪琴，先莫忙着还愿，一还愿就脱不了身，我们先四处看看再说，好吗？"

"涤丈能陪着我来还愿，已是天大的面子了，这点小要求，我能不答应吗？"说完，也舒心地一笑。

焦山因东汉焦光隐居于此而得名，又因山上松竹苍翠，宛如碧玉浮江，故又名浮玉山。山之东北有两座巨石雄峙，名为大小松寥山，古人称之为海门。它最高处离海面只有四十多丈，绕山走一周，也只有六百来丈。但这座小岛却琳琅满目，美不胜收。且不说登山眺望长江的白浪滔天、雄伟开阔的壮观之景，也不说满山起伏的桑林，犹如一条宽广迷人的生命之被覆盖在它的四周，单是焦山上俯首可触的前贤遗迹，便足使人沉浸陶醉、流连忘返。

曾国藩和彭玉麟兴致勃勃地观赏主干半枯、枝干遒劲的六朝古柏，树身粗壮、绿叶满枝的南宋老槐，高耸入云、挺拔傲岸的明代永乐银杏。接着，二人又携手游览吸江楼、华严阁、壮观亭、观澜阁，这里分别为观日出、赏月色、送夕照、听涛声的最佳处。楼阁建筑得别出心裁，地址选择得又富诗情画意，前向忙于盐务整顿的两江总督和留恋于亡妻故土的水师统领，身心一时都暂获宽松。

看罢三诏古洞后，他们又在别峰庵郑板桥读书处徜徉一阵，只见板桥为别峰庵题的名联至今仍在，道是：山光扑面经新雨，江水回头为晚晴。彭玉麟赞道："不愧出自板桥之笔，真是别具一格！"

二人又来到宝墨轩，这是焦山文物的精粹所在。宝墨轩四壁镶嵌了自六朝至本朝道光年间的著名碑刻二百多处，珍品极多。这里有魏法师碑、澄鉴堂法帖、畜狸说碑、苏东坡游招隐寺唱和诗碑，还有陶澍所立印心石屋碑，尤为珍贵的是刻于南朝的上皇山樵所书《瘗鹤铭》。此碑笔力浑穆、结构谨严，乃大字之祖，向为书界推重。曾国藩一生写字经历过三次大改变，从柳诚悬到黄山谷到李北海。早年学柳体字时，也曾将《瘗鹤铭》认真地临摹过数百遍，今日在此见到原碑，如何不欢喜！曾国藩将此碑格外仔细地看了一遍，又见旁边一块小碑上刻了几百字，介绍它失而复得的过程。

原来，《瘗鹤铭》刻好后，一直竖立在焦山上。唐代宗大历年间，它失落长江中，在水底躺了三百年，直到北宋熙宁年间，才从江中捞出一块断石。一百年后，南宋淳熙年间又打捞出三块。不料到了明洪武年间，这四块断石复又坠江。康熙时，镇江知府陈鹏年是个金石专家，他不惜巨资募船民打捞，终于在距焦山下游三里处，将这四块残石捞了出来。《瘗鹤铭》的坎坷遭遇，令两位湘中名士嗟叹不已。

看看天上的红日将要贴近江面，彭玉麟说："涤丈，该是我还愿的时候了。"

曾国藩笑着说："看我们玩的，差点误了你的正事。"

二人并肩来到焦山上的主体建筑群定慧寺。定慧寺原名普济庵，始建于东汉兴平年间，是佛教传入中国后，最早兴建的一批寺庙中的一个。宋时改名为普济禅寺，元代又改名为焦山寺。康熙南巡驻跸于此，赐名定慧寺。寺内建筑宏伟，殿堂众多，一向为江南佛教圣地之一。

二人穿过前殿，来到大雄宝殿，迎面而来的两行大字楹联甚是发人深思：四大皆空明佛性，六根清净证菩提。宝殿里塑着佛祖金像，右边是有求必应坚毅严肃身骑白象的普贤菩萨，左边是聪明睿智笑容可掬跨着雄狮的文殊菩萨。大殿两侧是瞠目龇牙、舞拳踢腿的四大天王。正中供桌上青灯长明，鲜花不谢，香烟缭绕，烛光摇曳。空旷的殿堂庄严肃穆、气象森凛，无一闲杂人员往来，无一轻妄语声响起。只有大殿一角坐着一个垂老僧人，双眼微闭，左手伸掌，右手时不时地敲打着木鱼。清脆的木鱼声在高旷的大殿空间回荡，越发给它增添一种神圣不可亵渎的威严感。

曾国藩置身其间，顿时感到自己渺小极了。在高不可攀的如来佛面前，一等侯、协办大学士、太子太保、两江总督等等令世人目眩的官爵，通通失去了它的光彩。佛法广大，宇宙无垠，他一个苦海中的俗人，好比大千世界里的一粒灰尘，漠漠天河中的一颗水珠，微不足道，卑不足称。与佛祖相比，人的生命太短促了。佛是永恒的。他审视过去、现在、未来三世，他已不知存在了多少年，他还将如天地山川一样永远地存在下去，而人生不过是夜空中的闪电，稍纵即逝，如白驹之过隙，转瞬则非。一时间，曾国藩心中顿起一股无可奈何的悲哀。

遵循祖训，曾国藩一向不崇佛，但也不排佛，佛教中的重要经典他也涉猎过，尤其是《心经》，他读过多遍，对其中的一些议论也颇为心许。今天，在浩浩长江中这个岛山的寺庙里，在经历过大功殊荣、剧痛奇忧之后，色空幻灭之感，竟隐隐地向他袭来。看着彭玉麟虔诚地跪在蒲垫上，他也身不由己地跟着跪下，拜倒在至高无上普度众生的佛祖脚下，耳边是彭玉麟喃喃的祷告声："弟子衡阳信士彭玉麟跪拜在我佛脚下。十五年前，弟子亡妻杨国秀在江上偶遇飓风，船几倾覆，幸赖我佛无边法力，使风息浪平，一家安然无恙。亡妻当时曾许下誓愿，为谢我佛恩德，将重塑金身，后因戎马战乱未果。今亡妻长辞人世，玉麟代其前来还愿。弟子涉千里远途，具一瓣诚心，谨奉白银五百两于桌前。"

说罢站起，从袖口里抽出一张银票，恭恭敬敬地放在案桌上，又退下来，重新跪在蒲垫上，对着佛祖顶礼膜拜。曾国藩一直半低着头，眯着眼睛不说话，他被彭玉麟的虔诚所感染，对佛生发出一种敬意。

"二位居士请起，小寺住持芥航法师在方丈室里恭候。"不知什么时候，曾国藩、彭玉麟的身后来了一位五十余岁气宇不俗的和尚。那和尚合十微笑说："贫僧乃小寺知客，请二位居士随贫僧到后院去。"

二位宫保大人顺从地起身，尾随着定慧寺的知客僧，从后门走出大雄宝殿。

九、慧明法师的启示

定慧寺的后院屋宇众多，有藏经楼、念佛堂、高堂、大寮、方丈室等等。二人随着知客僧来到方丈室，一眼看见禅床上盘腿坐着一个极老的和尚，面孔像风干的柚子皮，三绺长须如漂白的苎麻，身躯瘦小得就像一个十四五岁的孩童。曾国藩忽然想起钱起的诗："只疑云雾窟，犹有六朝僧。"又想起传说中识破白蛇精的法海。正在胡思乱想的时候，芥航法师睁开眼睛，面无表情地指着对面的两张椅子，口齿清楚地说："二位居士请坐。"

刚落座，一个小沙弥就过来献茶，随即又端来几碟鲜果。焦山上的游客不多，尤其是坐小火轮来的中国游客还从来没有过。当曾、彭上山不久，知客僧便把这一情况报告了芥航法师。芥航法师多年不离禅床了，这次他叫几个年轻和尚抬着到了藏经楼三楼。这是焦山上的最高点，山上所发生的一切，都在这间房子的监视中。芥航看了半天，后来又看到他们来到大雄宝殿，这下看清楚了。他吩咐知客，待他们拜佛完毕，即请来方丈室叙话。

"两位居士远道而来，光临此地，为荒岛寒寺增辉不少，又广结善缘，捐银五百两，老衲代表阖寺僧众，谢二位居士厚意。不知二位居士为何赠此巨款？"

彭玉麟将来此还愿的事说了一遍。

"善哉，善哉！"芥航左手伸掌，右手捏着胸前的念珠。那念珠棕黑色，光亮鉴人，比一般和尚的念珠要小。"敢问二位居士尊姓，从何处来？"

"鄙人姓江，他是我的表弟，姓王，从江宁城里来。"曾国藩抢着回答，他不想说出真实身份，免得多添麻烦。

“听江居士的口音，像是湖南人？”芥航法师柚子皮似的脸上微露一丝笑意。

“法师明鉴，鄙人正是湖南人。法师缘何对湖南口音如此熟悉？”曾国藩在北京生活过十四年，学得些北京话，平素在湘军官勇中，他讲湘乡土话，对外则带一点北京口音，为的是让别人听得懂。

“居士有所不知，老衲俗籍也是湖南。”

“没有想到，我们与法师竟是乡亲！”彭玉麟高兴地用衡阳话说，“请问法师是湖南哪县人，为何又到了此地？”

“那是很久以前的事了。”芥航的左手垂下来，右手仍在数念珠，“老衲出生在九嶷山下，降世不久，父亲即出外谋食。十一岁那年，父亲回家，接老衲的母亲到扬州去，原来父亲在扬州盐运使司做了一个小吏。船到镇江时，天色已晚。父亲说天明后再过江上岸进扬州。谁知就在那天半夜，一群强盗上得船来，砍杀了老衲的父母，抢走了船上的银钱。老衲幸而抱着一块木板跳下长江，才免于一死。江水把老衲漂送到焦山边，定慧寺方丈智重长老见老衲可怜，便收留下来。岁月流逝，八十年过去了。”

曾国藩心里一惊，如此说来，这位法师已高龄九十一岁了。他生在乾隆爷年代，正好与六朝柏、南宋松、永乐银杏般配，合称焦山四老。曾国藩再细细地看了老法师一眼。他已看出眼前的这个古董，不仅仅是一个脱离尘世八十年，静观涛生云灭的老和尚，更是一个佛学精深、世事通达的智者。

“法师来此八十年了，仍对乡音分辨得如此清楚，真不容易。”曾国藩感叹着。

“老衲对世俗一切都已淡薄，唯独对生我育我之家乡怀念不已，近年来此心尤切，这或许就是世俗所说的叶落归根吧。老衲修身养性八十年，看来仍未脱凡俗。”芥航又露出一丝浅浅的笑容。

这时天色已暗，法师吩咐在方丈室里摆桌开席，又对曾、彭说：“老衲已经二十多年不与人吃饭了，今日在此遇乡亲，老衲破例陪二位居士吃一顿夜饭。”

曾、彭连声称谢。一会摆出一桌斋席，虽无鱼肉鸡鸭，但用豆制品以及各种蔬菜烧烹的斋菜，却更清香可口，还有那用山上泉水酿的素酒，也很爽洁甜美。芥航法师略微吃了几片青菜，便不动筷了。

方丈室里的油灯时明时灭，窗外江水拍打着礁石，发出澎澎湃湃的声响。风吹着满山松竹，与江涛合鸣。一切都是天籁，无半点尘世的喧嚣。面对着这位银须高僧，彭玉麟恍若置身蓬莱仙岛。他忍不住对芥航说：“弟子有一事不明，请法师赐示。”

“居士有何不解之事？”芥航慈祥地问。

“弟子早有皈依我佛之心，但又抛不开尘务。请问法师，弟子是了却尘务，再皈我佛，还是抛却尘务，即皈我佛呢？”

“尘务未了，凡心不净，即便皈依，亦难成正果。以老衲之见，居士不如了却尘务之后，再皈佛门，日后一定可成正果。”芥航平静地回答。

彭玉麟点点头，似有所悟。曾国藩想：老法师之言合情合理，也正合自己之心；倘若劝他即刻皈依佛门的话，我靠谁来整顿水师？他对这位同乡高僧忽生感激之情了，便也问道：“弟子生性偏激，容不得半点邪恶，生平好为掀天揭地之想，虽亦有些小成，

但不顺心事居多。请问法师，弟子应奉何法持身？”

“阿弥陀佛！”芥航正色道，“居士疾恶如仇，正是佛性的表现。去恶即是为善，除暴方能安良。佛法讲大慈大悲，并不宽容残杀众生之妖魔。不过，老衲看居士一生鼎盛之期已过，眉宇间阳刚劲气已趋衰退，有生之年难再有大作为了。故老衲奉劝居士一句直言：今后总要从波平浪静处安身，莫从掀天揭地处着想为好。”

曾国藩听了，默不作声。

芥航又说：“老衲观居士气概，有我佛普度众生之志，但我佛如此宏愿，亦非一蹴而就，要靠世世代代众比丘、比丘尼弘扬佛法，晓谕众生，方可使世界脱离苦海，同登乐土。方今尘世妖孽猖獗，正气不张，在此污泥浊水之中，居士能有成功，亦属大不易。天下事，岂能由我一人做完？愿居士能理解老衲之心，方不致被适才直言所烦恼。”

曾国藩听这几句话大有道理，遂转忧为喜，合十谢道：“法师之言，大开弟子胸襟，弟子当谨记不忘。”

彭玉麟见法师果然智慧圆通、道行高深，又请教道：“请问法师，这世界近些年内可有承平之日复来？”

芥航摇了摇头，说：“道光末造，蚩尤作乱，天遣应龙，降妖伏魔。今蚩尤虽灭，然纲纪大乱、世道大坏、人心大变，此绝非一应龙所能了耳。天下承平，短期内不可复见，至少老衲看不到了。”

曾国藩虽觉悲哀，但不能不佩服法师非凡的眼力。他想，这样一个年近百岁，身历五朝，又深明佛理，冷静睿智的老和尚，大概人世间的一切疑难，他都可以有办法解决。他目前正为水师的事作难，虽蒙圣旨宽容，长江水师暂时保留下来了，但今后战事稍一减少，就有可能再下令撤销。能有一个什么妥善的办法，将它长久地保留下来就好了。那样，既可以成为自己终生的“护身坎肩”，又可以作为湘军的代表长存于世。在这一点上，他颇为类似历史上那些开基创业的帝王，想把自己亲手创造的业绩千秋万代地传下去。如何发问呢？明说不宜，转弯子说又怕讲不清。想了好久，想不出好办法，不如干脆打土语算了：“弟子有一为难之事，恳请法师莫嫌俗陋，帮弟子解开难题。”

“居士有何难事，不妨说与老衲听听。”芥航停止数念珠，聚精会神地听曾国藩发问。

“弟子老家所在地，前向风气极坏，白日抢劫、半夜行盗之事甚多。弟子遂在家中喂养了三十条狗，用来防守家门。现在安静多了，守门狗无事可做，便欺负邻里鸡鸭，弄得四邻不安。请问法师，弟子应如何处置这些狗？”

芥航听罢，嘴角边浮起一缕极淡的冷笑，说：“居士可三宰其二。”

曾国藩点点头，又问：“弟子本意想全部宰掉，可否？”

“不可！”芥航断然回答，眼睛里射出两道与龙钟老态极不相称的光芒来，“狗多坏事，无狗亦坏事。居士此举当慎重。”

曾国藩重重地点了两下头，十分赞同法师的高论。他叹了一口气，说：“然则弟子亦感为难，一家豢养十条看门狗，岂不多哉？”

芥航笑而不答，吩咐小沙弥添烛加灯，并对知客说："取镇寺之宝来，请二位居士欣赏。"

曾、彭一听定慧寺还有镇寺之宝，甚觉意外，心想：这或许是前代帝王所赐的金玉菩萨，或许是从天竺国取来的贝叶真经之类的东西。

少顷，知客僧捧着一个用青布包的条形物件进来。芥航亲手打开青布，露出黑漆木匣。他从身上掏出一把小小的铜钥匙来，将木匣上的铜锁打开，里面平放着两卷发黄了的纸。芥航拿出一幅递给曾国藩，又拿出一幅递给彭玉麟，说："二位居士请展开看一看。"

曾、彭怀着庄严的心情，小心翼翼地将纸展开，不觉惊了。这纸上既不是写的佛经，亦不是绘的佛像，一卷是明代杨继盛上的反对与俺答开放马市之疏，另一卷也是杨继盛的奏疏——参劾严嵩。清代读书人，几乎无人不崇敬杨继盛，也无人没有读过他的这两篇正气凛然的奏疏。但所有人都是从史书上读到的第二手材料，谁都无幸一睹这两篇名奏的原件。曾国藩那年在翰林院奉旨清查明代旧档案，曾很留心这两件奏疏，可惜没见到。今夜在这个荒凉的岛山寺庙里见到它，正应得上一句老话：踏破铁鞋无觅处，得来全不费工夫。他感到很奇怪，问芥航："敢问法师，杨忠愍公的这两篇奏疏，是真迹吗？"

"不是真迹，何能称之为镇寺之宝？"芥航微笑道。

彭玉麟也惊讶不已，说："弟子少时最好读忠愍公参权奸严嵩疏。'盖嵩好利，天下皆尚贪；嵩好谀，天下皆尚谄。源之弗洁，流何以澄？是敝天下之风俗，大罪十也。'每读至此，常击节抚叹。然世人皆说，忠愍公此两疏早已不存于世，何以能存于宝刹呢？"

"二位居士且莫惊诧，容老衲慢慢说来。"芥航法师两只布满鱼尾纹的眼睛里再次射出光芒来，曾国藩突然觉悟到，这高僧原来并非超凡脱俗，他的胸中充溢着与世人一样的善善恶恶的情感，只不过这种情感因他八十年的修行而深深地埋了下去。

芥航法师深情地回忆："杨忠愍上参劾严嵩疏后，蒙冤下诏狱，自知此番没有出狱的可能了，便暗中打发人叫他的独生子伯远赶快离家出逃。伯远公逃至扬州时，闻父亲被严嵩杀害在菜市口，悲愤填膺，立志报仇。他素知严嵩心肠歹毒，决不会放过他，海捕文书立即就会下到全国各地，自己将插翅难逃。这天夜里，伯远公雇了一只小船从江北划过来，一直划到焦山边，悄悄地上了岸。他径直来到定慧寺——当时叫做焦山寺，找到了住持宏济法师，表示愿意皈依佛门。宏济法师见伯远公仪表堂堂，知非常人，便收留了他，给他取个法名叫心一。就这样，伯远公逃脱了天罗地网般的搜索。十年后，嘉靖皇帝惩办奸相严嵩父子，天下额手称庆，伯远公这才向宏济法师说出自己的身份。宏济法师劝他脱去袈裟，还俗进京，继承父业，为天下苍生做点有益的事。伯远公先是不肯。宏济长老正色道：'佛家最高宗旨，在使众生脱离苦海，不重在一身修行。所谓众生超脱我超脱，说的就是这个意思。普通百姓，无力为众生办事，故投我佛门。我佛慈悲，收一人即渡一人。你乃大忠臣之后，万民景仰，遇此君主贤明之际，何不承父志济天下苍生，而在此作一身之修行，岂不愧对乃父忠魂？亦不合我佛之本意。'伯远公被说服了，含泪离开焦山寺。回京后，嘉靖皇帝将忠愍公生前所任的兵部员外郎一职赏给了他，并赐还互市、劾严两篇名疏。伯远公一则报焦山寺救命之恩；二则也怕父亲的这两篇奏疏日后湮灭，遂将它用木匣装起来，送给宏济长老，请焦山寺代为保管。宏济法师将它定为镇寺之宝。从此便一代代传了下来，一直传到老衲手中。”

芥航说到这里停住了。曾国藩边听边想：刚才说芥航法师未脱俗，实际上，定慧寺这座江南名刹、佛家圣地也未脱俗。它把杨继盛的奏疏作为护寺之宝，这里面包含着对忠臣义士多大的尊崇！对人世的正义与邪恶有着多么强烈的是非褒贬！可敬的芥航法师，可敬的定慧寺。曾国藩心里默默念道。

彭玉麟问：“法师，杨忠愍公的真迹保存于宝刹三百年，这中间也曾给外人观赏过吗？”

芥航答：“三百年来，这件镇寺之宝只对三个人开启过。一是前明史阁部史可法守扬州时，有次来焦山巡视，住持圆鉴法师请他看过。二是康熙帝南巡至焦山，为寒寺御笔亲赐定慧寺三字，为报圣恩，住持慧明法师请皇上观赏过。三是乾隆爷南巡，御赐一万两银子重修寺院，那年我已在定慧寺出家，亲眼见智重长老打开木匣，请乾隆爷过目。今夜为二位居士，第四次打开了木匣。”

芥航法师给他们以史可法、康熙帝和乾隆帝一样的礼遇，使彭玉麟、曾国藩很感动。感动之余，曾国藩又觉奇怪，这礼遇，绝不是彭玉麟的五百两银子所能换来的。难道说，自己的身份被这个菩萨似的老法师窥视出来了吗？他问：“请问法师，杨忠愍公的奏疏既然让人看过，就必然会传出去，宝刹不怕它被人盗走吗？”

“居士问得甚好。”芥航又数起念珠来，一边说，“康熙爷南巡那次，人多眼杂，慧明法师担心被歹人得知，于是聘请了十名武林高手做护寺卫士，以防不测。过了些日子，慧明法师又犯起难来，寺庙清静无为之地，怎能容得武师？且这样明目张胆地聘武师，岂不告诉别人，寺里有宝吗？慧明法师想了很久，终于想出了一个办法。”

芥航法师停下来，用眼扫了一下曾国藩，然后又继续数着念珠说：“慧明法师将这十名武师一律削发为僧，填了度牒，成为定慧寺的正式比丘。从那时起，定慧寺便仿照少林寺，在寺内练拳习武。有武艺出众的，便让他充当寺院的保镖；没有，则从外面雇请，雇请的人都一律做僧人打扮。以后方法灵活些了，不再填度牒，想留则留下，不想留了，随时可以离寺还俗。就这样保存了护寺力量，镇寺之宝也就没有丢了。”

说罢，芥航又拿眼扫了他们一下。曾国藩觉察到老法师的话是专门对他而说的。他略觉有一种启发，但一时又联系不上来。于是又拿起杨继盛的奏疏欣赏着，脑子里慢慢浮现出那位明朝忠臣从容就义时的悲壮情景：拖着脚镣，披着长发，慷慨走向菜市口，口里吟着：“浩气还太虚，丹心照千古。生平未报恩，留作忠魂补。”

“居士！”芥航法师把曾国藩的思绪从历史烟云中唤回。“杨忠愍公的奏疏真迹存于寒寺三百年，今日才只是第四次开启，居士能不题个字，为寒寺留作纪念吗？”

曾国藩笑着说：“老法师给弟子这样高的礼遇，使我们既感激又惭愧。只是仓促之间，题什么是好呢？”

芥航说：“居士不必过于谨慎，随便写几个字吧！”

曾国藩对彭玉麟说："要么你先写。"

彭玉麟忙摆手推让。曾国藩想了想，说："二十年前，弟子读《明史》，深为忠愍公两疏所感动，认为乃天地间至情之文，一时心血来潮，写了几句四言古风。若法师不嫌鄙陋，弟子就把这篇旧作抄一遍吧！"

芥航说："最好！"

小沙弥送来纸笔，拨亮灯芯，曾国藩挥笔写道："古孰无死，曾不可班。轻者鸿毛，重者泰山。杨公正气，充塞两间。遗文妙墨，深播人寰。马市一疏，声振薄海；更击贼臣，五奸十罪。心追逢比，身甘菹醢。取义须臾，归仁千载。翩翩谏草，犹存手稿。古柏挐空，似枯弥好。郁此英风，辅以文藻。长有白虹，烛兹瑰宝。"

他仅仅只将原作的"欲睹手稿"改为"犹存手稿"，其余一概照旧。写罢笑道："年轻时的涂鸦之作，实不堪入法眼！"

芥航说："居士之诗可与杨公之疏并为不朽，请居士落款吧！"

这下把曾国藩难住了。干脆一瞒到底吧！他心里想，于是提笔写道："同治四年仲夏，洞庭湖俗子江子城敬题于杨忠愍公二疏手迹之后。"

"哈哈哈！"芥航忽然大笑起来，声音之爽朗，气概之豪放，竟像一个五六十岁的壮健将军，曾国藩、彭玉麟相顾失色。"曾大人，不必再在老衲面前自抑了，还是实实在在落下你的大名吧！老衲刚才说过，诗与疏并为不朽，但它要借曾大人的声威，可不能凭'江子城'三字呀！"

曾国藩惊问："老法师何以知我不是江子城而是曾国藩？"

芥航笑道："二位居士来方丈室之前，老衲已观察多时了。虽是布衣小帽，举止之间却充满豪气，老衲心中已知二位非等闲之辈。老衲虽平生未睹大人尊容，但耳畔也曾听过香客们谈论大人的仪表。刚一晤面，便与素日脑中的形象对上了。言谈之中，又知从江宁来，湖南人，问的事也不一般，老衲心里已明白。只不过这位居士，老衲一时还猜不着。"

曾国藩见法师道破真情，便不再瞒了，指着彭玉麟说："这位是衡阳彭雪琴先生！"

"啊，你就是善画梅花的水师统领！老衲久仰了。"

彭玉麟忙起身致意。

"刚才大人所问之事，老衲已猜着三分，现在干脆明说了吧！"芥航不再数念珠，端坐在禅床上，对曾、彭说，"老衲虽枯坐定慧寺，不出焦山已三十年了，但发生在江南一带的事，老衲毕竟有所风闻。老衲吃的农夫所种的稻米，穿的村妇所织的袈裟，要说完全脱离红尘，岂非自欺欺人！故老衲教诫寺中僧众，既一心礼佛，又关心世事，只不干预耳。自江宁克复后，大人所做的几桩大事，均合世人之意，老衲从香客的谈论中早有所闻。至于裁军，正所谓看门犬三成已去其二，余下一成的保存，何不效慧明法师的成法呢？"

曾国藩明白了，芥航是在指点他，要他仿效慧明法师的做法。这样说来，长江水师也可以换装，脱下团练服，穿上绿营衣？也就是说，将长江水师由临时招募的团练改为国家的经制之师。这一层，曾国藩不是没有想过，但是他觉得可能性太小了。且听听这位活菩萨的意见。

“老法师，您看这学慧明长老的办法，让湘军换装行得通吗？”

“行得通！”芥航坚定地说，“以老衲冷眼观看，当今人主尚有依靠大人之处，且湘军水师改装自有它的合法理由。这些理由，大人随便都可以说出几条。大人不妨去掉顾虑，试一试看。”

“谢谢法师点拨！”曾国藩突然增强了信心。

“不必言谢。”芥航法师又数起念珠来，恢复先前平静祥和的神态，“老衲细看两位大人骨相，知彭大人阳刚劲气充旺，非阴邪之气所能侵袭，且享高寿，古稀之年再建非常之功。曾大人积劳积忧过重，气血亏损，日后望少从奇险处着想，多向平易处用力。然治家有方，余庆不绝，子子孙孙，代有美才，足令世人羡慕称颂。”

曾、彭再次合十鞠躬。

夜更深沉了，窗外一片漆黑，宇宙间仿佛只有江浪松涛的响声以及定慧寺方丈室里的灯光。曾国藩和彭玉麟似乎觉得这是一盏智慧的明灯，它能烛照人间的疑惑，洞悉世俗的虞诈。今夜，他们这两个不幸卷入蜗角之争的俗客心灵，也不知不觉地感受到了它的光芒的照耀！

十、联合七省总督支持长江水师改制

回到江宁后，曾国藩和彭玉麟、黄翼升、李朝斌等人进一步商量长江水师的永久保留问题。曾国藩的最大顾虑是：将团练改为经制之师，这是没有先例的事，不知朝廷能否同意。芥航法师的所谓“以老衲冷眼观之”的话，毕竟只是他的看法，是不是朝廷的意思，实在显得很玄虚。黄翼升、李朝斌说，不管怎样，先上个折子再说。彭玉麟思考良久，说出一套完整的设想来：“团练改为经制之师，没有前例可援，若是陆军，此事万万不可提，但现在是水师，却可望获得准许。一则朝廷鉴于从宣宗爷开始，海疆屡受夷人侵凌，需要建一支海防水师。二则长江水师组建十余年，有一个现成的规模，有良好的西洋装备，最有改为海防水师的条件。三则这些年长江水师的名声毕竟比陆军要好些，朝廷对它的猜忌少。”

由长江水师分统出身后任淮扬水师、太湖水师统领的黄翼升、李朝斌完全赞同彭玉麟的分析。黄翼升说：“这么好的一支水师队伍，想必朝廷也舍不得把它长期当团练看待。”

李朝斌说：“把长江水师改为海防水师，真的让朝廷捡了大便宜。”

曾国藩想：雪琴前两条有道理，至于第三条，那是出于他的偏爱，长江水师的名声比吉字营、霆字营也好不了多少。便笑着说：“依雪琴看来，长江水师改为经制之师是有十成把握咯！”

彭玉麟说：“十成把握说不上，五成可以打包票。”

黄翼升说：“不只五成，少说也有八成。”

曾国藩摇摇头说：“八成？我看未必有，还是雪琴估计得稳当，大概五成左右。”

彭玉麟说：“不再走别的途径，便只有五成把握；若再走一条路，就有可能达到八成。”

“再走哪条路？”李朝斌急着问。

“有一个人，向来支持涤丈和湘军，找他，一定行。”彭玉麟慢悠悠地说。

“哪一个？”李朝斌脱口问道。

黄翼升说：“你是说找武英殿大学士贾桢？”

曾国藩心里明白，但不做声。

“找恭王。”彭玉麟自己回答了。“恭王东山再起，虽失去了议政王的头衔，但仍是军机处领班大臣。这说明太后对他既有隔阂，但又不能缺少。湘军能建大功，一向仰仗恭王的鼎力支持；且恭王在与洋人的交涉中，备感国势柔弱的耻辱，多次提出要建海军、办工厂，徐图自强。他一定会全力支持将长江水师改为国家的海防之师。”

“雪琴，你刚才说恭王和太后仍有隔阂，何况又失去了议政王的头衔。这样一件大事，太后会让他一人做主吗？”曾国藩问。

“是的，我为此想了很久。”彭玉麟说，“恭王经前次挫折，处事的顾虑会多一些，很可能不会一人独自决定。我有一个替恭王着想的主意：请恭王对太后说，长江水师改经制之师，是一件很大的事，可援朝廷处理大事的旧章，由军机处发文征求各省总督意见，然后再作决定。”

“假若各省总督意见不一怎么办，岂不反而误了大事？”黄翼升说。

彭玉麟笑着说：“昌歧顾虑得有道理，但没有具体分析。两江之外的其他七省总督，我都一一作了揣测。直隶总督刘长佑出于我们湘军，有利于湘军的事，他决不会反对。陕甘的杨岳斌就更不用说了，两广的毛鸿宾是涤丈的同年，云贵的劳崇光，我们湖南的乡贤、涤丈的老友，四川的骆秉章，多年来为长江水师筹过上百万两饷银，他们三个都不会反对，稍有点麻烦的是湖广的官文和闽浙的左宗棠。”

这的确是两个关键人物。大家都注意听彭玉麟的分析：“官文这个人很复杂。他既仇视湘军，又沾了湘军的光。不是湘军的胜利，哪有他的一等伯爵？他是个聪明人。据涤丈说，他上次来江宁，背地里行陷害，表面上对涤丈恭敬，还要说湘军的好话。此人的特点是贪名贪利，无定识，无风骨，你给他点好处，他就会站在你这边。我想给太后、皇上的折子里，干脆建议改制后的长江水师统领让他官文做，我们都做他的副手，他一定会乐意。”

曾国藩想起他创办湘勇以来，便一贯采取推出一个满人来领头的做法，对彭玉麟此计甚为赞许：“雪琴，你的这个办法很高明。”

彭玉麟快活地笑道：“这是向您老学来的。”

李朝斌说：“官文那家伙对水师狗屁不通，弟兄们哪里会服他！”

黄翼升说：“你不要急，他只是挂个空衔的。”

李朝斌说：“万一他要乱干涉呢？”

彭玉麟说：“他这个人聪明就聪明在这里。知道自己不懂水师，只要有这个空名他就高兴了，不会具体插手的。他岂止不懂水师，陆军他也不懂，钱粮刑谷他样样不懂，但他偏偏就当了十多年的湖广总督，还升了大学士。你说他是草包？他的聪明之处，恰恰表现在他什么都不管，只管吃喝玩乐、图享受、讨姨太太。凡他挂名的职分内，

有了功劳，他是头一份；出了差错，都是具体办事人的。这正是官文做官的诀窍。”

一番话说得这样的一针见血，大家都开心地笑起来。

“至于左季高，以他的脾性，很可能会反对此举。不过，左季高毕竟不是官文之流。他识大局，有远见，懂得建海防水师的重要性。我想，只要跟他说清楚，他也不会盲目反对的。万一他硬要说我们是私心，也不怕，大家都同意，他一人的力量究竟有限。”

“雪琴的想法很好，不过，这个折子我不能上。我提出裁撤湘军，还说一个人都可不留，现在又说要把长江水师改为经制之师，难以自圆其说，还是请雪琴给太后、皇上上个折子。”曾国藩望着彭玉麟说，“你看如何？”

“好，我直接向太后奏请。”彭玉麟答得很痛快。

“恭王府那里最好派一个人去为好，有些话不便明写。”隔一会，曾国藩又想起一件事。他脑子里浮现当年派康福进京的往事，叹息康福已死，身边缺少这样一个文武双全的人才。

“大人，可以派薛福成去。”黄翼升说，“这个人聪明灵活，兄长又是专给王公大臣看病的名医，派他去最合适。”

是的，薛福成是个合适的人选，他虽然缺少康福的武功，但在京师，靠着兄长的特殊身份，他又比当年康福有利得多。

“左季高那里是写信，还是派人去？”曾国藩自言自语道，那神态看似颇有点为难。

“左季高目前正在杭州，我自己去走一趟。”彭玉麟自告奋勇，“好几年没见面了，我还蛮想他哩！”

“太好了！其他几位总督那里，就由我写信。长江水师的事有雪琴料理，真比我强多了。”曾国藩放下心来，他佩服彭玉麟的经纬之才，又感激他的仗义之情。

彭玉麟亲自为长江水师的改制写了一份折子。先简述长江水师自组建到壮大的过程，历数它十多年来的重大战功；然后转笔写自道光中叶以来海疆不宁，屡遭侵袭的惨痛历史，从中得出建立强大海防之师的重要性；继则写长江水师组织严密，将才众多，装备精良，战斗力强，已初具海军规模；最后讲自己本拟终老退省庵，现在决心为建设大清王朝自己的海军不辞辛苦，再度出山，鞠躬尽瘁，死而后已。通篇奏折立论光明磊落，无懈可击，洋溢着为国远虑、为君分忧的耿耿志士忠心，全无半点要保存一支属于自己的武装的私心杂念。曾国藩看后击节赞叹。他觉得这篇奏折是如此的卓尔不群，简直为自己所有的奏章所不可及。有这样一份折子奏上去，谁还能有理由阻止长江水师的改制呢？他对着奏章沉吟良久，始终不能从两种推测中把握一种：究竟是彭玉麟聪明绝顶，善于以最冠冕堂皇的理由掩盖自己的私人目的呢，还是他的确胸中充塞着忧国忧民的浩然正气，至情所激而发为至文呢？不过，有一点是曾国藩最后所确认的，那就是无论是出于前者还是出于后者，他都自叹不如！

曾国藩由彭玉麟这篇奏疏得到启发：如果将道光中叶以来，洋人与我们海上接仗的历史如实地排列出来，把它作为这个奏疏的附件的话，它将会以惨重的教训使阅读此奏者，更为清醒地认识到建立海军的必要性，而不得不从心里赞同长江水师的改制。

两江总督幕府有的是这方面的人才，以汪士铎为首的编纂处立即组成。他们苦干了七日七夜，终于编成一篇四万字的《华夷海战三十年大事记》，并誊抄两份。一份存底，一份连同彭玉麟的奏疏，由薛福成亲自送到北京恭王府。

果然如曾、彭所料，这篇奏疏连同附件引起了恭王奕䜣、军机大臣文祥等人的高度重视，连两宫太后也为之动容。恭王建议，为慎重起见，命军机处将彭奏和《大事记》一并发给直隶、陕甘、四川、闽浙、湖广、两广、云贵各省总督，要他们就此事各抒己见。这时，彭玉麟也亲赴杭州游说左宗棠。出乎彭玉麟的意料，左宗棠听完他的陈述后立即表态：完全赞成长江水师改编为朝廷的经制之师。至于建海军一事，左宗棠劝彭玉麟不必着急。第一步要借此良机将长江水师整顿好，把不称职者尽行汰去，宁缺毋滥。第二步再做好长江两岸的巡守，保卫内河商船、民船的航行，并认真训练人才。第三步则以狼山镇为基地，筹备外海水师，保卫海疆、抵御外寇。现在先行第一步。并说他将以此复奏军机处。彭玉麟为左宗棠光风霁月般的胸襟所感动，临别时紧握老朋友的手说："今后长江水师的整顿、建制等方面，还请你多多指导。"左宗棠当仁不让地点头应允。

官文也给曾国藩、彭玉麟来了信，说我大清王朝早就应该建海军了，长江水师已是海军雏形，理应改为经制之师，永远存在下去。又说自己于水师不懂，假若今后真的兼了海军统领，那是无比荣幸的事，还请曾、彭多多辅佐，共创伟业。曾国藩、彭玉麟阅后，会心一笑。

杨岳斌接到军机处的咨文后十分激动，连夜命幕僚起草，以最坚定的态度支持此事，说它将是我中国千古未有之大事，必会使宣宗爷、先帝含笑于九泉。又说自己宁可不当陕甘总督，愿去改制后的水师充当一个偏裨将校。

刘长佑、骆秉章、毛鸿宾都明确表示赞成此事。只有年迈的劳崇光态度比较含糊，既表示同意，又说要慎重，读完全篇，也不知他究竟是赞成还是不赞成。不过，劳崇光在七位总督中的地位，只与毛鸿宾相上下，都是属于没有战功一类的，远不如左、杨、官、刘、骆，何况他也没有明白反对。长江水师改为经制之师，就这样顺顺当当地通过了。皇太后接受左宗棠的建议，筹建海军一事暂缓，先把水师整顿好，以巡守长江为主要职务。更令他们兴奋的是，朝廷任命彭玉麟为统领，并没有官文的名字，那个好名的大学士空喜了一场。

彭玉麟日夜与黄翼升、李朝斌等人计议，拟出了一个章程：统领之下设提督两员，由黄、李分任；建岳州、汉阳、湖口、瓜洲、狼山五镇，设总兵五人；立营二十四个，战船七百七十四号，营官二十四员，哨官七百七十四员，兵士一万二千人。鉴于水师中受赏大衔的很多，而实际营哨官只有八百来名，僧多粥少，不够分配，彭玉麟又想出一个点子：以大衔借补小缺。按衔高低排，同衔的按资历排。这样排下去，许多衔位高达参将、游击的，也只能当千总、把总。虽略觉委屈，他们也乐意。衔是空的，职务才是实的，千总、把总虽低，总比那些有衔无职的要强多了。长江水师原有二万人，彭玉麟对这支人马做了整顿。没有战功的、疲沓的、走私的、吸食鸦片的、有结党嫌疑的，统统予以裁撤。长江水师开始有了新气象。曾国藩对彭玉麟的整顿完全放心，他自己则把主要精力放在吏治上。

他素来服膺王阳明的“破山中贼易，破心中贼难”的观点，认为正人心、厚风俗、扭转世风要比破长毛下金陵更难，而世风的好坏主要系于当政者。最高当政者以自己的人格和才能为表率，默运于渊深微漠之中，慢慢地引起身边人效法，再向全国各级官吏推广，这样就可以形成一种强大的势力。凭着这股势力，人心可正派，风俗可淳厚。因而，他自己尽量做到以身作则，试图以此来感染身边的幕僚们，把他们培养成好的种子，撒到两江三省去，影响各府州县的官吏，从而逐渐把两江的风气扭转过来。他把自己的这个愿望撰成联语，刻在督署的楹柱上，昭去两江官场:“虽贤哲难免过差，愿诸君谠论忠言，常功吾短；凡堂属略同师弟，使寮友行修名立，方尽我心。”为达此目的，他自己办事比先前更加勤勉。州县凡命案都要由他最后裁决，又经常派幕僚们下去查访吏治民情。继裕祺之后，又革掉了几个民愤很大的贪官，代之以幕僚中德才兼备者。

这时容闳从海外回来，大批从英美购来的机器母机也运到吴淞口。曾国藩大力表彰了容闳的忠心和才干，并安排他和杨国栋、徐寿、华蘅芳、李善兰等人，在上海筹办机器制造总局，把安庆内军械所的大部分机器迁过去，小部分留下，作为上海总局的分局。

皇上念及功臣，特为降旨，为曾国藩的一等侯之上褒加“毅勇”二字，曾国荃的一等伯之上褒加“威毅”二字，李鸿章的一等伯之上褒加“肃毅”二字。曾国藩等心中欢喜。

正当曾国藩为两江的振兴而努力的时候，清军与捻军交战的前线传来令人震惊的消息。这个消息打乱了他的全盘计划，逼迫他不得不重上战场，最终使他由一个胜利者变为失败者。

第三章　三辞江督

一、北上征捻前夕，为家中妇女订下功课表

原来，僧格林沁的部队在山东曹州中了捻军的埋伏，全军覆没，他本人也被捻军砍下了头颅。噩耗震动朝野，两宫太后下令辍朝三日，为满蒙亲贵眼中巨星的陨落致哀。

僧格林沁与曾国藩同为带兵与太平军作战的大员，本应和衷共济、联合对敌，但实际上他们则形同水火、势不两立。僧格林沁自以为了不起，瞧不起湘军。湘军打下金陵，他又眼红，又不服输：堂堂大清国戚、蒙古亲王怎能不如汉族书生？他发誓要在两年内剿平活跃在皖、豫、鲁一带的捻军，企望以此来压倒江南汉人的功勋声望。僧格林沁求胜心切，驱使着马队昼夜不息地跟在捻军后面追赶。

捻，是北方人对社团组织的称谓。捻即捏，将分散的力量捏合起来，形成一股势力。入捻有一定的手续与仪式，其成员都是社会底层的人，诸如贫苦农民、船夫、渔夫、饥民、无业游民、小手工业者以及破产失业的人等等。捻众的斗争，表现在以联合的力量抗粮抗差，吃大户，护送走私盐贩，有时大股外出打劫财物，侧重在经济方面。后来太平天国起义，逐渐吸引捻众的斗争转向政治方面，并与太平军取得了联系。

咸丰五年，各路捻军首领百余人聚会安徽蒙城县雉河集。会议决定成立联盟，推张乐行为盟主，号称大汉永王，下设军师、司马、先锋等职，祭告天地，宣布以推翻清朝廷为目的，在安徽、河南、山东等地风风火火地闹开了，给太平军以有力的支持。后来，天京被湘军攻下，太平军大势已去，捻军也受到极大的挫折。遵王赖文光、扶王陈得才、首王范汝增等太平军将领率领一部分人和捻军结成一股，并对捻军进行整顿改编，沿用太平天国的年号、历法、封号和印信，以复兴太平天国为自己的战斗目标。这支新捻军的主要领袖有遵王赖文光、梁王张宗禹、鲁王任化邦和荆王牛宏。四王共同商议，定下一条引鱼上钩的计策，将僧格林沁的队伍诱到山东曹州高楼寨包围圈里，在这里全歼僧部，写下捻军史的辉煌一页。

对于僧格林沁覆没的下场，曾国藩早有所料。他一向厌恶这个骄横暴虐的亲王。金陵攻下不久，僧格林沁的部下在湖北被围，朝廷急调曾国藩赴鄂皖交界处救援，曾国藩不去。后朝廷又命湘军派部赴河南接受僧格林沁的调遣，他也借故不派。他要坐

看这个虚骄的亲王的失败。现在，僧格林沁真的失败了，而且败得如此之惨，曾国藩得讯之初，着实有点天理昭彰、报应不爽的感觉。但很快他就意识到，这其实对他是很不利的，因为僧格林沁一死，与捻作战的主帅很可能就会是他。

果然，僧格林沁死后不到十天，曾国藩便接到命其星夜出省前赴山东督剿的上谕。上谕并命李鸿章暂行署理两江总督，刘郇膏暂行护理江苏巡抚。

曾国藩极不情愿再上战场。湘军陆师裁撤得差不多了，名将星散，人员锐减。金陵只有五千人，此外就是驻宁国的刘松山部、驻太平的张诗日部，加起来不过八千。捻军马队强大，湘军无骑兵。长江水师不能北上守黄河。这三个基本情况，决定了湘军不能与捻军作战，至少不能星夜出省。他对朝廷明知这些情况而严旨催促感到不满。此外，捻军活动的范围达湖北、河南、安徽、山东、江苏五省，要与五省督抚协同作战，在如此广阔的地方与捻军周旋，都不是易事。更何况芥航法师"一生鼎盛时期已过"、"莫从掀天揭地处着想，要在风平浪静处安身"的话，对曾国藩也影响至深。于是他上奏皇太后、皇上："臣精力日衰，不任艰巨，更事愈久，心胆愈小，恳恩另简知兵大员督办北路军务，稍宽臣之责任，臣仍当以闲散人员效力行间。"

曾国藩知朝廷最虑京畿之安全，以及僧格林沁残部的安顿，他与李鸿章商量后，决定调潘鼎新率淮军五千人赴天津以卫畿辅，调刘铭传率部赴济宁，借以安定济宁僧部老营的军心。李鸿章最喜任事，他看准湘军元气已竭，剿捻非得淮军不可，他要在捻战中把淮军的声威大大提高，最后将湘军比下去，他自己也便青出于蓝而胜于蓝了。李鸿章重施当年淮军下上海的气概，用轮船将潘鼎新部五千人由海运赴天津，又命刘铭传带领所部速赴济宁。

曾国藩的奏请不但未得到朝廷的批准，反而给他一个节制直隶、山东、河南三省旗绿各营及地方文武员弁的大权。曾国藩一面上疏推辞节制三省之命，一面知君命不能违抗，开始调兵遣将，准备北上。

留在金陵的湘军，有不愿北去的，曾国藩准予他们回籍，命张诗日回湖南再招募。鲍超新近得一等子爵的荣誉，劲头很足，主动请缨，曾国藩叫他再招募四千，将霆军扩大到八千人。又调淮军张树声、周盛波部。考虑到淮军是李鸿章兄弟的部队，于是又请旨调甘凉道李鹤章办理行营营务，又要李鸿章派满弟李昭庆赴营。这一次过江与捻军作战，曾国藩总觉凶多吉少，想起年已五十五岁，身体日渐衰弱，说不定会死在这次战役中，将公事料理得差不多后，曾国藩又将家事做了布置。

谈起家事，欧阳夫人第一关心的是剩下的一子二女的婚事。次子纪鸿今年满十八岁了，还没完婚，她要丈夫离江宁前办了这场喜事。曾国藩不主张早婚，他自己二十三岁才结婚。当年纪泽完婚时，他原本不同意，嫌早了，但拗不过父命，只得照办。现在夫人援引先例，他自己也变成了纯老人心态，巴望子女早日完婚，自己能多添几个孙儿孙女，也便欣然同意了。纪鸿刚满一岁时，曾国藩就与翰苑同僚郭霈霖结下儿女亲家。郭家女儿长纪鸿一岁，据说而今已长成一个娴雅幽静、知书识礼的大家闺秀。郭霈霖在咸丰九年死去，女儿跟着母亲住在湖北黄州府老家。一个月前，郭家还来信说，女儿已经十九岁了，希望曾家能早点定下婚期。曾国藩择了一个吉日，由纪泽出面，代表男家乘船前往郭府迎亲。

四女纪纯，早定了郭嵩焘的次子郭刚基。眼下郭嵩焘在广东做巡抚，几次来信催送媳妇过门，他将派火轮船来接，取道海上赴广州。对这个方案，曾国藩不同意。他认为嘉礼尽可安和中度，何必冒大洋风涛之险，不如选择郭氏老家湘阴为宜。既然去年郭嵩焘嫁女可以在湘阴，由郭崑焘主持，为什么今年娶妇不可以这样办呢？郭嵩焘的意思还是在广州好，到时可以由他做父亲的亲自主持，婚事办得更隆重些。

郭嵩焘这几年在广州得罪了乡绅，又与总督毛鸿宾不太融洽，心情不甚舒畅，有辞官回籍之念，想趁在任时，热热闹闹为儿子办了婚事。去年，郭嵩焘以老朋友的身份向左宗棠指出，不应该借洪天贵福的事大肆指责曾国荃，并说曾国藩在他最困难的时候有大恩于他，希望他主动与曾国藩和好如初。谁知反倒惹得左宗棠勃然大怒。他决不同意郭嵩焘把公私混为一谈的说法，不能因曾国藩有恩于己就不指责其弟放走洪天贵福的大错。要说恩德，左宗棠说，他对曾国藩的恩德更大，于是列举了好几条：一、曾国藩的出山是因本督的推荐；二、曾国藩在长沙办团练，受鲍起豹、陶恩培等人的欺侮，是本督予以保护；三、靖港之败，是本督力劝曾国藩不要自杀；四、咸丰六年到八年，曾国藩在江西期间，本督为湘军提供饷银二百九十一万五千两。左宗棠气愤地说，这些大恩大德，曾国藩成功后只字不提，反而说本督不应该指责老九，是曾国藩先不对，除非曾氏兄弟先向本督道歉，否则，“本督将终生不理睬”。

接到这封信后，郭嵩焘哭笑不得。心里想：当年若不是我在京师找潘祖荫等人为你左宗棠上疏求情，你的头早就没有了，哪还有今天“本督”“本督”的神气？我以老朋友、救命恩人的身份规劝几句，你都这样摆架子，何况别人！你左宗棠哪怕真的就是当今的诸葛亮，我也不和你交往了。郭嵩焘一气，从那时起便和左宗棠断了交，逢人便说左宗棠忘恩负义，居功自傲，不是君子。由此，他更相信自己的挚友、亲家受了伤害，心中大为不平。他理解曾国藩不愿将女儿送到广州的苦衷，同意女家送三千里，男家迎两千里的方案，定今年冬天在湘阴老家举行仪式。四女的婚事算是妥了。

至于满女的婚事，他决定再缓一下。已结婚的三个女婿，曾国藩都不太满意，尤其是罗兆升的事发生后，他心里更是恼火：倘若不是夹杂着这个花花公子在内，怎么可能会受裕祺的挟制？这个事情早晚都会传出去的，必将是一生中的盛德之累。他把女儿、女婿叫到跟前，告诉他们做好准备回湘乡。纪琛不愿意离开娘，婆母刁悍，她有点畏惧。罗兆升则巴不得离开江宁，那次把他吓怕了，他怕哪天会不明不白地被人抛尸荒郊。

也许出于爹娘疼满崽的心理，曾国藩特别喜欢这个满女。他看满女长得一脸宽厚平和的福相，愈加感到要慎重地为她选一个有出息、靠得住的夫婿，以弥补她几乎自生下来就缺乏父爱的不足。

曾国藩又亲手为媳妇和女儿们订了一个功课表，分为四事。一食事：早饭后做小菜、点心、酒酱之类；二衣事：巳午刻，纺花或绩麻；三细工：中饭后，做针黹刺绣之类；四粗工：酉刻后做鞋或缝衣，一直到二更收工。他怕自己离家后，女儿媳妇们不能切实执行，于是又在功课后写上一段话：

> 吾家男子于看读写作四字缺一不可，妇女于衣食粗细四字缺一不可。吾

已教训数年，总未做出一定规矩。吾即将北上剿捻，特定此日课，请夫人督促，亲自验功。食则每日验一次，衣事则三日验一次，粗工则每月验一次。每月须做成男鞋一双、女鞋一只。吾回江宁后，当作一总验。家勤则兴，人勤则健。既勤且健，永不贫贱。

还有一件大事没有完成。

老九回籍后，曾国藩勉励他百战归来再读书，而他从小就对读书缺乏兴趣，这点，做大哥的自然清楚。眼下老九虽处境不利，但他毕竟立了大功，又以巡抚之高位开缺，且年富力强，今后必有再起之时。翰林出身的大哥有责任帮助兄弟在学识文章方面提高一步。这半年来，曾国藩从前代著名奏疏中选了匡衡、贾谊、刘向、诸葛亮、陆贽、苏轼、朱熹、王守仁等人的十七篇，模仿经筵官给皇上讲经的形式，对每篇疏从内容到行文分段予以详细批解，最后又给一个总评，并针对此篇再阐述一段为文之道。曾国藩自信，当今天下，上自帝师、下至乡塾，能对历代名奏疏分析得如此深刻精细的人不多。他从心里乐于做这件事。他要以此作为酬谢九弟的礼物。

从咸丰三年在长沙办团练算起，到现在整整十四年过去了。十四年的战火生涯使他深深地懂得，在战事上自己实际上是不行的，不要说沙场上的挥戈驰马、身先士卒，他一个文弱书生根本望尘莫及。这一点，当然不能苛求于带兵的统帅，但如果具备了，如像岳飞、戚继光那样，就能在士卒中更有威信，这且不说了。统帅最应具备的熟读兵书、洞悉全局、知己知彼、多谋善断、上知天文、下识地理、审时度势、出奇制胜等等才能，历次的失败已反复证明自己或不具备，或尚欠缺。过去在翰林院，常觉得自己可以做诸葛亮、李泌一类的人物，现在看来，那真是文人的孟浪。正好比李太白一样，诗文中的豪言壮语横扫一切，古今英杰都不在他的眼里，其实并没有处理世事的能力，以至于卷入永王造反的旋涡，险些丢了性命。曾国藩常常想，倘若自己有诸葛亮、李泌、裴度、王守仁那样的统帅之才，金陵早就攻下了，长毛也早就平定了，用不着等到同治三年。要说自己在这方面还有点长处的话，那就是尚有自知之明，注意网罗将才，并放手让他们去干。前期靠的是塔齐布、罗泽南、李续宾、胡林翼，后期靠的是彭玉麟、杨岳斌、鲍超、左宗棠、李鸿章、曾国荃，尤其功劳巨大的就是自己的这个胞弟老九！他真感谢父母送给他这样一个争气的好兄弟！正因为老九的不可磨灭的功勋，使得他这个统帅在世人面前维持住了应有的体面。出于感激，在汪海洋等残部消灭后，朝廷要曾国藩再报一个儿子的履历给予荫封时，他没有报纪鸿，却报了曾国荃的长子纪瑞。也是出于感激，他要辅导弟弟读书作文。这半年来，不管事情如何多，精力如何不济，曾国藩对此丝毫不怠。

他原想先批奏疏，再批古文，再批诗词，他甚至还想为九弟批几部小说。当时带兵的将领大多喜欢读《三国演义》。曾国藩讨厌这部书，他认为书中讲的打仗的事纯粹是胡扯。他看重的是《红楼梦》《水浒传》和《阅微草堂笔记》。尤其是《红楼梦》，把人情世态写得那样入木三分，常令他拍案叫绝。他知道曹雪是前江南织造曹颙的儿子，还特地到江宁织造局去仔细地查看过署中的花园，寻觅大观园的旧迹，并兴致勃勃地向织造春年询问曹家旧事和五次接驾的盛况。关于这三部书，曾国藩有不少感想，他也想与弟弟笔谈。现在又要出征了，只得搁下。为表示对这件事的重视，他要纪泽将已完成的奏疏批解部分，工工整整地用小楷誊抄好，命人送回荷叶塘。

曾国藩对儿子的学问文章都不太满意，令他满意的是儿子的书法。纪泽从小好写字，他也便有意在这方面加以引导。十四岁离京时，纪泽已打下扎实的基础。后几年虽不能当面一一指点，曾国藩也常在家信中耐心地向儿子传授写字的要诀，并时常要儿子寄字来由他批。儿子的字深得二王阃奥，端秀飘逸，时下大官员家里的子弟，很少有几个写得出这样好的字来。只是笔力不足，秀逸中缺乏刚劲之气，正如他的为人一样，这大概秉于母亲的天性。这点曾国藩知道无法改变。因此，他不希望儿子今后当大官，尤其不能插手兵事，倘若能中进士点翰林，谋一个校书衡文的清闲之职，做父亲的就感到满足了。经过十天的日夜苦抄，纪泽把父亲半年来的成果抄好了，又细心地装订成一册。

"父亲大人，儿子边抄边学，受益极大。儿子心想，这本稿子，不但对九叔极有用，而且对后世学者都很有启迪，可以单独成一本书。您老干脆给它取个名字吧！"纪泽送上抄本时，郑重向父亲建议。

"好哇！"曾国藩翻阅着儿子的抄本，见字字俊秀，页页清爽，很是高兴。他望着儿子问，"取个什么名字呢？"

"这要由父亲定了，儿子岂敢妄议。"纪泽兄弟一向对父亲敬之如神、畏之如虎，刚才的建议能被父亲欣然采纳，已使他大喜过望了，哪里还敢得陇望蜀！

"好，你回书房去，我想想看。"

曾国藩背手在屋子里踱了几个来回，然后坐在案桌边磨墨援笔，在抄本的扉页上题下了几行字：

> 《棠棣》为燕兄弟之作，《小宛》为兄弟相戒以免祸之诗，而皆以脊令起兴。盖脊令之性最急，其用情最切。故《棠棣》以喻急难之谊，而《小宛》以喻征迈努力之忱。余久困兵间，温甫沅甫两弟之从军，其初皆因急难而来。沅甫坚忍果挚，遂成大功，余用是获免于戾。因与沅弟常以暇逸相诫，期于夙兴夜寐，无忝所生。爰取两诗脊令之旨，名其堂曰鸣原堂，名斯稿为《鸣原堂论文》。曾国藩记。

"大人，李中丞已来江宁，现住在妙香庵里，他等候大人的接见。"孔巡捕推门进来报告。

"他这么着急，就来接篆了？"曾国藩心里顿时不舒服起来，他挥手对孔巡捕说，"知道了，你出去吧！"

以这种态度对待自己的得意门生、江苏巡抚、一等肃毅伯李鸿章，使孔巡捕大出意外。他不敢再问，悄悄退了下来。刚出门，又被曾国藩喊回："你到妙香庵去禀告李中丞，就说我今下午去拜访他。"

转瞬之间的突然变化，更使孔巡捕摸不着头脑。他答应一声，便飞马奔出总督衙门。孔巡捕哪里知道，就在这转瞬之间，曾国藩的脑子里想了很多很多。

二、炮声为北征大壮行色，却惊死统帅唯一的小外孙

曾国藩不情愿再上战场，当然也就不情愿交出两江总督的关防。去年十月，朝廷命他带兵赴皖鄂一带协助僧格林沁平捻，当时也叫李鸿章署理江督。李鸿章兴冲冲地从苏州赶到江宁，恩师却满脸阴云，绝口不提交印之事。李鸿章何等乖觉！见此情景，便也只字不提此事，只是说来看看恩师，问问何时启程。过几天又一道上谕下来，安徽战事有起色，曾国藩不必离江宁。李鸿章空喜一场，扫兴回到苏州。曾国藩从中看出李鸿章官瘾太重，权欲太重，又联系到他杀降的往事和贪财好货的传闻，对这几年来把他作为自己的传人有意栽培，觉得有些不妥。

曾国藩观人用人，一向主张德才兼备，而更偏重于德。认为德若水之源，才若水之波；德若木之根，才若木之枝。德而无才，则近于愚人；才而无德，则近于小人。二者不可兼时，与其无德而近于小人，毋宁无才而近于愚人。李鸿章不患无才，曾国藩甚至认为他的临机应变以及与洋人交往等方面的才干要强过自己，李鸿章所患正在德上。自己一贯的这个用人准则，恰恰在选定传人替手这个最重要的关头上失误了，曾国藩为此隐隐心痛。而这次，他居然又迫不及待地赶来接印，曾国藩真想不见他，让他在城外冷落几天后再说。然而这个想法刚一露头，又立即改变了。

李鸿章已被扶植起来了，现在爵高位显，手里有五万用洋枪洋炮武装起来的强悍淮军，正所谓"羽翮已就，横绝四海"，今后继承自己名位事业的，已非李鸿章莫属了。德再差，只要不走到起兵谋反的地步，就不可能动摇现有的地位。曾国藩已不能开罪于自己的门生了，更何况这次是必定要离江宁交督篆的，剿捻的主力还得要靠淮军，怎么能凭意气办事呢？不但不能冷落他，还要示之以破格之礼！

下午，曾国藩正准备更衣出署，孔巡捕来报："李中丞来了！"

"请！"

一会，李鸿章大步走进签押房。几个月不见，四十三岁的淮军统领似乎更显得神采焕发，对照自己日益衰瘦的身体，曾国藩更觉得昔日的门生，有一股咄咄逼人的气势向他压来。他笑着打招呼："少荃近来可好？"

"托恩师洪福，门生贱躯尚可。"李鸿章仍然是已往一样的谦恭，他暗喜老师这次的态度与上次大不相同了，但他仍然不敢说出自己的真正来意。"这两天在镇江查看城防，想起多日不见恩师，放心不下，特来看望。"

"少荃，你来得正好。"李鸿章这几句假话当然瞒不过曾国藩，但现在他不计较这些了。"明天就在这里举行交接督篆的仪式吧！"

"明天？恩师一切都准备好了？"李鸿章按捺不住心中的惊喜。

"准不准备好，都容不得我再待在江宁了，催行的上谕昨天又来了一道。"曾国藩苦笑着，一副无可奈何的神态。

"僧王新殒，捻战无主帅，圣虑焦灼，中外倚恩师为砥柱。恩师受命誓师，天下人心方可安定。"李鸿章说，态度是诚恳的。

“少荃，我这根砥柱是建在你和你的淮军之上，有你和淮军作为基础，砥柱方可立于中流。”曾国藩目视李鸿章，右手已习惯地抬起来，在胡须上来回梳理着。

“恩师言重了。”李鸿章诚惶诚恐地说，“当初恩师让门生招募淮军，就已预见了这一步。如今淮军能够供恩师驱驰，这不只是门生个人的荣幸，更是整个淮军的荣幸。”李鸿章说到这里，似乎动了真情，眼角有点红了。

这几句话使曾国藩感到欣慰。是的，自己当年的选择是不错的，李鸿章毕竟争了气，把淮军训练出来了。这就是他的大过人之处，眼下这个世界，要的正是这样的人才。

“少荃，我跟你说句真心话，你千万不要误会。”曾国藩安详地望着英俊豪迈的门生，平静地说。

“不知恩师有何赐教？”李鸿章却不安起来。心想：一定是有什么把柄落到了老头子的手里，少不了有一顿严厉的训斥。他做好准备，现在这个时候，不管老头子说什么，哪怕完全不是事实，也要全部接受过来，决不还嘴，决不分辩。

“少荃，我要趁这个机会向太后、皇上辞去两江总督的职务，由你来正式担任。”

曾国藩的眼光分明昏花多了，但在李鸿章的眼里，这昏花的眼光背后依然埋藏着昔日的犀利、阴冷！他不由自主地打了一个寒战，不明白老师的弦外之音，赶紧说：“恩师，门生奉圣命暂且护理督篆，两江一切举措，悉遵恩师旧章。待恩师凯旋，门生跪迎郊外，恭还督篆。若有自作主张之处，那时当听任恩师杖责。”

李鸿章毕竟是聪明人，这番对话，虽没道中窾要，却也的确消除了曾国藩心中的某些顾虑。他微笑着说：“少荃，你领会错了，我不是怕你在署理期间改变我的章程。我有哪些不妥当的地方，你尽可修改。长江后浪推前浪。我忝为令尊同年，又曾和你一起探讨过为文之道，你能超过我，我岂不高兴！”曾国藩端起茶杯，轻轻地呷了一口，郑重地说，“此事我已考虑很久了。我近来精力越来越不济，舌端蹇涩，见客不能久谈，公事常有废搁。右目一到夜晚，如同瞎了一般。左目视物，亦如雾里看花。两江重地，朝廷期望甚大，不能由我这样的老朽尸位，江督一职迟早要让贤。我带兵前敌，粮草军饷都出自两江，且两江乃淮军的家乡，让别人来接这个位子，你说我如何能放得心？我环视天下督抚，只有你才是最为合适的人选。”

李鸿章终于明白老师的意思了，他以坚决的口气说：“恩师只管放心前去，切勿存后顾之忧。粮糈银钱，门生自会源源不断地提供，决不会使恩师再有当年客寄虚悬的局面出现。至于刘铭传、潘鼎新、张树声、周盛波，门生已严厉训诫过他们，要他们恭恭敬敬地服从恩师的调遣。若有不服之处，请恩师以军纪国法处置，门生绝不会有丝毫异议。老三、老四一向敬恩师如同父亲一般，将代我监视淮军。军中情况，他们都会随时向我禀报。淮军就是湘军，就是恩师的子弟，恩师尽可驱使。两江重地，非恩师不可镇压。漫说恩师精力过人，就是真的累了病了，凭恩师的威望，两江亦可以坐而治之。前代有汲黯卧榻而治。汲黯算得什么，他都可以做到这种地步，何况恩师！”

李鸿章真会说话，说得曾国藩舒心起来，顾虑也去掉了，上午的不快，早已烟消云散。

“少荃，明天上午交印仪式如期举行，后天一早我登舟北上！”

第二天，隆重的交接督篆的仪式过后，曾国藩又与江宁藩司以及其他高级官员将公事作了最后交代。下午，又与幕府人员做了长谈。一直忙到深夜，才昏昏沉沉地倒在床上睡着了。不知什么时候，他发觉自己划着一只木船在登山，弄得浑身大汗淋漓，船却一步未动，急得双腿乱蹬。

“夫子，你怎么啦！”欧阳夫人吓得忙挑灯照看，曾国藩这才醒过来，全身衣裤已湿透了。看看钟，还只是寅初。换过衣服后，曾国藩再也不能入睡。再过两个时辰就要坐船出征了，乘舟登山之梦，岂不是预示着此次北上征捻将会极为不顺？曾国藩想到这里，心情又沉重起来。

刘松山、易开俊、张诗日等人统率的八千湘军陆师，潘鼎新、张树声、周盛波统率的三万淮军都已先后开赴前线，约定六月上旬在徐州会合，等待曾国藩来后再作军事部署。鲍超新建的霆军，则还要过几个月才能上战场。曾国藩的老营由黄翼升亲自统率三千长江水师护送，这三千水师今后就作为亲兵留在曾国藩身边。对于湘军，曾国藩最信得过的便是他亲手创建的水师，而保留下来的水师现在又起大作用了。

一清早，李鸿章在督署举行盛大的饯行宴会。李鸿章的性格与乃师大为不同。他爱讲排场，出手阔绰，喜欢热热闹闹、如火如荼。他永远记得在安庆怀宁酒楼，恩师为他东下上海所举行的酒会，以及在那次酒会上所作的非同寻常的谈话。今天，由他来做主人为恩师北上饯行，李鸿章踌躇满志，心里充满了自豪感。他要以加倍的隆重来报答恩师的大恩大德，也要以豪迈的姿态向众人表示：从他今天正式坐定这把交椅起，这里的一切都会更有声有色。生性俭朴的曾国藩不习惯这种豪华的场面，何况他心底深处抑郁不乐，他只动了几筷子，喝了两口酒后便离席了。

此时，下关码头已按李鸿章的布置，摆开异乎寻常的送行仪仗队。这里彩旗飘舞，鼓乐齐备，临时扎起的牌坊一座接一座，手执刀枪、盔甲鲜明的卫队一排挨一排。最为起眼的是一字儿安放在江边的百门西洋大炮，一律炮口指着江面。西起九洑洲，东至草鞋峡的江面上已不见一只民船。装饰一新的水师战舰雄赳赳地等待出发，那只特大号的“长江王船”的桅杆上，高高飘扬着硕大无朋的帅字旗，猩红哈拉呢上那个黑绣“曾”字，两里外都可以看得清楚。

曾国藩带着黄翼升、赵烈文、薛福成等文武僚属，在李鸿章、彭玉麟等人陪同下来到码头边。纪泽、纪鸿兄弟也来为父亲送行。罗兆升、纪琛夫妇带着不到半岁的幼子也来了，他们遵父命回湖南原籍。今天是大大吉日，又有许多人送行。罗兆升觉得这时和岳父一道离江宁最是风光。他们夫妇受全家人所托，代表家人送父亲大人到扬州，然后再转船西上。

在一片热闹的鼓乐声中，曾国藩向送行者频频挥手致意，然后踏过跳板，上了王船。就在水手缓缓起锚的时候，只见江边指挥楼一面红旗对空挥舞一下，顷刻间，百门西洋大炮齐鸣，江面上腾起无数朵冲天浪花。那响声，直欲震破碧空；那波浪，如同要翻卷长江。北上的官兵们为此壮观场面激动地鼓起掌来，曾国藩也为门生的精心杰作而感动，却不料王船舱中那个幼小的生命，被这震天撼地的响声吓得大哭大闹起来。三姑娘纪琛急得从奶妈手里接过来，自己拍打着儿子，口里喃喃地念道：“好崽，不要怕，娘在这里！”

炮声接连不断，越来越响，婴儿越哭越厉害。罗兆升气得直跺脚，心里骂道：“该死的大炮，还不早点停下来！”

曾国藩在一旁也急了。他很喜欢这个小外孙。每天回到后院，他都要逗逗亲亲，而过去，他的众多的儿女，一个也没有得到父亲这样的慈爱。直到最近半年来他才体会到：含饴弄孙，自有人生真乐趣！眼看着小外孙哭得气绝而止，又转而手脚抽搐，他心里害怕了：“纪琛，你赶快抱孩子上岸去！”立时便有两个亲兵过来招呼。纪琛一家连同奶妈匆匆出舱，上了跳板。曾国藩忽然想起了什么，对着跳板大喊：“让孩子全好后再回湖南，听见了吗？”

炮声终于停住了，王船缓缓地向下游驶去。曾国藩坐在船舱里，脑子里乱哄哄的。“小儿惊风，九死一生”，好不容易盼来一个可爱的小外孙，难道就这样被礼炮声送回去了吗？北上督师的两江总督，一如荷叶塘的普通田舍翁，为小外孙的不幸焦虑万分。他哪里知道，此刻，他所钟爱的，并对之寄予莫大期望的外孙子，已在母亲的怀抱里慢慢僵硬了。

三、国宝被陈国瑞抢去

曾国藩到达徐州后，各路将官早已在此恭候。他将出发前与彭玉麟、李鸿章等人仔细磋商，出发后在舟中又与黄翼升、赵烈文等人反复斟酌后所制订的剿捻计划做了布置。这个计划，曾国藩称之为“文武结合”。

武的方面，他改变僧格林沁以动制动、节节尾追的被动局面，建立以静为主、动静配合的战术。他重点防守五镇：江苏徐州，由他本人亲自坐镇；山东济宁，由刘铭传驻防；安徽临淮，由刘松山驻防；河南周家口、归德两镇，分别由张树声、周盛波驻防。另有四支游军：潘鼎新、易开俊、张诗日统率的三支陆师，再加上李昭庆率领的一支马队，负责短距离“追剿”，救援急难之处。曾国藩又令山东巡抚阎敬铭、河南巡抚吴昌寿、安徽巡抚乔松年、江苏巡抚李鸿章各以本省绿营防守兖州、沂州、曹州、陈州、庐州、凤阳、颍州、泗州、淮安、海州等地。这些地区素来是捻军活动频繁的区域，在军事上有很重要的地位。这个战术，曾国藩以一句话概括，即变尾追之局为拦头之师，以有定之兵制无定之寇。

文的方面，主要在查修圩寨。曾国藩责令各省巡抚在捻军经常出没之地修筑圩寨，设立圩长。遇捻军来时，须将所有人丁、牲畜、粮草都集中到圩寨中，由民团把守，实行坚壁清野，使捻军得不到一点给养。又制定查圩法，对圩寨进行彻底清查。把与捻军关系深的人列入莠民册，按册稽捕捉拿正法。其他的列入良民册。五家具保结于圩长，有事则五家连坐。圩长具保结于州县，有事则圩长连坐。以此来切断捻军与百姓的联系。曾国藩派薛福成代他巡视各处，监督州县执行。薛福成临走之时，曾国藩向他交底：“你生在书香之家，长期受诗礼熏陶，我怕的是你姑息纵容，执法不严，不怕你专擅自主。当年胡文忠公送给九帅一副对联：以霹雳手段，显菩萨心肠。把严慈之间的关系说得最是恰当。乱世当用重典，除暴才能安良，此治国不易之法。我授予你生杀予夺之大权，你尽管放心去用。”

薛福成受此器重，气血大涨。他带着一批像他一样的年轻书生，在捻军的家乡蒙县、亳县一带，雷厉风行地清查圩寨，大开杀戒，有的一个寨一次就杀十多人。薛福成这一手的确厉害。蒙、亳一带百姓人人自危，再也不敢与捻军有联系了。从此，捻军不能回家乡，变成东奔西闯的流亡大军。

文的方面收获甚大，武的方面却不如人意。几个月来，湘淮军与捻军交战四五十次，基本上无胜仗可言，而济宁城外刘铭传与陈国瑞的械斗，又更使曾国藩气愤不已。

陈国瑞是僧格林沁手下第一员大将，十五岁在家乡湖北应城投太平军，后又投降清军，被总兵黄开榜看中，收为义子，先后隶属于袁甲三、吴棠部，后归僧格林沁。陈国瑞身长不及中人，然勇悍冠绿营旗兵，打仗时常着红盔红甲，被人称之为红孩儿。苗沛霖叛乱时，他率部围剿，连战连胜。苗沛霖退寨固守，陈国瑞扎营于外。营外炮子如雨，营中陈国瑞饮酒如常。忽然，一发炮子将他手中酒杯击碎，士卒劝他避一避。他抓起一把椅子，端坐营房外，高声大叫：“我是陈国瑞，有种的向我开炮吧！”寨里连放数十炮都不中，吓得不敢再打。从此，陈国瑞的名声更大了。

僧格林沁死后，他以处州镇总兵身份护理钦差大臣关防，驻扎济宁。僧格林沁虽败，但他并不认为自己不行，对于刘铭传的进驻济宁，怀着不满情绪。而这个淮军将领刘铭传，也不是一个好惹的人。

刘铭传生长在民风强悍的淮北平原，自小便养成一种天不怕、地不怕的豪霸之气。十八岁那年，附近一个土豪到他家里敲诈勒索，他父亲一时拿不出钱来，跪在土豪面前求情。土豪踢了他父亲一脚，又臭骂了一顿，限他三天交齐。临出门时，又狠狠地抽了几鞭子。他父亲和两个兄长倚门哭泣。刘铭传回家得知情况后，气得大声训斥两个哥哥是孬种：“岂有父受辱而子不报仇之理！”说罢跨马外出寻找那个土豪。

在一条大街上，刘铭传遇到了仇人。他指着骑在马上的仇人痛骂。刘铭传个头不高，那人欺负他是一个未成年的大孩子，对他的责骂毫不在意，从腰间抽出一把刀来，对他说：“你也不要骂了，敢用这把刀来杀我，就算有种。”说完，对着身后十多个爪牙哈哈大笑。刘铭传听了，二话不说，拍马向前，冷不防从那土豪手里抢过刀，顺势一刀，将他砍下马来，然后从从容容下马割了首级，再上马，扬起仇人的头颅，高喊：“我已为父亲报了大仇，也不要这条命了，有本事的，上来跟我比试比试！”

刘铭传的气概把土豪的爪牙们全都镇住了，谁也不敢上前，吓得四处奔逃。那时淮北已大乱，强者聚众纠徒，据寨为王，大家见刘铭传年纪轻轻，即有这样的胆量和本领，便都来投奔他。就这样，他很快拉起一支人马。李鹤章、李昭庆在家乡办团练，与刘铭传往来密切。李鸿章回籍招募淮军，第一个便看中了他。

刘铭传一贯以老子天下第一自居，根本不把败军之将陈国瑞放在眼里，完全以一派接管大员的身份，神气十足地将五千铭军驻扎在城外长沟集，传话叫陈国瑞来见他。骄暴成性的陈国瑞怎会吃他这一套，不仅拒不相见，且存心要给刘铭传来个下马威。

陈国瑞早已垂涎于铭军的洋枪。这天半夜，他趁着刘铭传不在营房的机会，亲自指挥五百个弟兄突入长沟集，杀死二十多个淮勇，抢走了三百多条新式洋枪。陈国瑞还溜进刘铭传的卧房，取走挂在墙上那支价值二百五十两银子的法国造特制长枪。又见案桌上摆着一个特大的古色古香的铜盘，他从来没有见过这种东西，很稀奇，也把它扛在肩上，兴冲冲地带走了。

第二天一早，长沟集的铭军怒火冲天，刘铭传不仅为死人丢枪而愤恨，更为丢失古盘而痛心。这个古盘不是寻常之物，它是一件真正的国宝，刘铭传在一个偶然的机会传奇般地得到它。

那是同治三年四月，刘铭传攻下苏南重镇常州，住进原太平军护王府。这天后半夜，刘铭传从西大街妓院远香楼回来。嫖妓晚归，毕竟不太体面，他不叫醒门房，绕着围墙，选了个冷僻之处翻墙而进。跳下墙后，发现这里是马厩。几匹高大骏马正在吃夜草，一盏昏黄的马灯悬挂在柱子上，马夫不知到哪里睡觉去了。他走过马厩边，突然听见一个悦耳的金属撞击声传过来。他好奇地停住脚步，仔细一听，又是一声。这下他听清楚了，是从马厩里传出的。他径直向马厩走去。他惯常骑的黑旋风见主人进来，吃得更欢快了，头一摇，又发出一个悦耳的声音。刘铭传看清楚了，这声音正是黑旋风嘴上的铁笼头，撞击槽子里的金属物品而发出的。槽子里会有什么东西呢？他伸手摸去，在草料中摸出一块黑黑的铁盘来。这铁盘相当大：长约四尺，宽二尺多，高一尺多，成长方形状。用手摸摸，盘底部还铸着几行字。他觉得有趣，便把它扛回房间。

次日，刘铭传把铁盘洗干净，盘底部露出几行字。文字古奥，他认不出来。恰好潘鼎新来，刘铭传请举人出身的潘鼎新鉴别。潘鼎新将铁盘左看看，右瞧瞧，又把盘底上的字细细琢磨了半天，突然拍着刘铭传的肩膀叫道："省三，这是一件了不起的宝贝！"

刘铭传吓了一跳，笑着说："琴轩大哥，你不是逗我吧！"

"谁逗你？"潘鼎新正色道，"你这个愣头青，你是捧着个金菩萨，还把它当做黄泥巴人哩！"

"真的？"刘铭传大乐起来，"琴轩大哥，这家伙宝在哪里？"

"这个盘子，你若是问别人，哪怕他是博学通人，也不一定知道。今天算是你走运，碰上我了。"潘鼎新得意地说，"道光三十年，我在国史馆承修大臣传，偶尔看到道光十七年的大事记上载有这样一件事：三月陕西宝鸡虢川司出土一件青铜古盘，盘底有铭文一百十一字，记叙虢季子白奉周王命征伐猃狁，大胜，在周庙受赏等事。此盘是迄今为止出土的最大的西周青铜器皿，正拟送入大内珍藏，却突然被人所盗，下落不明。"

"丢了？"刘铭传听得发呆，不觉惋惜地叫了一声。

"你这个傻瓜！"潘鼎新笑道，"不丢，哪有你小子的运气！"

"嘿嘿！"刘铭传又傻笑起来。

"自那以后，这个虢盘便杳无音讯了，不想被你得到，你好大的福气呀！是长毛陈坤书收藏的？"

刘铭传胡乱点点头，再补充一句："琴轩大哥，你凭什么断定它就是那个古盘呢？"

"你这个不开窍的家伙！"潘鼎新将盘底翻过来，以手指敲打着那几行刘铭传不认

识的钟鼎文，说，“这上面不是说得一清二楚了吗？”

刘铭传算是全服了，暗暗地感谢苍天赐宝。他当即捧出二百两银子来，笑嘻嘻地对潘鼎新说：“琴轩大哥，这点银子权且作为小弟的谢礼，你可千万别将此事说出去了。”

刘铭传对此盘爱不释手，随身携带。淮军将官多不读书，谁也不知道它的价值。刘铭传当然不会说出，心里盘算着：打完捻军后，把它运回庐州老家珍藏起来，作为传家之宝留给子孙。谁知昨天半夜竟被该死的陈国瑞窃走了，他如何不愤怒！真恨不得将陈国瑞抓来抽筋剥皮。

刘铭传点起二千淮军，以复仇的疯狂向济宁城冲去。陈国瑞遭前次惨败，元气尚未恢复，抢来的三百多杆洋枪又不会用，如何能敌得过淮军如雨点般的枪子？不到一个时辰，济宁城里四五十名绿营兵倒在血泊中，淮军的三百多杆洋枪失而复得，陈国瑞也被生擒，但虢季子白盘却不知到哪里去了。

刘铭传气得狠狠地抽了陈国瑞两个耳光，逼他交出盘子来。陈国瑞并不识这个宝，拿回去看看后，就叫人丢到杂屋里去了。一向骄横不法的陈国瑞被这两个耳光打得七窍生烟，知道刘铭传看得重，他就偏不说。刘铭传骂道：“你这贼性不改的老长毛，不交出盘子，老子活活饿死你！”

陈国瑞被锁在屋子里，整整一天过去了，粒米滴水未进。这家伙素来食量甚大，照例一餐一壶烧酒，两斤猪肉，一升白米饭。一天下来，饿得他头昏眼花。第二天又是如此，他已饿得恨不得把木板啃碎吞下去了。到了第三天，陈国瑞实在不能忍受，便对看守的卫兵说，他愿意交出那个盘子。刘铭传听后想：洋枪夺回了，被害的弟兄，绿营以加倍的人数赔偿了，又打了陈国瑞两耳光，饿了他两天，仇已报了，淮军没有吃亏。当陈国瑞的亲兵扛来虢盘时，刘铭传便放了这个曾被僧格林沁倚为左右手的处州镇总兵。

陈国瑞从未受过这等奇耻大辱，回城后，心里愈发不好过。可惜僧王已死，无人替他做主，据说督师的统帅曾国藩处事公正，陈国瑞带了两个亲信，三匹快骑从济宁赶到徐州，当面向曾国藩控告刘铭传。

四、软硬兼施制服骄兵悍将

曾国藩身着玄色夹布长袍，头戴无任何镶嵌的黑色瓜皮软布帽，端坐在太师椅上，冷静威严地听着陈国瑞的控诉，两只眼皮已经松弛的三角眼，一刻也未离开过陈国瑞那张凶恶而丑陋的四方脸。

陈国瑞唾沫四溅地谈着事件的经过，把起因归咎于刘铭传的傲慢无礼和淮军的耀武扬威，而他的部属只是忍无可忍之下的自卫。陈国瑞从未读过书，平日开口便是粗言脏语，今日在这位满腹诗书的总督面前，竭力装得斯文点，但依然时不时地蹦出两句难听的粗鄙话来。曾国藩一直不做声，只是在这种时候，才将两道扫帚眉拧成一根粗绳，而陈国瑞立时便觉得头上被狠狠地敲了一棍，忙缩住嘴，稍停片刻，方能继续说下去。

陈国瑞在僧格林沁帐下多年，那个蒙古亲王是个异常可怕的奴隶主。他暴虐、狂躁，喜怒无常，嗜杀成性。他从没有安静地听部属汇报的时候，听了三五句话后，便离开座椅，四处走动。赞赏的时候，他大笑，用粗鲁的话夸奖，用腰刀戳一大块肉递过来，用大碗盛酒逼着汇报的人一口喝下去。恼怒的时候，他大骂，拍案甩碗，凶神恶煞地冲到对方面前，拧脸上的肉，扯头上的辫子，狂怒时甚至用马鞭抽打。部属们与他谈话，常常心惊胆战，无论说得好坏，他的反应都使人难以接受。陈国瑞却不怕他，哪怕他用马鞭死劲地抽打时也不怕。陈国瑞掌握了僧格林沁的特点，有办法使他很快转怒为喜。可是今天，陈国瑞第一次坐在这个手无缚鸡之力的总督面前，心里却有点发毛了。这种冷峻的阴森的气氛，把他的心压得沉沉地，他不知道这个始终纹丝不动、一言不发的曾大人，心里究竟在想些什么。

发生在长沟集和济宁城内刘、陈两军的两次大械斗，在陈国瑞来徐州之前，刘铭传便已经抢先派人禀告曾国藩了。对这场内部械斗的处置，曾国藩已有初步考虑。他在听陈国瑞诉说的同时，便在将双方的状词予以比较、对照、核实、鉴别，心里已基本明朗了。

刘铭传为人倨傲，自恃淮军有洋枪洋炮装备，目中无人。这些事实，曾国藩是清楚的。但淮军与他关系亲密，又是这次“剿捻”的主力，且刘铭传谋勇兼备，在淮军将领中堪称第一，何况又是陈国瑞先带兵杀人抢枪，曾国藩不能过多指责刘铭传。作为由太平军投诚过来的僧格林沁的部下，曾国藩对陈国瑞早抱有成见，又亲眼见他人物鄙陋，举止粗野，遂从心里厌恶，接见时的阴冷表情，便是有意给他以压力。曾国藩极想痛斥陈国瑞一顿，甚至将陈杖责一百棍，赶出徐州，但他没有这样做。陈国瑞毕竟是个不可多得的战将，他手下的人马亦能征惯战。现在正是要他出死力的时候，岂能让他太下不了台！何况自己奉命节制直隶、山东、河南三省兵力，这三省的兵力不是绿营，就是旗兵，相对于湘军淮军来说，都不是自己的嫡系，心中已存戒备，倘若过分偏袒刘铭传而指责陈国瑞，会让他们产生兔死狐悲之感，不利于“剿捻”大局，若再由哪个心怀敌意的御史借此大做文章，那就更糟了。想来想去，曾国藩决定先对陈国瑞采取以安抚为主的策略，不过他知道，对这种人的安抚，必定要在敲打之后才能起作用。

“陈将军！”待到陈国瑞说完后，曾国藩不冷不热地叫了一声，“贵军跟铭军械斗之事，本部堂早已知道。刘铭传那里，我已严厉训斥了，并命他立即撤出长沟集，到皖北去剿捻。”

陈国瑞正在暗自得意的时候，却不料曾国藩的语气变了：“不过，本部堂要对陈将军说句直话，这次械斗是你挑起的，你要负主要责任。”陈国瑞张口欲辩，曾国藩伸出右手来，威严地制止了。“本部堂早在驻节安庆时，就已听到不少人说你劣迹甚多。这次督师北上，沿途处处留心查访，大约毁你者十之七，誉你者十之三。”

“那些龟孙子都烂嘴烂舌地胡说些什么？”陈国瑞气了，一时忘了分寸，露出往日对待部下的态度来。

“陈将军，与本部堂说话，你要放稳重些！”曾国藩轻蔑地盯了陈国瑞一眼，处州

镇总兵的气焰立即矮了下去。

“你耐着性子听我说完。”曾国藩左手梳理着长须，右手的中指和食指轻轻地敲了两下桌面。“毁你者，则说你忘恩负义。当初黄开榜将军于你有收养之恩。袁帅欲拿你正法时，黄将军夫妇极力营救，才保下你一命。但你不以为德，反以为仇。”

陈国瑞背叛太平军投靠清军之初，被黄开榜所收养，改名黄国瑞。后来他脱离黄开榜，改换门庭，便恢复原姓，并根本否认曾做过义子一事。曾国藩一开口便抓住他这段旧事，弦外之音在指出他是个降人。这是陈国瑞发迹后竭力掩饰的疮疤。他心里很不好受，但又不能分辩，只得涨红着脸听着。

“毁你的人，还说你性好私斗。”

“这是诬蔑！”陈国瑞终于找到发作的突破口。

“诬蔑不诬蔑，你先不要大喊大叫，本部堂重的是事实。在寿州时，你与李世忠部下大打一场，杀死人家两个记名提督，有这事吗？”

陈国瑞不做声。

“在正阳关，你捆绑李显安，抢盐五万包。在汜水时，你与运米船队口角争吵，便调两千人来，大打出手。若不是知县叩头苦求，那一天不知要死多少船商。这些事都有吗？”

陈国瑞暗暗吃惊：这些陈芝麻烂谷子怎么都给他捡到了？陈国瑞不敢否认，只能无力地自我辩解：“抢盐是为了发饷，调军队原就是为着吓吓那些不法船商的。”

“苏北州县向我诉苦者甚多，告你骚扰百姓，凌虐州县，苛派钱物，蛮不讲理。在泗州时，你当众殴辱知州、藩司，同知张光第吓得躲到床底，第二天告病回籍。在高邮，你又勒索水脚，率部闹至内署抢掠，合署眷属，跳墙逃避，知州叩头请罪方才罢休。”

“老子，”话刚一出口，陈国瑞见曾国藩三角眼中凶光毕露，立即改口，“卑职在前线打仗，弟兄们流血卖命，州县出些军装号衣还不应该吗？那些老滑头，你不给他点厉害瞧瞧，他就装聋卖傻不出！大人，你不要听信他们的一面之词。”陈国瑞见曾国藩放开正题不谈，专揭他的短处，早已恼羞成怒，便顾不得礼仪叫嚷起来。

“陈将军不得放肆！”曾国藩右手中指食指重重地敲了两下桌面，威严地呵斥，“你打过几天仗？有几多战功？敢在本部堂面前表功逞能？你不仅凌虐州县，还藐视各路将帅，信口讥评，每每梗令，不听调遣，稍不如意，则高呼‘老子要造反’。看来，你虽投诚多年，当年的劣性还未根除。”

陈国瑞头上的疮疤又被重重地揭了一下，心中自认晦气，原想到徐州来告状咬一口，却不料招来如此之辱，还不如打马回济宁去算了。他正欲寻一个空当起身告辞，曾国藩又换了一个口气：“陈将军，毁你者不少，誉你者也有。你骁勇绝伦。清江、白莲池、蒙城之役，皆能以少胜多，临阵决战，多中机宜。又说你至情过人，闻人说古来忠臣孝子，倾听不倦。还说你不好色，也不甚贪财。陈将军，本部堂听到这些称誉之辞后，为你高兴。你的这些长处，正是名将之才。”

陈国瑞听了这几句话后，心中略觉舒服一点：是非到底有公论。

“称誉你的人，有漕督吴帅，有河南苏藩司、宝应王编修、山阳丁封君。这些人都是不妄言的君子，你要记住他们对你的好处。诋毁你的人，也都是不妄言的君子，我就不说出他们的名字了，免得你记恨。陈将军哪，”曾国藩起身离开太师椅，顺手拖来一张方凳，靠着陈国瑞的身边坐下，陈国瑞顿时觉得心头一热。

“陈将军，本部堂知你有良将之质，十分爱你惜你。你今年只有三十多岁，论年龄，你是本部堂的子侄辈，论职位，你是本部堂的下属。本部堂今日以父辈之身份、上宪之地位，跟你说几句贴心话，望陈将军能体会本部堂之良苦用心，不为习俗所坏，猛省过来，日后成为一名人人爱重的良将。”

陈国瑞不知说什么好，一时紧张，头上沁出汗珠来。

“来人！”曾国藩对着内室喊。喊声刚落，便出现一个身着戎装的戈什哈。“给陈将军拿一条热毛巾来。”

“本部堂只告诫将军三件事。”待陈国瑞擦好汗后，曾国藩轻言细语地娓娓而谈，“一不扰民；二不私斗；三不梗令。凡设官所以养民，用兵所以卫民。官吏不爱民，是民蠹也；兵将不爱民，是民贼也。既欲爱民，则不得不兼爱州县，若苛派州县，则州县只得转嫁于百姓。本部堂统兵多年，深知爱民之道，必先顾惜州县。就一家比之。皇上譬如父母，带兵大员譬如管事之子，百姓譬如幼孩，州县譬如乳抱幼孩之仆媪。若日日鞭挞仆媪，何以保幼孩？何以慰父母？昔杨素百战百胜，官至宰相，朱温百战百胜，位至天子，然二人皆惨杀军士，残害百姓，千古骂之如猪如犬。关帝、岳王，争城夺地之功不多，然二人皆忠主爱民，千古敬之如天如神。愿陈将军学关帝、岳王，念念不忘百姓，必有鬼神佑助。此不扰民之说也。”

陈国瑞平日最崇敬关羽、岳飞，见曾国藩以此二人勉励他，颇为感动，说：“卑职并不想扰民害民，只是恨州县滑头。经大人如此指明，卑职懂得了。”

“懂得就好。陈将军你请喝茶。”曾国藩指着陈国瑞面前的茶杯说。因为当时官场有主人端起茶杯，便意味着驱赶客人的陋习，曾国藩不得不说明两句，“本部堂近年来患口干舌涩之病，不能久谈，多说两句话就得喝水，请莫见怪。”说完，端起茶杯抿了一口。

陈国瑞也喝了一口茶，说：“请大人教导。”

“至于私相争斗，乃匹夫之小忿，岂有大将而为之者？本部堂久闻陈将军有好私斗之名。前次之事，刘铭传固然有错，亦由将军平日好斗之名召之。起初，实由贵部理曲，其后铭军又太甚。若陈将军再图私斗以泄愤，则祸在一身而患在大局。若陈将军以立大功成大名来雪此耻，则弱在一时而强在千秋。昔韩信受胯下之辱，以后功成身贵，不但不报当初辱己者之仇，反召而授之以官。此豪杰之举动也。郭汾阳之祖坟被人发掘，不但不追究挖坟者，反而引咎自责。此名臣之度量。陈将军受捆饿之辱，比起下胯掘坟来差远了，望能坦然置之，今后以大功大勋来使铭军自愧。”

这些话，陈国瑞虽不能接受，但亦不好抗争，何况韩信、郭子仪也是他顶佩服的人，便只有不做声。曾国藩今天说话太多，已感到很吃力了。他连饮两口茶，略停一会，打起精神继续说下去：“国家定制，以兵权付之封疆将帅，而提督概受其节制，相沿二百余年了。封疆将帅虽未必皆贤，然文武皆敬而尊之，所以尊朝命也。陈将军好讥评各路将帅，亦有伤大体。当此寇乱未平，全仗统兵大员心存敬畏。上则畏君，下则畏民，中则畏尊长，畏清议，如此则世乱而纪纲不乱。陈将军今后务须恪恭听命。凡添募勇丁，支应粮饷，均须禀命而行，不可擅自专主，渐渐养成名将之气度，挽回昔日之恶名。”

说着说着，曾国藩已觉胸中气提不上来了，背上满是虚汗。他只得又停下来，喝一口水，尽快结束这次长谈：“以上三条，望陈将军细心体会，牢记于心，必能有益于将军本人，亦有益于剿捻大局。大丈夫襟怀坦白，光明磊落，不护短，不饰非，改了就好。本部堂向以培育人才为己任，玉成将军为一名将，亦本部堂一大功劳。望保天生谋勇兼优之本质，改后来傲虐自是之恶习，本部堂对将军寄予厚望。回去之后，将所部撤离济宁，前往清江浦，再听本部堂将令。”

陈国瑞刚一出门，曾国藩便已疲乏得瘫倒在太师椅上，浑身衣裤全都湿透了。

几天后，刘铭传奉命撤离长沟集。开拔的那天早上，他以五百长枪队为前道，有意绕道穿城而过。路过陈国瑞军营时，边走边对天鸣射，吓得城内鸡飞狗跳，行人避之唯恐不及，气得陈军官兵一个个破口大骂：“这些狗日的！”“神气个卵耙！”

陈国瑞这些天来，想着曾国藩虽然态度严厉，但对自己还是有着爱护之心的。部属中有人鼓动对铭军回击报仇，陈国瑞制止了。现在经铭军这一撩拨，大家的怨气又都发作了，陈国瑞也觉得有道理。铭军出了气，自己损失惨重，曾国藩骨子里是偏袒淮军的。他有意不执行曾国藩的军令，赖在济宁城内不走。一连两道军令，陈国瑞都置之不理，曾国藩火了。他想：这样的败军之将都制服不了，其他绿营、旗兵还能指挥吗？但若以械斗之事从重处罚陈国瑞，别的绿旗将领会不服气；若以不遵调令处罚，清江浦并非战事紧迫，陈国瑞会找出借口赖账，且即使处罚，亦不会太重，达不到抑制的目的。曾国藩思来想去，找不到一个合适的理由。

“大人，高楼寨一仗，陈国瑞与郭宝昌分统左右两翼。僧王阵亡后，郭宝昌奉旨革职拿问，后翼翼长成宝等也降革有差，就连山东巡抚阎敬铭、藩司丁宝桢也都交部严议，唯独陈国瑞不但未受处罚，还护理钦差大臣关防。陈国瑞敢于梗大人之令不行，也就是仗着这点。不如釜底抽薪，就从这里参他一本，打下他的气焰。”赵烈文见曾国藩左右为难，给他出了一个主意。

“惠甫，你提醒得及时，就按刚才所说的，请你代拟一个密折。”

半个月后，赵烈文代表曾国藩到济宁城，对着陈国瑞宣读上谕：“浙江处州镇总兵陈国瑞，随同亲王僧格林沁带兵剿捻，与郭宝昌分统两翼。僧格林沁追贼阵亡，郭宝昌等救援不力，均经降旨分别惩处。朝廷因陈国瑞向来打仗尚属奋勇，且彼时身受重伤，从宽暂免置议。兹据曾国藩查明，陈国瑞与郭宝昌均充翼长，不应同罪异罚。惟念其接仗受伤，尚可稍从末减。陈国瑞着撤去帮办军务，褫去黄马褂，责令戴罪立功，以示薄惩而观后效。”

陈国瑞跪在地上，气得不能站起，他没想到曾国藩竟然使出这样一招来，弄得他有口难辩。他在心里骂道：“好一个心肠歹毒的曾剃头！”

“陈将军，曾大人爱惜你是一个将才，只建议给你薄惩。他要我转告你，立即率部前赴清江浦；倘若再梗令不行，新账老账一齐算，革去总兵之职，发配军台效力。”赵烈文声色俱厉地训道。

这一招立见效用。要是没有总兵职务，他陈国瑞还有什么可以神气的？发配军台，连饭都吃不饱，哪里有鸡鸭酒肉？那两天被刘铭传锁在屋子里，真把他饿怕了。这便是陈国瑞：在弱者面前如狼似虎，在强者面前如兔似鼠；打仗时能够冲锋陷阵，谋事时却露出腹中茅草一堆。曾国藩这一套软硬兼施，把他彻底制服了。他连连给赵烈文叩头："请赵师爷回去禀告曾大人，就说卑职立即遵命率部赶赴清江浦，今后切切实实按曾大人所提出的三条要求办，戴罪立功。'

五、把捻战胜负押在河防之策上

曾国藩调陈国瑞驻防清江浦，其目的在于建立运河防线，阻击捻军渡河。但捻军这时并不急于过河向东，他们在豫鲁苏皖一带广阔的天地里，与湘淮军和这几个省的防兵周旋。捻军最擅长骑战和平原旷野之战，他们往来奔驰，飙狂如风，常常引得驻守在周家口、临淮、归德等地的张树声、周盛波、刘松山等部与他们接战。交锋不久，只见锣号一响，战旗一指，瞬时间便全军跑了。潘鼎新等游军跟在屁股后面穷追，追过一两天后，往往踪影全无，弄得垂头丧气。李昭庆的马队因买不到口外好马，始终建不起来。就这样，曾国藩受命北上整整一年了，除消耗大量粮饷外，无一战功可言。朝野开始有闲言了。先是金陵克复首次保举后的六个保举单均遭部驳斥，这在过去是没有过的事。继则豫鲁地方官吏、乡绅牢骚不满多起来，粮草供应敷衍马虎。再是廷寄责备、御史参劾。曾国藩既感委屈，亦无良方扭转局面，心中焦躁不已。

这时，朝廷任命正在荷叶塘养病的曾国荃为湖北巡抚。上谕到达曾国藩手里，给愤懑多时的他略添一分欣喜。半年前，曾国荃被授山西巡抚。那时捻战进展不顺利，曾国藩心情抑郁，已萌退志。他幻想兄弟优游林泉、畅忆往事的日子早点来到，遂阻止老九出山。曾国荃自己也不想到贫瘠苦寒的山西去，于是借口病体未愈推辞了。这次任鄂抚，正好从南面为捻战助力，曾国藩求之不得，去信给老九传达上谕，并要他立即募勇赴任。曾国荃也不再犹豫，召集旧部彭毓橘、伍维寿、熊登武、郭松林等人新募湘勇六千人，浩浩荡荡开赴武昌。当年官文拒不派兵救援李续宾、曾国华的旧恨，曾国荃一直记在心。他循例冷冷淡淡地见了一次官文后，便不再理睬。他擅自做主，全部淘汰湖北绿营，日夜训练新湘军，并将鄂省总粮台改为军需总局，将盐厘各项归厘金局核收。官文心中不快，他知道这位九爷的脾气，暂且隐忍不发。

将湘淮军拖得精疲力竭的捻军，分别由张宗禹和赖文光统率，先后进入河南，聚于许州、禹州一带稍事休息。刘铭传见有机可乘，急驰徐州，面见曾国藩。

"中堂，眼下捻匪撤离鲁皖，麇集豫中，正是该匪自取灭亡之时。"刘铭传虽是无赖出身，却长得白净挺拔，颇有儒将风度。北上督军前夕，曾国藩在江宁召见他，仔仔细细地将他端详了一番，然后对他说："省三，我看你五岳丰盈，三停匀称，威严近于自然，肃杀藏于宁静，今后事业，断非淮军其他将领可比。只是你文采尚不足。望军务暇时，多浏览前朝典籍，以备日后之用。"刘铭传知曾国藩最长于相术，遂牢记这番话，有空则读诗书，钻研兵法，这一年来大有长进。见捻军西去，他有了一个新想法。

“省三，此话怎讲？”曾国藩以欣赏的口气鼓励他说下去。

“捻军长在骑马，鲁西豫东旷野平坦，正是施展其长之处，豫西山岭重叠，豫南、鄂北则水田相连，都不利骑兵。我军如果能将他们锁住在这一带，捻军失其所长，则将为我所擒了。”

“你这个想法很好！”曾国藩右手梳理着胡须，左手轻轻地拍打着桌面。

“至于如何锁住，中堂已开了头在先。”刘铭传以深思熟虑的神态继续说，“派陈国瑞守清江浦，即在运河边布下了一根铁链。现在，卑职想把这根铁链向南挪动。”

“省三，你随我到书房来。”曾国藩打断刘铭传的话，将他带到大书房。

一脚迈进门，就看到正面墙壁上挂了一幅罕见的大地图。当年在建昌军营，李鸿章以安徽八府五州地图作为拜谒恩师的见面礼，极受曾国藩重视。后来，那幅地图果然在曾国荃手里，为攻下安庆立了大功。进了江宁城后，曾国藩命江苏、江西两省各州府，仿照安徽地图的形式，详细测绘，对原图做了很大的补充纠误。驻节徐州后，他又叫豫、鲁、直隶三省也照样绘制，然后由擅长舆地的汪士铎将这三省与苏、皖两省的地图拼起来，画了一张特大的地图。刘铭传见到这张图惊羡不已，他迅速走到图边看起来。

“省三，你用它指着地图说。”曾国藩随手递给刘铭传一根三尺来长的细竹条。刘铭传立即兴致大增，挺直身子侧立在地图边，右手拿着细竹条，在图纸上面上上下下移动，俨然奔驰着他的千军万马。

“卑职的意思是，以中堂锁运河的办法锁住捻匪。西面以沙河、贾鲁河为防线，北起河南中牟，南至安徽颍州府；南面以淮河为防线；北面以朱仙镇至开封府和黄河南岸为防线。挖深河床，构筑长墙和堡垒，沿这三条防线派重兵驻扎。然后出游军追剿，将捻匪逼到豫西鄂北，在那里一鼓聚歼。”刘铭传手中的细竹条指到豫鄂交界处。

曾国藩听着听着，脸上的笑意渐渐消去了。

“不过，防线太长，兵力不足，实行这个方略也大大不易。”刘铭传已窥视到曾国藩脸上的变化，自己先点出其中的最大难处。

“省三，你暂且到驿馆去住两天，容我好好想想。”

刘铭传走后，曾国藩坐在椅子上，对着地图沉思起来。他将一年多来与捻军作战的大小方略认真地反省了一遍：僧格林沁尾追不舍，疲惫交加，最后兵败人死。自己北上以来，改为以静制动的办法，只是守住一些重要城镇，保护了京畿安全，但捻军的有生力量并未遭到挫折。刘铭传建议以线取代点，采用长围之策来封锁，将捻军逼死在豫西鄂北一带。用心很好，但这样长的防线，哪来这么多的兵呢？曾国藩站起，走到地图边，用尺从中牟量到颍州府，又从亳州量到凤阳府，光西南两道防线就长达千余里，且不少地带河道淤塞，需要开挖。这个工程量又有多大！民工倒可招募，粮饷从哪里出？千里防线，绝不可能一律牢固，倘若有一处失守，便会全盘落空。成功了，有可能彻底平息捻乱；不成功，则会招致各方非议，有可能使英名毁于一旦。

日头西坠了，月亮升起了，油灯熬干了，天色放明了。从白天到傍晚，从深夜到黎明，曾国藩像一段枯木似的兀坐在大书房里，反反复复地思考着河防之策。

第二天下午，他又召集徐州老营的文武僚属磋商。有赞成的，有反对的，有拿不定主意的，意见纷纭，莫衷一是。吃晚饭时，赵烈文对曾国藩说："听说陈国瑞现在新安镇巡查防守工事，离徐州只有百把里，我向大人告个假，连夜到那里去一下，明下午赶回来。"

"你如此急着见陈国瑞有什么事？"曾国藩放下手中的筷子问。

"明天我再告诉大人。"赵烈文诡笑着说。

"好哇，惠甫，你有什么事还瞒着我！"曾国藩说，脸上带着笑容。赵烈文知道这是同意了。

"我还能瞒得大人多久，明天下午回来一定详细禀报。"

翌日黄昏，赵烈文人和马汗水涔涔地赶回徐州军营。稍事休息后，他走进了曾国藩的书房。

"惠甫，你这一天到宿迁干了好大事？"曾国藩又正对着地图发呆，见赵烈文进来，心中一喜。他已预料到赵烈文匆匆去来，一定与河防大事有关，但为何要去见陈国瑞呢？难道这个鲁莽武夫的腹中还藏有妙计吗？

曾国藩亲自给赵烈文倒了一杯用夏枯草熬的凉茶。他用的是荷叶塘农民的土办法，连叶带根全草一起熬，虽苦，但清肝火、散郁结。年年夏天，曾国藩都喝这种茶，每天晚饭后，他在散步时自己采回来。厨房里特为他备好的冰糖莲子羹他不喝，他就喜欢这种从小喝惯的苦凉茶，说是又节省又有作用。有一次他还在晚餐桌上对着全体幕僚，大谈夏枯草凉茶的好处，语重心长地告诫他们：树立勤俭朴厚的风气，要靠为政者从自己做起，且要从小事做起，小事易为难坚持，坚持下去就能起到大作用。从此，两江总督衙门的厨房，夏天再不做冰糖莲子羹，人人都喝夏枯草凉茶，远方来客亦不例外。

"我到宿迁去见陈国瑞，是去跟他核实两桩事。"赵烈文喝了一大口苦涩的凉茶后，向曾国藩详细汇报，"我先前隐隐约约听说，僧王咸丰三年在天津附近破长毛北征军时，就是用长围法取得成功的。又听说僧王临死时对身边人说，悔不该，未将长围法坚持下去。我为这两桩事特为去询问陈国瑞。"

"哦，有这样的事？"曾国藩端着茶杯，出神地望着赵烈文。

两江总督幕府的众多幕僚，个个都不是流俗之辈。曾国藩以古人折节问教、礼贤下士的气度对他们优容相待。在长时期的相处中，曾国藩看出赵烈文是这群幕僚中的翘楚，在德、才、学、识、度等方面都要胜人一筹，故而十分器重，一有机会就保举他，但又不让他去上任就职，始终留在身边，以备咨问。

"据陈国瑞说，这两桩事的确都有。咸丰三年冬天，天津县一个七十多岁的老童生闯进僧王营房，自荐奇计。僧王打仗，从来都是独断专行，不听旁人的话，那天不知怎的，破例接待了老童生。老童生说：'今之计，宜用远围长困法。王所恃者马队，而长毛亦善走，击东则走西，击南则走北，难以获胜。不如改用远围，在百里地外坚筑土墙，四面包围。墙筑成功后，长毛则被围在其中。为什么要这么远呢？因为远则不易察觉，近则易为长毛所知。长毛有十多万人，每月需粮五六万石，没有多久，圈中的粮食就会吃尽。我军只需严兵分守，不必与之战，不出数月，粮尽援绝，内乱自起，再乘机一鼓聚歼。'当时僧王部下不少人讥笑这个老童生的主意迂拙，说一辈子连个秀才也考不中的人，还能有什么好主意！僧王却偏偏在那老童生的肩上猛拍一巴掌，说：'就用你这个计策，先给你十两银子，成功后再到我这里领重赏！'后来果然成功了。僧王足足赏了老童生三百两银子。这件事，陈国瑞虽未亲眼见过，但僧王部属们都这样说，可能不是假的。至于僧王临死时说的那句话，则为陈国瑞亲耳所闻。"

"惠甫，证实了这两桩事后，你是不是就赞成省三提出的防沙河、贾鲁河的方略呢？"曾国藩审视着赵烈文。

"是的。"赵烈文坚定地说，"我原本就赞成刘军门这个主意，这次从宿迁回来后，我更坚定了这个看法。跟踪追击不成，重点防卫也不成，我们当思改弦易辙。当年孙传庭就是用围堵的办法对付流寇的，僧王又有成功的战例在先，大人不必再犹豫。九帅复出，新湘军已练成，形势更为有利。大人的湘淮军以及豫军皖军负责守沙河、贾鲁河、淮河、黄河防线，九帅的新湘军从鄂北出兵进剿，合围之势一成，就是捻军的灭亡之日。"

当赵烈文把最后一口夏枯草茶喝完时，曾国藩也最终打定了主意。兵力不足，启用河南、安徽两省的绿营，尽管他们不中用，也要严厉责成他们守住。

这是一个重大的战略部署。曾国藩经过反复周密的思考，又有前明将领孙传庭和当今僧格林沁的胜例在先，他坚信这个方案是正确的。但它毕竟牵涉面太大，动用的力量太多，且在短期内不易见效果。为昭郑重，他将河南、安徽两省巡抚及湘淮军的带兵大员召到徐州，面授机宜。

河南巡抚李鹤年、安徽巡抚乔松年和湘军大将刘松山、张诗日以及最近奉调驻扎济宁城的鲍超，还有淮军大将刘铭传、潘鼎新、张树声、周盛波，再加上陈国瑞，一齐端坐在剿捻钦差大臣的白虎节堂（一年前，它是徐州知府衙门大堂），恭听新的军事部署。曾国藩将一年来的"剿捻"之战做了回顾，归纳为"进展缓慢，战绩不佳"八个字。他没有把责任推给带兵的统领，坦率地承认自己指挥欠方，有负重任。在此基础上，将河防之策托出来，并将此计划的可行之处做了具体阐述。他不再征求大家的意见，拿起细竹条，指着墙壁上悬挂的地图，以干脆利落的语言布置分段防守任务。

"刘军门！"

刘铭传应声站起。

"河防之策始创于贵军门，捻匪灭后，当记首功。现在本部堂命贵军门率所部前往河南，防守中牟至尉氏一段贾鲁河。只准成功，不许失败。"

"遵令！"刘铭传接受任务后坐下。

"潘军门！"

潘鼎新立即肃立。

"贵军门率鼎军接着刘军门之后，防守贾鲁河尉氏至扶沟一段。此段淤沙较多，开挖工程量大。贵军门务须督部疏浚淤塞，严加守卫，不得放走捻匪一骑一兵。"

潘鼎新痛快地接受军令。

接着，曾国藩命刘松山率部守扶沟至周家口一段的贾鲁河，张诗日部防守自周家口至槐店一段的沙河，槐店以下责成安徽皖军防守，朱仙镇至开封一段，则由河南豫军防守。淮河水面由黄翼升水师负责。开封至考城一段由张树声、周盛波防卫。陈国瑞仍驻守清江浦运河。鲍超霆军随曾国藩左右以护老营。各路人马调遣完毕，刘铭传发言："今日中堂调兵遣将，防守沙河、贾鲁河，将捻匪困死在豫西一带，用心深远，但不是一天两天可以奏效的，恐怕众人不一定都能理解。卑职就听说官中堂讲这是守株待兔，最迂最笨的办法。今后怕的是浮议四起，军心动摇，日久松懈。"

刘铭传的意思分明是叫曾国藩再坚定大家的信心。曾国藩笑着说："防守沙河、贾鲁河之策，从前无有以此议相告者，刘军门创建之，本部堂主持之。凡发一谋举一事，必有风波磨折，必有浮议摇撼。从前水师之事，创议于江忠烈公，安庆之围，创议于胡文忠公。其后本部堂率水师，一败于靖港，再败于湖口，将弁皆不愿留水师而要上岸，靠的是坚忍维持，才有日后之振。安庆未合围之际，祁门危急，湖北糜烂，群议皆谓撤安庆之围援救武昌，也是靠坚忍力争而后有济。至于金陵百里之城，孤军合围，群议皆恐蹈和、张覆辙，本部堂不以为然。厥后坚忍支撑，竟以地道成功。办捻之法，既然尾追、守城都不得力，现在唯一可行的便是河防。诸位只要有本部堂刚才所说的坚忍之志，必可收得成效。"

安徽巡抚乔松年不赞成这个办法。他认为防守是被动的，乃下策，上策是追击歼灭，追击的关键在训练好马队。应严责李昭庆渎职之罪，用重金到口外购得好马，训练出好骑兵，有五千强劲的骑兵，再配备目前的陆师兵力，一定可置捻军于死地。他不明白曾国藩为何要出此劳而无功的下策，莫非年迈力衰，失去了往日强打硬拼的斗志？他本欲从根本上否定这个蠢主意，但终究没有开口。朝廷将"剿捻"之事责之于曾国藩，办不成自然由他负责，与己何干？再说皖军防守的这段，河宽水急，天堑一道，只要稍稍留心，捻军便插翅难逃，何苦去顶撞老头子？何况他带兵多年，老于谋算，此策说不定也有可能成功。乔松年以悫诚的态度说："中堂所说的坚忍二字，确是我辈为官打仗的要诀，不独河防一事须如此。卑职当以此二字训诫皖军，定要将槐店到颍州府这段防线，把守得如同铁桶一般。"

曾国藩满意地点了点头。

"中堂，防河拒捻诚为良策，不过，豫军所防的这段并非河流，全是沙土。沙土挖壕，随挖随塌，不能成形。眼下天气热，又不能以冻土筑墙。从朱仙镇到开封虽只七十里，但卑职实无把握守住。"说话的是满头白发的衰朽老者、河南巡抚李鹤年。他从湖北巡抚任上接替原巡抚吴昌寿还不到半年。李鹤年心力衰竭，不想多任事，深知由于吴昌寿的软弱无能，使得豫军跋扈不能控制，因此顾虑很多。这几天伤风，说不了几句话就咳嗽起来。咳了几声后，他捂住胸口说，"中堂先前有令，捻匪在哪省，哪省应负剿灭之主任。目前，捻匪麇集河南，豫军理应主动出击，现在以大量人马防守朱仙镇至开封府，任贼匪在境内嚣张，今后若言路责备卑职株守一隅，不顾全局，卑职亦难当此责。"

去年，御史刘毓楠参劾河南巡抚吴昌寿纵容豫军骚扰百姓，吏治昏庸，朝廷命曾国藩查访。曾国藩派员暗查，证明情况属实，朝廷革了吴昌寿的职，将李鹤年从武昌调了过来。谁知李鹤年比吴昌寿好不了许多，且豫军欺侮他年老不知兵，更不听约束。曾国藩在心里叹息：偌大的中国，要找几个真正能胜任的督抚都不容易，人才缺乏到了何等严重的地步！他本想用较为严厉的口气敦促李鹤年，但转念一想：这样气衰胆小的人，你再凶他，他不更虚怯？再说，咸丰七年自己在荷叶塘守父丧，就出山之事与朝廷讨价还价时，时任都察院给事中的李鹤年上奏，请朝廷即命夺情出山，仍赴江西及时图报。在困难的时候，李鹤年给予了他重要的支持。

因为有这层关系在内，曾国藩的话完全是另一种语气："李中丞，开封府附近的地理，本部堂都细细查勘过，诚如贵部院所说的，沙土覆盖，挖壕筑墙都有困难，但也得委屈弟兄们了。至于其他，中丞可不必多虑。今后无论何等风波，何等浮议，本部堂当一力承担，不与建此议的刘军门相干。即使有人指责豫军应该出击，不应株守，本部堂也一力承担，不与贵部院相干。这是本部堂一贯的作风。"

见大家都不再做声，曾国藩以其惯常的沉毅坚定的语气，给全体执行河防重任的文武大员们鼓劲："诸位不要以为河防汛地太长，且其中又有极难守之处，便先存畏难情绪。其实，河防之策正是去年本部堂所制定的，以静制动的剿捻根本大策的一种形式上的变化。以静制动，从本质来说，是累于贼而逸于我，是打仗中取巧的一途。"

湘淮军将领中有人在偷偷地笑了。

"诸位不要讪笑，本部堂一向提倡拙诚，最恶取巧，亦不是存心让各位取巧，此为据剿捻形势而制定的大计，只有走这条路才是制胜之途。本部堂可以告诉各位，曾国荃统率的新湘军，不久就会出鄂省进入河南，从西与南两面逼使捻匪东窜。那时，各位只需张网捕获就是了。张宗禹、赖文光、牛宏、任化邦四大匪首，随便捉到哪一个，都可以与当年捉陈玉成、石达开、李秀成、洪天贵福的功劳相等！"

这句话对在座的文武大员们鼓舞很大，除苗沛霖后来又叛变被诛外，其他几个抓住石、李、洪的人都封了五等爵位。席宝田原是湘军中一个不起眼的小角色，就是因为抓到了洪天贵福而封男爵，令天下带兵的将领们垂涎。封爵的机遇再次普降，他们如何不摩拳擦掌，跃跃欲试！

六、叩谒嘉祥宗圣祖庙

河防战略部署后，曾国藩将钦差大臣行营由徐州迁到济宁。在赴济宁途中，他查看了利国驿煤矿、运河、微山湖。在邹县，拜谒亚圣孟子庙，接见孟氏宗子孟广钧。在曲阜，拜谒至圣先师庙，会见衍圣公孔祥珂。

孔祥珂陪同曾国藩参观了金丝堂所藏各种古乐器，又把他领进了金丝堂旁一座建筑坚固的房子里，这里珍藏着孔府的重宝。那是乾隆皇帝当年亲来曲阜祭孔时，赐给孔府的十件周朝青铜器：木鼎、亚尊、牺尊、伯彝、册卣、蟠夔敦、宝簠、夔凤豆、饕餮甗、四足鬲。这些东西，曾国藩过去当京官时，也只有在大祭仪式上才能远远地窥视，今天能在自己的手里抚摸，作为一个对古礼十分尊敬的前礼部侍郎，曾国藩心中甚为欢欣。他愉快地应衍圣公所请，提笔赠联："学绍二南，群伦宗主；道传一贯，累世通家。"

为报答钦差大臣的厚意，孔祥珂又将孔府宝藏的画圣吴道子所画的至圣像、赵子昂所画的至圣像，还有一册前明君臣画像集，集中绘有太祖、成祖、世宗、宪宗、徐达、常遇春、汤和、刘基、宋濂、方孝孺、杨士奇、于谦、王守仁、李东阳等人像，另有大轴元世祖、明太祖像二幅，以及元、明两朝衍圣公及孔氏达官所遗留之冠带衣履，拿出来让曾国藩看。这些东西全都保存得色彩如新。曾国藩大开了眼界。他还在曲阜城拜谒了复圣颜子庙。然后恋恋不舍地离开曲阜，住进了济宁城。

曾国藩准备在济宁州住两三个月后，再到河南归德府，估计那时河防工事也建得差不多了。以后再由归德府到周家口，在那里召开河防成功的祝捷大会，犒劳有功文武。

这天上午，曾国藩在行营里忙着批阅文件。这几天的文件很使他不快。朝廷寄来的明谕中有杨岳斌在陕甘平回无功，具疏自请治罪，另简贤能的话。他为杨岳斌的处境担忧。刘松山来信，禀告捻军近来在南阳大败新湘军郭松林部，豫军有两营也参与了这场战争，丢盔卸甲败逃许州。偏偏总兵宋庆又来函，说豫军近日在南阳获胜，已向皇上请赏。曾国藩对照这两封来函，心里很不安，既为九弟出师不利而焦虑，又为宋庆冒功请赏而激愤。他本想在宋庆信上狠狠地批几句退回去，又怕宋庆因此而生怨恨，误了河防大事，落笔时语气又变得和缓，批驳变成了询问。

正在这时，亲兵来报："大人，门外有一贫苦读书人模样的，自称是大人的本家，请求接见。"

他觉得奇怪，此地哪来的本家？难道是湘乡有人长途跋涉来山东找？吩咐亲兵："你叫他在门房里坐一坐，过会儿再来见我。"

亲兵答应一声出去了，曾国藩继续批阅文件。批到一半时，他猛然想起："是不是嘉祥县里来的人呢？若真是的话，那就怠慢了。"他忙停住笔，起身向门房走去。

刚走出几步，只见一个人从门房里走出，急急忙忙迎面向他走来。在离他还有十多步远的地方便跪了下来，口里念道："嘉祥县宗圣宗子五经博士曾广莆拜见中堂大人。"

果然是宗圣的后人，得罪，得罪！曾国藩心里想着，迅速走前几步，双手扶起那人，说："国藩早就想到嘉祥县叩谒先祖宗圣庙，只因军务太忙，一时不能抽身。今先生不责我不敬祖之罪，亲来城里相见，令国藩惭愧，请到书房叙话。"

曾广莆抬起头，曾国藩细看了一眼，只见此人五十多岁年纪，面容黄瘦，精神萎靡，全不像宗圣之后的样子，颇令他失望。他拉起曾广莆的手，一道走进书房。亲兵献茶，曾广莆拘泥地接过，站着不动，不知坐在哪里是好。曾国藩笑容可掬地指着对面一张雕花枣木靠背椅说："请这里坐。"待曾广莆告谢，小心翼翼地坐下后，他又说，"广莆先生，你到我这里来，就是在自己的家里，我们以家人相称，千万不要拘谨才是。"

一听这话，曾广莆的心里轻松了许多，恭敬地问："大人尊讳不用派号，在下不知如何称呼才是。"

"国藩为传字辈，派名为传豫。"曾国藩微笑着说。

"叔祖在上，孙儿不知，罪该万死！"曾广莆说着，慌忙离开座席，端端正正地站在曾国藩面前，整肃衣帽，然后行一跪三叩礼。

曾国藩端坐不动，任他跪拜。待曾广莆拜毕，曾国藩依旧笑着说："论辈分，我是你的祖父辈，你要讲究家法，行跪拜大礼，我也受了。论年纪，你我差不多，用不着太客气，请问你的表字？"

"叔祖虽然这般说，孙儿岂敢坏了家规！"曾广莆诚惶诚恐地说，"回叔祖的话，孙儿贱字伯仕。"

"伯仕，你是广字辈，从宗圣传到你这一代，应是七十二代了。"

"是的，是的。"曾广莆连连点头。

"在嘉祥，现在见到哪一代了？"

"孙子昨天从嘉祥启程，驼八爷纪霖说，他的孙媳妇生了个儿子，要我求大人给他取个名。纪、广、昭、宪，"曾广莆扳着指头数，"现在到了宪字辈。驼八爷好福气，刚好碰上叔祖驻节济宁州，请叔祖开恩，赐个名字给他吧！"

"好哇！"曾国藩高兴地说，"我们奉命北上剿捻，图的是天下得安宁，这孩子的名字就叫宪宁吧！"

"孙子代驼八爷谢谢叔祖。过几年，孙子还要亲自训诫宪宁，告诉他，这名字是他的老祖宗宫保大人给他取的，要他好生念书，日后光宗耀祖，莫负宫保大人的期待。"

"你说得好。"曾国藩心里很高兴，"邹县孟氏宗子也是广字派，曲阜孔氏的衍圣公已到祥字派了，不知颜氏宗子到了哪个字派？"

"颜氏宗子是纪字派，宗子名叫颜纪清。"曾广莆答。

曾国藩笑着说："还是孔老夫子的后人发达得快呀！"

"是的。"曾广莆说，"孙子有一事不明白，今天特为来济宁州面问大人，求大人赐教。"

"什么事，你说吧！"

"我曾氏族谱已有三代没有修了。大家都说，如今我们曾家出了一位顶天立地的伟人，不仅是宗圣之后无第二人可比，就是由宗圣上溯到轩辕黄帝那六十六代中，也只有黄帝、颛顼、大禹等几位先祖可以比得。这样一位使我曾家列祖列宗大增光辉的功臣未上族谱，怎么行？嘉祥曾氏家族几个头面人物会议，要重修一次族谱。众人说，过去的族谱只载明宗圣之后第十五代曾据生于西汉末造，封关内侯，王莽篡位时因耻事新莽，于庚午年十一月十一日挈家迁庐陵之吉阳乡，曾氏一族自此南迁。叔祖这一支一定是这次南迁的，但南迁后的派系就不清楚了。孙子这次来，就想问问这个事。"

"哦，你问的这个事，我可以答复你。"曾广莆刚才的颂扬使曾国藩满腹兴奋，嘉祥的族人竟然把他与黄帝、颛顼、大禹、曾参来相比，作为曾氏后人，还能有什么比得上这种荣耀！"道光十九年，我从京师回家，湘乡曾氏正在重修家谱，族里公推我为主持人，因此我对湘乡曾氏的来龙去脉比较清楚。南迁的曾氏始祖为曾据。据公有二子，二房名阐。阐公传二十七世到孟鲁公。孟鲁公这一支在北宋庆历年间，由江西吉安始迁湖南茶陵。再传四代到南宋绍兴年间，由茶陵迁到衡阳唐福。再传十八代到了孟学公手里，先由衡阳迁衡山白果，继迁湘乡荷叶塘。孟学公之后第四代元吉公，定居于荷叶塘大界。荷叶塘曾氏奉元吉公为始祖，建有专祠。元吉公之后为辅臣公，辅臣公之后为竟希公，竟希公之后为星冈公，星冈公之后为竹亭公，竹亭公生我兄弟五人。”

“经叔祖这一细说，曾氏南迁以后这一千八百多年代代相传的历史，我们就大致清楚了。下半年，孙子派人到叔祖家乡荷叶塘去，把这份族谱抄下来。”

“伯仕，我也正要问问你嘉祥宗圣庙的情况。”曾国藩望着显得寒碜的宗圣宗子，和蔼地说，“我这次由徐州来济宁，沿途叩谒了至圣、亚圣和复圣三庙，了却了生平一大心愿。至圣庙气宇辉煌，令人直欲不敢仰视。亚圣庙虽不及至圣庙之气概，但庙宇整肃，古柏森森，亚圣及其父母之墓都保护完好，孟氏后人在墓旁筑室读书。书声琅琅，传诗礼家风，也令人敬仰。复圣庙规模比亚圣庙又略小一点，清静安谧。陋巷井旁唐人植的大桧，仍枝叶苍翠，两庑所配享的颜歆、颜子推、颜真卿兄弟的塑像也都完好。兵火年代，三圣庙都能保持到这个样子，已足令天下读书人欣慰了。昨天阎抚台、丁藩台来，我还着实赞扬了他们一番。我心里一直在牵挂着嘉祥的宗圣庙，不知它现在保存得怎样了，总想抽空叩谒，只是军务太忙，抽不出身来。伯仕，你先对我讲讲吧！”

曾广莆来济宁城拜见曾国藩，明里说是问曾氏一族南迁后的派系，其实质就是为着先祖宗圣庙而来的，但听了曾国藩刚才的话，他又有点紧张起来：宗圣庙那个样子，说出来会不会引起这位大人物的恼怒呢？片刻之间，曾广莆脑中浮起了嘉祥曾氏族人的一再叮嘱：“你一定要把这个财神菩萨接到嘉祥县来住两天！”“若能求得他施舍几万两银子，把宗圣庙修理得堂堂皇皇，超过亚圣庙复圣庙，你就是我们曾氏家族的大功臣！”

曾广莆定定神，说：“回禀叔祖，嘉祥的宗圣庙也保护完好。孙子这次来，就是受嘉祥所有宗圣后人的委托，恭请叔祖大人回老家住两天，聊表曾氏族人对叔祖的敬意，同时也请叔祖看看宗圣庙。”

“嘉祥曾氏族人的厚意，国藩深为感谢。”曾国藩想了想说，“不过现在实在太忙，过一段时期军务稍闲时再去如何？”

曾广莆急了，忙说：“叔祖肩负剿捻重任，被皇上倚为长城。要说空闲，孙子想一年四季都可能没有，不如干脆把公务暂搁一下，到宗圣庙去烧烧香，求宗圣在天之灵保佑叔祖早平捻乱，国家早得安宁，孙子以为其作用会比办两天公务大得多。”

这番话说到曾国藩的心坎里去了。早在安庆时，曾国荃围攻金陵，曾国藩一颗心天天挂念着金陵战事。每天傍晚时，他便独自一人跪在衙门三楼的小房间里，默默地对天祈祷，呼喊着他最崇拜的英雄——祖父星冈公，向祖父的在天之灵诉说着心中的忧愁。说来也真有灵，每经过一番祈祷诉说之后，再走下楼来，曾国藩的心里舒坦得多了。他仿佛在冥冥之中得到了祖父的指示，信心增强了，主意增多了。曾国荃围金陵整整两年，在那些提心吊胆的日子里，曾国藩就靠这种办法维持了心灵上的平衡。曾国藩由此相信，只要心诚，就可以与祖先相沟通，就可以得到他们的庇护。他想，为什么几千年来人们都要虔诚地祭奠祖宗，其原因大概就在于此吧。

“好吧，你明天在济宁州玩一天，我把手上的事处理好，后天一早，你带我去叩谒宗圣庙。”

济宁州到嘉祥县只有四十八里。午正时分，曾广莆以及随行护卫队员簇拥着一顶简单布轿停在嘉祥书院。曾国藩青衣布履走出轿门，进了书院。嘉祥书院为着接待曾国藩，特为放了几天假，书院里冷冷清清的，只有一个老者伫立在门口。曾广莆介绍："这是在书院里教书的曾老先生，也是宗圣的后人。他是兴字辈的。"

"老先生是我的叔辈了。"曾国藩和气地说。

"岂敢，岂敢！"曾老先生慌得忙打躬作揖。

曾国藩看这老先生约有六七十岁年纪，头顶已基本秃光，几根细长的白头发松松垮垮地扭在一起，用一根旧黑布条扎住，身上一件蓝不蓝、白不白的长衫，大大小小有七八个补丁，脚上的布鞋破旧，鞋梁用草绳代替，左脚还露出一只黑瘦的光脚趾。他在心里叹了一口气，抬头打量着四周。这里号称嘉祥书院，是县城里唯一一个读书之处，其实只是一间正屋，供学生们上课用。另有一间低矮的偏房，是曾老先生的卧房兼厨房。墙脚边开出一块两丈长、一丈宽的菜土，种了些青菜瓜豆之类。

曾国藩刚刚坐定，嘉祥县令程绳武带着县衙门的官吏和曾氏家族有点头脸的人物便赶来了。程县令一再道歉未能远迎。曾国藩说他是回嘉祥谒祖庙，并非办公事，事先未通知，不怪他。少顷，从县衙门抬来了两桌酒菜。程县令和曾广莆一左一右地陪着，殷勤相劝。吃完饭，稍为休息片刻，众人簇拥着曾国藩前往宗圣庙。

一到嘉祥县，见到嘉祥书院和书院里的教书先生之后，曾国藩就开始对宗圣庙担心起来。走了一会，曾广莆指着前面一座小屋说："这就是宗圣庙。"

曾国藩先是一怔，不敢相信，继而是一股凄凉悲哀的情绪涌出。这是一栋鲁西南常见的庄稼人的住宅。正面一扇矮檐木门，四周围着一道一人高的土墙，墙顶糊着用来挡雨水的高粱秆，墙上大大小小的窟窿随处可见。推开大门，现出一间年久失修的旧瓦房。瓦隙里长着高高低低的茅草，鸟雀在草丛中飞来飞去。左右两个窗户，窗棂残缺不全。大门两边的楹柱似乎漆过油漆，但已剥落得差不多了，露出黑黑的干裂的柱身。倘若不是门顶上挂着一块"宗圣庙"的竖匾，怎么也不可能令人想起这便是建于曾参老家的圣庙。不要说远远不如孔庙，就是比起孟庙、颜庙来也相差得太远了。但这毕竟是祭祀先祖的庙宇，曾国藩仍整肃衣冠，对着正面那座色彩斑驳、通体不成比例的泥塑曾参像，恭恭敬敬地行了三跪九叩大礼。曾广莆带着族人跟在后面跪满一大片。

心绪苍凉的曾国藩本想对着宗圣说："曾氏后裔式微，致使祖先蒙尘，与孔、孟、颜族相比，羞愧难容，拟捐银二万两，重建圣庙、书院，振兴曾氏家族。"转念一想，二万两银子从何处拿出？自己的养廉费大部分都分寄给了那些阵亡将领的遗孤，剩余部分也周济给各地书院，供那些穷民小户的士子膏火之资。大半生的积蓄也最多不过二万余两银子，还有许多必不可少的开销，不能都用在这里。军饷虽多，但那是绝对不能用来修曾氏一族祖先庙宇的。再说，宗圣诞生之地贫困到如此地步，宗圣后人衰敝到这等模样，也是天数，非人力所能遽振。曾国藩在曾参塑像前沉思多时，最后祝道："宗圣在天之灵安妥，七十代不肖孙国藩虔诚祷告，愿我圣祖保佑剿捻军事顺利，捻乱早日平息，百姓早得安乐，国家早得升平，待海晏河清、国泰民安之时，不肖孙再来叩谒我圣祖，率合族人重修庙宇，扩建书院，让圣祖道德文章世代相传，永不中断。”

祷完起立，曾广莆打开后门。后面还有一间屋，名曰启圣庙。传说当年曾参在这里“吾日三省吾身”，并为之取名曰养志楼。曾国藩见启圣庙更不如宗圣庙，半边墙已倒塌，未倒的部分也朽敝不庇风雨。他在院中站了站便出来了。曾广莆说：“孙子家就在庙边不远，已备下凉茶，请叔祖赏脸，到孙子屋里坐坐。”

曾国藩也想见见宗子家的情况，便点头同意。

出宗圣庙向左拐，走过百来步，便到了五经博士的家。住宅占地面积倒不小，但只有两间旧屋，从地面上保存的痕迹可以看出当年鼎盛时期的概貌：高大的头门、二门，宽广的堂屋、回廊，以及约有百把丈长的围墙。可是现在一概颓毁无存。曾广莆在空坪上摆了两张桌子，上面放了些茶水、果点。曾国藩略坐一坐，站在门口看了一眼宗子的内室。

内室窄小阴暗，摆设简陋不堪，就连雍正皇帝亲赐的“省身念祖”匾也无悬挂之处，只庋置于一张旧桌上。曾国藩在心里叹息不已：宗子家尚且如此，宗圣后裔的状况可想而知了。他不想再在嘉祥县待下去，拟明早就回济宁州，经不住曾广莆和另外几个曾氏长者的苦劝，第二天只好又来到嘉祥城外四十里的南武山曾参的墓地。

此处也有一个宗圣庙，比起县城里那个庙来要强多了。庙在南武山下，周围一带全是顽石，不生草木，因而庙内外二百多株嘉庆年间所植的柏树，显得特别珍贵，衬托出一派森森古柏绕圣庙的肃穆气氛，令曾国藩稍觉欣慰。庙宇保管得还算是完好，曾参的塑像无损坏，两庑还有弟子阳肤、乐正、子春等人的塑像，中有宗圣门，前有石坊三座，还有两座碑亭。一座是明万历年间太仆少卿刘不息的《重修宗圣庙记》，一座是乾隆皇帝亲撰的《宗圣赞》。从庙里走出来，曾国藩又去看了看曾参的墓。

墓道两旁竖立着几个石马、翁仲，但享堂已片瓦无存，长着乱草的圆坟前有一块石碑，碑上刻着“郕国公宗圣曾子之墓”九个字。曾国藩对着墓碑又一次恭行三跪九叩大礼。曾广莆带着一批人在墓旁摆上供果，焚化钱纸。礼毕，曾国藩围着墓走了一圈。

曾广莆对他说：“因为年代久远，宗圣公墓早已佚亡，不知葬在何处。前明成化初，南武山有个打鱼的老头子，一次走路不小心，掉进了一个千年古洞，意外地在古洞中发现一具悬棺。悬棺边的石壁上刻着‘曾参之墓’四个字。渔翁爬出洞后，立即把这一发现告诉了曾氏后人，并由山东守臣上奏朝廷。曾氏后人把悬棺取出来，就在古洞边为宗圣公建了一座坟墓，同时把古洞填塞了。弘治十八年，山东巡抚金洪奏请建享堂、石坊，一直到道光年间，都还保存得很好。这些年来逐渐败坏，也无人再修了。”

说罢，连连叹气。

曾国藩问：“南武山一带住着多少宗圣后人？”

“三百来户。”曾广莆答。

“都做些什么事？”

“过去都种庄稼，从道光末开始，不种庄稼，改种鸦片了。”

“种鸦片？”曾国藩摇了摇头，“获利大吗？”

“虽然有些收益，但县里官吏勒索太多，比种庄稼强不了多少。”曾广莆说，“不过

要清闲点。”

曾国藩不再问话了。他登上一个小山坡，纵目望去，只见周围山石顽犷，地势散漫，全无一点山水环抱、气势团聚之象，对墓里葬的是不是真正的宗圣遗骸甚表怀疑，但他没有说出来。

回到嘉祥书院，曾国藩只是和县令程绳武谈嘉祥的经济民生以及前两年捻军在这里的活动情况，再不问及宗圣的事。曾广莆急了，他和族人们商议着。好不容易挨到县令告辞，曾广莆忙进来，对曾国藩说：“叔祖这两天回籍朝祖，曾氏阖族备感荣幸，大家在一起计议，都说这次重修族谱，非请叔祖出面不可。”

曾国藩道：“我虽是宗圣后人，但我家这一支迁到南面已近二千年了，再由我出面修嘉祥境内曾氏族谱不太合适，且我军务在身，也无暇办这个事。”

一开头就碰了个钉子，曾广莆大为失望，他仍不甘心：“叔祖一族虽说早已南迁，但毕竟我们是宗圣一脉所传，骨肉之亲是改不了的。倘若叔祖过忙，何不叫两位叔父中的一位来担任呢！”

曾国藩笑道：“他们年纪轻轻，懂得什么！”

曾广莆本是个木讷而无主见的人，被曾国藩这两下一堵，就不知如何说下去了，嘴里嗫嚅半天，也没有说出个所以然来。曾国藩又是气恼，又是怜悯，说：“伯仕，嘉祥县曾氏重修族谱，我们湘乡曾氏就不参与了，还是由你为头，把族谱修好。日后国家承平，我也还没死的话，我倒有个心愿，弄清楚宗圣公的后裔，目前除嘉祥、吉安、湘乡外，还族居在哪些地方，再邀请他们一起来合修一个曾氏全族谱。如果那时族人看得起我，推我出来主办此事，我也乐意。你看呢？”

曾广莆心里怏怏地，口里只得说：“那当然是我们曾家的大庆。”

曾国藩说：“这两天看了嘉祥和南武山两处宗圣庙和墓地，为宗圣后裔的衰微深感痛心。这固然是国家不安定、嘉祥贫瘠所致，更因曾氏族人淡忘了宗圣公的教诲，也忘了雍正爷‘省身念祖’的圣谕。宗庙不修，祖宗不祀，还有什么曾氏家族可言？更不必去指望它兴旺发达、人才辈出了。根本之事不办好，汲汲皇皇去修族谱，族谱修得再完备，又有什么用呢？”

曾广莆听到这里，才恍然大悟，这才是曾国藩不主持修族谱的原因，后悔不该请他来嘉祥。先以为他看到宗庙凋敝，会动心而捐巨资，谁知分文未给，还招来一顿教训。事已至此，曾广莆只得说：“叔祖教训得是，孙子作为宗子，未把全族人团结好，愧为宗圣后人。”

“当然，这不能怪你一人。”曾国藩叹了一口气，说，“嘉祥曾姓阖族人都有责任。曲阜的孔庙诚然不可去高攀，但邹县孟庙那样的规模，是可以做得到的。邹县并不比嘉祥富裕，但孟氏后人对先祖恭敬之心，远远超过我们曾家。我们难道不觉得惭愧吗？”

曾广莆的脸通红通红的，低下头，无言可答。隔了很久，曾国藩才说：“我虽通籍二十多年，官居一品，带兵这些年里，几百万两银子在手头过是常事。说来你可能不信，我所积的银子也不过就只二万来两，有心资助你们重建宗圣庙和书院，也无力做到。我只能捐祭产银千两，你们用它去买点田地，养活几个管理庙宇的人，一年四季给宗圣公上几道祭菜。再有点剩余，则资助给嘉祥书院，培养几个举人、进士出来，光大嘉祥曾氏门第。伯仕，你作为嘉祥曾氏宗子，所居也太简陋了，雍正爷的赐匾都不能悬挂，未免使人太酸楚。我再送你四十两银子，你把房子修缮一下，再添一套新衣服，平时也好体面地会见外来的客人。”

先以为一点希望都没有了，现在又得到一千零四十两银子，五经博士在大失望之后得了一点小满足。

这一夜，曾国藩在嘉祥书院里想了很多很多：嘉祥县曾氏后裔如此衰微，宗圣公在天之灵何能心安！湘乡曾氏现在虽说有天下臣民第一家之称，但世人哪里知道，这“第一家”其实是空的。且不说个中的辛酸苦辣，就说目前的剿捻战局，前途未卜，倘若河防之策再不能取胜，这第一家便要立即中落了。杀人攻城得来的荣耀毕竟是短暂的，这中间有着许多偶然性，家族传之长久的兴旺，靠的是礼义诗书！

曾国藩这样想着想着，便更加挂念武昌城里的九弟。河防的成败，很大程度取决于新湘军在鄂北豫西对捻军的作战。然而，曾国藩此时做梦都未想到，正是这个曾经给他带来巨大荣耀的九弟，眼下与湖广总督官文彻底闹翻了，终于导致河防之捷成为画饼一张。

七、武昌城里，巡抚和总督大开内战

三个月前复出的湖北巡抚曾国荃，与他的大哥截然不同。皇家刻薄寡恩的本性，功臣鲜有善终的历史教训，以及四哥反复讲述的白云观丑道人的恳切规劝，都不能使他大彻大悟。他依然是目空一切，我行我素，不把称雄皖豫多年的捻军放在眼里，也没有把朝廷的宠臣官文放在眼里。新湘军的失败使他愤懑，不久又传出彭毓橘被肢解、悬首示众的消息，更使他暴戾失常了。

彭毓橘是他的表弟，年纪相仿佛，性格也相投，攻打金陵时出力最多。当萧孚泗、朱洪章、刘连捷等人都不愿再赴战场的时候，彭毓橘慨然应邀为他组建新湘军。现在遭此下场，曾国荃怎能不伤心，不暴怒？就连奉父母之命暂回湘乡料理家务，路过武昌住在抚署的曾纪泽，也为表叔的惨死而伤心。

这天深夜，粮道丁守存悄悄走进抚台衙门，秘密会见了曾国荃。

“九帅，彭将军之死，是由于断粮的缘故。”丁守存向曾国荃透露一个重要情报。

“粮台为什么不供应军粮？”曾国荃顿时怒火冲天，对着粮道吼道。

“九帅息怒。”长着一副黄瘦马脸的丁守存轻轻地说，“粮台本来贮存一百万斤粮食，只因官中堂原招募的五千鄂勇被九帅撤了，欠饷一时无银兑现，官中堂命卑职将粮台所有粮米调出来，按每勇二百斤发放了。彭将军出兵前，粮台想方设法为他筹集四万斤粮，先想随后就再运去，谁知粮路给捻匪断了，假若彭将军再多带二万斤，都不至于军心涣散而招此败。”

“你说的这事有根据吗？”曾国荃两眼恶狠狠地盯着丁守存。

“卑职这里有官中堂的亲笔批示。”丁守存从靴页里抽出一张纸来，双手递给曾国荃。丁守存并不是曾国荃提拔的人，他为何对曾国荃如此忠心呢？

原来，他不是为了讨好曾国荃，而是要报复官文。两年前，丁守存利用职权贪污一万两银子，被人告发，官文将他臭骂一顿，声言立即参劾。丁守存吓得磕了几百个头，求朋告友，凑集了一万银子赎罪。官文仍不松口。无奈，丁守存变卖了部分家产，给官文送了一万银子的礼，官文才许他一个暂不参劾、戴罪效力的机会。因此，丁守存恨死了官文。正因新湘军初战失利恼羞成怒，又找不到借口推诿责任的曾国荃，这下子抓到了一个大把柄。待丁守存走后，叔侄俩计议半天，决定先不做声，派人分头搜集官文这些年在湖广的劣迹，然后再重重地参他一本，以报今日之仇，以雪当年不救援三河之恨！

曾国荃的举动瞒不了官文的耳目。他不敢明目张胆得罪这位杀人如麻的曾九帅，便使出一个法子，给朝廷上了一道折子，说鄂北捻情严重，请赏曾国荃以帮办军务的名义带兵离开武昌，驻扎襄阳。谕旨很快下来，如官文所请。

曾国荃过去一直带兵在前线打仗，对官场了无所知，又不熟悉本朝掌故，不知帮办军务一衔究竟有多大，应不应该专折谢恩。于是写信给大哥。曾国藩来信告诉九弟，不必疏谢。又解释说，近年如李世忠、陈国瑞等降将皆得帮办，刘典以臬司、吴赏以道员亦得之，本属极不足珍之目，本朝以来亦无此等名目，以后公牍上都不要署此衔。曾国荃接到大哥这封信，犹如一点火星掉进油锅，立即燃起了熊熊怒火。他恨官文不但要把他排挤出武昌，并且把他列为道员、降将一类人来奚落。他气得一剑砍掉了书案一角，高叫：“我堂堂炎黄子孙，岂能仰鼻息于傀儡膻腥之辈！”

吓得曾纪泽忙说：“九叔，隔墙有耳！”

“怕什么！”曾国荃怒斥侄儿，“老子早就想和他们干一场了。你给九叔我草拟一篇参折，也让他们知道曾九爷是不好欺侮的！”

曾纪泽的文章作得好，在父亲的指导下，也有意识地读过不少名奏章，但自己独立拟稿，这还是第一次。他关起门来咬了几天笔杆子，冥思苦想，写了一篇近三千字的长奏，列举官文几大罪状：贪庸骄蹇、欺罔徇私、宠任家丁、贻误军政、笼络军机、肃党遗孽。最后这一条虽证据不充分，但性质严重，便也加上去了。曾纪泽写好后，自己觉得有点惴惴不安，拿给九叔看。曾国荃却非常满意：“写得好！看来你这几年在父亲身边长进不小。就这样吧，叫文案房安排誊抄，明日拜发。”

“九叔，官文是太后、皇上的亲信，且官居大学士，非一般人可比。为慎重起见，先抄一份送到济宁州，让父亲看看后再拜发如何？”

“你父亲自从咸丰八年复出后，胆子是越来越小，顾虑则越来越多，事事谨慎、处处小心。这篇奏疏如给他知道，那一定发不出去，不如不告诉他，今后即使有麻烦事，也省得牵连到他的头上，由我一人负责算了。”

奏疏拜发了。曾纪泽仍不放心，他自己誊抄一份，派人送往济宁州。

曾国荃这份弹劾大学士的奏章，立即在朝廷和各省督抚中引起轩然大波。官文做官的诀窍，除先前彭玉麟所指出的不管实事外，还有一个，那便是善于笼络京官。京官地位重要，但俸禄并不高，因无地方实权，额外收入很少，全靠地方大员接济。官文自咸丰五年出任湖广总督以来，就十分重视对京官的联络。每年入夏的冰敬，入冬的炭敬，比哪省督抚都要丰盛，而且送的面广，上上下下都满意，遇到端阳、中秋、重阳、年关这些佳节，他则有选择地分送各部要津。朝廷派下的大小钦差来到武昌，他的礼数最周、招待最好。官文哪来的这多钱？还不是两湖的民脂民膏！所以尽管民怨沸腾，官文的位子却是铁打的，湖督一席，一坐便是十三年。曾国荃拼死拼活打下金陵，只挣个伯爵，他在武昌悠闲自在，也得了个果威伯的美名。这便是官文的本事！

朝廷各部对曾国荃一到武昌，便参劾总督的行为普遍不满，尤以军机处为甚，因为奏折中有“军机处故意与鄂抚为难，凡有寄谕，从不径寄，而由督署转递”的字样，触到军机处的痛处。军机大臣胡家玉面禀太后，说曾国荃将军事失利的责任推给官文，居心不良，所奏情事多有不合，宜驳回。慈禧太后命兵部派员到武昌密查核实。

济宁州里，曾国藩接到曾纪泽的禀咕，将奏疏仔仔细细地读了一遍。老九的使气任性，办事孟浪，使他深为痛心。他顿足叹息，预感此事将招致严重的后果。必须给老九明确地指出，不能走得太远！他提笔作函：

> 官秀峰一事业已奏出，但望内召不甚着迹，替换者不甚掣肘，即为至幸。弟谓命运作主，余素所深信；谓自强者每胜一筹，则余不甚深信。凡国之强，必须多得贤臣工；家之强，必须多出贤子弟；一身之强，当效曾、孟修身之法与孔子告仲由之强，可久可常。此外斗智斗力之强，则有强而大兴，亦有因强而大败。吾辈在自修处求强则可，在胜人处求强则不可。

又给纪泽写了一封信，严责儿子不但不去劝止九叔，反而拟此言辞尖刻的奏疏，为之推波助澜，太不懂事了。

刚好这时李鸿章来徐州视察军务，曾国藩打发赵烈文到徐州去跟李鸿章商量。李鸿章一听，也觉得老九莽撞了。他沉思良久，对赵烈文说：“现在只有一个办法，由恩师出面打圆场，密保官秀峰，并以兄长的身份批评九帅做事草率，尽量把事情化小。不知恩师意下如何。”

赵烈文回济宁后，向曾国藩转述了李鸿章的主意，并认为这是个可行的办法。曾国藩从心里来说并不愿意这样抑荃扬官，但考虑到老九非官文的对手，倘若官司打败，调离湖北，新湘军便不再存在，全盘计划将会打乱。为了河防之策的顺利执行，从“剿捻”大局出发，只得出此下策。几天后，一封密保官文的奏折由济宁州发出了。

接到大哥的信后，曾国荃的头脑开始冷静了点，原拟的第二份参折暂时搁下未发。曾纪泽则遵父命离开武昌南下，跳出这个是非圈子。

不久，来武昌调查督抚纠纷的钦差回到京师，将曾国荃所列官文各条一一驳回。都察院的御史上书，奏官文为肃党余孽事既不成立，曾国荃则为诬陷，例应反坐。其他各省督抚中也有人上奏，说曾国荃恃功傲物，打仗失败，应予惩治。慈禧太后对此事颇感为难。她既需要官文这样忠实的家奴，也需要曾国荃这样能斗的鹰犬。眼下捻

军势力强大，国事未安，曾氏兄弟和湘淮军是她依赖的柱石。但官文无过受辱，朝野物议甚烈，不压一压曾国荃也难平众怒。她想给曾国荃一个“降二级处分”，犹如当年曾国藩为杨健请入乡贤祠所得的结果一样。

这时，接替杨岳斌任陕甘总督的左宗棠，给朝廷寄来一份词气亢厉的奏疏，称赞曾国荃劾官文一疏，是当今天下第一篇好文章，第一等好事，人心大快，正气大张，并以自己在湖南抚幕多年的身份为证，指责官文贪劣庸碌，不堪封疆重寄，请求太后、皇上撤官文之职，以昭朝廷公正之心。左宗棠正处在平回民之乱的前线，他这封奏折的分量，远胜他省督抚和都察院的御史。曾国藩密保官文的奏折此时也到了慈禧的手中。慈禧是个精明的人，她深知曾国藩不早不迟，恰好这时来封保官的折子，无疑是在为弟弟弥缝，希望这件事不要水火不容地闹下去。曾国藩的这个态度很使慈禧欣慰。她想：倘若曾国藩和弟弟站在一边，坚决与官文为敌，那就更麻烦了；曾国藩的面子还是要给的。慈禧决定按督抚不和的处置成例来个和稀泥。于是将官文内调京师，以大学士掌管刑部，兼正白旗蒙古都统，调李鸿章为湖广总督。因苏抚一职暂不能离开，遂调湖南巡抚李瀚章暂署湖督，由刘昆接替李瀚章。对曾国荃则未加任何指责。一场大风波就这样平息了。

正当曾国藩为九弟平安度过险境，湖督一职落入湘淮军手中而欣喜的时候，赖文光、张宗禹趁着清廷官场这场内耗的大好时机，在禹州大败郭松林部，然后挥师北上，率领五万铁骑，轻而易举地突破由豫军守卫的朱仙镇至开封府一带的防线，昼夜急驰，挺进鲁西。苦心经营半年之久的河防大计，一夜之间便付之东流。消息传来，曾国藩在济宁州一病不起。

八、若许当初亲骑射，河淮处处是高楼

新湘军的再次大败和河防之策的彻底破产，给官文抓到了报复的把柄。官文现在处于极为有利的形势：京师本来就有一大批曾氏兄弟的反对派，他们之中一部分出于正统观念，认为一家兄弟两人手握重兵，位居督抚，且功盖天下，不是国家之福，尽管有裁军自抑之举，仍是隐患。这中间有满人、蒙古人，也有不少汉人。一部分是嫉妒眼红。这中间多为满蒙亲贵，自己无能，却又不让别人发挥才干，便以汉人宜防的祖训，不断地提醒规劝太后、皇上。现在曾氏兄弟军事失败了，这两部分人自觉地结合起来，要求朝廷乘机制裁他们一下，以示天威而杜异心。官文本人位高权重，钱多势大，他并不买曾国藩密保的账，指使、收买一批言官上书弹劾，要求朝廷收回钦差大臣之命，罢曾国藩的两江总督之职。就这样，短短的半个月内，曾国藩一连接到军机处寄来的两道严责上谕和御史穆辑香阿、阿凌阿等五人措词强硬的参劾抄件，面临着带兵十多年以来，直接针对他而来的最险恶的政治形势。五十六岁的曾国藩，在经历过一番极度的痛苦之后，头脑异乎寻常地冷静下来。

他反复对河防之策进行自我检讨，又重新翻阅《明史》，细心研究明末官军对付高迎祥、李自成的办法。高、李的部队是继黄巢之后，最有成就的流动作战的军队，明

朝官军将领们，包括能干的杨嗣昌都无法对付，大明王朝最终就栽在李自成的手里。这中间只有一个人最有本事，那就是孙传庭，而孙传庭的制胜之策便是围堵。捻军也是流寇，而自己所采取的沙河、贾鲁河、淮河沿线包围的战略，与孙传庭的办法是一致的。曾国藩坚信河防之策是正确的，决不能因一次失利而予以否定。但现在朝野一片聒噪，似不给他以总结教训再决胜负的机会。对于这个现象背后的一切，曾国藩洞若观火。他不再像咸丰初年初出茅庐时的一味蛮干，硬拼到底，也不再像打下金陵后成天如同履薄临深，为防功高震主而不顾一切地自我裁抑，他这次要跟朝廷软顶一场。

曾国藩用的依然是老子以退为进的办法。他借病重难速痊为由，上疏太后、皇上，请开协办大学士、两江总督之缺，并请另简钦差大臣接办军务，自己以散员留营效力，不主调度。又附片奏河防失败，剿捻无效，请将一等毅勇侯封爵注销，以明自贬之义。

奏疏拟好后，赵烈文、汪士铎、薛福成等人都劝他不必如此。担心朝廷会像咸丰八年那样顺水推舟，全部接受。曾国藩执意拜发。他并非意气办事，他有自己的深沉思考。

捻军势力仍很强大，一日不平息，太后、皇上就一日不会安宁。自从僧格林沁死后，绿营、旗兵再没有一支部队可以独任此事，平捻，非湘淮军莫属。淮军五万精兵，天下无出其右，湘军陆师力量虽弱些，而二万长江水师却仍然是一支强大的力量。所有这些军事力量，其实就是他和李鸿章的私家武装。因此，朝廷目前要完全抛开他是不可能的。即便起用李鸿章为钦差大臣，湘军水陆两支人马也不会服服帖帖听李鸿章的话，还得他点头才是。这便是曾国藩对自己力量的信心所在。即使退一万步讲，朝廷绝情绝义，不顾后果将他开缺，他也不再留恋，立即挈眷回荷叶塘。他甚至后悔，早知有今日，不如当初打下金陵就与老九一起辞官回家为好。

中国封建社会的最后一位女主，毕竟不是等闲之辈。她主持朝政已逾六年，比起“叔嫂合谋”的三年前来，显然要成熟多了。她曾经下过大力气对朝中的大学士、六部尚书侍郎、军机大臣，以及各省的督抚一个个地做过深入的研究。其中，对曾国藩所下的功夫最多。自道光十八年点翰林以来，三十年间曾国藩每年做的事情及年终考评密语，宫中都完整地保存着。慈禧全部调来审阅。再加上这几年的直接交道，尽管从来没有见过面，对于这个为保卫她儿子的江山，立下汗马功劳书生出身的汉大臣的一切长处短处，心性品行，她已有了一个基本认识。她知道，曾国藩要求开缺江督、注销侯爵云云，都不过是对朝廷的批评和御史的参劾表示不满而已。在慈禧的心目中，这个年老的湘军统帅和他所统辖的湘军一样，已经暮气深重，不能再留在前线了，希望只能寄托在年富力强的李鸿章和方兴未艾的淮军身上。按慈禧的意思，军机处拟了一道上谕：

> 年余以来，曾国藩所派将领驰驱东、豫、楚、皖等省，不遗余力，歼贼亦颇不少，虽未能遽蒇全功，亦非贻误军情者可比。御史穆辑香阿等人之疏着毋庸议。曾国藩着回两江总督本位。湖广总督、暂署两江总督李鸿章着授为钦差大臣，专办剿捻事宜。朝廷赏功之典具有权衡，该大臣援古人自贬之义，请暂注销侯爵，着毋庸议。

上谕到了曾国藩手里，他心中甚为不快。太后、皇上虽做安抚，实际上仍认为他剿捻无能，逼令他离开前线。他不服气，又上一折：

钦差大臣关防已赍送徐州交李鸿章祗领。钦奉谕旨，饬臣回本位。臣自度病体不能胜两江总督之任，若离营回署，又恐不免畏难取巧之讥。请仍在军营照料一切，维系湘淮军心，庶不乖古人尽瘁之义。

为表示自己的决心，曾国藩将朝廷颁发的两江总督和一等毅勇侯两颗铜印封起来，另刻木质关防一颗："协办大学士两江总督一等侯行营关防。"并将此事附片上奏。

慈禧太后看完这道奏折后微微一笑，命军机处再拟旨：

曾国藩请以散员仍在军营自效之处，具征奋勉图功，不避艰险之意。惟两江总督责任綦重，湘淮军饷，尤须曾国藩筹办接济，与前敌督军同为朝廷倚赖。该督忠勤素著，且系朝廷特简，正不必以避劳就逸为嫌，致多顾虑。

这道上谕，肯定了他的功绩，表示了对他的倚重，曾国藩看后略觉心舒。但他意犹未足，于是三上奏折，请开两江总督、协办大学士之缺。

十天后，上谕以日递五百里的速度送到济宁州曾国藩行营：

曾国藩当体仰朝廷之意，为国分忧，岂可稍涉嫌虑，固执己见！着即懔遵前旨，克期回任，俾李鸿章专意剿贼，迅奏肤功。

显然，慈禧为曾国藩三请开缺的举动而愤怒了。双方都未在原定的基调上后退一步。赵烈文、汪士铎等人都来劝说，就此罢休算了。曾国藩也觉得骑虎难下。最后，他下了狠心，与其这样以失败之员重回江宁，赧颜见江东父老，不如干脆让她全部开缺，回荷叶塘做老农算了。辞职毕竟不是谋反，再有人从中挑唆、搬弄，也不至于到达杀头灭门前功尽毁的地步；只要不到这一步，他就不怕。正拟第四次再辞江督时，内阁又递来一道上谕："曾国藩着补授大学士，仍留两江总督之任。"

慈禧太后终于让步，曾国藩也就不再固请了。他收拾行李，带着幕僚们打马重回江宁。一路上心事重重，很少说话。在徐州城外，路过有名的折柳长亭时，曾国藩在轿中隐隐见长亭粉壁上题满了诗，打头的一行字大些，写的像是"中兴将帅咏"几个字，他吩咐停轿。

曾国藩走出轿门步入亭中，抬头细看，粉壁上写的是十首七绝，总题叫"中兴将帅咏"，每首咏的是一个带兵将领。他一首首看着，前八首像是咏的赛尚阿、乌兰泰、吴文镕、江忠源、何桂清、胡林翼、胜保、僧格林沁，看到第九首时，他的心跳了起来，那诗写道：

> 古今无两庆封侯，北进惜乎无善谋。
> 若许当初亲骑射，河淮处处是高楼。

这不正是咏的他自己吗？曾国藩满面羞惭。薛福成吩咐亲兵："村野俚语，无礼之甚，还不赶快涂掉它！"

"让它留着吧，也好做面镜子照照。"曾国藩有气无力地挥了挥手，蹒跚地走进绿呢大轿。

正在这时，前来徐州接钦差大臣关防的李鸿章带着一班文武大员亲到城外郊迎，将曾国藩一行前呼后拥地迎进知府衙门。李鸿章恭恭敬敬地向恩师请教治捻之策，曾国藩抚须沉思良久，什么话也没说。李鸿章再三恳求，他仍只字不言，只挥笔在纸上写了几个字。李鸿章接过看时，纸上写的是："捻乱止于河防。"

望着恩师坚毅的面孔，李鸿章重重地点了一下头，将这张纸细心折好，放进衣袖里。

第四章　名毁津门

一、灵谷寺内，曾国藩传授古文秘诀

曾国藩郁郁回到江宁，自觉精力更衰弱，原先一番整饬两江的宏图大愿，被捻战失利减去了大半。幕僚们纷纷反映，李鸿章一手荐拔的江苏巡抚丁日昌受贿严重，甚至公开索贿。去年苏松太道出缺，丁日昌通过仆人透出消息，谁送他端砚两方，即可补授。有个多年候补道专门托人从端州买得两块好砚送上门。丁日昌看了看，笑着说："端砚以斧柯山出的为好，你这个还不行。"待那人真的从斧柯山再弄两方砚来时，苏松太道已放了他人。走运的这个人脑子灵活，他知道所谓"端砚两方"，其实就是"白银两万"。幕僚们很气愤：这样公开卖官鬻爵的人，还能当巡抚？

曾国藩知丁日昌最受李鸿章赏识，而李鸿章赏识的又正是他的生财有道这一点。参劾丁日昌，就等于打击李鸿章。此时正要李鸿章把河防之策坚持下去，取得捻战胜利，为自己洗去羞辱，还能去得罪他吗？

苏南豪门巨绅很多，经常抗租不交，历任江督、苏抚对他们都没有办法。前两年，曾国藩挟削平太平天国之威，对豪门巨绅做了些限制，抗租气焰有所收敛。这次回来后，又发现一切依旧。

卖官的巡抚不能参劾，还谈什么惩治贪污的州县？豪门不能压制，还谈什么减漕均赋？这些都不能办，还谈什么整饬两江？曾国藩真是心灰意懒了。接着，刘蓉、郭嵩焘、曾国荃次第去位，刘长佑的直隶总督又被官文取代，海内纷传湘系人物当权的鼎盛时期已过，曾国藩愈加失意了。两江之事本可责之于三省巡抚，于是，他除督促粮饷，支援捻战前线外，其他的时间大部分用来读书作文，不多过问政事。使他略感欣慰的是，在他的身边有一批勤学上进、古文做得好的才子，其中尤以张裕钊、黎庶昌、吴汝纶、薛福成最为突出。除张裕钊稍大些外，其他三人都只二十多岁，是正堪造就的璞玉浑金。孟子说得天下一英才而教之，是人生一大乐事，曾国藩也曾把它与高声读书、劳作而后憩息三者合称为人生三乐。他想，把这几块璞玉浑金琢冶为令器美具，亦是一大成绩。

曾国藩悉心指导他们，将自己古文写作的心得传授给他们。他曾经感于桐城古文的衰落，有志于振兴，后来厕身戎间，无暇作为，现在又老境渐侵，身心交瘁，看来靠自己的一人之力，是不能担此重任的。正如捻战的胜利要靠门生李鸿章一样，桐城古文的复兴也要靠门生辈了。昨天，他欣然读到张裕钊送来的习作《北山独游记》，精神为之一振。

张裕钊不为山势险峻所动，独身登上北山，发出“天下辽远殊绝之境，非克蔽志而独决于一往，不以倦而惑且惧而止者，有能诣其极者乎”的感叹。曾国藩读后联想到自己这大半年来不求锐意进取的精神状态，也觉有愧。后生可畏！他心里想。

正是初夏天气，江宁郊外风景宜人。孝陵初步修复后尚未视察过，曾国藩决定明天带着张裕钊、黎庶昌等人一同察看孝陵，同时借游山玩水的机会，给他们谈谈为文之道。

孝陵是明太祖朱元璋和皇后马氏的陵墓，在朝阳门外钟山南麓。前几年围城时，这里是激烈的战场，陵寝周围的建筑毁损得很厉害。爱新觉罗氏从朱氏手里夺取了皇位，表面上又对朱氏以礼遇。入北京后，顺治为崇祯举行国葬。康熙、乾隆南巡时，都亲往孝陵叩谒，还特设守陵监二员、四十陵户，拨给司香田百亩。康熙还手书“治隆唐宋”四字，交与织造曹寅制匾悬于贡殿上。江宁城刚一收复，朝廷便命曾国荃亲往孝陵致祭，并令尽快修复原貌。当时因经费支绌，孝陵修复工程只得往后挪。奉命北上前夕，曾国藩将此事交给了李鸿章。

李鸿章真是能干。一年多的时间里，孝陵也算恢复得不错了。因为总督亲来视察，今天的游客都被远远地拦开。曾国藩带着张、黎、吴、薛等人来到孝陵进口处，迎面而来的是一座高大的石坊，上刻“诸司官员下马”六个大字。这就是俗称的下马坊。原已破碎成七八截，经过石工巧妙地修补，现在又竖起来了。粗粗看去，跟原貌差不多。曾国藩出了轿，张、黎、吴、薛等人也下了马，步行在通往陵墓的神道上。

神道两旁的石兽、翁仲已全找齐，并修复完好。这一路石狮、石獬豸、石橐驼、石麒麟、石马、石武将、石文臣绵延二三里，气势极为壮观，再加上松柏掩映，道路整洁，一种开国帝王雍容伟壮的气派充塞天地之间。曾国藩以及随行者们无形间也受到感染，生出一股崇敬畏惧的情绪来。

神道的尽头是享殿。这本是孝陵的主要建筑之一。重檐九楹，殿前两侧原有廊庑数十间。另有神宫监和具服殿、宰牧亭、燎炉、雀池、水井等，大殿内有四十五间房子，奉有朱元璋和马氏的神主。可惜这座堂皇的建筑全部毁于兵火，仅存五十六个石柱础。现在四周已堆积了许多木石沙灰。陪同一旁的负责修复陵墓的官员告诉曾国藩，这是为重建享殿准备的，拟仿照长陵的模样再建，现已派人去北京摹绘。最大的困难不在缺钱，而在于缺人才，没有人敢承担这个任务。曾国藩笑着说：“我的幕府中人才很多，就是没有鲁班。你们可以出个招贤榜，向普天下招贤，总会有今日鲁班出来的。”那官员点头称是。

在享殿废墟上站了一会，曾国藩一行穿过方城隧道，来到钟山独龙阜。这里便是明太祖的地宫所在。尽管战火弥漫，周围的古树烧毁不少，但独龙阜上依旧树林茂盛，草木葳蕤。曾国藩伫立良久，叹道：“到底是圣天子葬地，自有神灵庇佑！”张、黎等人也深以为然。

曾国藩站在独龙阜上，极目远眺。但见钟山气势飞腾，紫雾蒸蔚，四周地形既开阔又壮美，田园葱绿，水光潋滟，一派胜景尽收眼底。心情抑郁很久的两江总督，顿生一种俯视天下的气概，心里再一次发出感慨：这么好的墓地，可谓天下无双，朱洪武好眼力呀！

孝陵的修复，曾国藩基本上是满意的，他对监修的官员夸奖了两句。那官员很是高兴，讨好地对曾国藩说："大人，灵谷寺也已基本修好，请大人到那里去视察一下，还可在寺内略为休息休息。卑职即刻通知灵谷寺住持，叫他安排茶水伺候。"

察看孝陵半日，曾国藩已觉劳累，且要谈文，灵谷寺也的确是个好地方，便同意了。

当曾国藩一行坐轿乘马来到寺门时，灵谷寺住持远通法师已带领阖寺五十余僧众在山门外迎接。稍稍歇息后，远通法师便陪着曾国藩查看修复后的寺院，并一路滔滔不绝地向总督大人介绍。

灵谷寺建于梁天监十三年，原名开善寺，唐代改称宝公院，北宋大中祥符年间改称太平兴国寺，明初改为蒋山寺，寺址在独龙阜。那时江宁的蒋山寺与杭州中天竺的永祚寺、湖州的万寿寺、苏州的报恩光孝寺、奉化雪窦资圣寺、温州的龙翔寺、福州雪峰崇圣寺、金华的宝林寺、苏州虎丘灵岩寺、天台的国清寺，并称为江南十大名刹。洪武十四年，明太祖亲来钟山选皇陵，看准了独龙阜这块风水宝地，遂命蒋山寺东迁。又将皇陵圈中的定林寺、宋熙寺、竹园寺、悟真庵统统迁于此，合并为灵谷寺。

远通像一个破落户夸耀富贵的先祖一样，津津有味地告诉曾国藩，合并后的灵谷寺规模之宏大，使得江南无一寺庙可以与之相比。寺内的殿庑规制仿照大内修造，自山门至梵宫长达五里路。当中的主道，行人走在上面，能发出一种类似琵琶弹奏的响声，鼓掌都可以使人隐约听到琵琶弦在震动，故僧众将它称之为琵琶街。

张裕钊听了很觉稀奇。吴汝纶则悄悄地对薛福成说："这老家伙在吹牛皮。"

黎庶昌问远通："法师，你说的是真的吗？"

远通立即双手合十，念道："阿弥陀佛，老衲明年就六十岁了，还能像年轻时那样打诳语吗？"

吴汝纶听了，忍不住发笑，心想：这老和尚倒也直爽，一句话就露出他年轻时好说假话的毛病，便问道："老法师，这琵琶街现在还弹琵琶吗？"

"早已不弹了。"

"为何不弹了呢？"

"早在天启年间，有一个临产的妇人来到灵谷寺烧香，求菩萨保佑她生产顺利。祷告完毕，她沿着琵琶街走出寺院，谁知走到半路就发作了，痛得在琵琶街上打滚。打了三个滚后，那妇人就在街上生下一个又白又胖的男孩。菩萨保佑她生产顺利，但把琵琶街污坏了。从那以后，琵琶街就再也听不到琵琶声了。"

众人听了这话，都哈哈大笑起来。曾国藩也微笑着，心里说："果然是个会打诳语的老和尚，不过倒也诳得可爱。"

见大家兴致高，远通越说越有劲。他又说，灵谷寺原有一个广阔无边的放生池，是明初一万个民工整整凿了一个月才凿成，故又叫万工池。还有无量殿、梅花坞、八功德水诸景。当时殿宇如云，浮屠矗立，最盛时有一千个僧人。寺内万松参天，一径幽深，故又有灵谷深松之美称。远通非常得意地说，当年康熙爷、乾隆爷谒完孝陵后，都驻跸灵谷寺，并留下宸翰。

“老法师，你刚才说八功德水是一种什么水？”黎庶昌问。

“这八功德水有个来由。”远通神气活现地数着家珍，“梁天监十七年，有个西域胡僧来到钟山紫霞洞修行。紫霞洞缺水，胡僧只得靠接天雨止渴。有一天，洞边来了一个长须老叟，向胡僧讨水喝。胡僧将水罐子递给他。水罐子里那半罐水还是胡僧在春天时接的，要靠它过炎热三伏。老叟一口气把半罐子水喝干了，问胡僧心疼不。胡僧说：‘接水有缘，喝水有缘。今日有缘，得遇山仙。’老叟惊问：‘你怎么知我是山仙？’胡僧说：‘紫霞洞口有恶虎一只，毒蛇一条，凡人岂可来到此地？’老叟笑道：‘既然让你识破，我当赔给你水。’老叟说罢，对着洞壁用手指猛力一钻，钻出一个小窟窿。霎时，小窟窿里流出一条细细的水丝来。胡僧问：‘山仙，你这水有什么好处？’老叟说：‘我这泉水有八德：一清，二冷，三香，四柔，五甘，六净，七不饐，八蠲疴。’说罢化作一道轻烟去了。灵谷寺的僧人听说，便劈开楠竹，铺成竹管道，将水引到寺里来。”

“好哇，法师，你寺里有这么好的水，何不烧壶好茶招待我们！”吴汝纶高兴地嚷道。

“老衲早已准备好了。”远通笑眯眯地指着前方说，“就摆在无量殿里。”

无量殿因供奉无量寿佛而得名，但一般人都叫它无梁殿。因为这座建于明洪武十四年的长十五丈、宽九丈的大殿无梁无柱，无尺寸木头，全是巨砖垒砌而成，实为我国佛寺中罕见的建筑。远通法师将曾国藩一行引到无量殿，殿中已摆好一桌茶点。楠木桌面上是一套精致的茶具。远通介绍，这是前代景德镇官窑烧制的贡品，虽历四百余载，仍然胎白如雪，草青如生。大家拿在手里细细观摩。曾国藩想：这个号称现在已不打诳语的老和尚，半日来都在打诳语，只有这一句话是真的，这的确是一套不可多见的好茶具。

桌面当中摆上几碟时鲜果品。远通说，这些都是本寺的土产，尤其是青皮红心萝卜，更是难得吃到。远通边说边用小刀切开一个，果然萝卜心红得鲜艳。远通笑着说：“金陵红心萝卜在江南数第一，灵谷寺的红心萝卜在金陵数第一，这一碟又是灵谷寺里萝卜中最好的。”

“那真是天下第一咯！”吴汝纶笑着打趣。

“老衲想应当算得上天下第一。”远通乐呵呵地笑道，精光的头皮上泛起青亮的光彩。曾国藩突然发现，这法师其实长得一表人才，如果让他穿上一品官服，会比自己更像一个大学士！

桌子旁边立着一个小火炉，一把古色古香的宜兴紫砂壶里冒出缕缕水汽。远通亲自给每人斟了一杯茶。给吴汝纶斟茶时，特地郑重对他说：“小先生，这是真正的八功德水烧出来的。”又回过头来笑着对曾国藩说：“大人在这里宽坐，贫僧叫厨头准备一顿好斋席，请大人尝尝。”

众人品了一口茶，似乎觉得的确比城里的茶水好喝些。真是个会享清福的和尚！望着走远了的灵谷寺住持，曾国藩从内心里发出羡慕。

“你们说，我今天为什么要带你们出来查看孝陵？”很久没有离开督署了，今天到郊外走动走动，看了修缮一新的明孝陵，见了爱打诳语却讨人喜欢的和尚，又坐在如此清静的寺院里喝着闲茶，曾国藩心里涌出一股多年未有的舒畅感，他笑着问正在专心品茶的年轻幕僚们，私下里已经认张、黎、吴、薛为及门弟子了。

四子面面相觑一阵，不知如何回答。吴汝纶一向活跃，他忍不住答道：“大人是叫我们休息一天，到钟山来玩玩。”

曾国藩笑着摇摇头。黎庶昌想了想说：“我知道了，大人布置我们下旬的作文题目是明孝陵论。”

“不对，应该是以孝治天下论。”薛福成忙纠正。

曾国藩笑着说：“算了，你们都猜不中，我今天请诸位出来，原是想来个钟山谈文，现在做了远通和尚的客人，变成灵谷寺谈文了。”

吴汝纶拍手笑道：“大人此举太高雅了，今后一定是段文坛佳话。”

其他三子也都很兴奋。

“昨天，廉卿送来一篇《北山独游记》，老夫读了很觉有启发。不独文笔洗练，且用意高远，真正是一篇好文章。”

曾国藩从衣袖里掏出张裕钊的作文，递给黎庶昌。“你们每人先读一遍，然后我们就从廉卿这篇文章谈起。”

在黎庶昌等人阅读的时候，曾国藩对张裕钊说：“我曾经说过，足下的文章近于柔，望多读扬、韩之文，参以两汉古赋而救其短。这篇游记已不见往昔之柔弱，足下近来大有长进。”

“这都是大人指教的结果。”张裕钊恭敬回答。他生就一副厚重谨悫的模样，加上花白的头发，四十三四岁的年纪，看起来像是过了五十的人一样。曾国藩最看重的就是他的谨厚，知道即使这样着意表扬他，他也不会骄傲，若是对吴汝纶、薛福成，便不能这样称赞了。

张裕钊的文章不到三百字，片刻光景，三人都浏览了一遍。黎庶昌诚恳地赞扬他写得好，吴、薛也说好，但心里并不太服气。

“作文当以意为主，辞副其意，气举其辞。廉卿这篇游记，好就好在通过登山越岭的记叙，阐述天下辽远之境的获得，只属于不以倦而惑且惧而止者。这正是程朱所讲的格物致知。”曾国藩习惯地梳着长须，意味深长地说，“岂止是登山览胜，学问、文章、事业，哪样不是这样啊！”

望着总督大人由一篇小文章生发出如此庄重的人生感叹，不只是张裕钊、黎庶昌，就是心高气傲的吴汝纶、薛福成也被感慑了。佛殿里顿时安静下来。

“当年老夫初进京师，侥幸入金马门，然于学问文章，懵然不知。偶闻京师有工为古文诗者，就而审之，乃桐城郎中姚鼐之绪论，其言诚有可取。遂展司马迁、班固、杜甫、韩愈、欧阳修、曾巩、王安石及方苞之作，悉心诵读，其他六代之能诗文者及李白、苏轼、黄庭坚之徒，亦皆泛其流而究其归，然后开始为诗古文。尔来三十年了。”无梁殿里回荡着曾国藩的湘乡官话，其音色之洪亮，声调之悦耳，张裕钊等人似乎从没有听到过。“三十年来，只要军务政务稍有空暇，老夫便究心古文之道，直到过天命之年，才颇识古人文章门径。近来常有将心得写出之意，然握管之时，不克殚精竭思，作成后总不称意。安得屏去万事，酣睡旬日，神完意适，然后作文一篇，以摅胸中奇趣。今日与诸位偷得一日之闲，聚会于清静无为之地，老夫欲学古之孔孟墨荀当年与门徒讲学的形式，无拘无束地与诸位纵谈为文之道如何？”

这真是太好了！张裕钊等人想：从曾大人学习古文多年了，胸中堆积着许多问题，总没有机会一问究竟，难得他今天有这样的雅兴。

“请问大人，文章以何为最先？”当大家都在紧张思考时，吴汝纶率先提出第一个问题。

“文章以行气为第一义。”曾国藩以肯定的语气回答，“韩昌黎说：气盛则言之短长与声之高下皆宜。老夫平生最爱文章有雄奇瑰伟之气，古人有此气者，以昌黎为第一，子云次之。二公之行气，本之天授，后人难以企及，然可揣摩而学之。”

“请问大人，用字造句，以达到何种境地为最佳？”黎庶昌问。

“无论古今大家，其下笔造句，总以珠圆玉润四字为主。”曾国藩应声而答，略为思考一下，他又做了补充，“世人论文字之说，圆而藻丽者莫如徐陵、庾信，而不知江淹、鲍照则更圆，进之沈约、任昉则亦圆，进之潘岳、陆机则亦圆，又进而溯之东汉之班固、张衡、崔骃、蔡邕则亦圆，又进而溯之西汉之贾谊、晁错、匡衡、刘向则亦圆，至于司马子长、司马相如、扬子云三人，可谓力趋险奥不求圆适，而细读之，亦未始不圆，至于韩昌黎，其志意直欲凌驾长卿、子云之上，戛戛独造，力避圆熟，而久读之，实无一字不圆，无一句不圆。于古人之文，若能从鲍、江、徐、庾四人之圆步步上溯，直窥卿、云、马、韩，则无不可读之古文，也无不可通之经史。”

四子大受启发，一齐点头称是。

“刚才讲的是句子的圆润，还有遣字的准确传神。古人十分讲究炼字，有许多一字师的故事。比如齐己早梅诗‘前村深雪里，昨夜数枝开’，郑谷改‘数’为‘一’。张咏‘独恨太平无一事，江南闲杀老尚书’，萧楚才改‘恨’为‘幸’。程风衣‘满头白发来偏早，到手黄金去已多’，周白民改‘到’作‘信’。这些都是有名的一字师。另外如范文正公《严先生祠堂记》‘先生之德，山高水长’，李泰伯改‘德’为‘风’。苏东坡《富韩公神道碑》‘公之勋在史官，德在生民，天子虚己听公，西戎北狄，视公进退以为轻重，然一赵济能摇之’，张文潜改‘能’为‘敢’。张虞山‘南楼楚雨三更远，春水吴江一夜增’，陈香泉‘斜日一川汧水上，秋峰万点益门西’，王渔洋分别改‘增’为‘生’，改‘峰’为‘山’。改的都是大家名家的字，都改得好。可见即使是大手笔，也有个千锤百炼提高的过程，何况一般人呢？除一字师外，还有半字师的故事，你们听说过没有？”

“没有。”四子齐摇头。

“昔乾隆龚炜，为东海一闺秀改咏菊诗。诗云：‘为爱南山青翠色，东篱别染一枝花。’龚炜嫌‘别’字硬，改为‘另’。人称半字师。”

“大人，当年靖毅公病逝时，唐鹤九送的挽联，大人为他改了两处，大家都说改得极好。”张裕钊插话。

“我改的倒也寻常，其实是唐鹤九的联语写得好。”曾国藩平淡地说。

"廉卿兄，你把这段掌故说给我们听听吧！"薛福成入幕最晚，不知道这件事。

张裕钊望着曾国藩请示："大人，卑职可以说吗？"

"你说吧！"曾国藩轻轻点了一下头。

"同治元年十一月，靖毅公染时疫，为国殉职于金陵城下，当时挽联极多，也不乏佳者。唐鹤九先生有一联是这样写的：'秀才肩半壁东南，方期一战成功，挽回劫运；当世号满门忠义，岂料三河洒泪，又陨台星。'大人看后说，写得好是好，只是美中不足。大人提起笔来，将'成功'二字乙转，又改'洒泪'为'痛定'。顿时，大家都轻轻地叫好。"

"秀才肩半壁东南，方期一战功成，挽回劫运；当世号满门忠义，岂料三河痛定，又陨台星。"薛福成慢慢重复一遍，说，"果真改得好极了！"

曾国藩平静地听着，无任何表示。

薛福成接着说："请大人谈谈文章的布局。"

曾国藩喝了两口茶，上下梳过几次胡须后，慢慢地说："谋篇布局是作文一段最大功夫。《尚书》《左传》，每一篇空处较多，实处较少，旁面较多，正面较少。譬如精神注于眉宇目光，不可周身皆眉，四处皆目。文中线索如同蛛丝马迹，丝不可过粗，迹不可太密。这是一种。古人文笔有云属波委、官止而神行之象，其布局则有千岩万壑、重峦复嶂之观。此等文章以《庄子》为最，将《庄子》好好读上二三十遍，自然熟悉了。"

薛福成听了这话，有一种茅塞顿开而豁然爽朗、聪明大张之感，深深佩服总督大人学问汪洋浩大，自己在他的面前，直有潺潺细流与长江大河之别。

"请问大人。"张裕钊在认真思考之后，恭谨地问："常见古人诗话中谈到诗的气象。卑职想，古文应该也有气象，而究以何种气象为好呢？"

"这个问题提得好，说明廉卿这段时期来对古文的钻研进入了一个较高的境界，即从字、句、段的思考上升到对全篇的思考。"曾国藩日渐昏花的三角眼里射出赞赏的目光。

"古人以'气象'二字来评诗，较早的可见于南宋初期周紫芝所著《竹坡诗话》。竹坡居士说郑谷的'江上晚来堪画处，渔人披得一蓑归'之句，别人皆以为奇绝，他以为其气象浅俗。后来《沧浪诗话》里多次提到'气象'，说唐人诗与宋人诗，先不谈工拙，直是气象不同；又说建安之作全在气象，不可寻枝摘叶。其实不只是诗，文、书、画莫不如此。气象，就是指面貌、神志。老夫以为，文章之道，以气象光明俊伟为最难能可贵，如久雨而晴，登高山而望旷野；如登高楼俯视大江，独坐明窗净几之下而远眺；又如英雄侠士褐裘而来，绝无龌龊猥鄙之态。此三者，皆光明俊伟之貌。文中有此气象者，大抵得于天授，不尽关乎学术。自孟子、庄子、韩子而外，惟贾生及陆敬舆、苏子瞻得此气象最多，近世如王阳明亦殊磊，但文辞不如孟、庄、韩三子之跌宕。老夫以为文章要达到这种地步，乃是最高的境界，很不容易做到，但应成为我辈力求达到的目标。"

这一大段宏论，说得四子皆低头不言，心中自觉惭愧。隔了好久，黎庶昌想起那年吴敏树要跟曾国藩打官司的事，不知曾国藩心里对这事究竟怎样看，有没有芥蒂，平时没有机会问，今天可是个好机会。他笑着问："关于桐城文派的事，吴南屏后来捐钱请大人给他除名了吗？"

"南屏那人你还不知道！"曾国藩爽快地笑起来，"他是打死都不认输的。后来的信中，他干脆将姚鼐比之于吕居仁。这是他的性格，我也不计较。南屏不愿在桐城诸君子灶下讨饭吃，也称得上我们湖南人中的豪杰。不过，以姚氏为吕居仁之比，也贬之太甚了。老夫粗解文章，实由姚先生启之。姚先生为知言君子，只是才力薄弱，不足以发之耳。他的《古文辞类纂》一书，虽滥收刘海峰之文，稍涉私好，而大体上是站得住的。其序跋类渊源于《易·系辞》，辞赋类仿刘歆《七略》，则为不刊之典。老夫鉴于姚先生所编不选六经、诸子、史传之文，虽另编《经史百家杂钞》，但平心而论，姚先生之《类纂》要比老夫的《杂钞》流传得久远。"

黎庶昌深以此言为持平之论，并对曾国藩的心胸气度看得更清楚了。他正要请曾国藩再谈谈对桐城三祖的看法，吴汝纶又发问了："大人，听说您要写一篇文章，提出古文的八字诀和四象说，能让我们先知一二吗？"

"你们四人，最数挚甫不安本分，不知又从哪里刺探了老夫的机密。"就像老父亲亲昵地指责聪明灵泛的小儿子一样，其实心里很高兴，他乐于向弟子们透露所探得的古文之骊珠。"老夫思考得尚不成熟，就大致说说吧。八字诀，即以雄、直、怪、丽为古文阳刚美之特征，以茹、远、洁、适为古文阴柔美之特征。我还要仿照司空表圣的办法，每个字下再给它以八个字的详述。四象，即太阳为气势，气势中又分喷薄之势、跌宕之势；少阳为趣味，趣味中又有诙诡之趣、闲适之趣；太阴为识度，识度有闳阔之度、含蓄之度；少阴为情韵，情韵有沉雄之韵、凄恻之韵。若精力好，下个月老夫将这篇文章完工，那时再听听诸位的意见。"

张裕钊说："大人对古文的这个发现，将可与沈休文的四声说相比！"

"你们看，对面有个家伙在偷听大人的天机！"吴汝纶神秘地指了指无梁殿外的小松树林。

"谁？好大的狗胆，我去看看。"薛福成立即起身，冲出殿外刚走几步，只见一只两尺多长的金毛松鼠，从松树枝上跳跃着逃走了。

"原来是它！"黎庶昌、张裕钊大笑起来。曾国藩一时兴起，笑道："你们谁有本事逮住它，老夫放他一年假不作文章！"

张裕钊等人见曾国藩兴趣这样好，明知抓不到，都一齐向小松林冲去。

曾国藩背着双手，情趣极高地看着他们在松树林里奔跑，口里念道："鹪鹩已翔乎九仞兮，罗者犹倚乎泽薮。"

"大人。"耳畔突然响起一个谦卑的声音。曾国藩回头看时，远通法师已站在一旁，他的身后跟着一个十三四岁的小和尚。那小僧人两眼怯生生地望着江宁城里的头号人物，双手托着一个黑漆发亮的木盘，木盘上摆着一支大号羊毫、一方刷丝歙砚、两卷水印硾笺。

"大人学问淹博，尤其联语精妙，久为贫僧钦敬，早就想求大人为寒寺题一联语，只是无缘。今日万幸，贫僧恭请大人赐墨宝。"远通说罢，双手在胸口合十，深深一鞠躬。

曾国藩笑着说："今日受法师款待，不容我不写了。不过鄙人对佛法素无所知，题什么好呢？"

曾国藩在无梁殿里慢慢踱步。殿堂里异常安静，水汽冲着紫砂壶盖轻轻地上下跳动，他凝视着茶壶，瞬时间有了。遂提起笔，吩咐小和尚把硾笺展开。一会，水印纸上现出一个个劲崛的字来：

万里神通，渡海遥分功德水；
六朝都会，环山长护吉祥云。

"见笑，见笑。"曾国藩把笔放回木盘，谦逊地说。

"贫僧深谢了！"远通再次合十鞠躬。

"曾大人，总督衙门来了一位老爷，说是有急事要面禀。"灵谷寺的知客僧急急忙忙走过来，边施礼边说。

"什么事？叫他进来。"

来的是督署武巡捕。他走到曾国藩身边，悄悄地说："李制军遣弟昭庆来江宁，要向大人禀报……"

"备轿！"不待巡捕说完，曾国藩便下令。

"大人，斋饭已备好，吃了再走吧！"远通慌忙挽留。

"打扰了，下次再来吃吧！"曾国藩边说边急步走出无量殿。他知道，李鸿章一定是遇到了难以独自做主的大事难事。

原来，李鸿章督师以来，采取诱敌于绝地然后合围的战略和离间之计，大大地挫伤了捻军的元气，把赖文光、任化邦的东捻军引诱到山东烟台一带。李鸿章认为东捻已到山重水复的地步，准备以胶莱河为防线，将他们困死在登莱半岛。李昭庆奉命来到江宁，一来请教此法是否可行，二来求援二十万饷银。

从灵谷寺到城里的一路上，曾国藩心里就一直在揣度着李昭庆要谈的事。前方战事时有反复，令曾国藩提心吊胆，只有李鸿章用河防之策将捻军最终平息下去，方可洗去他打捻无功的耻辱。如果李鸿章也失败了，后果则不堪设想。他的这种心情，就和当年在安庆挂念老九打金陵一样。听了李昭庆的禀报后，曾国藩在心里长长地舒了一口气。他没有马上表示态度，而是离开座位走到挂图边，拧紧两道扫帚眉，眼睛死死地盯着山东省。

大约过两刻钟之后，曾国藩重新回到座位上，对李昭庆说："幼泉，回去告诉你二哥，就说我完全赞同他的这个设想，只是要提醒他注意一点：丁宝桢是山东巡抚，他的职责只是守山东，灭不灭捻寇不是他的事，防守胶莱尽量用刘省三部，而不用鲁军，前年赖文光就是冲破豫军朱仙镇防线的，丁宝桢和李鹤年是一样的思想。因此，为防万一，还要在运河设第二道防线，以潘鼎新扼守，在江苏六塘河设第三道防线，就近调鲍超、陈国瑞部防守。你今天休息一下，明天一早就回去。告诉少荃，鳖虽进瓮中，但并未到手，还有可能逃出去，不可存丝毫虚骄。至于二十万饷银，我分文不少。"

事情正如曾国藩所估计。同治六年八月十九日，东捻军在赖文光、任化邦率领下，在海庙口以北十几里海滩地方突破鲁军防线，过潍河、潍县、昌乐，拟再渡运河，进入豫陕，与张宗禹的西捻会师。但在运河遇到了潘鼎新部的顽强阻挡，又加上大雨连绵，河水盛涨，东捻军心大乱，叛徒潘贵升乘机杀害了鲁王任化邦。赖文光率残部重上山东，结果一败于潍县，再败于寿光，二万将士战死，首王范汝增亦阵亡。赖文光率六千人苦战逃出，准备下江苏，在六塘河又遇到鲍超的阻挡，后来虽从陈国瑞部的缺口突破六塘河，但终于大势已去，人少力弱。赖文光被捕杀，东捻军全军覆没。

捷报传到江宁，一洗曾国藩两年多来的屈辱。朝廷论功行赏，李鸿章授以协办大学士，刘铭传首倡河防之策，封一等男爵，并念记曾国藩的决策之功及转战一年多的辛劳，加恩加赏一云骑尉世职，接着又从体仁阁大学士调任武英殿大学士。不久，李鸿章、左宗棠、刘松山等“会剿”西捻成功，梁王张宗禹战死徒骇河边。闹腾十多年的捻军被完全镇压下去了。曾国藩精神重又振作起来，正准备把整饬两江的事继续办下去时，官文却因阻击西捻失败之罪，被撤除直隶总督之职，慈禧太后调曾国藩接任，并着晋京陛见，两江总督一职，则由浙江巡抚马新贻升任。

曾国藩这次欣然受命。其原因，不仅因捻乱平息，朝廷没有忘记他的功劳，更因他多年的明友暗敌官文彻底垮台，他今后的仕途上少了一块绊脚石，曾国荃、郭嵩焘、刘蓉、刘长佑等人东山复起也少了一重障碍。放眼今日之域中，又是湘淮军的天下！他能不兴奋吗？

二、堂堂大清王朝，竟好比一座百年贾府

两江治内的大小政事，曾国藩都可以移交给马新贻，唯有两件事他放心不下，要亲自交代一番。

第一是江南机器制造总局的事，他拟亲赴上海一行。容闳得到消息，自己驾驶新制的火轮船由沪赴宁来了。曾国藩十分高兴。他兴致勃勃地登船观赏，并命容闳向采石矶开去。容闳开足马力，船在江面飞也似的前进，近两百里水路，不到两个时辰便到了。曾国藩坐在船舱里，颇有点意气风发之感。到了采石矶后，容闳又掉过船头，开回江宁。因为是下水，更快，一个半时辰便回到下关码头。曾国藩兴奋地说：“纯甫，这艘船比起安庆内军械所造的‘黄鹄’号又要强多了，简直与洋人的船不相上下。”

容闳说：“与前些年洋人的船相比，速度是差不多了，但洋人这两年造的船又快多了。洋人的东西日新月异，学不胜学。”

“我们中国人并不蠢，只要有志气，今后总可以超过洋人的。”曾国藩坚定地说，又问，“这艘船取的什么名字？”

“还没有名字哩，正等着大人为它命名。”

曾国藩站在甲板上，望着滚滚东去的长江水，凝神良久，说：“就叫它‘恬吉’号吧！取四海波恬、公务安吉之意。你看如何？”

“最好！”容闳欢喜地说。

“纯甫，我此去直隶，最令我挂系的就是上海机器制造总局，它还刚上轨道，并不成熟。在中国建机器制造局，是我曾某人办的一桩破天荒的事，它也可能成功，也可能不成功，说不定今后还会招致众多非议。不过，依老夫之愚见，这个事业非要办成功不可。中国的徐图自强，只能肇基于此。纯甫，我看重你，主要还不是因为你留过洋，与洋人熟悉，而是看重你的能吃苦、性格坚毅。你千万不要辜负我的期望，今后不管有千难万难，你都要把这件事坚持办下去。你尚年轻，今后的日子还长，是可以看到成功的一天的，老夫却不一定看得到了。”

“卑职感大人知遇之恩，也深知此事重大，卑职一定尽力办好。”容闳办机器制造业已经五六年了，先前是满腔赤子之心，恨不得两年三年就把美国英国的全套机器搬到中国来，让国家立即强盛。这些年来，他在办事过程中，深感处处棘手、步步难行，多少次都想甩手不干，但最后还是挺下来了。他本想向曾国藩吐一肚子苦水，听曾国藩这一说，便不敢再讲了，硬着头皮把总督交给的担子担起来。

“纯甫，我知道你有难处。”曾国藩从“尽力办好”四字中，已知容闳的艰难。“老夫活了五十多岁，经事不少，知天下事有所激有所逼而成者居其半。困难之处，正可看做是激励和逼迫。你拿张纸来，我送你两个字，作为暂时分别的留念。”

容闳忙拿出一张随身携带的棉料呈文纸，曾国藩写下两个大字：“患难。”又在旁边写了一行小字：“余将赴直隶，书此二字送纯甫，以志相交于患难之时也。”写罢，亲手把纸递了过去。容闳激动万分，打开从美国带回的牛皮箱，将它珍藏于箱中。后来容闳定居美国，西方友人愿以十万美金买下这幅字，容闳毅然拒绝。这当然是后话了。

第二件是金陵书局的事。船山遗书的印装即将蒇事。道光十九年刻的《书经稗疏》、《春秋家说序》因错讹较多，而稿本王家又已不慎被烧，曾国藩便托刘昆在京师文渊阁抄出，前几天也已送到江宁来。他又挤出时间，亲自为《船山遗书》的刷印作了一篇序，现在都一并交给书局赶紧雕版，不用他操心了。只是还有一大批洋人的译书和国内耆儒的书稿，还在等待着刊刻。曾国藩亲到书局去了一趟，见设备简陋的书局里堆放着一沓沓刻印俱佳的《船山遗书》，他欣喜地翻阅着，把书凑近鼻子边，贪婪地闻着，觉得油墨喷出的气味真香。陪同一旁的欧阳兆熊笑道：“前人说唐诗可以佐酒，你也真像要把这本书吞吃掉似的！”

“小岑兄，不瞒你说，我现在最大的心愿，便是摒去一切世事，学当年李邺侯那样，到深山老林里去筑一间茅屋，读尽天下书。”曾国藩说，那神情极为虔诚。

“那真是一种绝大享受，可惜你没有这个福分。”欧阳兆熊大笑，曾国藩也笑了。

离开书局时，曾国藩拉着老友的手，语重心长地说：“船山公的书印得差不多了，这是一大工程，你我都实现了夙愿。其他存局的译稿也都要刻印出来。洋人机巧之心，造炮制船的奥妙都在这些书里，要想使中国富强起来，就非要读这些书不可。至于那些耆儒们的著作，也是一生心血所在。他们大多清贫，无力付梓，我们不印，他们将抱恨终生，学术成果也就会湮灭，所以也得刻印出来。马穀山若是不支持，你就写信给我，我给你汇银子来。”

欧阳兆熊感动地说：“涤生，我和你的心是相通的。你才大，干大事；我力小，办小事，总之都要为世人做有益之事。你放心去直隶吧，我之余生便在此书局了。只要有我在，金陵书局就不会关门，马毅山不给钱，我卖田产店铺也要把存局的这批书稿刻印出来！”

两双已变苍老的手紧紧地握在一起！

从书局回到衙门不久，赵烈文便引着一个汉子进门来。那汉子挑着两只大木箱。

“大人，欧阳先生给你送了一担礼物。”赵烈文笑嘻嘻地说。

“哪个欧阳先生？”曾国藩皱起眉头说，“你叫他挑回去，什么礼我都不收！”

“还有哪个欧阳先生，就是书局的小岑老丈啊！”赵烈文边说，边擅自叫那汉子放下担子。

“他送我什么礼物？我刚从他那里来。”曾国藩疑惑不解。

那汉子拿袖子抹了抹脸上的汗，说：“大人刚走，欧阳先生便说，你们看我现在呆成什么样子了，曾大人奉调直隶，一走几千里，今后捎带东西十分不便，船山公的遗书就差两本没完工了，我们何不把先印好的送他一套呢！大家都说应该。于是就装满了两箱子，派我送来。”说着打开木箱，露出叠得整整齐齐的几十函书来。曾国藩满面笑容地说：“好，好！这个礼物我收下。你辛苦了，到大厨房里吃过饭再走。”

那汉子出门后，赵烈文帮助曾国藩将书一函一函地拿出来，放到书桌上，几乎把整个书案摆满了。

“船山先生处饥寒交迫之境地，孜孜不倦，写出这么多好书来，真正不容易呀！”曾国藩望着眼前的书感叹起来。

赵烈文顺手翻着《读通鉴论》。这本书在书局刻印过程中，他便零零星星地借来读过一遍，十分佩服船山的见事高明、议论深刻。此时看着这部被装订成十大本的五十余万言巨著，真是爱不释手，心里油然生出一股对船山的由衷崇拜。“大人，船山公议论戛戛独造，破自古悠谬之谈。卑职想，若使其得位乘时，必将大有康济之效。”

“不见得。”曾国藩轻轻地摇了摇头。

“为何？”赵烈文颇感意外。他深知曾国藩一向尊崇王夫之，但为什么并不赞同这个观点呢？

“船山之学确实宏深精至，但有的则嫌偏刻。比如对人的评价，求全责备的多，宽容体谅的少。若让船山处置国事，天下则无可用之人了。”曾国藩离开座位，在书案前走了几步后又说，“作文与做官并不是一回事。作文以见深识闳为佳，立论即使尖刻、偏颇点亦无妨，因为不至于伤害到某一个人，也不去指望它立即收到实效，只要自圆其说，便是理论，运笔为斤，自成大匠。做官则不同，世事纷繁，人心不一，官场复杂，尤为微妙，识见固要闳深，行事更需委婉，曲曲折折，迂回而进，当行则行，当止则止，万不可逞才使气，只求一时痛快。历来有文坛上之泰山北斗，官场上却毫无建树，甚至一败涂地者，盖因不识此中差别耳！”

赵烈文不断点头称是。过一会，曾国藩感慨地说：“世上之人，其聪明才力相差都不太远，此暗则彼明，此长则彼短，在用人者审量其宜而已。山不能为大匠别生奇木，天亦不能为贤主更生异人。”

“大哉，宰相之论也！”赵烈文不由得高声赞叹。

“惠甫，你怎么可以出其不意，攻其不备呀！”曾国藩哈哈大笑起来，心情十分快活。

“卑职跟随大人多年，素日里听大人谈经谈史谈人物，所获甚多。有时想，若是把大人这些谈话都整理出来，刻印成书，必然对世人大有启发。”赵烈文真挚地说，他其实已悄悄地这样做了。每次和曾国藩谈话之后，他就赶紧记在当天的日记上，尽量做到不漏一句，不走一丝样，把它们原原本本地留在纸上。曾国藩多次和他谈“静”的意义。从春秋的诸子百家，谈到宋明的程朱陆王，把“静”的学问阐发得淋漓尽致，说得赵烈文如醉如痴。他于是自号“能静”，将书斋命名为“能静居”，其每天的日记也随之叫做《能静居日记》。这部《能静居日记》已记了二十年了，其中有不少曾国藩的言论。

“惠甫，我本是一个读书做诗文的料子，谁知后来走错了路。”曾国藩今天的谈兴很高，他喝了一口茶，饶有兴致地谈起往事。“我初服官京师，与诸名士接游，时梅伯言以古文、何子贞以学问书法皆负重名。我时时察其造诣，心独不肯下之。顾自视无所蓄积，唯有多读书而已，心中则以为异日梅、何之辈不足以相伯仲。岂料学未成而官已达，从此与簿书为伍，置诗文于高阁。咸丰二年后奉命讨贼，驰驱戎马，益发无暇为学。今日回过头来再读梅伯言之文，自觉其有过人之处，往者之见，实为少年偏激。不过，我至今心里仍不服输，若让我有时间读书，我一定要与梅伯言争个高低。”

说罢，一副愤愤不平的认真样子。赵烈文鼓掌大笑起来，说：“人之性度不可测识，世有薄天子而好为臣下之称号者，汉之富平侯、明之镇国公也。大人事业凌铄千古，唐宋以下几无其伦，仍斤斤计较，要与寒儒一争高下，岂不与汉成帝、明武宗为一类的人！”

曾国藩笑着说：“我讲的是实话。”

赵烈文说：“我于此看出大人年轻时的英发雄姿，定然不可一世，后来与洪、杨争胜负，大概也出于此好胜之心。”

“真给你说对了，惠甫。”曾国藩说，“起兵之初，亦有激而成，不仅要与洪、杨争高下，也要与湖南官场争高下。初得旨为团练大臣，借居抚署，为惩办几个斗殴的兵痞，长沙绿营竟全军鼓噪入署，几为所戕。因此发愤到衡州募勇万众。那时也不过为争口气而已，不意遂有今日，真可为一笑。”说到这里，曾国藩停住了，继而又喟然叹息道：“可惜捻战无功，国家亦未中兴，平长毛这点功劳，实不足道。”

“李中堂剿捻成功，用的就是大人的河防之策。他的胜利，就是大人的胜利。”赵烈文安慰道，“卑职想，大人募湘军，后来李中堂募淮军，与北宋韩世忠、岳飞等人募军有相似之处。当年韩、岳自成军自求饷，湘淮军的成功，实基于此。”

“是的。”曾国藩松开握须的手，支在扶手上，将身子挺直，“大抵用兵而利权不在手，决无人应之。故我起义师以来，力求自强之道，粗能有成。”

赵烈文笑道：“大人成则成矣，而风气则大辟蹊径。依卑职看来，大人历年辛苦，与贼战者不过十之三四，与世俗文法战者不啻十之五六。今大人一胜而天下靡然从之，恐数百年不能改此局面。一统既久，剖分之象盖已滥觞，虽是人事，亦是天意。”

曾国藩默然良久，徐徐叹道："我始意岂及此！成败皆气运，今日之局面，亦同系气运所致。"

这时，一个仆人进来，递给曾国藩一张纸条。曾国藩看过后问赵烈文："这是何物，你能猜得着吗？"

赵烈文摇摇头。

"这是老夫的晚餐菜单。"

多年来，曾国藩一直与幕僚一起就餐。欧阳夫人率儿女到江宁后，一家人在一起吃饭的时候多了，不过，他也还时常到大厨房和幕僚们边吃饭边聊天。近一年来，他常常喜欢一个人在书房里吃饭，偶尔欧阳夫人也到书房来陪他吃。

"菜单？"出于好奇，赵烈文将纸条拿过来看了看，只见上面写着："鱼片煮白豆腐一小碗，香葱萝卜丝一小碗，菠菜汤一中碗，辣椒豆豉一小碟，米饭一小碗。"

赵烈文叹息："大人还是吃得省俭！听说升州板鸭店常常给江宁各大衙门送板鸭，大人不妨切点吃。"

"我这里没有升州店的板鸭！"曾国藩断然说，"以前他们送过几次，每送一次，我便叫人退回一次，以后他们也就不再送了。我的厨房里没有多少鸡鸭鱼肉，连绍酒都是论斤零沽。"

"大清二百年，不可无此总督！"赵烈文深有所悟地叹息。

曾国藩说："那好，足下他日为老夫撰写墓志铭，这便是材料！"

说着，两人都大笑起来。

"江六，今晚有客人吃饭，你加一碗腊肉、一碗腊鱼、一碟火腿，再去打三斤绍酒来。"曾国藩吩咐仆人。江六应声出门，赵烈文起身告辞。"不要走，我已经留你吃饭了。"

"客人就是我！"赵烈文受宠若惊，与曾国藩单独在一起吃饭，这还是第一次，过去虽然也一起吃过饭，但那是和众人一道在大餐厅里就餐。

"过一会欧阳小岑也来。今晚我做东，请你们二位。"曾国藩很难得请客，今晚这餐饭既是与欧阳小岑话别，又是为了答谢他送了这套《船山遗书》。赵烈文则被拉来作陪。

赵烈文重新坐下，一眼瞥见书架上摆着一叠《红楼梦》，遂笑道："想不到两江总督衙门也有私盐，今天被我拿着了！"说罢，起身向书架边走去。

曾国藩先是一怔，后恍然大悟，说："日前御史王大经奏禁淫书，《红楼梦》赫然列第一，真可笑得很。这是一部奇书，你读过吗？"

"五年前匆匆读过一遍，的确写得好，真想再读一遍。"

"《红楼梦》要多读几遍，才能摸到曹雪芹的真意。不瞒你说，我这是读第三遍了。"曾国藩也走到书架边，拿起堆在上面的第一本，顺手翻了几页。忽然，从书中飘下一帧照片，赵烈文忙弯腰拾起。照片上是一幅精美的园林图：远处为小桥假山、楼阁回廊，近处是一座水榭，一个俊美的贵公子坐在瓷墩上，对水吹箫，神态优雅恬适。

赵烈文凝视许久，问："大人，这吹箫的少年是谁？"

"你看看照片的背后。"曾国藩说，手中的书已合拢，重新放到书架上去了。

赵烈文把照片翻过身来，看到一行字“老中堂惠存。鉴园主人赠”。

“他是恭王？”赵烈文颇为怀疑地问。

“正是。”

曾国藩重新坐到太师椅上，端起茶碗呷了一口。赵烈文又把照片翻过去，再细细谛视着，说：“真是个英俊美少年。”隔一会，又自言自语：“美则美矣，然非尊彝重器，不足以镇压百僚。”

曾国藩随口答道：“貌虽不厚重，聪明则过人。”

“聪明诚然聪明，不过小智慧耳。”赵烈文将照片置于茶几上，毫无顾忌地说，“见时局之不得不仰仗于外，即曲为弥缝。前向与倭相相争，无转身之地，忽而又解释。这都是恭王聪明之处。然此则为随事称量轻重、揣度形势之才，至于己为何人，所居何地，应如何立志，似乎全无理会。凡人有所成就，皆志气做主，恭王身当姬旦之地，无卓然自立之心，位尊势极而虑不出庭户，恐不能无覆悚之虑，怕不是浅智薄慧之技所能幸免。”

赵烈文这番议论，曾国藩在心里也有些同感，但他不忍心指责恭王。恭王毕竟有大恩于他，且其亦有自身的难处，不是局外人所能知道的。他避开对恭王的议论，转向另一个话题：“本朝君德甚厚。就拿勤政来说，事无大小，当日必办。即此一端，便可以跨越前代。前明嘉靖帝在位四十五年，前前后后加起来，临朝之日不会超过三年。本朝历代皇帝，非重病不缺一天，真是前朝少有。又如大乱之后而议减征，饷竭之日而免报销。数者皆非亡国举动，足下以为何如？”

“数者皆非亡国举动”一句话，使赵烈文颇觉意外，他于此窥视出曾国藩对国事蜩螗的忧虑不满的心理，试探着说：“大人问卑职对本朝君德的看法，请恕卑职不知天高地厚的狂肆。”

“这里没有外人，你只管放心说。”曾国藩微微一笑。

得到鼓励，赵烈文的胆子更大了，遂痛快陈词：“天道穷远难知，不敢妄对。卑职以为，自三代以后，论强弱不论仁暴，论形势不论德泽。比如诸葛亮辅蜀，尽忠尽力，民心拥护，而卒不能复已绝之炎刘；金哀宗在汴，求治颇切，而终不能抗方张之强鞑。人之所见不能甚远，既未可以一言而决其必昌，亦不得以一事而许其不覆。议减征，说来是仁政，但创自外臣，本非朝廷旨意；免报销，当然显得宽容，但饷项原就是各省自筹，无可认真，不如做个顺水人情。这些都是取巧的手腕。至于勤政，的确为前世所罕见，但小事以速办而见长，大事则往往以草率而致误。以君德卜国之盛衰，固然不错，但中兴气象，第一贵得人。卑职看今日中枢之地，实未有房、杜、姚、宋之辈，若仅以勤政之形式而求中兴，恐未能如所愿。”

赵烈文这些论点，曾国藩深以为然。恭王聪明而不能镇百僚，文祥正派而规模狭隘，宝鋆灵活但不满人口，有节操的仅倭仁一人，却又才薄识浅。时局尽在军机，而军机这班要员就是这般，国事如何能指望？心里虽这样想，嘴上却不能赞同赵烈文的不恭之言。他要再听听这位见事深细的幕僚对朝政的看法，遂含笑道：“本朝乾纲独揽，亦前世所无。凡奏折，事无大小，径达御前，毫无壅蔽。即如沅甫参官秀峰折传到御座前，皇太后传胡家玉面问，仅指折中一节与看，不令睹全文。稍后放谭廷襄、绵森二人去湖北查办，而军机处尚不知始末。一女主临御而威断如此，亦古来罕见。”

赵烈文冷笑道：“当今太后处事，确如大人所言，其诡秘之程度，连军机大臣都无法知晓，太后亦矜矜自喜此中手腕。然女流之辈毕竟不懂得，威断在俄顷，而蒙蔽在日后。当面都唯唯诺诺，谨遵照办，一出外则恣肆欺蔽，毫无忌惮。一部《红楼梦》，把这种面目都写绝了。卑职有时想，堂堂大清王朝，竟如同一座百年贾府，外面的架子虽未甚倒，内囊却也尽上来了。不久就会有‘忽喇喇似大厦倾，昏惨惨似灯将尽’的一天到来。卑职斗胆预测，根本颠仆、中原陆沉、方州无主、人自为政这种局面，大概要不了五十年就会出现。”

赵烈文的话说得如此明白可怕，令曾国藩忧郁不安，正想为太后申辩两句，欧阳兆熊应邀来了。他赶紧中断这番谈话，吩咐摆菜吃饭。本来兴致很浓的一餐告别晚宴，却因此而吃得不甚畅快，待欧阳兆熊和赵烈文告辞回家后，曾国藩的心潮仍不能平静。

这时欧阳夫人正患咳喘，不能长途跋涉。曾国藩留下纪泽夫妇在江宁照料，带着纪鸿和众幕僚们，冒着严冬酷寒，顶着北风，匆匆离开两江，他要赶在同治八年元旦前进入京师。

三、初次陛见太后皇上，曾国藩大失所望

曾国藩离开北京已整整十七年了。当绿呢车轿进入彰义门洞时，他不觉心头一热，无声念道：京师啊京师，今天总算又见到你了！车轿穿过广安门，在一条狭长的街道上缓缓行驶。这一带是原金朝的中都城，繁华的往昔早已随着历史烟云过去，剩下的只是一些破旧低矮的民房和窄陋的街巷胡同。出了宣曜门，很快便进入正阳门大街。远远地可以望见闪耀着明黄色彩的宫殿群了，辇毂重地雍容尊贵的非凡气派终于出现在眼帘。曾国藩看着看着，视线渐渐模糊，心底思潮翻卷。十七年了，多么不平凡的十七年啊！当年雄壮轩昂的礼部右侍郎，已被常人不可想象的艰难险阻、忧伤恐惧、委屈打击、苦心思虑，打磨得两鬓如霜，两颊如削，疲弱得似经受不起轿窗外扬起的风沙。这十七年间的腥风血雨，究竟靠什么挺过来了呢？是靠青年时代立下的雄心壮志？靠镜海师所传授的理学修养？还是靠对三朝皇恩的报答之心？这十七年来所做的一切，究竟又是图的什么呢？为名标青史、流芳百世？为维护名教、拯民水火？还是为了眼前这座京城，以及住在这里的大大小小的官吏和他们的主子？

曾国藩的身旁坐着昨天特地出城迎接的周寿昌。往日的风流才子，而今也是五十四五岁的人了，现官居翰林院侍读学士。他身穿深紫色汉瓦团花库缎驼毛长袍，罩一件麂皮军机坎，因为清闲，加之又会保养，他的气色很好，与仅大三岁的同乡好友相比，宛若有两个辈分之差。昨夜在驿馆里两人谈了大半夜，周寿昌还有许多话要说，见曾国藩入城来气宇凝重，沉默不言，也不便开口。

车轿经过天桥，来到珠市大街口。这里商贾云集、车水马龙，板章巷口有一个临时搭起的木棚子，棚子里的灶台上有一口龙头大锅在冒着热气，棚子四周聚集着上千个乞丐。时已三九隆冬，这群乞丐无一人有件完整的衣裤，好些人的上身挂着松柏树

枝，企望靠它来抵御风沙。他们满身污垢，抖抖颤颤地。围在锅边的在吵吵闹闹，老远便把手中的破碗递过去。后边的乱七八糟地排着长队，破碗烂钵不是拿在手上，而是覆扣在头顶。曾国藩心中恻然，不忍看下去，将脸掉向左边轿窗。这时，一辆围着红障泥的大鞍车飞也似的从窗边闪过，一阵尘土飞扬，老远地，还听得见马脖子上的银铃响声。

“应甫，你看清了吗，刚才过去的是哪个衙门里的堂官？”曾国藩皱着眉头问。

“不是堂官，是近日一个跑红的优童。”周寿昌淡淡一笑。

“优童？”曾国藩惊讶不已，“一个优童敢坐红障泥大鞍车？”

“涤翁，你这是二十年前的老皇历了。”周寿昌笑起来，“现在京师最看重的就是优童，比我们这些翰林学士的身价都高。达官贵人、豪门公子挟带一个色艺俱佳的优童赴酒楼，一桌酒花二三百两银子，这种事在京师不算新闻。优童之居，拟于豪门贵族。其厅堂陈设光耀夺目，锦幕纱橱，琼筵玉几，结翠凝珠，如临春阁，如结绮楼，神仙见了都要吃惊。”

“京师风气，竟然败坏到了这等地步！”曾国藩很愤慨。

车轿进入拉冰胡同，一座大官府第门前车马堵塞，贺客络绎，鞭炮声不断。曾国藩依稀记得，这是前工部尚书寿元的家。

“寿元还健在吗？他家今天是祝寿还是娶媳妇？”曾国藩小声地问周寿昌。

“寿元活得很硬朗。他家今天的喜庆我知道，不是祝寿，也非娶亲。”周寿昌是个几十年的京师通，他什么都知道。

“那又是干什么？”

“这件喜事，你是无论如何都想不到的。寿元已蒙喇嘛高僧开恩，答应在他死后，把他的额骨琢为念珠。”周寿昌神秘地笑了笑。

“什么？”曾国藩惊得几乎要从车轿里站起来。他好歹也在京师待过十三四年，过去从未听过有这等怪事。

“涤翁，你刚进京，还不清楚，这些年京师的怪事多得出奇。好比这件事，我怎么也不能理解。信喇嘛教的人都说，若死后额骨琢成念珠，为高僧佩戴，其魂便长依佛门。高僧从不答应世人的要求，一旦答应，求者就好比乍膺九锡，人人祝贺。寿元因作过尚书，又加之对喇嘛礼之甚恭，才能得此殊荣。”

“京中的大官们怎么都这样糊涂了？”

“涤翁，我念几首《一剪梅》给你听听，据说是个江南才子写的，专为中外大官们画像。”

周寿昌摇头晃脑地吟了起来——

仕途钻刺要精工，京信常通，炭敬常丰。莫谈时事逞英雄，一味圆融，一味谦恭。

大臣经济在从容，莫显奇功，莫说精忠。万般人事要朦胧，驳也毋庸，议也毋庸。

八方无事岁年丰，国运方隆，官运方通。大家襄赞要和衷，好也弥缝，歹也弥缝。

无灾无难到三公，妻受荣封，子荫郎中。流芳身后更无穷，不谥文忠，便谥文恭。

车轮在泥土路上辗过，留下两行浅浅深深的辙印，将绿呢车轿拉向前进，京师惯常的臭气臊气一阵阵袭来。曾国藩只觉得胸中作呕、头脑发胀，进京途中重新振作的精神，被眼前的景象打得七零八落。他痛苦地自问：辛辛苦苦与长毛、捻军搏斗了十七年，难道保下来的竟是这样一座江河日下的京城？这样一批庸碌荒唐的官吏？

穿过繁华而杂乱的大街小巷，曾国藩一行寓居东安门外金鱼胡同贤良寺。早有吏部官员禀报两宫太后。傍晚，吏部侍郎胡肇智亲来贤良寺传旨："赏曾国藩紫禁城骑马，明日养心殿召见。"

这一夜，曾国藩通宵不眠。赏紫禁城骑马，这是皇家给予年高德劭大臣的一种极高礼遇，且一进城便召见，也说明两宫太后的渴念之情。皇家恩德深重啊！深受程朱理学熏陶的武英殿大学士在心里反反复复地念叨着，进城时的不快心绪已经消失，十七年来的辛苦委屈，仿佛都让这道圣旨给酬谢了。

自从道光二十年散馆后得见天颜，这已是第三代圣主了。皇上尚不到十四岁，少年天子是个什么模样，他想清楚地看一眼。两宫太后都还年轻，西太后聪明过人，据说有当年则天女皇之风，对国事处理的才能究竟如何，他也想亲自掂量一下。明天召见，皇上和两位太后会提出些什么问题呢？他设想许多可能问到的事，又一一在心里作了回答。就这样想来想去，自鸣钟当当响了四下，窗外仍然漆黑一团。曾国藩起床，盥洗完毕，盘腿在床上静坐片刻，然后吃饭。

卯初二刻，曾国藩乘轿来到景运门外，内廷官员在门边恭迎。他下轿进了门，这里已是一片辉煌灯火。景运门的右边是乾清门，这是内廷的正门。清朝从顺治到道光，这里是历代皇帝御门听政的地方，咸丰以后则多改在养心殿。乾清门的右边一直到隆宗门，有一排矮小的连房。连房西头是内务府大臣办事处，东头是侍卫值宿房，中间是军机处。此刻，这里已端坐几位当朝核心人物。他们在等候早朝，并预知曾国藩今日陛见，都想趁此机会先睹这位名震寰宇的一等侯爷，和他说上几句话。

曾国藩尚未走到乾清门，军机大臣文祥、宝鋆、沈桂芬、李鸿藻便闻声而出，一同把他迎进军机处。咸丰二年曾国藩离京时，文祥任工部主事，宝鋆任翰林院侍读学士，沈桂芬任翰林院编修，李鸿藻刚在这一年点翰林。论职务，都在曾国藩之下；论科名，除宝鋆与之同年外，其他也都是晚辈。四个军机大臣在曾国藩的面前甚是谦恭。

正说得投机，外面报恭王到。曾国藩等一齐走出门外。只见恭王正在几个贴身侍从的陪伴下，大步流星地向前走来。曾国藩想起这些年来恭王对自己的推荐、信赖、依畀，心中感激不尽。他赶紧趋前两步，口里念道："草莽曾国藩叩见王爷。"说着便要下跪。

奕䜣忙跨上一步，双手扶住，说："老中堂免礼！"携起曾国藩的手，一起进了军机处。

坐下后，奕䜣把曾国藩细细端详一番，轻声说："中堂苍老多了！"

一句话，说得曾国藩热泪盈眶，哽着喉咙答："十七年前草莽离京时，王爷尚是英迈少年，不想今日重见，王爷也已步入中年了。"

奕䜣说："这些年来，老中堂转战沙场，备尝艰险，祖宗江山，实赖保卫，阖朝文武，咸对老中堂崇敬感激！"

曾国藩听了这几句贴心话，一时血液沸腾，哽咽着说："全仗皇太后、皇上齐天洪福，靠王爷庙谟硕画，草莽何功之有！但愿从今以后，四海安夷，国运隆盛。"

众军机一齐说："这一切全赖老中堂的经纬大才！"

过一会，惇亲王奕誴、醇郡王奕譞、钟郡王奕詥、孚郡王奕譓以及六部九卿都陆续来到，大家犹如众星捧月般地簇拥着曾国藩，往日肃穆安静的军机处变得热闹起来。

看看已近巳正，还不见叫起，曾国藩有点急了。正在这时，年近八十的镇国将军奕山走进来传旨。鸦片战争期间，奕山在广州挂起白旗，向英国侵略者义律投降，辱国丧权，激起众怒，被锁拿京城，拟处以大辟。只因是道光帝的侄子，才免于一死。后来又放出，予以重用。为国家赢得声威的英雄林则徐死去已近二十年，给祖宗丢脸的懦夫却仍然硬硬朗朗地活着。天道不公！曾国藩的脑子里瞬时间闪过这一念头。即将面圣的非常时刻不容他多想，他赶紧回过神来，跟在奕山的后面，左转进了西长街，然后跨进遵义门，养心殿便出现在眼前了。

奕山把曾国藩领到东暖阁门边，自己先进去了。立刻，里面传出一句清亮动听的女人声音："叫他进来吧！"

曾国藩知道这是皇太后开的金口，他下意识地正了正衣冠，挺直身躯。奕山走到门边，嘶哑着喉咙喊："传曾国藩！"

两个太监打起明黄缎棉帘，曾国藩弯腰进门，走前两步，双腿跪下，叫道："臣曾国藩恭请圣安！"

"曾国藩免礼。"又是一句好听的女人京腔，只是音色比先前一句柔和些。曾国藩心里在猜测：前一句或许是慈禧太后的决定，刚才这一句可能是慈安太后的客气。慈安太后待人宽厚，这一点他早有所闻。曾国藩摘下插着双眼花翎的珊瑚红顶帽，将它放在右手边，低下头去，高声说："臣曾国藩叩谢天恩！"然后一连叩了三个头，青砖地发出三下沉厚的响声。叩完后，他站起来，右手托着大帽子，向前走数步，在正中一块软缎垫子上跪了下来，恭听天语。

片刻之间，养心殿东暖阁里阒寂无声。曾国藩额头上沁出细细的汗珠。

"曾国藩，你在江南的事都办完了？"说第一句话的那个女人终于开腔了。

"是的。"曾国藩趁此机会抬起头来，向前面迅速扫了一眼，然后赶紧垂下，答，"臣在江南的事都办完了。"

就这一眼，他已将面前的布局看清楚了。皇上端坐在正面宝座上，身材似乎较瘦弱，面孔苍白，一脸稚气，眼睛望着远远的门帘子，并不看他。刚才说话的太后坐在北面，南面也坐着一位，两位太后的前面都放着一层薄薄的黄幔帐。曾国藩已从军机处得知，召见时慈安太后坐南，慈禧太后坐北。因此，刚才的问话出自慈禧太后之口。

“勇都撤完了吗？”慈禧太后又问。

“捻寇灭后不久都撤了。”曾国藩答。他神情紧张，背上已渐渐发热。

“撤的几多勇？”又是慈禧太后的声音。

“撤的二万人，留的三万人。”不是讲都撤了吗，怎么还留有三万，比撤的还多？曾国藩自己已发觉这中间的矛盾，心里一急，背上的热气立即变成汗水。

“何处人多？”

“撤的以安徽人最多，湖南也有一些。”见慈禧太后并没有就二万三万的数字查问下去，曾国藩略松了一口气。

“你一路上来也还安静吗？”这是慈安太后在发问了。

“路上很安静。”曾国藩答，“起先恐怕有游勇滋事，结果一路倒也平安。”

“你出京多少年了？”慈安太后再问。

“臣出京十七年了。”

“你带兵多少年？”还是慈安太后的声音。

“从前总是带兵，这两年蒙皇上恩典，在江南做官。”答到这里，曾国藩的紧张心情开始松弛下来。

“你以前在礼部？”

慈安太后的问话虽多，但最好回答，曾国藩不要做任何思考。他答道：“臣前在礼部当差。”

“曾国荃是你的胞弟？”慈安太后又换了一个话题。

“是臣胞弟。”

“你兄弟几个？”

“臣兄弟五个，有两个在军营死的，皆蒙皇上非常天恩。”曾国藩说到这里，心里微微一颤，他想起了庐山黄叶观里的温甫。温甫走后的最初几年，曾国藩时时提心吊胆，以后见无声无息的，也就慢慢心安了。常常想到要去看看，又觉得不妥，一直也没有去成。去年到江西查访，他下了最大决心，要去看望孤身学道十年的六弟。他借口休息几天，住到庐山脚下一个小旅店。把陪同的江西官员打发走后，在一个漆黑的夜里，陈广敷带着温甫下山来到旅店，兄弟会面，谈了一个多时辰。所幸温甫在广敷的开导下，心境倒还安宁，给曾国藩很大的安慰。温甫希望见见妻妾和儿子，他也答应了，只是一再叮嘱不要泄露出去。还好，温甫家眷在庐山住了半年，外人也不晓得。尽管如此，当着太后的面再次扯谎，他仍觉心虚。

“你从前在京，直隶的事自然知道。”问话的换成慈禧太后。

他不知如何回答这个问题，稍停一下，说：“直隶的事，臣也晓得些。”

“直隶甚是空虚，你须好好练兵。”慈禧太后继续说。

曾国藩明白了，原来调任直隶总督的目的，是要他来练兵。直隶能练出什么好兵来呢？天下的好兵源只有湖南，湖南人却又耐不了北方的苦寒和面食。曾国藩不能接受这个任务，但又不能顶撞，只得委婉地说：“臣的才力弱，且精力日衰，恐怕办不好。”

一语奏上去，许久不见回音，曾国藩的背又开始湿了。

“你跪安吧，明天再递牌子。”慈禧太后终于说话了。

曾国藩赶紧叩头跪安，托着帽子起身，一步步后退，直退到门帘边，才慢慢转身出门。

曾国藩走出养心殿，来到乾清门时，只见丹墀上下和两旁回廊里，早已聚集着上百名大小官员、太监，他们全都以惊异的目光远远地望着他，悄悄地交头接耳，直到他走出景运门。

第二天又是巳正时，由当年辅政八大臣之一的景寿带领，走进养心殿东暖阁。皇太后、皇上再次召见，问了问他的病情及造洋船的事。第三天，由僧格林沁之子袭亲王伯彦讷拉祜带领，在养心殿东暖阁第三次接受召见。慈禧太后询问这些年来有哪些好的带兵将领，又谈起直隶练兵的事，要他实心实意去办。

三次召见完毕，曾国藩感慨良多。皇上自始至终沉默不语，未出一字纶音。虽说年纪小，有母后做主，也可以不讲话，但到底当了八年的皇帝，几句套话总可以说得上的。曾国藩想起先前在翰苑供职时，老辈翰林谈起圣祖康熙爷来，人人崇拜不已。九岁登基，十二岁就亲自裁决政事，十七岁除鳌拜集团，二十岁定削藩大计。正因为有如此雄才大略的皇上，才有超迈汉唐的丰功伟绩。而今国家多难，人心涣散，正需要一个能用强力扭转乾坤的帝王，看来，十四岁的孱弱天子不是那号人物。

慈安太后问的话，全是闺阁中妇人的闲聊家常，可有可无，不着痛痒。慈禧太后号称厉害，有关大事纯系她一人发问，曾国藩认真地把她三次召见所问的每句话都重新回忆了一遍，慈禧关心的是三件事：江南撤勇、湘军将领及直隶练兵。他细细地琢磨着这三件事，将它贯穿起来，看出了慈禧的心思：把江南的勇都撤光，能打仗的将领带到直隶，在直隶练出一支精兵来拱卫京师。至于召见之前，他所设想的主要事情，诸如江南的吏治盐政、百姓的生活、人才的保举以及捻乱平息后皖、豫、鲁省的恢复，还有机器局的建设、如何抵御洋人等等长治久安之策，几乎无一句涉及。是慈禧自私，心中只有她和她儿子的宝位，还是她的才具其实平常，不足以虑及这些迫不及待的民生国计？曾国藩的脑子里突然浮起李商隐的诗来：“宣室求贤访逐臣，贾生才调更无伦。可怜夜半虚前席，不问苍生问鬼神。”慈禧虽未问及鬼神，但也不问及苍生。国家就掌握在这样的太后、皇上手里，能指望它四海安夷、国运隆盛吗？他暗自摇了摇头。

作为大学士，既已到京师，表面上也得做出个到职视事的样子。召见结束后的次日，曾国藩便至内阁到大学士任。他先到诰敕房更衣，然后在武英殿大学士公案前坐一下，又到满本房里看了一看，再进大堂。大堂里横列六张大书案。东面三张为满大学士的座位，西面三张为汉大学士的座位。曾国藩在西面第一张书案边坐下。立时便有内阁学士、侍读学士、中书等数十人前来拜见。当值的侍读学士送来两个文件，曾国藩略为浏览一下便签了字。内阁名为正一品衙门，位在六部之上，表率百僚，其实没有大权，只在皇帝授意下处置一些日常政务。雍正时设立军机处，又分出内阁大部分要事，于是内阁之权更轻，只办理一些例行事务。正因为这样，内阁大学士和协办大学士便可以成为一种加衔，不必到任。

清承明制，大学士办事的地方设在翰林院，于是曾国藩又到翰苑去了一趟。先在典簿厅更衣，次至大堂一坐，到圣庙行礼。再到典簿厅更衣后，到昌黎庙行礼，又到清秘堂一坐。翰林院学士、编修等分批前来叩见。曾国藩一一含笑作答。想起初进翰苑时未到而立，而今已近花甲了。岁月悠悠，时不我待，去日已多，来日苦短。当他走出翰林院时，心中涌起的是一股莫名的怅惘。

他回到贤良寺，案桌上的请帖已经堆了一尺多高。要在往常，他会基本上不予理睬，但这次不同。一来此为京师重地，邀请者的地位大都显赫重要，且京师最讲应酬，又是势利之薮，不能轻易回绝别人的邀请。二来离京多年，他也想借此机会与故旧见面，叙叙云树之思。他将相邀的帖子一一摆开，大致排了个日程，并吩咐纪鸿注意到时提醒。

这以后，他便是按日程所排去赴宴。有各科门生公请，有甲午、戊戌两科同年公请，有直隶籍京官公请，有江苏通省公请，有湖南京官公请，有倭仁、朱凤标、瑞常三相同请，有文祥、宝鋆、李鸿藻、沈桂芬合请，有恭亲王专请，还有周寿昌、吴廷栋、潘祖荫、许仙屏等旧友的私请等等。每宴后必有戏，每天回寓所时都要到二更三更，弄得他疲倦不堪。

这天深夜，身上癣疾又发作了，痒得醒过来。他猛然想起，天天在权贵红火中酬酢，冷落了一批已经衰败下去的昔日师友，于心说不过去。其中尤有两户人家，至今未去拜访，更是太不应该！

第二天，原定皖籍京官公请，曾国藩借病推脱。他换了布衣小帽，偷偷地来到当年的恩师权相穆彰阿旧宅。

穆彰阿自咸丰帝登基不久罢相后，便一直生病蜗居，直到咸丰六年去世。昔日相府煊赫一时的声势早已荡然无存。儿子虽多，却无一个成器，空荡荡的宅院里冷冷清清，杂草丛生。宅子里现住着第七子萨善、九子萨廉，一见到曾国藩，两兄弟百感交集、涕泪滂沱，将他紧紧抱住。曾国藩问他们生活有无困难。萨善说："蒙先父留下的微薄遗产，度日尚不难，只是近日完稿的先父年谱，则无资付劂。"

说话间，萨廉拿出一沓墨稿递过来，说："中堂大人如有空审阅修改，我们兄弟感激不尽。"

曾国藩接过墨稿翻了几页，心中愀然，恳切地说："当年不是恩师提携，国藩哪有今日！稿子我带回去细细拜读。若有商榷之处，我自会提出来，尤其是关于罢林文忠公和咸丰爷降旨这两件事，文字上都要仔细斟酌才是。"

萨善说："我们兄弟学识浅薄，这些地方文字上若有不妥，请中堂大人干脆删去重写。"

曾国藩点点头，问："你们商量一下，恩师年谱要刻多少部。"

萨廉说："我们兄弟合计过，光自家人就有三百余口，先父生前门生甚多，至少要一千部才发得开。"

曾国藩无可奈何地笑了笑，说："自家人保存不在话下，令尊生前的门生，至今尚有几人与尊府往来？"

萨善、萨廉哑了口。

"两位世兄真不懂世故，你好心送给他们，只怕他们还不想接哩！"曾国藩脸色凄然地说，"稿子我先带到保定去，看后再送来，二位就在本宅雇人刻印五百部，一切费用，都由我出。"

萨善、萨廉感谢不迭。两兄弟又陪着曾国藩到院子里各处走了走。这些熟悉的房屋草木，勾起曾国藩心中万缕怅意。繁华已矣，人去楼空，此情可待成追忆，只是当时已惘然。他终于受不了情感的沉重压力，匆匆与萨善兄弟告辞。

走出穆府，他又雇了一辆骡车，悄悄来到丝线胡同塔齐布家。塔齐布兄弟三人，三弟先他死于咸丰四年，次弟又不幸在今年八月病逝。三兄弟皆无子，只存四女。塔母已八十岁。听说曾中堂亲自登门拜访，老太婆拄着拐杖，颤巍巍地亲到大门迎接，身后跟着一群寡妇弱女。曾国藩一见，心里甚是凄怆。他亲自扶着塔母来到大堂，然后向老人家行子侄辈大礼，吓得老太婆忙站起还礼。曾国藩深情地谈起塔齐布和他一起创办湘军的艰难，称赞他是难得的将才，勾起塔母对亡儿绵绵不绝的思念和家道中落的伤心，老泪纵横，紧紧抓住曾国藩的手，一句话都说不出来。曾国藩很难过，安慰道："老人家，国藩就好比您的儿子，待我安顿好后，再派人接您老人家去保定住。"

塔母使劲摇摇头，终于开了口："有你这句话，我死也心安了。只怪我儿子命薄福薄，不能长随你这样的好人。"

旗人妇女本来大方，塔齐布的夫人也不回避曾国藩，这时拉着女儿跪在他的面前，泣声说："老大人，可怜塔齐布一生只有这点骨血，她一个女儿家自然做不了什么，小时她父亲为她订了一门亲事，明年就要过门，求老大人看在她父亲的分上，给小女夫婿谋一个差事。"说罢，想起丈夫来，不觉失声痛哭，语不成声地诉说着。

曾国藩实在不忍心听她说下去，想了一下说："一个月后，叫令婿到保定来找我。"

塔齐布夫人和女儿叩头不止。见曾国藩如此慨然应诺，塔齐布次弟阿凌布夫人也忙过来，求道："老大人开恩，苦命女人的大女儿后年也要过门，求老大人也给她的夫婿一碗饭吃吧！"

曾国藩颇觉为难。多少湘乡人，包括像南五舅儿子那样的至亲跑到安庆，跑到江宁，千求万求，求他收留，他都没有答应，为塔齐布女婿谋个差事已是大大破例，这下又来一个，往哪里安插呢？见曾国藩不开口，阿凌布的女人磕头如捣蒜。塔母说："曾大人，老身给您下跪了。"

说着就要起身。慌得曾国藩忙扶住，连声说："行，行，下个月一同来保定吧！"

塔母吩咐备饭招待，曾国藩说："老伯母，国藩杂事多，不能久坐了。"说着从靴页里抽出一张硬纸来，双手递上去，"这是一千两银票，您老人家收下，就算是国藩的一点孝敬。"

塔母又流下泪来，推辞几下后收了。

从塔齐布家里出来，曾国藩心头沉重：曾任提督的满人塔齐布身后尚且如此萧条，那二万多名阵亡的中下级军官和普通湘勇的遗孤不是更可怜吗？

四、终生荣耀到达极点的一天

转眼年关到了。内廷太监送来慈禧太后亲自写的“福”字十张，又有各色绢笺四十张、湖笔三十支。这有个名目，叫做春帖子赏，只有内廷王大臣、军机大臣、弘德殿、上书房、南书房、大学士才有资格得到。受赏的大臣每人都有十张“福”字，名为两宫太后亲笔，实际上慈安太后从来不握笔写字，慈禧太后也没有这么多精力每张都写，绝大部分都是请翰林院或上书房的学士代笔。颁赏的大太监对曾国藩说：西太后讲，送给别人的可以请人代笔，送给曾国藩的必须亲写。曾国藩忙命纪鸿端出一百两银子酬谢大太监，并请他转达对西太后格外鸿恩的感激。

元旦这天，曾国藩早早地进了紫禁城，和百官一起，先随同皇上行庆贺皇太后礼。皇上在慈宁门行礼，曾国藩和其他一二品大臣在长信门外行礼。然后在太和殿朝贺皇上。到了灯节这天，曾国藩又随皇上宴请蒙古、高丽各藩王。正月十六日，才是皇上宴请廷臣的日子。这是曾国藩一生荣耀到达极点的一天。

布置一新的乾清宫比往日更加庄严堂皇。在清朝历史上，这里曾举行过两次名宴。第一次是康熙六十一年，中国自有皇帝以来在位最久的康熙大帝办的千叟宴，宴请六十岁以上的老人一千多位。第二次在乾隆五十年，号称十全老人的乾隆爷已七十六岁。他雅兴特高，办的千叟宴，出席者竟达三千多人，除大臣、中小官员外，还有平头百姓，甚至还有匠役参加。宴会后，每人还被赐拐杖一根。虽耗资巨大，却也为两朝皇帝赢得敬老尊贤、与民同乐的美誉，同时也使得乾清宫的宴席身份大大提高。每年的元旦、元宵、端午、中秋、重阳、冬至、除夕、万寿等节日，乾清宫照例有大宴会，参加者都感到很荣幸。咸丰以来，国家多事，宫中的大宴大多取消，仅保留灯节和万寿节两次。因而正月十六日的大宴廷臣，便越发显得隆重。乾清宫的宴会，曾国藩过去出席过多次，但那时他只是侍郎，聊陪末座而已。今天，他作为汉大学士的领班出席盛宴，这是有清一代人臣所能享受到的最高礼遇。尽管曾国藩早已告诫自己要将功名利禄看淡，但他仍抑制不住激动，因为这毕竟是千千万万人所羡慕不已的殊荣，也是他自己几十年来梦寐以求的地位。

午正二刻，皇上出来了，韶乐高奏，百官一齐跪下，山呼万岁。待皇上在一大群宫女簇拥下从正门走进乾清宫，升上宝座后，执事太监出来道引百官。满员由倭仁带领，从左门进；汉员由曾国藩带领，从右门进。左门进的满员一律坐在东边，面向西。倭仁坐第一位，文祥第二位，宝鋆第三位，全庆第四位，载龄第五位，存诚第六位，崇伦第七位。倭仁之后的六人均为六部满尚书，尚书之后坐的是各部满侍郎。从右门进的汉员一律坐在西边，面向东。曾国藩坐第一位，朱凤标第二位，单懋谦第三位，罗惇衍第四位，万青黎第五位，董恂第六位，谭廷襄第七位。曾国藩以下六人，皆为六部汉尚书，尚书以下为各部汉侍郎。桌为一长条形几案，高一尺二寸，入席者先按预先指定的次序升垫，然后转过身去对着皇上叩首，再转过身盘腿坐好。

太监开始上菜了。先是给皇上上。一长串太监一人捧着一碗菜，恭恭敬敬地走上来，轻轻地放到桌面上，然后再蹑手蹑脚地离开。一道道菜光彩夺目，弄得大家眼花缭乱，都不敢细看。直到硕大的桌面上摆得满满的才停止，一共一百零八碗。再给臣子们上，这些菜大家都看得清楚，最先上的是四个高脚掐丝珐琅龙纹大碗，碗内装着四样珍稀：长白山熊掌、思茅厅孔雀肉、打箭炉牦牛肉、敦煌驼峰。接下来是八大碗，一色的黄釉双龙牡丹纹碗，分装鸡、鸭、鱼、肉、燕窝、海参、方饽、山楂糕。然后是每人一小碗白米饭，一碗杂烩。杂烩里有荷包蛋、猪内脏、粉条等。待到这些上齐之后，倭仁和曾国藩各自在东西两边车转过身，面对着皇上。这时，乾清宫内所有领宴的官员也一律车转过身子，先叩一个头，再一齐高呼："谢皇上圣恩，祝皇上万岁万岁万万岁。"小皇帝在宝座上略为点点头。大家的身子又转回来，开始吃着分发给每人的一小碗饭和杂烩，至于摆在眼前的那十二大碗菜，人人都知道是做样子的，谁都不去动它。这时，四喜班的戏子登堂演出了。在丝竹歌舞中，皇上毫无表情地端坐着，桌上的玉箸金碗未曾动一下；东西两边盘坐的满汉官员诚惶诚恐地低头嚼饭喝汤，尽量不发出一丝声响来。这便是天子与百官共度元宵佳节。虽然紧张乏味至极，远不如在自己家里与妻妾儿女共享天伦的快乐，但有幸与天子共餐，乾清宫里所有领宴者，莫不感到无上荣耀，无上光彩！

太监们开始进来换菜了。八个大太监走上台，来到皇上身边，把一百零八碗原封未动的菜轮流撤下，再换上一百零八个碟子，碟子上放着数不出名目的菜肴果品。在百官面前，则是每两个太监一组，把长几抬出，又换过一条同样的长几。几上放着果碟五个、菜碟十个。曾国藩定睛看了一下，碟子里的东西都很普通，无非是梨枣橘饼、熏烤焖炒之类。两旁廊庑里重又奏起庙堂音乐，戏子们下去，领班大学士要向皇上领酒了。

往常都是由首座满大学士祗领，今日破例，慈禧太后钦命曾国藩祗领。曾国藩起身脱去外褂，左手拿着一把银制小酒壶，右手端着一只碧玉酒爵，毕恭毕敬地走到皇上面前，把壶与爵放在桌上，然后退下去，走到殿中央，跪下来。皇上身边一个地位很高的大太监代替皇上向银壶倒酒，再端起银壶注酒于玉爵，随后提着银壶和玉爵走到曾国藩身边。曾国藩站起，双手从太监手里接过玉爵，小饮一口，再跪下，叩首，高声念道："谢皇上赐酒！"于是起身，端起银壶玉爵回到座位。就在同时，东西两边长几上每个官员的面前都摆上了一个小酒壶和一个注满酒的小酒杯。

曾国藩来到座位上，转身面对皇上，率领百官又一次念着："谢皇上赐酒！"各人把杯中的酒都喝了一口。四喜班的戏子又上来了。大家一边看戏，一边饮酒。太监们陆续给每人上奶茶一碗、汤圆一碗、山茶饮一碗。

宫门外，皇上的赏赐已分堆摆在桌上。每一堆上都有一张红纸条，写着受赏者的名字。这便意味着宴会将要结束。倭仁和曾国藩对望一眼，遂一齐起身，率领东西满汉官员鱼贯而出。太监将赏物送来，各人接过赏物后，又面对着皇上宝座跪下，叩三个响头。曾国藩领的赏物是：如意一柄、瓷瓶一个、蟒袍一件、鼻烟一瓶、江绸袍褂料二幅，与倭仁以及其他满汉尚书的赐物一个样。

回到贤良寺，他全身都散了，瘫坐在椅子上久久不能起身。做汉大学士领班出席乾清宫宴，诚然是至高的荣誉，不过这种荣誉所带来的激动，在宴会进行到一半时便消失殆尽，令他深深不安的是皇上的表情。皇上仍然是一语不发，冷漠呆板。在送酒爵到皇上身边时，他趁机仔细地看了一眼。这次他看得非常清楚：皇上不仅瘦弱，且两眼忧郁乏神。当时不能多想，现在回忆起来，他心里冒出一股冷意：这绝不是一个天纵睿智的圣贤之主，且很可能不得永年。他想起则天女皇卵翼下的几个天子均懦弱无能，国政一决于女主，最终弄得天下不安的历史教训，心中悲凉地叹息：大清王朝这条在风雨中侥幸免于倾覆的破船，今后将要被贪权而无才具的太后、孱弱而不谙世事的皇帝驶向何处呢？

元宵节后不久，曾国藩便来到保定仁所。

直隶最大的民事在永定河水患。二十多年前唐鉴送的《畿辅水利》起了作用，曾国藩按图索骥，对境内的主要山川做了一番实地查勘，严督河道清淤筑堤。又调长江水师总兵彭楚汉来直隶训练新兵。

夏初，曾纪泽奉母亲及全家来到保定。曾国藩见夫人两只眼睛变得昏蒙蒙的，大白天都几乎看不见东西，关切地问："半年不见，你的眼睛如何坏得这样厉害？"

欧阳夫人流下泪来，抽抽泣泣地告诉丈夫："纪静春间在湘潭病故了，这眼睛是哭她哭坏的。"

"大妹子她……"曾国藩惊得手中的书掉到地上。他怎能相信这事是真的，未满三十岁的女儿怎么能先于父母而走？他颓然坐着，心里满是内疚。对于女儿的早逝，做父亲的有责任。

纪静不满三岁时，便由父亲做主，许给翰林院编修湘潭袁芳瑛的长子袁秉桢。袁秉桢那年五岁，长得活泼可爱。刚进京不久的欧阳夫人正苦于京师没有亲戚，便也欣然答应。纪静二十一岁上完的婚，嫁过去后才知道，袁秉桢早已在家娶了妾，纪静哭得死去活来。未婚而先娶妾，这意味着袁家没有把他这个两江总督的姻亲放在眼里，曾国藩虽然愤怒，但也无法挽回。回门时，纪静高低不肯再去袁家了，欧阳夫人怜恤女儿，也不催她走。曾国藩知道后，一连几封家信写回去，催女儿回婆家，说讨妾也不是一件很坏的事，今后只要妾能知礼就行了，应速回婆家侍姑尽孝；还说每见世上有贪恋娘家富贵而忘其翁姑者，其后必无好处。纪静无奈，只得回湘潭。袁秉桢恼羞成怒，索性成天和妾在一起，把纪静冷落在一边。

后来，欧阳夫人见他们夫妇不和，心里着急，趁曾国藩在外与捻军打仗的时候，将女儿和女婿接到江宁城。谁知袁秉桢恶劣成性，不思悔改，以总督女婿的名义在江宁到处借钱骗钱，又嫖娼聚赌。为不受监督，又在外租房，不住督署内，甚至过年时也不进署向岳母拜年。曾国藩得知后，一封家书写来，将袁秉桢狠狠地训斥一顿，令巡捕将他赶出江宁，不再承认这个女婿。欧阳夫人对丈夫的决定没有意见，只是希望女儿不再走了，和她一起住江宁。对于这个要求，曾国藩坚决不同意。他要女儿遵循三从四德的古训，嫁夫则随夫，夫不好则规劝，规劝不过来也只得认命苦，哪有长住娘家的道理！硬是逼着女儿哭着离开江宁到湘潭袁家去住。纪静生性软弱，又加之以后袁秉桢有意虐待，可怜一个侯门之女，便这样活活地被袁家折磨死了，留下一个三岁的女儿无人爱抚！

曾国藩想到这里，伤心地流下泪来，后悔那年不该逼女儿走，是自己横蛮地把女儿推到了绝路。为表示对女儿的忏悔，曾国藩当即作书给袁芳瑛，要他派人将外孙女送到保定来。外祖父要以加倍的慈爱，抚养失去母亲的小外孙，以弥补往昔的亏欠。

从这以后，曾国藩右目完全失明了，左目也仅剩微光，精力更衰弱，常常白日打瞌睡，脑子无缘无故地会突然出现一阵眩晕。江苏巡抚丁日昌得知后托人送来一样东西，专为治眼病的，名曰空青。是一枚鸡蛋大小的黑色石头，摇摇可听见里面的水响，取出里面的水来点眼睛，只要眼未全封闭均可复明。曾国藩和夫人每日用此水点目，却并不见效果。无奈，他上奏请假一个月，以便安心吃药养病。朝廷同意。就在这个时候，天津城里爆发了一场震惊中外的大事。

五、火烧望海楼教堂

同治九年，天津府遇到多年未有的大旱。过年之后，天老爷就再未下过一滴雨雪，地里的庄稼瓜菜都被干得蔫蔫耷耷的。农民们累死累活，挑水抗旱，靠近河边的地方，还能够捞得四五成，缺水处只能捡得一二成，不少村庄几乎颗粒无收。本就贫困艰难的百姓，遭遇到这样的年景，日子过得更加悲惨。成千成万的人背井离乡，出外讨吃，许多人涌进了天津城。干旱使得物价腾涨，米珠薪桂，再加上饥民蜂拥，城内愈发人心嚣浮，到处都是动乱不安，抢劫闹事斗殴死人每天都有发生。入夏以来，又奇热无比。一个古老的天津城，仿佛成了一座一触即爆的火药库。

海河北岸，从威远码头至柔遥码头，近几年来矗立许多古怪的房子，它们都是洋人在这里兴建的，有俄国的、美国的、英国的、比利时的，其中尤以法国在狮子林桥旁边建造的天主教堂更为引人注目。这座教堂是去年建成的，法国人叫它圣母得胜堂，当地老百姓则叫它望海楼教堂。教堂有三层楼房，青砖木结构，前面配有三座塔楼，呈笔架形，内部并列庭柱两排，内窗券为尖顶拱形，嵌着组成几何图案的五彩玻璃，地面砌着瓷花砖。整个天津城，再也找不出第二栋这样华丽的建筑。旁边是教堂办的育婴堂，专门收养些无父无母的孤儿。离教堂不远处是法国领事馆。一年四季，法国教堂和育婴堂的大门都紧紧地关着，偶尔进出的几个人，则从小门通过，样子显得既神秘又鬼祟。除礼拜天可以听到从里面发出的唱诗声和祈祷声外，平素安静得出奇。天津百姓对这座阴森的教堂既恐惧又厌恶。往常，人们只是怀着复杂的心情远远地观望，不敢靠近。入夏以来天津城里流民骤增，到处都是闲得无聊的人群。听说洋人有钱，又爱施舍，便有不少人涌向这处洋人居住地，企望得到些意外的好处。

这天半夜，睡在威远码头河堤的静海农民冯瘸子被蚊子咬醒，加之肚子又饿，再也睡不着了。他掏出别在腰带上的烟杆，往烟锅里塞了一点老烟叶，又摸出两片火石敲着，抽起闷烟来。他今年三十出头，小时害病无钱医治，弄得瘸了一条腿。体力差，干不了农活，便学了一门箍桶修桶的手艺勉强糊口。家贫也娶不起媳妇，至今单身一人。家乡闹旱灾，无人请他做手艺，他就来到天津城。冯瘸子为人正直，他并不想从洋人那里得到什么恩赐，他对洋人有一种说不出名目的本能的仇恨。他来到这里，是被表弟田老二拉的。田老二也住海河北岸，虽是庄稼人，却不务正业，一年到头靠贩一点骗一点偷一点过日子，今年二十五六岁了，也没有婆娘。田老二把表兄拉到教堂边，让表兄开开眼界，自己却有个小打算：兴许能碰巧，从洋人那里弄点分外财。田老二有个朋友，姓王，没有名字，也没有父母，十八九岁了，却长得像小孩子样，成天跟着别人瞎混，大家叫他小混混。这一个多月来跟着田老二混，田老二叫他做什么，他就做什么。田老二得到点好处，也分他一点。这时他们俩睡在冯瘸子旁边，呼噜打得山响。

忽然，冯瘸子发现育婴堂的大门开了，里面点着上百支小白蜡烛。借着烛光，可以看见地上整整齐齐摆着三排用白布包裹着的物体。那物体长长短短不一，都在三至四尺之间，宽约一尺左右，每排约有十几件。一个洋牧师在这些白布包的物体面前走了一圈，右手在胸前画着十字。一会，走出三个人来，每人背一个白物体走出大门，把那白物体一件一件地往停在坪里的马车上扔。冯瘸子猛地一惊：育婴堂里住的是小孩子，这白布包的是不是小孩尸体呢？他忙推醒田老二和小混混，二人坐起，揉着惺忪的眼睛，呆呆地看了很久。

“不错，白布里包的是小孩。”田老二肯定地说。

“洋人要把这些小孩尸体运到哪里去？”小混混问。

“还不是运到义冢去。”田老二懒洋洋地答了一句，又重新躺下。

冯瘸子抽着烟，愤慨地说：“我早就听人说过，洋人把我们中国小孩子骗进育婴堂，再活活地把他们弄死，挖下他们的眼睛，剖开他们的胸膛，取出五脏六腑出来做药引子，这些小孩子肯定是被这些狗强盗弄死的。妈的，这些吃人肉的魔鬼！”

冯瘸子把烟锅狠狠地往石头上敲。小混混说：“冯大哥说的对，洋人半夜三更运尸，这中间一定有鬼！”

“算了吧，关你屌事，睡觉吧！”田老二打了一个呵欠，转过身去，又睡着了。

小混混又看了一会，也躺下睡着了。冯瘸子两眼死盯着前方。半个钟头后，全部白布包件都运到马车上，大门重新关闭，马车走了，一切又恢复原来的寂静。他心里默默记下了，那白布包一共有三十五件。

冯瘸子再也不能安睡了，他心里充满着对洋人火一般的仇恨。怎能容许他们如此宰割中国人？怎能容许他们在中国的土地上如此胡作非为？他想明早一定要去府县衙门告一状。转眼又想：当官的都怕洋人，也不把百姓的性命放在心上，告也无用。他想起早两天结识的朋友刘矮子，据说是水火会的。水火会有好几百人，专打抱不平，为民除害，明天何不去告诉刘矮子呢！

第二天，冯瘸子对刘矮子揭露了育婴堂的秘密。刘矮子气得哇哇大叫：“这些狗日的洋鬼子，老子要踏平教堂，把他们全部杀光宰绝！走，咱们先去见徐大哥。”

徐大哥就是水火会的首领徐汉龙。徐汉龙祖籍天津，三代都是海河边的铁匠，人长得膀大腰粗，又从小跟父亲学了一身好武艺。父亲死后，他接替父亲成了水火会的头领。水火会是以海河边的贫苦手艺人、脚夫为主要成员的民间帮会，以互帮互助、济危扶困为宗旨。穷人最需要的就是帮助，加之徐汉龙豪爽仗义，故水火会在天津深得人心，除脚夫、匠人外，不少人力车夫、小摊贩以及流落津门的年轻汉子也都加入

水火会。今年来社会上哄传法国教堂拐骗小孩、挖眼剖心，徐汉龙和水火会的人听了大为愤怒，扬言官府若不管，水火会则要替百姓报仇了。

近几天，不断有妇女哭哭啼啼来找徐大哥，说她们的孩子丢了，八成是被教堂拐骗去了，向徐大哥磕头作揖，求他设法找找孩子。昨天几个百姓扭送一个名叫武兰珍的人来水火会，徐汉龙刚要亲自审讯，刘矮子带着冯瘸子进来了。

听完冯瘸子的控诉，徐汉龙这个血性汉子再也按捺不住了，高声叫道："平日苦于没有罪证，昨夜的事就是最好的罪证。待我审了武兰珍，一同去见张知府。"

武兰珍被押上来了。此人四十上下，又高又瘦，极像一根豆角。

"武兰珍，老子问你，你要从实招供！"徐汉龙粗大的巴掌往桌上猛力一击，对着武兰珍大吼。武兰珍吓得直打哆嗦。"武兰珍，你是哪里人？"

"我是天津人，家住杨柳青。"武兰珍脸色煞白。

"你在城里住了多少年，一向做的什么事？"

"我是今年开春才进城的。遭旱，地里没有收的，只得到城里来混口饭吃。没有别的事可做，熬点红薯糖卖。"

"武兰珍！"徐汉龙又起高腔，"你为什么要在红薯糖里放迷魂药，坑害小孩？"

武兰珍两条腿打起颤来，脸色白里泛青，本来就长得难看的五官，愈加显得丑陋。他呆在那里，好一阵子没有开口。突然，双膝一跪，号啕大哭："大龙头，我没有放迷魂药。我从实招供，我那制糖的红薯有的发烂发霉了，小孩吃了，头晕拉肚子是有的，不过我没放迷魂药。我哪来的迷魂药哇！"

徐汉龙愤怒地望着他，骂道："你这个该油炸火烧的汉奸鬼，都说你被洋人买通，放迷魂药在糖里，坑害小孩子。你还要为洋人掩盖罪行吗？老子警告你，你若老老实实交代，我免你一死；你若再这样赖下去，老子立刻乱棒打死你去喂狗！"

门外，早已里三层外三层围满了人，乱七八糟地高喊："打死这个狗东西！""没人心的汉奸鬼！""该千刀万剐！"

武兰珍吓得瘫倒在地，胡乱地朝徐汉龙、又朝门外的人群磕头，叫道："大龙头，三老四少，爷们哥们姑奶奶们，请饶命，饶命，我家里还有瞎了眼的八十岁老娘，有老婆孩子一大堆，饶了我这条小命吧！"磕了一阵子头后，又边哭边叫，"我招，我从实招供，是天主堂的人要我放迷药到糖里，小孩子吃了，就会自动投到育婴堂。"

门外的人一齐起哄，嚷道："洋鬼子可恨，咱们宰了他！"

徐汉龙又问："武兰珍，天主堂哪个给你的药？"

武兰珍摸着头，想了半天，说："王三。"

"王三在哪里给你的？"

"在教堂左边铁门前给我的。"

门外又有人喊："把王三那狗日的抓起来剥皮抽筋！"

"武兰珍，你和我一起去见知府张老爷，对张老爷再讲一遍。"

"大龙头，我不去。"武兰珍心虚起来。

"你为何不去？"徐汉龙鼓起眼睛望着他。

"我怕见官老爷。"

“你这个没用的癞皮狗！”徐汉龙踢了武兰珍一脚，喝道：“起来，跟老子走。有老子在，你怕个屌！”

“徐大哥，不要去见姓张的，他跟洋鬼子穿一条裤子。”刘矮子过来，一把抓住徐汉龙，说：“知府衙门的门房就是教民。上次一教民与百姓争吵，门房对姓张的说百姓无礼，姓张的就马上将百姓枷号示众，教民没一点事。这样的知府找他做甚！”

徐汉龙说：“不管怎样，他总是这里的父母官，先跟他说，他不理，咱们再行动也不迟，免得日后让他钻空子。”

“徐大哥，我跟你一起去见张知府。”门外看热闹的人中走出一个驼背青年人。他姓罗，大家叫他罗驼子。罗驼子走到徐汉龙面前，说：“我昨天下午路过义冢，见一群狗围在那里。我抄起一根棍子把狗赶开，看到那里躺着三个小孩尸身，胸膛全是开的，心肝肚肺都没有了。哪里去了，肯定是洋鬼子挖去了！我和你一起去见张知府作证。”

“好！你这是亲眼所见，铁证如山。”

在门外数百人的跟随下，徐汉龙、刘矮子、冯瘸子、罗驼子，再加上武兰珍，一齐来到天津知府衙门。

近一段时期来，关于法国天主教堂迷拐小孩、挖眼剖心的传闻越来越厉害，越来越离奇。有的说教堂里有几大缸眼珠子，都是用来化银子的，有的说洋人用小儿心肝蒸鸡吃，为的是求长生不老等等。知府张光藻早有所知，僚属们也劝他过问过问，他却装聋作哑，不闻不问。

张光藻有他的苦衷。十多年来，全国各地教案迭起，开始闹得轰轰烈烈，惩办了作恶多端的传教士和教民，有的还砸了教堂。结果呢，无一处不以中国人的失败而告终。洋人凭借武力恐吓中国，朝廷怕事情闹大，吃更大的亏，总是偏袒洋人，道歉赔钱，杀自己的同胞，处理自己的官员，才换得洋人的宽恕。前些年，贵州百姓与法国传教会发生冲突，巡抚、提督因参与其事，结果巡抚交部严议，提督革职发配新疆。这么大的官，在法国人的要挟下，朝廷都保不住，何况一个区区五品知府？张光藻年近花甲，从衙吏做起，整整在官场混了三十八年，费了多少心机，赔了多少小心，才升到如今的职位。只要不出事，过两年就可以荣归故里，安度晚年，这一辈子也可以过得去了。倘若因得罪洋人而丢官，划得来吗？当然也可以采取另一种态度，那就是跟洋人一个鼻孔出气，狼狈为奸。张光藻也不愿如此。一来遭人唾骂，二来作为一个中国人，他多多少少也对洋人的作为有所不满，太昧良心的事他不干。因此，他有意雇请一个教民做门房，借教民与洋人拉上关系，津民骂教会、仇洋人的事，一般他也不理睬。他脚踏两只船，只求不出乱子，平平安安到致仕。

衙役进来报告，说有人前来告教堂的状。张光藻忙挥手说不见，后听说是水火会的头领徐汉龙，他有点怕了。水火会势力大，徐汉龙更是一个豪杰，得罪他们也不好办，只得勉强出来接见。听了冯瘸子、罗驼子的禀告和武兰珍的供词，张光藻心里想：冯瘸子是夜里远远看见白布包，即使是真的小孩尸体，他也未见那些尸体有无眼珠心肝。至于义冢堆里的小孩尸体无内脏，也有可能让狗吃掉了。倒是武兰珍说的教民王三亲给他药的事，可以对证一下。衙门外已围了上千人，若这次再不出面，会引起公愤，不如随他们到教堂去一下，也可以搪塞人口。刚要起身，又想，自己虽是知府，

上面还有道员，若拉着周道台一起去，今后不管出了何事，自己的责任就小多了。

张知府主意已定，对徐汉龙等人说："天津士民纷传法国教堂迷拐小孩，本府一直记挂在心，已派多人四处查访。现在武兰珍供出迷药系教民王三所给，抓住王三后，事情就可以弄得水落石出了。但事涉法国，非同小可，稍有不慎，便要出大乱子。四川酉阳百姓与法国传教士发生冲突，百姓已死一百四十多人，伤七百多人，至今尚未结案，可为前车之鉴。现在本府和你们一起去见道台周大人，也请他放驾和我们一起到教堂去对证。"

徐汉龙觉得张光藻的话也有道理，便和冯瘸子等人跟着知府蓝呢轿后一同到了天津道衙门。张光藻吩咐徐汉龙等人在门房等候，自己单独进去会见周道台。

天津道员周家勋听完张光藻的陈述后，摸着尖下巴沉吟半天，说："张知府，此事太重大了，弄不好，你我都担当不起，现在有三口通商大臣崇侍郎在这里，他是满员，又与洋人打交道多年，我们何不请他出面？"

"大人高明！"张光藻从心里佩服周家勋的老成持重，"那我们现在就去请崇侍郎。"

"慢！"周家勋说，"眼下衙门外人情汹汹，最易出事，怎么能请崇侍郎到教堂去？你要徐汉龙等人回去，单留下武兰珍。今晚我们两人一起去见崇侍郎，明天再带武兰珍去教堂对证。另外，你告诉百姓，叫他们各安本分，官府正在调查，不要传谣信谣。"

到底是进士出身的道台，虑事处事又要周到稳妥几分，张光藻完全同意周家勋的安排。

三口通商大臣崇厚是个官运亨通的人，三十五岁便以兵部左侍郎的身份出任此职，在这个宝座上一坐十年。他与洋人关系极为深厚，在国人与洋人的纠纷冲突中，他一贯站在洋人的立场上。他决不相信法国教堂有挖眼剖心的事，他愿意亲眼观看武兰珍与王三的当面对质。

徐汉龙回去后，立即通知水火会的人，明天都到教堂去，若洋人不认罪，则使点颜色给他们看看。水火会的人早就憋了一肚子怒火，一听这话，人人欢喜雀跃。冯瘸子也把此事告诉田老二。田老二暗自高兴：明天可以趁火打劫。他又连夜通知他的一班朋友小混混、项五、张国顺、段起发，要他们都做好准备。

第二天，三乘大轿抬到天主教堂大坪，后面跟着几个兵弁，押着武兰珍。教堂牧师夏福音开大门迎接。夏福音笑容满面地说："诸位大人老爷们来此有何贵干？"

张光藻说明了来意。

碧眼金发的夏福音大笑，操着流利的中国话说："这位武兄弟想必是弄错了，我们教堂里没有一个叫王三的教民。教堂里有四位法国传教士，十三位中国教民，另有三个中国工役，连我在内一共二十人。现在都可叫齐，这位武兄弟当面来认，看哪个是给你迷魂药的王三。"

夏福音泰然自若的神态，使张光藻暗暗吃惊。他瞟了一眼武兰珍，只见那家伙脸红一阵白一阵，紧张极了。一会，教堂里的二十个人都到齐了。夏福音依然笑容可掬地说："武兄弟，你来认吧！"

武兰珍战战兢兢地走过去，从第一个看到最后一个，又从最后一个看到第一个。最后，颓丧地摇摇头。

夏福音又笑道："诸位大人老爷，我们法兰西帝国的传教士到贵国来，是为了传播上帝的福音，拯救世人的灵魂，在贵国建育婴堂、医院、讲书堂，全都是为贵国人民做好事。主对我们说，全世界的人，不分国家、不分民族、不分贵贱、不分男女，都是兄弟姐妹，应该相亲相爱。我们既是传播福音、为贵国造福的人，又怎么会做那种伤天害理的事呢？贵国的圣人孔老夫子说得好：'己所不欲，勿施于人。'我们自己的眼睛不愿被人挖，胸膛不愿被人剖，又怎么会去挖别人的眼、剖别人的胸呢？且武兄弟说的教堂左边的铁门这句话也不对。教堂左边根本没有门，右边的小门也是木的。教堂没有铁门。这位武兄弟可能中了妖魔的邪。"夏福音说着，走到惊恐万状的武兰珍面前，念念有词："万能的主哇，你消除他心中的邪恶，救救他的灵魂吧！啊，主，阿门！"

夏福音这番话，弄得几位大人老爷目瞪口呆，再也说不出一句话来。崇厚气得拂袖而起，以手指着武兰珍的额头，骂道："王八羔子，回去再跟你算账！"转脸对夏福音拱拱手，"对不起，打扰了。"说罢，也不同周家勋、张光藻打声招呼，便气冲冲地从教堂里走出来，钻进轿中。周家勋、张光藻也只得讪讪告别。

这时，教堂外围观的百姓已成千上万，吆喝声、呼叫声、咒骂声汇成一片。徐汉龙从人群中冲出来，抓住张光藻的轿杠问："张知府，洋人认罪了吗？"

张光藻苦笑着说："大家都散开回去吧，武兰珍认错了人，教堂里没有王三。"

他边说边进轿，吩咐赶快回衙门。徐汉龙气得大骂："这班无用的软骨头，昏官！"

这时教堂里走出一个中国教民来，双手叉腰，对众人高喊："武兰珍诬陷好人，败坏教堂名誉，不得好死，你们还围在这里干什么？"

徐汉龙冲过去，伸手打了他一巴掌，怒骂："你这条洋人的哈巴狗，白披了一张中国人的皮！"

那人捂着脸，叫道："你打人！"

"打你又怎么样？你这个炎黄子孙的败类，老子还要宰了你！"徐汉龙威严地站在那个教民的面前，犹如一个正义在握的审判官。

刘矮子带着水火会的人高喊："恶狗！""奴才！""打死这个汉奸鬼！"

那教民吓得忙逃进教堂，把大门紧紧关上。围观的人们纷纷向教堂和育婴堂丢石头，丢垃圾。看热闹的人越来越多，兴趣也越来越大，人们都希望把事情闹大。大部分人是想借此煞一下洋鬼子的气焰，出一口多年积压在胸中的不平之气。也有不少人活得百无聊赖，欲借此寻点刺激，让生活增加些花色。还有些青皮无赖，最怕的是天下不乱，他们就得规规矩矩，最盼的就是社会混乱不堪，他们好来个乱中得利。

教堂外人群的喧闹早已惊动离此不远的法国领事馆，领事丰大业像一头受伤的野兽，在大厅里咆哮狂怒。这个对拿破仑崇拜得五体投地的法国外交官，自以为是上帝的高等子民，仗着背后强大的军事力量，在中国的土地上有恃无恐。在他的眼里，中国贫穷落后，中国人愚昧野蛮，他对各地反法国教会的民众斗争恨之入骨，一向主张血腥镇压，以维护法兰西帝国的威严，保证天主教在中国的传播畅通无阻。此刻，他见教堂外的人群越来越多，吵闹声愈来愈大，暴怒已极。

“天津的地方官呢？他们都躲到哪里去了？”他指着身边的秘书西蒙喝问。那神情，仿佛他就是节制天津道府的直隶总督。

“刚才接到报告，知府张光藻、知县刘杰都已派兵出来弹压了。”身穿笔挺西装的西蒙回答。

“派了多少兵？”

“一百多。”

“猪猡！”丰大业粗鲁地骂道，“天津府县都是一批猪猡。教堂外闹事的有几万人，百多兵起什么作用！何况中国的兵都是无能的胆小鬼。”

“是的。”西蒙应声，“不过，他们在自己的老百姓面前，胆子并不小。”

“崇厚这个滑头，为何不出面？他的洋枪队为何不派出来？”

“崇厚先到过教堂，现在回署去了。”

“备车！”丰大业命令，“你和我一起，立即到三口通商衙门去见崇厚！”

崇厚穿一件月白亮纱衣，拿着一把精美的湘妃扇，正在他的珍藏室里欣赏他的宠儿——西洋钟表。崇厚的珍藏室，几乎就是一个钟表店，各色各样的西洋钟表摆满了一屋子，精光耀眼，琳琅满目。崇厚一有空，就会来到这间屋子里，这个钟看看，那个表摸摸，心里喜洋洋的。看到得意处，他会对着钟表哼几句京剧。此时的崇厚，就完全沉浸在一片愉悦之中。上个月，一个比利时商人送给他一座特别的自鸣钟。这座钟有半人高，通身以珐琅装饰，且镶金嵌玉，显得十分的珠光宝气。这还在其次。最妙的是下半部分有四个全裸金发西洋女郎，那些女郎形体造得千娇百媚，就像几个缩小了的真人。每到整点时，钟里发出当当的响声，四个女郎便在原地翩翩起舞，把个崇厚乐得心痒痒地，恨不得把这些洋菩萨都搂在怀里。崇厚没有亏待那个商人，给他以最优惠的待遇：凡他的船进天津港时不予检查。崇厚将这座钟放在珍藏室的正中。每到整点时，他便扔掉手中的公务，急匆匆地跑进珍藏室，兴致盎然地看洋女子跳舞。

崇厚正看得出神，一个服饰鲜美的家人走到他的身边：“大人，法国领事丰大业和秘书西蒙来访，已进了客厅。”

崇厚一惊，手中的纸扇掉到地上，暗暗叫苦：麻烦事来了！急匆匆换上长袍马褂迎了出去。

“领事先生，秘书先生，哪阵好风把你们吹来了？”崇厚一脸媚笑地向丰大业、西蒙打躬作揖。

丰大业打心里瞧不起这个贪图享乐、圆滑庸碌的清国大官僚，他没有吃崇厚这一套，板起脸孔，开门见山地问：“侍郎先生，天主教堂无故遭围，这事你知道吗？”

“知道，知道！”崇厚亲自剥了一个南丰贡橘递给丰大业，笑着说：“张知府、刘县令都已派兵前去弹压了，领事先生放心，事情马上就会平息。”

“我不能放心，侍郎先生。”丰大业并不接崇厚递过来的贡橘，一脸冰霜，“几万百姓的骚乱，一百来个兵就平息了？你的洋枪队呢？调你的洋枪队去！”

丰大业这样直接地命令他，兵部侍郎、三口通商大臣崇厚觉得有失脸面。他压下心中的不快，依然笑道：“领事先生，派洋枪队出来弹压百姓，恐不合适。”

“什么话！”丰大业霍地站起，“侍郎先生，你要明白，你的洋枪队是我们大法兰西帝国和大英帝国帮你建的，保护大法兰西的教堂，是它应尽的职责，你必须马上把它调派出来！”

丰大业如此横蛮不讲理，崇厚一时恼火起来，不过他不敢发作，只略为冷淡地回一句：“洋枪队不能调动。”

“你真的不调？”丰大业气得怒不可遏，从腰里拔出一支乌亮的手枪来，对着崇厚的胸脯就是两枪。“叭叭”，崇厚身后那只一人多高的明宣德宝石红大花瓶被打得粉碎。其实，丰大业只是吓吓崇厚而已，开枪的时候，他将手挪偏了两寸。这两声枪响，吓破了崇厚的胆，他赶紧逃出客厅，躲进内室。衙门里的官吏、兵役们不知出了何事，都围了过来，西蒙一把拖过丰大业，说：“我们走吧！”

丰大业对着内室高喊：“崇厚，我正告你，若不迅速平息骚乱，由此而产生的一切后果都要由你们负责！”

说完，大摇大摆地走出三口通商衙门，又气呼呼地奔回河东，在狮子林浮桥上不期与知县刘杰猝然相遇。刘杰带着几十号兵弁，在教堂周围已待了两个多时辰。他东窜西跑，南奔北突，喊得舌燥口哑，力劝百姓散开，但无一点效果，反招来一声声呵责痛骂。夫人怕他出事，打发家人刘七来叫他回去，扯谎说他的独根苗突然发病了。刘杰四十多岁了，仅这个五岁的独生子，平日看得比自己的命还重。他对带队的把总招呼两句，便急急忙忙带着刘七回衙门。

“站住！”丰大业极不礼貌地下令，“刘县令，你到哪里去？”

“我回衙门去一下。”刘杰冷淡地回了一句。

“刘县令，你身为天津的父母官，这个时候，你能离开教堂吗？”丰大业怒火又生，严厉训斥着天津知县。

刘杰不便说回衙门看儿子的病，一时又急得找不出其他借口，居然张口结舌，不知所措。

“你这个猪猡！”丰大业破口大骂，“你们清国的官员都是猪猡！”

“你敢骂人？”刘杰毕竟比崇厚血性足一点，他不能接受一个外国人在百姓的面前对他这般侮辱，气得冲口而出，“你这个没有教养的洋鬼子！”

“你？”丰大业没有想到刘杰居然敢回骂他，他立时拔出手枪来。刘杰的家人刘七是他的远房侄子，一向对堂叔忠心耿耿，见势头不对，忙跨前一步，以身挡住刘杰。就在这时，丰大业手中的枪响了，一颗子弹正中刘七的左胸，血流如注。浮桥头的百姓见状，顿时狂怒到了极点，刘矮子大叫：“洋鬼子开枪打死人啦！”

这一声喊叫，如同一个火把扔进堆放着千万斤火药的库房，愤怒的火焰冲天燃烧；又如一颗开花炮弹击破海河上的闸门，千百里而来积蓄在这里的怒涛汹涌奔腾了。天津卫在震怒！人心在震怒！刘矮子一句“宰了狗日的洋鬼子”的话还未喊完，几百个百姓便冲上浮桥。丰大业、西蒙见势不妙，忙折回向桥西跑。哪里走得脱！桥西也上来几十个大汉，把回路截断了。刘矮子飞跑过来，扬起一脚，丰大业扑倒在桥上，一阵铁拳如雨点，不过三五秒钟，丰大业和西蒙都已成肉酱了。

这时，从浮桥边一艘官船舱里走出一个高级武官来，那人对着桥上喊：“打得好！”

刘矮子朝着喊声望过去。哎呀，这不是总兵陈国瑞吗？去年，也是在海河边口，刘矮子给陈部扛军粮上船，曾经见过这位人称“大帅”的陈国瑞。这时他见陈国瑞支持，情绪更高昂了，对着众人大喊：“乡亲们，陈大帅说我们打得好，咱们冲到教堂去，干脆，把那几个洋教士也宰掉！”

“对，咱们到教堂算总账去！”

浮桥上的百姓一齐呐喊着冲向人山人海的教堂。

教堂边，徐汉龙跳上一个土墩子，向周围的百姓们喊道：“父老乡亲们，洋鬼子和信教的欺侮俺们，残杀俺们的孩子，现在又开枪打死刘县令的家人，俺们能甘心受他们的宰割吗？”

“不能！”水火会的几百个兄弟一齐高吼。

“俺们报仇吧！”徐汉龙说完，跳下土墩，带头向教堂冲去，上万百姓一齐行动起来，教堂的门被冲开了，夏福音被抓了出来。徐汉龙说：“把他押起来。”立即就有人猛烈反对。“打死他！”十多个人一声喊，夏福音的小命瞬刻上了天堂。另外三个法国传教士一个都没跑脱，全部死在乱拳之中。中国教民也有五六个被抓住打死了，另外几个赶紧扯下胸前的十字架，脱下黑色教袍，换上平时家居衣服，居然混在人群中躲过了。有人从厨房里抱来一桶油，向耶稣像泼过去，马上就有人点火，蒙难耶稣像在火中很快化为灰烬。那火越烧越旺，从一楼到二楼，从二楼到三楼，又从三楼烧到塔楼。转眼之间，一座巍峨壮观的望海楼教堂，便被熊熊大火所吞没。这是一腔不平的怒火，一团复仇的烈火，也是一把自发的野火！

这火从教堂烧到育婴堂，一百多个中国小孩子从里面惊恐万状地跑了出来，还有七八个重病在床的婴儿无人顾及，活活地被烟呛死，被火烧焦。三个法国修女被拖了出来。她们被这愤怒的场面吓蒙了，嘴里叽里呱啦地说着，没有人懂得她们说的什么。有个头发花白的老头走过来，对拉她们的人说：“这是修女，就像我们中国的尼姑，她们也是可怜人，放开她们吧！”

一个满脸横肉的中年人冲着花白头发吼：“什么可怜人，都是妖婆，放了给你做老婆？”

老头子讨了个没趣，低着头挤出了人群。有人高喊：“挖眼剖心都是她们下的手，烧死这几个巫婆！”

一个腰围一片破布的小子，忽地抱拳，向四周一拱手，说：“各位叔伯兄弟们，我们哥儿几个都没有婆娘，求大家行行好，把这几个妖婆赏给我们哥儿们吧，由我们来折磨，替大伙儿出气！”

“呸，下流混子！滚开，别在这里给咱们中国人丢脸！”冯瘸子冲过去，一挥手，将围破布的小子打倒在地，对着人群喊：“谁家有被拐的孩子，都来报仇吧！”

立时便有二三十个披头散发的妇女从人堆里挤出来。这些妇人一边痛哭，喊着自己儿女的名字，一边用牙齿撕咬着修女。片刻光景，三个修女都血肉模糊，不成人形了。

人群中又有人喊：“祸根在法国领事馆！”“捣毁它！”随即就有千百人呼应。于是人流一齐涌向领事馆。领事馆里的人早已逃散一空。大家扯碎大门上的法国国旗，将里面的东西打得稀巴烂。领事馆旁边的公馆、洋行、美国和英国的几处讲书堂也统统被砸得一塌糊涂。人们还不解恨，仍情绪激昂地在那里谈论着，笑骂着，互相庆贺胜利。大家都觉得，这一辈子就数今天活得痛快！

离天主教堂三里路远的关帝庙里，田老二带着小混混等一班青皮兄弟在这里蹲着，他们另有打算。就在大家撕毁法国国旗的时候，远远地过来三乘轿子。田老二喜道：“到底来了！”说着冲出关帝庙，小混混等紧紧跟上。

“停住，停住！”田老二扬起手中切西瓜的刀，对着轿夫的脸晃了几晃，轿夫们吓得魂飞魄散，立即停下。田老二掀起轿帘，里面坐了一个白皮肤、黄头发、蓝眼睛的洋婆子。田老二一眼看见了她脖子上戴着一串发光的金项链，两只手上各戴一只宝石戒指，心中暗喜。他一只手伸进轿里，将那洋婆子拖出轿外，口里骂道：“你这个妖婆，爷们报仇来了！”说罢，手中的西瓜刀便向那女人的头上砍去。女人尖叫一声，倒在地上。

这时，从第二顶轿里跑出一个男洋人，正赶上项五走过来，二话没说，挺起长枪，向他的腿上戳去。张国顺、段起发跑过来，各自用刀用棍将这个洋人打死。三人在洋人身上乱摸一气，一样值钱的东西也没有。

“后面那个跑了！”小混混眼尖，见第三顶轿里跑出一个足有六尺高的洋大汉，小混混不及他的肩膀高。他也不知哪来的胆量，追上去，一拳打在那人的腰上，洋大汉扑倒在地，爬不起来，小混混骑在他的身上，抡起两个拳头一顿乱捶。他仿佛觉得自己就是景阳冈上的打虎英雄武松，在围观人群的面前出尽了风头，口里一个劲地骂：“打死你这个洋鬼子！谁叫你欺侮咱哥们。”

田老二迅速从女洋人的脖子上扯下金项链，又从她的左手指上褪下一只蓝宝石戒指，右手指的红宝石戒指却被项五捋下了。段起发什么也没得到，不服气，在她身上胡摸起来，意外地在口袋里发现一块金表。众人见小混混正在打另一个洋人，便都赶来帮忙，几刀砍下，那洋人就不再动弹了。段起发吸取刚才的教训，先下手，洋人左手上的金戒指被他死劲取下。张国顺在他的上衣袋里掏出几张花花绿绿的票子。再摸，没有了。项五没捞到油水，气得憋紧腮帮，用力将死洋人翻了个身，伸手掏他屁股上的小口袋。口袋是空的。项五恨得吐了一口痰，骂道：“这个穷鬼！比咱哥们好不了多少！”

轿夫早已吓得不知去向，轿旁也围了上百人，田老二等正要走，围观中有人说：“你们这几个小子，打死了洋人，抢走了东西，把尸体丢在这里不管，岂不苦了住在这里的百姓！”

小混混听了，对田老二说：“二哥，把这几个洋鬼子扔到河里去吧！”

田老二点头。于是五人一齐动手，将两男一女三具洋尸全扔进海河。末了，连西瓜刀、长枪也丢进河里。田老二等四人都得到了好处，唯独小混混一点东西也没得到。他不觉遗憾，他很快乐。田老二他们身上藏有金链金表，怕遭人打劫，赶紧回了家。小混混无所顾忌，听到领事馆那边吼声震天，又跑过去，挤到人堆里看热闹。

望海楼教堂的大火一直烧到深夜才渐渐熄灭，闹腾一整天的人群，尽管亢奋异常，欢快异常，到底太疲倦，凌晨之前也渐渐地散开了。

消息传到京师，总理各国事务衙门震惊万分，主管大臣、三十八岁的皇叔恭王奕䜣心中恐惧不已。奕䜣这些年办洋务，用他自己的话来说，好比江湖上走绳索的卖艺人，步步都须格外的小心谨慎，即便如此，也常常出乱子，招致朝野不少人反对。

奕䜣在与洋人打交道的过程中，深知洋人的目标不在中国的江山社稷，而在攫取中国的财富。作为皇室中最重要的成员，奕䜣因此对洋人放下心来，至于银子，那毕竟好商量。基于此，奕䜣办洋务的态度，说得好听点就是“抚”，说得直爽点就是“媚”。他与洋人保持亲密的关系，恪遵与洋人订立的各项条约，并常常做些让步，满足他们贪婪的索取，以求保得相安无事的局面。同时，奕䜣也注意学习洋人的长处，试图把它用之于中国，使中国徐图自强。这方面的想法，他与曾国藩的观点完全一致，在朝中，在各省也不乏支持者，比如文祥、左宗棠、李鸿章、郭嵩焘、沈葆桢、丁日昌等人，就都是他的追随者。但奕䜣的这番用心，并不能得到天下的谅解。

首先是大学士倭仁就看不惯。这个理学泰斗一心要维护中国传统礼教的纯洁性和至高无上的统治地位，对奕䜣与洋人的拉拉扯扯很觉不顺眼。同治五年，当奕䜣提出选用科甲官员入同文馆学习天文、算学的主张时，倭仁就坚决反对。他抗词驳斥奕䜣的观点：“立国之道，尚礼义不尚权谋，根本之图，在人心不在技艺。古往今来，未闻有恃术数而能起衰振弱者也。”倭仁这么一带头，就有一批所谓忠贞之士激昂慷慨地附和，声称如果这样下去，大清非亡国灭种不可。后虽经慈禧太后支持，事情总算进行下去了，但已闹得举国不靖。这还罢了，最令奕䜣头痛的是遍及全国的教案，把他弄得焦头烂额，举止无措。而这些教案中，又以与法国天主教的冲突最大。奕䜣记得，咸丰十年的南昌教案、同治元年的衡阳湘潭教案、同治四年七年的酉阳教案等等，都是与法国天主教发生的流血冲突。酉阳教案因打死一个法国传教士，激起教堂报复，居然死了一百四十五个中国百姓。这场惨案，至今尚未了结，眼下法国的损失比哪次都要大，他们怎会善罢甘休！这场乱子如何结局呢？奕䜣不敢想象。他只得立即给三口通商大臣崇厚下令，要他迅速查明事件的原委和后果，并对受影响的外国领事馆致以歉意。

消息更使法国和其他几个在天津驻有本国人员的西方国家震惊，他们纷纷派员前往天津。

崇厚奉命查明，这次事件中，包括丰大业在内，共打死法国人九名、俄国人三名、比利时人二名、英国美国人各一名，另有无名尸十具，烧毁法国教堂一座，毁坏法国领事馆一处、育婴堂一处、洋行一处、英国讲书堂四处、美国讲书堂二处。法国驻京公使馆公使罗淑亚认为蒙受了空前未有的奇耻大辱，他联合英、美、俄、比利时等六国，向清廷提出严重抗议。法国政府停泊在远东的三艘军舰也集结于天津、烟台一带，扬言要把天津化为焦土。刚刚出了一口怨气的天津士民，头顶上正压着一块沉重的战争乌云。

这块战争乌云，尤使慈禧、奕䜣害怕。在崇厚的“愚民无知，莠民趁势为乱，地方官失职”的奏折上，慈禧批令严厉处治肇事匪徒，将天津地方官员先行交部分别议处，并将派崇厚出使法国赔礼道歉。总理衙门向各国驻京使馆发出照会，重申遵守各项条约，保护各国在华利益，严惩肇事凶手，公正处理天津事件。

但各国公使，尤其是法国公使对清廷态度的诚意表示怀疑，罗淑亚警告奕䜣：法兰西帝国的舰队正在升火待发，随时都可以越过重洋，进入天津。当奕䜣把外国人的态度禀报给慈禧时，年轻的西太后沉默了很长一段时间，然后慢慢地说："得派一个压得住台面又顾全大局的重臣前去天津迅逗处理，以宽洋人之心。"

"太后的决定英明。"奕䜣期望的正是这个决定，他心里已想好人选，只是太后未问，他不便轻易先提出。自从罢去"议政王"头衔后，他处事谨慎多了。

"六爷。"慈禧客气地叫了一声奕䜣，"你看派谁去为好呢？"

"臣看曾国藩去比较适宜。"奕䜣装着思考一下后再回答，"不过，曾国藩现正在病假中。"

"这也是没有法子的事，只得麻烦他了，别人谁去都不济。况且他是直督，也是他分内的责任。"慈禧说。奕䜣的奏对与她的想法不谋而合。

"是的。臣也相信曾国藩一向不畏艰难，以国事为重，是不会推辞的。"奕䜣心口压着的石头落了地，仿佛曾国藩一去，战争阴云就会立即被驱散。

"六爷，你去叫内阁拟旨来。"慈禧也心宽了，她把右手举起，极有兴致地欣赏无名指上的金指套。这指套昨天才打好，金光灿灿的，足有三寸半长，她很满意。

"是。"

奕䜣正要跪安，西太后又以悦耳的声音补充："要内阁把朝廷的旨意拟明白些，语气要坚决些，好让曾国藩到天津后，办起事来有所依凭，不致因百姓和地方官的情绪乱了方寸。"

六、给儿子留下遗嘱

保定城总督衙门口，今上午忽然变得热闹起来。大公子曾纪泽正在忙忙碌碌地张罗着，一根丈把高的竹竿上悬挂着一挂长长的鞭炮，鞭炮下面站着一排吹鼓手。过一会，二公子曾纪鸿也走了出来，身后跟着一队府里的听差。四周的百姓感到奇怪：看这架势，总督衙门今天像是有喜事，但又不见张灯结彩、披红挂绿；若是办丧事哩，又不见戴白系麻的，门前也没有招魂幡。只见老家人荆七从前面大路上小跑过来，对纪泽说："大公子，马车就要到了！"说完后，又走到吹鼓手队跟前，吩咐做好准备。

正说话间，一辆三匹马拉着的大马车停在门前大坪中，纪泽忙拉着纪鸿走过去，跪在马车前。车里走出李鸿章的幼弟李昭庆。他刚一下车，荆七便挥挥手，早已准备好的一群听差都走了过去，七手八脚地从马车上卸下二十四根长八尺、径长一尺二寸的大圆木来，每根圆木的腰间系一根红布条。这时鞭炮轰响，鼓乐齐鸣，纪泽兄弟对着圆木叩头不止。荆七一声吆喝，四十八个听差，抬起二十四根圆木，鱼贯踏上台阶，走进衙门。纪泽、纪鸿低着头走在最后。

原来，这二十四根圆木，是两副棺材的用料。去年，曾国藩离开江宁前夕，李鸿章赶来送行，轻声问恩师在江南尚有何未了私事。曾国藩悄悄对他说，已在江西建昌定下两副棺木料，方便时，请他带到保定来。李鸿章谨记在心，赴西北前夕，他将此

事交给昭庆，要弟弟亲到建昌去督办。他要把这两副棺木作为自己的礼物送给恩师，尽一点做门生的孝心。

曾国藩在书房里亲热地接见了李昭庆，并验看了千里运来的建昌木。但见根根光亮笔直，纹理细密，仔细嗅一嗅，还有一股淡淡的清香。建昌木身上常见白色波澜条纹，故又叫建昌花板。这建昌花板号称做棺材的上等佳料，又经李昭庆从上万根木料中亲自选出，岂有不好之理！正在谈论下一步如何制造的时候，巡捕报："圣旨到！"

曾国藩慌忙换上朝服来到公堂，刚升为吏部侍郎的周寿昌亲自赍旨来到，朗声诵读：

> 崇厚奏津郡民人与天主教起衅，现在设法弹压，请派大员来津查办一折。曾国藩病尚未痊，近日已再行赏假一月，惟此案关系紧要，曾国藩精神如可支持，着前赴天津，与崇厚会商办理。匪徒迷拐人口、挖眼剖心，实属罪无可逭。既据供称牵连教堂之人，如查有实据，自应与洋人指证明确，将匪犯按律惩办，以除地方之害。至百姓聚众将该领事殴死，并焚毁教堂，拆毁育婴堂等处，此风亦不可长。着将为首滋事之人查拿惩办，俾昭公允。地方官如有办理未协之处，亦应一并查明，毋稍回护。曾国藩务当体察情形，迅速持平办理，以顺舆情而维大局。钦此。

天津事起之后，作为直隶总督，曾国藩早已做好到天津查办的准备，他对这道圣旨不感到意外，对圣旨中所提到的惩办迷拐人口及为首滋事人员的决定，他也深表同意。但这件事办起来，必有千难万难，曾国藩心中也非常清楚。不过，他却不能推辞，只得答道："臣曾国藩遵旨。"

周寿昌念过上谕之后，随即走过来，双手扶起病体衰弱的曾国藩，心里涌起一股怜悯之情。

"涤生兄，这是件极难措手的事，京中议论甚多。"周寿昌关心地说。

"我知道。"曾国藩的情绪十分低落，"但我身为直隶总督，天津闹事，我能不管吗？"

"要么这样，"周寿昌望着曾国藩满是皱纹又略带浮肿的长脸，以及两只上下眼皮几乎完全靠拢的眼睛，诚恳地说，"我去回复皇太后，说你重病在床，不能起身，请太后另简别人。"

对老朋友的这番情义，曾国藩深为感谢。一瞬间，他也觉得可以接受，本来自己就已告假在先，并非临事推诿。但他转念一想，又觉不妥。此事关系太大了，处理得好不好，都直接牵连到整个国家的命运。自古忠臣遇到国家危难之事，即使重病在床也要力疾受命，当年林文忠公就是这样死在前赴广西的路上，赢得了千古忠贞的美名。苟利国家生死以，岂因祸福避趋之。林则徐悲壮的诗句在他的脑子里浮起，他决心向林则徐学习：力疾受命。

"应甫，你回去禀报皇太后、皇上，就说我过两天就出发，一定要把天津的事情处理好，请圣上放心。"

送走周寿昌后，曾国藩一直一个人怔怔地枯坐在书房里，不吃不动，仿佛老僧入定一般。夜晚，欧阳夫人亲自送来一碗参汤，劝他喝下，又劝他为国为家保重身体，早点躺下休息。他谢了夫人的好意，答应立即就睡。待夫人走后，他关好门，拨亮灯，拿出纸笔来，思量着要写点东西。

建昌花板和赴津办教案的上谕同一天到达，明明白白地预示着他此次津门之行是有去无回了。对自己这衰病之身，他无甚留恋；官居一品，封侯拜相，已位极人臣，也无甚遗憾了。他最牵挂的就是两个儿子，担心他们今后不能好好地立身处世，担心曾氏家族会有一天突然败落。这样的事，对于大家世族来说，几乎不可避免。他希望曾家能够避免，至少能推迟几代出现。要写的话，多少年来烂熟于胸，用不着多想，他笔不停挥，文不加点，一直写到鸡叫头遍才住手。写完后他又从头至尾诵读一遍，一种惆怅落寞之情油然袭来，不能自已——

余即日前赴天津，查办殴毙洋人焚毁教堂一案。外国性情凶悍，津民习气浮嚣，俱难和叶，将来构怨兴兵，恐致激成大变。余此行反复筹思，殊无良策。余自咸丰三年募勇以来，即自誓効命疆场，今老年病躯，危难之际，断不肯吝于一死，以自负其初心。恐邂逅及难，而尔等诸事无所禀承。兹略示一二，以备不虞。

余若长逝，灵柩自以由运河搬回江南归湘为便。沿途谢绝一切，概不收礼，但水陆略求兵勇护送而已。

余历年奏折，抄毕后存之家中，留予子孙观览，不可发刻送人，以其间可存者绝少。所作古文，尤不可发刻送人，不特篇帙太少，且少壮不克努力，志亢而才不足以副之，刻出适以彰其陋耳。如有知旧劝刻余集者，婉言谢之可也。切嘱切嘱。

余生平略涉儒先之书，见圣贤教人修身，千言万语，而要以不忮不求为重。忮者嫉贤害能，妒功争宠，所谓怠者不能修，忌者畏人修之类也。求者贪利贪名，怀土怀惠，所谓未得患得，既得患失之类也。忮不常见，每发露于名业相侔、势位相埒之人；求不常见，每发露于货财相接、仕进相妨之际。将欲造福，先去忮心；将欲立品，先去求心。忮不去，满怀皆是荆棘；求不去，满腔日即卑污。余于此二者常加克治，恨未能扫除净尽。尔等欲心地干净，宜于此二者痛下功夫，并愿子孙世世戒之。

历览有国有家之兴，皆由克勤克俭所致；其衰也，则反是。余生平亦颇以勤字自励，而实不能勤；亦好以俭字教人，而自问实不能俭。尔辈以后居家，要痛改衙门奢侈之习，力崇勤俭之德。

孝友为家庭之祥瑞。吾早岁久宦京师，于孝养之道多疏，后来辗转兵间，多获诸弟之助，而吾毫无裨益于诸弟。余兄弟姐妹各家，均有田宅之安，大抵皆九弟扶助之力。我身殁之后，尔等当视叔如父，视叔母如母，视堂兄弟如手足。诸弟渐老，余此生不审能否相见，尔辈若能从孝友二字切实讲求，亦足为我弥缝缺憾耳。

七、轿队被拦在天津城外

曾国藩带着赵烈文、吴汝纶、薛福成和几个兵弁，冒着六月酷暑，扶病上轿。彭楚汉建议："大人身为直隶制军，天津又处动乱之中，此行宜以兵马壮声威。卑职愿带一千人随大人进津门。"

"不行。"曾国藩断然拒绝，"上谕说持平办理，以顺舆情而维大局。维护大局，则不能开仗。我带兵前行，不正好给洋人动刀兵以借口吗？"

彭楚汉默然退下。

"彭军门。"曾国藩又把他叫住。"洋人猖狂无礼，后果难以预料，直隶军队有捍卫京畿之责任。你要训饬部属，决不能掉以轻心，随时准备，以防不测。"

彭楚汉领命，作为一个有十几年戎马生涯的总兵，他懂得目前形势的严峻。

绿呢大轿启行了，后面赵、吴、薛等骑马相随，沿着通往天津卫的古道缓缓前进。一望无边的京津平原在烈日暴晒下，一切生命都变得疲软懒散。两旁庄稼地里，稀稀落落地种着些高粱、玉米、西瓜、红薯，叶片低垂，藤儿干枯，全无一点生气。地里死一般地寂静。偶尔可见一两个人从高粱丛中钻出来，大口大口地喘气，然后又钻进去。这些人浑身上下一丝不挂，生长在南方的赵烈文、吴汝纶等人看着直摇头。古道上很少见到来往行人，偶尔所见的，也只是一些居住在附近的百姓，个个面如菜色，身如干柴。进入静海地面时，路上行人渐渐多起来，他们拖儿带女，背着大布包，神色忧伤。曾国藩叫兵弁过去打听。原来是永定河在葛渔城一带又决口了，冲毁农田庄舍无数，受灾的百姓只得背井离乡去逃难。老百姓刻骨咒骂河道河吏，骂他们将河工的款子贪污了，偷工减料，敷衍草率，欺蒙上司，贻祸百姓，是一班该千刀万剐的贪官污吏。

曾国藩坐在轿里，一颗心沉重得如同千斤铁钟。眼里所看到的已令他怆然，听到的又令他愤然，而即将面临的更令他颓然。

西洋天主教早在明末就在中国传播，到康熙年间大盛，一时有信徒好几十万。后来，因天主教不准中国信徒祭祀祖先，引起朝廷不满，而神父穆经运又参与胤禩等夺嫡之争，故雍正、乾隆之后，天主教遭到严禁。鸦片战争之后，朝廷又允许外国人传教，随之而来的便是不少纠纷。

曾国藩对天主教素来反感。天主教独尊上帝，不敬祖宗，不分男女，与他心目中的礼义伦常大相径庭，他视之为扰乱中华数千年文明的异教。在他看来，长毛就是把这一套学了过来，结果造成十多年的大乱。至于洋人贩来的鸦片，他更是深恶痛绝。但对洋人的坚船利炮以及诸如千里镜、自鸣钟、机器等，他又由衷地佩服。三十年前惨败于洋人的教训，他记忆犹新。十多年来亲历戎间，对外国与中国在军事上的悬殊他看得很清楚。一个基本认识已在他心中深深地扎下了根：与洋人相争，不在于一时一事的输赢，而在于长远的胜负。中国目前不如洋人，一旦开仗，只有失败。要靠"打脱牙和血吞"的精神，忍辱发愤，徐图自强。他以这个认识为基础，利用晚上住宿的空隙，拟了一篇《谕天津士民示》，告诫天津士民要将好义刚强之气引入正道，对教堂传闻要查访确实，不可以忿报忿、以乱招乱。十载讲和，得来不易，一朝激变，荼毒百姓。并公告奉命而来，一以宣布圣主怀柔外国、息事安民之意，一以劝谕津郡士民，必先明理而后言好义，先有远虑而后行其刚气。曾国藩准备一进津门，就将这张告示交衙门刻版，刷印几百份，遍贴大街小巷。

远远地看到天津城绵延的城墙和高大的城门了，绿呢大轿在稍子口停下。这里离城尚有七里地。天津道员周家勋、天津知府张光藻、天津知县刘杰已在此等候多时。众人将曾国藩迎进屋里。刚一落座，便见周道台在前，张知府、刘县令在后，一齐跪在地上，高喊："求老中堂给卑职们做主。"

说罢，对着曾国藩叩了三个响头，抬起头时，三个人都满脸是泪。曾国藩心中甚是凄楚，说："都起来，这是什么地方！你们都是镇守天津的朝廷命官，如此哭哭啼啼的，让百姓传扬出去，岂不丢朝廷的脸？"

周家勋等人起来，不敢坐，都垂手站在曾国藩的两旁，等待他的训示。

"城里现在安定下来了吗？"

"回老中堂的话。"周家勋低头答道，"大规模的闹事起哄是没有了，但百姓心里都大不服气，许多人都在骂崇侍郎。"

"骂他什么？"曾国藩对此颇为关心。

"骂他是讨好洋人的汉奸。"刘杰插话。

曾国藩两腮的肌肉轻轻地抽搐了一下，说："胡说八道。"

不知是中气不足，还是并不十分愤怒，这四个字显得轻飘飘的。刘杰听出了其中的味道。这次事件由围攻咒骂，发展到烧楼毙人，实由丰大业开枪的缘故。堂侄当天抬到家里后便气绝，他悲痛不已。倘若不是这个忠心的侄儿，气绝的便是他本人。他恨强盗土匪般的法国佬，因而对百姓的举动能够理解，也予以同情。他把自己的观点亮给崇厚听时，谁知也遭到丰大业枪击的崇厚非但不支持他，反而说他糊涂。刘杰觉察出曾国藩与崇厚的口气大有不同，于是壮起胆子说："中堂大人，丰大业身为法国领事，两次枪击我朝廷命官，公然侮辱我大清帝国的尊严，且打死卑职的家人。百姓愤然而起，捍卫朝廷尊严，伸张正义，虽然做得过头了些，但事出有因，情可宽恕。"

"刘明府，你说如何宽恕法？"曾国藩苦笑一声，"丰大业无理，可以由朝廷出面，与法国公使交涉处理，如何能就因此放火烧屋，杀死那样多与丰大业毫不相干的洋人？现在退一万步来说，即使朝廷采取宽恕的态度，不再追究，但洋人会答应吗？设身处地想一想，假若我大清国在别的国家里遭到这样的袭击，我们又会怎样想呢？我们难道就会宽恕吗？"

刘杰一时语塞。周家勋想陈述教堂迷拐幼童、挖眼剖心，百姓积怨甚深等情况，但话到嘴边又咽下去了。这些事不是一两句话就能说清楚的，需要等总督大人到署后详细禀报，张光藻本想诉诉对"交部议处"的委屈，见周、刘都不再说话，也就不做声了。曾国藩喝了两口茶后，吩咐起轿。

曾国藩的绿呢大轿领头，后面跟着周家勋等人的蓝呢大轿，平日的全副执事都免去了，轿队冷冷清清的，似乎坐的都是一些受审遭贬的官员。轿队悄没声息地前进三四里路远时，忽见前面大道上黑压压地跪下一片人。走在轿队前面的戈什哈吓得忙回头禀告曾国藩，请示进止。曾国藩眉头一皱，面色不悦地说："叫张知府、刘明府去问问，这些人是干什么的。"

张光藻、刘杰下了轿。过一会，张光藻返回，对曾国藩说："前面跪的是天津各界士民，他们要面见中堂大人。"

"叫他们都散开！有事以后到衙门里说去！"曾国藩不耐烦地挥挥手。

张光藻很快又转回来，哭丧着脸说："非请大人下轿接见他们不可，否则他们决不散开。"

"这是什么话！"曾国藩气愤地说。他知道天津百姓不好对付，极不情愿地下了轿。跪在道上的士民见曾国藩走过来，立即乱哄哄地喊："曾大人！""老中堂！""青天大老爷！"

曾国藩挺直腰板，两手叉腰，尽量做出昔日那种凛不可犯的风度来。无奈右眼已眯成一根线，左眼也只能睁开一点点，没有过去的如电目光，也就没有过去令人战栗的威严。天津士民们发现，站在他们面前的曾国藩，与他们所想象的湘军统帅完全对不上号，若没有那身吓人的一品官服，他与俺们普通老头子有什么差别！

"父老兄弟们！"曾国藩干咳一声，大起喉咙喊道，"鄙人奉太后、皇上之命，前来处理津民与洋人斗殴之事。各位请放心，鄙人一定会遵循国法，秉公办理。"

话音刚落，人群中立即腾起一片乱糟糟的喊声："曾大人，您要为咱们百姓撑腰！""中堂大人，洋人是恶鬼，您可不能像崇厚那样偏袒他们！""老中堂，您要明察秋毫哇！"

曾国藩心里烦躁起来。他强压着厌烦情绪，高声说："父老士民们，请你们让开一条路，好让鄙人进城。"

前面跪着的几个百姓挪动了膝盖，让出一条四五尺宽的路来。曾国藩正准备上轿，人群中突然站起一个身着长衫的青年，大声说："老中堂，津门各书院士子公推晚生出来说几句话，请老中堂赏脸听一听。"

曾国藩见说话的士子长得眉目清秀、斯斯文文，脸上流出一丝浅笑。他平生从不怠慢读书人，尤其喜欢那些长得挺拔的年轻士子，他认为人才大都藏在这批人中。一个戈什哈从附近人家中搬来条木凳，他坐在凳子上，习惯地抬起右手梳理胡须，微微点点头。

青年士子会意，大着胆子说："去年，老中堂由两江来到直隶，我津门全体士子人人欢喜雀跃，咸谓有老中堂这样清正廉明、治国有方的总督，直隶从此将可从疲沓中振兴起来。老中堂督直不久，便刊布《劝学篇示直隶士子》，鼓励我直隶士子以旁侠之质入圣人之道，又告诫以义理为先、以立志为本，取乡先达杨、赵、鹿、孙诸君子为表率。老中堂的教导，我津门士子都铭记在心。"

说到这里，青年士子偷眼看了一下坐在板凳上的总督，见他注意在听，气更壮了："这次听说太后、皇上派老中堂前来处理上月的事件，津门学子比去年欢迎的心情更为强烈。上月之事，明摆着是洋人所逼，欺人太甚。往日洋人欺侮老百姓，士子们已愤愤不平，现在他们竟然公开侮辱我津郡父母官，眼中已无我大清帝国，士子们无不义愤填膺。这等洋鬼子，杀之应该。老中堂，我们都记得十多年前，您的那篇震撼天下的《讨粤匪檄》。檄文说，长毛别有所谓耶稣之说，《新约》之书，以此来取代我孔孟之教。此为开辟以来名教之奇变。并号召所有血性男子共同征剿。洋人和长毛是一丘之貉，他们妄图以耶稣、《新约》来迷惑我炎黄子孙，乱我孔孟名教，津门父老奋起反抗，和当年湖湘子弟抗击长毛如出一辙。津门士子表示支持，也正是遵循老中堂之教诲，以旁侠之质入圣人之道的体现。故全体士子公推晚生出面，恳请老中堂明察士民爱国卫道的苦心。”

那士子说完又跪下去，他周围的人一齐喊：“请老中堂明察！”

曾国藩面无表情地听着，心里对这番话是欣赏的。尤其使他快慰的是，十多年前的那篇檄文，在远离湖南数千里的天津至今尚深入读书人之心。他觉得刚才这位士子很会讲话。清晰的语言，说明他有清晰的头脑，既然被全体士子所推出，一定在他们之中享有威望。这是个人才，应该破格提拔！

“大人，我也说几句！”人群中刷地站起一个粗大的黑汉子，他是水火会的头领徐汉龙。

“你是什么人？”曾国藩见那人样子有点凶猛，遂打断他的话问。

“我是海河岸边的铁匠。”徐汉龙不理睬曾国藩眼中流露的鄙夷神色，豪放直率地说，“天津百姓放火烧教堂，捣毁育婴堂，完全是正义的行动。大人您或许不清楚这里的底细，听我拣几件事说说。”

“你说吧！”曾国藩一向倡导实事求是，捕风捉影的话他听得太多了，重要的在于具体的事实，所以他鼓励徐汉龙说下去。

“第一，”徐汉龙没有通常见曾国藩的人那样恭顺多礼，他开门见山地说，“天主教堂终年紧闭，行动诡秘，教堂和育婴堂底下都挖有地窖。这地窖都从外地请人修建，不让津民参与其中，百姓普遍怀疑这地窖中大有名堂。第二，中国有到育婴堂治病的人，往往只见其进，不见其出。前任江西进贤知县魏席珍的女儿贺魏氏，带女入堂治病，久住不归，她父亲多次劝说也无效，家里人都说她吃了育婴堂的迷魂药。第三，将死的幼孩，育婴堂也收进去，以水浇头洗目，令人诧异。又常见从外地用车船送来数十上百幼童，也只见进的，不见出的。还有最重要的一点，育婴堂、教堂里这半年来死人很多，但都在夜晚埋葬，很令人可疑。上个月百姓们在义冢里挖出几具新尸验看，见这几具尸都是由外向里腐烂，尤其腹胸都全部烂坏，肠子肚子外流。大人您知道，死人都是由里烂出的，哪有从外面烂进的道理？这几件事，难道还不能证明天主教堂、育婴堂是披着教会慈善的外衣，干着挖眼剖心的恶鬼勾当吗？”

徐汉龙说完也跪下，他身边的人怒极高喊：“天主堂、育婴堂是恶鬼窝！”

曾国藩心想，这个铁匠也不简单，敢在朝廷大员的面前理直气壮地陈说，若这几桩事情都是真的，也怪不得百姓不疑不气了。

正思忖间，冯瘸子也站起来，对着曾国藩嚷道：“总督大人，刚才徐大哥说的半夜埋人，就是我亲眼所见的。他们这些洋人把我们中国人不当人看，还不如他们喂养的狗。他们残杀我们成百上千个幼童，我们为什么不能杀他们？实话告诉你吧，那天烧天主堂就是我放的火，洋人我也杀了一个。你要抓凶手，就抓我吧！”

冯癞子话还没说完，刘矮子也跳起来叫道："我也杀了洋人，抓我吧！"

立时就有六七个人一齐站起，大叫大嚷："我们都是凶手，官府要抓就抓吧！""为杀洋人而砍头，值得！""来世长大，还要杀洋人！"

曾国藩心里惊道："看来这烧教堂、杀洋人的人，一定令百姓视为英雄，不然他们怎会这样争着承认？"他站起来，极力以威严的神态说："都不要嚷叫了！刚才那位士子和铁匠的话，是不是都代表各位的意思？"

"是的。"跪在地上的士民们齐声答道。

曾国藩的两道扫帚眉紧紧地拧了起来，过了好长一阵时间才说："现在请各位父老先让鄙人进城去，有事以后还可以再来找。"

众人都纷纷站起散开。轿子重新抬起时，曾国藩吩咐加快速度，赶紧进城。

进城后，他谢绝道、府、县的殷勤相邀，带着赵烈文、吴汝纶、薛福成等人住进文庙。刚刚吃过晚饭，三口通商大臣崇厚便前来拜访。曾国藩顾不得劳累，忙以礼相见。在曾国藩的面前，崇厚是一个地地道道的晚辈，而崇厚对这个文才武功并世无出其右的武英殿大学士，也从心里崇拜。他本是个乖觉伶俐的人，此刻在曾国藩面前，益发显得恭敬。

"老中堂，晚辈是盼星星盼月亮，盼望您来。天津这个烂摊子，眼下是乱哄哄、稀糟糟的，道、府、县都交部议处，他们都不管事了，等候革职发配，全部担子都压在晚辈一人肩上，我崇厚哪有能力管得下？不是晚辈眼里无王公贵族，现在就是恭王爷亲来，也不一定弹压得住。阖朝文武，只有老中堂大人您一人可以镇得住这个局面。"

崇厚以十二分的诚恳说着，这的确也是他的心里话。他目前在天津的日子很难过。舆论都说他没有骨气，骂他是汉奸，法国人又不断地给他施加压力，过几天，公使罗淑亚要亲到天津来找他当面算账。他好比钻在风箱里的老鼠，两头受气。这下好了，以曾国藩的地位和声望，足以构成一堵坚实的挡风墙。

崇厚的诚恳态度，颇使曾国藩感动。他说："老夫已是衰朽，实不能荷此重任，只是职分所在，不能推辞罢了。侍郎这些年来在天津为朝廷办三口通商，与洋人打交道，也是件不容易的事。老夫这些年来与洋人直接接触不多，天津之事，与洋人构成大隙，如何处置妥帖，还要多仰仗侍郎的经验和才干。"

"哪里，哪里！老中堂这一来，一切事情都可迎刃而解。太后已命晚辈去法国说明津案的缘由，过几天晚辈便进京陛辞，起航远行了。"崇厚早就巴望着曾国藩来，他好脱身，跳出火坑。

"不，不，侍郎你不能走。"曾国藩忙制止。他既然决定力保和局，不开兵衅，崇厚与洋人相处密切的关系，便是一个最可利用的好条件。"你在天津再留几个月吧，老夫与你谤则同分，祸则同当。明天，老夫亲为你上一道奏请如何？"

曾国藩这样恳切地挽留，崇厚不能推辞。再说，协助曾国藩完满地处理好这起事件，今后无论在朝廷，还是在洋人面前，他都可以挣得脸面。崇厚同意了。"老中堂这样信任晚辈，晚辈一定尽力协助老中堂处理好这件事。晚辈今天特来向老中堂禀报这件事的前前后后。"

关于天津教案，曾国藩在保定时就已知大概，周寿昌传旨后，又将京中的传闻告诉了他，今天从城外天津官员和士民的口中，他又听到不少有关事情的真相，但所有这些，都不能代替崇厚的当面禀告。这不仅因为崇厚是这个事件的主要当事人，还因为崇厚坐镇天津十年，他对包括法国人在内的洋人的熟悉，是别人远远不可比的。正是在这个基础上，曾国藩建立起对崇厚的信任。

崇厚能说会道，把上个月发生的这件事的全过程说得清楚细致、有条有理，使曾国藩听了一个多时辰，也不觉厌倦。他心里想：许多人说崇厚是个不学无术的花花公子，看来不完全正确。八旗子弟，只要不是家道完全败落，哪个不是花花公子！能像崇厚这样就不错了。曾国藩含笑听着崇厚的叙述，不时插几句问话，气氛很融洽。事情的经过讲完后，崇厚说："老中堂，晚辈对这件事有几点想法。"

"你说吧！"曾国藩欣赏下属对事情有自己的看法，他讨厌那种人云亦云、糊涂颟顸的人。

"第一，事情的起因，完全肇于百姓的愚昧无知。所谓迷拐幼童、挖眼剖心，纯粹是无稽之谈。天主教的教义最是仁慈，街上讨食的乞儿、流浪的孤儿，育婴堂都收留，让他们住在那里，有饭吃，有衣穿，还教他们识字唱歌。这种事，我们自己的衙门都做不到啊！"

曾国藩想到自己所到之处，眼见不少弃婴乞儿，心中虽是怜悯，也未曾想到过要收容。这么多，如何收容得了？别的官员们也未见有育婴堂这样的义举。他觉得惭愧。

"愚民但说洋人挖眼剖心，也不追问，这挖眼剖心到底是做什么用途呢？"崇厚继续说下去，"洋人医道最是发达，许多病我们束手无策，他们的医生一来，便可手到病除。我有一次问过夏福音，有人说吃人的眼睛目明，吃人的心肝长寿，是这样的吗？夏福音听后哈哈大笑，说这是天方夜谭，还说人若吃人肉，就要中毒，非但不能长寿，有可能即刻毙命。这次勘查被烧毁的圣母得胜堂、育婴堂时，我特意吩咐几十个亲兵注意搜寻，结果他们禀报，根本不见一只眼珠，一颗人心。老中堂，这吃人心肝的事，过去书上说的也只是极少数的绿林强盗的作为，现在虽野番都不这样，何况英、美、法这些西洋大邦呢？"

崇厚的话很有道理。曾国藩过去也听说各地闹教案，都讲洋人吃人心、挖眼珠，结果并无一处查实。他分析，这是因为教堂有仗势欺人的其他罪行，人们愤恨，有人便编排这些离奇的事来激起大家的义愤。有些老百姓愚昧，也便真的相信了。

崇厚又说："老中堂，还有一个极重要的事，晚辈一直未对任何人说，连皇太后、皇上都没有说。"

"什么事？"崇厚的神态既严肃又神秘，引起曾国藩的极大兴趣。

"事件发生后，皇太后、皇上命晚辈查实洋人损失情况，晚辈派出亲信认真调查。第二天他们来报告，说靠近关帝庙的海河上浮出三具洋人尸体，二男一女。他们验尸后，发现这三个洋人都是刀砍死的，女尸脖子上、手指上都留有戴项链、戒指的痕迹，而项链、戒指都不见了。"崇厚说到这里，把声音压低，"老中堂，晚辈估计这三具洋尸是死于歹人的趁火打劫，谋财害命。"

"他们是哪个国家的？"曾国藩问，他的扫帚眉抽动了一下。

"后俄国公使来天津认出了，说是他们俄国来中国的旅游者，其中两个是一对夫妻。”

曾国藩轻轻地点了两下头。

“晚辈现在各处布下暗哨，严密打探。眼下尽管许多人骂晚辈，暂且由他们骂去，是非总会分明的。”

崇厚的态度使曾国藩感动。他鼓励道：“崇侍郎，你刚才讲的事都很重要，对老夫也很有启发。朝廷既然派我们处理这件事，我们自然就坐到一条船上来了，自当同舟共济，不分彼此。你认为该做的事，就只管去做，老夫支持你。”

崇厚走后，曾国藩想了很多，许多事情在等待他去办：明天大清早，得趁着人少的时候去踏勘闹事的现场；被福土庵暂时收留的那一百多个从育婴堂里逃出的孤儿，得派人一一询问，问他们是否亲眼见过挖眼剖心？武兰珍接受迷魂药一事甚为蹊跷，务必严饬武兰珍讲出实话，若真是王三送的，一定要武兰珍找出王三来。对付这种人，必须以死来威胁，方可起作用。海河洋尸事，是个重要的发现，要派十分精明能干的人去办，查出结果，抓到凶手，不仅可以名正言顺地正法，且可以此教育士民：这样大规模的骚乱是没有好处的，它只能使坏人乱中取利。津案应从这里打开缺口，事情方可望得到各方面都满意的较好解决。派谁去呢？他想起了赵烈文。是的，这事就交给惠甫！道、府、县都无人管事，干脆叫周家勋等人暂时停职，在近期内物色几个人接替。社会秩序的维持，日常事务的处理，都还得靠地方官。另外，还有一件顶要紧的事，那就是如何应付过几天就要到天津来的法国公使罗淑亚。据说此人很不好对付。事情太多太多了，曾国藩想着想着，忽然一阵头晕，眼前发黑。他赶紧摸到床边躺下，直到半个时辰后才慢慢恢复正常。刚一清醒过来，他又想起一件更重要的事。

这次骚乱，法国损失严重，自然与他们结下怨仇，这不消说了。俄国、比利时、美国和英国这几个国家也是因城门失火而殃及的池鱼。法国已经利用这一点与他们结成同盟，共同施加压力，而实际上这次事件的起因和他们毫无关系。若是诚心诚意地与他们讲清楚，说明是误伤，答应赔偿一切损失，想必他们也可理解。这样便可拆散法国的同盟，削弱敌对力量，腾出精力来，集中对付法国。对！这是一个重要的策略，曾国藩后悔没有早一点想起。此事叫崇厚去办，天津城里只有他最适宜了。

心思用过度了，又是一阵眩晕，他赶紧闭上眼睛，不再想事，口里悲哀地喃喃自语：“我真的老朽不中用了！”

八、老朽眩晕病发作，恕不能奉陪

罗淑亚很快就到天津来了。这个法兰西帝国驻中国全权公使，是个受过训练的职业外交官。他和丰大业一样，自以为是贫穷落后的中国的主宰，眼角里根本就没有这个国家的平等位置。但他的外表却显得比丰大业文雅，举止谈吐也不像丰大业那样的粗鲁。在法国时，他听说中国好比一只绵羊，对洋人俯首帖耳地顺从；又好比一团泥巴，任洋人随意捻捏。来到中国当公使的这几年，他才发现情况并不完全如此。就在官场中，也并不是所有的官员都如绵羊泥团，而广大的中国百姓则更有雄狮猛虎般的气概，对天主教堂和传教士似乎有一种本能的仇恨，迭起的教案，多是冲着法国而来。前几年爆发的酉阳教案，至今没有得到满意的处理。他不得不亲自坐轮船去四川，沿途恐吓中国地方官。刚回到使馆不久，更大的天津教案令他又光火又心怯。先是崇厚在处理，他知道只要他在北京几个照会过去，崇厚便会一一照办；后得知清廷派曾国藩去了天津，这个老头子不会像崇厚那样容易对付。他决定亲去天津一会。

“午安，曾中堂！”在崇厚陪同下的罗淑亚一进大门，便看到了身穿朝服的曾国藩，他主动地先打招呼。

“幸会，公使先生。”曾国藩想到自己乃正一品大学士，不能在洋人面前过于谦卑，他有意不出大门，只在接见厅的门口等侯。

分宾主坐下，献茶毕，寒暄几句后，曾国藩便不再说话。罗淑亚见他端坐在太师椅上，不停地以手抚须，面色安详，气宇凝重，隐然有一种泰山崩于前而不动容、惊雷响于后而不变色的气概，不禁暗自诧异。他见过清朝的官员成百上千，上自王公大臣，下至州县官吏，未有第二个人可与之相比。本想等曾国藩发问，见此情景，罗淑亚心想，若自己不先开口，老头子便很可能这样稳坐抚须下去，直到端茶送客为止，叫你莫测高深，最后两手空空而去，哭笑不得。

“曾中堂，贵国暴民作乱，敝国领事被戕杀，国旗被焚毁，教堂被烧，使馆、育婴堂、讲书堂被捣，死难者达九人之多。这是敝国建国以来，在外国从未遭受过的变乱。敝国上下震怒万分，世界各国也同声指责，不知曾中堂如何看待这事？又打算如何处置？”罗淑亚操着熟练的华语说。

“公使先生。”曾国藩停下梳理胡须的右手，语气缓慢厚重地说，“对于在上个月的骚乱中，贵国所蒙受到的损失，尤其是领事先生及其他几位贵国国民的遇害，鄙人深感悲痛，并将遵照敝国皇太后、皇上的旨意，认真查办，严肃处理。不过，公使先生，事情的起因，来自于贵国教堂挖眼剖心的传闻，而领事先生向我朝廷命官开枪，打死县令家人，则更是事态激变的导火线。这两点，鄙人也想提醒公使先生注意。”

正是这两点，击中了天津教案的要害，罗淑亚心里暗惊：老家伙果然厉害。但罗淑亚有恃无恐，他要把这两个要害抹掉：“曾中堂，挖眼剖心之说，纯是对敝国的恶意中伤。贵国各地都如此哄传，但无一处实证。这能作为围攻教堂的理由吗？恕我说句不客气的话，这恰恰说明贵国百姓的愚昧无知。丰大业鸣枪，乃是为了吓唬包围他的歹徒，刘县令家人致死，纯系误中。贵国百姓以此为借口，肆行当今文明世界中已绝迹的暴行，太令敝国君臣遗憾了。”

“公使先生。”曾国藩的脸色开始严峻起来，“在桥上放枪，说是驱赶围攻的人，或可勉强说得过去，在崇侍郎家放枪，又做何解释呢？嗯？”

崇厚听出这一声“嗯”中的阴冷气味，他生怕罗淑亚恼羞成怒，忙笑着解围：“那天晚辈也是态度不好，跟丰领事大声争吵，兵役都围了过来，丰领事在那种情况下开枪也可谅解。”

崇厚自知这话会使曾国藩气恼，忙又对罗淑亚说：“曾中堂一向对贵国持友好态度，坚持守定和约，不愿引起兵端，目前正在严令缉拿凶手，以正国法。”

曾国藩先是对崇厚的媚态颇为不满，后转念一想，也不宜与罗淑亚闹翻，真的闹

翻了，对国家大为不利，于是顺着崇厚的话说："公使先生不是问鄙人的态度吗？我可以告诉先生，敝国朝廷的态度就是鄙人的态度。具体说来，一是捉拿迷拐人口、挖眼剖心的匪徒，二是严办杀人越货的凶手，三是训诫办事不力的地方官员，四是对贵国的损失表示歉意，并酌量赔偿。"

罗淑亚见曾国藩谈话的态度正在改变，暗思就是这个号称中国中兴第一臣的曾国藩，也不敢与法兰西帝国对抗到底，他的胆气充足了："我注意到刚才贵中堂说的迷拐人口、挖眼剖心的匪徒时，并没有涉及敝国。对这个态度，本人表示欣赏。敝国教堂、育婴堂没有迷拐人口、挖眼剖心的人，但不保证贵国也没有这样的人。对这种匪徒的惩办，本人和敝国政府是坚决支持的。对另外几条，本人也很欣赏。不过，这些话都太空洞了。敝国大皇帝陛下通知本人郑重向贵中堂及贵侍郎提出四条要求，请考虑。"

"哪四条，请公使先生提吧！"崇厚立即接话，曾国藩仍面色安宁、神态端庄，不断以手抚须。

"第一，将圣母得胜堂按原样修复。"罗淑亚的态度明显地一步一步强硬了，"第二，礼葬丰大业领事。第三，查办地方官。关于这一点，我还要说明一下，地方官不仅指在背后煽风点火的天津道、府、县三级官员，还包括那天在浮桥边指挥百姓闹事的浙江处州镇总兵陈国瑞。第四，所有参与残害敝国公民的凶手，要一一缉拿归案，杀头示众。"

崇厚本欲表示一一照办，瞥眼见曾国藩脸色阴沉下来，遂不敢开口。曾国藩在心里盘算着：重建教堂，惩办凶手，已在考虑中；礼葬丰大业，虽然感情上有点别扭，但作为一个领事，下葬时礼仪稍隆重点，也还可以说得过去；唯有这查办地方官，尤其还包括陈国瑞在内，这却难以接受。沉默了很长一段时间，曾国藩脸色略显平和地对罗淑亚说："公使先生，这四条要求，鄙人尚无权给你以明确的答复，待请示皇太后、皇上以后再说。"一见罗淑亚还有话要说的样子，他又转过脸对崇厚说，"崇侍郎，你陪公使先生到驿馆去休息吧，老夫眩晕病又发作了，需要躺一躺。"说罢，以手扶着额头。

罗淑亚起身时脸色悻悻，但一时又找不到借口发作，曾国藩对罗淑亚做了一个抱拳的架势，现出无可奈何的模样："请公使先生原谅，老朽近年已是日薄西山，实不堪此烦剧。公使先生正当盛年，老朽羡慕不止。"

罗淑亚心里狠狠地骂道："这个老奸巨猾的政客！"嘴上只得说两句客套话告辞，和崇厚一起离开文庙。

两天后，吴汝纶、薛福成走进文庙，曾国藩急切地问："这两天查访的情况如何？"

吴汝纶说："福土庵的一百几十个孩子，我一个个地问遍了，都是无父无母、流浪街头的孤儿，或在天津，或在静海、宝坻等地，被教堂、育婴堂收留的。问洋人待他们怎样，都说很好，有饭吃，有衣穿，比在街上流浪强十倍百倍，唯一不好的就是强迫他们念圣经、做礼拜，爱法国人，不爱中国人，若稍有反抗，就会挨打。"

"他们当中有人见到挖眼剖心的吗？"曾国藩问。

“没有，谁都没见过，只是见到人快要死的时候，传教士们以水洗其目，用手将其眼皮合上。这些，孩子们讲，传教士们说能使死者灵魂安宁地上天堂。”桐城才子吴汝纶本对教堂持强烈反对的态度，经过这两天的亲自查访，他也对挖眼剖心之说表示怀疑。

“这样看来，那的确是无稽之谈。”曾国藩背着手在房里踱步，对这一看法，他已是坚定地确立不变了。

“叔耘，武兰珍将王三找到没有？”

“找到了。武兰珍先不肯找，我明白告诉他，事情闹得这样大，完全是他引起的，若不找到王三，讲清这中间的关系，就要杀他的头来平息众怒。这下武兰珍害怕了，第二天就把王三找来了。”

“王三是个怎样的人？”

“据卑职看，这王三纯是一个市井无赖。卑职审过他两次。第一次他招供是教堂夏福音给他的迷药。第二次又翻供，说迷药是他自己制的，迷拐小孩的目的，是为了把小孩卖给别人做儿子，赚几个钱用，与教堂无关。真正是个反复无常的小人。”

“把他押起来，过几天再审！”曾国藩命令，“还有武兰珍，也押起来，但要与王三分开。”

曾国藩心里很烦躁，背手踱步的速度越来越快。一会，他戛然停止，转脸问吴、薛：“这两天，你们在街头巷尾听到什么议论没有？”

吴、薛对望了一眼，都不吭声。

“难道一点都没有听到？”曾国藩又一次追问。

“大人，不是没有，是多得很，天津满城都在议论。”吴汝纶向来藏不住话，见曾国藩再问，便打破了与薛福成的默契。

“我晓得一定是议论很多，你们拣几条主要的说说，尤其是关于我们来后的情况。”多走了几步，曾国藩便觉得累，他坐下，眼皮也无力地垂下来。

“百姓谈得最多的是崇厚，说他是洋奴，是卖国贼。崇厚四处讲，大人在他面前亲口说的，谤则同分，祸则同当。他说大人完全支持他，故而无知愚民也迁怒于大人。说大人与崇厚穿一条裤子。”吴汝纶性格直爽，有什么说什么，他知道曾国藩清楚他的性格，说话也不遮挡。

曾国藩对崇厚不满起来。谤则同分，祸则同当，这话是说过，但不应当四处乱讲。他是要把我拉出来做他的挡箭牌？那天在罗淑亚面前的媚态，已使人看不顺眼，难道他与洋人在背后有什么交易吗？今后得警惕点！

“还议论些什么？”

“罗淑亚那天在大人面前提的四点要求也传出去了。”薛福成答，“天津士民们都说，这四条一条都不能接受。他们说还是醇王爱国。醇王说的，要趁这机会，杀尽在中国的洋人，烧尽他们的房屋，永远不许洋人踏进我大清国门，可惜曾中堂没有这样做。”

薛福成自己与醇郡王奕譞是一个观点，“可惜”下面那句话，是他本人的心里话。曾国藩张开眼皮看了薛福成一眼，他已从这几句话里窥视出薛福成的心思，而且他也

知道，吴汝纶也跟薛福成一个观点。只有赵烈文稳重，目光远，在赴津路上，赵烈文用“委曲求全”四字来概括这次办案的方针，与他的想法完全一致。

昨天，曾国藩从塘报上看到醇郡王、内阁学士宋晋、翰林院侍讲学士袁保恒、内阁中书李如松等人向朝廷上的奏折，他们都认为津案乃义举，洋人是犬羊，不能喻之以理，应采取强硬态度。言辞最激烈的是醇王，他说要杀尽洋人，雪庚申先皇之辱。曾国藩看完塘报后心中很不安。这些清议，只讲情理，全不顾国势，貌似最忠君爱国，实则将君国置于危险之中。他们不负实际责任，只凭着一张嘴巴，一旦惹出祸来，他们都会躲得远远的，还得要做事的文武们去收拾局面。对这些空谈，本可完全不理睬，但可恼的是他们能哗众取宠，博得舆论的支持，对局中人掣肘甚剧；尤其是那个于世事一窍不通的醇王，偏偏要以王叔之尊来妄发议论，博取美名，令人批驳都不好下笔。清议误国！曾国藩想，这四个字真是千古不刊的真理。

“凶手缉拿得如何了？”曾国藩不想再听市井议论了，他决定不理睬这些浮议，按自己已定的方针办。

“凶手还没有抓到一个，士民们也不来揭发。”吴汝纶说，“水火会的人暗中传出话，谁告密，谁就是汉奸卖国贼，先杀掉他。”

“反了，这不是公开与朝廷唱对台戏吗？”曾国藩气得敲打扶手，“谁是水火会的头子？”

薛、吴对望了一眼，都不做声。

“你们知不知道？”曾国藩厉声问。

“禀告大人，我们都不知。”薛福成答。

“叫张光藻来！”

周家勋、张光藻、刘杰撤职的上谕已在早几天下达，奏请以布政使衔记名臬司丁启睿为署理天津道员、三品衔道员用晋州知州马绳武署理天津知府、知州衔试用知县萧世本署理天津知县，太后也已同意。周、张、刘等人搬出衙门，另赁屋居留天津，等候处理。张光藻闻讯赶忙来到文庙。

“水火会是个什么团伙？”曾国藩一见张光藻进屋，便劈头质问。

“回大人的话，天津水火会由来已久，向以手艺人及海河脚夫为其主要成员。”

“为何不取缔？”曾国藩最恨民众结伙成团，他认为这都是些不安本分者所为，只要有团伙，社会就不会安宁。

“回大人的话，水火会的人向来安分守己，没有不轨情事，故未曾取缔。”张光藻弯腰低头回答，因恐惧，头上脸上尽是虚汗。

“安分守己？”曾国藩冷笑一声，“安分守己的人决不会结帮成派。这点都不明白，你如何能作百姓的父母官，怪不得天津闹出这样大的事来。”

“是，是！”张光藻更加害怕了，汗如雨下。“卑职失职，卑职失职。”

“我问你，谁是水火会的头目？”

“大人进城的那天，跪着迎接的人群中，第二个站起说话的人，便是水火会头目徐汉龙。”

曾国藩想起来了，那是个粗黑的中年汉子，讲了几点对教堂的怀疑，当时心里还称赞他说得有几分道理。“这是个很可怕的人！”曾国藩立时想起湖南的串子会、半边钱会、红黑会、一股香会以及湘军中的哥老会，必须借这个机会取缔它！

“当时那人讲完后，身边站起几个人，自己承认杀了洋人，那几个也是水火会的人吗？”

张光藻想起刘矮子、冯瘸子和徐汉龙一起来知府衙门找过他，料定他们一定是一伙的，便说：“那几个人也是水火会的。”

“冀巡捕！”曾国藩对着后门喊，冀巡捕应声出来。“速到知府衙门传本督之命，立即将水火会头目徐汉龙及该会打死洋人的歹徒抓起来，取缔水火会！”

冀巡捕答应一声，转身便走。“慢！”曾国藩叫住。“再叫马绳武悬赏：有前来检举凶手的，不论是否属实，赏银五两；依检举后拿到正凶者，赏银五十两！”

曾国藩想：取缔了蛊惑人心的水火会，抓起了他们的头目，又悬重赏奖励，总会有贪利之徒出来告发，那时再顺藤摸瓜，一定可以拿到一批凶手。他为自己断然处理这事感到满意。现在，他期待的是海河三具洋尸的案子，能被赵烈文破获。

九、关帝庙忽然闹起鬼来

关帝庙一带住的都是贫穷的小百姓：有做零头生意的，有帮人佣工的，有捡破烂的，有捞鱼摸虾的，有沿门乞食的，有小偷小摸的，是天津城里贫民区的一个缩影。这两夜，好端端的关帝庙忽然闹起鬼来。一早起来，人们便三五成堆，惶恐不安地议论着。

“五姥姥，您昨夜听到了吗？有个女人在河边哭了大半夜哩！”

“听到了，听到了，我家姑爷胆子大，还偷偷地跑出门看了。那鬼人高马大，一头黄发披在肩上，边哭边诉。姑爷回来说，那女鬼八成是被砍死的洋婆子，都诉的洋话，他一句也没听懂。”

“五姥姥，三婶子。”一个缺了条胳膊的男人开了腔，“不只是昨夜，前夜那个女鬼也在哭，哭的时间短些，我听得清清楚楚。”

“这可怎么得了！”五姥姥叹息说，“那洋女鬼冤魂不散，夜夜都会哭下去的。”

“光哭哭还好对付，就怕她找替身哩！”缺胳膊男人对着三婶说，“据说鬼找替身，都找和她差不多的人。那女鬼三十多岁，她兴许要找一个三十多岁的女人。”

“你莫乱扯！”三婶子刚好三十多岁，她很害怕。“她是洋人，总不能找中国人做替身吧！”

“找不到洋人，就只得找中国人了。”缺胳膊男人一本正经地说。三婶子吓得更厉害了。

“我看那天砍死这几个洋人的不是好人，八成是瓦刀脸那号的恶棍。”五姥姥低声地说，一边用手指了指前面的那个小棚子。

“我看也不是好人，好人就不会抢洋人身上的金器。”三婶子附和。“喂，他四叔，听说衙门出了告示，告发一个赏五十两银子哩！那天有五个人，你何不去领了这二百五十两银子来，发笔大财呢！”

“我哪里不想啊！”缺胳膊男人说，“不敢哪，水火会的人知道了，我吃饭的家伙就搬家了。再说，那五个人我也不认得。”

“唉！”五姥姥长叹了一口气。“杀洋人，也要杀坏洋人，过路的洋人无缘无故地被杀，也是冤枉，难怪她要哭，也不知要哭到哪时去，以后没有安宁日子过啦。”

“老奶奶，抓住凶手，为她报了仇，她就不再哭了，地方也就会安宁了。”一个生人插了话。

五姥姥回头一看，身后站了一个白白净净的中年男子，腰间挂了一个大葫芦。五姥姥大喜：“您是郎中先生吧！我的外孙子肚子痛两天了，昨夜又哭了一夜，早一会子才合上眼，劳您驾瞧瞧。”

“行啊，您带路吧！”

郎中跟着五姥姥走了十几步路，来到一间用破板烂树皮拼凑的屋门前，五姥姥刚一推开门，床上的小外孙就张口大哭起来。五姥姥忙走到床边，揉着孩子的小肚皮，心疼地说：“好乖乖，别哭，姥姥给你请来了郎中，吃药就好了。”

郎中走到床前，摸了摸小孩的肚子，又摸摸额头，叫他伸出舌头看看，笑着说：“姥姥，不要紧的，孩子肚子里有蛔虫。我这里有现成的丸子，您倒碗水来，哄孩子吃两粒，就会好。”

说着从袖口里取出一个纸包来，从纸包里拿出两粒白色丸子递给五姥姥。五姥姥哄着孩子就水吞下。果然，孩子不喊肚子痛了。五姥姥轻轻揉着孩子的小肚皮，孩子在姥姥的怀里慢慢睡着了。

郎中说：“我再给您四粒，您中午、傍晚还给孩子吃两次，每次两粒，肚子里的虫就会都打下来，再也不会闹肚子痛了。”

五姥姥感激地说：“太谢谢您了，您要多少钱？”说着，从床上席子底下摸出一个黑布包来。

“老奶奶，这药值不了几个钱，送给您吧！”

“这怎么行呢，您真是好人哪！”五姥姥很感动。“我烧碗茶给您喝吧！”

“老奶奶，别忙，我坐坐就走。”

五姥姥拿起一只未完工的鞋底，陪着郎中坐在门边。

“请问老奶奶，你们刚才说的女鬼哭的事，真有吗？怪吓人的。”郎中问。

“怎么没有呢？”五姥姥严肃地说，“教堂那边打死的洋人不冤，那些洋鬼子该死。这几个洋人，说良心话，是冤枉；人死了，身上的金链子、金戒指都被抢了。”

“老奶奶，打死洋人的那几个人，是什么样的人？”郎中问。

“都是些浑小子，十几二十岁的人，不是附近的，我们都没见过。”五姥姥一边纳鞋底，一边回忆着。

“老奶奶，这附近有人认得他们吗？”

“我估计那几个人不是好东西，正经人都不会认得他们，我们这里有几个青皮，看他们认识不。”

“这几个青皮叫什么名字？”

“我也不知他们叫什么名字，一个外号叫瓦刀脸，就住前面那间屋。”五姥姥用鞋底指了指前方。“还有一个叫二杆子，就住在瓦刀脸的对面。还有一个叫小太岁，住二杆子家的后面。这三个青皮都和不正经的人往来，兴许他们知道。”

郎中和五姥姥又扯了些闲话，嘱咐她不要误了给小外孙吃药，然后告辞了。

这郎中就是赵烈文，昨夜和前夜坐在河边啼哭的女鬼就是他装的。他今天一早已从三处议论的人堆里得知那天是五个年轻人用刀砍、用枪戳，把三个洋人弄死的，抢走了一块金表、一条金项链、三只戒指。关帝庙周围的人都说这几个人不是好人。他把这些情况详细地报告了曾国藩。

“今夜出动三十个士兵，把瓦刀脸、二杆子、小太岁一齐抓来，我亲自审讯。”曾国藩指示。

半夜时，三个青皮都被带上灯火通亮的明伦堂。坐在至圣先师画像下的曾国藩睁开左眼看去，一个脸又长又窄，一个又高又瘦，一个头又尖又小。都是些不三不四的东西！他心里想，猛地一拍惊堂木，喝道：“跪下！”

三个青皮一惊，双腿不由地软了，齐齐地跪下来。

“有人揭发，上个月在关帝庙杀洋人的五个歹徒与你们有关系，你们在本督面前从实招来！”

三个青皮都吓呆了。瓦刀脸将双膝向前挪动一步，哭丧着脸说：“大老爷，小的实在不认得那些人！”

小太岁也直磕头，说：“小的不认得。”

二杆子低着头不做声。曾国藩看在眼里，明白了几分，将惊堂木又一拍：“本督给你们讲清楚，水火会的头目徐汉龙已被抓起来了，水火会也已明文取缔，你们不要害怕水火会报复。若讲出来，抓到了凶手，本督有重赏。”

“大老爷，小的讲。”曾国藩的话刚说完，二杆子开腔了，“那五个人中，小的认得一个，他叫田老二。”

“住在哪里？”

“河东田家庄。”

“他是个什么人？”

“二十几岁年纪，家里务农，不过他从不种庄稼，只在外面混。”

“你没认错？”

“不会错。田老二烧成灰，小的都认得。”

“下去吧，先赏你五两银子，待抓到凶手后，你再来本督处领赏。”

田老二抓来了。惊堂木一拍，他便吓得全部招供了。小混混、项五、张国顺、段起发也全部缉拿归案。

在这同时，也有些为贪图五两银子来文庙举报的，于是又捉拿了三十余人。这些人一个也不承认杀了洋人，又无什么东西可以作为旁证，曾国藩无法给他们定案。不过，他还是满意的，至少有徐汉龙、刘矮子、冯瘸子及田老二这批共八人，自己都供认不讳，可以作为凶手正法。他打算将案子做这样的处理：重建教堂，礼葬丰大业，斩首八名凶手。他将这个设想奏报朝廷。为防止意外，又密请朝廷调正在陕甘的李鸿章带兵来直隶，以及将驻扎在直隶的铭军九千人东移张秋。

奏折很快转回来。上谕同意直隶兵力的部署，但对他只杀八人很不满意，质问：洋人死了近二十人，中国只杀八人，如何向各国交代？严令他不得稍涉宽纵。曾国藩甚感为难：洋人虽说死了近二十人，但有的死于乱拳，有的死于火烧，被捉拿的这三十余人即使都动了手，又能指出谁打出了致死的那一拳呢？总不能把这三十多号人都拿去杀了吧！

上谕已使他够为难了，却不料更令他为难的事接踵而来。

十、委曲求全

“老中堂，法国公使罗淑亚、英国公使威妥玛联名来了一份照会。”这天午后，崇厚持着一个硕大的信套，坐一辆装饰豪华的轻便马车来到文庙。这些天来，崇厚每日必来一次，每次都要大谈洋人如何在秘密调兵遣将、准备报复的事，使得曾国藩又厌恶又担心，整天如坐针毡。曾国藩打开大信套，一张厚实光亮的白道林纸飘了下来。拿起一看傻了眼：一行行洋文赫然出现在他微弱的目光前。他饱读中国诗书，却不识一个洋文字母。正是痛感于此，前几年他重金聘请一个懂中文的英国人教纪泽、纪鸿读英文法文，所幸两个儿子都学得很不错，尤其是纪鸿天资更高，现在已能流利地与洋人谈话了。可惜，他们没来天津。

“老中堂，晚辈已叫人用汉文翻译了。”崇厚从靴页子里抽出一张纸，曾国藩见那上面写着：

> 法兰西帝国公使罗淑亚、大英帝国公使威妥玛，致清国大学士、直隶总督曾：
>
> 为照会事。上月贵国天津莠民由迷拐人口、挖眼剖心无稽传闻而酿成血腥暴乱，我法兰西帝国、大英帝国蒙受惨重损失，举国为之震怒，陆海两军向皇帝、女王陛下宣誓：不报此仇，誓不为军人。法兰西帝国海雄号、骑士号、霸王号炮舰，早已集结在大沽，之所以未挺进天津者，盖有所待也。时至今日，一个多月已过去，贵大学士来津亦达两旬，贵国所作所为，实令我等遗憾至极。罗淑亚公使代表法兰西帝国所提出的四项要求，未见一项做明确答复。为此，我等受皇帝、女王陛下之命，特向贵大学士严正提出：贵国必须赔偿损失费五十万两白银，所有凶手立即正法。天津道员周家勋、知府张光藻、知县刘杰实系暴乱之主使者，乃罪魁祸首，不杀不足以平我法英两国之民愤，不足以慰无辜死难教士、贞女之灵魂。为此，特敦促贵大学士在十日内斩杀三员之头以表诚意。另，贵国总兵陈国瑞亦为指挥莠民作乱之头领，陈国瑞应以命相抵。
>
> 法兰西帝国第三舰队目前已航至红海，它配有当世最精良之炮火，大英帝国驻加尔各答的第五舰队亦已起航。两舰队十天后将相会于大沽。贵大学

士若不照办，到时两帝国舰队将炸平天津，轰倒紫禁城。一切后果将由贵大学士承担，勿谓言之不预也！特此正告。

“岂有此理！”曾国藩愤然作色，将照会往地上一甩。这种毫无遮掩的无耻恫吓，这种主子指使奴才式的命令口气，这种出格的无理要求，深深地刺激他的人格，无情地凌辱他的尊严，勃然诱发他的好胜心。同时，作为汉大学士的领班，奉命处理津案的中国代表，他也感到国家的尊严、太后皇上的尊严受到了侮辱。

“崇侍郎，烦你先去转告罗淑亚、威妥玛，这个照会不能接受，尤其是以天津地方官员及陈国瑞抵命一节，简直无理至极。我大清帝国的官员，纵然犯法，该由我太后、皇上处置，他们无权提出这种霸道要求。何况地方官只有失职之错，决无抵命之罪。你先去口头转达，这两天，本大学士会有正式函件回复。”

曾国藩突然而发的强硬态度，使崇厚大出意外。他不是早就说过，以委曲求全的宗旨来办津案吗？这老头子今天怎么啦，火气这样大？崇厚拾起被曾国藩掷落在地的法英照会，又匆匆浏览一遍。语气是生硬了些，但条件也并非不可接受。崇厚一心要将津案和平解决。他认为只要不开仗，什么条件都可以接受。多赔点银子算什么，又不要自己出！多杀几个人算什么，中国百姓有的是！杀道府也无所谓，直隶等着候缺的官员一大串！若一旦打起仗来，他崇厚就脱不了干系。第一，三口通商大臣本负有天津地面洋务责任，这一起由洋务引起的战争，他要首当其罪。第二，丰大业最先放枪是在他的衙门，他是津案的主要当事人。第三，曾国藩未到天津之前，他是处理津案的最高官员。平平静静地度过这个风浪，他向法国道歉回来，依旧可以做他的通商大臣；若兵衅一启，中国失败，他重则杀头，轻则充军，此外别无选择，必须说服这个倔硬的老头子。要说服曾国藩这样的人，崇厚自有一套办法。

“老中堂，罗淑亚、威妥玛这个照会，的确太过分了，就是晚辈看了也觉气愤。他们在老中堂面前算得什么？老中堂是泰山昆仑，是万里长城，他们有什么资格‘正告’，真是放狗屁！”

崇厚说到这里，完全是一副义愤填膺的神态，曾国藩的火气开始消了一点。他未能免俗，他和所有青壮年时立过大功的老人一样，这两年来，越来越爱听恭维话、奉承话，全然不记得十年前对左宗棠喜听出格颂扬毛病的批评了。

“不过，老中堂，他们是有所依仗啊！”崇厚换成一副无可奈何的样子。“他们依仗的是炮舰，是世界第一流的武器。我的衙门里有好几个法国英国佬，我暗地问过他们。法国佬说他们的第三舰队有十艘兵舰，全部装的是六十四磅重炮，并可一次装十个连发，任什么坚固的石城都不可挡住。炮兵的盔甲全由精钢制造，一般铁子都不能穿过，更何况刀枪了。英国佬说，驻在加尔各答的舰队是英国远东王牌舰队，曾经征服过世界三十几个国家，舰队司令是英国第一号杀人不眨眼的魔王。他们说，这两支舰队只要开进天津港一放炮，不到一个时辰，天津就会变成一片废墟，五十万天津百姓将化为一堆枯骨，京师将再次沦为战场，太后、皇上又要仓皇北狩。”

崇厚说到这里，看了一眼曾国藩。只见刚才怒气冲冲的毅勇侯无力地倒在椅子上，双目微闭，数不清的皱纹深深地刻在蜡黄的长脸上，犹如一个处于弥留状态中的病

人！他已知这几句话，打中了老头子的要害，于是移过身子，对着曾国藩的耳朵轻轻地说：“老中堂，晚辈还要禀告您一个不好的消息。”

“什么事？”曾国藩的左目睁开，背部离开了椅子。

“俄国、比利时、美国都已放出风声，他们将全力支持法国、英国的军事行动，要船出船，要炮出炮，要人出人，不达目的，决不罢休。”

三口通商衙门对洋人的信息一向最为灵通，而曾国藩自己根本没有这一套班子，他不得不依赖，也不得不相信崇厚所提供的情报。“看来对法国以外的那些国家的安抚，并没有起到作用。”曾国藩心想。他的左目又闭上了，重新瘫倒在椅子上，嘴唇动了几下，似要说话，但终于没有说出声来。

崇厚站起来，走到曾国藩的身后，完全以晚辈后生的谦卑态度，弯下腰，轻声说：“老中堂，晚辈知道您是一个顶天立地的英雄，宁折不弯、宁死不屈。但老中堂今天一身系江山社稷之安危，系中国数万万百姓之安危，系皇太后、皇上之安危。己身可折，江山社稷不可折；己身可死，中国数万万百姓不可死；己身可辱，太后、皇上不可辱。老中堂，您就来一次委曲求全、忍辱负重吧！”

崇厚这时已语声哽咽，几乎要掉下眼泪来。曾国藩的思绪乱极了，体力也衰弱极了：“崇侍郎，你先回去，让我好好考虑一下，晚上你再来！”

崇厚走后，曾国藩走进卧室，他按多年养成的习惯，关紧门窗，点上一炷香，开始冷静地前前后后地仔细思考。过去他盘腿坐在床上，现在已无这份体力了。他睡在躺椅上，腹部盖一件旧马褂，袅袅升起的轻烟，使他的思绪渐渐宁静。

来天津二十天，津案的眉目已完全清楚了。发生在天津的这一桩教案，与发生在江西、四川、贵州、湖南等地的教案一个样，是中国百姓长期对洋人愤激而成的大变。自从允许洋教在内地传播以来，教堂到处滋事。凡教中犯案，教士不问是非，曲庇教民，领事不问曲直，一概庇护教士。遇有民教争斗，平民恒屈，教民恒胜，教民势焰愈横，平民愤郁愈甚，郁极必发，则聚众而思一逞。天津教案之所以闹得这样大，洋人死得这样多，完全是因为丰大业先开枪打死刘杰家人的缘故。从这两方面来看，曲在洋人，理在国人。曾国藩从这个方面想了以后，又换了一个角度想。

其他教案的直接起因，都由于教民的无理，中国人占了理，天津这场教案的情况就复杂了。围攻教堂，原因是教堂有迷拐人口、挖眼剖心的罪行，但此事查来查去都无确证。于情于理来说洋人都没有必要这样做，因听信无端谣传而来围攻教堂，理又在哪里呢？丰大业先开枪打死人固然有罪，但顶多殴毙他，以命抵命而已，怎能借此打死二十多人，烧国旗、教堂，毁领事馆、育婴堂、讲书堂呢？死人中有多半又不是法国人，他们是受害者。更令人气沮的是，这中间还有像田老二那样的歹徒。就事论事，到底是曲在洋人，还是曲在国人呢？想到这里，曾国藩不觉心寒起来。他离开躺椅，来回活动几下，又坐到书案边的藤椅上继续想着。

尽管这样，洋人毕竟是可恨的。中国人不欢迎他们，讨厌他们的教会，他们为什么要死皮赖脸地待在中国呢？为什么要强行在中国传播他们的教义呢？他们究竟意欲何为：是为了掠夺中国的财富，还是要迷惑中国人的良心？清议也不是全然没有道理的，我们应该借此机会，将一切外国人统统赶出国门，从此以后，不与他们往来，关起门来办自己的事。你的船坚，我们不稀罕；你的炮利，我们不需要；你的千里镜看得远，我们自古以来没有这东西，也照样行军打仗，善用兵者亦能取胜。清议毕竟代表中国的民情、民气、民风。假若他曾国藩这时站在天津，如此振臂一呼，天下人都会竖起大拇指，称赞他为爱国英雄。而如今他却要奉太后、皇上之命，代表中国向洋人低声下气赔不是，驱使工匠去修复百姓怒火焚烧的教堂，用隆重的礼节去安葬枪杀中国人的凶手，拿数十万白银去抚恤被人们恨之入骨的洋人，杀中国百姓的头去平洋人的怨愤。他曾国藩哪怕功勋再大，地位再高，道理再充足，他的举动也是逆民心拂众望，损国格坠君威的，他也会受千夫所指、遭万人唾骂，像张邦昌、秦桧那样，作为一个汉奸卖国贼而遗臭万年。

曾国藩想到这里，浑身颤抖，不能自已。他叹息自己命苦，不料老来遭此大难。如果这时仍在两江，或调在除直隶外的任何一省，这种倒霉的事也不会轮到他的头上来。说不定还可以讲几句体面话，犹如二十多年前的家信中所写的那样，称赞姚莹斩杀英夷为大快人心之事，还送诗给前往福建做官的金竺虔，鼓励他："海隅氛正恶，看汝斫长鲸。"

当然，现在也可以急速给太后、皇上上书，历数洋人之罪，力申民气可用，向洋人宣战，以自己的声望，说不定太后、皇上也会采纳，但后果会怎样呢？十年前，朝廷与洋人接仗，大大小小也打了不下百场，但几乎无一仗占上风，有时候看起来是胜利，旋踵而来的便是更大的惨败。三十年前的那次烧鸦片烟的战争，给刚刚进入仕途的曾国藩以深刻的刺激，直到今天，他仍然清楚记得。当年道光帝派林则徐到广东去禁烟，又同意他以武力回击英国人的武装侵略，但后来仗打败了，道光帝又把责任全部推到林则徐的身上，将他革职充军。道光帝号称圣明，颇思有所作为，尚且如此出尔反尔。太后乃妇道人家，皇上为未成年的童稚，更不能指望他们承受开仗后的巨大风险。到头来，自己就会变成把国家推进灾难中的罪魁祸首，而国家必定也在人力、财力上蒙受着大百倍千倍的损失。

"大人，大沽口水师总兵送来急报，洋人又开来六艘炮舰，连前次三艘在内共有九艘，全部荷枪实弹。"赵烈文心急火燎地推门进来。

"哪个国家的？"

"法国的。"

曾国藩大吃一惊。照会上说，法国的炮舰还在红海，这六艘战舰又是从哪里开过来的呢？这些可鄙的洋人，又凶恶又狡诈！

"你代我写个便笺，告诉水师吕镇，叫他不要惊慌，做好战争准备，我正调集大军前往大沽口援助。"

"好，我就写。"

"你还代我给省三写封信，叫他立即从张秋出发，前来天津听命！"

"是。"

曾国藩长吁一口气，说："省三这封信，本应我亲笔，但我今天太忙，不能分心。你信上说明一下，写好后，我签个名。"

赵烈文转身出去，然后再把门轻轻带上。

这个意外的军情，迫使曾国藩立即把思路转到对待罗淑亚、威妥玛的照会上来。兵端决不能自我而开！这个赴津前夕便已定下的决策，此时更加坚定了，那么，剩下的便只有委曲求全一条路！人在矮檐下，不得不低头哇！屈辱的选择，使曾国藩痛苦莫名！修复教堂和惩办凶手，都还好办，五十万银子虽然多了些，也忍痛拿出来算了，礼葬丰大业虽不情愿，也忍受一下就过去了，只有官员抵命一事是万万不可接受的，这不仅大损朝廷尊严，也于国法不合。仅这一条不同意，大概也不至于使得和局决裂。

傍晚，崇厚一进文庙，就将大沽口新增六艘法国兵舰事，作为一条大新闻告诉曾国藩，又一次劝他全部接受法英两国的照会。

“崇侍郎，你明天代表我去回复罗淑亚、威妥玛，就说除官员抵命一节不能接受外，其余几条都接受。”

“老中堂，何必为这几个人坏了和局大事呢？”崇厚面有难色地说。

“崇侍郎，你身为朝廷要员多年，当知维护我大清帝国的尊严。”曾国藩一脸正色地说，“这四个官员绝对不能抵命，宁可冒开仗之大不韪，老夫在这一条上也不会让步。如果洋人硬要坚持，你可告诉他，我九千铭军正在向天津靠拢，李中堂的平回淮军也已奉调来直隶，我即使落得个当年林文忠公充军伊犁的下场，也在所不惜。”

在曾国藩毫无商量余地的态度面前，崇厚只得软下来。他立即又换成满脸媚笑，说：“老中堂的骨气，晚辈万分钦佩，只是我奉老中堂之命前去与洋人谈判，还请老中堂给我一个转圜的余地。”

“如何转圜？”曾国藩皱起两条扫帚眉。

“我想，对周道、陈镇等人，老中堂坚持只予撤职处分，洋人坚持要抵命，双方都各持一端，事情就僵住了。这时候需要采取一个折中的办法来解决。”崇厚摆出一副老练外交家的姿态。“晚辈长期来与法、英两国关系都还可以，也适合充当一个调和居中的人。晚辈到时提出这样一个方案，即以严重失职，给国家造成重大损失为由，将周道等交刑部严议。老中堂看如何呢？”

“不合适，太重了。”曾国藩摇头。

“老中堂！”崇厚急了。“这看来是我们向洋人让了一步，其实只是做做样子而已。周道等人的处分再重，亦只发军台效力。在我们自己国家里，这话还不好讲吗？待事态平息，洋人出了口气后，老中堂再一纸保奏，他们不又回来了？照旧当他们的道员、总兵。晚辈还可以私下对他们讲，老中堂这样做，也是没有法子的事，老中堂为国家委曲求全，请他们也为国家暂时委屈一下。”

巧舌如簧的崇厚这番话，终于打动了曾国藩，他授权崇厚做这样的折中。

过几天，新上任的署天津知府马绳武，为答谢曾国藩的重用之恩，送来一个绝妙的点子，帮曾国藩从另一困境中解脱出来。

前些日子，青县红柳庄吴姓和陆姓发生械斗。陆姓吃了亏，死了六个人，上告县令，县衙门出兵抓了吴姓七个凶手。案子报到知府衙门。一个老书吏悄悄对马知府说：“太后要曾中堂多杀几个凶手，曾中堂为证据不足而发愁，青县这七个凶手横竖是死，不如将他们算作杀洋人的凶手，这不帮了曾中堂的大忙？”

马绳武听了大喜，连声夸奖书吏脑子活。他正愁没有什么来报答曾国藩，这可真是大礼一件！不过，他转念一想，又觉不妥："这些犯人，都要对他们宣布罪状，还要他们签字画押的，他们会肯吗？再说，陆姓要借此雪恨，他们也不会同意的。"

"哎呀呀，我的好老爷，这事您就交给我办好了，您批一千两银子给我，我保证把事情办得熨熨帖帖！"

老书吏支出一千两银子，自己留下二百两，然后将八百两分作两半，陆姓四百两，吴姓四百两。吴姓七个凶手家里，每家分四十两，族长也分四十两，剩下八十两，阖族每户摊了二两多。陆姓也是这样，他们族户少，每户摊了三两多。这下皆大欢喜。吴姓的族长和家属就来劝凶手，叫他们以国家大局为重，在烧教堂、杀洋人的案子上签字画押，保证死后给他们埋上等棺木，建上等坟墓，年年族里公祭。陆姓的族长就来劝死者的家属，叫他们顾全大局，千万不要再上告了，仇人已经杀了，管他死于什么名目，何况每户都得到了抚恤金！

"马知府，你真聪明能干！"曾国藩从心里赞赏，从心里感激。这个主意真是太好了，既可向朝廷作交代，又可堵塞洋人之口，自己的良心也不受谴责。

"老中堂，若朝廷嫌少，还可以照这个办法多杀几个。"马绳武得意地说，"牢房里囚禁着七八个死刑犯，反正都是一死，到时给点银子给他们，叫他们画个押就行了。"

世上也有如此会偷梁换柱的人！曾国藩真的觉得自己脑子太笨了。他当夜就给太后、皇上上折：正法的凶手增加七名，若嫌少，可由总理衙门去探询法国公使的态度，他们希望杀几个，把数字报来。

崇厚也兴冲冲地前来禀报，说罗淑亚、威妥玛答应了折中处理，并提出释放武兰珍、王三，为着和局的早日实现，他也代表曾国藩同意了。罗淑亚、威妥玛表示满意，连夜回北京去了。曾国藩和崇厚都不知道，法国公使罗淑亚接受这个折中方案并匆匆赶回北京，是因为他的国家正面临着严重的局面。原来，法国皇帝拿破仑三世正酝酿着与它的邻邦普鲁士打仗，他要将全副力量用在欧洲，远东的麻烦事需尽早结束。没有几天，法国向普鲁士宣战。一个多月后，法军败于普军，拿破仑三世宣布投降。当时，只要清廷和曾国藩与罗淑亚再僵持一段短时期，事情就会起大变化，然而他们太昧于世界大势了，竟然一点不知。曾国藩听了崇厚的禀报，虽嫌他擅自做主，但事到如今，也只得认可了。

正当曾国藩庆幸国家和百姓免除了一场深重灾难的时候，他自己却坠入人生耻辱的深渊，不仅使他生前悔恨莫及，甚至身后也得不到后人的谅解。

十一、外惭清议，内疚神明

曾国藩决定将天津地方官交刑部严议以及与洋人订定抵命人数的奏折由塘报传出去后，京师及各通都大邑一片哗然，"卖国贼"的骂声四方腾起，国子监里一批热血青年，愤怒地奔到虎坊桥长郡会馆，将会馆楹柱上曾国藩的亲笔联语："同科十进士，庆榜三名元"，狠狠地用刀刮去。

这副联语是曾国藩在道光二十五年时题写的。先年顺天乡试，周寿昌高中南元。

次年会试，萧锦忠赫然中了状元，孙鼎臣朝考第一。这一科湖南八进士全是长沙府人，又贵州进士黄辅相、黄彭年叔侄，原籍亦属长沙府。这下子，在京的湖南人沸腾了。恭贺长沙府人才荟萃、群星灿烂，尤其是萧锦忠的状元，更令万目艳羡。清代的状元大半出自两江，湖南在此之前，仅只一个衡山人彭浚得此殊荣。萧锦忠独占鳌头，实为湖南省、为长沙府挣得莫大的脸面。于是在京长沙籍官员合资在长郡会馆摆酒演戏，隆重庆贺。刚迁升为詹事府右春坊右庶子的曾国藩，是公认的长沙府后起俊秀，大家推他撰一副联语做纪念。那时的曾国藩正是才华锦绣、仕途得意的时候，他灵感顿起，大笔挥就："同科十进士，庆榜三名元。"盛事佳联，一时在京中士大夫中传为美谈。曾国藩一生对此联也甚为满意。这副即兴而作的联语，后来便被工匠刻在长郡会馆的楹柱上，作为长沙府光荣历史的最好记录而永久保留。这些年来，随着曾国藩名声的显赫，它的名气也越来越大了。

守会馆的老头子无法拦阻，只有跌足叹息。刮掉联语后，又有人喊："湖南会馆的匾也是那个老卖国贼写的。"

砸掉它！众人立即做出决议，监生们又一窝蜂跑到教子胡同湖南会馆。一阵痛骂后，将高悬在大门口的蓝地金字大匾取下来，用脚跺，用石头砸，直把这块匾破坏得粉身碎骨，方扬长而去。

连远在兰州指挥楚军与回民作战的陕甘总督左宗棠也愤愤不平。从同治三年来，左宗棠一直不与曾国藩通书信。那年曾国藩主动修书与之言和，因信中未有道歉认错之语，左宗棠便负气不复。曾国藩也没有再给他去信。后来他意识到自己的负气不对，但他一贯好强，即使错了也不认错，彼此之间便这样绝了私人书信。不过公务往来依然频繁，双方都不苟且，每有拜疏，即录稿咨送，完全是一派锄去陵谷、绝无城府的光明气象。曾国藩要将长江水师改为经制之师，左宗棠支持。左宗棠在陕甘打仗，分派给两江的粮饷，曾国藩总是按量按期地运去，又主动将后期湘军中德才兼备的名将刘松山推荐给左宗棠。刘松山及其统率的老湘营成为左宗棠的精锐。今年正月，刘松山战死，其侄刘锦堂接统其军，智勇不在乃叔之下。左宗棠为此甚感曾国藩之德。一次两江总督衙门会议上，有人称赞左宗棠为西北第一人，曾国藩接话："岂止是西北，实为当今天下第一人。"这话传到陕甘前线，左宗棠心里又喜又愧。喜的是他的劳绩为全国所瞩目，愧的是自己的胸襟远不如曾国藩的宽广。在这种心情下，左宗棠在奏报刘松山战死时，将曾国藩诚恳地赞扬了一番。不过，这次他又大为不满了。心里虽然对老朋友已无芥蒂，面子上却拉不下，他不直接给曾国藩来信，要总理衙门转达他的态度："津郡事变由迷拐激起，义愤所形，非乱民可比。索赔似可通融，索命则不能轻允，惩办地方官员亦非明智之举，正宜养民锋锐，修我戈矛，示以凛然不可侵犯之态，方可挫夷人凶焰而长我中华之志气！"

在湘潭设帐讲学，弟子众多，俨然有一代宗师之称的王闿运也通过湖南巡抚衙门，给曾国藩寄来一封恳切的长信：

宫太保爵中堂乃当代山斗之望，九重所倚重，万姓所瞻依，兼之十余年之战功，十余年之德政，史册焕其勋业，而华夷惮其威望者也。且津民之性悍而骜，倘因夷人而加辜于津之守令，必致触怒于闾阎，其患有不可胜言也。《书》不言顾畏民岩乎？《传》不云众怒难犯乎？愿熟思而详虑。国体不可亏，民心不可失，先皇帝之仇不可忘，而吾中堂之威望不可挫！宗社之奠安，皇图之巩固，华夷之畏服，臣民之欢感，在此一举矣。昔王禹偁曰一国之政，万民之命，悬于宰相，可不慎欤！倘中堂不能保昔日之威，立今日之谟，何以报大恩于先皇，何以辅翼皇上，何以表率乎臣工，何以惩乎天下后进之人！

类似于王闿运这样的信，一日数十封，从京师，从江宁，从武昌，从安庆，从长沙，从两广，从川贵源源不断地投寄天津，犹如一支支利箭，一齐向他的心窝射来，直欲把那颗衰竭的心脏穿烂，化成肉酱。

天津城内，周家勋、张光藻、刘杰的家门口。这些天来，慰问的人络绎不断，怜悯之泪不绝于面。本来官声平平，却突然都成为勤政爱民的清官贤吏了。街头巷尾，不知谁编的童谣在四处传唱：升平歌舞和局开，宰相登场亦快哉。知否西陲绝域路，满天风雪逐臣来。

曾国藩这时方才明白轻听崇厚之言，将周家勋等人交刑部严议是一个绝大的错误。他心里痛苦万分，悔恨不已。他恨自己不能坚持定见，更恨崇厚事事图悦洋人，将他推到国人唾骂，皆曰可杀的悲惨境地。奏疏已经拜发，犹如泼水不可复收，他每天夜里默默地向神灵祷告，求太后、皇上能宽容这几个可怜的地方官，莫让自己的过错造成事实，使良心稍得安宁。

谁料几天后上谕下达，速将天津地方官押来刑部归案，重申杀十五人不足以平洋人之怨，务必严加审讯在押犯人，不可宽贷，但又对“订定人数，如数执行”的提法予以驳斥：“衡情定罪，惟当以供证为凭，期无枉纵，岂能预为悬拟，强行就案？”

曾国藩有苦说不出，真的到了上下指责、左右为难、千夫所指、百口莫辩的地步了。眩晕病再次发作，左目愈加昏花，大白天眼前的人和物都如同在雾里。他自知不久人世，也愿速死，致书儿子，叫他们将棺材早日做好，以免临时措手不及。

丁启睿、马绳武、萧世本、赵烈文、吴汝纶、薛福成等人整日守在床边，服侍劝慰。曾国藩身心已完全憔悴，不能多说话了，只是反反复复地重复着八个字：外惭清议，内疚神明！

时至今日，别的办法已没有了，唯一可行的，是用银子来弥补，但曾国藩又犯难了。他一贯于财产看得很淡，也不打算给儿女留一大笔钱。祖父星冈公有一句话，他信奉一辈子：“命里有饭吃，再无钱财也不得挨饿；命里挨饿的，先人留下的钱财再多也没有饭吃。”多年来，他在养廉费里只存得二万两银子，以作养老用。可以从中拿一部分出来，但不能全拿，总得留一些。他将必须开支的部分做了仔细考虑后，决定拿出七千两。三人分，每人只得到两千多，少了。实在无法可想时，他把此意透露给赵烈文。赵烈文一听，立即慷慨表示：“大人此举，惊人世而泣鬼神，古今中外无先例。烈文受大人栽培多年，粗知大义，岂不受感动？督署幕僚，虽不能说人人都持烈文之想，但亦十占八九，我明日快马回保定，三日后来津复命。”

三天后赵烈文带回一万三千两银票，全是直隶总督衙门幕僚们凑的，没有惊动一个地方官员。曾国藩很是感激。赵烈文劝曾国藩自己不必再拿钱了。他如何肯依！这样，连同他的七千，共有二万两银子。周道、张守、刘令每人各五千两，剩下的五千两，他反复思考后，决定给徐汉龙、刘矮子、冯瘸子每人五百两，红柳村的七个人每人一百两，田老二等五人每人也发六十两。

这种事，不要说以往，就是几天前曾国藩都不会做。伤人者赔钱，杀人者抵命，这是自古以来最基本的法律，何况杀了外国人，险些引起一场浩大的灾难。现在，全国各地的舆论终于使他清醒了：这毕竟是长期积怨引起的冲突，从根本上讲，理亏的是洋人而不是津民，不能简单地就事论事。尤其是徐汉龙、刘矮子、冯瘸子，他们是出自爱国敬官长的义愤，杀他们的头的确有些冤屈；田老二等人固然是趁火打劫的歹徒，但在这样一场复杂的案件中，杀他们的头，也间接刺伤了百姓的爱国之心，权且以这点银子来做补偿吧！

听说红柳庄打死人命的凶手，只因承认是为杀洋人而死，就每人得一百两银子，监狱里几个家贫的杀人犯在亲属的劝说下，也表示愿意在杀洋人的认罪书上画押，临死前得一百两银子，作为对家庭的报答。于是，曾国藩勾出五个杀人犯来，每人也发他一百两银子。剩下的二千两银子，则用来周济育婴堂里逃出的孤儿以及那天误伤的中国人和附近受损的百姓民房。经过这样一番安排，曾国藩心灵深处似觉好过了些。

十二、萃六州之铁，不能铸此一错

这天上午，周家勋、张光藻、刘杰就要上路了。京津古道接官厅里，曾国藩带着丁启睿、马绳武、赵烈文等人摆了一桌简单的酒菜，他要亲自为代百姓受过的天津地方官员敬酒饯行。

与一般的犯官不同，周家勋等人并没有套上枷锁，只是摘掉顶翎，褫去官服，一个个满脸阴晦，萎靡不振，穿着便服的曾国藩亲出厅外，将三人迎进内室，然后恭请他们上座。周家勋忙说："老中堂亲来送行，已使犯官感激不尽，岂敢再僭越上座。"

张光藻、刘杰也说："犯官不敢！"

"今日事与一般不同，你们权且坐一回，老夫尚有几句话要说。"

看着骨瘦如柴的总督那副恳挚的模样，周家勋等人只得告罪坐下。戈什哈上来，给每人斟了一杯酒。曾国藩端起酒杯颤巍巍地站起，慌得座上的人全部起立。

"今天是三位进京受审的日子，大家的心里都不好过，也无心喝酒，老夫借这个形式，不过说几句话而已。我敬各位三杯酒，各位都不要推辞，且听我说说心里话。我先请大家都把手中的这杯酒喝了。"

众人都不敢推辞，只得喝下。丁启睿说："老中堂，您坐下说吧！"

大家都说："请老中堂坐下。"

"都坐下吧！"曾国藩坐下，也招呼大家坐下，然后沉重地说，"老夫奉太后、皇上之命，来天津处理民教之案，感慨良多，教训良多，悔恨良多。"

说到这里，曾国藩停下，拿起手绢揉了揉昏花的眼睛。昔日那两只给人印象极深的三角眼，因为眼皮的松弛、眼角的多皱，更因右目无光、左目视力微弱，而变得如同两只干死的小泥鳅。他现在手绢已不能须臾离手，过一会便得擦擦，否则眼角黏糊，人物莫辨了。不要说离职的前任，就是在职的现任也都心事重重的，大家静静地听着曾国藩嘶哑苍老的心曲。

"民教冲突，各地都有，但后果无一处有津郡的严重，事情弄成这样，是太令人痛心了。"曾国藩的酒量向来不大，去年以来，因身体日坏，他几乎滴酒不沾，刚才那杯酒，也只是象征性地吮了一小口。现在，戈什哈给他上了一杯热茶，他喝了一口。"民教仇杀，从根本上说，是洋人理亏，这是没有话说的了，但挖眼剖心的传闻竟然有那么多人相信，使人费解；还有的说洋人拿眼珠子熬银，这不是愚蠢透顶吗？居然也有人相信。哎！愚民无知尚可说，周道、张守、刘令，你们都是读书明理的聪明人，不是老夫指责你们，你们早就应该和洋人联系，与他们一起出来澄清这些无稽谣传哪！"

"老中堂训斥得对，卑职等是疏于职守。不过，洋人也是蛮不讲理的，他们拒绝合作。"周家勋插话。

张光藻接过话头说："五月初，育婴堂里的小孩子大量发病，死了不少。百姓得知后，要求育婴堂把这些孩子都放出来。那次围的人也很多，修女怕出事，提议公举五个代表进堂检查。人推选出来了，正要进堂，丰大业来了，不准中国百姓进，还破口大骂。这事也是百姓质疑的一点。"

曾国藩点点头，说："丰大业是个横蛮已极的人，这点我知道。但关于挖眼剖心的事，跟教堂的夏福音等人讲清楚，我想他们应会合作的，他们也要辟谣哇！再一点，发现有百姓围教堂，不要等丰大业出来，各位就要设法早点疏散。常言说鱼龙混杂、泥沙俱下，那么多的人里面，能保证没有莠民歹徒吗？他们就希望乱，乱则对他们有大利。我们为父母官的，第一大职责就在于维持地方安静，倘若那天早点驱散人群，也就不会有后来的一切了。"

众人都点头，心里想：是的，早点驱散就没事了，现在后悔已晚了。

说到这里，曾国藩又举起酒杯："这些都已过去，不说了，请诸位喝下这第二杯酒。"

大家都遵命喝下。曾国藩望着周家勋等人，接着说："雷霆雨露，皆是春风。诸位都是国家的美才良吏，这年把两年暂时受点委屈，不久必当起复，再肩重任。古人说，天下兴亡，匹夫有责，何况你我？我们都要于此事吸取教训。这教训是什么？就是我大清国必须自强。三十多年来，我们与洋人之间的冲突，都是我理直，彼理曲，但恒以我吃亏彼沾光而告终。这原因便是我弱彼强。洋人不讲道理，只论强弱，我们如果不自强，便永远会受洋人的欺侮。"

接官厅一片寂静，桌子上摆的几个菜早已凉了，大家都不想去动它，几颗苦涩的心在困惑：老中堂的话说出了与洋人相交的要害，但我们大清国这样一盘散沙，它何时才能够自立自强呢？

"各位再履任时，一定要在自己的辖地内注重洋务，办起一两个工厂，多造一些机器出来，如果各县各府都这样，慢慢地，我们也就和洋人一样地富强起来了，这是我们自强的根本。毁教堂、杀洋人，是达不到这个目的的。"

"老中堂，办机器厂，一无人才，二无母机，如何办呢？"刘杰问。他今年只有四十几岁，还很有一番雄心，他相信曾国藩的话，暂委屈一两年后必会起复，今后的仕途还长得很哩！这次事件对他的刺激太深了。他好歹也是一个正七品县太爷，却连自己的侄儿都不能保护，到头来，还得抛妻别子，远戍军台。说来说去，还不是自己的国家太弱了吗？他暗地发了狠心，一旦起复，即谋自强！

"刘明府！"曾国藩这一声称呼，已撤职的刘杰听了十分感激。"只要你办机器厂，人员、母机，老夫全部负责提供。"

刘杰重重地点头，两眼充盈着泪水。

"另外，为杜绝今后民教再起纠纷，我已给太后、皇上上了一个折子。"曾国藩转脸对丁启睿等人说，"折子中对洋人的传教提出了几条限制。比如说，今后天主堂也好，育婴堂也好，都归地方官管辖。堂内收一人或病故一人，一定要报名注册，由地方官随时入堂查考。如有被拐入堂，或由转卖而来，听本家查认，按价赎取。教民与平民争讼，教士不得干预相帮。"

"这就好了。"丁启睿忙说，"早这样的话，哪里还有民教纠纷发生！"

"如果先有这样的章程出来，再有百姓闹事，那就是我们的责任。朝廷处罚，我也心甘情愿。"张光藻说。他是委屈极了，算计得好好的，平平安安过几年后就回籍享清福，安度晚年。偏偏就在船要靠岸时，却遇倾覆之祸。他没有刘杰的自信，他很悲观，他总觉得这条老命会死在谪戍的路上。

"老中堂想得周到，只怕洋人不会同意。"署知县萧世本说了一句泄气话。

"萧明府的担心不是多余的，我也只是尽我的职责罢了。"曾国藩并不对这句话生气。他又一次举起酒杯，对周家勋等人说，"这是第三杯酒，请诸位赏脸喝下，我还有一件重要的事要说。"

大家都喝下，肃然聆听。

"这次三位进京受审，老夫心里深感对不起。只是法国公使罗淑亚坚持要你们抵命，并出动大批兵舰，扬言将天津炸成焦土，还要轰倒紫禁城。也是老夫一时失了主见，让你们遭此不应有的委屈。这些日子，老夫惭愧清议，负疚神明，后悔万分。"

曾国藩又掏出手绢来擦拭眼睛。手绢在眼皮上停留着，许久没有拿开。周家勋等人都流出了眼泪，丁启睿等人也很伤感。赵烈文劝道："大人不必过于悲伤。大人的苦心，周观察他们都是能够体谅的。"

"这都是卑职等咎由自取，老中堂不必难过。"周家勋说。

"中堂也莫难受了，这都怪我们的命不好。"张光藻说。

"大人还不是和我们一样，也受尽了委屈。"刘杰说。

"三位能够如此体谅，对老夫是个很大的安慰。"曾国藩终于拿开蒙在眼皮上的手绢，嗓音愈加嘶哑苍老了，"你们先且宽心前去。按刑部法律，三位一定会受充军处分。我已写信给恭王，请他给刑部打个招呼，尽量不去伊犁，到东北去。白山黑水之间，是我大清发祥地，你们去看看体验一下也好。只要老夫不死，两年后，我一定为诸位上个保折，请太后、皇上将诸位官复原职。"

周家勋等人十分感动，一齐说："多谢老中堂关照。"

“另外，督署衙门诸公一起凑了点银子，虽不多，却是他们的一点心意，将来到戍后收赎及路费均可敷用。惠甫，你拿给他们吧！”

赵烈文从靴页子里掏出三张银票来，每张五千两，分送给周、张、刘一人一张，说：“老中堂一人拿了七千两，幕府众人受老中堂感动，也凑了一点。”

周家勋等人再也忍不住，拿银票的手抖个不停，泪水夺眶而出，终于一齐跪在曾国藩面前：“谢老中堂天高地厚之恩！”

“起来，时候不早了，上路吧！一路上多多珍重，家里有放心不下的事，写封信来告诉老夫。”

三个革职的官员犹如远行的游子流泪告别父母似的，对着曾国藩磕了三个响头，然后起身走出接官厅。出大门一看，众人都惊呆了。京津古道两旁，已跪下数百津郡百姓，有的面前摆着小几，上面插着红烛线香，有的前面摆着一只煮熟的母鸡，有的提着酒壶，端着酒杯，尤其是那三把杏黄软绸万民伞，格外令人瞩目。见周家勋等出来，人群中一声声高喊：“老公祖委屈了！”“老父台，你们是青天大老爷呀！”“老爷，你们不能走哇！”场面甚是酸楚。周家勋等刚抹去的泪水又滔滔不绝地滚了下来。持万民伞的三人走出队列，来到他们面前，双手将伞献上。周、张、刘一人接了一把，哽咽着说：“谢谢父老乡亲！”几个头发花白的老太太走出来，每人手里都拿着一件东西：熟鸡、煮肉、鸡蛋、煎饼等等，硬要他们收下。周家勋等人也只得接了一点。

曾国藩把这一切都看在眼里，惭愧、羞赧、悔恨、悲哀一齐在心头奔涌，如同眼前浑浊急湍的海河水，撞击着他的心灵，震撼着他的魂魄，啮咬着他的肢体，抽打着他的双颊。他不敢走出门外，只是倚着门框，呆呆地凝望眼前这一幅极为罕见的令人揪心的送别图。

忽然，一个十六七岁的读书人装束的小青年冲出人群，手中捧着一张大白纸，直向接官厅奔来。赵烈文怕是刺客，忙上前拦住。那小青年高喊：“天津满城都贴满了讣告，我怕曾大人看不到，特为送他一张。”

“惠甫，放他过来。”曾国藩有气无力地招了一下手。

小青年大步走过来，把纸塞给曾国藩，立即转身跑了。曾国藩看时，那上面写着：

> 不孝男曾国藩罪孽深重，不自陨灭，祸延显考徐汉龙、刘尊夏、冯护华，痛于同治九年八月穀旦舍身殉难而亡。凡属孝弟忠信、礼义廉耻之士，莫不哀此讣闻。孤哀子曾国藩泣血稽颡、期服侄崇厚痛心顿首、护丧功服弟赵烈文、吴汝纶、薛福成等拭泪拜。

曾国藩只觉得眼前一片黑暗，身子早已瘫倒在门槛上。赵烈文、丁启睿等忙将他扶起。好半天，他才徐徐睁开左目，只见周家勋、张光藻、刘杰还在与送行的百姓涕泪话别。他从心底里长长地叹出一口气，无限哀伤地说：萃六州之铁，不能铸此一错！

曾国藩在接官厅里对周家勋等人说的话及赠送一万五千两银票的事，很快便被崇厚知道了。他生怕曾国藩改变态度，已成定局的事又起变化，便借探病为由，试探地提出，请朝廷增派大员前来天津，以便曾国藩有空养病。曾国藩也正感自己负疚太深，希望有人来与他分担责任，便立即同意。于是崇厚上折，说曾国藩旧疾复发，病势沉重，请增派大员速来天津。西太后即谕号称洋务能员的江苏巡抚丁日昌来津会办。又因丁日昌坐海轮由苏州北上，需要十日之后方可到达，遂又派工部尚书毛昶熙先行赴津。不久，崇厚奉命出使法国，毛昶熙便署理三口通商大臣，留在天津。这时丁日昌也到了。

丁日昌在途中便给朝廷上折，奏报："自古以来，局外之议论不谅局中之艰难，然一唱百和，亦足以荧视听而挠大计，卒之事势决裂，国家受无穷之累，而局外不与其祸，反得力持清议之名。臣每读书至此，不禁痛哭流涕。"他一到天津，便大张旗鼓地重建教堂，修缮育婴堂，严刑审讯在押人员，好言抚慰洋人，全然不顾清议舆论，大刀阔斧地推行自己的意图。天津士民人人骂他"丁鬼子"、"丁小人"。又四处张贴无头告示，揭发他在苏抚任上贪污受贿的不法情事。丁日昌全不在乎，一笑置之。他对身边的人说："做官的谁不被人骂？官越大，骂的人越多。宰相肚里能撑船，他骂他的，我行我的。"他又为曾国藩请来两个洋医生，给他治眩晕，治目疾，劝慰他安心养病，天塌下来都不要管，一切事都由他顶着，杀头充军他不怕。

曾国藩本因丁日昌为官不廉而对他印象不佳，这一下子，反倒为他的力排众议敢作敢为的气概所慑服，自己也不知不觉地胆气壮了起来。他不再自怨自艾，过分自我谴责了。书信言谈之间，也常说些"宁得罪于清议，不敢贻祸于君父"一类的话。心胸一宽，身体也好多了。这时他才明白李鸿章赏识丁日昌，明知其操守不严也要重用的缘故。曾国藩觉得李鸿章、丁日昌的身上有着另外一些特点，而这些特点又正是他自己所不具备的。

正当轰动海内外的天津教案就要接近尾声的时候，江宁城又爆出一桩离奇大案——两江总督马新贻在光天化日之下被人刺死！消息传出，朝野震惊，慈禧太后速命曾国藩重任江督，并负责查办这桩奇案；同时，将李鸿章由湖广总督任上调任直隶总督。

第五章　马案疑云

一、慈禧太后对马案的态度微妙

曾国藩接到这道上谕，心中十分不安。随同上谕而来的还有一个大包封，里面包着近日京报。京报登载了署两江总督江宁将军魁玉奏报案件的简单情况：马新贻检阅武生月课后回署，在箭道上遇一男子，被此人用短刀刺死。刺客当场抓获，名叫张文祥，河南人，该犯供词支离游移。读罢京报，曾国藩陷于沉思。

刺杀总督，大清朝立国以来，这还是破天荒的第一次，而被刺的马新贻，又是近世官场上一个精明强干的角色。马新贻曾是曾国藩的属员，他对此人颇为了解。

马新贻字榖山，山东曹州府菏泽县人，道光二十七年进士，与李鸿章、郭嵩焘同年，他未入翰苑，以知县分发安徽，任建平县令。从咸丰三年起开始带兵，先是与太平军，后又与捻军转战在安徽战场，因军功不断迁升。同治二年授按察使，旋迁布政使。这段时期，曾国藩坐镇安庆，与马新贻多有接触，他对这个官运亨通的僚属的评语是：精明、勤快、城府深。同治三年，布政使尚未做满一年的马新贻便接替开缺回籍的曾国荃，当起浙江巡抚来了。迁升之快，令人眼红，连曾国藩也暗觉惊讶。他不明白，此人究竟有什么背景，以至于圣眷如此隆盛，那时，曾国藩已迁到江宁。这天，前去杭州赴任的马新贻来到总督衙门拜谒。

本就长得英俊匀称的马新贻，高就途中，益发显得神采奕奕，与曾国藩纵情畅谈，神态甚是轩朗。曾国藩微笑着说："阁下在安徽任职多年，此去又将巡抚浙江，听说过桐城一家三人当浙抚的佳话吗？"

"这倒没听说过。"马新贻欣悦地说，"请中堂见示。"

"桐城方姓，是当地有名的大族。"曾国藩抚着长须，兴致盎然地说，"乾隆时，方恪敏公观承由直隶藩司升任浙抚，他在抚署二门上题了一联：'湖上剧清吟，吏亦称仙，始信昔人才大；海边销霸气，民还喻水，愿看此日潮平。'二十年后，其侄方受畴亦由直隶藩司升浙抚。再过八年，其子方维甸以闽浙总督暂护浙抚篆。方维甸想起三十年间，父、兄和他三持使节，真是他们方家的殊遇，于是在父亲当年题联的楹柱旁边的墙上书写一联：'两浙再停骖，有守无偏，敬奉丹豪遵宝训；一门三秉节，新猷旧政，勉期素志绍家声。'又在联后写了一段长跋，记述这桩家门幸事。"

"真是浙江巡抚史上的一段佳话。"马新贻击掌赞叹。"谢谢中堂在我抚浙前夕讲了一段这么有趣的故事。"

"今阁下亦以藩司升任浙抚，但愿马府亦和方家一样，后世再出浙抚。"曾国藩笑道。

"那就要托中堂的洪福了。"马新贻兴奋异常地说。

谈完这段趣事后，马新贻谦虚地向曾国藩请教治民之方，曾国藩也以一番诚意谈了他准备在两江实行减免赋税，以苏民困的计划。二人谈得很是投机。

马新贻一到杭州，便学习曾国藩的做法，奏蠲因战争而拖欠未交的赋税，又奏减杭、嘉、湖、金、衢、严、处七府浮收钱漕，又请罢漕运诸无名之费，朝廷都一一允准。他又亲自带兵沿海岸肃清海盗。到了同治六年，他便升为闽浙总督，成了一位年轻的制军。第二年，曾国藩调直隶，马新贻便到江宁来接任。

那次，当曾国藩看到年不满五十，并无殊勋特绩，又与湘淮两系都无渊源的马新贻时，心中陡起不快。两江重地，向来非老成宿望、大德大功者不能轻授，让马新贻来接替，不是有意降低两江总督的规格吗？是不是朝廷中有人存心以此来压一压湘淮诸将帅呢？这样想过以后，他又觉得自己的怀疑没有根据，心胸太狭窄了，转而依然对马新贻以礼相待。这两年听说马新贻在两江干得不错，何以忽遭这等惨变？张文祥一江湖流浪者，他为何要谋刺总督？此人敢于在刀兵林立的校场之中行刺，又居然一刀刺杀成功，其人之胆量、本事必然非比等闲。凭着曾国藩的阅历，他也想到此人背后，很可能有非同一般的复杂网络，一旦涉足其间，后果难以预料。

当年不避艰险、锐意进取，以夔、皋、伊尹为榜样，欲做一番陶铸世风、振兴天下大业的礼部侍郎，今天位居宰辅、功高震世，却因捻战无功，津案受辱，且体力衰弱，疾病缠身，更兼这十多年来经历太多的险风恶浪，洞悉权力巅峰上的倾轧虞诈，反而变得越来越谨言慎行，越来越悲观失望了。他上疏给太后、皇上，说自己右眼久已无光，左眼亦目力昏眵，江南庶政殷繁，若以病躯承乏，将来贻误必多。再四筹思，唯有避位让贤，乞回成命，吁恳圣恩另简贤能，畀以两江重任。目前津案未就绪，李鸿章到津接篆以后，仍当再留津郡，会同办理，一俟津事奏结，再行请开大学士之缺，专心调理。

奏折很快被批转回来，上谕命曾国藩即赴江督之任，毋再固辞。词气坚决，无再商余地，曾国藩只得抱病遵命。

"大人，卑职想马制台这事真是蹊跷。"得知曾国藩决定赴两江履任后，赵烈文提醒道，"天津之案发生后，朝廷一日一旨，急如星火，命从速从严办理。马制台被刺有一个多月了，京报只有魁玉的简单奏报，未见就此事所下的谕旨。又刑部尚书郑敦谨奉命去江宁调查此案，据说才离京几天。虽然马制台之案不能与津案相比，但此事亦非同小可。大人还记得十多年前邓子久中丞被刺之案吗？那时咸丰爷避难热河，闻讯后一连下了数道谕旨，对滇抚徐之铭的奏报逐条批驳，而那事最后还是由太后和今上手里结的案。邓子久乃一刚从藩司升任的巡抚，且在旅途中被杀，马榖山为一现任总督，又在校场被刺，事情严重得多，朝廷反应并不太强烈。此事令人甚为疑惑。"

赵烈文所说的邓子久被刺一案，曾国藩当然知道。咸丰十年，云南布政使邓尔恒

（字子久）擢贵州巡抚，赴任途中，改换陕西巡抚。云南巡抚徐之铭为官不正，害怕邓尔恒进京陛见时揭其阴私，遂指使副将何有保在曲靖县将邓谋杀。事后上奏朝廷，说盗匪行刺，已将凶手正法云云。咸丰帝严厉斥责徐之铭，又命云贵总督刘源灏密速访查，据实具奏，务期水落石出，不准稍存徇隐消弭之见。后来，刘源灏风闻其中之故，竟然不敢赴滇，迁延半年，中途乞病归。不久，咸丰帝病死，西太后执政，立即撤了徐之铭职务，命张亮基速赴云南办理，又起复潘铎专办此案。最后因何有保等人内部起讧，案情大白。邓尔恒被杀后的几个月，全国议论纷纷，京报天天登载有关消息，一时官场瞩目云南。相形之下，马案是冷清多了。难道是朝廷有意冷落？赵烈文的提醒有道理！

“依卑职愚见，大人不妨再上个折子，请求陛见，听听两宫太后对此事的看法。”

曾国藩采纳了赵烈文的建议，上折请晋京陛见。同时发函给纪泽，要儿子安排家眷先行南下，不必等他。

奉旨允许进京陛见。于是曾国藩待李鸿章来津，交接直隶总督印信后，便启程入京。

这时正逢曾国藩六十大寿在即，一到京师，军机处便奉旨赐寿：御书“勋高柱石”匾额一面，御书“福”、“寿”字各一方，梵铜像一尊，紫檀嵌玉如意一柄，蟒袍一件，吉绸十件，线绉十件。前来法源寺送寿礼的小军机特为告诉曾国藩：“勋高柱石”匾额乃皇上亲笔所书，这四个字也是他自己想出来的，两宫皇太后为这四个字，把十六岁的小皇上着实夸奖了一番。皇上亲笔书赠大臣，这还是第一次，真个是旷代鸿恩。过去一句泛泛褒扬天语，能使曾国藩内心激动几天几夜，成为他奋发前行的强大动力，可是而今这些破格的崇隆圣眷，都不会再引起他的激情了。他是一株枯干的老树，春风已不能再吹出绿叶了。

由周寿昌发起，湖广同乡在湖南会馆设盛宴为之祝寿，虽然他亲笔题写的匾额已照原样又制了一块，仍旧高悬在会馆大门上，但砸匾的往事毕竟令他感到椎心痛苦，他只应酬性地略坐一坐，便借口身体不适告辞。当年庆贺同科十进士的豪兴，早已风流云散了。

寿筵摆过后，两宫太后、皇上在养心殿接见两次。皇上照例缄默，东太后也未开口，两次接见加在一起，西太后总共只问了他十几句话，他最关心的马新贻被刺事，仅仅只两句。一句：“马新贻这事岂不甚奇？”他摸不透这话的意思，只得含糊答道：“这事很奇。”西太后略停一会，又说出一句：“马新贻办事很好。”这句话总算是点到了实质，他赶紧顺着她的话回答：“他办事和平精细。”尖起耳朵欲听下文时，没有了，叫他跪安退出。第二天，干脆连马新贻的名字都没提了。西太后只问他何时启程，要他到江南后练兵。

十月初十日，是西太后的万寿节，曾国藩随班朝贺。第二天，正是他晋六十岁的生日，为表示公而忘私，这天一早，他便离京南下了。

途中，曾国藩反复地咀嚼西太后的两句话，细细地揣摸朝廷对马案的态度，慢慢地有了些较明确的认识。西太后对此事并不太热心，印证了赵烈文的分析。朝廷对马新贻的看法尚好，这是一方面；另一方面，又没有要将此案追查个水落石出的意思。

对于这样一桩大案奇案，朝廷的态度显得颇为难以理解。

一路上，他把这些想法与赵烈文、薛福成、吴汝纶等人商讨，他们也都觉得奇怪。这些离奇的迹象倒刺激了赵、薛、吴这班热血幕僚的好奇心。他们极力怂恿曾国藩把这事查个水落石出，并猜测弄清之后必有许多意外的收获。曾国藩淡淡地笑了一笑。他不指望什么意外之获，但既然已受命重回江督任上，查明此事乃职分所在。他于是写了一封密信，派急足送给正在江宁附近整顿长江水师的兵部侍郎彭玉麟，要他先行秘密查访。

两江总督衙门正在重建之中，尚未完工，马新贻当总督时，衙门设在江宁府署。曾国藩不愿与马新贻冤魂做伴，而先前住的原太平军英王府已作他用，于是暂借盐道衙门办事。一连几天，江宁城里上自将军魁玉，下至过去的平民旧识，川流不息地前来拜谒。除魁玉、藩司梅启照以及郑敦谨未到之前代为审案的漕运总督张之万外，曾国藩一律谢绝。忙过这些应酬后，他又亲到江宁府去吊唁马新贻，送上一副挽联：范希文先天下而忧，曾无半时逸豫；来君叔为何人所贼，足令百世悲哀。

这天傍晚，彭玉麟悄悄进城来访。

“涤丈，你见老多了！”仅仅两年不见，曾国藩便衰老得如同古稀老人，大出彭玉麟的意外。

“雪琴，你两鬓也增了些白发。”彭玉麟比曾国藩小五岁，这几年因国秀病故，世事多艰，心情不畅，身体也大不如昔了。

“都老了！上月厚庵来江宁，他还不到五十，便弯背了。还有春霆，早几个月大病一场，差点把命都丢了。”

“春霆害的什么病？”曾国藩的脑子里很快闪过二十年前长沙城里，鲍超被锁拿，当街向他求救的情景，想不到那样一个雷打不倒的汉子也垮下来了。

“还不是过去的那些刀伤箭伤发作！”

曾国藩摇头叹息。

“还有次青，前几天一个平江勇哨官来水师看望过去的弟兄们，说次青在关门著书，绝口不谈过去的事，好像有满腹牢骚。”

“早年在长沙、衡州投靠我的朋友，我自信都没亏待他们，一个个也都还说得过去。授文职的，大都在道员以上，授武职的起码也是个游击、参将，不愿做官的回到家里，也都是富翁财主。唯独次青至今向隅，我于他有亏欠。过些日子，我要专门为他上个折子，请朝廷起复。”

曾国藩这种出自内心的沉重情绪，使彭玉麟深受感动，他觉得气氛太灰暗了点，遂将语调一转，说：“有一个人倒是越活越洒脱了。”

“哪一个？”曾国藩从对李元度的歉疚中走出来，生发了几分兴趣。

“郭筠仙。我听厚庵说，刚基去世，他悲伤过一段时期后便很快释怀了，这两年读了很多洋人的书报，常说洋人超过我们的地方很多，不只是船炮器械，他们的法律国制都值得我们效法。世道变了，礼失而求诸野。他很想出洋去看看，总未遇到机会。”

郭嵩焘的儿子郭刚基是曾国藩的四女婿，聪慧好学，只是天不假年，二十一岁便病逝，留下娇妻幼子，害得父亲、岳父伤心不已。

“筠仙的这个心思十年前便有了，我总觉得他今后会在这方面有一番事业出来。是该多有一些大臣到外面去看看，现在夜郎侯太多了，总以为自己了不起。”曾国藩想起了几个月前，以醇王为首的清议派对处理天津教案的掣肘，至今仍感委屈。“我曾经答应过筠仙，向皇上保奏他出洋考察，这两年内只要我没死，就一定践诺。”

自从办津案以来，曾国藩常常想到死，他有一种预感，而这种预感又使他多次梦见死去的祖父和母亲，他于是更相信死期不远了，心中常默念着哪件事该了而未了，应如何了结。每当这时，他的一颗心，便会如同脱离躯体似的飞回了荷叶塘。不知为什么，荷叶塘那块贫瘠僻冷的土地，那条小小的浅浅的涓水河，那座荒芜的高嵋山，还有长年累月辛苦生活在那里的父老乡亲，总是勾起他绵绵不绝的思念。当年那个寒素的耕读子，是怎样急切地盼望走出去，干一番惊天动地的事业啊！今天，这个勋高柱石的大学士，却又魂牵梦绕般地想回到它宁静的怀抱。这究竟是什么原因呢？曾国藩为此而迷惘，而困惑，而苦涩。此中答案的确难以寻求。

相见的气氛居然这般令人伤感，这是彭玉麟进城之前所没有想到的。渣江的退省庵早已建好，杭州的退省庵也正在筹建中，彭玉麟向来对名望事业看得淡薄，内心的痛苦也就不如曾国藩的深重，谈过几个老朋友的近况后，他转入了正题：“涤丈，马榖山这事，好使人惊诧！”

“是这样的。”曾国藩点点头，说，“雪琴，你把马榖山被刺那天的详情说说吧！”

“好。”彭玉麟端起茶杯，轻轻地呷了一口，似有所思地说，“这真是一件怪事——”

二、张文祥校场刺马

江宁城内驻有绿营兵两千多人，棚长以上的大小头目有两百余人。这些头目，每月由记名总兵署督标中军副将喻吉三考核一次，称为月课。月课的内容主要为弓、刀、石、马四大项，成绩分优、甲、乙、丙四等，是武职迁升黜降的一个重要依据，向为军营所重视。七月初，喻吉三便下达命令，二十五日在校场大考，届时总督马新贻亲自检阅。应考者早早地做准备，人人都想在总督面前博得个好印象。不巧，二十五日那天下起雨来，大考便推迟到第二天。

二十六日清早，天还未大亮，江宁校场就热闹起来。大大小小的头目跨着骏马，穿好紧身战甲，一进校场，便各自活动起来。校场规矩很严，就连中上级武官所带的随身仆从，都不得进场，只能在栅栏外观看。

卯正，两江总督马新贻在喻吉三等人簇拥下来到校场。他身穿从一品锦鸡蟒袍，头戴起花红珊瑚顶帽，脚踏雪底乌缎朝靴，神色庄严地走上检阅台。一声号炮响后，考核开始。喻吉三宣布，马制台特为准备了十二朵大红绸花，每个项目的前三名，都可以得到制台大人亲授的红花。应考者无不踊跃。

先考弓术。弓以力为单位，一力十斤。从八力起开弓，连续开满三次者为合格。八力开后再加至十力，合格后再加至十二力。十二力合格者为甲等，超过十五力者为优秀。开弓完毕，再考平地射。每人发六支箭，在三十步远外对准靶子射，六箭皆中靶心者为优。接下来考刀术。刀有八十斤、一百斤、一百二十斤、一百三十斤之分，能将一百三十斤重的大刀舞得娴熟者为优等。石分二百斤、二百五十斤、二百八十斤、三百斤四等，将石拔地一尺，再上膝，再上胸，将三百斤的石头举过胸脯者为优。

武职人员的考试远比文职人员咬笔杆做文章有趣。开考后，栅栏外便围满了看热闹的百姓，而且越来越多。大家以高昂的兴致观看，并以喊声、掌声为应考者呐喊鼓劲助威。

最精彩的是马术。校场马术的考核为马上射靶。这时已到午初时分，校场四周早已是人山人海，热气腾腾。尽管卫兵一再阻挡，围观的百姓还是拼命地向栅栏靠近，栅栏旁边的几株大树上都爬满了人，好几株枝干被压断了，从树上掉下并跌断手脚的事时有发生。

校场的一头有三个离地四尺高的土墩，土墩上插一根六尺长的竹竿，竹竿上挂一块宽三尺、长四尺，用布做成的牌牌，叫做布侯。布侯上画着三个圆圈，离布侯三十丈远处有一道白石灰线。人骑在马上，打马在校场上飞跑三圈后，再对着布侯射箭。一共射四箭，四箭全中布侯内圈者为优秀。栅栏外，成千上万名观众的眼睛跟着校场上的跑马转，随着一箭箭射出，报以喝彩和惋惜声。场内的应考者和素不相识的场外围观者，几乎达到息息相通的地步。最后，一百多名武官全部跑马射箭完毕，居然无一人四箭全中布侯内圈的，在一片遗憾声中，也根据高下定出了前三名。

到了未正时刻，四大项目中十二名优胜者神气十足地走上检阅台，马新贻给他们一一戴上大红绸花，又说了几句勉励话。恰在这时，有一处栅栏被拥挤不堪的百姓冲垮十多丈宽的缺口，两三百名胆大者从缺口中潮水般涌进校场，卫兵们来不及拦阻，挤进来的人都朝箭道跑去。因为箭道的那一端是总督衙门的后门，马新贻将要从这里回署。马新贻平时外出，总是坐在遮盖严密、前呼后拥的八抬大轿里，百姓哪能见到！今日能有这样的好机会，大家都想一睹制台大人的威仪。

“大人，箭道两边挤满了百姓，让卫兵驱散后您再下去吧。”见马新贻正要走下检阅台，喻吉三弯腰劝阻。

“不必了，百姓们想见见我，就让他们见见又有何妨！”志得意满的马新贻也想借此机会，给江宁百姓一个好形象。他边说边整整衣冠，扬起头走下检阅台。

栅栏外的百姓见卫兵并不驱赶闯入者，便纷纷从缺口处挤了进来。一时间，箭道两旁聚集着近千人。马新贻在巡捕及贴身卫士的保护下敛容正色，大摇大摆地穿过校场，走进箭道。头上的红顶，胸前的朝珠，身上的彩色绣线，在阳光照耀下闪烁着五色光毫，照得百姓们眼花迷乱，艳羡惊叹：

“好神气的马大人！”

“比以前的曾大人精神多了！”

“当然咯，还不到五十岁，又没有吃过曾大人那多苦，当然精神。”

“平常人哪有这福气，做督抚的都是天上的星宿下凡。”

马新贻边走边听到这些赞叹之辞，心中洋洋自得，脚步迈得更加威武。这时，一个年轻的武弁从箭道边人群中冲出来，高喊一声：“表舅！”然后跪下。

马新贻一听，脚步停下来。看时，原来是他堂姐的儿子王成镇。去年，马新贻将他从山东原籍召来，安排在督标中军当个外委把总。这王成镇不成器，最好赌博，有点钱便去赌场赌了，直到输尽为止。早向，王成镇输得身无分文，以母亲病重，回家探望无川资为由，向马新贻要了十两银子。他拿着这笔银子，没有半个月又输光了，到马新贻那里扯谎，说被人偷去了。马新贻见他哭哭啼啼的，便又给了他十两。谁知不久又输了，还倒欠赌房五两银子。马新贻得知后气得大骂，吩咐仆人，再不准他进督署。王成镇无法，便借这个机会向表舅面求。

马新贻见是他，喝道："你这个混账东西，还有脸来见我！"说罢，扭转脸继续往前走。

王成镇跪着高喊："表舅，表舅！"马新贻不理，只顾朝前走。王成镇见状，忙站起，跑到马新贻前面，又是一跪，哭道："表舅，求你再宽容外甥一次。外甥委实欠了别人的银子，无法归还，只得如此！"

"你给我滚开！"马新贻抬起右脚，猛地向王成镇踢去。

"大人，冤枉啦，冤枉！"马新贻的脚尚未收回，忽地从人群中又冲出一个高大壮实的汉子来。他飞奔向前，走到马新贻的面前，弯腰打千。

"你是谁？"马新贻停步喝问。

"大人！"那汉子边说边向前走一步。猛然间，他从腰中抽出一把发亮的腰刀来，用尽全力，向马新贻身上扎去。马新贻被这突如其来的行动吓蒙了，正在慌乱之际，那腰刀已插进他的右肋之下。马新贻惨叫一声，随即倒在箭道上，血如泉水般地喷涌出来。箭道两旁的百姓高喊："总督被杀了！""抓刺客！"

走在离马新贻身后丈多远的喻吉三闻讯赶上前来，马新贻的贴身侍卫也都纷纷赶上，只见那刺客并不逃跑，站在那里，对着青天狂笑道："你们来抓吧！老子大事已成，高兴得很，我跟你们走。"

卫兵拥上来，拿一根绳子将刺客绑住。喻吉三高喊："先前跪的那人是他的同伙，不要放了他！"

卫兵们又把王成镇抓住。王成镇吓得脸色灰白，话都说不出一句来。刺客又笑了起来，说："你们放了他，杀人的只有我一个，我一人做事一人当，并无同伙！"

喻吉三哪里听他的，吩咐将两人一起押进总督衙门。倒在血泊中的马新贻已人事不省，被众人抬进卧室，一边飞马去请医生。

校场内外上万名围观的百姓，眼见得出了这样一件百年难遇的稀奇事，情绪一下子高涨起来，惊讶之余，全都奔向总督衙门，怀着巨大的好奇心，打听事情的究竟。

总督衙门一时大乱，也无人出来维持秩序，大堂外看热闹的人密密匝匝地围了不知多少圈。过一会，江宁藩司梅启照带着江宁知府及江宁、上元两县县令等人升堂开审。刺客被五花大绑地押了上来。

梅启照敲打着惊堂木，喝问："大胆狂徒，你叫什么名字？何处人氏？干什么的？从实招来！"

那刺客面不改色，昂然站立在大堂之中，从容笑道："我叫张文祥，河南汝阳县人，无业。"

“你为何要谋刺马制台？”梅启照又厉声发问。

“有人叫我干的。”

“此人是谁？”

“此人是将军。”

大堂上审讯的官员们面面相觑，无不惊愕失色，他们立即想到江宁将军魁玉。梅启照的心怦怦直跳，不知如何审下去，好一阵才问：

“将军在哪里，你认识他吗？”

张文祥坦然回答：“将军就在我家旁边，我并不认识他。”

官员们被弄得莫名其妙。

梅启照问：“你不认识将军，将军怎么叫你干？”

“我今天清早在将军面前抽了一签，上上大吉，故知将军同意我去干。”

陪审的官员们有的已大致猜到了，有的还不明白，梅启照已知将军绝非魁玉，心中有了数，遂又猛拍一下惊堂木，大叫：“大胆狂徒，您老实招来，这将军到底是谁？”

“它是我家门旁边石将军庙里的将军。”

这下，所有会审的官员们一齐放下心来。

正在这个时候，魁玉急急忙忙赶来，对梅启照说：“此事非比一般，恐有意外，现在外面百姓众多，一字一句都听得清楚，哄传出去，不利审查。”

梅启照依了魁玉的意见，将张文祥押下收审。直到天黑下来，总督衙门围观的百姓才渐渐散去。到了第二天上午，马新贻因流血过多死了。当天晚上，总督衙门里又传出新闻，马新贻的姨太太悬梁自尽。过几天又报王成镇疯癫。事情愈加复杂了。

三、江宁市民嘴里的马案离奇古怪

“张文祥到石将军庙求签一事，魁玉、梅启照都没有说起。”曾国藩听完彭玉麟的叙述后，拧起眉头说。彭玉麟所叙的校场刺马的情节，与魁、梅等官员们讲的大致相同，但他们都没有说起求签一事。

“可能因‘将军’二字牵涉到魁玉的缘故。”彭玉麟淡淡一笑。“几天后，张之万从清江浦来到江宁，与魁玉合作办案，衙门里便传出张文祥是漏网捻贼前来报仇的话。不过，”彭玉麟压低了声音，“江宁城里关于这件案子却传说纷纭，与衙门里所说的大不相同。但水师因无人驻扎城里，所知不详，涤丈不如叫一些人扮作寻常百姓，下到茶楼酒肆、街头巷尾去听听，可以听到不少传闻。”

曾国藩轻轻地点点头，心想：江宁城里会有些什么传闻呢？夜深了，彭玉麟起身告辞。曾国藩亲送到门外，关心地问：“永钊多大了，在渣江，还是跟随在你的身边？”

“过年就十七岁了，跟着叔父婶母在渣江。”

“定亲了吗？”

“还没有。”

“雪琴，续个弦吧，身边得有人照顾哇！”曾国藩亲切地劝道。

“今生已没有这个念头了，一等长江水师规模整齐后，我便坚决请求开缺，先回渣江守三年母丧后，再到杭州退省庵住两年，以后便渣江、杭州两个退省庵一处住半年，以此了结残生。”彭玉麟苦笑着，曾国藩无言以对。

“去年我在九江偶遇广敷先生，他说我前生是南岳老僧。难怪我喜欢独居，喜欢庵寺。”彭玉麟伸开双手，做出一个无可奈何的样子。

“你见到广敷了，他还好吗？”曾国藩立时想起了温甫，又有两三年不见了，不知他近况如何。

“广敷先生真是个得道真人，跟十年前一个样。”

曾国藩真想把温甫的事告诉彭玉麟，话到嘴边又咽下去了。

“雪琴，永钊正处在一生学问的关键时刻，渣江虽有叔父照料，毕竟缺乏良师。你要他到江宁来，和纪鸿一起读书，我为他们请一个好先生。”

“好。”彭玉麟感激地点点头。

几天后，奉命在市井搜集关于马案传闻的赵烈文、薛福成、吴汝纶、黎庶昌等人，向曾国藩禀报了这个案件的各种离奇之说。

赵烈文讲述了流传最广的一种——

咸丰五年，马新贻署理合肥知县，因县城失守而革职。时福济任安徽巡抚，委托马在庐州办团练。一日，马新贻的团练与捻军作战，大败，马新贻也被活捉。这支捻军的头目即张文祥。张文祥有两个结拜兄弟：二弟曹二虎、三弟石锦标。曹二虎精于相术。他看到马新贻后，悄悄对张文祥说：“大哥，这个姓马的面相骨相均极好，将来有一品大官的福分，捻子内部四分五裂，不是成气候的样子，我们何不借姓马的改换门庭。”

张文祥说：“姓马的被我们所捉，恨死了我们，如何可以借他的力？”

“大哥，先优礼相待，看他反应如何。”石锦标也赞同曹二虎的意见。

张文祥松了马新贻的绑，设酒席款待他。马为人聪明，看出了其中的变化，劝张文祥归顺朝廷。张文祥说：“我们兄弟早有归顺之意，只是无人引荐。”

“这事包在我身上！”马新贻大喜。“福中丞与我私交极好，你们又有武功，只要肯投诚，定会得到重用。今后升官发财，我们共享富贵。”

“我们跟着你投奔朝廷，你日后会看得起我们吗？”石锦标稳重，考虑得深远些。

“石三爷，看你说到哪里去了！”马新贻立即接话，“你们都是义士，我姓马的今后还要仰仗各位杀敌立功，只有敬重爱戴的道理，决不会看不起的！”

“那你要当着我们众位兄弟的面起个誓！”张文祥正色道。

“行！”马新贻爽快地答应。他这时一条命都攥在张文祥的手里，不杀已感恩不尽，何况还要带着一批投降的捻军回去，这时叫他做什么，他会不同意？恰好酒席桌下正有一条狗在啃骨头，马新贻从张文祥腰间猛地抽出一把短刀，朝着狗身上狠狠一刺，那狗惨叫一声，狂奔逃去。“我马新贻今后若亏待兄弟们，你们可以像刚才这样，把我当一条狗一样戳死！”

张文祥答应了。第二天，这支捻军随马新贻投降。马新贻在福济面前将自己如何劝降之事，大大地渲染了一番。福济称赞他能干，并将这支捻军改编成练勇。因马新贻字縠山，这个营便取名山字营，张文祥做了营官。曹、石二人做了哨官。马新贻仗着山字营，屡立战功，迁升频繁。到了同治四年，乔松年巡抚安徽，马新贻已升为布政使了。那时山字营裁撤，石锦标回家当财主，张文祥、曹二虎仍留在马新贻身边，马果然待他们亲如兄弟。

不久，曹二虎将妻子郑氏接来安庆，马新贻和他的太太在藩司衙门设宴招待。曹二虎带着打扮得漂漂亮亮的妻子欣然领宴。谁知马一见郑氏生得美貌，顿起歹心。这马新贻原是个渔色之徒，家有一妻两妾仍不满足。从此，他便常常变些花样，将郑氏骗进藩署。郑氏见马新贻高官厚禄，又长得一表人才，于是也情愿。以后马便常常支使曹二虎到外地办事。曹一走，郑氏便住进藩署。马的妻妾都怕他，由他胡来。张文祥把这一切都看在眼里，对马新贻奸占朋友之妻的丑行大为不满，便悄悄地告诉二虎。二虎一听，怒不可遏，恨不得一刀杀了郑氏。

张文祥劝道："罪魁祸首是马新贻，你不杀他，反而先杀自己的妻子，于理不当。且捉奸不见双，杀妻无据，到头来你还得抵命。"

曹二虎低头想了半天，说："若不捉双，杀马亦无理由；若捉奸，藩署警戒森严，我如何捉得到！"

张文祥说："既然如此，不如干脆把郑氏送给马新贻，你再娶一个算了。"

夜里，曹二虎对郑氏说，现在市井有传闻，说你与马藩台有染。郑氏听了又哭又闹，矢口否认。二虎于是对张文祥的话起了怀疑。过几天，马新贻对曹二虎说："二虎，我与你情同兄弟，你怎能听信外人的挑唆？你外出时，郑氏冷清，间或进署与娘儿们叙叙话，有什么不可以的！快莫胡乱怀疑自己的妻子。"

曹二虎想想也有道理。张文祥得知后，心知二虎大祸不远了。

半个月后，马打发曹赴寿春镇总兵徐鹔处领军火，允诺事成后有重赏。曹欣然答应。张文祥对他说："徐鹔驻兵寿州，离安庆六七百里，途中恐有意外，我陪你一道去吧！"

曹二虎不以为然，但感激张文祥的厚意，二人结伴同去寿州。一路无事，二人顺利到达。第二天，二虎前去总兵衙门办事。刚投文，寿春镇中军官手持令箭出来，喝道："把曹二虎绑起来！"

曹二虎惊问何故。中军官说："你贼性不改，暗通捻匪，领军火实为接济他们。有人在马藩台那里告发了你，我们奉马藩台之命，即以军法从事。"

说罢，也不容曹二虎分辩，便把他绑到市曹去杀了。张文祥得讯赶到市曹时，二虎已死。他埋葬了二虎，哭道："二弟，是大哥害了你，大哥为你报仇！"

从此，张文祥远离安徽隐居下来。他以精钢特制两把腰刀，用毒药淬之，只要用刀尖划破一点皮肉，人必死无救。每到夜深人静之时，张文祥便发奋练习。他以牛皮蒙一个靶子，执刀刺靶。刚开始只能贯穿两张牛皮，两年后，一刀刺下去，五张牛皮立即洞穿。张文祥自觉功夫已到家了，便怀揣这两把腰刀跟踪马新贻。马新贻调浙抚，他也到浙江；调闽督，他又去福建；调江督，他又随之来到江宁：只是都苦于找不到好机会。这次马新贻考核武弁月课，喻吉三二十天前就下了通知，给了张文祥以充分的准备时间，终于实现夙愿，故他引颈就戮，毫无悔意。

赵烈文转述的这个传闻使大家听得入了迷，暗中赞叹刺客是个义气深重的好汉，对马新贻正人君子表面后的丑恶行径都很愤慨。曾国藩也暗思，此种事只可见于古代，今天几乎绝迹。接着，吴汝纶又讲述了一个传闻，更令人不可思议。

马新贻是回族人，从小信天方教。天方教即伊斯兰教。明代人称阿拉伯为天方，伊斯兰教创于阿拉伯，故称之为天方教。清代沿袭明代的旧称。马父为菏泽县回人的头领，与新疆回民素来关系密切。马在安徽为官期间，在与太平军、捻军作战的时候，其军火饷银多得新疆回民之助，故而屡立战功，很快由一县令而升至布政使。后来马调任浙抚，在剿灭浙江沿海匪盗的过程中，又得到新疆回部的资助。故马对新疆回部一直感恩戴德。

马的身边有一个卫兵，名叫徐义，也是山东菏泽人，武艺很好，马很器重他。这徐义原是太平天国侍王李世贤的部下，与一河南人张文祥为至交。徐义与张文祥在太平军中日久，洞悉其中之弊，久思投降朝廷。同治二年，徐义、张文祥跟着李世贤守宁波。宁波城破时，二人卷带一些钱财逃走，到杭州后分了手。徐义后来投靠马新贻，张文祥辗转多处后又回到宁波，并在那里住了下来。同治四年，张文祥打听到老友随马新贻来到浙江，便专程去杭州拜访。徐义热情款待张文祥，两人喝得醉醺醺的。当张又要举杯和徐干的时候，徐摇摇头，喷着满嘴酒气问："张哥，你说世上的人心可测不？"

张歪着头，脸上紫红紫红的，手中的杯子仍高高地举着，眯起眼睛答道："如何不可测？好比你我兄弟之间，彼此的心思都明明白白的，你想什么我知道，我要做什么也告诉你。"

徐又摇摇头："张哥，你我之间当然没得话说，当官的人心就难以猜测，尤其是大官，更是心眼儿比我们兄弟多几十个。好比马中丞吧，他的行事，就是我们兄弟不能想象的。"

见张文祥醉眼蒙眬地望着他，徐义将嘴巴凑过去，对着张的脸说："张哥，我告诉你一件绝密的怪事，你听后莫对别人说。"

张文祥胡乱点点头。

"前天，马中丞收到新疆回王的一封诏书。诏书上说，回部大兵已定新疆，不日东下，浙江一带征讨事宜，委卿就便料理。马中丞得书后回报，东南数省，全部交给我马某人。"

张文祥一听，把手中的酒杯往桌上狠狠一放，骂道："这不是叛贼逆臣吗？我要杀掉他！"

"小声点！"徐忙用手捂住张的嘴。"你说，这人心可测吗？马中丞当了这样大的官，还要背叛朝廷，投降回部，真不可想象。"

说罢，二人又接着喝酒。张文祥在杭州住了几天后，回了宁波，在宁波城里开起了一家小押店来。

小押店是做什么的？其实就是小当铺。附近人家有一时银钱周转不过来的，拿样实物来抵押，换些钱去。到还钱时，一千文加一百二百利息，比大当铺高得多。但大当铺不押小物件，贫寒之家便只能求助于小押店。张文祥带着老婆孩子开个小押店，日子过得很艰难，心里已经很不痛快了，岂料马新贻又宣布取缔小押店，简直不让他活下去了。张文祥这一气非同小可，记起徐义说的私通回部、蓄谋造反的话，便起心要杀掉马新贻，既为国家除害，又为自己泄愤。就这样，一等数年，才遇到校场阅课的机会，一刀刺死了仇人。藩司梅启照审讯，他大模大样地坐在地上，叫他跪，他不肯，问堂上坐的是何官。衙役告他是藩台，他笑着说："藩台，小官，不足以审我。我有绝密大事相告，非将军来不说。"

梅启照被弄得很尴尬，无法，只得请魁玉。魁玉来后，张文祥说："请发兵将总督衙门围起来，命令家属统统出去，我再对你说。"

魁玉怒了，骂道："这是个疯子，不要睬他！"

张文祥大笑："我是个疯子，你们不必审了，快杀吧！"

梅启照把魁玉拉到一边说："将军请勿发怒，即算是疯子，也听听他说些什么。"

于是，所有无关人员全部退出，仅留下魁玉、梅启照、张文祥三人。这时张文祥才将为国除一大回匪之事说出。魁、梅听后目瞪口呆。过了好一阵子，魁玉才拍着桌子嚷道："你这是诬蔑！"

"将军先不要骂我。"张文祥平静地说，"你亲自带人去搜查马新贻的卧室，若不得回王伪诏，将我五马分尸都行。"

魁玉、梅启照四目相对，唬得不知如何是好，结果到底不敢去搜查马新贻的卧室。

吴汝纶这段传闻说得绘声绘色，听的人惊异不已。曾国藩浅浅一笑："这真是海外奇谈，马穀山死后还要背上一个通回谋反的黑锅，可怜可悯！"说罢问薛福成、黎庶昌，"你们还听到些别的没有？"

黎庶昌说："我听到的又是一种说法。"他也不慌不忙地说出一段故事来。

刺客张文祥为河南汝阳人。道光二十九年，张文祥变卖家产买了一批毡帽，到浙江宁波去贩卖。在宁波结识了同乡罗法善，后又娶罗之女为妻，生有一子二女。子名长福，长女名宝珍，次女名秀珍。咸丰年间，张文祥开起小押店来，并雇了一个帮工叫陈养和。咸丰十一年十一月，太平军将来宁波，张文祥将家里的衣服、银两和几百洋钱装箱，交给妻子罗氏，要她带子女出城避难，张文祥则和陈养和在店看守。

恰好张文祥有一同乡陈世隆在太平军中充后营护军。太平军攻下宁波时，陈世隆便派几个兵士保护张文祥的小押店，又在门口插太平天国旗帜一面，贴告示一张，张文祥的店铺因而无事。不久，陈世隆撤离宁波，将张文祥、陈养和带在军中。在打诸暨县沙家村时，陈世隆战死，张文祥、陈养和仓皇逃出，投奔侍王李世贤部，后又随李世贤转战各地。同治三年九月，张文祥在漳州抓到一个清廷的把总，名叫时金彪。时金彪也是河南人，张文祥见太平军大势已去，便和时金彪一起逃走了。后来时金彪经人荐至马新贻署中当差，张文祥乘海轮回到宁波。这时其妻罗氏已跟一个名叫吴炳燮的男人同居了，那一箱银钱也归吴所有。张文祥报官，县官将罗氏断回给张，银钱则断给吴。

张文祥心怀不满，又无钱，转而求助于昔日的狐朋狗友王老四等人。王老四又介绍张认识龙启云。龙启云与海盗有联系，他给一笔钱与张文祥，张又重开小押店，并代龙销赃图利。

同治五年正月，浙江巡抚马新贻巡视到了宁波。张文祥欲借巡抚威力压服吴炳燮，迫他交出银钱，遂拦舆喊控。马新贻见是这点芝麻小事，将状子向轿外一扔，吩咐起轿，任张在后面呼喊，不理不睬。吴炳燮得知后十分得意，四处讥笑张无能，乘此机会，又将罗氏勾引走了。张再向县衙门告状。告准后将罗氏追回，逼罗氏自尽。过几天，龙启云、王老四请张文祥喝酒。几杯酒下肚后，张文祥心中的怨怒发作了，将告状而巡抚不理睬，遭吴炳燮欺辱，弄得家破人亡的痛苦心情，对龙、王发泄了一番。

"张大哥！"龙启云拍着张文祥的肩膀，煽动性地说，"男子汉大丈夫再没有比妻子被人霸占更耻辱的事了，暗中支持吴炳燮的就是那个马新贻。他掷状不理，让你当场出丑，长了吴炳燮的气焰。"

"马新贻真不是个东西！"王老四也乘着酒兴骂起来。"前向捕捉龙三哥，虽说没抓到，但一笔三万两银子的买卖给吹了，还死了几个兄弟。"

"我真恨不得杀了那个杂种！"龙启云气愤极了。"只是我功夫差了些，久闻张大哥武功好，又是最讲义气的江湖好汉，你替我们报了仇如何？"

"行，这事就包在我身上！"张文祥刷地撕开衣衫，露出满是黑毛的胸脯，右手掌在胸口上重重地拍了两下。"老子反正是山穷水尽的人了，拼上这条命不要，为我自己，也为兄弟们出这口怨气，宰掉姓马的！"

龙启云大喜："张大哥果然是个义烈好汉，我们也不亏待你，明天我拿三千两银子来，你把家安顿好，无牵无挂地去办事。"

第二天，龙启云真的交来三千两银子。张文祥请来罗氏的寡嫂罗王氏代他照料未成年的一子二女，三千两银子他自己一两都不留，全部交给了罗王氏，又向罗王氏作了一个揖，然后离家而去，颇有点"风萧萧兮易水寒，壮士一去兮不复还"的味道。

张文祥为使行刺确有把握，便隐居一个山村里，每天半夜起来，燃香于数步之外，将匕首朝香火掷去，火灭为度。一年后，香火在十步内百发百中。两年后，香火在二十步内百发百中。三年后，香火在三十步内百发百中。张文祥自知功夫到家了，便出山找马新贻。这时马调任江督，又访得时金彪在马的身边做事，在与时金彪晤谈中，得知七月二十五日马新贻要在校场考试武课，于是便选定在校场下手。出事后第五天，时金彪因丧母告假回老家去了。

黎庶昌说完后，曾国藩轻轻颔首："莼斋说的这个故事有几分可信。"又问薛福成："你还听到什么好的故事，说出来大家听听吧！"

薛福成笑笑说："现在江宁城里，百姓头号感兴趣的事便是刺马——张文祥刺杀马新贻，连来江宁参加乡试的秀才们都无心读书作文了。各种传说沸沸扬扬，有的有板有眼，有的荒诞不经。前面三位说的，我也断断续续听到过，也还有其他说法的。有的说马制军逼死了张文祥的妻子，张文祥蓄意报仇；也有的说马制军幼时与盗首四人相交，张文祥为其中之一，马制军发迹后，张文祥等人投营自效，马制军怕少时事暴露，密谋杀张文祥等四人。张侥幸逃出，另外三人被杀，张为朋友报仇。还有一种说法，说张文祥为捻贼头目，所部八百人皆能战，屡败马制军。马遣人说降，言辞恳切，张信以为真，与马歃血盟誓。谁知降后八百部下全被马所杀，张侥幸逃走，遂与马制军结下血海深仇。还有说张是漏网长毛，要为他已覆灭的天国报仇。

"昨天，我去夫子庙闲逛。升州茶楼赫然挂出一块粉牌，上书：苏州第一金嗓岳美娥演唱长篇评弹《金陵杀马》。我一看奇了：案子还正在审，怎么评弹倒就出来了？我进茶楼一看，所有茶座全部坐得满满的，生意比以前兴隆十倍还不止。茶博士带着我转了多时，才找到一个位子。一个十八九岁的姑娘在边弹边唱，我足足听了一个时辰，都给它迷住了。弹词里说，张文祥的妻子被马制军奸污逼死，他立誓报仇雪恨，从杭州追到福州，又从福州追到江宁，前后六次都未成功，这次是第七次了，老天保佑，有志竟成。那写弹词的完全站在张文祥一边说话，把马制军说得一无是处，百姓也借机发泄对官府的怨愤，都说张文祥是条好汉。还有人当场出面为张文祥募捐，要为他修墓刻石碑，居然不少人捐了钱。真正是怪事！"

"大人，叔耘说得好，这是件怪事。"赵烈文经过一番深思后说，"依卑职看来，怪在两点：一是张刺马这件事的本身，二是为何传闻这样多，这样离奇。这到底说明了什么呢？"

赵烈文的提问引起众人的共鸣，曾国藩也在深思：不久前的津案和眼前的马案，是两个截然不同的案子。一个卷入的人达数万名之多，凶手不易抓到，看似很复杂，但案件的起因、性质、是非，却是明朗清楚的，它的棘手，在于涉及洋人。一个卷入的人只有两个，凶手当场捕获，表面很简单，但它背后的原委却深不可测，今后不知在什么地方一步失足，便会跌落在万丈深渊中，不仅粉身碎骨，甚至也可能会像马新贻这样，背上许多洗不掉、辩不清的秽名恶声。正思忖间，亲兵进来禀报："张大人来访。"

"请！"曾国藩边说边起身向门外走去。

四、曾国藩审张文祥，用的是另一种方法

前来拜访的张大人乃漕运总督张之万。他是马新贻的同年、道光丁未科的状元公，是个天下读书郎人人羡慕个个称道的人物。他的堂弟张之洞十六岁中解元、二十六岁殿试又得了个探花。这下可把朝野轰动了。一时间，南皮张氏兄弟成了新闻人物，官场士林莫不津津乐道。张之万本坐镇在清江浦督办漕运，马新贻被刺后才来到江宁。

张之万书读得好，学问优长，但胆子小，办事不够干练。其堂弟张之洞有其长而无其短，故后来所成就的事业也比乃兄大。接奉上谕后，张之万深知这不是件好差事，论他本人的意愿是决不想插手，但圣命难违，只得硬着头皮上任，在路上便做好了打算：暂时应付一下，等郑敦谨和曾国藩来后，由他们去处理。一应付，他就发觉这个案子果然难办。那一天，他和魁玉提审张文祥。问张基本情况时，他答得很爽快。当问到有没有人指使的时候，他笑了一下，说："养兵千日，用在一朝，要杀要剐由你们

的便，你们也不必再问了，我也不会回答。”再问，便紧闭嘴唇不做声，任动刑拷打亦不说。这明摆着是有人在背后指使，但打死不说，也拿他无法。张之万无计可施，魁玉也想不出好办法。后听说曾国藩要来接任江督，便都懒得再审了，且听大学士的主意。

“张大人，刺客的确说过养兵千日，月在一时的话？”曾国藩认为这是一句关键性的话。

“老中堂，张文祥的的确确这样说过。”张之万聪慧的眉眼中流露出疑虑的神色。

“外间传说，在审讯张犯时，他说过、马穀山与新疆回部有联系，你听说过吗？”曾国藩想起吴汝纶说的传闻。

“我没听说过。”张之万断然否定。“现在江宁城里谣诼纷纷，回民多姓马，有人就附会马穀山是回人，信天方教，进而说他通回部。这纯是瞎扯，是对马穀山的诬蔑。”

“到底是同年，在大是大非上对马新贻的维护毫不含糊。”曾国藩想。他以恳切的态度对张之万说，“张大人，这件案子你已审过多次了，如何定案，你拿个主意吧！”

“不，不，主意要由老中堂拿！”张之万急了，他以为曾国藩是要将他推出来。“我和魁将军虽然审过张文祥，但他要害之处始终没有透露过一句，不能定案。”

“我看这张文祥多半是个无赖，马穀山要整顿社会秩序，无意间在哪里伤害了他，他便起了杀人之心。张大人，你说是不是？”曾国藩望着张之万。他没有和张之万共过事，对这个漕运总督充满钦佩之情。年轻时曾国藩也曾日思夜想中个状元，一举轰动海内，谁知殿试列入三甲，虽说后来得力于劳崇光进了翰林院，但终生对同进士出身都感到遗憾，因而对于状元，他从心里尊敬。他的这种心理，与左宗棠截然相反。官场上广为流传一个故事。

左宗棠初为闽浙总督，巡视海疆，来到温州府。温州城内大小官员一个个具名刺等候接见。按通例，当由大到小。左宗棠先拿来温处台道道员名刺一看，见上面写着“道光乙巳科进士前翰林院侍读”字样，眉头一皱，将名刺掷于一边，再拿起温州府知府名刺，见上面写着“咸丰壬子科进士”字样，他不做声，又把名刺放到一边。第三次拿起的是永嘉县令的名刺，又是一个进士，他连名字都不看，又换了一张，这下脸上露出了笑容。这张名刺是永嘉县丞黄惟清的，他的履历上写着举人出身。左宗棠放着道员、知府、县令不见，却先召见县丞黄惟清。黄惟清进来时，一向傲慢的左宗棠显得很客气。问他官员中是进士出身的好，还是举人出身的好。黄惟清答，举人比进士好。左问何故。黄说：“大凡人在做秀才时，整个心思都在经营八股试帖上，此外无暇顾及。待到中进士，则即刻授官，成天忙于应酬簿书之中，亦无心钻研学问。最好是乡榜告捷，胸襟始展，志气甫宏，经世文章、政治沿革都有充分的时间潜心研究，到时出仕及膺任显要，可从容施展胸中抱负，极少尸位素餐之徒。”

左宗棠听后拍案叫绝，连声称赞：“好，这真是一篇好议论，我今天有幸听到，足下在晚近中真不愧为佼佼者。”送黄惟清出去后，又对左右说：“此间好官，仅一黄县丞。可惜，这样有见识人竟屈抑下僚。”

这番话传出去后，令两浙官场哑然失笑。

这时张之万听曾国藩这么一说，正与他的思想相合。他为人较厚道，笃信“己所不欲，勿施于人”的圣教，这桩案子，他自己不想多插手，也就不怂恿别人深究。“老中堂分析得有道理。马縠山为官多年，岂无仇人？有时结怨于人，自己还不知道。世间群氓中心肠歹毒者大有人在，他拼却自己一死，什么事干不出来？我想老中堂审几次后若实在不能突破，以后就这样上报朝廷，也说得过去。”

“真是个胆小的笃诚君子。”当张之万起身告辞的时候，曾国藩目送他的背影，无声地说。

曾国藩不是张之万，哪怕今后再以含混的语言上奏朝廷，而他自己对此事的了解，却要做到一清如水。估计郑敦谨就要抵达江宁了，他决定在郑到来之前单独提审张文祥，把事情弄清楚。对于一个早已将生死置之度外的刺客，严刑拷打算得了什么！曾国藩暗自讥笑魁玉、张之万的缺乏见识，他要以另外一种方式来处理。

第二天，张文祥由江宁府监狱转移到盐巡道衙门。盐巡道衙门无监狱，临时以一间小空房代替。下午，曾国藩叫身边的万巡捕带路，他要亲自去见见张文祥。万巡捕说：“一个死囚，何劳大人亲去牢房见他，叫个人押来就是了。”

“你不懂，此人非比一般死囚。”

万巡捕在前面带路，穿过两栋正房后，现出一个豪华精致的后花园。花园中有一座太湖石堆成的高大假山，山边筑有楼阁亭台，环绕着青苔流泉，四周是古柏苍松，花圃草坪。时已深秋，野外早已草木凋零，此处却姹紫嫣红，春色仍浓。那一条九曲蜿蜒的小河中，画舫轻浮，游鱼戏水。曾国藩路过此地，竟如同到了蓬莱仙境。他感到奇怪，走近花园细细一看，原来那红花绿草全是彩绢所扎。他不禁叹道：“人家都说盐官是小天子，此话果真不假。这不就是一个小御花园吗？自己住进来半个月了，也没有发现，惭愧！”花园的左角有一排低矮的房子，张文祥就关在这里。

“张文祥，你转过身来！”万巡捕凶恶地对着面壁呆坐的刺客吼道。

张文祥转过身子，抬眼看了看曾国藩，眼中微露出一丝惊讶的神色，很快又低下了头。曾国藩看清楚了。这是一个四十岁左右的汉子，宽脸大眼，浓眉密须，两唇紧闭，面皮瘦削硬绷，有一股剽悍顽梗之气充溢于五官之间。手和脚都套上沉重的铁镣。似乎是身上痒，他抬起双手来，两肩紧缩了几下，立时发出一阵铁镣相碰的撞击声来。牢房阴暗潮湿，一角杂乱地铺了一层干稻草，上面蜷缩着一条薄薄的黑土布被。

“万巡捕！”曾国藩喊道。

“卑职在。大人有何吩咐？”万巡捕走过来，弯腰聆听。

“你给张文祥换一间好房子，摆一张床，铺上棉絮。叫一个剃头匠来，给他剃头刮须，让他洗个澡，拿两身干净衣服给他换，再招呼厨房，饭要给他吃饱。”

万巡捕惊奇地望着总督。

“还有一件事。”曾国藩不理睬万巡捕的神态。“从明天起，去掉他的镣铐。”

“大人？”万巡捕的眼睛睁得更大了。

此刻，张文祥也瞪起双眼看着曾国藩，满腹惊疑。

“你去办吧！”说罢走了。

三天后，万巡捕遵命将张文祥带到后花园。曾国藩端坐在虎皮太师椅上，两边站着两个腰插洋短枪的戈什哈。比起三天前来，刺客的容貌大为改观：精神旺盛、气概粗豪。他站在曾国藩面前，头微微下偏，不做声。

“张文祥。”曾国藩以惯常缓慢稳重的语调问，“本督听说你可以一刀戳穿五张牛皮，有这事吗？”

张文祥点点头。

“把牛皮靶抬过来。”

两个戈什哈从太湖石假山后抬出一个靶子来，那上面蒙着五张黑黄色的水牛皮。

“把刀给他。”曾国藩命令万巡捕。

万巡捕从靴子里抽出一把短刀来，递给张文祥。张文祥接过刀，冷笑道：“把刀给我，你不怕我刺死你？”

“冤有头，债有主，想必你不会无缘无故地刺杀我。当着我的面，你试一刀吧！”

张文祥轻轻地点下头，似对这句话满意。他右手握刀把，左手在刀尖上触摸几下，转过身去，面对着牛皮靶子。然后双手张开，与肩膀形成一直线，敛容吸气，再吐气，如此三次。突然，他猛地大叫一声，双手在眼前抡了几个圆圈，双眼紧闭，纵身一跳，落地后，一阵飓风似的向前冲去。只见握刀的右手用力向靶子一戳，刀尖从背面露出两寸来，五张牛皮一齐破了！

“好！”两个戈什哈失声喊道。

张文祥松开手，让刀留在靶子上，然后走到曾国藩面前，若无其事地垂手站立。曾国藩以手抚须，面无表情地看着张文祥，心里暗暗称赞。

“万巡捕，你去通知厨房，从今天晚餐起，每餐给张文祥加一斤猪肉，半斤白酒！”

张文祥一听大喜，忙弯腰说：“多谢了！”

又过了三天，被带到曾国藩会客间的张文祥，已红光满面、器宇昂扬了。曾国藩着黑布便长袍，套上那件穿了二十多年的石青哈拉呢马褂，安详和蔼，面带微笑，那神情，完全不像审讯谋刺总督的钦命要犯，而是与一个多年老友相会。

“你坐下吧！”他指了指对面的一条长板凳，对张文祥说。又对万巡捕挥了挥手，“你出去，我不喊，你莫进来。”

待万巡捕出去并关上门后，曾国藩和气地说：“张文祥，你是一个犯了死罪的人，本该受尽折磨后再服大刑。本督看你行刺后并不逃走，亦不辩解，一人做事一人当，知你是个光明义烈汉子。你年富力强，又有本事，哪里不可以混碗饭吃，本督想你若无深仇大恨，必不会走此杀人毁己的绝路。以前魁将军、张漕台、梅藩台多次审讯你，你都闭口不谈，本督对你这种态度不能理解。大清朝开国两百多年来，光天化日之下谋刺总督，你是第一人，十年二十年，百年二百年，后人都会记得这桩案子。你此举或是为自己或是为朋友，既然人都敢杀，还有什么话不敢说呢？何必留下一团疑云，让后人去胡猜乱想呢？其后果，很有可能让你永远背一个恶名。”

这番话，居然出自一个审讯他的人之口，令张文祥既意外又感动，他沉默良久。几次看曾国藩，见其眼光都是和善的，脸上都带着笑容，像是在耐心等待，并不催他。说不说呢？张文祥的心里两种念头在激烈地争斗。最后，他咬了咬牙说：“你帮我办成一桩事，我就和盘托出，都告诉你。”

“什么事，你说吧！”曾国藩的语气仍然和缓。

“你帮我杀一个人。”

“杀谁？”曾国藩微觉吃惊。

“他叫申名标。”

“申名标！”曾国藩差点惊叫起来。这个他痛恨已极、追捕多年未得的人，怎么又会成为这个刺客的仇人？真是匪夷所思。

“申名标在哪里？”

“他现在浙江省临安县东天目山法华寺当住持，法名悟非。”

“行！”曾国藩立即答应。他早就想杀申名标了，只是一直不知他的去向，现在正好来个顺水推舟，一举两得。

“我要验看首级。”

“可以。”

十天后，当申名标血淋淋的头颅出现在张文祥面前时，他脸上露出畅意的表情，不待曾国藩催促，便把刺杀马新贻的前因后果原原本本地招供出来了。

五、张文祥招供

张文祥是河南汝阳人，自小家境贫寒，十五岁上死了父亲，十七岁上死了母亲，剩下他孤零零的一个人四处流浪、八方为家。苦难漂泊的生涯，养成了他倔强凶顽、不惧生死的亡命之徒的性格，也使他零零碎碎地剽学了一些拳脚功夫。他有钱则嫖赌鬼混，无钱也能忍受饥饿寒冷。他残暴横蛮，却很讲江湖义气，为朋友敢赴汤蹈火、两肋插刀，是一个标准的江湖浪人。二十岁时，他从河南流落到安徽，很快加入皖北淮盐走私集团。不久，又在龚得树部下做一名捻军小头目。咸丰十一年，龚得树率部南下救援安庆，被鲍超几发瞎炮轰跑。张文祥没有北撤，他率领一百余名兄弟归并到陈玉成部，颇受器重，升了个师帅。安庆攻破后，张文祥受了重伤，他躲在一个老百姓家里养伤。见太平军势衰，湘军气旺，便在伤好后剃了头发，投入鲍超的霆军，在申名标的庆字营里当了一名勇丁。

申名标在庆字营里发展哥老会，张文祥是他的骨干。打青阳时，张文祥偶得一个紫金罗汉。申名标很喜爱，借口哥老会经费缺乏，把紫金罗汉骗了去。张文祥心眼直，不计较此事。后来，江宁打下了，吉字营把小天堂的金银财宝洗劫一空，最后连天王宫也一把火烧了。霆军却没有发到财，从将官到勇丁，个个既眼红又恼火。以后又叫他们去福建追杀汪海洋部，恰好鲍超回四川探亲，申名标鼓动兵丁索欠饷，霆军哗变了。赵烈文带着十五万饷银前来安抚，大部分人稳定下来，申名标、张文祥等人见机不妙，匆匆逃走。在途中，张文祥想起那个紫金罗汉，要申名标把它卖掉，大家分点银子谋生。申名标扯谎说罗汉被人偷走了，他气得和申名标分了手。张文祥再次流浪。

这一天，他又饥又渴地来到东天目山脚，忽听见山坳里传出阵阵钟声，钟声中还夹杂着含混不清的梵音。他心中一喜：前面不远处必定有座寺庙，不如权借此地住几天再说。他跟着声音盘山转岭，在一片参天古木中果然看见一处寺庙。这寺庙极为壮观，红墙中围着大大小小数十间殿堂僧舍。它就是东天目山有名的法华寺，里面有僧众二百号人。

张文祥来到山门，请求在庙里住两天。也是他的机缘好，恰遇住持圆灯法师送一个贵客出门。圆灯法师对张文祥注目良久，慈祥地问："施主从何处而来？因何事要在敝寺借宿？"

张文祥想了想说："我叫张文祥，因经商破产，又让伙伴拐走了剩余银钱，现在一文钱都没有了，想在这里赊两餐饭吃。"

"我佛慈悲，救苦救难，吃两餐饭不难。但施主折本破产，今后如何生活？家里可有父母妻儿？"

"我上无父母，下无妻小，今后如何过活，我也没有多考虑，不知你这里要不要人做事，我有一身力气，砍柴担水都行。"

圆灯法师眯起双眼又细细地看了他一眼，问："你可会使枪弄棒？"

"略懂一点。"

"好！"法师高兴起来，"你就在这里住下来，你愿否皈依佛门？"

"佛门好是好，"张文祥笑了笑，说，"只是我喝酒吃肉惯了，耐不得清淡。"

"那也好，你就不削发吧！"法师无半点反感，说，"我这寺院外三里处有一大片枣林，每年打下的枣子是寺里的一项大收入。到了枣熟时节，总有人来偷，守林的百了和尚孱弱，你帮他一起守如何？"

"太好了！"张文祥喜出望外，对法师鞠了一躬，"多谢法师收留！"

圆灯法师为何对张文祥这样好，这是有缘故的。原来这个法师并不是安分守己的吃斋念佛人，而是个欲借佛门成大事的有志者。他本是闽南天地会的首领之一，名叫郑南漳，是郑成功九世孙，智勇兼备，手下兄弟众多。他暗中打造兵器，绘制旗帜，并与洪秀全联络，准备在闽南起事，与太平天国遥相呼应。事尚未成熟，却不料走漏风声，给福建巡抚吕佺孙破获了。仓促之间，郑南漳的部下大部分被抓被杀，他仅带着几十个弟兄连夜逃走，北上金陵会见天王。谁知走到天目山下，便听到天京内讧的噩耗：先是北王杀东王，后是天王杀北王，再后是翼王出走，天京城里杀气弥漫，尸积如山，一片锦绣前程上忽罩满天乌云，太平天国元气大伤，前景暗淡。本已心情沉痛的郑南漳，顿时对天国心灰意冷，一气之下，在法华寺里削发为僧，改名圆灯。随行的弟兄多半星散，也有几个跟他一起遁入空门。不想法华寺方丈慈静长老也是个隐身空门的热血志士，得知圆灯的情况，便竭力怂恿他借佛门办大事。圆灯精神重振，将法华寺办成了个少林寺，僧众都习拳练刀，又暗暗地通过弟弟与闽浙一带的天地会取得了联系。后来天京陷落，他们也未消沉，欲伺机再起。圆灯以他武功师的眼力，看出张文祥非寻常百姓，法华寺亟须这样的人。

张文祥在枣林住下来。几天后，圆灯来看望他，又叫他当场演练了几套拳脚，果然不错。圆灯便请张文祥做个教师，教习寺内僧众武功。张文祥在法华寺安下心来，日子也还过得平静。三个月后，他突发伤寒，全身发烧，大便屙血，整天昏迷不醒，脉搏一天天弱下去，眼看人世渐远，黄泉路近，医师们皆束手无策。

这天，圆灯法师在大雄宝殿对着佛祖祈祷之后，吩咐医师尽一切力量保住三天不出事。然后脱去袈裟，换上短衣，带着一把钢刀，几斤干粮，背一个竹篓，只身进了天目山。第三天傍晚，圆灯回来了，竹篓里关一条极毒的七步小青蛇，篓盖上绑一簇各色草药。圆灯把草药剁碎，又榨出浆来，然后从竹篓里拖出那条七步蛇，一手掐腰，一手掐头，那蛇痛得张开口，毒液顺着舌头流进药浆。他亲手撬开张文祥紧闭的牙关，将药浆灌下去。到后半夜，烧渐退了。第二天上午又灌一剂，两个时辰后脉搏正常，临黑时张文祥已能自己开口吃药了。这一夜他呼呼酣睡，到了天亮时，便能起身吃饭了。当张文祥得知圆灯冒着生命危险闯进深山，为他捉七步蛇时，这个刚倔寡情的硬汉子第一次流下感激的泪水。

他跪在圆灯面前，请求收他为佛门弟子。圆灯双手扶起，说："佛法广大，无所不在，其宗旨乃除恶为善，与世人造福。至于削发不削发，穿袈裟不穿袈裟，实无大区别。你若有心跟着我除恶为善的话，可否听得进我一番劝告。"

"我这条小命全是法师给的，今生今世，法师说什么，我都听从。"

于是圆灯把张文祥带进方丈室，将天地会反清复明及他自己所悟出的驱逐洋人、保卫中华的各种道理，给张文祥讲了一通。张文祥这时才将自己参加过捻子、太平军和湘军的复杂经历全部倒了出来，并说自己在湘军中是哥老会的二大爷。圆灯说："湘军虽然可恶，为虎作伥、助纣为虐，但哥老会与天地会是一家人，你我早就是兄弟了，我对你完全相信。你吃惯了酒肉，也飘荡成性，受不了佛门清规的禁约，你也不必受戒。我的胞弟组织了一些人在浙江沿海劫富济贫，并接济法华寺，你今后就为我办一件事：每月去一趟海边，与我的胞弟接头，带一些金银回来。"

张文祥久静思动，正想外出闯荡，听了这话，欢天喜地。从那以后，便为圆灯和其胞弟当起联络员来。张文祥讲义气，重然诺，胆子大武功好，几次往来后，受到了圆灯兄弟的格外器重。圆灯又为张文祥在附近觅了一房妻室。第二年，妻子为他生了个儿子。漂泊半生的张文祥，而今有了延续香火的亲生骨肉，真个是对圆灯感恩不尽，发誓要以身相报。

几年后，张文祥在一次从海边回天目山的路上，偶尔遇见了开小押店的申名标。故人相见，分外亲切。谈起分别后的情景，申名标连连叹气，张文祥却喜满眉梢。申名标听说圆灯出家前也是天地会的头人，便决定关闭小押店，与张文祥一起去投奔圆灯法师，张文祥自然同意。在法师面前，张文祥将申名标的武艺大大称赞了一番。圆灯见申曾是关天培手下的把总，曾国藩手下的营官，毫不犹豫地接纳了。申名标表示要做一个完完全全的僧人，圆灯也立即同意，亲自给他剃发，取了个法名叫悟非。申名标已是五十岁的人了，圆灯见他阅历丰富，本事高，不久又提拔他做监院，地位仅次于方丈，在法华寺里坐了第二把交椅。有一天，张文祥偶尔在申名标的禅房里发现了那尊紫金罗汉，心里很不痛快，想想自己不缺钱用，何必为此事再伤感情，遂不做声，心里却开始鄙薄申名标的为人。这一年，浙江巡抚马新贻在宁波、台州沿海大破走私海盗，圆灯的胞弟也被马新贻所获，处以极刑。消息传到法华寺，圆灯悲痛欲绝，张文祥也怒火万丈，法华寺为圆灯之弟的亡灵念了七天七夜的超度经。张文祥在佛祖面前立下海誓：今生不杀马新贻，为圆灯兄弟报仇，则不为世上一男子！

张文祥从此在法华寺里苦练功夫。白天他用短刀戳牛皮，夜晚他飞刀断香火，为的是今后无论远近无论冬夏，只要遇到马新贻，便叫他不能从刀下躲过。整整练习两年，他练就了一刀贯五张牛皮的力气和三十步内灭香头的绝技。他要下山办大事了。

临走前一夜，他搂着三岁的儿子亲了又亲，妻子觉得奇怪。他终于忍不住了，把下山的目的告诉妻子。听说要谋杀总督大人，妻子惊呆了，哭着求他看在儿子分上，不要这样。张文祥安慰说："我受法师大恩，不容不报，刺杀之后，我会有办法脱身的，你不要替我担心。"

妻子仍痛哭不已："总督身边有许多卫兵，你如何脱身得了？"

"我会远远地掷刀。"

张文祥说完，要妻子点燃一炷香，插到三十步远的一棵树上。他把腰刀平放在右手掌上，对着它吹了一下，又深深地吸了一口长气，然后运足气力，身子微微向前，右手在前胸打了一个圆圈，口里叫一声"去"，只见一道白光从手掌里飞出，一眨眼工夫，树上发出"喳"一声响，香头不见了，腰刀直挺挺地插在树干上。妻子只得含泪为他收拾行装。

次日清早，圆灯交给他两把用毒药淬过的精制钢腰刀，此刀见血封喉，立死无救。圆灯双手在胸前合十，庄严地说："施主仗义勇为、侠胆豪肠，今之荆轲、聂政也。贫僧代表苦海苍生，也为我自己，敬施主一杯酒，愿菩萨保佑你大功告就。"

说罢，从身旁小沙弥的手里端过一杯酒来。张文祥双手接过，激动地说："法师放心，不达目的，我张文祥再不回天目山见老婆孩子！"

圆灯和申名标把张文祥送到半山腰。张文祥托付申名标照看妻儿。申名标拍着他的肩膀说："你我是兵火中的兄弟，生死之交，不用托付，你家里的事我都包了！"

张文祥离开天目山，一口气奔到江宁，在两江总督衙门附近寻了一个小旅店安下身来，天天密切注视着衙门里的动静。马新贻通常不出衙门，偶尔一出，也坐在大轿里，前后左右有上百个荷枪实弹的士兵保护。张文祥一住三个月，找不到下手的机会。这一日马新贻出门了，照例是坐在绿呢大轿里，警卫森严，张文祥腰插短刀，远远地跟随着轿队。

因为原先的两江总督衙门还在修建之中，马新贻将督署暂设在江宁知府衙门内。轿队出了府东大街后，进了卢妃巷，再穿过堂子巷，就开始过一座座石板桥了：先是虹桥，再是莲花桥、莲花第五桥，接着是严家桥、红板桥，踏过石桥、两仓桥后，进了鼓楼大街。过了鼓楼，绿呢大轿在紫竹林中一座高耸着铁十字架的教堂门前停下来。轿门掀开，白白胖胖、仪表非俗的马新贻迈进了教堂大门。原来，他这是对法国天主教江南教区主教郎怀仁的回拜。几天前，郎怀仁拜会了马新贻。那时天津教案已经爆发，江宁城里人心浮动，砸天主教堂的呼声不断。郎怀仁心里恐慌。拜会马新贻后的第二天，紫竹林便新增了三百名清兵。江宁大街小巷到处贴满了盖有"钦差大臣办理江南通商事务两江总督马"大印的告示，告示上赫然写着："天主教以劝人行善为本，凡传教之士，本督厚待保护，中国习教之人听其自便，本督亦不干涉。民教相处，务须和睦，彼此恭敬。若有不法之徒胆敢效法天津莠民，聚众滋事，焚堂毁教，则国法森然，断难曲贷。士民人等，共各凛遵。特示。"百姓们看了告示后，都骂马新贻偏袒洋人，没有良心。马新贻不在乎，为了讨好郎怀仁，他今天又来回拜。

张文祥跟着轿队也来到了紫竹林，混在围观的人群中。教堂大门口布满了卫兵，他无法靠近。张文祥把四周环境细细打量了一番，见离教堂大门口约一百步远的地方，另有一片小小的竹丛，那里长着十几根大楠竹，叶片繁密，竹干很粗，似可隐藏。遗憾的是距大门远了点，倘若在五六十步之内，腰刀飞去，插入胸脯不成问题，百步之外则无绝对把握。他犹豫很久，还是走进了竹丛。看看比比，仍觉不理想，正要走出竹丛时，教堂大门开了。头戴黑帽，身穿黑长袍，颈脖子上挂一个白色十字架的江南主教郎怀仁，满脸笑容地陪着马新贻走了出来。不凑巧，郎怀仁所处的位置正好在竹丛这一边，这个高大魁梧的洋人将马新贻给保护了。张文祥的右手一直摸着藏在内褂口袋里的腰刀，却不能把它抽出来。他眼睁睁地看着，一眨也不眨地企图抓住瞬间良机。

机会到了！在临近轿门时，郎怀仁站着不动了。马新贻走前两步，在轿帘前站住，又转过脸向郎怀仁抱拳。张文祥猛地摸出腰刀，扬起右手，就要将刀投过去。忽然，他的手臂被人轻轻地拍了一下。张文祥这一惊非同小可！他转过脸去，只见身后站着一个三十余岁的文弱书生。那人微笑着对他说："大哥，你太莽撞了，相距这样远，你有把握吗？"

张文祥恼怒地说："不要你管！"

说罢又要举刀，谁知这时马新贻已踏进轿门。"晚了！"张文祥脱口而出。

"大哥，我请你喝两杯如何？"那人越发笑得亲切了。

张文祥见他无恶意，便随他走出竹丛。二人进了一家偏僻的酒店里，选了一个单间坐下。那人吩咐酒保摆上几盘大鱼大肉，又要了一斤古泉大曲，对酒保说："酒菜都够了，不叫你，不要进来打扰。"

酒保答应一声出去了。

"大哥，你为何要谋刺马制台？"那人压低声音问。

"你如何知我要杀马制台，我是要杀洋人。"张文祥面不改色地说。当时人们都恨洋人，尤其恨传教的洋人。敢杀洋人的人被视为英雄。

"真人面前不要说假话。"那人冷笑一声，"若杀洋人，洋人一直站在那里，为何说'晚了'？"

张文祥想起自己是说了这两个字，不做声了。

"大哥，我和你一样的心思，要干掉他！"那人将酒杯往桌上一磕。

"你叫什么名字？"张文祥十分惊疑。"干什么的，你为何要干掉他？"

那人提壶给张文祥斟上酒，也将自己的杯子倒满："大哥，干了这杯，我告诉你。"

两个酒杯相碰，各人一饮而尽。

"我姓乔，排行老三，你就叫我乔三吧！"乔三靠在墙壁上，款款地说，"刚才送马新贻出来的那个法国主教郎怀仁，他跟马新贻的关系非同一般。你知道他们之间的往事吗？"

张文祥摇摇头。

"咸丰四年，马新贻奉命带兵到上海打小刀会，战争中受了伤，被送到法国人办的董家渡医院，郎怀仁当时是这家医院的院长，马新贻伤好后，在郎怀仁的引诱下受洗礼入了天主教。从那以后，法国人就时常在咸丰爷面前，以后又在两宫太后面前竭力吹捧马新贻，说他精明能干，是中国官员中罕见的人才。就这样，马新贻步步高升，以一庸才居然接替曾中堂坐镇两江，朝廷中以醇王为首的亲贵大臣甚为不满，怎奈马新贻深得太后和恭王的信任，奈何他不得。马新贻感激洋人的帮忙，遂一心投靠洋人。去年安庆发生教案，法国公使罗淑亚跑到江宁，提出赔偿损失、在城内划地为教会建堂、惩办激于义愤而砸教堂的百姓，马新贻一一照办，还出告示威胁百姓，魁将军、梅藩台都颇不以为然。前些日子天津百姓放火烧教堂、诛洋人，本是一件大快人心的好事，马新贻这个卖国贼居然上书太后，要求严惩义民，向洋人赔礼道歉。他的这副奴才嘴脸，使醇王、魁将军、梅藩台等恨得咬牙，醇王给魁将军的信上说，必欲杀马而后快。”

“你到底是什么人？”张文祥听了半天，仍未见此人暴露身份，不耐烦了。“你是京师醇王派来的人？”

乔三摇摇头。

“你是魁将军派的人？”

乔三又摇摇头。

“那你是梅藩台的人？”

乔三摇摇头，笑着说：“大哥不必问我是什么人，告诉你，我和你一样，也要杀马就行了。”

“你弄错了，我不杀马。”张文祥见他不露身份，心中甚是怀疑，冷冷地说。

“哈哈哈！”那人大笑起来，说，“大哥，你听说过螳螂捕蝉、黄雀在后的故事吗？”

“你说什么？”张文祥大惊。

“大哥，两个月来，你天天在总督衙门四周转来转去，你瞒得过别人，还能瞒得过我吗？你如果真的要杀马，我会帮助你，而且我也会感谢你。”

“好吧，我对你实说吧，我是要杀马，为朋友报仇，并在佛祖面前许了愿，不达目的，誓不罢休。你如何帮助，又如何感谢？”张文祥瞪起眼睛望着乔三，那眼神是冷漠而怀疑的。

“大哥，我告诉你，七月二十五日那天，马新贻会在校场检阅武职月课。”

“真的？”张文祥大喜。“这是个好机会。”

“校场上武弁数百，刀枪如林，且围观的百姓都只能在栅栏外，你如何下手？”

是的，校场重地，岂容刺客逞能？张文祥的心凉了。

“不过不要紧，大哥。”乔三见张文祥的脸阴下来，遂笑道，“校场箭道通督署后门，马新贻通常检阅完毕，步行由箭道入署，你可以在箭道上行事。”

“我如何能靠近箭道呢？”张文祥为难起来，“且马新贻在路上走，也不一定能保证腰刀飞中要害。”

“大哥，这正是小弟能帮忙之处。”乔三得意地说，“到时我会叫你顺着人群进入校场，到时我也会有法子叫马新贻停下来。”

“好，若这样，我可以面对面地扎死他！”张文祥狠狠地说。又问，“你拿什么来

感谢我呢？”

“我送你三千两银子。”乔三扬起右手，伸手三个指头。

“一旦行刺，我即被抓，要三千两银子何用？”张文祥摇了摇头。

“大哥，你难道就没有父母妻儿？”

一句话说得张文祥猛醒：是的，自己若是死了，妻儿怎么办？离家时，并没有留下几两银子，她们母子今后如何安身立命！

“行啦，麻烦你先将银子送给我的妻子，并顺便将我常用的两根绑带捎来。”

“嫂子住在何处？”

“浙江东天目山法华寺。”

八天后，乔三回来了。他将两根黑丝带递给张文祥，并告诉他一件意外的事：申名标毒死了圆灯法师，当上法华寺的住持，妻子要他回去杀申名标，为圆灯法师报仇。张文祥悲愤已极，恨不能立即宰掉狼心狗肺的申名标，但想到后天便是七月二十五日，这个绝好的机会不能错过；且已收下乔三的银子，也不能失信，于是只好忍下。

“兄弟。”张文祥对乔三说，“圆灯法师是我的救命恩人，害死他的人，我是不会容忍的。我这次杀掉马新贻，料定不能脱身，我死之后，求你办一件事。”

“什么事？”

“代我杀掉申名标。”

乔三犹豫了一下，说：“你放心吧，我会去办。”

“你如不办，我的鬼魂不会放过你的！”张文祥死劲瞪了乔三一眼。

“你讲的这些都是实话？”待张文祥讲完后，曾国藩的两道眉毛已拧得紧紧的了。

“我张文祥是条硬汉子，生平从来不说假话，信不信由你。”张文祥并不分辩。

“你说你曾在鲍超部下当过哨长，你知道我是谁吗？”曾国藩靠在椅背上，习惯地捋起长须。

“认识。第一次见到你，我就认出来了。你是曾大人，不过从前精神多了，完全不是现在这副衰老的样子。”张文祥答。他已抱定必死之心，不想讨好曾国藩，心里怎么想的，他就怎么说。

“以前魁将军、张漕台问你时，你为何不说呢？”

“我不愿意言及圆灯法师，免得法华寺的僧众受牵累。”

“那你为何又对我说呢？”曾国藩将双眼眯成一条缝，以极不信任的态度审问。

“因为我和你有约在先。”对曾国藩这种态度，张文祥甚是鄙夷。他轻蔑地说，“我谅你也不会说出去，更不敢上奏皇上。”

“为什么？”曾国藩充满恨意地问。

“因为我曾经是湘军的小头目，湘军小头目谋刺总督大人，你这个湘军统帅脸上有光吗？”

曾国藩颓然了，他无力地挥挥手，示意张文祥离开这里。

张文祥的这个招供，曾国藩不听还罢了，听后弄得惶惑不安，甚至有点束手无策了。幕僚们汇报江宁城里的传闻时，他对一个现象很是怀疑：为什么关于这桩案子的说法如此多而离奇呢？街头巷尾议论之外，茶楼酒肆居然还编起了曲文演唱。张文祥的招供可以为解释此疑提供答案，即背后有强有力的人物与马有大仇，制造各种流言蜚语损坏他的名声，而且还要借此去掩盖张文祥刺马的真正意图。

这人物是谁呢？抓起乔三当然可以审讯清楚，但乔三往哪里去抓？这是一个极精明老练的家伙，他与张文祥的交往并没有留下一丝痕迹。张文祥至今不知道他是干什么的，不知道他的真实姓名。乔者，假也。没有读过书的张文祥不懂，曾国藩一听便知道。张文祥被他骗了，但又未骗。教堂门口的制止是对的；提供情报是准确的；关键时刻栅栏挤倒，正好让张文祥混进校场，王成镇的乞贷，目的在于让马停步，这些也可能是他暗中安排的；三千两银子也的确送到了张妻的手里。乔三到底是个什么人呢？他也是一个要杀马的人，这点无可怀疑。他是为自己，还是为别人呢？他在衙门外盯张文祥的梢，又在教堂门口观看马，又与张在小酒铺里喝酒，这一系列举动证明他身份不高。身份不高的人不可能在江宁掀起满城风雨。这样看来，乔三背后有人，他也是在为别人卖命。这个人出手很阔，势力很大，他是谁呢？是京师里的醇王，还是江宁城里的魁玉？他们恨他投靠洋人，欲杀之而泄愤？曾国藩知道醇郡王奕譞最恨洋人。这几年来，在民教冲突中，他是清议派的靠山，俨然成了百姓和国家利益的维护者。他痛恨保护洋人洋教的马新贻，又无权罢黜，便不惜以重金通过魁玉派人刺杀马，这不是不可能的。但这是推测，并无依据，即使有依据，他曾国藩敢在奏章中触及皇上的亲叔、西太后的妹婿吗？当年曾国藩血气方刚、手握重兵，尚且不敢与皇家较量，何况今日！

曾国藩转念又想，也可能整个招供，都是张文祥为自己脸上贴金而胡编乱造的。这个家伙很可能是一个既在捻军、长毛里混过，又在湘军里混过的无赖流氓、亡命之徒，他为自己的私仇，或为不可告人的目的受人指使，刺杀了马新贻，而马却是一个无辜的以身殉职的官员。曾国藩想起自己为官几十年，尤其是办湘军、为地方官以来，与他构成怨仇的人何止千百！其中也不乏拚却一死、与之同亡的大仇人。将心比心，能不可怜马新贻吗？更使曾国藩不安的是，这个可恨的张文祥，居然曾充当过湘军的哨长。这件事传扬出去，岂不给湘军脸上大大抹黑！湘军中有恶棍歹徒，有痞子盗寇，有杀人越货之辈，有奸淫掳掠之人，这都不要紧。这些人，当兵吃粮的军营里，何处没有？绿营里有的是，八旗兵里有的是。曾国藩不怕。但大清立国二百多年来，史无前例的谋刺总督案，是一个曾在湘军中当过哨长的人所为。这事传进太后、皇上之耳，播在万人之口，今后写在史册上，留在案卷里，却是一件给前湘军统帅大大丢脸的事情！天津教案已使他声名大减，再加上这么一下，他以后尚有多少功绩留给后人？这桩疑云四起、扑朔迷离的刺马大案，又一次将曾国藩推到身心俱悴的苦难旋涡中。

一个半月后，刑部尚书郑敦谨姗姗来到江宁。这个奉旨查办马案的钦差大臣，从京师出发，居然走了四个月！从北京到江宁只有二千四百里驿程，也就是说，他每天只走二十里！下关码头接官厅里，郑敦谨一落座，便连连对曾国藩说："卑职年老体弱，一路上水土不服，遭了三场大病，因而来迟了，尚望老中堂海谅。"

"大司寇辛苦了！现在身体复原了吗？"曾国藩见眼前这位高大健壮、气色好得很的同乡星使，公然在他面前扯着大谎，心里一阵好笑。其实，曾国藩不仅对他可以原谅，而且希望他不来更好。

“这两天略微好点了，但还是头昏眼花、浑身无力。”郑敦谨懒洋洋地说，完全是一副大病初愈的样子。

“进城后好好休息两天，要不要再唤个好医生号号脉？”

“多谢老中堂！卑职于医道略懂一点，医生不必叫了，我休息几天就行了。老中堂和魁将军、张漕台这几个月辛苦了。在路上我看到京报上登的老中堂的奏章，说刺客拒不招供，估计是个报仇的漏网发逆。老中堂分析得对极了。我看完全就是这回事。马縠山杀长毛何止千百，定然与他们结下了大仇。张文祥这个王八蛋舍掉自己的命，拖马縠山一道上黄泉。你们看呢？”郑敦谨转过脸，对前来迎接的魁玉、张之万、梅启照等人打了两下哈哈，“我看你们各位呀，今后都得小心点，当官的谁没有几个仇人哪！”说罢，自个儿哈哈大笑起来。

张之万说：“我于审案一事无经验，还要靠刑部大老爷您来定案。”

“哪里，哪里！”郑敦谨忙摆手。“老中堂二十多年前就当过刑部侍郎，这世上哪个人的花招，能瞒得过老中堂的法眼？这个案子要我定什么案，老中堂奏章中的分析就是定案。”

郑敦谨的这几句话，说得曾国藩大为放心。这分明意味着，他不会再认真地审讯张文祥，他不过是做做样子而已；且一路走了四个月，既不是生病，也大概不是因游山玩水而疏懒渎职，说不定这个精明的刑部尚书早已窥视了某些内幕。曾国藩又想起陛见时太后对此事的冷淡，莫非杀掉马新贻正是出自醇王的意思而得到太后的默许？这个三十多岁的年轻太后秉政十年了，治国的大本领寥寥，整人的手腕却异常的高明阴毒，她是完全可以做得出蜜糖里下砒霜的事来的。

第二天一早，张之万便来告辞，如同跳出火坑似的匆匆离江宁回清江浦。自此以后，魁玉、梅启照等人也都不再过问此事了。郑敦谨传见一次张文祥，问了几句无关紧要的话后，便到栖霞山去休养，一住半个月过去了，毫无返回江宁的意思。看来，他们都不想染指此事，最后如何结案，都指望着曾国藩一人拿出主意。曾国藩和赵烈文等人细细商量着，如何写一份足以使人相信的结案材料，既能够向太后、皇上作交代，又能顾及马新贻，也就是说顾及整个官场的体面，且不能丝毫牵涉到湘军，同时又可以自圆其说，堵住天下悠悠之口。正在冥思苦想之际，却不料马案又出现了新的情况。

六、马案又起迷雾

这一天，总督衙门接到一封无头禀帖。禀帖上说，前两江总督马新贻，为江苏巡抚丁日昌的儿子候补道丁蕙蘅派人所杀。事情是这样的——

丁日昌的独生子丁蕙蘅是个花花公子，读书不长进，成天吃喝嫖赌，二十岁了，还没考中秀才。丁日昌急了，给他捐了个生员，指望他能考中举人。考了三次，文章做得狗屁不通，他自己也不想考了。丁日昌九十岁的老母亲疼爱孙子，便对儿子说：“你当了巡抚，荣华富贵，就不替儿子着想？我丁家做官就做到你这一代为止了？”

丁日昌是个孝子，又是个慈父，也是个敛财有方的贪官，他有的是贪污来的大量银子，于是又给儿子捐了个监生。因为当时的规定，捐纳者必须具有监生的资格。接着，他又兑上二万两银子，给儿子买了一个候补道。一般人要通过十年寒窗苦读，中举中进士点翰林，当了几年翰苑编修，遇到格外天恩，放出到地方任个知府，再要小心翼翼，加上不断向上司讨好献殷勤，才能指望升个道员。这丁蕙蘅诗书不通，世事不懂，凭着老子来路不清白的银子，轻而易举地就得到一个候补道的官职，只待哪处道员出缺，他便走马上任，戴起正四品青金石顶戴，穿起八蟒五爪雪雁补子袍服来，升堂理事，颐指气使了。

丁蕙蘅虽然随时都有可能当个正式中级官员，却仍不知修性养德，他嫌住苏州在父亲管束下不方便，便带着妻妾和几个家人在江宁城南秦淮河边金谷塘买了一栋宽敞的带花园的楼房住下来，每天除在家里与妻妾调笑、打牌赌博外，便在酒楼歌场听曲饮酒，在花街柳巷寻欢作乐。

这一天，他来到秦淮河边，踱进重建不久的媚香楼。这媚香楼是晚明秦淮名妓李香君的住所，清兵打金陵时毁于兵火，后又恢复。咸丰二年底，太平军进入小天堂，媚香楼再次被烧。同治三年，赵烈文奉曾国藩命整修秦淮河，媚香楼便又应运重建。眼下的媚香楼，比咸丰二年前的旧楼还要华丽数倍，几乎赶上李香君时代的水平——艳领群芳之首。

丁公子一登楼，鸨母便安排他平日最喜欢的姑娘香玉来陪伴。香玉弹着曲子，陪着丁蕙蘅吃着花酒。正在惬意之时，丁蕙蘅一眼看见一个十七八岁的丽人依偎着一个翩翩少年，从他身边走过去，一股浓烈的香味直呛他的鼻子。丁蕙蘅魂销魄散，忙喊鸨母过来，指着背影问：“那姑娘是谁？”

“新来的香碧。”鸨母谄笑道，“丁公子喜欢她？”

“嗯。”丁蕙蘅还在贪婪地呼吸香碧留下的余香，痴痴地望着衣裙摆动的倩影。“你去叫她过来，陪陪我丁大爷吧！”

“丁公子。”鸨母亲自给丁蕙蘅斟了一杯酒，满脸堆笑地说，“你喜欢她，那还不好说吗？以后叫她来陪你，只是这几天不行。”

“为什么？”丁公子恼怒起来。

“丁公子。”鸨母紧挨着丁蕙蘅的身边坐下来，媚态十足地说，“你莫生气，这五天里香碧被一个扬州来的富商公子包了，五天后他一走，香碧就是你的人。”

“不行，你要大爷等五天，大爷会要等死的。”丁蕙蘅心急火燎，恨不得马上就将香碧搂入怀中。“什么富商公子，叫他识相点，早点让出来，否则丁大爷不客气！”

鸨母奈不何丁蕙蘅，只得跟那巨商之子商量。那年轻人也是财大气粗、血气方刚，正跟香碧热乎得一刻都不能离，准备以巨资赎身长期相聚，岂肯让出！便气呼呼地冲出房门，指着丁蕙蘅的脸骂他无理取闹。这下可惹怒了这个衙内。他一挥手，几个恶奴一拥而上，乱拳打了起来。那富商之子酒色过度淘虚了身体，受不了几下便一命呜呼了。丁蕙蘅知道闯下祸了，塞给鸨母二百两银子，要她收殓送回扬州，自己拍拍屁股，偷偷地溜出了江宁。

那扬州富商也只这一个宝贝儿子，虽知死于巡抚公子之手，仗着有钱，他也不肯罢休，一面状告两江总督衙门，一面又暗中送给马新贻五千两银子。马新贻拿着此事为难了：不理嘛，人命关天，富商交接又甚广，江宁不受，他可以上告都察院、大理寺，最后还得追查自己的责任，且五千两银子也得不到；受理嘛，事关丁日昌，这情面如何打得开呢？思来想去，还是受理了。

马新贻叫丁日昌到江宁来，与他商量此事如何办。丁日昌对儿子的作为十分恼恨，他到底要顾及巡抚的体面，不能不做些姿态。最后两人商定：那天打死人的几个家丁各打一百板，选一个充军，赔偿银子一万两，革去丁蕙蘅的候补道之职。扬州富商勉强同意，一场人命案就这样了结了。事平之后，丁蕙蘅回到苏州，丁日昌气得将他狠狠地打了一顿，锁在府里，不准外出。丁日昌奉旨到天津办案后，丁老太太见孙子可怜，便放他出来。丁蕙蘅把一腔仇恨都集中到马新贻身上，于是用重金蓄死士杀马报仇，张文祥就是用三千两银子买下的刺客。

这是马案中又生发出的一团迷雾。曾国藩拿着这张无名禀帖，心头再添一层烦恼。说所告毫无根据吗？丁蕙蘅的家丁在妓院闹事打死人，丁蕙蘅也因此丢了候补道，这是事实。丁日昌也并不隐瞒此事，还专折上奏太后、皇上，承认自己教子不严，请求处分。说张文祥是丁蕙蘅买通的刺客，证据何在？且张文祥的招供中无丝毫涉及此事。丁日昌深受太后器重，在天津办案时对自己支持甚力，这样一桩谋刺总督的大案，没有铁证，怎能轻易牵连到他的头上！

曾国藩不置可否，将无头禀帖依旧封好，派人送到栖霞山，请郑敦谨处理。第二天，禀帖又回到曾国藩手中，郑敦谨批道：“此事须慎而又慎，请老中堂定夺。”

“这个滑头！”曾国藩苦笑着在心里说。尽管郑敦谨将担子又推了回来，但他的意思还是清楚的，不希望此案涉及丁日昌头上。这点与曾国藩的想法一致。

如何结束？曾国藩为此苦苦地思索着。特地从山东赶来的马新贻的弟弟马四，天天来督署纠缠，哭着要曾国藩查出主谋。大概是马四在背后又进行了一些活动，这段时期来《京报》接连刊出几封御史的奏折，声言要将此案查个水落石出。山东籍京官联名上疏，振振有词地说，既然刺客说过“养兵千日，用在一朝”的话，显然背后有主使，不查出主谋，无以告慰亡督在天之灵。更令朝廷担忧的是，洋人也在议论此事了。恭王奕䜣来了密函，说洋人嘲笑中国政府无能，案子发生五个多月了，凶手也当场抓获，却迟迟定不了案，令人遗憾。奕䜣敦促曾国藩早日了结马案，免得中外议论纷纷。

曾国藩很为难。有时他想，既然太后放了郑敦谨专程来宁处理此事，不如把千斤担子都推到他身上去。回过头一想又不妥。倘若郑敦谨认真过问此案，他也可能诱出张文祥的招供来，张文祥仍会说自己是湘军的哨长、哥老会的二大爷。湘军中有哥老会，哥老会情形复杂，这些内幕外人并不十分清楚。如果张文祥把这些内幕都掀出来，甚或再添油加醋，捏造些莫须有情节来讨好钦差大臣，保得自身的性命，那就坏了大事。湘军过去攻城略地、消灭长毛的功绩将会蒙上一层浓黑的阴影不说，连湘军唯一留下的人马——长江水师也可能会被解散，自己也可能会遭到意料不到的祸灾。不能把此案的终审推给郑敦谨，要在自己手里尽快结案。

“大人，彭大人、黄军门来访。”傍晚，当曾国藩兀自对着蜡烛枯坐时，亲兵进来禀告。

“请。”话音刚落，彭玉麟、黄翼升一先一后地迈进了门槛。

“涤丈，还在办理公务？”彭玉麟笑着问。

“没有，这一年多来，我夜晚是一点都不能治事了，只能呆坐着，真的是尸位素餐，问心有愧。”曾国藩边说边招呼他们坐下，亲兵献茶毕，退出。

“听说丁中丞送给您老一个水晶墨石，用里面的水点眼睛可使瞎眼复明，真有此事吗？”黄翼升问。

“若真有此事，我的右目不早就复明了？”曾国藩淡淡地笑着，说：“不过丁中丞倒是一片好心，那石头里的水虽不能使瞎眼复明，但一滴到眼中便觉清凉舒服。说不定还是靠了这种水，不然左目现在可能也失明了。”

“我去请两个洋医生来看看如何？”彭玉麟说。

“算了。我的眼睛就是华佗再世也治不好了，让它去。瞎了也好，瞎了什么都看不到了，眼不见心不烦。”曾国藩苦笑着说。彭、黄二人也苦笑着摇摇头。过一会，他问：“水师近来操练如何？当兵的不打仗，麻烦事更多，只有每日把操练安排紧凑，才可勉强把他们的心拴住。”

彭玉麟说：“长江水师违纪犯法的事，近两年来屡禁不绝，吸食鸦片成风，打架斗殴还算是小事一桩，炮船挟带私盐、鸦片时有发生，有的营十天半月难得操练一次。”

“那个强抢民女，打死发妻的副将抓起来了吗？”曾国藩插话。

“早已抓起来了。”彭玉麟答，“这种事，若不是百姓拦舆告状，他长年驻黄石矶，一手遮天，我们哪里知道！”

“对这种人决不能手软讲情。雪琴疾恶如仇，果断强硬，我很赞同。有人说你是彭打铁，其实带兵的人要的就是这种打铁的性格。昌岐，你在这方面软了点。”曾国藩望着黄翼升说，“欧阳平抢民女，这不是第一次了，有人向你告发过，你没有认真过问。”

“老中堂指教的是。”黄翼升诚恳地说，“我看欧阳打仗也还行，只轻描淡写地说了几句，他也没当一回事。若是上次说重点，他或许也不至于下毒手打死多年共患难的妻子。”

“是的呀，先是宽容，结果反而害了他。我们带兵的将领，就好比管子弟的父兄，只宜严，不能宽，这就是爱之以其道。”曾国藩说，又问：“欧阳平如何处置？”

“看来不杀不足以平民愤。”彭玉麟坚决地说。

“我也同意，但他是副将，非比寻常武职人员，各项证据都要充分，还要他自己签字画押。”曾国藩说。稍停一会，他以沉重的心情感叹，“历史上任何一种军队，不怕他组建之初是如何的纪律森严，以后又是如何的战功辉煌，时间一久，必定滋生暮气，直到腐烂败坏。前代不说，本朝的八旗兵、绿营，当初都是英勇善战的军队，入关统一全国以及平定三藩叛乱，都是靠的他们，后来不行了，但他们的威风至少还维持过几十年。我在衡州练勇之初，曾希望湘军不蹈八旗兵和绿营的覆辙，谁知打下江宁后

就不能再用了，不得已十成裁去八成，留下水师这支军队，我寄予很大希望，愿他们成为抵御外侮的柱石长城，不想它也不争气。”

彭玉麟、黄翼升一齐说：“是我们辜负厚望，没有把水师整顿好。”

“这是气数使然，不能怪你们。”曾国藩轻轻地缓慢地说着，心中似有满腹苦恼要倒出来，但终于没有吐出。“二位今夜来有何事？”

“涤丈，长江水师发现了哥老会。”

“水师也有哥老会！”曾国藩惊讶地打断彭玉麟的话，他最担心的就是此事，最怕的也是此事。申名标当年哗变，险成大祸，就是有哥老会在暗中串通唆使。审讯中还得知哥老会组织严密，更令他又怒又惧，所以霆军查出来的一百多个哥老会成员全被处以斩首。总以为如此严厉的镇压，能收到斩草除根的效果，岂料它竟在水师中复出。

“黄军门，你把详细情况对涤丈谈谈。”

“前些日子瓜洲总兵孙昌国在仪征巡视。一天傍晚，他微服到附近村镇散步，见一家小酒店坐着三个水师官兵，边喝酒边交头接耳，行为鬼祟。他于是也要了一杯酒，坐在一旁装着喝酒的样子仔细听。说的什么大半没听清楚，只听到说申名标被杀，张文祥眼看要剐，我们袍哥又要倒霉了。还说我们袍哥杀不尽斩不绝，到时我们劫法场。孙昌国一听，肯定他们是哥老会的，大怒，当时就派人将这三人抓了起来。一问，都是军官，一个千总，一个把总，一个外委把总。”

“他们要劫法场？”曾国藩惊问，“是要劫杀张文祥的法场？”

“审讯他们时，他们先不承认，后熬不过棍棒承认了，是劫张文祥的法场。不过，他们又说喝醉了酒，胡说八道的。”黄翼升答。

彭玉麟说：“这是一件很大的事，它比欧阳平杀妻要严重得多，故特来禀报，请示如何处理。”

“这三个人呢？现关在哪里？”

“关在瓜洲总兵衙门。”黄翼升答。

“明天全部押到我这里来，我要亲自审讯！”

真是山火未熄，宅火又起，而这把火烧的又是他一生心血经营的宅院。

这不是一般的案子，决不能张扬出去，曾国藩决定采取单个隔离的方式审讯。

先押进来的是一个把总，他的双手被绑在背后，进门后低头站着，面孔冷漠，一声不吭。

“跪下！”一旁的戈什哈喝道，说着便是一脚扫去，那把总面朝地倒了下去，额头磕在砖地上，发出沉重的响声。戈什哈跨前一步，将他衣后领猛地一提，那人被抓了起来，木头似的立着，面孔依旧漠然。戈什哈又猛地将他肩膀一压，他身不由己地跪了下来。刚才戈什哈这一扫一抓一压的三个连贯动作，便是清末衙门通行的给犯人的见面礼。

“你叫什么名字？”曾国藩板起脸，声音暗哑，跟昔日声震屋瓦的洪亮嗓音相比，已判若两人。

“文兼武。”文把总瓮声瓮气地回答，像是不服气。

“你是哥老会的？”曾国藩单刀直入。

“不是。”回答很干脆。

“既不是哥老会的，为何自称袍哥？”曾国藩抓住要害逼问。

文兼武愣了一下，说“弟兄们都是这么互相称呼的，大家都以为这样亲切。”

“你认识申名标？”

“不认识。”

“认识张文祥？”

“也不认识。”

“那你为何要劫法场？”曾国藩心想：莫非孙昌国真的抓错了人？

“卑职喝多了酒，说话失了分寸。弟兄们都对张文祥佩服，说他是条好汉。既然是好汉，就会有别的好汉劫法场。《水浒传》里讲蔡九知府冤杀宋公明，便有梁山好汉来劫法场。”

“胡说八道！”曾国藩拍了一下案桌，“这张文祥是个死有余辜的罪犯，你们为何佩服他？”

文兼武并没有被这一声拍吓倒，他稍停一会，居然回答说：“弟兄们一佩服他的胆量。想那马制军乃一品大员，八面威风，张文祥敢在校场之中，万目之下公然行刺，这要多大的胆量才行！二佩服他一人做事一人当，既不逃命，又不牵连别人。这样的好汉，当兵的谁不佩服？”

曾国藩为官三十年，为湘勇统帅十余年，一个小小的犯罪把总，竟然敢在他的面前面不改色，从容辩解，这还是第一次遇到。他也不由得暗中佩服文兼武的胆量。“怪不得他口口声声称赞张文祥，这小子看来也是一个不要命的。”他心里想。

“带下去！”曾国藩对着门口高喊。一个戈什哈进来，将文兼武押了下去。

第二个押上来的是千总任高升。他刚一迈进门槛，便双膝跪地，痛哭流涕地高喊：“老中堂，你饶了我吧！我什么都说出来，只求你不杀头。”

“我不杀你，你说吧！”曾国藩鄙夷地望了他一眼，冷冷地说。

“老中堂说话算数？”任高升抹去眼泪问。

“你这是什么意思！本督一生从不说假话。”曾国藩扬起头，摆起大学士、总督大人的款式来。

“老中堂能给我写个字据吗？”任高升仰起脸，试探着问。

“这是一个老练油滑的兵痞！”曾国藩心想。他突然作色道：“你好大的狗胆，竟然敢要本督给你立字据。你不招供，本督不勉强，给我拉出去！”

立刻就有一个戈什哈横眉冷眼地过来，抓起跪在地上的任高升就要往外拖。

“老中堂大人，卑职该死，卑职狗胆包天，求老中堂大人饶恕，卑职全都招供。”任高升死劲将头向砖块上磕去，磕得鲜血直流，高低不肯起身。

“好吧，你从实招来。”曾国藩挥手。戈什哈出去了，门被重新关上。

任高升用前袖抹去满脸的血泪，带着哭腔说：“我们三人都参加了哥老会，我们那天喝多了酒，说的话都是放狗屁。说什么劫法场之类，都是让两杯酒给灌晕了头，互相吹牛皮逞好汉，其实都是假的。老中堂杀刺客，我们哪里敢去劫法场！”

“你这个千总管多少人？”

“管二百五十人。”

“有多少人参加了哥老会，你知道吗？”

任高升想了想，说：“有五六十个人。”

曾国藩吃了一惊，二百五十人中就有五六十个，四成占一成，这还了得！如果每个营都这样，二万水师中不就有五千哥老会！

“你们与申名标有什么联系？”

“我和申名标从前都是鲍提督手下庆字营的人，申名标当营官，我当哨官。霆军中有一部分人是从四川来的，哥老会在四川很盛行。这些四川人有的早加入了哥老会，后来申名标也参加了。他有本事，大家推他为大哥，他把我也拉进去了。后来闹饷，很多弟兄被杀，我和申名标等十几个弟兄逃了出来。我无处谋生，就改了个名字投了水师。申名标后来上了天目山，在法华寺削了发，以和尚的身份继续哥老会的活动。一年之中，也要打发人与我们联系两三次，还要我们动员弟兄们参加。前不久有个小兄弟偷偷对我说，申名标被人杀了，怀疑法华寺的哥老会破获了，但为何又只杀他一人，其他人都未动，弟兄们都很奇怪。”

“你认识张文祥吗？”曾国藩问。

“不认识。”任高升摇摇头。曾国藩疑惑了：这张文祥到底是不是哥老会的？若是，为何任高升不认识他；若不是，他说的申名标在庆字营发展哥老会众一事，又与任说相同。曾国藩摇摇头，这里面的事情真太难思议了。

第三个押上来的是外委把总焦开积。曾国藩见此人长得有几分清秀斯文，像是读过书的样子。焦开积进门后，在曾国藩的面前跪下来，头低着，只是不说话。

“来人！”曾国藩喊。戈什哈应声而进。

“给他松绑。”

焦开积惊奇地抬起头来。戈什哈拿刀将他手上的粗麻绳割断。

“起来。”曾国藩语气和缓地命令，指了指面前的条凳，“坐到那里去。”

焦开积愈加惊奇，忙说：“卑职有罪，卑职不敢。”

“坐下！”曾国藩的语气生硬起来，“坐下好好招供。”

焦开积只得遵命坐下。

“焦开积！”曾国藩以左目一线余光，再一次将这个外委把总细细打量一番。焦开积挺拔瘦劲的身材使他满意：是一个武官的料子！

“卑职在！”焦开积又站起。

“坐下吧！今年多大年纪了？娶妻了吗？”曾国藩问，犹如一个和气的长者在关怀着晚辈。

“回老中堂的话，卑职今年二十八岁，未曾娶妻。”焦开积坐在条凳上，音色洪亮地回答，他十分感激总督大人对他破格的以礼相待。进门之前，他知今番必死无疑，横竖都是一死，不如死得英雄，决不牵连别人。现在，他见曾国藩的态度完全不是他所设想的，他又改变了主意，不如干脆把心中的话，趁此机会，向这位前湘军统帅一吐为快，倘若能得到他的谅解，也是为弟兄们造一大福。

“听你的口音，像是湖南人。”曾国藩问，脸上有一丝浅浅的笑容。

“卑职是道州人。”

“你读过书吗？”

“小时候读过两年私塾。”

“你既读过私塾，当知你们道州出了一位很了不起的人物。”曾国藩说，犹如塾师在考问学生。

“大人说的是濂溪先生吗？”焦开积对自己的回答没有十分把握。

“正是。”曾国藩高兴地说，“他写过一篇有名的文章，叫做《爱莲说》，你读过吗？”

“读过。”焦开积轻松地回答。

“《爱莲说》称赞莲花出淤泥而不染，濯清涟而不妖，你理解这两句话吗？”曾国藩盯着这个年轻的外委把总，右手又习惯地梳理起白多黑少的长须。

“我记得小时听先生讲过，这是莲花的可贵品格，它生在淤泥之中而身骨清白，不受污染。濂溪先生要世人都向莲花这种品格学习，卑职自小起也知自爱。”

“好，知道就好。”曾国藩放下抚须的手，头微微向前倾斜，问：“莲花出淤泥而不受污染，你身为堂堂长江水师的军官，身处清白之地，为何不自爱而要参加哥老会？本督见你略知诗书，是个人才，不忍心看着你自己毁了自己。你现在不要把本督看成上司，看成是在审判你的两江总督，你把本督看做是你的叔伯，你的发蒙塾师，把你为何要加入哥老会的想法都说出来，说得好，本督不治你的罪，还可免去你那些加入哥老会的袍哥们的罪，如何？”

焦开积听了这番话，心中感到温暖，对于坐在对面的这个大人物，焦开积只在同治元年刚投水师时，一次偶然的机会，在船上远远地见过。那时曾国藩驻节安庆，水师奉命东下打江宁，他亲自到南门码头为彭玉麟、杨岳斌送行。十八岁的焦开积当时不仅把曾国藩当成神灵，也把湘军水师看成是了不得的英雄军队。焦开积认真操练，奋勇打仗，头脑灵活，又识得字，很快便由普通勇丁升为什长、哨长，到了打下江宁时，他已是参将衔花翎即补游击，奉旨以游击不论推题、缺出先行补授。不久，湘军大批裁减，陆师裁去十之八九，多少记名提督、记名总兵以及提督衔、总兵衔、副将衔的人都裁撤回家当老百姓，湘军一片混乱。水师还算好，只裁去十之二三，大部分都留了下来，后来又被朝廷列为经制之师。水师定制一万二千人，实际人数近二万。官员有限，彭玉麟大衔借补小缺的主意恩准后，焦开积便以参将衔即补游击，授了个外委把总，虽然降了五级，还算是个幸运者，许多人都眼红他。

在水师日久，焦开积逐渐看出，随着战功的扩大，水师内部日渐腐败起来，军营里一切坏的习气，水师不仅全兼足备，而且大有发展。当官的欺压当兵的，强者凌辱弱者，比比皆是。当兵的最怕打仗输了同伴不救援，绿营此风甚烈。曾国藩建湘军之初，鉴于绿营这种恶习，曾以斩金松龄之首来力矫弊病。湘军初建的那几年，的确败不相救的情形较少。尤其是水师，在彭、杨率领下，更注意互相帮助。到了咸丰末年，湘军中这种好风气已所存不多了，见死不救，临阵各顾各则成为普遍现象。这时，哥老会在湘军中应运发展。刚开始时都是一些处于低下地位的勇丁参加，他们在营哨中拜把结兄弟，提出“有福同享，有祸同当”的口号，并以此作为严格的会规。这种团结起来的力量维护了弱者的利益。尤其是在打仗时，凡是哥老会的人都结成一伙，胜则挽手向前，败则抵死相救。

在一次战斗中，焦开积驾着一条小舢板冲进太平军船队，结果被团团包围，眼看就要面临灭顶之灾。正在这时，他的一个朋友赶紧驾了一条舢板冲了进来，紧接着有十几条舢板也冲了进来，拼死拼命地把焦开积抢出。死里逃生，焦开积分外感激那个朋友。朋友告诉他，是哥老会的袍哥们帮的忙。从那以后，焦开积参加了哥老会。在以后的战斗中，他靠着袍哥们的帮助，几次逢凶化吉。哥老会的力量逐渐强大，当官的也必须依靠哥老会才能站得住脚，不少将领也入了会。后来湘军陆师裁撤，不少袍哥在外流浪惯了，不愿回原籍，便以哥老会为组织，成团成伙地流落各地。在这种形势下，水师里的哥老会很快发展起来。大家说："在江湖上混，朝廷靠不住，要靠我们自己捏合起来。"

曾国藩听了焦开积这段陈述，心中甚是不快。哥老会在他亲手创建的湘军中活动如此猖獗，这是他所没有料到的。

"焦开积，你刚才说也有不少军官加入了哥老会，你听说过最大的官职是多大？"

"老中堂，我也只是道听途说，不一定准确，说出来您老莫见怪。"

"你说吧，不管是谁都不要紧。"

"我听说哥老会后来在吉字营中人数最多，萧孚泗、李臣典、朱南桂、熊登武等人都入过，只是瞒着九帅一人。"

曾国藩大吃一惊。萧孚泗等人都参加过哥老会，这怎么可能呢？见曾国藩满脸惊愕怀疑，焦开积索性把这个秘密全部揭露："老中堂，你可能还不知道，萧军门现在虽家居湘乡，他手里仍控制着几千哥老会。袍哥们都说，国家多事，洋人强梁，皇上又年幼，老中堂又体弱，说不定不久天下又要大乱，那时还要我们哥老会出来收拾危局。"

"一派胡言乱语！"曾国藩骂道，不过声音微弱，显得有气无力。

焦开积被戈什哈带走了。曾国藩心里有一种大不祥的预感：这些星散各地的湘军旧部，很有可能会在某一天重新聚集在一起，昔日保护朝廷渡过难关的功臣，将翻脸成为反抗朝廷的叛逆！这是多么可怕的事情。当然，曾国藩想，在他活着的时候，这种事情绝不会发生，只能在他的死后出现，但即使是死后，他也决不能容忍。真的发生那种事，他的子孙都会被斩尽杀绝，他和他的父、祖的坟墓都会被挖掘，尸体将会被鞭挞焚毁，一切称颂他的文字都得改写，他将永远遭后世唾骂，遗臭万年。而现在其人已众多，其势已蔓延，既无法劝告他们改邪归正，更不能公开镇压。哎，这或许是气数使然！他重重地叹了一口气，重复这一句他近来常想起的话。

他草草结束这场对哥老会劫法场大案的审讯，并吩咐彭玉麟、黄翼升不要给他们任何处置，今后在水师中也不要再提起哥老会的事。

通过这次审讯，曾国藩愈加看出张文祥这个神秘人物的背景非比一般，必须从速判决，否则随时都有不测之变发生。

钦差大臣郑敦谨也从栖霞山回到江宁城内。这个以精于岐黄著称的刑部尚书，历官三十余年，对世事人情的洞明毫不逊于他的医术。他从慈禧太后并不急着催他出京，窥视出朝廷对此事的微妙态度，又从沿途以及到江宁后所听到的各种传闻中，隐约察觉到此案的复杂棘手。提审张文祥后，他一眼就看出刺客是个少见的顽梗之徒，此种人极不易对付。因此，他借口病未痊愈，每天只在江宁藩司衙门读书写字，修身养性。关于马案的一切，他都以曾国藩的意见为意见，用极为恳切谦虚的态度，将处理这桩奇案的担子完全压在曾国藩一人的肩上，为应付日后的麻烦，狡猾地留下一条退路。

曾国藩对郑敦谨的用心洞若观火，但这对他有利。他开始构思结案的奏报。张文祥的供词无疑不能上奏，涉及马新贻的言辞也须小心，至于勾通回部的传闻，更是牵涉到朝廷大计，丁蕙蘅谋杀一说，又与丁日昌搅在一起。所有这些，都不能触及一字，否则将遗患无穷。如何措词呢？他亲拟的奏章成百上千，唯独这篇难以下手。

“大人，我和叔耘商量，决定把马制军这个案子查个水落石出。”吴汝纶推门进来，后面跟着薛福成。

“你们有新发现？”曾国藩问，并招呼他们坐下。

“没有。”吴汝纶答。

“你们有什么法子可以查个水落石出？”

“我们两人想好了，决定微服私访。”薛福成说。案子的重大、案情的迷蒙、牵涉面的深广，吸引着这两个涉世不深又正直有事业心的热血青年。他们极为敬佩铁面无私的包公，想学习他的品格，模仿他的方式来侦破马案，不管此案涉及何人的头上，哪怕真的是醇郡王主谋也不在乎！

“微服私访？”曾国藩的嘴角边露出微微一笑。“你们打算从哪里访起？”

“大人，这个案子目前暴露的疑点很多，只要认真查，自有下手之处。”心直口快的吴汝纶立即接话，“张文祥的‘养兵千日，用在一朝’的话已说得很明白，他是受人指使的，而且此话已由魁将军上奏太后、皇上，又公之于《京报》，普天下都知道。倘若这背后的指使者不查出，如何向世人做交代？”

曾国藩沉吟不语。这几句话的确打中了要害，没有查出幕后指派人，能叫结案吗？

“卑职想，从现在所得到的线索来看，幕后的人不外乎这几个。”吴汝纶掰起指头数着，“浙江海盗龙启云，法华寺的和尚圆灯，丁中丞的公子丁蕙蘅。”

“还有，”薛福成补充，“京师的醇郡王！”

曾国藩微微一怔，随即在心里做出决定：必须制止他们的荒唐之举！

“不必你们再去微服私访，马制军这个案子我已经查清楚了。”曾国藩严肃地指出。

“查清楚了？”吴汝纶惊奇地睁大眼睛。

“幕后指使者是谁？”薛福成忙问。

“指派张文祥谋刺马毂山的人，就是十恶不赦的江洋大盗龙启云！”

“真的是他！证据呢？”吴汝纶觉得奇怪，他以为张文祥多半是丁蕙蘅重金买通的死士。

“还要什么别的证据呢？证据就是张文祥自己的招供。”曾国藩显然被这个问题问得不悦，他以斩钉截铁的口气公布，“张文祥乃漏网长毛，与马毂山既有前仇，又有新怨，复受海盗龙启云收买，遂以死行刺。案情就是这样清清楚楚的，你们不必再节外

生枝了。”

吴、薛二人扫兴退出。屋子里，曾国藩倒大大地松了一口气：刚才还迟疑不能落笔的奏报，被他们这么一逼，不就逼出来了吗？他很快草拟了一份奏稿，派人送给郑敦谨过目。郑敦谨看完后没有改动一个字，当夜便送回来。第二天，这份奏章便以刑部尚书和两江总督会衔的名义拜发。

半个月后上谕下达，张文祥凌迟处死。临刑前，马新贻的弟弟马四买通刽子手，要他们在张文祥的身上割三百六十刀，才让他断气。杀张文祥的那一天，围观的百姓达数万之多，两个刽子手像剔鱼鳞似的从张文祥的全身取下一块块血淋淋的肉来，张文祥至死没有哼过一声。这真是个天底下独一无二的硬汉子！围观的百姓无一不在心里为之惋惜，发出赞叹。刽子手行刑后，马四又操起一把牛耳尖刀，划开张文祥的胸膛，取出心脏来，在马新贻的灵前祭奠。

马四的这个举动引起曾国藩的深思：马家对张文祥有着深仇大恨，这幕后操纵者实际上并没有查出来，倘若今后遇到什么机会，马家对此案提出疑问，那又多出一些麻烦。再说，马新贻的先世也很可能是回民，目前陕甘新疆回民正在闹事，如果让他们抓住马案做借口要挟朝廷，于国家安定亦大不利，必须给马新贻身后以破格之荣，方可堵住西北回民之口。曾国藩想到这里，又给朝廷拟一奏稿，请赠马新贻太子太保，予骑都尉兼云骑尉世职，并请在原籍菏泽及江宁、安庆、杭州、海塘等立功之地建专祠。郑敦谨照例同意，于是又会衔上报，朝廷一概照准。

有清一代空前绝后的谋刺总督案，就这样宣告了结。

第六章　东下巡视

一、水师守备栽在扬州媒婆的手里

刺杀马新贻一案办得完美无缺，朝廷甚是满意，上谕嘉奖：曾国藩、魁玉、郑敦谨、张之万、梅启照等人都交部优叙。郑敦谨打马回朝，江宁藩库又拿出两千两银子来作为程仪奉送，马家也来道乏，众人都很高兴，唯独曾国藩心里总觉不踏实。

曾国藩不再多过问两江庶务，不仅是因为他身体实在太衰弱，力不从心，更主要的是教案给他的刺激太深了，他心里非常清楚，津案以赔款杀同胞为结局，名义上是他的委曲求全，是他的拼却声名，以顾大局，其实是朝廷，是整个中国的委曲求全，是为了求得暂时的安宁而不惜丢掉了国家和民族的尊严，汉唐强国大邦的形象已在世界各国面前荡然无存了。之所以弄到这般地步，就是因为国势颓弱。中国在与洋人打交道的过程中，能做到不受委屈，平等相处，不只是靠道理的充足，关键在于国力的强盛。要徐图自强！曾国藩立誓以自己的余生致力于早在十年前便已开创的"师夷智以制夷"的事业。这既是中国走上强盛的必经之路，同时，他也要以自己的实在有效的行动，在国人面前证明他不是卖国者，而是目光远大、脚踏实地为国为民的实干家，使那些自诩爱国，其实不负责任，未有任何实际作为的清议派羞愧！

这些年来，除曾国藩外，朝廷大臣如奕䜣、文祥，地方上的督抚如李鸿章、左宗棠、沈葆桢、丁日昌等人，都对"师夷制夷"之事感兴趣，相继办起了上海炸弹三局、苏州机器局、金陵机器局、福州船政局、天津机器局、兰州机器局等军用工厂，费饷浩大，成效均不甚显著，引起了以奕谖、倭仁为代表的亲贵和元老重臣的反对，双方论争时都言辞激烈，态度强硬。西太后倾向于自办洋务，故奕䜣、文祥这一派略占上风。

李鸿章是在封疆大吏中倡导洋务最力者。他精力充沛、办事精明，与洋人关系密切。他在办洋务中成绩最显著。金陵制造局是他一手办起的，天津制造局是在他的倡导下办的，福州船政局遇到阻力时，他竭力为之说话。由安庆迁到上海的江南机器制造总局，在李鸿章任江督期间得到了很大的发展，他亲手批准将厂址由狭窄的虹口迁到开阔的城南高昌庙镇。现在的江南机器制造总局为全国最大的军火轮船生产之地，不愧它的总局称号，的确起了总领天津、江宁、福州、兰州各局的作用。这些，都使

该局的督办人容闳、杨国栋分外感激。曾国藩决定先到上海去视察江南机器制造总局，给他们以鼓励推动，并帮助他们解决一些实际困难。

这是一个秋高气爽的艳阳天，曾国藩带着他的心腹幕僚赵烈文和得意门生黎庶昌、薛福成、吴汝纶等人，兴致很好地踏上停泊在下关码头江面上的威靖号轮船，杨国栋、徐寿、华蘅芳、李善兰等人在船上恭迎。五十多岁的杨国栋精神旺盛。这些年来，他是容闳的得力助手，聪明才智得到充分的发挥。徐寿、华蘅芳更是找到了一个足以施展本事的大舞台。他们与容闳合作得很是融洽，彼此都有一种崇高的使命感，都意识到自己所从事的是一个能使中国走上徐图自强的前无古人的伟业。

“雪村，我这是第三次坐你造的船了，真是一次比一次舒服。”威靖号劈波斩浪，在宽阔的江面上飞速前进，曾国藩坐在临窗铺着雪白洋布的小桌边，笑着对徐寿说。第一次是同治三年六月，曾国荃攻下江宁后几天，曾国藩由安庆坐“黄鹄”号前去江宁。“黄鹄”二字由曾国藩亲自命名，他把它比作一只健翮凌空的黄鹄，这是中国人造的第一艘由蒸汽机发动的轮船。第二次在同治七年赴直隶前夕，容闳驾驶江南制造局造的恬吉号来到江宁，曾国藩坐着它从江宁到采石矶，又从采石矶返回江宁。一年来，江南局又陆续新造四艘轮船，曾国藩分别给它们命名为“威靖”“惠吉”“操江”“测海”。

“我记得老中堂第一次坐‘黄鹄’号时，热得中途换民船，故造‘恬吉’号时，特别考虑到通风设施。第二次，老中堂坐‘恬吉’号时说，不热了，也快了，就是颠簸太厉害。这次造‘威靖’号、‘惠吉’号时，又特别注意行驶的平稳。”徐寿高兴地回忆曾国藩三次坐船的感受，作为这几艘船的主要设计者，他实际上是在欣赏自己造船技术的一步步提高。

黎庶昌有意打趣说：“雪村兄，你忘记了，第二次老中堂是冬天坐‘恬吉’号的，当然不热了！”

“哪里的话！”徐寿一本正经地说，“老中堂九月十六日登上‘恬吉’号，那天天气反常地热，大家都只穿一件单长衫，二公子给老中堂带了一件坎肩，老中堂都没穿，怎么变成冬天了？”

看着徐寿这副认真的神态，大家都哈哈大笑起来。薛福成说：“雪村记得好清楚哇！”

“怎么能不记得呢！”徐寿将眼镜取下来，用绒布擦着镜片，满怀感情地说，“人的一生，能有几个这样的好日子？不怕大家见笑，我三个儿子的生日我一个都记不得，但由安庆到上海所造的六艘船，哪一艘哪天下水试航，我都记得清清楚楚。我想国栋、壬叔、若汀他们的心情也跟我差不多。”

“我比你强些。”华蘅芳豪放地说，“我儿子的生日我也记得。”

吴汝纶调皮地说：“还有你太太的生日你也记得。”

说得大家都大笑起来。

“当然记得。”华蘅芳爽快地承认，“不过，你们都不知道，我太太跟我同月同日生。”

“难怪！”好几个人异口同声地说。

“威靖”号上洋溢着欢快的气氛。船工摆上满桌中西两式点心，又给每人冲了一杯咖啡。曾国藩不喝咖啡，船工给他另泡了一碗茶。船上的客厅宽敞明亮，船行快速平稳，碗里的茶水时时变换着直线或曲线波纹，却没有一滴溅出碗外。远处，田舍村庄转瞬即逝；近处，张挂着巨大风帆的木船被远远地挤在两旁，头上包着青布的船老大们，望着滚滚扬起的江浪，无可奈何地摇头叹气。曾国藩猛然想起那年九江南门码头上，胡林翼被洋船气得吐血的惨景，心旦又酸楚又欣慰。"润芝，假若你能活到今天就好了！"他在心里轻轻地说。

"雪村。"曾国藩对徐寿说，"你带着我们从头到尾看看吧！"

"好哇！"徐寿高兴地说，"只是甲板上风大，怕中堂大人受不了。"

"风大不要紧，加件衣服就行了。"曾国藩边说边走出船舱，大家都跟在他后面。

"威靖"号全身刷着白漆，在阳光的照耀和江水的映照下熠熠发光，威风十足，犹如一个银袍白马将军在奔驰向前。曾国藩披上一件杨国栋带来的暗红色哈拉呢洋装大衣，靠着一尊黝黑大炮，问杨国栋："船上一共安了多少座炮？"

"共配火炮二十六尊。"杨国栋答，"船头安放了十尊，船尾安放了六尊，两边各安放了五尊，都是六十四磅的重炮。"

"'操江''测海''惠吉'的炮力是如何配备的？"曾国藩又问。

"那三艘要比'威靖'号小些，炮也配得少些。"杨国栋摸着傲视蓝天的炮身，如数家珍地汇报，"'操江'配了二十四尊，船头十尊，船尾六尊，两边各四尊。'测海'配了二十尊，船头八尊，船尾六尊，两边各三尊。'惠吉'配了二十二尊，船头比测海多了两尊，其他一样。"

曾国藩听完后起身，扶着船舷边的铁链，迈着大步向船尾走去，一直不说话，大家都默默地跟着，到了船尾，他抬头问徐寿："雪村，'威靖'号大概有二十丈长吧！"

"哎呀，老中堂，你真是神人，猜得很准，'威靖'号的精确长度是二十丈五尺。"徐寿兴奋地说。

"哪里是猜！"曾国藩微笑着说，"我是用脚步量出来的，我走六步为九尺，走了一百三十二步，估计在二十丈左右。"

大家听了很觉惊奇。华蘅芳问："老中堂，你平时走路都这样吗？"

"我从道光二十三年跟着镜海先生读《朱子全书》以来，便为自己的行坐起居制定一套规矩，二十多年里，只要不生病，都基本遵守了。"

众人都佩服不已。曾国藩又问身边的李善兰："这艘船有多大的马力？"

"六百零五匹。"李善兰答。

"能载得起多重的货物？"

"二百万斤。"

"抵得上四五十条民船了。"曾国藩轻轻地说。

江风越来越大，大家都劝曾国藩进舱休息。曾国藩笑着对徐寿说："我坐了你三次船，一次比一次好。这点我要表扬你们。不过，你三条船有一点都是一样的，没有变化，又使我不满意。"

"老中堂是说哪一点没有长进？"徐寿挺认真地问。

"你看，"曾国藩用脚点了点舱板。"'黄鹄'号也好，'恬吉'号也好，这个'威靖'号也好，都是用木板制的。打起仗来，木板到底挡不住铁炮弹，而洋人的炮舰全用铁

板制成。明年这时候，假若我还在世的话，我再坐一次你们造的船，但要是铁壳船。你们造得出吗？”

“我们一定努力造出，不辜负老中堂的期望。”徐寿思考一下后坚定地说。

申正时分威靖号来到镇江城外。长江水师瓜州镇总兵孙昌国带着一批武官，早在江边恭候，对岸镇江知府丁田耕也早早地带着一班僚属在江边等着，都要请曾国藩一行到自己的衙门休息。曾国藩打发赵烈文坐小划子告诉丁田耕：“这次巡访，一为查看机器制造，一为检阅沿途军事部署，暂不惊动府县，请丁知府多多原谅。”于是，孙昌国高高兴兴地将威靖号上所有人员都请进了总兵衙门。

孙昌国和弟弟孙昌凯原是衡州城里的铁匠，与彭玉麟颇为相得。后彭玉麟办水师，孙昌国兄弟挑起洪炉入了水师，一直在后营中打造兵器。田家镇一役火烧横江铁锁，这对铁匠兄弟立了大功，双双得到提拔，以后步步迁升。到了打下江宁后，兄弟二人分别被保至记名提督、记名总兵。整顿水师时，孙昌国被实授瓜洲镇总兵，孙昌凯在岳州镇也当上了副将。孙昌国十分感激曾国藩、彭玉麟，难得有如此献殷勤的机会，当天的接风酒席办得极为隆重丰盛；又连夜下令，所辖的镇标四营，明早集合在江面上，接受曾国藩的检阅。

吃完饭后，孙昌国又请曾国藩到他的小客厅里喝茶，两人叙谈起衡州练军、打武昌、打田家镇的往事，都感慨不已。正说得兴起，一个亲兵走到孙昌国身边说：“大人，前几天那个人又来了，哭哭啼啼地求大人为他做主，请卜守备放人，让他夫妻团圆，还带了一班子人为他说话。”

“出去！这事以后再说，没看见我在陪中堂大人说话吗？”孙昌国沉下脸挥斥亲兵。

“这是怎么回事？说出来给我听听。”曾国藩却不放松。他心里想，这一定又是一起强占民女的案子。军容要检阅，军纪尤其要过问。没有严肃的军纪，哪来的军队战斗力？而长江水师这些年来，恰恰就是纪律松弛，平时一再叮嘱彭玉麟、黄翼升严加整饬，今天这事碰到头上，怎能不管？

“老中堂，吃梨子。”孙昌国递来一只亲手削的水汪汪的砀山梨。“事情是这样的。十天前，三营守备卜福元从扬州买了一个小妾。卜福元这人打仗勇敢，功劳立过不少。下江宁那年，皇上赏他副将衔，重建水师时补了个守备。这人事事都好，就是一点不好：喜贪女色。平时积的几千两银子，女人身上花去了多半。老家宁乡有个原配，他嫌人长得丑，年纪又大了，在这里讨了一个妾。这倒罢了。去年，他又看上一个比他小二十岁的女子，死缠活赖着那女子不放。那女子的父母贪财，硬是以五百两银子把女儿卖给他了。这女子原来是有主的，她过门后，总牵念未成亲的夫婿，吵吵闹闹折腾半年后跳河自杀了。卜福元人财两空。这次又买了一个十八九岁的小妾，说是只用了三百两银子。卜福元占了便宜，心里得意。谁知还不满半个月，就有十来个人跑到三营驻地，向参将牛虎告状，说卜福元拐骗人妻，内中一个出来证明，那女子原是他的妻子。牛虎把卜福元带到我这里，我训了他一顿。卜福元一再申明他是花三百两银子买来的，一文钱都不短欠，绝不是拐骗的，还说可以到扬州去找到那个媒婆。我说，好吧，快去把媒婆找来。今天他来赴宴，我忘记问他了，不料这伙人又来吵了。这个卜福元真是多事。”

“你打发人去把卜福元叫来。”曾国藩说。

一会，四十余岁、矮矮胖胖的守备卜福元进来了。他对曾国藩、孙昌国鞠了一躬，问：“老中堂和孙军门叫卑职来有何吩咐？”

“卜胖子。”孙昌国一脸不高兴。“那一伙子人又来了，你晓得不？”

“又来了？”卜福元脸上流露出一丝惊慌，“卑职不知道。”

“我问你，你昨天去扬州找到那个媒婆没有？”孙昌国板着脸问。

“没有。”卜福元的回答很轻，满脸沮丧。

“我说卜胖子呀！”孙昌国站起来，走到卜福元身边，拍拍他的肩膀，两眼笑成一条缝。“你我都是多年的老兄弟了，曾中堂也不是外人，你说实话，那个小女人是如何拐骗来的？说清楚了，还给她丈夫，我也不责怪你，想必曾中堂也会原谅。”

曾国藩听了很不好受：这孙昌国就是这样带兵管部下的？难怪这几年朝野上下对长江水师啧有烦言。他绷紧脸严肃地问：“卜福元，你要在本督面前讲清楚，倘若扯谎，军法不容！”

“曾中堂，孙军门，冤枉啦，冤枉！”卜福元双膝跪下，委屈地分辩：“卑职的确是用三百两银子买来的，在扬州张甲桥一个房子里，一手交钱，一手牵人。媒婆是个五十多岁的老妇人，我记得她脸上还有几点白麻子。”

“人没找到，那间房子应当可以找到。”曾国藩追问。

“说来也怪。”卜福元摸摸秃了一半的脑袋顶，惶惑地说，“我明明记得那间房子是空的，谁知昨天去的时候，却变成一个纸马店了。附近的人都说，这里从来没有一个长白麻子的老妇人，这间纸马店已开六十年了，父传子，子传孙，这是第三代。卑职奈何不得，但卑职可以在老中堂和孙军门面前赌个咒，倘若有半句假话，雷打火烧，活不到五十岁！”说罢居然流出几滴眼泪来。

“你看你，还像个堂堂男子汉不？”孙昌国走上前，一把将卜福元拉起，说，“孙哥我相信你，叫几个兄弟把那伙子人轰走算了。”

“慢点。”曾国藩制止道，“他说你拐了他的婆娘，你说你用三百两银子买的，他有许多人为他说话，你无人替你作证，单单凭刀枪轰走，他是不会甘心的。”

“老中堂，那你说怎么办？要么，卜胖子，你把那女人给他算了。”孙昌国没主意了。

正在这时，薛福成走了进来，说：“刚才听亲兵说起卜守备的事，我想，卜守备莫不是给放鹰的人骗了？”

“什么是放鹰？”卜福元和孙昌国惊得两眼发呆，曾国藩也从没听说过。

薛福成说：“我小时听父亲说过，扬州城里有专门放鹰的人，男女结合坑害人。他们从外地用低价买来贫苦人家的女子，调教一番，然后高价卖给有钱人做妾。待买主交了钱，带走人后，多则十天半月，少则三五天，便有一男子带着一伙人寻上门来，声言此女子是他的婆娘，被拐骗了，那女子也就又哭又闹，说来的人是她的丈夫，要跟着走。买主说有字据有媒人，但媒人再也找不到了，字据也便成了废纸。跟着来的人都证明这女人是某某的妻子，并扬言扭之送官。买主无法，只得放人；有胆小的，还另送一笔钱，以求息事。这就叫做放鹰。前些年闹长毛，这事绝迹了，想不到又死灰复燃。”

曾国藩听后，心里很觉惭愧。自己身为两江总督，对江宁不到二百里地的这种怪事一无所闻，真正是尸位素餐。从这件事上，他又想到两江境内一定还有许多弊病陋习，自己一点都不知道。“唉，说什么整顿两江，移风易俗，竟是空话一句！”他在心里对先前的雄心壮志自我嘲弄着。

“好哇，这批狗娘养的，放鹰竟敢放到老子水师的头上来了，来人！”孙昌国气得大发雷霆，“给老子把那几个龟孙子抓起来，交给扬州府发落，叫他们顺藤摸瓜，把扬州城里放鹰的狗男女全部杀掉！”

进来的亲兵答应一声，立即就要出去抓人。

“孙镇台！”曾国藩客气地叫了一声。他对孙昌国办事的果断干脆，以及顺藤摸瓜的主意很是赞赏，但他很快想到，放鹰者敲诈的对象只能是普通百姓，到长江水师的军营重地来撒野，能有这样大的胆量吗？他叫孙昌国坐下，说：“先莫忙着抓人，把事情弄清楚再说。”转过脸对亲兵说，“你去把那个找妻子的男人叫进来，态度要和气点，莫吓着他了。”又吩咐跪在地上的卜福元也出去。

那人被带进来了，他见上面坐的除总兵外，还有一位须发斑白的老头子，心知是一个比总兵还大的官，便双膝跪下，说：“求两位大人替小的做主，把小的女人还给小的带回去。”

“抬起头来！”曾国藩命令。

那人顺从地抬起头。曾国藩仔细地看了一眼，和蔼地说：“卜守备买的妾，为何是你的女人？你细细地说出来，不可说假话，懂吗？”

“是。”那人不敢正眼看大官，又低下头来，眼睛望着地面说，“小的是江都人，在一个饭庄里当伙计，名叫蒯兴家。三个月前，我带着妻子杜氏到仙女庙进香。杜氏过门两年了还没生育，老母着急，催我们夫妻求仙女保佑。那天仙女庙的人很多，进完香后已是午时，我叫杜氏坐在一棵樟树下休息，我去买几个火烧来充饥。待我买来火烧时，樟树下却不见了我的妻子。我急得四处寻找喊叫，把整个仙女庙都找遍了，再也找不到她。我回家后向老板请了长假，背起包袱雨伞四方访寻，下定决心，今生不寻着杜氏，宁死也不回家。半个月前我来到瓜洲镇，落在一个小伙铺里，向伙铺老板打听，问见没见到一个二十岁左右的外地女子在附近出没。店老板说，此地水师一个守备，前些日子在扬州买了一个小妾，那女子买来后成天哭哭啼啼的，不肯依从。小的一听，心想这一定是我的妻子，她被人拐卖了。我在守备家转了两天，偶尔一次在小窗口看到一个梳头的年轻女子。我又喜又悲：这正是我苦命的妻子。”

说到这里，蒯兴家禁不住哭了起来，停了片刻，又说：“我当时想马上就去找守备要人，转而一想，他是军官，又是花钱买的，我一个普通老百姓，怎能拗得过他？于是回家和叔伯兄弟们一起商量。他们说，哪有眼睁睁看着自己的老婆做人妾的道理，不管怎样也要弄回来。他们为了给我壮胆，都一起来了。先找到卜守备，卜守备说他是花了三百两银子从扬州媒婆那里买来的，高低不肯放人。无法，我们只得向孙大人告状。孙大人要卜守备到扬州城里把那媒婆找来，不知现在找到没有。请青天大老爷给小的做主，把小的老婆断回给小的。”

说完，蒯兴家用衣袖抹去眼泪，又连连磕头。曾国藩察言观色，见蒯兴家模样长得也还忠厚，说话合情理又恳切，心想：这大概不是放鹰的人。便说：“这好办，我问你一句，你答一句，是不是你的妻子，我自然从你的回答中可以看出。”

蒯兴家忙说：“求青天大老爷发问。”

“你妻子是哪地方人？何年何月何时生？在娘家唤个什么名字？谁做的媒？”

“我妻子也是江都人，小杜家村的，咸丰二年十月二十一日子时生，在娘家小名叫翠叶。翠叶的娘舅是我的表叔，大媒便是他。”

“好吧，你下去！”曾国藩挥挥手，又对亲兵说，“叫卜守备进来。”

“卜福元，你买妾时，知道她的生庚八字吗？”曾国藩问进门来的卜守备。

“媒婆说是咸丰四年六月初一日卯时所生，今年十八岁。”卜福元答。

“妾买回来后，你再问过她吗？”

“我问过，她不肯讲。”

“孙镇台，你派辆马车去，赶快把卜守备的如夫人接来，我要亲自问她。”曾国藩对孙昌国说。

“好，我这就去派人。”看得出，孙昌国对审理此事兴趣很大。

半个时辰后，一个瘦弱憔悴的青年女子被带了进来，她羞涩地跪下低头，不做声。

“卜姨太，我问你几句话，你不要害怕，如实回答。”曾国藩以素日少见的温婉语气轻柔地说。他对这女子充满着同情心，不管是不是那饭庄伙计的妻子，她都是不幸的可怜的。

“卜守备将你从扬州城里买来，有这事吗？”

那女子点点头，依旧不做声。

“你要开口说话，慢慢讲，讲不好不要紧，我不怪你。”曾国藩给她鼓气。“我再问你，你是哪地方人，为何遭媒婆所卖？”

那女子未曾开口，先已双泪直流，过一会，索性嘤嘤哭了起来，似有满腹委屈，满腹辛酸。

“哭什么，有话好好说。”孙昌国烦起来，“妇道人家就是这样讨厌！”

曾国藩劝道：“不要哭，你按我所问的回答。”

那女子抽抽搭搭地哭了半天才止住泪，轻声细语地说：“小女子是江都县小杜家村人，两年前出嫁，丈夫叫蒯兴家。三个月前，我和丈夫在仙女庙进香。后来丈夫去买吃食，我在树下坐着等他。过会儿，一个男子匆匆忙忙走到我身边，说：‘你丈夫在路上被马车压断了脚，现在被抬在一个医师家里，他要我来叫你去。’我一听，急得晕了头，忙说：‘好心的大哥，烦你带我去看他。’那男子说：‘我带你去。’我当时来不及细想，糊里糊涂上了车，就这样被拉到扬州城，方知受骗了。我哭干了眼泪，喊哑了嗓子，在里屋关了几天后，一个长着白麻子的老妇人把我接出来。那麻妇人对我很关心，说是替我慢慢找丈夫。在她那里住了两个月后，谁料把我卖到这里来了。”

曾国藩听后心里有了八成，于是又问：“你今年多大了？什么时辰生的？在娘家唤个什么小名？”

那女子答："小女子今年整整二十岁，咸丰二年十月二十一日子时生，娘家姓杜，小名唤作翠叶。"

一切都真相大白！杜翠叶被放鹰的人拐骗卖出，但买主是水师的守备，他们不敢来寻事生非，寻上门来的是她的真正丈夫。

翠叶被带出去后，曾国藩把卜福元又叫了进来，对他说："本督已审问清楚了，你买的姨太太的确是蒯兴家的妻子，你放了她回去，让他们夫妻团聚吧！"

卜福元鼓着腮帮，鼻孔一扇一扇地出粗气。

"老弟！"孙昌国拍了一下卜福元的光脑门。"她不肯从你，成天哭哭闹闹的，有何趣味！放了她，以后再买一个依从的，只是要注意，再莫上放鹰人的当。"

说完，自个儿哈哈大笑起来。卜福元又鼓了两下腮帮，半天才说："放了那个小婆娘我不心疼，只是我三百两银子丢到水里去了。"

"嗨！男子汉大丈夫，有脸说这个话！"孙昌国一拳打在卜福元的肩上。"三百两银子算什么，以后看上了哪个，孙哥我替你买！"

卜福元这才松开嘴巴，露出两颗大虎牙笑了。

蒯兴家带着妻子杜翠叶进来，对着曾国藩、孙昌国行大礼，千恩万谢，说来世变牛变马，报答今生大恩。曾国藩说："蒯兴家，你也不用谢我，你给我办一件事，你办好了，就算感谢了。"

"什么事，大人只管吩咐，哪怕是取虎胆，我都会拼着命去干！"

"不要你取虎胆。"曾国藩微笑着说，"你去扬州城秘密调查，三个月内把那个卖你妻子的麻脸媒婆查出来，然后到江宁城里两江总督衙门来找我。本督要把她抓起来，替你们夫妻报仇。"

"啊，您就是两江总督曾大人！"蒯兴家忙又磕头。"小的真是三生有幸得遇大人，小的一定要把那个害人的妖精婆找出来，为小的夫妻，也为所有被害人报仇。"

一种多年未曾有过的喜悦之情涌上曾国藩的心头，他觉得唯有今天自己才像个两江总督的样子。他设想在抓到媒婆后，也要亲自审讯，就像当年在长沙审讯匪盗一样，从这个人身上打开缺口，再将扬州城里所有放鹰的贼男女全部捕获，为首的剜目凌迟，胁从的一律杖责三百大板，充军伊犁，并借此事来一场雷厉风行的大扫荡，将两江三省内的所有污浊荡除干净。这一夜，曾国藩睡得很甜很美。

第二天，在孙昌国的陪同下，曾国藩检阅了瓜洲镇标四营。只见战船摆列得整整齐齐，甲胄也还鲜明，在令旗导引下，水手们驾驶着战船列出各种阵式来。炮子打在水面上，激起冲天水花，喊杀之声，惊得江鸥远远逃走。看起来还蛮像个样子。曾国藩称赞了几句，孙昌国得意至极。威靖号鸣笛起航时，他叫人匆匆抬了十筐砀山梨送到船上，说是送给各位沿途解渴，曾国藩想制止也来不及了。

二、英国传教士傅兰雅送来一件时髦礼物

"威靖"号一路顺风到了上海。下船后，曾国藩一行在杨国栋等人带领下，避开上

海官场的应酬，径直来到高昌庙江南机器制造总局。会办容闳率领一班高级职员在大门口恭迎，当晚下榻在总局驿馆里。

第二天上午，当上海道台兼制造局总办秦世泰急急赶来的时候，曾国藩已在容闳、杨国栋、徐寿、华蘅芳等人陪同下，登上停泊在轮船厂船坞的测海号。在测海号船上走走看看以后，又上了操江号，然后又登上惠吉号。曾国藩对这几艘战船的兴趣最大，再次勉励容闳尽快造出铁壳战船来，又说中国若有五十艘铁甲战船，就敢于在江海上与洋人一争高下，国力也就强盛了。几句话，说得众人心里暖乎乎的。曾国藩又问容闳："造铁甲船有困难吗？经费够不够？"

容闳答："铁甲船需要大量钢板，我们自己的炼钢厂还没有建起来，要从洋人手里买。技术上也会有相当大的困难。我们打算先从小的造起，有经验后再造大的。"

"好！"曾国藩打断他的话。"制造局今后自己建一个炼钢厂，目前先买些钢板来。"

"我们也是这样想的。"容闳说，"至于经费，眼下尚可应付。前年老中堂奏请在拨留洋税二成中，以一成为专造轮船之用，从那以后轮船厂有了一笔专款。蒸汽机由机器厂制造，锅炉由锅炉厂制造，我想明年造一个小铁甲船出来，虽有困难，咬紧牙关或许可以做到。"

"要有这个志气。"曾国藩赞许道，"从前九帅打江宁时，艰难困苦比你们造铁甲船要大多了。我那时鼓励他，天下事有所逼有所激而成者居其半。洋人欺侮我们，这就是在逼我们激我们，我们一定要赶快造出坚船利炮，自强自兴，把这口气争过来！"

看完轮船厂后，曾国藩来到机器厂。这里的大部分工作母机是容闳从美国买回来的。这两年依靠这些母机，又制造了许多专造枪炮的机器。容闳兴致勃勃地指着各种机器，向曾国藩一一介绍，又如数家珍地向他禀报：五年来，机器厂制造了车床三十八台、刨床七台、钻床五台、锯床一台、抽水机三台、滚炮弹机一台、绞螺丝机一台、汽炉五台、拌药机一台、碾药机一台……

"好啦，好啦。"曾国藩笑着截断容闳滔滔不绝的介绍。"这个机，那个机，说得我满脑子乱糟糟的，也记不得这么多，你干脆写个帖子，把这些年来江南机器制造局做了哪些事，一一写明，交给惠甫。"

从机器厂出来后，容闳把曾国藩一行带进了枪炮装配厂。从各个分厂里造出的枪炮零部件，在这里装配成形。看到这里堆积了数千支洋枪、数十座铁炮和上万颗炮弹时，曾国藩大为兴奋。他一会摸摸炮筒，一会又拿起一支洋枪。

"这几年造了多少枪炮？"曾国藩问身边的容闳。

"一共造了六千四百多支枪，七十八座炮，二十万颗炮弹。"

"成绩不小哇，纯甫。"曾国藩禁不住大声赞扬起来。"都供应了哪些军队？"

"枪支南运江督标亲兵营、苏抚标护军营、吴淞外海水师、长江水师、北运神机营、山海关行营等等。炮供应各炮台所需，如江阴、象山、焦山、都天庙、吴淞、下关、威海卫等地。还有一个重要的去处，老中堂猜猜。"容闳说得高兴起来，仿佛如小时候得了一次意外的好处，喜得要母亲和他共享愉快一样，居然叫曾国藩来猜谜了。

曾国藩也让他说得很兴奋，随口答道："我猜不出。"

"老中堂，我告诉您！"容闳咧开大嘴笑道，"威靖、惠吉两艘船上四十八门大炮全是敝局所造！”

“不错，不错！”曾国藩连声赞道，“再造出几十门好炮来，把‘操江’‘测海’两船上的炮也全部换成贵局的。到时我去请恭王、文大人他们南下上海来检阅，看看从船到炮都是我们中国造的战舰。”

“那太好了，明年就可以改装。”容闳激动地说。

“纯甫！”停了一会，曾国藩语重心长地说，“中国有座古长城，是用砖石建造的，历史上它起着抵御夷狄侵犯的重大作用。现在，砖石长城已不起作用了，需要建一座新的长城，它要靠枪炮战船来建造。江南机器局便是建造这座长城的总工厂。纯甫，你想想看，你身上的担子有多重！”

“是的，老中堂说得对，未来中国的长城，要靠枪炮战船来建造，卑职能为国家造船制炮，无比自豪，无比光荣。卑职一定尽职尽忠，决不负太后、皇上和老中堂的重托！”

曾国藩满意地点点头，突然瞥见窗外匆匆走过一位碧眼金发的外国人，遂问容闳：“机器局里雇了几个洋匠？”

“目前负责技术指导的有八位洋匠，为头的是美国人科尔和史蒂文生。”

“科尔就是原来旗记铁厂的老板吗？”曾国藩问。

“正是。”容闳答，“当年买下科尔的铁厂，共用去六万两银子，其中四万两是海关通事唐国华出的，他借此报效赎罪，另二万两由海关道筹借。”

曾国藩感叹地说：“买下这个铁厂，并将局址由虹口移到高昌庙，这的确是机器局兴旺发达的一个转折点，这是少荃为今日中国所立的一大功劳。”

“除开高昌庙外，还买下了陈家巷、龙华两处地皮。李中堂说，今后还要建炼钢厂，建大仓库，要地方。”

“少荃是个当家办事的人，他想得远。”对于李鸿章任江督期间所给予江南机器局的强有力的支持，无论从个人私情，还是从国家利益上，曾国藩对他都是感激的，也由此看出了他远远高于一般疆吏的识见和才干。

“机器厂、造船厂、锅炉厂、翻译馆，都是在李中堂手里建成的，共花去六十万两银子，有一半是李中堂从军费里开支。故有人说，李中堂今后会把机器局变为淮军的军火厂，否则他不会下这大的本钱。”容闳对李鸿章的敢作敢为一向佩服，但对他聚敛财富、任用私人一套又很反感，而对眼前这位年高德劭的老中堂，他则是钦敬得五体投地。在容闳的眼里，曾国藩是一座巍巍昆仑，独立于这个时代，任何其他人都不能和他比拟。

曾国藩淡淡一笑：“把淮军装备好也是好事，平息捻乱还不是靠的淮军做主力？”

容闳没有做声。这时杨国栋带着一批工匠过来，笑嘻嘻地对曾国藩说：“大人，这些人是我从广东请来的匠师，他们从未见过您，硬吵着要我带来见见。”

“拜见中堂大人！”杨国栋身边十几个匠师们一齐喊道。

“各位先生免礼。”曾国藩满脸笑容地对工匠们说，“我是一个糟老头子，没有什么看头。你们都是机器局的功臣，为国家作出了很大的贡献，我是特来看你们的。”

“曾中堂伟大！”一个在香港多年的中年匠师跷起大拇指，模仿洋人的口气称赞。

更多的匠师在曾国藩的面前都显得又激动又局促，感到手足无处放。一个黑发蓝眼白皮肤的青年匠师大胆地冲出来，伸出双手握起曾国藩的手，唬得赵烈文、吴汝纶以及一旁的戈什哈忙围过来。曾国藩毫不介意地与青年匠师拉起手，和蔼地问："你是中国人还是外国人？"

青年匠师脸刷地红起来，不好意思地说："我父亲是广东人，母亲是英国人。"

"怪不得你的眼睛是蓝色的。"曾国藩快活地说。

杨国栋走过来说："大人，他前年才回国，在英国生活十多年，养成了洋人的习气，见人就拉手，请大人原谅他不懂礼仪。"

"拉拉手也好，还显得亲切些。"曾国藩又转脸对青年匠师说，"你在英国生活十多年，英文一定很好，你要把英文教给他们！"说着，用手指了指四周的匠师。

青年匠师高兴地点了点头。曾国藩环顾四周，大声说："各位先生，明天中午由我做东，请大家来驿馆里共饮几杯，我们好好叙谈叙谈如何？"

"谢谢老中堂！"众人大出意外，纷纷向曾国藩鞠躬致谢。

待匠师们走后，曾国藩对容闳说："明天中午宴请中国匠师，晚上，你代我把科尔、史蒂文生等洋匠，还有翻译馆里的傅兰雅先生都请来，叫驿馆准备两桌好苏菜，我借花献佛，也请他们一次。"

"太好了！"容闳欢喜雀跃。

晚上，容闳陪着科尔、史蒂文生、傅兰雅以及另外几名洋匠喜气洋洋地走进了机器局驿馆。曾国藩特地换了一件绀色寿字团花夹缎长袍，头戴一顶黑呢嵌蓝宝石瓜皮帽，郑重其事地在客厅里接见他们。当容闳介绍到傅兰雅的时候，曾国藩特地将这位蓝眼栗发、高大魁梧的翻译家仔细地看了一眼，然后微笑着说："久仰！先生所译的书对中国船炮制造起了很大的作用。原以为先生总在五十岁上下，想不到竟这样年轻。有三十岁吗？"

傅兰雅以流利的中国话说："谢谢中堂的夸奖，我不年轻了，今年三十二足岁了。"

"年轻，年轻，还是旭日方升的年华。"曾国藩一边笑着与傅兰雅谈话，一边招呼客人们坐下。

侍役献茶毕，曾国藩端起茶碗对客人们说："这是敝人家乡的洞庭君山毛尖，各位请尝尝。"

说罢自己先喝一口。众人都轻轻地端起茶托，学中国士大夫的样子，将碗盖略微移开一点点，右手捂着盖子，浅浅地抿了一口，然后将茶碗连托一起轻轻放回原处，异口同声赞扬："好！"傅兰雅又补充一句："中国的茶比咖啡、可可都要好喝！"

曾国藩一一询问客人们，什么时候来中国的，生活习惯不，薪水够不够花。这些洋人的中国话大半都说得不流畅，有的只简单答了几个字，有的用英语回答，再由容闳翻译，只有傅兰雅可以应答如流。他于是代表众人说："老中堂能于万几之暇来江南机器局视察，并特为接见在局任职的外籍匠师，各人都感受到了中国政府的关怀。机器局对我们很照顾，建有专门公馆，薪水在中国匠师的十倍以上，生活也还习惯，这里有做西餐的厨师。不过，大家都说中国的饭菜更好吃。"

一句话，说得众人都笑了起来。曾国藩起身，伸出右手说："那好，今天就请各位尝尝苏州名厨的手艺！"

以讲究色泽艳丽、用料甜软出名的苏菜，早已令外国人垂涎，而今晚这两桌酒席更是琳琅满目、美不胜收。如果说中国的科学技术在当时已远远落后于欧美各国的话，那么积数千年聪明又会享受者的才智所创造出来的华夏饮食文化，却当之无愧地名列世界之首，令洋人们在满桌珍馐面前自愧不如，给一向以万邦来仪自诩的天朝士大夫们赢得脸上的光彩，似乎可以抵消一部分来自战场和谈判桌上的耻辱。

桌上的每道菜都有一个极富中华文化色彩的名字，如八戒遇难——红烧猪肉、鲤跃龙门——清蒸鲤鱼、苏武牧羊——炖羊肉、众星捧月——肉丸蒸蛋、孙猴出世——油焖猴头、西施浣纱——菠菜粉条汤、哪吒闹海——炒鳝丝、丹凤朝阳——清蒸全鸡、雄狮酣睡——清蒸瘦肉团，等等。当容闳一一为洋朋友介绍菜谱时，这些远方的客人无不为中国的烹调艺术惊叹不已，他们仿佛已经看到五千年古老文化的大略。

"这道汤叫做仙姑逢旧友。"最后，容闳指着正中一个白胎青花鼓形瓷碗说。

"仙姑逢旧友？"洋人们对这道菜的命名感到莫名其妙。

"请问容会办。"傅兰雅代表大家问，"这是什么意思，你能详细告诉我们吗？"

"好！"容闳微笑着说，"这是我国江浙一带一道有名的素汤，它的主要用料为蘑菇和香菇。两种菇子混合用，汤味便格外的清香爽口。蘑菇取新鲜的，又叫鲜菇。香菇用的是干货。因为它们属同纲同科，本是同类，于是鲜菇在这里遇到了去年的老朋友，这不是仙姑逢旧友了吗？"

众人似乎尚未明白过来，中国通傅兰雅已听懂了，他兴奋地说："中国的语言真妙不可言。'鲜'与'仙'音相近，'菇'与'姑'音相同，而'仙姑'却比'鲜菇'更讨人喜欢。妙，妙极了！"

洋人们遂一齐笑起来。

曾国藩举杯笑道："诸位先生为中国军火轮船的建造立下了汗马功劳，鄙人借这杯薄酒略表谢意，并恳切希望诸位先生把自己的智慧才能都发挥出来，造出更多更好的枪炮兵舰，大清国的历史丰碑将会铭刻各位的英名和功绩。"

客人们全都举杯，一饮而尽。

容闳频频向长期与他共事的洋匠们劝菜，大家吃得津津有味，赞不绝口。坐在曾国藩右手边的傅兰雅说："曾中堂，您知道吗，我是一个英国传教士。"

"我知道。"曾国藩一直很少吃喝，只是象征性地动动筷子。这时拿起手边的餐巾，慢慢地擦着嘴唇，他对这个传教士闻名已久，很想与他谈谈。

"曾中堂，去年在天津发生的事件，无论对贵国而言，还是对法国、英国、俄国等欧洲各国来说，都是一件不愉快的事。您奉贵国政府之命，处理这样一件棘手的事情，的确很不容易。今天有这样一个好机会，使我们能够面对面交谈，我很荣幸。恕我冒昧，能向中堂请教一些问题吗？"学贯中西、举止文雅的傅兰雅身上，典型地体现了英国绅士的翩翩风度。他今年虽只三十多岁，却翻译了好几部重要的科学著作，在西学东渐的过程中做出了卓越的贡献，深受东西方学术界的推崇。

曾国藩对这位有真才实学的洋人很是赏识。他点点头，诚恳地说："傅兰雅先生，与您谈话是一件很愉快的事情，您有什么问题都可以提出来，我们一起商量。”

“谢谢。”傅兰雅彬彬有礼地说，“请问曾中堂，您对教会是怎么看的？”

曾国藩说：“去年天津发生的事情，至今仍使我心头上如压重石，诚如傅兰雅先生所言，那的确是一件令中外都不愉快的事。”说到这里，他停了下来，满桌客人全都放下杯筷，倾耳聆听。“耶稣教、天主教信奉上帝，犹如释教普度众生、道教羽化登仙一样，都以劝人为善作为宗旨，故可为世人所接受。敝国对待教会的态度，傅兰雅先生和诸位在座的一定都清楚，是采取包容态度的。早在世祖爷、圣祖爷时期，汤若望、南怀仁等传教士便受到破格隆遇，到圣祖爷晚年时，全国已建教堂近三百座，受洗教徒近三十万人。传教士把先进的历法引进我国，还协助朝廷测绘《皇舆全览图》，做了不少好事。他们也尊重中国人的礼仪习俗，敬天法祖，彼此相处还算融洽。但可惜，后来教廷粗暴地干涉耶稣会在中国的传教方式，而传教士又极不应该插手皇嗣继统大事，遂使得朝廷下决心明文禁教。近几十年来，朝廷解除教禁，教会在中国内地大量传播，中国信教的人也与日俱增。遗憾的是，不少传教士仗着本国强大的军事力量，在中国境内惹是生非。他们不遵中国法度，强占土地，欺压中国百姓。这样，引起了中国人的普遍反感，不仅仅老百姓，连官吏士人也极不满。去年天津发生的事情，直接导火线在迷拐幼童、挖眼剖心的传闻，当然，这是荒唐无稽的，但真正的原因，是长期蕴藏在中国百姓心中的不满情绪。鄙人的态度，想必诸位都清楚，对天津一部分莠民那种杀人毁堂，以至捣毁法国领事馆、焚烧法国国旗的野蛮做法是坚决反对的，故而处决了十多个杀人凶手，赔偿了五十万两银子。于是鄙人便成了全国攻击的目标，被骂为汉奸卖国贼。鄙人现在已是声名狼藉的人了。”

说到这里，曾国藩苦笑了一声，侍役递上茶来，他喝了一小口，继续说：“刚才傅兰雅先生问鄙人对教会的态度。鄙人可以明确地说，那些仗势欺人的传教士，不能代表基督新教、天主教，因为基督新教、天主教要人做善人，不做恶人。真正的传教士只会帮助中国人，而不会欺压中国人。”

傅兰雅的脸上露出欣喜的笑容，他带头鼓起掌来，科尔、史蒂文生等人也鼓掌，表示赞同。曾国藩微笑点头致谢，又说下去：“好比傅兰雅先生是英国的传教士，他到我们中国来以后，帮助我们翻译许多关于造炮制船的技术书籍，又把自己的学问传授给中国人，我以为这才是真正信守教规、与人友善的传教士。因而当去年津案发生后，对于不少人主张关闭教会，驱赶外国人出境的偏激言论，我是决不同意的。外国人中也有我们的好朋友，像科尔先生、史蒂文生先生，以及在座的各位先生，不辞辛苦，帮助机器局造了这么多的枪炮子弹，又为我们造的五艘战舰出了很大的力，你们就是中国人的好朋友！”

又是一阵掌声。科尔举杯起身，用生硬的中国话说：“让我们一起为曾中堂干杯！”

曾国藩站起，将杯子与大家的酒杯碰了一下。傅兰雅情绪激动地说：“曾大人，您是中国了不起的人物，您对教会和传教士的看法与我们完全一致，尤其是您能开明大度地接受西方的科学技术，胸怀博大地容纳西方专家，脚踏实地地为贵国的自强兴办工厂，制造船炮，您比那些顽固死硬的守旧派和夸夸其谈的清议者高明百倍千倍。”

对于这个英国传教士、学者的友好讲话，曾国藩报之以真诚的笑容。眼前的傅兰雅以及科尔、史蒂文生，与丰大业、罗淑亚都是洋人，对待中国的态度，却有天壤之别。是的，人与人是不同的，中国人中有尧舜禹汤，也有共工蚩尤，有周公孔孟，也有管蔡盗跖。洋人也是人。他们中间理所当然地有善恶之别，有良莠之分！

“诸位先生，我昨天对容会办下了死命令，要他在明年内造出一艘铁甲兵舰来，这有很大的困难，还要仰仗诸位献智献力，攻克难关。”曾国藩说着起身，举起酒杯说，“我在这里预先向各位先生敬一杯谢酒！”

史蒂文生说：“一定尽力。”

科尔说：“轮船厂可以造得出。”

“这我就放心了。”曾国藩再次把酒杯举了举，“大家一起喝了吧。祝各位与容会办他们精诚合作，让鄙人有生之年能看到中国人造的铁甲船航行在江海上！”

喝完杯中酒后，满脸通红的傅兰雅兴冲冲地说：“谢中堂款待美意，我们几个人也备了一件礼物，请中堂笑纳。”说完对着门外喊，“仲芳，叫他们把东西抬进来！”

喊声刚落，一个十八九岁的俊少年，迈着坚定有力的步伐从门外进来，对着曾国藩一鞠躬：“卑职叩见老中堂大人！”

然后伸手向门口一招，只见四个工役抬着一个硕大无朋的圆球进来，圆球当中穿插一根铁棒，铁棒下端是一个大铁板。圆球用白布做成，上面画着许多弯弯曲曲的线条和圈圈点点。曾国藩的眼力已不济事，他看了很久，没有看出个名堂来。傅兰雅说：“仲芳，你给曾中堂说说。”

仲芳走到圆球旁边，对曾国藩说：“老中堂大人，这是制造局全体洋人朋友送给您的一件礼品，它叫地球仪。”边说边用手轻轻一拨，那球绕着铁棒转了起来。

地球仪！这真是一件新鲜把戏，曾国藩过去没有听说过。

“洋人朋友听说老中堂要来视察制造局，忙了几天，由傅兰雅先生指导，做成这个地球仪，全世界各国各地都在这个球上。”

曾国藩背手来到圆球旁，问：“中国在哪里？”

“在这里。老中堂请看。”仲芳把地球仪转了半圈，熟练地找到了中国。

“上海呢？”曾国藩又问。

“这儿。”仲芳用手指在一个小黑点上。“这边就是海了。”他边说边旋转圆球，手指画出了一条横线。“穿过大海，就到了科尔先生和史蒂文生先生的家乡——美国。”

曾国藩凑过脸去看了一眼。仲芳又用手指画了一条线，落在一个曲线圈圈内，说：“老中堂请看，这就是傅兰雅先生的家乡——英国。”

曾国藩边看心里边想：“好聪明的洋人，用一个球就把世界各国都包括进来了，要不了半天，各国的地理位置就会记得一清二楚。”本欲大大地称赞一番，想一想，又把话噎了下去，只是浅浅地一笑，说：“谢谢各位，我收下了。”

仲芳指挥工役抬下去。正要出门时，傅兰雅叫住了他。傅兰雅走过来，笑吟吟地对曾国藩说：“曾中堂，我要向您推荐一个人才，这位聂仲芳先生今后一定可以成为贵国一位大企业家，他很有经营管理的才干。”

聂仲芳进门的举止就已博得曾国藩的注意，这时又听傅兰雅如此称赞，便和气地问：“聂仲芳，你这样轻的年纪，就受到傅兰雅先生的赏识，不简单哪！”

聂仲芳谦虚地回答："这是傅兰雅先生对年轻人的偏爱，我其实什么能力都没有，只是喜欢向傅兰雅先生和其他各位洋先生请教。"

"年轻人好学好问，就是最大的优点，凭这一点，今后就前途可观。"曾国藩望着这个年轻人，亲切地问，"你是哪里人，父亲做什么事？"

"卑职名叫聂缉椝，贱字仲芳，湖南衡山人，父亲聂亦峰，在广东高州做知府。"

"你是聂亦峰的公子？"曾国藩颇为惊喜。

"老中堂认识家父？"聂仲芳吃了一惊。

"岂止认得，"曾国藩开朗地笑道，"你的父亲和我是多年的老朋友了！"

"真的？"聂仲芳乖觉地双膝跪下，叩头，"老伯受侄儿一拜。"

"起来，起来。"曾国藩笑道，"傅兰雅先生说你有经营管理之才，我这个做老伯的心里也高兴，明天上午你到我这里来聊聊，我要看看你跟着容会办和各位洋先生学得怎样？"

三、桐花万里丹山路，雏凤清于老凤声

次日上午，聂缉椝来到驿馆拜谒曾国藩。他知道老伯是位严谨的理学名臣，便脱去素日常穿的西服，换上一套簇新的长袍马褂，将备用的数据单从西式皮公文包里取出，放进袖口夹层里。这一身打扮果然使曾国藩见了更觉顺眼。他自己则随随便便穿了一件旧布薄棉袍，斜斜地靠在松软的藤椅上，完全是一副长者见晚辈的随和姿态。

"你父亲身体还好吗？"曾国藩端起茶碗，慢慢地吹了一口气。

"家父这两年也常生病，精神还不如老伯您健旺。"聂缉椝端坐在对面一张绒布沙发上，茶几上放着一个精致的白底蓝花景德镇瓷杯，他没有想到要去动它。

"你父亲比我小几岁，功名不算太顺遂。"曾国藩像是沉湎在对往事的回忆中，"他的诗做得比我好。人也长得清秀，有南岳才子之称，为人豪放洒脱，大家都喜欢和他交往。谁知科场蹭蹬，道光乙巳、丁未、庚戌一连三科都告罢，朋友们都为他叫屈，他自己倒无事一样。咸丰二年壬子科，他高中二甲第八名，众人都以为他必入翰林院无疑。朝考下来，他喜气洋洋地把诗拿给我看。诗写得真好，既有太白之才气，又有馆阁之庄重，场中诗少有做得这样好的。谁料榜一公布，翰林竟没有他的名。我为他惋惜。他却笑着说，当县官也好，天高皇帝远，我就是百里诸侯，平生才学都可以由我展布。仍旧是笑嘻嘻的，满不在乎。仲芳，这就是你父亲年轻时的性格。"

曾国藩近来喜欢回忆往事，也喜欢跟年轻人谈往事。今天坐在对面的年轻人是个俊秀人才，而所谈的又是他的父亲、自己的同乡老友，如此叙谈往事，不啻人生一种享受！

"家父可能正因为自恃才高，又对世事不在乎，才弄得做了二十年的官，至今仍只是一个从四品知府。"聂缉椝想到同是年龄相仿佛的老乡，曾国藩已贵为大学士，而自己的父亲却屈沉下僚，心中很不是滋味。他本想奚落父亲两句，但那将有失人子之道，必会招致老伯的反感，便改为这样两句自认得体的话。

“你说对了一部分，但要害没有抓住。”曾国藩缓慢地抚摸胡须，心里想说，人生的贫富穷通、吉凶寿夭，皆由命定，不由人力做主。转念一想，这些话不能对后生晚辈讲，那样将会使他们失去上进之心，安于现状，不思奋发。天命和人力之间的关系太复杂了，一个弱冠少年如何吃得深透！这必须在经历过数十年风风雨雨、遭受过多少次失败与成功之后，再回过头来作一番细细的咀嚼，才可能有切身的体会。父兄教子弟，上司饬部属，只能鼓励其充分发挥人力的作用，知难而进，遇险不退，功可强成，名可强立，方可指望其有所造就。

“老伯，家父官运不济的要害在哪里？”聂缉椝是个要强的人，深为父亲的宦途多艰而惋惜，却不知其中缘故何在。曾国藩是个成功者的典范，又是父亲的老友，他的一两句指点，也可能是自己甚至包括父亲几年几十年冥思苦想都悟不到的。

“你还年轻，说出来你一时也理解不了，哪年我跟你父亲见面时，我们两个老家伙再去谈吧！”曾国藩又端起茶碗。略一说话便舌端蹇涩的毛病，不但未见好转，近来反而更甚了。

“仲芳，你为何一人来到此地，干起洋务来了？”这是曾国藩很感兴趣的问题，他对聂亦峰异于常人的教子之方感到奇怪。自己虽然请人教纪泽、纪鸿的英文，也对纪鸿钻研数学很支持，前几年右目未失明时，夏夜里常指着星空教儿女们识星座，但要把纪泽、纪鸿送到机器局来专攻洋务，这个决心总下不了，到底还是走中举中进士点翰林的正途光彩得多。

“我是跟着姐丈来的。”

“你姐丈叫什么名字？”

“他叫陈顺发，广东人，在造船厂当匠师，杨提调把他聘请来的，我于是也跟着姐丈到了机器局。”

“你父亲同意吗？”曾国藩的背离开藤椅，身子向前倾了几寸。

“家父开始也不同意，说我刚中的秀才，要在家操习制艺，好考举人进士，继承家业。姐丈从小在香港长大，对世界局势看得清楚，便来劝家父，说洋务是当今的新事业，最有前途，造炮制船是中国的必需，既为国家作贡献，自己又学到真本领，一辈子不愁没饭吃。家母思想最开通，她也劝家父不要把中进士点翰林看得高于一切。还对家父说，你也是进士出身，至今不过一知府，若丢掉乌纱帽，什么事都干不了。仲芳学造枪炮轮船，今后为国家立了大功，说不定皇上会赏他一个大官。家父见姐丈在广东备受抚藩臬的器重，年薪比他高得多，又见我对举业不感兴趣，一心想干洋务，于是也同意了。我家兄弟多，继承父业的人有的是。今日中国不缺官，当官的人多得很，我真不愿意去凑热闹。”聂缉椝说到这里笑了一下，露出两排雪白整齐的牙齿来，满脸稚气可掬，心地单纯可爱。

曾国藩很喜欢，夸道：“你的选择是对的，中国不缺翰林，也不缺官员，中国缺的是造炮制船的人才。好好干，前途光明得很！”

聂缉椝受宠若惊，喜得脸孔红彤彤的，灿若朝霞。

桐花万里丹山路，雏凤清于老凤声。曾国藩心里默默地念着，他已从心里喜欢眼前这个少年了。他一向认为凡办大事，以识为主，以才为辅，先不论其才具如何，单就这份见识来说，此人将来便有办大事的可能。

“仲芳，傅兰雅先生说你有经营管理之才，你对机器局的经营管理有些什么看法，跟老伯我说说吧！”曾国藩慈爱地望着聂缉椝，似对他寄予极大的希望。

“老伯亲手创办的江南机器制造总局，是中国最大的船炮制造之地，它的地位和影响远远不是上海炸弹局、苏州机器局、金陵机器局以及其他机器局所能比拟的。江南总局这些年来在老伯、李中堂以及容会办、杨提调等人的领导下，取得了令人瞠目的成就，填补了中国船炮制造的空白。它的丰功伟绩，永远彪炳史册。”

聂缉椝滔滔不绝的恭维话，使曾国藩很满意。擅长言辞，头脑敏捷。他在心里这样估评着。

“江南总局本可以取得更大的成就，但诸多原因限制了它不能长足发展，其中最大的问题在经营管理方面。老伯，不是侄儿危言耸听，这方面若无得力的改进措施，江南总局将不会越来越兴旺，不久的一天，就有可能挡不住朝野内外的风言风语而停办。”

曾国藩的眉头微微一皱。这一瞬间，他想起到赵家祠堂指出檄文瑕漏的王闿运，想起寄居弘毅寺献攻安庆之策的赵烈文，想起上整饬江南八策的薛福成。初生牛犊不怕虎。这种朝气锐气是极其难能可贵的。不幸的是，古往今来，许许多多富有天才的少年，他们卓越的见识，常常被居高位掌大权的老资格们，轻易地以“狂妄”“浅薄”而加以否定，得不到应有的重视，导致数不清的天才埋没、卓识冷落的人才悲剧。曾国藩经常以此自诫。他深知天下之大，事变至殷，决非一手一足所能维持，必须举天下之才会于一，乃可平天下兴国家的道理，因而把发现人才、奖掖人才、培育人才、重用人才作为自己的分内任务。曾国藩于是以更加和悦的颜色对聂缉椝说：“江南总局有不少弊端，我也听到一些风言风语，你能有心观察到，又能坦率地指出，这便是对总局的一大贡献，我自会很重视。你不要有任何顾虑，什么话都可以敞开说出来。”

得到鼓励的聂缉椝勇气更足了：“江南总局完全靠朝廷拨款，不能独立经营。这几年来，江海关拨出洋税以及筹拨一百九十八万两银子，而各省送来总局轮船、枪炮修造费仅只二万一千两，总局生产出来的所有军火船只，都直接调军营炮台，没有收回一文钱。这在我们中国人看来，好像是天经地义的，在傅兰雅先生他们看来，这完全不是办厂的路子。”

曾国藩也觉新奇，朝廷出钱办工厂，造出的枪炮调往朝廷管的军营炮台，当然不能再收他们的钱，这不是明摆着的道理吗，为什么不是办厂的路子呢？他问聂缉椝：“你讲讲不对之处在哪里？”

“傅兰雅先生他们常说，西方人办工厂，要靠工厂以自己的力量来支持来发展，这样，办工厂的人才有兴致。也就是说，造出的枪炮子弹、轮船机器，都应该按价出售，工厂扣除成本后要有所盈利。江南总局是靠海关税提成，税收多，提成多，税收少，提成少，造出的东西，不管好坏优劣，亦不在乎多少，都可交代。如此，接踵而来的是另外两大弊病：一是质量差，数量少，式样陈旧，二是浪费严重。”

聂缉椝讲的办厂的路子，曾国藩认为不能改变，像洋人那样要各军营炮台用银子来买军火，目前在中国根本不可实行，但质量差数量少和浪费严重两大毛病，却是必

须纠正的。不过，在此之先，曾国藩绝没有想到，这种现象竟然来源于所谓的办厂的路子不对。

“以枪支为例，科尔和傅兰雅说，江南总局拥有工役一千余人，造枪的人数有三成，设备也较齐全，经费不愁，西方这样的军火厂，每天可造二十支，而我们每天只能造三支。三支中必有一支调到军营后，只能吓吓老百姓，不能开火射击。现在西方各国都在大造后膛枪，我们仍在造老式的前膛枪，上月开始试造林明敦式后膛枪，而这种枪英、美等国已废弃不用，他们在造毛瑟枪、必利枪和黎竞枪。至于说到江南总局的浪费，那更是惊人。容会办、杨提调很心疼，但无力扭转过来。我们造一支枪，需要工料成本十七两四钱银子，而从英、美军火厂直接定购一支同样的枪，只要十两银子就够了。‘威靖’号用去十二万两银子，据傅兰雅先生翻译的外国报纸来看，造这样大小的木板船，英国只需要十万两，美国只要九万两就行了。所以我担心，有朝一日会有人提议，停办江南总局，干脆向洋人去买军火兵舰算了。”

这些天来，曾国藩的头脑被徐图自强的美妙远景弄得热烘烘的，经聂缉椝这股冷风一吹，清醒了不少。他郑重地说：“仲芳，你提出的这两大弊病确实是大问题，若不设法解决，真的会有停办的一天。不过，江南总局决不能停办，它是中国自强的希望所在。我们不能靠买洋人的军火轮船过日子，一旦他们翻脸不卖怎么办？他们要挟勒索怎么办？何况，我们就只能永远不如别人，永远造不出比别人更好的枪炮兵船、炸药子弹吗？仲芳，你平时与傅兰雅先生他们谈过如何克服的办法吗？”

“他们说，若办厂的根本路子不改变，这两大弊病就不能指望克服。”聂缉椝低声说。

曾国藩的脸色陡然阴沉下来。办厂的根本路子，绝不是他曾国藩能够改变的，如此说来，江南机器制造总局就只能坐待它的停办关闭吗？中国徐图自强的道路就走不通吗？

“老伯不必忧郁，事情是人办的，解决的办法总可以想得出来。”聂缉椝心中并无任何主意，他只是凭着一种少年不识愁滋味的心态迸出这样两句话。

然而，就是这样两句普普通通的话，使曾国藩大为感叹起来。他再一次意识到自己老了，不行了，顾虑多，忧愁多，当年那种不顾一切拼命向前的勇气少了，胆量也小了，而办大事正是需要聂缉椝这样不畏艰难的后生辈，中兴、自强靠的是他们！想到这里，曾国藩将眼前这位年轻有为的故人之子，上上下下地仔细打量了一番，猛然间，一个念头在心中泛起。他慈爱地问：“仲芳，你父母给你定了亲吗？”

“没有。”聂缉椝略带羞容地摇了摇头。

“哦！”曾国藩兴奋地站起来，快活地在客厅里踱了几步，欲言又止。

聂缉椝莫名其妙地望着这位以威严凝重著称的老伯，不明白自己没有定亲这件小事，何以给他带来如此喜悦！这时，容闳推门进来了。

四、一个划时代的建议

“纯甫，你来得正好。”曾国藩招呼容闳，“仲芳跟我谈了半天，关于机器局的管理方面，他有些很好的看法。我走之后，你们两人还可以再谈谈，然后和国栋、雪村、若汀他们一起商量商量，也听听科尔、史蒂文生、傅兰雅等人的意见。下个月，你到江宁来一趟，把商量的结果告诉我。”

“机器局管理方面的问题，仲芳跟我谈过多次，有些问题正在想办法解决，但根本性的问题我们无能为力。”容闳摊开双手，显出一种无可奈何的神态。“我今天一早到瑞生洋行去了。”

“瑞生洋行是哪个国家开的？”曾国藩问。

“德国商人办的。”容闳答，“我告诉他们，明年的煤炭、木材不要他们代买了。”

“你们煤炭、木材也由外国买来？”曾国藩不悦地说，“进口钢铁、铜、铅说得过去，中国的煤炭、木材还少吗？为何要买洋人的？”

“以前都用自己的，这是在马制台手里改的。他说，我们要求洋人卖机器卖钢铁，洋人要我们搭买煤炭、木材也不过分，做生意嘛，总要让别人有些赚头。秦道台满口答应，就这样定下来了。这几年因洋煤洋木这两宗，就多支付了二十五万两银子。拿这笔钱造船的话，可以造出两艘‘威靖’号。我想从明年起不再买了，不料瑞生洋行说，秦道台早已签了合同，明年照旧，不能更改。”

“秦道台当然帮德国商人说话。”聂缉槼插话，“据说洋人赚一万两银子，要分两千两给他。他这几年利用江南局总办的职权赚饱了。银子究竟得了多少，我们弄不清楚，光西洋自鸣钟，瑞生洋行就送给他七八座，客厅里摆满了洋货。”

“也有人说，以前马制台硬要我们买瑞生洋行的煤炭、木材，也是因为瑞生给了他的好处。”容闳说。

“纯甫，你去告诉瑞生洋行，就说我讲的，秦世泰签的合同不算数，我是江南局的督办，以后与洋人的大宗买卖要由我签字才行。”曾国藩气愤地说。

“大人，这不合适。”容闳说，“以往都是由秦道台出面签的，他签字就算定了。洋人最讲合同，我们现在提出废除，他会叫我们赔偿损失，那我们会更吃亏。”

曾国藩听了做不得声，心里骂道：“好个以权谋私的秦世泰，非要撤他的职不可！”

“容会办，瑞生洋行的事，话又得说回来。”聂缉槼说，“不买他的煤炭和木料，他就不会卖钢铁，转而只得向英、美洋行去买。英、美的钢铁贵，质量还不如德国的好，两相抵消也省不了多少钱，关键是我们自己要开矿，要办炼钢厂，不过，这事怕也要在七八年之后了。”

这是没有办法的事。曾国藩心想，所有这一切，都是因为我们自己太落后了，家底太薄了，眼下只有吃些亏，忍辱负重，十年二十年后就好办了。

想到这一层，曾国藩略觉宽慰。他对容闳说：“瑞生洋行的买卖，我们再仔细权衡一下，我现在要跟你提另一件事。”

“什么事？请大人指教。”容闳说。

“你要利用机器局的有利条件办一个学校。”曾国藩严肃地说，“世上一切事都是人做出来的，有人才，才会有事业。国家要中兴、要自强，就要开局办厂、造机器、造军火、造轮船，而这些都要人来做，要靠有血性有本事的人来做。人才不是天生的，靠的是教育培养。机器局有这么多好匠师，又有翻译馆，译了许多外国书报，具备了办学校的良好条件。你这个当会办的要把这事摆在第一位，选拔一些聪明好学的年轻人，聘请傅兰雅教洋文，科尔、史蒂文生以及仲芳的姐丈等中国匠师教技术，雪村、壬叔、若汀教数学、化学，再要惠甫、叔耘讲操守，讲礼义廉耻，经过十年八年的教育，机器局就会有一大批品学兼优的专家，机器局岂有不兴旺的道理！”

“老伯的指教太好了，学校开办起来，我第一个报名。”聂缉椝喜形于色。

“你既当学生，又当先生，有些课也可以由你讲。”曾国藩笑着说。

“学校一定办。抓紧时间筹备，还要建几间房子作校舍，力争明年下半年办起来，到时第一堂课请老中堂讲。”容闳坚定地表态。

“行！”曾国藩兴奋地说，“我的第一堂课就讲卧薪尝胆，徐图自强。”

“大人，还有一件事，卑职心里想了很久，因为兹事体大，一直不敢轻易提出。”容闳神色庄重，看来是要谈一件十分重要的大事。

“你说吧，我替你谋划谋划。”曾国藩鼓励他。

“刚才老中堂提的开办学校，培养人才，的确是大清王朝中兴自强的百年大计。这是一个方面，即在国内造就人才。另一方面，我们还要派人去国外，向洋人学习。”

“纯甫，你这个想法很好，很有价值。”曾国藩的左目射出多年来少见的灼灼神采，“很久前，我便有这个想法，只是这些年来先是忙于打长毛、打捻子，后来又是办教案、办马案，就没有再提这件事了。”

“是的。卑职记得十年前在安庆初次谒见老中堂时，您就说过这个话，卑职一直记在心里。只是看到老中堂实在是忙得分不过身来，且又再未提起这事，恐怕老中堂又有别的想法，所以这些年不敢提。”

“你估计我会有些什么别的想法呢？”曾国藩笑着问，他对容闳这句话很有兴趣。

“因为我自己有顾虑，也就怕老中堂有顾虑。”容闳坦率地说，“历史上只有四夷遣使来华寻师请教，不见中国派人出去求学问道。如果提出派人出国拜洋人为师，很可能便会有人以华夷有别、尊华攘夷等大道理来斥责，结果事情没办成，反倒招来恶名。卑职想老中堂后来之所以没有再提，是不是也出自于这个顾虑。”

“你这个想法不是没有道理的。”曾国藩严肃地说，“同治六年，恭王奏请在同文馆里增设天文算学馆，聘请洋人执教，倭艮峰就坚决反对，责问恭王何必师事夷人。后来又有人因天旱上奏撤同文馆，以弭天变而顺人心。请洋人当教师都不同意，何况派人出国留学！顾虑有人反对，自然是一个原因，但也不是主要的，还有别的一些原因。”

曾国藩说着，端起茶碗轻轻地抿了一口，又说，“其实，我看那些人都是枉读了圣人书。孔子云三人行必有我师，又说入太庙每事问。圣人虚心求教，原不以对方的身份地位为转移。洋人也是人，他有长处，我们就要学习；学到手后再超过他，制服他。魏默深‘师夷长技以制夷’的话说得很深刻，我在咸丰十年就对皇上说过要师夷智以造炮制船。”

“既然老中堂没有这个顾虑，卑职想派人出国，现在是时候了。派人出去，最好是派幼童。”

“派幼童？”曾国藩放下手中的茶碗，前倾着身子问，“你讲讲，为什么要派幼童？”

“卑职这个想法，是从我自己的切身经历体会出来的。”容闳说，黝黑的脸庞上光彩照人。“派幼童出国，卑职以为有这样几点好处。第一，人在小时最易学语言。我的英文流利，就得力于我七八岁时就跟着英国人学话，我到江宁也有六七年了，却一句本地话都未学会。第二，在外国学习，与在国内学习大不相同。国内学的总是第二手的知识，在国外则可以系统地接受他们一整套关于天文、历算、理化方面的教育，潜移默化，就能得其学问之精髓。第三，这批幼童在国外日久，眼界大开，并有可能接触到他们造炮制船的各种现场，能看到他们所造出的最先进的船炮。那样，我们就有可能迎头赶上，而不至于年复一年地跟在别人屁股后面。第四，我对科尔、史蒂文生，甚至对傅兰雅先生都始终抱有戒备心。我怀疑他们不会把最优秀的技术、最先进的器械介绍给我们。好比说，现在西方都在大量造黎竞新枪和必利新枪，而他们一直封锁，瑞生洋行也不帮我们买。这个消息还是过去的友人来函告诉我的。老中堂，古人说，非我族类，其心必异。对洋人，尤其是对机器局的洋人固然要友好，但也不能完全依赖，尽管他们个人也可能想实心实意帮助我们发展军火造船业，但他们的政府很可能在背地里限制他们，害怕我们强盛。我们强盛得和他们一样了，他们就赚不到我们的钱了。好比说，我们的矿产开发了，我们的钢厂炼钢了，瑞生洋行同机器局的大批生意就做不成了。我们的铁甲舰队建成了，我们的大炮威力比法国强了，罗淑亚就不可能威胁我们了，津案就完全可以听任老中堂办理了。”

容闳这段出自肺腑的话说到曾国藩的心坎里，也刺中了他心灵深处的最大隐痛。他抚摸胡须的右手微微颤抖起来，嗓音也变得嘶哑：“纯甫，不要再说下去了，这些我比你更清楚。派幼童出国之事，我会奏请，不过具体办起来又有不少困难。第一个便是这人员如何选派。你要知道，现在真正的书香之家都巴望子弟走科举正途，有几个愿去异域跟洋人读书的？”

容闳沉思良久，说：“老中堂说得很对，目前风气未开，要在内地，尤其是在京师官宦人家中寻觅合适人选，还是一件难事。不过在广东，又特别是卑职的家乡一带则可以找得出。好比仲芳出身官宦之家，因为父亲长期在广东为官，他才能到机器局来。这就是风气的影响。待老中堂奏请朝廷同意后，卑职将回广东去亲自考试选拔。”

“纯甫，派幼童出洋留学，学成后回来报效国家，这是一个具有开创意义的建议，我将会尽全力支持，使它付诸实现。你看挑选多大年岁的幼童为宜？”

“八九岁左右。”

“小了。”曾国藩说，“年纪太小，没有自制能力，成天想父母想家，管理人员很麻烦。这尚是其次。关键是年纪过小，在外国住上十年八年后，就会数典忘祖，忘记了自己是一个中国人。没有对君父的深厚感情，怎么谈得上今后的回国报效？”

“老伯顾虑的是。”聂缉椝插话。

“我看十四岁到十七岁之间的孩子最合适。”曾国藩拈须思考着，“到了这种年岁，既有独立生活的能力，又把华夏学问精华基本掌握了，是一个定了型的中国人，不管走到哪里，不管在异域待多久，他都不会忘记自己是大清臣民……”

正说得兴起，曾国藩忽觉一阵眩晕，接着便是张口结舌，不能完整地说出一句话来，再下去便是什么都不知道了。慌得容闳、聂缉椝忙将他抬到床上，又派急足去请

德国医师。

德国医师给曾国藩打针吃药，一连忙了三天，才慢慢清醒过来。曾国藩记得，这种突然发作的眩晕病，已经是第二次出现了，而这次又超过前次。他心里很忧郁。十四年前，他的父亲就是死于此病。第二次发病时倒在禾坪里，抬回家后昏迷一天便过世了，也没有给后人留下一句话。

曾国藩不能这样。他深知自己肩负的担子沉重，以及一身对世人的影响，许多事情需要他在生时交代清楚。他心里有不少话，大至对国家兴亡的看法，小到对往年在某人面前一次失礼的追悔，他都想跟自己的心腹僚属、得意门生，以及三个弟弟两个儿子作一番细细的详谈。六十年的人生岁月，三十年的宦海生涯，二十年的惊涛骇浪，将他锻炼得对人世的一切洞若观火，对天地沧桑了然在心，他觉得自己似乎已经进入昔贤先哲所达到的超人境界。但可惜，在世之日却不久了！他有一种油尽灯干的感觉，他为此很悲哀，于是匆匆结束对江南机器制造总局的视察，乘测海号回到江宁，搬进刚刚复建完毕的两江总督衙门。

第七章　黑雨滂沱

一、欧阳夫人择婿的标准与丈夫不同

重建的两江总督衙门，在李鸿章、马新贻的规划监督下，经过五年的经营，造得规模宏阔，气派壮大。受礼制所限，它当然不可能与先前的天王宫相比，但比起咸丰二年时的总督衙门来，扩大了三倍，豪华了十倍。尤其是西花园，基本上保持了洪秀全御花园的规格。为着投曾国藩所好，新近又从紫金山移来数百株大大小小的竹子。竹枝秀劲，竹叶青翠，给满是亭台楼阁、曲径假山的花园平添无限生机，无限雅趣。

王荆七悄悄对监造总管说："老中堂爱竹，尤爱洞庭湖君山上的斑竹。那年游君山时，他抚摸着满是黑点的斑竹，出神了半天。"

总管听后，赶忙派人去湖南采购，并吩咐装一船君山泥土来，以便斑竹能更顺利地在西花园里成活扎根。

碧波荡漾的人工湖面上，停泊着当年天王最喜爱的石舫。湖面大为拓宽，石舫也就自然地被移到湖中。于是从岸边到石舫之间，又架起一座九曲桥，桥的栏杆上饰满彩绘。桥上有顶，顶上盖着天蓝色琉璃瓦。阳光照在瓦片上，反射出清清亮亮的光彩来，与蓝天碧水融为一色，和谐壮美，显示出建筑师的匠心。

曾国藩不止一次地感叹："太机巧了，太奢华了！天道忌巧，天道忌奢，还是朴实的好，世间唯有朴实最能长久。"他要总管在督署东面花圃边开出几块菜地来，明春再种上青菜、辣椒、茄子、豆角等农家菜蔬，借以抵消几分奢靡，又向僚属示以不忘稼穑之本。

夫人欧阳氏卧病已三个月了，她素来体气虚弱。从同治八年起与丈夫得了同样的病：右目失明，左目仅见微光。天气冷，搬进督署半个月了，她未走出门外一步。今天太阳出来了，天气和暖，在满女纪芬的陪同下，两个同病相怜的老人一起来到西花园，沿着九曲桥慢慢地向石舫走去。

"满姑，你今年二十岁了，我和你娘还未给你定下婆家，你心里有怨气吗？"一家三口在石舫里的木凳上坐下后，曾国藩望着长得厚厚墩墩酷肖其母的满女，怜爱地问。

"父亲，看您老说的！我这一辈子不嫁人，在家侍候两位老人。"纪芬羞得满脸通红，扭过脸去，望着石舫外枯干的黑黄色的荷叶秆。其实，纪芬心里怎会不着急？但急有什么用，总不能自己去找婆家吧！她生性开朗，又会体贴人，说愿意在家侍候父母，也并非假话。她见父亲今天心里舒畅，主动谈起她的婚事，高兴极了。

从她懂事起，就从来没有看见父亲空闲过、舒畅过。几个姐姐的婚事，她从来没有听见父亲提起过，就那样一个一个地嫁出去了。别的大官家嫁女，吹吹打打、热热闹闹，酒席摆几百桌，装嫁妆的抬盒连绵一两里路长。都说自己的父亲是湖南最大的官，在纪芬的眼里，几个姐姐的出嫁，不仅从没风光过，反而寒碜得很，送亲那天的娘家人中，又照例没有父亲到场！父亲一生太忙太累了，好不容易才有这么一刻家人闲聊的光阴。女儿都有这样一番感慨，做妻子的感慨就更多了。

结缡三十六年来，欧阳夫人一直对丈夫敬重爱戴。过去在京师，丈夫忙是忙，但一家人没有分开。自生下纪芬后，这二十年来一家拆散，夫妻在一起的时间少，分别的日子多。欧阳夫人既为丈夫的功业自豪，又对夫妻长期不能团聚而深有觖望。今天丈夫能有这样的兴致，她又高兴又微觉诧异。

“傻丫头，哪有一辈子不出嫁的道理！我们两个老的归天了呢？”欧阳夫人笑着对女儿说，“满姑，你不知道，你父亲为你的婚事着急得很哩！他五年前就在留意了，一直想着要给你寻一个最好的郎君。”

纪芬羞得低下头。欧阳夫人摸着女儿柔软的黑发，满腹疼爱地说：“公婆爱头孙，爹娘疼满崽。你是父母的满娇娇，七个兄妹中，我看你父亲最疼的就是你，常说你长得一副阿弥陀佛相，将来福寿最好，所以要替你找一个人品好、学问好、家境好、公婆好、体质好的五好夫婿。”

“这样事事都好的人，到哪里去找哇！”纪芬扑哧一声笑了起来，娇甜地望着母亲。

知夫莫如妻。欧阳夫人说的正是曾国藩的心思。这些年来，他为已嫁的四个女儿的婚事负疚深重。四个女婿都是他做主定的，四个女儿的家庭都不美满。大女婿袁秉桢放荡凶暴，致使大女儿三十岁便去世，活生生又添一个白发人送黑发人的惨例。二女婿陈远济幼时聪明，长大后却变得平庸，毫无上进心，二女儿纪耀终年郁郁寡欢。三女婿罗允吉是个花花公子，不务正业，其母又刁悍刻薄，三女纪琛一年到头总想住娘家。四女婿郭刚基人品学问都不错，却又体质羸弱，二十一岁便病死，留下纪纯拖着两个儿子守空房。鉴于四个女儿的不幸，曾国藩总结出“五好”的择婿标准。正因为“五好”夫婿难找，故而让二十岁的满女尚待字闺中。这次视察江南机器制造局，却意外地看到一只雏凤，一匹千里驹。自己是看准了，不过这一次他要好好征求夫人和女儿的意见，过去的教训实在把他吓怕了。他想：即使夫人同意，女儿自己不同意的话，这件事也决不勉强。

“人倒是发现了一个，就不知你两娘女的看法如何？”曾国藩边说边注意看夫人和女儿的反应：娘眉开眼笑，女儿的脸涨得通红。

“是个什么样的人？”欧阳夫人忙接言。

“聂亦峰这个人你还记得吗？”曾国藩问夫人。

“你是说衡山聂长子，几次会试都未中的那个？”欧阳夫人的记性十分好，尤其是寓居京师时，她作为一个贤惠的夫人，对来过她家的丈夫的朋友都记得清清楚楚。那个聂亦峰，又是湖南同乡，又在她家前前后后住过半年之久，印象就更深刻了。

“正是的。”

“那是个好人，学问好，人也好，就是考场运气不好，我记得他连考了三届都名落孙山。”欧阳夫人仰起头，慢悠悠地说，似乎在回忆往日京师甜蜜的生活。

“咸丰二年考中了，又因写错一个字未点得翰林，结果分到广东去当知县，现在是高州知府。”

“你说的人是亦峰的儿子？”夫人已猜到了。

“他的老五，现在江南机器制造局当委员，今年十九岁。”接着又把聂缉槼来上海的过程说了一遍。

“今后还可以考进士点翰林吗？”丈夫出身翰林，欧阳夫人巴望两个儿子、四个女婿都点翰林，却偏偏就没有第二人了。她有时下了狠心，一定要给满女找个金马门中人。纪芬撇开父母，独自一人走到船头，静静地观看石舫边来来去去的游鱼，耳朵却没有放过舱里二老的每一句话。

“当然可以去考。”曾国藩肯定地答复了夫人的提问。“不过，也不一定非要中进士点翰林才有出息。年轻时我便告诉过澄侯、沅甫他们，不要沉湎于科举之中，那里面误人甚多，关键是要有真学问真本领。现在造炮制船便是国家顶重要的事，聂家老五有这方面的才能，你还愁他今后没有出息？他的娘说得好，今后说不定也可当藩臬、抚台哩！我看那孩子器宇庄重，谈吐不俗，今后或许真有封疆的福气。”

“夫子你见多识广，我一向都听你的，可是从大姑到四姑，四个女婿你自己也都不满意，故我不得不多问两句。”女儿是娘身上的肉，欧阳夫人对五个女儿的疼爱，又比丈夫更深一层，背地里她不知为早逝的大女、守寡的四女、受气的三女流过多少眼泪，两只眼睛就是这样哭坏了。

“四个女婿都没选好，这是真的。别人都说我会看人，女婿都没选好，还谈得上什么会看人，我心里惭愧。”曾国藩沉重地低下头，好一阵又说，“我想清楚了，过去选女婿，其实不是选本人，而是选父亲。父亲好，并不能保证儿子就一定好。还有，过去选的是小孩子，没有长大成人。小时聪明可爱，长大后不一定成器。这次不同，聂家老五已定型了，今后只会越来越懂事，越变越好。我相信，满姑的命要比四个姐姐好得多。”

“我相信夫子看人是不错的，但还是要让我们娘女俩见一见他，我也要小小地考试一下。”

“你也要考试！怎么个考法？”曾国藩觉得有趣。

“我有法子。满姑！”欧阳夫人对着坐在船头的女儿喊，“你说要得吗？”

纪芬转过脸，对着母亲忸怩地笑笑。

欧阳夫人自有测试女婿的办法，与丈夫不同。当聂缉槼奉命来到两江总督衙门时，曾家已做了精心的安排。客厅里，曾国藩与聂缉槼就江南机器制造总局的管理话题继续谈下去；屏风后面，欧阳夫人带着女儿尖起耳朵在偷听，并通过屏风的缝隙，将聂缉槼从头到脚看了个仔细。从外表到谈吐，欧阳夫人满意了，问问女儿，纪芬轻轻地点了点头。

傍晚时，曾国藩留下聂缉槼，请他共进晚餐。破格的礼遇，使聂缉槼颇为意外。他想起老中堂曾问过他定亲没有。“是不是要为我作伐，真有这样的好命吗？”江南总局的年轻委员想到这里，情绪顿时高涨起来。他知道老中堂不大喜欢多喝酒的文人，遂滴酒不沾，放开胆子津津有味地吃了三大碗饭。屏风后的欧阳夫人看了正中下怀。贪杯坏事的袁秉桢、罗允吉伤透她的心，体质羸弱的郭刚基更令她痛苦不已。客厅里的这个青年不喝酒，能吃饭，正是欧阳夫人眼中正派、身体好的象征。吃完饭，喝过茶后，聂缉槼起身告辞。家人捧出十段各种颜色花纹的洋布放到几上。曾国藩指着洋布说：“纪泽娘过去与你母亲熟，也见过你的两个姐姐，她要给她们三人各送一段衣料，不知她们喜欢什么花色，你给她们各挑一段吧！”

聂缉槼听了，心里乐不可支，他将十段布料，一段一段细细地看着摸着，最先挑出一段黑呢，说：“我母亲素来不喜欢花花草草，平时家居爱做男子装。这段黑呢给她做衣服好。”又挑起一段米色起小花的格子绒洋布，说：“我大姐三十岁了，生了两个孩子，她爱美，又颇稳重，这段布给她最好。”最后挑了一段黄底绿叶粉红桃花亮闪闪的缎子，咧开嘴唇笑道：“二姐明年出嫁，她又爱俏，这匹缎子给她做嫁妆最合适。”

当曾国藩把聂缉槼选布的情形告诉夫人时，欧阳氏彻底放心了：这孩子心眼细，对女人关心，今后一定会对妻子体贴照顾。这样的女婿打起灯笼也难找啊！她催丈夫即刻给聂亦峰发信，定下这门亲事，明年就嫁女。过了二十岁的姑娘，再不能留在娘家了。

“你这是一厢情愿。我们相中了他的儿子，万一他看不上我们的满姑呢？”曾国藩乐呵呵地笑道。

“哪有这个事！”欧阳夫人像受了委屈似的，“我的满姑又漂亮又能干，谁见了谁爱，还有看不上的？没有这个道理！”

正说着，纪芬进来对父亲说：“折差送来一个大包封，请父亲去大堂祗领。”

曾国藩穿上朝服，来到大堂，焚香望北跪拜后，接过包封。打开一看，原来是太后、皇上赏赐的年礼。自从同治年间来每年如此，不论他在前线指挥打仗，还是在安庆、江宁、保定等处衙门当太平总督，每到十二月初便有一大包礼物寄给他，而且每年都是同样的物品，今年亦不例外：藕粉三斤半、白莲子三斤半、百合粉一斤半、南枣三斤半、橘饼一斤半、奶饼五斤、挂面十把。每年接到这包礼物，也同时接到一份温暖，他从心里感激太后、皇上的廑注。今天，这份心情似乎没有过去的浓烈，只是在心里默默地念着：又要过年了！

这是搬进新督署的第一个年节，阖署上下喜气洋洋，商议着张灯结彩、披红挂绿，给新衙门锦上添花。欧阳夫人这些天精神也好多了。纪鸿夫妇带着三子一女由长沙来到江宁，同船的还有纪琛和她的两个儿子，纪耀和她的丈夫陈远济。纪鸿还告诉父亲，九叔也会来江宁过年。空旷的衙门一下子变得热闹起来。

曾国藩夫妇见到一船晚辈，心中又喜又悲。喜的是儿孙满堂，悲的是早逝的大女和新寡的三女。曾国藩最感欣慰的是二房人丁兴旺。纪鸿成家尚只七年，便为他添了三个孙子，相比起来，长房就冷清多了。纪泽与刘蓉的女儿成亲十三年，先后生了两个儿子，均不满周岁便夭折，现在只有两个女儿。纪泽今年三十三岁了，心里很着急，曾国藩夫妇也很着急。

郭氏会做人，一进衙门，见嫂子脸色不悦，知她心里妒忌，便和丈夫商量，请兄嫂于他们的三子中任择一人暂为抚养，等日后生子再退还。因为曾国藩的一等侯是世袭罔替的，明摆着今后是纪泽的长子承袭，纪鸿夫妇为怕兄嫂误会，以为是为了抢袭侯权，故先行讲明，不以小宗乱大宗。纪泽夫妇见弟弟、弟媳如此贤惠，甚是感激，便选中了将满周岁的广铨。曾国藩对此事大加赞赏，亲自为孙子的过房举办隆重的仪式，并对儿子们说："过房是好事，若作活动的，今后便容易生麻烦，当年中和公出嗣添梓坪，因活动而生讼端。你们兄弟要学少荃抚幼荃之子的样子，不作活动作呆笔。今后纪泽不管再生几个儿子，广铨总在长房，不再回二房，这样方可杜绝日后的啰唆事。你们兄弟同意不同意？"

"同意。"纪泽、纪鸿异口同声。

"那你们兄弟一起，在祖宗牌位面前订个约吧！"

纪泽、纪鸿在曾祖星冈、祖父竹亭牌位下跪定，共约谨遵父命，过房之事永不变更。

二、一个苦甜参半的怪梦

办完这件家中大事，曾国藩一阵轻松，回房稍作休憩。他一躺上床，便忽然见到久别的祖父和父亲，心中十分惊讶。张眼四处一看，这不到了荷叶塘吗？那绕山蜿蜒的流水，恰是魂牵梦绕的涓水河；那苍苍翠翠的峰岭，正是日思夜想的高嵋山。啊，生我育我的家乡，我又回到了你的怀抱！曾国藩心里有说不出的痛快，呼着喊着，孩子似的奔向涓水河，奔向高嵋山。

他沿着涓水河畔走，仿佛正是一个提着竹篮子，刚从祠堂告别雁门师回家的小学生，对草丛中惊飞的翠鸟、水边吓跑的游鱼充满着兴趣。驼背五爹还坐在那株古柳树下，悠悠闲闲地含着一杆三尺长的烟管。他起身拉绳，那把传了几代的百年老罾扳起来了，小鱼小虾在网中活蹦乱跳。看着放学的孩童贪婪地站在一旁，驼背五爹选了一条小小的红鲫鱼递过来。小学生如获至宝，双手捧着，撒开腿向家中跑去。背后五爹高喊："伢子，你的竹篮子不要了？"

跑着跑着，红鲫鱼不见了，小学生上了高嵋山，一刹那间就变成了十六七岁的少年，手里握一把柴刀，沿着山间小路走进一片竹林。多好看的竹枝啊，清幽劲节，他真不忍心举刀。但无法，他要砍下竹子，用它来编织篮子，然后拿到蒋市街上去卖，换回几个买纸笔的零钱，读书郎的家境并不宽裕呀！他不以此为苦。林中小道送给他生趣盎然的情致，一只只从自己手里成形的青皮白心的竹篮子，又给他带来成功的喜悦……

忽然，山脚下响起震耳欲聋的鞭炮声，他快步跑下去。“哐哐噹噹”的锣声里，走出一个帽子左边插着红花的差役，在家门口高喊：“恭喜恭喜，贵府公子高中第三十六名举人！”祖父、父亲笑盈盈地走出来，接过喜报，屋门口围满了四乡八村前来看热闹的老老少少。一会，围得水泄不通的人群让开一条路，一乘大红花轿抬进门来，老岳父欧阳凝祉先生笑吟吟地骑马跟在轿后，夫人来了！曾国藩双喜临门，乐得眉开眼笑，情不自已。夜深了，闹洞房的亲友都走了，夫人头罩红绸，羞涩地坐在床沿上。新郎官举着龙凤红烛，心怀惴惴地走过来，他不知新娘子长得如何。迟疑了很久，终于轻轻地揭开红绸。新郎官惊呆了：烛光下，新娘子粉面桃腮，含情脉脉。一种从未有过的幸福感涌上心头，他醉醺醺、眼迷迷地把新娘子抱了起来。慢慢地他睁开眼睛，抱在怀里的夫人已眇一目，额头上尽是皱纹，头发斑白，他扫兴地松开手，猛然间从镜子里看到一个衰朽老头。那正是他自己！

他沮丧地走出屋门。外面车水马龙，人声鼎沸。这不到了长沙城吗？当他看到熟悉的火宫殿时，心里说道。火宫殿里里外外乱糟糟的，他正要转身走开，一个肩膀上搭着抹布的伙计满面堆笑地说：“要寻清静的地方吗？楼上雅座请。”曾国藩停步，见这伙计十分面熟，这不是岳阳楼上那个很会说话的店小二吗？他怎么到这里来了！再定睛一看又不是。啊！对了，他是稽茄山下小饭铺里那个忠厚的老板。老板撩起围裙，一边擦手一边说：“您老放心，再也不会看到长毛了，长毛已叫您老消灭了。雅座里没有外人，都是您老久别的朋友。”

曾国藩觉得奇怪，上得楼来，掀开帘子看时，唬得心跳不已。雅座里的八仙桌旁坐着三个人，正在开怀畅饮，高谈阔论。上首坐的江忠源，右边坐的胡林翼，左边坐的罗泽南。他忙进去，作揖打招呼：“多时不见了，原来你们都在这里！”怪哉，三人都没有发现他，继续谈着他们的话。他很丧气，便讪讪地靠着下手坐着，借此休息下。只听得江忠源爽朗地笑道：“现在好了，天下安静了，正是当年康节先生所说的：‘人乐太平无事日，莺花无限日高眠。’我辈可以痛痛快快地饮酒赋诗了。”

“是呀。想当初我们创建湘勇，是何等的艰难困苦，那年就在这个火宫殿里闹出了人命案，逼得湘勇无法在长沙安身，不得不躲到衡州去。”罗泽南插话。

“难得涤生忍辱负重，终于在衡州练就水陆大军，奠定了日后湘军胜利的根本。”胡林翼感叹道。

曾国藩在一旁听了略觉宽慰，心里想：“幸好他们没有看见我，且多坐一会，听他们是如何议论的。”

“要说涤生忍辱负重，真我辈不及，镇箪兵的欺侮、湖南官场的势力不消说了，后来在江西，新老巡抚都跟他过不去，不给粮饷都罢了，还要说他运了大批金银回荷叶塘，说他打仗无能，聚敛有方，你看气人不气人！”罗泽南取下眼镜，用手绢擦着眼睛，不知是眼睛昏花了，还是因过于激动而流了泪水。对亲家的这个举动，曾国藩很是感激。

“这都可以理解，其原因一是愚蠢，二是妒忌，最让人心里过不去的是，打发德音杭布来军营窥探，调多隆阿跟随左右。涤生是满腔热血，一片忠心，朝廷却如此猜忌，岂不让人心寒！”胡林翼用手来回重重地抹着桌面，似乎在发泄胸中郁愤，一向蜡黄的两颊上泛起红潮。

曾国藩呆呆地望着他们，感慨万千。

“算了，都不去说它了，好在涤生兄壮志已成大业，如今功成名就，我大清朝自三藩以后，还没有哪个汉人有涤生兄的荣耀，我们也都仰仗他的忍辱负重而名登凌烟阁。”这是江忠源的洪亮豪放的嗓音，说罢满饮了一口酒。

“长毛、捻子都好对付，难办的是洋人。我总担心涤生会栽在洋人手里，毁了半世英名。”胡林翼没有喝酒，情绪忽然低落下来。曾国藩偷眼看时，两颊上的红潮不见了，正是安庆南门码头上呕血昏迷时的样子：干瘦灰白，两眼微闭。

“洋人怕什么，又不是三头六臂，若撞在我手里，定叫他有来无回。”江忠源怒道，仍是当年战蓑衣渡、守长沙城的气概。

三人正说得起劲，忽然帘子又被掀开，昂首进来一长须老儒。此人衣衫破旧，精神矍铄。一进来，便用手杖指着八仙桌边的人说：“你们在这里喝得痛快，怎么不叫我？”三人忙起身，赔着笑脸说：“不知吴举人驾到，有失远迎。”

曾国藩定睛一看，方知来的是岳州怪才吴南屏，二十多年不见了，不料在此相遇。正要起身打招呼，又想，他们看不见我，我也不惊动他们了，且一旁坐听算了。

吴南屏一屁股坐下来，喝了几口酒后，便旧习不改，牢骚满腹，怪话连篇：“我在外面听得多时了，你们都是湘军大头目，称赞湘军的功劳，说长毛是你们湘军灭的，大清是你们湘军保的，真正是老王卖瓜，自卖自夸！其实，长毛是自生自灭。倘若没有内讧，这天下洪、杨坐定多年了。”

真是一语惊四座，大家都洗耳恭听。曾国藩心想：“说他是怪才，恰如其分。”

“我还劝你们且慢表保大清的功劳。叫我看，湘军不但不是功臣，它正是挖大清江山基脚的罪魁！”

江、胡、罗都瞪大眼睛望着他，曾国藩更是惶惶不安。

“你们想想看，大清二百年来，兵都是朝廷掌握的，钱粮皆归之于户部，藩臬听命于中枢。这些年来，因军功而升至督抚的多达二十余人，至今还占据十八省的近半数。他们仗着功劳，不把朝廷放在眼里，兵员成了家丁，钱粮变为私产，藩臬惟听命办事，不敢稍有异议。后起的淮军将领的骄横更为过之，简直达到为所欲为的地步。今日形势，外重而内轻，督抚之权大于朝廷，只怕唐末藩镇割据的局面不久就会重演了。曾涤生说，二十年来与长毛、捻贼之战，其力费十之二三，与旧时文法之战，其力费十之七八。好吧，你们看看，这就是他与祖宗成法开战取胜后的功劳！大清亡在湘淮军之手，总在这几十年间便可证实。”

曾国藩听到这里，吓得浑身冷汗淋漓，心里狠狠地骂道：“这个吴南屏，我把你列作桐城文派在湖南的传人，没有事先征求你的意见固然不妥，但你也不能这样挟嫌报复我呀！”

“吴夫子，你说得好！”帘外传进一句异常洪亮的话，把大家的注意力都吸引过去了。帘子掀开，走进一个四十余岁的学者。但见他器宇爽阔，风度倜傥，众人看时，进来的原来是风流才子王闿运。他不待招呼，径坐在八仙桌上首江忠源的旁边。一落座，就旁若无人地夸夸其谈：“吴夫子的见解我完全赞同，世人非但为湘军惋惜，也为涤翁惋惜。涤翁之才，原在经学文章上，他若一心致力于此，可为今日之郑康成、韩退之。但他功名心太重，清清闲闲的翰苑学士当不久，便去当礼部堂官，做学问的时间已是不够了，后又建湘军战长毛，更无暇著书立说。长处没有得到充分发挥，短处却拼死力去硬干，结果徒给史册留一遗憾。”

“壬秋，你太刻薄了！”胡林翼大为不满地打断他的话。

“我这话看似刻薄，其实不刻薄。我当面都对涤翁说过。”王闿运仍然不知忌讳地大放厥词。“涤翁百年后，颂他夸他的人自然千千万万，我王闿运偏要唱唱反调。我也拟好了一副挽联，将来凭吊时要亲手交给纪泽。”

“念给我们听听！”吴南屏催道。两个怪才虽然平时互相瞧不起，在这点上却又声气相投。

王闿运饮了一口酒，抑扬顿挫地念道：“平生以霍子孟张叔大自期，异代不同功，勘定仅传方面略；经学在纪河间阮仪征之上，致身何太早，龙蛇遗憾礼堂书。”

“雄深超卓，评价得当！”吴南屏拈须称赞，“壬秋，你可是冷眼旁观，所见深刻，不过，我料定曾纪泽不会收下。”

“他当然不会收。这副挽联只能记在我的《湘绮楼日记》中，传诸子孙后世。”

曾国藩心中不怿。奇怪的是，江忠源、胡林翼、罗泽南都未表示异议。他愤然退出雅座，走出火宫殿，瞬时便回到荷叶塘。怪事！涓水河怎么干涸了？往昔清亮的河水都到哪里去了？他坐在船上，船却走不动。他居然费力地用双手扒着船两边的黄土，去寻找高嵋山的竹林，好不容易上得出来，他被吓蒙了！犹如遭受一场大劫般，高嵋山黛青色的美景荡然无存，漫山遍野都是光秃秃的树干，枯黄的败叶在树干间飘摇，然后无声无息地撒在山坡上、沟涧里，乱糟糟地，昏惨惨地，令人悲哀而愁肠千结。“哎呀，荷叶塘，你怎么变成这个样子了！”曾国藩终于忍不住高喊起来，突然听见自鸣钟响了。原来竟是大梦一场！他侧身看了看钟，时针和分针恰好并在一起：刚交子正。

这是个好生稀奇的怪梦！曾国藩心想。他生平所做之梦极多，尤其是咸丰七、八两年家居时，心境苍凉，百忧交集，几乎一合眼便是梦，而且又是一色的噩梦。但像今夜这样有头有尾、从小到老、先甜后苦、先美后丑的梦，却从来没有做过。他冷静地想想，也不奇怪。美好的荷叶塘，只是他散馆进京前脑中的印象，它与纯真的与世无争的年华紧密相连。后来就不行了。到了守父丧的年代，高嵋山、涓水河再也不能引起他如醉如痴的迷恋。对湘军，对他个人的微词，他已从京师和家乡那些宦海不得意，或隐居不仕的朋友书信、交谈里看到听到多次。前几天，欧阳兆熊将吴南屏的一封信给他看，梦中吴举人所言的正是信里的话。去年从天津南下，在清江浦偶遇王闿运。这个平生信奉帝王之术的俊才，对曾国藩总不重用他，不免有些怨恨，他现在已著作等身，以一学术大师而饮誉海内。他送给曾国藩近年所著的五本书：《周易燕说》《禹贡笺》《穀梁申义》《庄子七篇注》《湘绮楼文》。就在送书的时候，王闿运不无自得地说，中堂本是著述之才，惜不得闲暇，又说他最近戏拟了一副联语，但不敢相送。曾国藩催他念，谁知竟变成梦中的挽联……

今夜，这些杂七杂八的东西都翻出来，胡乱地拼凑了这个苦甜参半的梦。至于高嵋山的落叶，曾国藩倒认为正是自身现在的真实写照：精疲神散，欲自振而不能，好比深秋季节，败叶满山，全无收拾。“唉！”他重重地叹了一口气，想起李鸿章已从直隶赶来江宁，上午就要来衙门拜谒，他强迫自己闭目息念，期望能再睡上个把时辰，养养精神。他有许多话要对这个阔门生说。

三、看看我们湖南的湘妃竹吧

接到恩师手谕后，直隶总督李鸿章不顾年关已近、百事丛杂，冒着严寒，长途跋涉，由保定来到江宁。去年他从湖广总督任上调到直隶，接替恩师的职位，同时接手天津教案的扫尾。那些日子里，师生二人就津案、洋务以及国家形势做了多次推心置腹的深谈。在这些方面，李鸿章完全赞同曾国藩的看法，尤其对兴办洋务，李鸿章表现出比恩师更大的热情，而且脚踏实地干实事。在苏抚任内，他筹建了上海炸弹局、苏州机器局。在署江督任内，不仅大大扩展江南机器制造总局，又独力开办了金陵制造局。李鸿章利用这些军火工厂大批生产枪炮子弹，装备淮军，使淮军成为当时武器最为精良的军队。他不顾人言，在捻军被镇压后坚持不撤淮军，并把刘铭传、潘鼎新、张树声、吴长庆、周盛波、周盛传，以及弟弟李鹤章、李昭庆都一一安置在掌管兵权的高位上，形成了他的强大羽翼。其兄李瀚章又最会做官，弟弟一调走，湖督一职就落到他的手中。汉人同胞兄弟俩并世为总督，清朝开国以来尚无先例。朝野内外，都说李家已取代曾家，成为天下臣民第一家了。曾国藩听了，心里有时也难免泛酸，但更多的是欣慰，甚至还有些感激。

学生胜过老师，不正是体现了老师识才育才的本事吗？欧阳兆熊讲过这样一件事：那年左宗棠在闽浙总督任上，他去福州看望老朋友，左宗棠放言曾国藩不如自己。他对左宗棠说，带兵打仗，涤生或许不如你，但识人用人却强过你多倍。涤生门下人才济济，你的楚军除开你这个统帅外再无第二人。谁不如谁，后世自有公论。欧阳兆熊这番直爽的批评，说得左宗棠哑口无言，面有赧色。

就凭左宗棠的面有赧色，曾国藩也就得到很大的安慰，何况李鸿章的事业对他来说血肉相连、息息相关！他清楚地知道，有李鸿章的兴盛和强大，就能确保他的事业后继有人，他的声名不会因人死而灭。纵观数千年历史，几多人在生时声势煊赫，炙手可热，人一死，尸骨未寒便遭唾骂鞭挞，一生名望扫地以尽。曾国藩知道自己在对待洋务和津案的处理上结怨甚多，倘若没有一个强有力的人物将自己的思想贯彻下去，并取得成就的话，一旦倒下，便也很可能逃不脱鞭尸扬灰的结局。现在有了李鸿章，有了他的不可动摇的权势和一班子占据要津的部属兄弟，估计二三十年内自己还不至于身败名裂。曾国藩对自己十年前选定李鸿章作为传人的决策很为庆幸，并感激这个争气的门生，且佩服他心理上的坚强胜过自己。由此，曾国藩也宽容了李鸿章宠荣利禄计较太深的毛病，师生之间的关系进入一个水乳交融的新阶段。

李鸿章在天津期间，亲眼看见恩师在清议的指责、津民的愤恨和内心的愧疚交织下，如处水火、如坐针毡的艰难处境，望着恩师每况愈下的病躯，他已预感到恩师来日无多了。当读到这次手谕中“此次晤面后或将永诀，当以大事相托”的话时，李鸿章遂不顾一切南下江宁。

师生见面之后，曾国藩把容闳选拔幼童出国留学的建议提了出来，李鸿章立即欣然赞同，并认为这是徐图自强的根本措施。为保证此事达到预期的效果，李鸿章还提出许多具体意见，使这个被后人誉之为中华创始之举、古来未有之业的大胆设想臻于完善。曾国藩这几天很兴奋，反反复复和李鸿章讨论各项细节。最后决定由李鸿章拟稿，二人会衔上奏。

李鸿章的奏章本写得好。入幕之初，曾国藩叫他掌书记文案，几个月后便称赞说：“少荃天资于公牍最相近，所拟奏咨函批，皆有大过人处，将来建树非凡，或竟青出于蓝亦未可知。”现在经过十年督抚生涯的历练，他的奏章更显精当老辣。李奏的最大特点是条理缜密、文笔洗练，一件破天荒的大事，他用两千余字便将缘起、必要性、如何进行、预期达到的效果，以及十二条具体事项，叙述得要而不烦，面面俱到。主要之点为：选年在十三四岁至二十岁之间的聪颖子弟到美国去学习十五年，每年选三十名，连续派四年，共一百二十名，朝廷派正副委员管理，估计一切费用总和在一百二十万两左右，首尾二十年，每年拨款六万。

曾国藩看后很满意，只是在批驳“不必出国，可就在国内学习”的言论时，他添了一句话：“古人谓学齐语者，须引而置之庄岳之间，又曰百闻不如一见，可见亲历其境之重要。”在读到要立足现在，着眼长远的培育人才方针时，他添了两个比喻：“成山始于一篑，蓄艾期于三年。”古文家曾国藩认为，一篇上乘奏章，文字上除清晰简洁外，还要适当地加点文采。这样读起来才不感到枯燥，并可传之久远，所谓“言之无文，行而不远”，就是讲的这个道理。他给沅甫选的奏章范本，就十分注意言文兼顾。全篇都妥帖无误后，他把草稿交给文房缮写，好让李鸿章亲自带到京师去呈递。

李鸿章明天就要启程了。中午，曾国藩在督署内设宴为他饯行。官场要员和故旧好友聚于一堂，给这位年富力强、功大位显的协办大学士敬献一杯杯美酒，填塞满耳的奉承话。李鸿章甚是高兴，但也微感纳闷：恩师说有大事相托，这些天来除谈遣派幼童出洋留学外，并没有说上几句心腹话。大事，难道就是指的这件事吗？

午后，满天阴云裂开一道缝隙，一缕多日不见的冬阳射进两江督署，好比一副淡墨画就的大观园图，突然加上红绿五彩，眼前的一切顿时光华四耀、富丽堂皇起来。正在书斋里饮茶闲聊的曾国藩见此，情趣大增，笑着对一旁的门生说：“少荃，去看看我们湖南的湘妃竹吧！”

“上哪里去看？”李鸿章显然被恩师的话弄蒙了。

“你随我来。”

曾国藩起身，李鸿章随后跟着。在李鸿章的眼里，恩师是明显地老了：臃肿的皮袍里裹着干瘦的身躯，脖颈细长多皱，毫无光泽，就像一截脱水的老苦瓜；背弯着，两个肩膀一高一低，从皮帽里垂下来的花白辫子，稀疏尖细，犹如一只沾了白粉的老鼠尾巴。与二十七年前初次在京师见面时相比，简直是天壤之别，只有稳健沉重的步伐，仍保留着昔日的气概。

曾国藩将李鸿章带到了西花园。这西花园本是李鸿章设计的。当年一把大火把天王宫烧得变成瓦砾场，什么都毁坏了，唯独那艘石舫却不曾受到丝毫影响，依旧好好地停泊在原处。同治四年曾国藩赴捻战前线，李鸿章署理江督，开始筹划重新修建督署。有人建议将石舫炸掉，李鸿章制止了。今天，当他看到浮游在碧波中的石舫时，顿生亲切之感。他兴致勃勃地穿过九曲桥，在石舫上细细地端详了好一阵子，才尾随恩师来到湖岸边的竹林旁。

好一片令人喜爱的竹林！时至隆冬，草木凋零，惟有这竹枝依然保留着满身青翠，真不愧岁寒三友之一。就在这一片大竹林左边，一条曲曲折折的鹅卵石铺成的小路，把曾国藩和李鸿章导向一片小竹林。小竹林前面有一座按荷叶塘农舍形式建造的小房间，专门为赏竹休憩之用，曾国藩给它取个名字叫艺篁馆。艺篁馆里陈设简朴。正中墙壁上悬挂一幅郑板桥的墨竹图，但那不是郑氏的真迹。曾国藩从郑板桥后人手中借来，请彭玉麟临摹一张。板桥的画上还有一首他自题的七言绝句："衙斋卧听萧萧竹，疑是民间疾苦声。些小吾曹州县吏，一枝一叶总关情。"曾国藩对这首诗赞赏不已。彭玉麟写不出板桥体来，曾国藩也写不出，无奈，只得以自己的行草体录下这首诗。裱好挂上后，曾国藩笑着对彭玉麟说："我们俩人合伙打劫了板桥的珍宝，今后九泉之下如何见他！"

彭玉麟也笑着说："剽窃者是我。涤丈虽录了他的诗，但没有用他的体。传播他的诗，他还会设宴款待您老哩！"

曾国藩开心地大笑了一阵，他觉得很久以来没有这样快活过了。

曾国藩将门生领进艺篁馆，在中间一张小方桌边坐下。桌面铺了一块白布，上面摆了几样糕点，房子里早已生好木炭火，暖融融的，仆人过来斟好两碗热茶。

"少荃，这就是从洞庭湖君山移来的湘妃竹。"曾国藩靠在棉垫椅背上，指着窗外的小竹林，对李鸿章说，"你以前见过这种竹子吗？"

"没有。"李鸿章答应一声，对着窗外看了一眼，然后走出艺篁馆，进到竹丛中，他要细细欣赏这一片有着神奇色彩的罕见竹林。

对湘妃竹，李鸿章闻名已久。用湘妃竹作骨做成的湘妃扇，是文人墨客普遍爱携带的雅物。他虽不是那种诗酒名士式的人，但也是翰林出身，夏天也爱摇一把湘妃扇。前两年做过一任湖广总督，不过大部分时间不在任上而在战场，故他未去湖南见过活生生的湘妃竹，想不到今天能在江宁城里见到它！

"少荃，你要好好地看一看，这可是从君山上连土一起运来的真正的湘妃竹呀！"曾国藩对着窗外大声说，他似乎很得意，一个人在屋子里吟起刘禹锡的《泰娘曲》来，"山城人少江水碧，断雁哀猿风雨夕。朱弦已绝为知音，云鬓未秋私自惜。举目风烟非旧时，梦寻归路多参差。如何将此千行泪，更洒湘江斑竹枝！"

是的，这的确是湘江边上真正的斑竹！只见略带黄色的青皮竹竿上，布满着大大小小的黑色斑点，那黑点极像溅在宣纸上慢慢浸渍的墨痕。把它比作人的眼泪，女人的眼泪，尤其又是舜王的后妃——美丽忠贞的娥皇、女英的眼泪，真是妙极美极！李鸿章轻轻地抚摸着竹竿，感叹着苍筤中竟有如斯稀品，更感叹着人群中竟有如斯富于幻想的湘人，而湘人的代表，又正是屋子里那位已成衰弱的恩师。他一向崇敬老师宏阔的气魄、坚毅的意志，今天他看出了老师的心灵中还深藏着才子般的绵绵情致。

李鸿章一连看了几十根竹子，在竹林中眷恋半个钟点之久，才依依不舍地回到艺篁馆，坐在老师的对面。他喝了一口热茶，兴趣浓烈地问：“恩师，这竹子移来多久了？”

“还不到一个月，眼下长得还可以，假若能在这里世世代代扎下根，那就真是一件好事。”曾国藩笑意盈盈。

李鸿章突然觉得，老师对斑竹移到西花园的成功的喜悦，甚至超过了当年的夺取江宁。

“恩师，您送几根给我吧，让老四把它种到庐州李家寨去！”李鸿章说，那庄重的神态也与当年请求筹建淮军相当。

“行！”曾国藩爽快地答应，“如果明年这批斑竹还能如此枝繁叶茂的话，我一定送六十根给你。你六兄弟一人十根，这里还留五十根，我五兄弟也一人十根。”

这句看似随随便便的话中，包含着怎样的情谊，李鸿章一听就掂出来了。他十分激动地说：“谢恩师！”

“喝口热茶吧！”当仆人来到石桌边，将原先的冷茶泼去，换上热茶时，曾国藩对李鸿章说，“少荃，你知道我为何如此喜爱湘妃竹吗？”

“因为此竹是恩师家乡的特产，恩师看着它，犹如回到了家乡。”李鸿章不假思索地回答。

“你说得对，但还不只这一层意思。”曾国藩抚须微笑着说。

“还因为此竹有一个美丽动人的传说，使得它比别的竹子更逗人喜爱。”李鸿章立刻加以补充。

“说得好，但还不完全。”

“那……”李鸿章略停片刻，嬉笑着说，“门生愚陋，实在想不出了。”

以李鸿章的敏捷，莫说两层原因，他一口气说上十层八层都不要紧，但他有意不说了。一来他素知恩师城府极深，恩师心中的意念不是他能轻易道得出的；二来他要在恩师面前保持着虚心求教的晚辈形象，宁可不再猜下去，请恩师赐教，也不要逞强显能，使乖卖巧。这也是李鸿章磨炼出来了，恃才自负的淮军领袖，过去对这一点是想都不愿去想的。

“湘人爱斑竹，老朽尤重之，物以稀为贵，且又有舜王南巡，客死苍梧，娥皇、女英寻夫不见，泪洒竹林自投湘江的那一段传说，这的确是斑竹受人喜爱的原因。老朽看重斑竹，主要是从斑竹的身上联想到了一种血性。娥皇、女英明知舜王已死，不可再见，却偏要南下寻找，寻不着，则投水自尽，以身相殉。这是什么血性呢？是知其不可而为之的血性，是以死报答知遇之恩的血性，是对目标的追求至死不渝的血性！”

李鸿章听着听着，不禁肃然起敬。他的脑子里渐渐浮现出二十七年前的碾儿胡同书房，恩师在给他讲《诗经》中的借物喻志，讲先贤的品德节操……身为太子太保、协办大学士、一等肃毅伯的李鸿章，在恩师的面前，仍有一种当年作学生时的凛然崇敬之感。他在细细地咀嚼恩师今日说这番话的深远含义。

“少荃，这次我们师弟在江宁晤面，说不定是今生今世的最后一面了。”曾国藩的声调突然变了，风卷松涛、浪掀战舰的激昂慷慨被无可奈何花落去的情绪所替代。

“恩师精力如昔，门生今后求教的日子还长哩！”李鸿章心中怃然，脸上仍泰然无事地微笑着，似不把这话当做一回事。

“你不知道，我的脚已浮肿好几个月了。”曾国藩把脚伸前一步，“俗话说男怕穿靴，女怕戴帽，这脚发肿是一个极坏的预兆。”

“不要紧的。我回保定后，为恩师寻一个专治此病的良医来。”李鸿章用手捏了捏曾国藩伸过来的脚，安慰道。

“不必了。”曾国藩恢复了常态，“这二十年来，我已死过几次了。死，对我来说，不值得害怕。把你从保定请来，是想在死前跟你说几句重要的话。少荃，时势把我们师徒绑到了一起，塞进了一条航船中。”

天空上的裂云渐渐缝合，温暖灿烂的冬日又被阴霾所掩盖，富丽裔皇的两江总督衙门重新变为一幅灰蒙蒙的水墨画卷。李鸿章感觉到胸口有点堵塞，身上添了一分寒意。他肃然答道：“这些年来，门生追随恩师身后做了一点事，虽是时势所促成，但恩师奖掖提携之大恩，门生岂能须臾淡忘！”

“当年在京师初见贤弟之面，老夫便将贤弟许为伟器。丁未年贤弟打马进玉堂，我视你与郭筠仙、帅远烽、陈作梅为丁未四君子。安庆攻下后，我请贤弟招募淮勇，东下上海，后又以苏抚一职密荐。我一生庸碌，无所建树，唯一可安慰的就是看准了贤弟是个可寄重任的大才，要说报答皇恩，留声后世，也仅此一桩而已。”

曾国藩一往情深地追忆着往事，至高至重的由衷赞许，把李鸿章的心情推向激动莫名的峰巅。他以近于哽咽的声音说：“门生微薄之劳，与恩师巍巍功德相比，如爝火之比日月、沙丘之比泰岳，何况这点劳绩，也只存在于恩师一生的勋业之中。”

“十年来，湘淮两军、曾李两家为世所瞩目。前人说峣峣者易折，皦皦者易污，又说木秀于林，风必摧之，老朽近年来常有忧谗畏讥之患，时存履薄临深之感，这是老朽与生俱来的胆气薄弱、遇事瞻顾的本性，所喜贤弟豪迈坚强，敢作敢为，在心性上胜我多多矣，这是老朽最堪欣慰之处。”

“门生也经常有空虚怯弱的时候，尤当事机不顺、夜阑更深之时更是如此。”李鸿章向以铁腕强硬著称，这是他在人前第一次表示自己也有虚弱的一面。

“我想再硬再强的人，这点灵府深处的怯弱感总是难免的。苏长公说，寄蜉蝣于天地，渺沧海之一粟。人在天地沧海之间是何等短暂渺小，能不怯弱吗？”曾国藩淡淡一笑。仆人过来换上热茶，曾国藩喝了两大口，李鸿章也浅浅地呷了一口。

偏西的太阳被阴云压抑多时，终于又挣扎出来了。它的金黄色的光辉照在洪秀全留下的画舫上，也照在从君山移过来的湘妃竹上；它照在曾国藩灰黄多皱的长脸上，也照在李鸿章丰满厚实的双肩上。人有好恶，它无偏倚；人有寿夭，它将永恒。

“我自知来日苦短，死在旦夕，贤弟正如丽日中天，方兴未艾，前途极宜珍重，我有几句心腹话要对贤弟说。”曾国藩凝重地对凛然端坐的门生说，“湘淮军自创建以来，平长毛灭捻寇，杀人不计其数，仇敌遍于天下，这自然不消说了。还有一层，不知贤弟可曾注意到，湘淮军之所以取得胜利，乃因破除祖宗成法、世俗习见。”

“门生知道。”李鸿章点头说，“我朝兵权握在中枢，从不下移。过去川楚白莲教造反，各地建起团练，参与镇反，然事毕团练即全部解散。湘淮军一反成例，为平定长毛捻寇之主力。长毛平后，恩师遵成法，湘勇陆师撤去十之八九，但水师仍基本保留，并转为经制之师。捻寇平后，淮军撤去不过十之二三罢了。这些都与世俗文法大不相合。”

“对！你见事明白。”对李鸿章的回答，曾国藩十分满意。“湘淮军不反世俗文法，则不可成事；湘淮军一反成法，则又贻下无穷后患。有人说，将启唐之藩镇、晋之八王之先声，非危言耸听，实见微知著也。我生性顾虑甚多，慑于各种压力，同治三年江宁收复后，强行大撤湘军，虽一时免去了不少口舌，但终究缺乏远见，后之捻乱幸赖贤弟淮军以成大功。贤弟气度恢廓，近年来不但不撤淮军，反而大量用洋枪洋炮装备，成为当今天下第一劲旅。对于此事，朝野议论颇多，甚至有人以董卓、曹操视之，疑有非常之举。”

说到这里，曾国藩又端起茶杯喝水，并注意看了下李鸿章的反应。只见他神态自若，并不因世有董、曹之讥而动容。曾国藩心里叹道：“这就是李少荃，他到底与我大不相同。”

“这当然是无识者浅见。”曾国藩接下去说，“当今内乱虽平，外患不已，大清江山时有被蹂躏之虞，八旗、绿营不能作依靠，前事已见，保太后皇上之安，卫神州华夏之固，日后全仗贤弟之淮军。另外，维护我湘淮军十多年来破世俗文法之成果，亦只有指望强大的淮军的存在。这就是我要跟你说的第一点，今后不管有多大的风波兴起，淮军只可加强而不可削弱，这点决不能动摇。”

“请恩师放心，只要门生一息尚存，这一点一定谨守不渝！”李鸿章语气坚定地表示。他没有保君卫国的强烈神圣使命感，也并非有维护湘淮军破除世俗文法战果的深远认识，他只有一个明确的观点：乱世之中手里的刀把子不能松，这是一切赖以存在的基础。不过，曾国藩的这些话也给他以启示，他今后可以保君卫国的响亮口号来从多方面提高淮军的战斗力，而一旦淮军真的成了天下独一无二的劲旅，便任是谁人也不敢说撤销一类的混账话了！

“长毛平后，我曾期望国家即刻中兴，谁知捻乱又起；捻乱平后，可以措手了，不料又发生津案。在处理津案时，我已力尽神散，自知不能再有任何作为了，而朝野又对津案的处置分歧甚大，一时尚难望弥缝。中兴何时到来，看目前形势，实难预卜。然天生我辈异于流俗者，就在于以天下兴亡为己任，知难而进，甚至知其不可为而强为之。数十年来，我知办事之难，在人心不正，风俗不厚，而正人心厚风俗，其始实赖一二人默运于渊深微莫之中，而其后人亦为之和，天亦为之应。我与贤弟，正是属于这一二人之列。我力求先正己身，同时亦大力培养一批人才，造就一批好官，将他们当做种子，期待他们开花结果，实现天下应和的局面。可惜此事办得并不成功，尔后尚须贤弟时时自觉一身处天下表率的地位，并且还要多多培植人才，援引好官，到了普天之下都来应和的时候，风俗自然改变，康乾盛世当可重睹。这是我要与贤弟谈的第二点。”

说到人才，李鸿章一向最服曾国藩的知人善任，于是趁机问：“恩师，门生阅历有限，又常带兵打仗，无暇深究，对当今一些重要人物都乏真知灼见。恩师向以识人精微著称，是否可将他们略加品评，以便门生心中有数？”

曾国藩听后沉默着，很久不做声。

四、艺篁馆里，曾国藩纵论天下人物

曾国藩上上下下地梳理着长须，沉思良久，才慢慢地说："月旦人物，从来非易，身处高位之人，一言可定人终生，故对这类话尤须谨慎。我向来不轻易议论别人，即因为此。今日晤谈，非比寻常，有些话再不说，恐日后永无机会了。不过，我也只是随便说说，你听后记在心里就行了，不必把它作为定评，更不要对旁人说起。当今海内第一号人物，当属在西北的左季高。此人雄才大略，用兵打仗，自是第一好手；待人耿直，廉洁自守，亦不失为一良友贤吏。但喜出格恭维，自负偏激，这些毛病害得他往往吃亏，而他自己并不明白。金陵收复后，他不与我通往来，后人也许以为我们凶终隙末。其实我们所争的在兵略国事，不在私情。我一直认为他是大清开国以来少见之将才。我想，他若平心静气地谈起我，大概也不会把我说得一无是处。"

李鸿章说："门生听杨昌浚说，浙江的饷糈只要晚到几天，左季高便会火速函催，不管青红皂白，开口便严厉责问：你的官是谁给你的？误了我的大事，我立即参掉你的巡抚！"

"这就是左季高！"曾国藩笑道，"这话只有他说得出。左宗棠之下当数彭玉麟。此人极富血性，光明磊落，疾恶如仇，且淡泊名利，重情重义，我常说他是天下一奇男子。他每次都跟我说起要回到他的退省庵去。"

"他曾对我讲过，陈广敷先生有次仔细看了他的骨相，说他前世是南岳一老僧。"李鸿章插话。

"这或许是真的。"曾国藩正色道，"广敷先生的相是看得很准的。他要回退省庵，我也不再强难他了。今后小事，你也不要再去惊动他。倘若洋人与我有战事，你用忠义二字一激，我料他哪怕七十八十岁，也会像老廉颇一样勇赴前线。"

李鸿章点头应允。

"此外还有郭筠仙。前几年在粤与寄云闹得不可开交，衡情衡理，自是筠仙不对。早年在都中，寄云见筠仙之文采，便极欲纳交，央我从中绍介。后任湘抚，又屡思延之入幕。比任粤督，廷寄问黄辛农能否胜粤抚之任，寄云即疏劾黄及藩司文格，而保郭堪任粤抚，令兄堪任藩司。寄云才具固然不如筠仙，但毕竟有德于筠仙，而筠仙与寄云争权，弄得督抚不和。筠仙自己亦不检点。先是弃钱氏夫人，后迎钱氏入门，其老妾命服相见。住房，夫人居下首，妾居上首，进抚署则与夫人、如夫人三乘绿呢大轿一齐抬入大门。你看，舆论怎不鼎沸？而筠仙竟悍然不顾。"

"怪不得粤抚做不下去了。"这些趣闻，李鸿章听得甚是有味。

"不过话要说回来，筠仙之才，海内罕有其匹，然其才不在封疆重寄上。他才子气重，不堪繁剧。他只能出主意、献计谋，运筹于帷幕之中。他对洋务极有见解，明年合适的时候，我拟保荐他出洋考查一次，他的所见必定会比志刚、斌春要深刻得多。我观他的气色，绝不是老于长沙城南书院的样子，说不定晚年还有一番惊人之举，从而达到他一生事业的顶峰。"

“我对这个同年多少有点了解，他最适宜与洋人交往。去年津案发生，举国主张强硬，反对柔让，筠仙力排众议，痛斥不负责任的清议，真正难能可贵。”

“是呀，他在这方面的见识远胜流俗，也胜过孟容。”曾国藩说，“另外，刘印渠长厚谦下，心地亦端正，性能下人，是有福之相。官秀峰城府甚深，与人相交不诚，然止容身保位，尚无险陂。沈幼丹胸次窄狭而本事不小。杨厚庵不料病重得卧床不起，他学问不足，事业怕就只做到这一步了。黄翼升人极老实廉洁，但本事不及，长江水师提督一职，今后遇到合适人再更换。丁日昌精明能干，办洋务是一把好手，但操守方面欠检点，物议颇多。”

“关于丁日昌的议论我也听说过，天津有人骂他丁鬼子。此人有点像门生，做事太不留后路。”李鸿章自嘲似的笑了笑。

“近日户部有一折，言减漕事，据说是王文韶所作。你认识此人吗？”

“没见过。”

“这道折子写得好，其人有宰相之才，今后要注意接纳。”

“噢。”李鸿章在心里记下了这个名字。

“至于令兄筱荃，血性不如你，但深稳又过之。”

“恩师，你看门生最大的不足在哪里？”

李鸿章突然心智大开，冷不防向曾国藩提出这个问题。凭他多年与老师相处的经验，知道用这种突然发问的方式，往往可以得到老师心中最直率的真言。果然奏效。曾国藩随口答道：“你的不足在欠容忍。我一生无他长处，就在这点上比你强。还是在京师时，邵位西便看出来了，他说我死后当谥文韧公，虽是一句笑话，却真说到了点子上。我那年给你讲的《挺经》的第一条，你还记得吗？”

“记得，记得。”李鸿章连声答。那年曾国藩说的两个乡下人在田塍上互不相让的故事，给他极深的印象。他曾经认真地思考过很长一段时间，也体味出了这个小故事中所包含着的许多内容，但他把握不准老师本人的意思。“恩师，门生和其他幕僚当时都猜不透那个故事中的含义，您启发我们一下吧！”

望着李鸿章这副虔诚的态度，曾国藩笑了：“其实也没有什么很深的含义，一桩乡下时常可以看到的小事罢了。都是两个犟人，在那里挺着，看哪个挺得久，不能坚持下去的人就自然输了。我这个人年轻时就喜欢与人挺着干，现在老了，不挺了，也就无任何业绩了，看来还要挺，所以提醒你注意，世间事谁胜谁负，有时就看能挺不能挺。”

李鸿章似有所悟地点头。隔了一会，他说：“门生当时想，恩师讲这个故事，是要告诫我们：天下之事，在局外呐喊议论总是无益，必须躬身入局，挺膺负责，如同那个老头子样，乃有成事之望。好比后来发生的天津教案，主战者全是局外之人，他们不负责任，徒尚意气，倘若让他们入局负责，也不会喊得那么起劲了。门生这个理解，不知也有道理否？”

“有道理。”曾国藩会心一笑。心里想：这个聪明过人的年家子，真的能见人之所不能见，发人之所不能发，你看他把那个争过田塍的小故事，与津案舆论联系得真是天衣无缝！

“第三件大事，是希望贤弟把徐图自强的事业进行到底。这一两年先要把选派幼童出洋一事办好。贤弟于此成绩斐然，我最为放心。”

说起办洋务，李鸿章兴趣最大，也自认为研究最深，他不觉高谈阔论起来：“洋务非办不可！欧洲各国百十年来，由印度而南洋，由南洋而东北，闯入我边界腹地。凡前史之所未载，亘古之所未通，无不款关而求互市。我皇上以如天之度，一概与之立约通商，合地球东西南北九万里之遥皆聚于中国，这的确为三千年一大变局。中国之弓矛、抬枪、土炮，不能敌洋人之来复枪炮；中国之舟楫艇船，不能敌洋人之轮机兵船，故而受制于洋人。处今日之局势而侈言攘夷、驱逐出境等等，固虚妄之论，即欲保和局、守疆土，若无枪炮船舰，亦是空话。门生以为，自强之道在师其所能，夺其所恃，故不能不办机器局，办造船厂。门生想，洋人之枪炮舰船，也不过创制于百数十年间，就能持之而侵凌我中国。若我们果能深通其法，也就能造出如洋人一样的船炮，说不定还可超过他们，那时就不愁攘夷自立了。所以门生极为赞成派幼童出国留洋之事，并竭尽全力协助恩师办好。”

曾国藩握须凝神听完李鸿章这番宏论，对他所提出的“三千年一大变局”的论点激赏不已。这是一句振聋发聩的呼喊，但愿太后、皇上、中枢诸大臣，以及各省督、抚、将军、提督都能听到这声呼喊！

“少荃，你以‘三千年一大变局’这句话来概括今日形势，非常简明动听。你回保定后，就以这句话为宗旨，把刚才说的这些内容，给太后、皇上上一个折子，让天下人都能受到震动。”

“好，我回去就写。”李鸿章也早有这个想法了，他要给醇王和前不久去世的倭仁一类的人敲敲警钟。

“少荃，有一点我要提醒你，无论办洋务也好，引用洋人的好办法好制度也好，还是派人留洋也好，有一个基本之点要时刻记住，那就是必须以我中华名教为本。这个意思，你的幕僚冯桂芬早在十年前便用最明确的语言表达了：‘以中国之伦常名教为原本，辅以诸国富强之术。’这句话，我很赞赏。”

“这也是门生的意思。景亭老先生《校邠庐抗议》一书中许多观点，都与门生磋商过。刻印时，门生还资助他二百两银子。”李鸿章笑道。

“那就好。”曾国藩满意地颔首。“洋人的长处要学，老祖宗的衣钵更不能丢！”

稍停片刻，他又问：“少荃，直隶是外交第一要冲，这一年多来，你与洋人交涉，抱定一个何等样的态度？”

李鸿章思索一会，说：“门生与洋人交往，也无一个固定的态度。洋人狡诈，门生只同他们打痞子腔。”

说完，眼睛看着曾国藩。曾国藩以五指捋须，久久不语。李鸿章知此话说得不得体，便不再说下去了。

“啊，痞子腔，痞子腔！我不懂你的痞子腔是何打法，你打两句给我听听。”曾国藩的手在花白的胡须上一上一下地移动了好几个来回，才慢慢地说出这两句话来。

李鸿章忙说：“门生这是信口胡说的，究竟应以何种态度与洋人打交道，还求恩师指点。”

曾国藩的手仍未离开胡须，将李鸿章谛视良久，说："那年在安庆酒楼为你饯行时，我对你说的忠信笃敬的话，你忘记了？依我看，还是一个诚字适当，诚能动人。洋人亦是人，中国人可以诚动之，洋人岂能例外？圣人言忠信可行于蛮貊，这是断不会错的。我们眼下既无实在力量，尽你如何虚强造作，他是看得明明白白，都是不中用的。不如老老实实，推诚相见，与他平情讲理，虽不能占到便宜，也或不至过于吃亏。无论如何，我的诚信身份，总是靠得住的。脚踏实地，蹉跌亦不至过重，想来比痞子腔靠得住些，你说是吗？"

"是，是。"李鸿章点头不已，"这就是恩师一贯奉行的拙诚。门生今后一定遵循恩师的教诲办理，与洋人推诚相见。"

斑竹林边，艺篁馆里，师生俩推心置腹地畅谈着。西边天空渐由明朗而转成绯红，最后，夕阳终于顽强地冲出云层，在即将坠入西山的最后一瞬间，露出它火红的一角。余晖将两江总督衙门照得通明透亮，预示着明天将是一个晴朗的日子。曾国藩对着窗外的仆人招招手。那人进来，双手捧着一个约七寸长三寸宽，以暗红织锦饰面的小木盒。曾国藩接过小盒，打开盒盖，露出两个墨绿色的精美玉球来。他指着玉球对李鸿章说："这两个和阗玉球，原是穆中堂的爱物，在他的手心里转过二十余年。咸丰四年穆相病重期间，托康福送给了我。从那时起，在我的手心里又转过十七八年了。现在，我也不需要用它了。贤弟目前虽精力充沛，然亦需早加保养。明天是个晴天，正好启程，我一生无奇珍异宝，穆中堂的这两个玉球，就转送给你，权作我留给你的一点纪念吧，愿贤弟为国珍重！"

李鸿章举起双手，郑重地接过木盒，一时不知说什么是好。这时，曾纪泽拿了一件丝绵斗篷走了进来，对父亲说："刚才收到九叔从武昌发来的信，已于初二日起锚来江宁，这两天内怕要到了。"

"哦，沅甫是该到了。少荃，我们回上房吃夜饭去吧！"

五、曾国荃他乡遇旧部

曾国荃在弹劾官文之后，日子过得很不舒心。前向与捻军打仗，新湘军败得溃不成军。官场对劾官一案一片嘲讽，都说他心胸狭窄，居功自傲；朝廷也觉得他做得过分了。曾国荃处在内外夹攻之中，遂借口伤疾复发，辞官回里了。回到荷叶塘之后，他用从安庆、江宁得来的金银广置庄田，大兴土木，大夫第建筑得庞大复杂，耗去近十万银子，令湘乡士绅闻之咋舌。平素家居挥金如土，一切都讲究豪华、气派。他嫌湖南的信笺不好，派人带八百两银子进京，将琉璃厂的名贵信笺一扫而空，惊得那些老板们瞠目结舌。他自己也觉得有点太鹤立鸡群了，怕招致兄弟侄儿们的怨恨，于是瞒着大哥，拿出大把银子来资助大嫂，在离黄金堂五里外的地方建起一组名曰富厚堂的楼房。又建一座房子，取名有恒堂，送给国葆的嗣子。又将黄金堂予以改建，更名万年堂，安置国潢一家子。国华的妻妾住白玉堂，不想再动，于是他又送二万银子给纪寿。这样，兄弟侄儿们同声赞扬九爷的手足情深。但方圆数十里的百姓则怨声四起。

因为曾府兴建如此多的高楼大厦，需要大量的合抱老树，而这些老树大都长在坟山上，主人家都不愿砍伐。曾国荃把四乡头面人物请来，要他们帮忙。这些人谁不想讨好？便硬逼着老百姓砍掉从祖父辈、曾祖父辈传下来的坟山大树孝敬曾府。百姓们敢怒不敢言，私下里无不恨得要命，都巴望新建的楼房遭雷打火烧。这尚在其次，最使曾国荃头痛的是两件事。

一是原吉字营阵亡将领们的子弟，三天两日来找他诉苦。他们也有自己的苦恼。抚恤银有限，一两年就用光了。眼看着别人风风光光地回到家里，带来的财宝用船装，用车载，自家的亲人赔上一条命不算，一点分外财也没得到，他们何能不气恼，不眼红！这是一层。还有一层，死去将领们原来的部下有混得不好的，也常常跑上门来大哭大闹，说是先前欠了他的饷未发，都私吞运回家，逼着要其子弟补欠饷。这些子弟们又烦恼又气愤，无处发泄，便都找上原吉字营的统帅。有些妇道人家还因此想起死去的丈夫、儿子，能在大夫第披头散发地哭上几天几夜不罢休，弄得曾国荃一家不得安宁。有些实在不能对付的旧亲旧谊，还只得拿出几十百把两银子来，才能勉强打发走。

第二件头痛的事，是原吉字营官勇在湖南、在湘乡境内的惹是生非，其中尤以哥老会闹得最凶。哥老会的成员大半部分是那些在前线掠财不多的下级军官和勇丁。仗打久了，农民的勤劳俭朴的本性也丢尽了，又仗着有点本事，有几次战功，见过场面，胆子大得很，有的甚至无法无天，胡作非为，再加之结成会党，使得地方官都不敢正视，老实的百姓们更是远远躲开。这些为害乡里的湘军旧部，远胜过当年的串子会、红黑会、一股香会，令过去的抢王盗贼们望尘莫及。百姓们的怨骂，官绅们的指责，都辗转传到原吉字营统帅的耳中，他无可奈何。而且还隐隐约约地听说罗泽南、李续宾家也有人卷入了哥老会，又说是萧孚泗当了哥老会的总头目。没有真凭实据，曾国荃不好处理他们，何况这个对朝廷满肚皮牢骚的一等威毅伯，压根儿就不想处理这些事。

一个月前，他接到大哥的信。信写得很凄凉，说旦夕之间都有可能到九泉与星冈公、竹亭公聚会，请他和澄侯到江宁来小住一段时期，兄弟们最后见见面。家里的摊子铺得太大了，简直不可须臾离当家人，澄侯无法远行，只得由沅甫做代表，前赴江宁看望大哥。

这天午后，曾国荃豪华的座船停泊在长江南岸繁昌县境的荻港码头。曾国荃记得，十年前，他率勇乘攻克安庆之威，一举拿下了繁昌县城。旧地重游，兴趣顿生，遂带着长子纪瑞及仆人王勇、熊强，离船上了岸。

当年那个威风凛凛、不可一世的九帅，而今没有前呼后拥的卫队，虽身穿价值千金的火狐皮袍，头戴名贵的紫貂暖帽，也并没有引起人们的普遍注意。主仆四人在荻港镇上四处走走望望，只见田地荒芜，市井萧条，人们穿着单薄的旧衣烂袄，在寒风中抖抖索索地无所事事。看来“温饱”二字对荻港镇上大多数的百姓来说，还有一段遥远的距离。曾国荃的心像压着一块石头似的沉重，这就是他从长毛手里光复十年之久的城镇！他信步走进一家小酒店，在那里喝了几杯酒。百姓手里都没有钱，农产品便宜得惊人。王勇、熊强两人手里满满地提着鱼肉鸡鸭，跟在主人背后回到船上。

吃过晚饭后，江面上已是黑漆漆的一片。江风吹打着浪涛，发出一阵阵浑浊的巨响，座船在水面上下浮动。曾国荃在船舱里就着灯光，拥被读书。时已深夜，船上所有人都已进入梦乡，劳累一天的船工发出粗鲁的鼾声。看看灯油将尽，曾国荃伸了个懒腰，预备脱衣睡觉。

突然，他从窗口看到岸上一列火把正向船边走来。多年的军旅生涯养成了他高度的警惕性。他立即掀被下床，穿好裤和鞋，注视着岸上。火把队越来越近了，约有四五十人，中间夹杂着几匹马，还有一顶两人抬的小轿。再走近十多丈的时候，曾国荃看清了：他们人人腰上都吊着一把长长的刀！“糟了，莫不是遇到了打劫的土匪！”他暗自叫苦，立即把船上的人叫醒，大家都吓得全无主张。年过二十三岁，已娶妻生子的大公子纪瑞，从小就生活在富贵安宁之中，何曾见过这等场面，早已唬得躲进深舱，脸色发白，两腿发抖。终于，举火把的人都在船边停下来，一个个头上包着黑布，腰里扎着黑布带，在那里七嘴八舌地乱喊乱叫。一个大汉从马上跳下来，向前跨了几步，四五个火把紧跟在他的身后。大汉对着船喊：“船老大，这是曾九帅的座船吗？”

一连喊了几声，船老大不敢搭腔，吩咐伙计们都准备好棍棒刀枪。曾国荃从窗口里将大汉看了又看，似觉眼熟，便对船老大轻轻地说了几句。

“你是什么人？报上名来！”船老大走到甲板上，手握一根丈把长的楠竹篙，厉声喝问。

“老大，烦你告诉九帅，我是原信字营营官李臣典的胞弟李臣章，多年不见九帅了，知九帅今夜船停在这里，特为来拜访。”那汉子高门大嗓地回答。

他真的就是荣封子爵、还未来得及接奉圣旨便不光彩地死去的李臣典的弟弟吗？曾国荃把船老大叫进舱来，又对他指示一句。

“你说你是九帅的部下，有什么凭据吗？”船老大丢开楠竹篙，两手卷起了一个喇叭筒，嘴巴对着喇叭筒喊。

“有！”回答很痛快，“老大，你躲开点！”

话音刚落，一道尺把长的黑影像条飞天蜈蚣一样飞来，掉在甲板上，发出“嘣”的一声响。船老大走过去拾起，原来是一把插在刀鞘中的腰刀。他走进船舱，把腰刀递给曾国荃。一看刀鞘，曾国荃就知道，这是经过自己手发下去的腰刀。抽出刀来，雪亮的刀面上刻有两行字：“殄灭丑类，尽忠王事。涤生曾国藩赠。”旁边刻着编号：第壹万柒千贰佰陆拾肆号。的确是吉字营旧部无误！

原来，曾国荃打下安庆后，从大哥那里将从壹万号起的腰刀铸造、发放权要了过来，由他一手支配。他的腰刀发放极滥，到了金陵攻下时，五万吉字营官勇，几乎有一万人得了这种刻字腰刀，遂把一个极高的荣誉弄得很不值钱，大大违背了曾国藩的初衷。

为防止意外，曾国荃只放李臣章一人上船来。灯笼、蜡烛一齐点燃了，船舱里灯火通明。李臣章上得船来，一眼见曾国荃威严地端坐在椅子上，忙趋前两步，纳头便拜：“前吉字后营左哨哨长李臣章叩见九帅大人！”

“抬起头来！”曾国荃命令。

李臣章把头抬起。曾国荃这下看清楚了，果然是吉字营撤散前夕已授参将衔的哨长李臣章！在这里见到旧部，也可谓他乡遇故知了。曾国荃心里高兴，丢掉刚才摆出来的威严表情，恢复了不拘礼仪的本色："起来，让九帅我好好看看你这个龟孙子！"

李臣章听到这熟悉的带着亲昵色彩的谩骂声，满心高兴，立即从船板上一跃而起，走到曾国荃面前，笑容满面地说："九帅，七八年没有见到您老了，我们想死了。"

"你怎么知道我在这里？"

"午后有几个兄弟在荻港镇上见到您老。我听到这个消息，就立即来了。"

"不错，你还没有多大变化，有三十了吧！"曾国荃抓着李臣章两只结实的肩膀，笑着问。

"已满三十二岁，现在吃三十三岁的饭了。"李臣章的嘴巴咧得大大的，两颗大虎牙很刺眼。

曾国荃又盯着他看了一眼，然后死劲地摇他的双肩，见摇不动，便抽回右手，握紧拳头，冷不防一拳打过去。李臣章微微晃动一下，立即又站得笔直。"好小子，还是当年吉字营的样子！"

"九帅，您老的拳头可没有当年的力量了。"李臣章乐起来，"第一次我哥带我见您老的时候，一拳就把我打倒在地，半天爬不起来。"

"还记得那些陈谷子烂芝麻？"曾国荃哈哈大笑起来。"坐下，坐下好好聊聊，这几年混得还不错吧！"

李臣章挨着曾国荃身边坐下。王勇端来两杯茶。

"拿下去，不懂事的东西！"曾国荃大声呵斥，"吉字营的勇士没有喝茶的习惯，上酒！"

当王勇换上酒菜时，后面跟着惊魂刚定的纪瑞。

"科四，你来见见李哨长。"曾国荃抬起手来，指了指儿子。

李臣章见他穿着考究，试探着问："是少爷，还是侄少爷？"

"这是老大纪瑞。"

"哦，大少爷。"李臣章忙站起行礼，曾纪瑞也弯了弯腰。

"李老二。"喝了几口酒后，曾国荃以过去军营中的称呼叫李臣章，"岸上是些什么人，要不要送点水给他们喝？"

"不要了。九帅，"李臣章凑过脸去，嬉笑着说，"卑职特为恭请您老到我家里去住两天，我有好多话要对您老说。"

"你家离这里有多远？"

"不远，只二十多里。卑职为九帅抬来了一顶空轿，先不知大少爷也来了，没有多预备一顶轿，好在有几匹马，腾出一匹来让大少爷坐。"

"好哇，到你家去看看。"这一路来船坐得太乏味了，换两天口味也好。"纪瑞不会骑马，就让他坐轿，我骑马吧！"

"那怎么行？"李臣章忙说，"我到镇上再叫一顶轿来。"

"算了，我有四五年没有骑马了，也想骑骑。"曾国荃挥了挥手，"走吧，你带路，今夜上李府做客！"

六、前湘军哨长与前太平军师帅成了异姓兄弟

火把队逶迤向南走去，李臣章和曾国荃并马前进。路上，他把这些年来的经历详详细细地告诉了老上司。

打下金陵没有几天，李臣典暴卒。他抢来的大量金银财宝分别由几个心腹保管着，也没有来得及当面把这几个人叫到跟前来，与弟弟做个交代。李臣章问他们要钱时，他们都矢口否认。这些钱财本不是李家的私产，几天前还是长毛的，谁抢到手就归谁，李臣章也不好大肆声张，更不能告状诉讼，只好忍气吞声算了。过几天圣旨下来，李臣典封一等子爵，李臣章满心欢喜找到曾国藩，说哥哥临死前把他的儿子猴伢子过继了，现在应由猴伢子承袭一等子爵。由继子领赏的事，李臣典死前当面求过曾国藩，曾国藩也很怜悯，答应奏请。谁知李臣典的爵位不是世袭罔替的，朝廷不允。李臣章又空喜一场。

没有多久吉字营裁撤，发了财的都急于回家当财主。李臣章的银子被别人夺去了，哥哥吃春药暴死的丑闻也渐渐传开，他不想回原籍受约束，便拉了一帮子弟兄在江湖上闯荡。虽说太平天国亡了，但长江两岸这些年一直没有安宁过，李臣章这班子兄弟在乱世中混得甚是得意。

这一天，他们来到繁昌县境猛虎山。只见这里人烟稀少，峻岭连绵，林恶水冷，烟笼雾障。李臣章的弟兄们都怂恿他说：“不走了，就在这里长期住下来，把它当做梁山泊，李二哥做山寨之主，我们都做个山寨头领。”

正说着，山道上冲出一队强人来，有五六十人。内中走出一个黑脸大汉，抡起一把金背大砍刀，凶神恶煞地高喊：“识相的，留下买路钱！”

李臣章对弟兄们笑道：“你们看看，这黑鬼倒问起我们的买路钱来了，岂不笑话！我们收拾他，占山为王吧！”

说罢，两支队伍便在猛虎山下打了起来。双方势均力敌，打了半个时辰不分胜负。李臣章住手，说：“黑汉子，我好像认识你，你原是四眼狗的部下吧！”

黑汉子也停下，说：“我好像也认识你，你是曾铁桶的部下吧！”

原来，在安庆攻守的一年多时间里，李臣章和黑汉子多次交过手，故而认识，只是互不知姓名。李臣章说：“你眼力不错，我正是曾九帅手下的哨长李臣章。”

那黑汉子也说：“我原是英王部下师帅瞿荣光。”

“我跟你打个商量吧。”李臣章突然换上笑脸说，“我现在不是湘军了，曾九帅也开缺回老家了；你现在也不是太平军了，你们的英王也早死了。我们做对头的日子已经过去，现在都是流落江湖的好汉。人生就只有这几十年，何苦结仇一世呢，我们干脆交个朋友如何？”

瞿荣光是安徽人，咸丰七年投的太平军，那时正是天京内讧之后，拜上帝会的信仰已在太平天国内普遍失去，打仗的目的已变为单纯的升官发财求生存。瞿荣光虽在太平军中达四年之久，且当上了中级军官，却并没有多少革故鼎新的思想。安庆失守

前夕，他卷带一批金银逃出城，后来纠集几十个逃散弟兄，在猛虎山落了草。这时见李臣章武艺高强，一班子弟兄能打善斗，山寨正需要这样的人，于是和李臣章各自捐弃前嫌，对天盟誓，结成异姓兄弟。又给山寨重新取一个名字，叫做双义堂，即两支人马双双结义的意思。瞿荣光先到，当了大哥，李臣章坐了第二把交椅。学梁山好汉的样子，也来个英雄排座次。只是实在英雄太少，勉强排了十八个。后来，人员渐渐增加。这些人中有遭灾逃荒的农民、破产的小商贩、失业的匠人，更多的是打斗成性的丘八。丘八中有被裁撤的湘军，有开缺的绿营，也有逃散的太平军、捻军。人员增加到二百多个，头领也排到了二十六名。

“糟糕！”听完李臣章的介绍，曾国荃心里叫起苦来：“这小子当了绿林响马，我怎能跟他进山？再说那个长毛出身的山大王，万一要加害怎么办呢？”但事已至此，半途返回，又会失去昔日吉字营统帅的威风。曾国荃颇觉为难。

“李老二，你这个龟孙子，早不说清楚，你要把我骗进强盗窝？”曾国荃沉下脸来训斥道。

“九帅，您老莫误会，我们不是强盗。”李臣章笑着解释，“我们这两百号人在猛虎山，依靠自己的本事是可以生活下去的。我们既不与官府为敌，也不与乡绅作对，只是遇到有走私的大盐商和其他不义之财，才偶尔下下手，且手脚干净，外人都不知底细。何况您老是半夜进山，下次再半夜出山，谁个知道！”

“你那个拜把子大哥，他靠得住吗？”曾国荃问。他不自觉地按了按藏在皮袍子里面那把德国造自动连发手枪。

“九帅，这个瞿大哥，您老就放一百个心。今天他听说我请您老，满口答应。他称赞您老是个英雄，又说我们要好好巴结您老，日后万一打起官司来也有个后台。下山时，他已吩咐杀牛宰猪，这会子怕早已准备好了。”

曾国荃心里冷笑着，不再做声。又走了几里路，李臣章指着半空中几堆篝火，对曾国荃说：“九帅，双义堂里燃起了欢迎的火堆，我们上山吧！”

山道上每隔几十步，就有一个小喽啰持着火把在那里照明。来到半山腰时，瞿荣光带着十来个小头领，正在那里列队恭候。李臣章老远就喊起来：“瞿大哥，曾九帅来了！”

瞿荣光对着前面的轿子便要行礼，李臣章乐得哈哈大笑：“错了，轿里坐的是大少爷，九帅在这里哩！”

边说边扶着曾国荃下马。瞿荣光走上前来，说：“叩见曾九帅大人！”

一边就要下跪。曾国荃忙扶起：“瞿大哥不必客气。”

曾纪瑞走出轿，见四周都是黑黝黝的高山，风吹着树木发出怪叫，火把下的汉子们个个面目狰狞，他又害怕起来，便瑟瑟地紧靠着父亲身边站着。众人簇拥着曾国荃父子进了聚义馆。大厅里的柱子上到处插着火把，火把底下有五六张八仙桌，桌上堆满用海碗装的鸡鸭鱼肉，喝酒的杯子有饭碗大，桌边的酒坛子有人的肩膀高。

瞿荣光请贵宾上坐。曾国荃骑了二十多里的马，肚子也饿了，眼前的情景又使他想起当年吉字营夜宴的壮观，不觉豪兴大发，竟然和这些当今的梁山好汉们一起，大碗喝酒，大块吃肉。吃得兴起，他干脆和瞿、李等人划拳赌输赢。天将放亮时，双义

堂的人个个喝得酩酊大醉，曾国荃也被人扶进里屋睡觉。只是大少爷曾纪瑞不习惯这种气氛，不能多饮多喝，因过于疲劳，也倒床睡着了。

这一觉直睡到未初，曾国荃才醒过来，瞿荣光、李臣章早已恭候多时了。盥洗完毕，便陪着他观看山寨。

昨天半夜上山看得不清楚，这下方才看明白，原来这猛虎山果真是山高林密，形势险峻。通向双义堂的仅一条小路，被几道木栅石滚把守得万夫莫开。间或在林木之间可见几栋全是木头树皮盖就的房子。瞿荣光说，那是弟兄们住的地方。远远地看见几个女人在房子边晒衣服，曾国荃奇怪地问："山上有百姓住？"

"没有。"李臣章答。

"那何来的女人？"

"弟兄们的妻室。"瞿荣光答。

"这些女人也愿意到深山里来？"

李臣章望了瞿荣光一眼，不好意思地说："大半部分都是掳来的。开始我们不准，后来想没有婆娘拴不住弟兄们的心，也就算了，只是叫他们不要抢有夫之妇，拆散别人的家庭。"

李臣章等着曾国荃的教训，谁知九帅笑着说："没有婆娘，如何传宗接代？不掳，又哪来的婆娘！"

李臣章想，过去九帅带兵只问打仗，不问其他，现在依然这样的通情达理。他觉得九帅这样的统帅实在是好。瞿荣光见曾国荃如此态度，更是大出意外，不禁从心里喜欢起来，说："九帅英明！"

"砰，砰！"三人正说得高兴，不远处突然传来两声枪响。曾国荃惊问："这是什么事？"

瞿荣光笑着说："不要紧，这是弟兄们在围猎，兴许是遇见了老虎、豹子什么的，一般的野羊、野兔，都射箭，不打枪。"

话音刚落，林子里传出一片欢呼声。李臣章说："刚才这两枪打中了。"

三人沿着山道边走边看。前面一个小亭子里，喽啰们已摆好了酒菜。瞿荣光说："请九帅在这里小酌两杯，大少爷那里，我已安排人侍候了。"

"好，好。"曾国荃高兴地答应。面对着崇山峻岭喝酒谈天，是他最惬意的事。

三人进了亭子，在木凳子上坐下来。曾国荃在二人陪劝下，开怀畅饮，谈笑风生。瞿荣光看在眼里，心想："这个宫保伯爷的身上，书生气只有两分，绿林味道倒占了八分，与传说中的他的大哥相差得太远了！"瞿荣光就喜欢这样的人。他满斟一杯酒递给曾国荃，说："我瞿荣光今天能在猛虎山与九帅相会，真是三生有幸。日后九帅若有急难之事，只要一纸书来，我绝没有二话！"

曾国荃听了高兴，说："你们也都是豪杰之士，九爷喜欢与你们这样的人交往。"

大家都喝得四五分醉了。曾国荃问："你们就在这里一辈子了？"

李臣章红着眼睛答："除非今后九帅要我们下山，不然，我们就在这里快活一辈子。"

"你们两百多人有刀有枪的，啸聚山林，总不是好事，难道就不怕今后官府找你们的麻烦？”曾国荃毕竟不是绿林好汉，他从爱护的角度提出这个十分重要的问题。

“九帅，你可能还不知道：光安徽一省境内，像我们猛虎山这样的人马，少说也有十起八起的，我们还只算小买卖，多的有五六百！”瞿荣光边嚼鸡腿边说。

“官府也不要紧，有这个给他们！”李臣章笑着放下筷子，右手的拇指和食指合成一个圆圈。“繁昌县衙门上上下下我们都打点了，光县太爷一人就给了五千两银子，他何苦得罪我这个财神菩萨。”

瞿、李的答话使曾国荃大为吃惊：安徽的混乱一点不亚于湖南，大哥的吏治，看来也并没有收到成效。湖南、安徽如此，其他省也好不了多少。官场上下成天喊什么中兴、中兴，真是笑话！

这时，一个喽啰走进亭子禀报：“大头领、二头领，白眼狼回来了，事情办得很顺利。”

“知道了。过两天，老子赏他个满意！”瞿荣光挥挥手，喽啰走了。

“你们又干了什么好事？”曾国荃笑着问。

“小事一桩。”瞿荣光给曾国荃递来一条羚羊腿，说，“庆丰村有一个大户，为富不仁，乡民们都恨他。白眼狼带几个弟兄绑了他一票，捞了一万两银子，为百姓出了口气，又为山寨捞了一笔钱。”

“你们也要知道收敛一下，一味干下去，闹大了，不是繁昌县令能遮掩得了的！”曾国荃啃着羚羊腿说。

“九帅，您老不是别人，我跟您老说实话吧！”李臣章右手抓起左手衣袖往嘴巴上来回擦着，弄得袖口油晃晃的。他正正经经地说，“九帅，这满人的气数已尽，江山坐不久了，我们不怕它了！”

“你有什么根据？”接话的曾国荃的态度是那样的平静随和，仿佛他与血战长毛，拼死保卫皇上江山的往事毫无联系，而是那种来自飞鹰岭、蝙蝠洞、仙女峰上的好汉强人。瞿荣光颇觉意外。

“早两个月前山上来了一个做生意折了本的小商人，他在北京做过半年生意，亲耳听人说，太后年轻，守不住寡，后宫里常可听见婴儿啼哭，那是太后的私生子。又说小皇帝人还没变全，就由太监带着，偷偷溜出宫外逛八大胡同。九帅，您老看，这样的太后皇上，还不是亡国的象征！”

“不要乱说。”这些话，曾国荃早就听说过，但由李臣章的口中说出，他仍感惊讶：如此偏僻山坳里都传说这种新闻，可见全国会有多少人知道！出于多年养成的习惯，他需要在一般人的面前维护朝廷的尊严。

“不是乱说，九帅。”瞿荣光嘻嘻地笑着，“那个兄弟讲，北京的老百姓都知道。娘偷人，儿嫖娼，这样的皇家还有什么脸面，他的江山还能坐得久长吗？弟兄们都说，更大的内乱马上就要到来，天下大乱，我们就好过！”

“暂且不讲京师的事。”李臣章说，“眼下明摆着的两件事，就足可证明满人混不长久。一是繁昌县太爷，我们用五千两银子就买通了，这样的贪官稳坐衙门。二是九帅这样劳苦功高的大臣，却受人排挤，开缺回籍。世界如此不公平，这难道不是亡国的预兆！”

这后一句正说到曾国荃的心坎上，他愤愤地骂起来："这天底下尽是他娘的坏人当道，好人受气！"

"正是这话！"李臣章忙点头，"卑职想天下大乱后，一定是九帅和老中堂出来收拾残局，到那时我们猛虎山全体弟兄都听九帅和老中堂的。"

"我们都听九帅的调遣。"瞿荣光立即接着说。

这时，曾国荃才明白李臣章深夜请他上山的真正目的。他毕竟不是想与朝廷作对的绿林响马，心中隐隐担心起来。他曼声应道："行啊，一旦有事，我一定派人来猛虎山找你们。"

"弟兄们都仰仗九帅大人的提携！"瞿荣光、李臣章一齐说。

三人又一起喝了一阵子酒，便起身离开亭子，又到一些关卡之地看了看。瞿荣光请曾国荃赐教，曾国荃也随时指点一二。待到天黑时，曾国荃告辞，瞿、李苦苦相留。曾国荃说："我有要事去江宁见大哥，二位情谊已领了，以后再相会。"

见实在留不住，瞿荣光捧出百两黄金相赠，曾国荃谢绝了。于是李臣章捧出一个大布包来，说："九帅不收黄金也罢，这包土产，请您老一定收下。"

"什么土产？"

"布包里有两张虎皮，连头到尾没有损坏一点，是这几年打得的两只老虎身上剥下的。原是留着我和瞿大哥用，现送给九帅一张，另一张请转送给老中堂。还有一张灰狐皮送给大少爷，做一件坎肩。"

曾国荃打开布包，只见烛光下两张金毛虎皮闪闪发光，心里十分喜爱，笑着说："谢谢你们的重礼，我和老中堂收下了！"

双义堂大坪中停着两乘轿子，前前后后簇拥着百多个手执火把的大汉，跟昨天夜晚一个样。曾纪瑞见此情景，又胆怯起来，忙钻进后面的轿子。曾国荃走到轿边，对瞿荣光说："只留四个弟兄举火把照明，另请李老二陪同，其余的人全部不要下山。"

"这怎么行，太冷清了。"瞿荣光不同意。

"瞿大哥，你是要把我上猛虎山的事，让繁昌县官场都知道吗？"曾国荃沉下脸来。

"不是这个意思，九帅！"瞿荣光急着分辩。

"既然如此，那么请李老二带路，我们下山吧。"曾国荃说着，掀帘进了轿子。

李臣章和四个小喽啰把曾国荃父子送到江边，天尚未亮。正要抱拳告别时，李臣章突然对他的老上司说："九帅，我告诉您老一件意外事。"

"什么事？"看着前吉字营哨长那副神秘的样子，曾国荃兴趣顿生。

"九帅，您老绝对想不到，康福没有死，他还活在世上。"

"你说什么？"曾国荃惊讶起来，"康福没有死？你听谁说的？"

"前不久，他还和您老一样，在我们猛虎山做了几天客。"

李臣章十分得意，一不小心就露出了曾国荃夜上猛虎山的事，令这个九帅大不快，好在船上的人都睡着了，听不见。他沉下脸来训道："你这个龟孙子，九爷到你府上的事，以后若再对人提起，当心你的舌头！"

李臣章下意识地伸伸舌头，忙说："一时忘记了，回去后就用线把这个鸟嘴巴锁起来。”说着又做了个鬼脸。

“不要油腔滑调了，康福现在哪里，你知道吗？”

“他就住在东梁山脚下。”

“东梁山就在江边，我去找他。”说完转身上了跳板。

曾国荃与康福的关系，虽不能和他的大哥相比，但也是很密切的。他感激康福几次救大哥的性命，也看重康福的才干，在打金陵的关键时刻，他甚得力于康福的帮助，何况他知大哥对康福之死惋惜不已，现在得知康福没有死，且就住在长江边，他怎能不去寻找！

“康福现已改名叫康伏，就住在玉溪桥，好找！”当曾国荃踏上甲板时，李臣章又大声作了补充。

七、康福隐居东梁山

康福的确没有死，他还活在这个世界上。近乎传奇般的故事，还得从他中弹倒下时说起。

原来，李臣典的枪法并不好，又加之心怀鬼胎，开枪的瞬间手抖了一下，从胸部移到了肩膀，康福的右肩胛骨被打断，血浸透了他的上衣。就在他昏迷不醒的时候，李臣典指挥湘军如虎似狼般地冲向金龙殿。在他们的眼里，金龙殿里堆满了黄金白银、珍珠玛瑙，甚至宫殿中的一切皆是金玉所制，包括日常的用具，还有那些镂花窗棂和刻龙楹柱……他们的心中涌出一股疯狂的亢奋，毫无任何顾忌地将所有拿得动的、值钱的东西劫为己有。殿外的烈火仍在冲天燃烧，殿里则混乱得昏天黑地：无价之玉被魔掌打碎，艺术珍品遭铁蹄践踏，为了争夺一颗珍珠、一个元宝，刚才还是弟兄，此刻却刀刃相见，砍断的手臂、戳死的尸体遍地皆是，狼藉相枕。这些年来，以战功震慑天下的湘军，在这里演出它组建以来最丑恶的一幕，同时也将他们的真实追求暴露无遗！看看抢得差不多了，李臣典命令每人向殿堂里扔一个火把，他要把这座已打劫一空的金龙殿干脆烧掉，不给他们的行为留下痕迹。

从金龙殿里涌出的巨大热浪把康福烤醒了，但他爬不起来。他眼睁睁地看着这样一座壮丽非凡的宫殿毁于烈火之中，眼睁睁地看着自己的弟兄抢夺战利品的丑态，脑子里又浮起李臣典手拿短枪脸露狞笑的凶相，他的心如刀绞剑剁般的痛苦。正在这时，一个扛了只鎏金马桶的湘勇，喜气洋洋地从他的面前走来，一只脚恰好踩在他的伤口上，一阵椎心的剧痛又使他晕死过去。

康福再次醒来的时候已近凌晨。中旬的月亮大而明亮，月亮下的人间世界，却是一片惨不忍睹的场景：金龙殿的大火仍未熄灭，远远近近到处是尸体、刀矛，被大火烧焦的尸骨发出令人窒息的臭气，喧闹声已经过去，活着的人都困乏得睡觉了，人世死一般的寂静。康福觉得伤口的血已经凝固，痛楚减轻了些，他试图挣扎着起来，刚一动，右腿便出现一阵剧痛。原来，就在他昏迷倒地的时候，后面的湘勇不但无人扶起他，反而有好几个人踩着他的身躯冲向金龙殿，右腿便是这时被人踩断的。康福气

得用手捶打大地。捶打一阵后，他平静下来，心想：等天亮后再说吧！他艰难地转动着身子，将俯卧换成侧躺，觉得舒服点。他的脸朝着月亮，微微地闭着眼睛。

不知什么时候，有一只手触着他的鼻孔。他睁开眼睛，发现身旁蹲着一个人。那人问："大哥，你是不是姓康？"

"我是姓康。"康福很高兴，他猜想这一定是一位湘军弟兄。

"你叫康福吗？"

"对，我就是康福！兄弟，你是哪位？"康福想：这下好了！

"你伤在哪里？"

康福指了指左肩膀，又指了指右腿。

"我背你。"

那汉子背起康福，走到旱西门时，正好遇见一匹嚼草料的骠壮战马，旁边一个军官模样的人仰天躺在地上呼呼大睡。汉子暗喜，解开缰绳，先把康福扶上马背，然后自己再跳上去，使劲在马屁股后面一拍，战马奋起四蹄，向前飞奔，一眨眼便穿过旱西门。那人策马向西，沿着长江边的古道，扬起一路黄尘。

"兄弟，你要把我带到哪里去？"康福在前面惊问。

"大哥，你放心，我不会害你，到一个合适的地方就停下来。"那人在后面回答。

眼看离江宁城越来越远，康福并不留恋。就在第一次苏醒时，眼前的一切重重地压抑着他的胸膛，脑子里响起了那夜弟弟的叮嘱："哥哥，打完仗后你就解甲归田吧！"他断然做出决定：一旦伤好后便立即离开湘军。现在正好借这位兄弟的力量去达到目的。

这真是一匹难得的骏马，它驮着两条汉子，并不感到沉重。将到黄昏时，眼前出现一座层峦叠嶂的大山。康福认出，这是安徽当涂县内的东梁山。他对那汉子说："兄弟，我们不走了，就在这里停下来吧，我曾经在此地住过一段时期，山里有许多好草药，我要在这里养伤。"

"行。"

那汉子跳下马，牵着缰绳，向山中慢慢走去。山风吹来，被热汗浸了整整一天的他们感到通体舒服。一路访查，最后看中了一户封姓人家。封老汉今年七十二岁，老伴六十五岁，无儿无女。老头一世行医，慈面佛心、悲天悯人。一圈竹篱笆围住五间茅草房，后园一半种蔬菜，一半种草药。那汉子对老汉说，他们是表兄弟俩，外出做生意，不幸遇着歹人，打伤了表兄的肩骨和腿，请求老大爷收留住下来，并帮表兄治骨养伤。说完又从黄包袱里拿出一锭五十两银子的大元宝来。封老汉没有收银子，却满口答应他们的要求。当夜，老两口治蔬具酒，像对老友一样的款待他们。吃完饭后，用草药给康福洗净伤口，又给他的左肩和右腿敷上两个厚厚的药包。康福躺在床上，伤痛似觉消失殆尽。

"兄弟，你叫什么名字，是哪营哪哨的？为什么要带我离开江宁？"康福问那汉子。这一天来，他一直想问，只是一则坐在马背上奔跑，谈话不便，二来自己气力不济，不能多说话。现在，他不能不问了。

"康大哥，我是什么人，你是绝对想不到的。"那汉子坐在他的床边，笑笑地说，"我不是你的湘军弟兄，我是你的对手，一名太平军军官。"

“这是真的？”康福大惊，若不是腿已断，他会从床上一跃而起。

“是真的。”那人早有所备，对康福的惊讶一点不介意，“康大哥，你听我慢慢讲。”

原来，救出康福的这个汉子，正是当年在宁乡小饭铺看曾国藩写字的那群太平军中的一个，后来奉韦卒长之命送狗肉给曾国藩、荆七吃，又拿纸笔来要曾国藩誊抄告示的那个细脚仔。他当时只有十五六岁，是太平军中数千名童子军的一名。康福因去看望表姐，错过了与他见面的机会，但他的弟弟康禄投靠太平军时，恰恰投的便是韦卒长的部队，编在细脚仔一个伍里。细脚仔从懂事起就不知他的父母是谁，他是在乞丐堆里长大的。太平军埋锅做饭，他到大铁锅前讨锅巴吃。韦卒长见了可怜，收他当了名童子军，问他叫什么名字，他答不出。大家见他两只脚长得比别人的手臂还细，都叫他细脚仔。

细脚仔投军三个月后，遇到了康禄。小家伙最是单纯热情，对康禄很关照。一路行军过程中，又将三个月来在太平军中所学到的关于拜上帝会、均贫富等理论，以及民族大义等等讲给康禄听。虽然细脚仔的知识肤浅，但他对太平军的感情深厚，那些肤浅的道理出自于他的带有浓厚感情色彩的嘴中，给刚投太平军的康禄以深刻的印象。康禄比细脚仔大几岁，又武艺高强，细脚仔对他很尊敬。后来，康禄不断迁升，细脚仔一直跟在他身边。直到康禄当了楚王，细脚仔还是以总制的官衔充当他的亲兵。关于康福的一切，细脚仔都知道。天京失落的前夕，康福进楚王府劝弟弟，隔壁窗外，细脚仔把康福看得清清楚楚，兄弟俩的对话也听得清清楚楚，他从心里对楚王崇仰不已。天京外城攻破后，细脚仔没有重伤，本可以逃出城，但他没有这样做。他要和楚王一起，与受伤的五千烈士自焚殉国，用一死表达他对信仰对友谊的忠诚。但康禄想得更远。就在康福带领湘军冲进太阳城的前一刻，康禄把细脚仔叫到跟前，交给他一个黄缎子包袱，沉重地说：“兄弟，你年纪轻轻，又没有重伤，不要走这条路，往后还有更重的担子要你承担。”

“王爷有何吩咐？”望着已瘦成骷髅似的楚王，细脚仔心情异常沉痛。

“你带上这个包袱，趁着清妖抢金龙殿财物的混乱时刻，冲出天王宫，逃出天京城，然后设法回到广西去。”

“王爷，我不逃走，我要跟你和弟兄们一起殉国。”细脚仔嘶哑着喉咙说。

“兄弟，你听我说。”康禄把手搭在细脚仔的肩上，饥饿和劳累已把这条铁汉子折磨得有气无力了。他深深地吸了一口气，低沉地说：“天王宫马上就要落到清妖的手里，天京城即将全部陷落。忠王保护幼天王出城，看来凶多吉少。各地虽说还有二十万弟兄，但依我看，凭他们来复兴天国，指望不大。我冷静地想过，天国的失败，不在人少兵少，而在人心已失。为何会失去人心，我曾经和你说过多少次了，今日事情危急，不能再细说了。天国后来的发展虽令人痛心，但老天王起义之初，对兄弟姐妹们讲的道理却是对的；正因为对，才会有我天国初期的人心归向，红红火火。天国暂时是失败了，天国的理想在两广仍然深入人心。古人说得好：野火烧不尽，春风吹又生。只要时机成熟，天国的大旗又会在两广树起。莫看清妖现在得手，它的气数已尽，撑持不了多久。你还只有二十几岁，人生还刚刚起步，又在军中十多年，太平军的一切都已洞悉，正是今后办大事的丰富历练。包袱里有老天王早期传道的几本书，还有《天

朝田亩制度》和《资政新篇》，这些都是我天国最重要的文献。另外还有我给老天王写的一个条陈，里面讲了十多年来天国的一些重大失误，不料刚抄好，老天王就升天了。兄弟，你回到广西后，要认真读通这些文献，以老天王当年传道的精神，宣传天国的崇高理想，吸取这次失败的教训，重新把父老乡亲团结起来，把清妖推翻掉，实现老天王的愿望。”

“王爷，我听从你的命令！”细脚仔意识到这个使命的伟大，他决心挑起这副异乎寻常的重担。

“好，你是我的好兄弟！”康禄将脚下砖缝里的一根细草扯出，放在口里嚼了几下，咽了下去，又说，“包袱里有十个大元宝，供你沿途和回去使用，还有我剩下的三枚飞镖，你替我收藏，今后若有机会，你把它交给我的哥哥。”

“王爷的哥哥就在清妖军营里，我一定能找到。”

“不，你暂时不要去找他。我的哥哥是个好人，我相信他不会在清妖军营里待得很久，他总有一天会觉醒回家。过了七八年后，你再到我的老家去找他就行了，你现在重要的是赶快离开天京，离得越远越好。”康禄又拔起一根细草嚼着，振作精神说，“我无妻无儿，哥哥的儿子就是我的儿子。你对我哥哥说，待侄儿长大后，把这三枚飞镖送给他，让他知道在这个世界上，他曾经有一个叔叔。”

康禄说到这里，不觉眼圈红了，他赶紧停住：“情形危急，不能多说了，你赶快去剃头换衣。”

细脚仔剃去满头长发，只留一条辫子，又穿上一件普通百姓的长褂。当他背起包袱，再次来到楚王身边时，湘军已冲进太阳城内，将金龙殿团团包围了。正在这时，康禄惊奇地发现带兵的将领，正是他的胞兄！他远远地指着康福对细脚仔说：“我的哥哥就在那里。”

细脚仔顺着手势看去，不错，正是那夜潜入楚王府的汉子。柴堆点火后，细脚仔含着眼泪，偷偷地钻出火圈。很快，他看到康福中弹倒下了。出于对楚王的敬仰和对楚王嘱托的忠诚，细脚仔决定：只要康福没有死，就要救起他，把他远远地带出天京城！太平军的忠贞总制，不愿自己上司的哥哥长久充当清妖的走狗！

“你把飞镖给我看看。”当细脚仔说完这段经历后，康福感动地说。

细脚仔打开黄缎包袱，将康禄留下的三枚飞镖郑重交出。康福看着这三枚刻有“禄”字的精钢飞镖，不觉泪眼模糊了。

飞镖是康门绝技。一般飞镖都是一枚枚地发，康家的飞镖是三枚一组，可以三枚同时发出，也可以一枚接一枚地单发。康福兄弟俩自五岁起，识字之余，父亲就教他们练拳脚，八岁开始练刀棍，十岁开始练飞镖、下围棋。康福十五岁时，父亲去世，弟弟那年刚好十岁，因此弟弟的飞镖和围棋全是哥哥传授的。那一年，下河桥来了个手艺精巧的铁匠，康福请他为兄弟俩各打五组飞镖：柳叶镖、梅花镖、蒜条镖、铜钱镖、三角镖，每枚飞镖上都分别刻上“福”“禄”二字，兄弟相约，不到万不得已时不使出飞镖。十多年过去了，康福仅用去两组，康禄就只剩下这一组了。这是一组梅花镖。当年打造飞镖的情景仍历历在目，而弟弟却永远见不到了。

从那以后，康福和细脚仔就在封老汉家住下来。老汉三头两日进东梁山为康福采药，老太太则常常炖鸡熬鱼汤给他补养身子。平时，细脚仔时常谈他的天国理想，封老汉则时常骂朝廷和官府。康福对自己十多年来的经历，暗自做过多次反省，慢慢地他的认识越来越深刻了。

受父亲和环境的影响，青年时期的康福抱定的人生宗旨，是忠君敬上，依靠自己的本领正正经经地走一条出人头地、光宗耀祖的道路。正因为这样，他才追随曾国藩，希望在曾国藩的提携下重振康氏家风。太平军反抗朝廷，他认为有悖纲常，毁孔孟像烧诗书，他更不能接受，因而他全力支持曾国藩建湘军，并成为湘军中的重要人物。他以为他走的是一条建功立业、为祖宗争光的康庄大道，并无数次地为弟弟失身于太平军而惋惜。那夜弟弟的一番宏论，真使他有振聋发聩之感。他第一次发现，弟弟才是真正的英雄，相形之下，自己的确猥琐。不久前那一幕史无前例的画面，将他的心灵震荡得如同山在摇动、海在翻滚，世上居然能有如此众多至死不悔、视死如归的人杰！如果不是有一种崇高的信仰在支持，如果不是坚信自己的事业是正大光明的，如果不是对敌方有着不共戴天的深仇大恨，怎么可能会有这样惨烈的场面出现！

作为一个正直的读书人，康福由此产生对太平军的重新认识，并由此怀疑自己所作所为的正确性。他始终不能明白在胜利得来的最后一刻，李臣典为什么要置他于死地。后来，他听到李臣典因第一个冲进天王宫的功劳荣封子爵，才恍然大悟。人人都有赏赐，唯独没有他康福的份，纵算是真的死了，也应当有抚恤呀！康福心里第一次产生了不满。他开始觉察到，多年来他所崇拜的偶像其实是一个薄情寡义的人。不久后传来的消息，则又将这具偶像在他的心中彻底击碎了。

那是在康福的右腿基本康复后，一天他散步来到长江边，正遇到一大批从江宁城裁撤回籍的湘军。这些湘军不认识他，他却有心和他们闲聊。被裁的湘军中有一个恰是跟着赵烈文去庐州擒拿韦以德的人，他将曾国藩如何强加韦俊叔侄谋反罪名，借他们的头强行裁军的过程，详详细细地告诉了康福。康福听后心里难受了好多天。韦俊投降，是康福去劝的；当韦俊对投降后的处境有顾虑时，又是康福以自身的人格担保，并拿出曾国藩的诗来为证。曾国藩的诗写得有多诚恳：只要韦俊投诚，朝廷会像当年汉高祖对待韩信、唐太宗对待尉迟敬德那样对待他，今后在凌烟阁上为他绘像留名。后来，曾国藩又当着康福和韦俊叔侄的面，再次表明这个态度。四五年来，韦俊叔侄一直为朝廷出死力，打硬仗，想不到江宁打下后，不但没有为他们请功求赏，反而要用杀他们来达到威胁别人的目的。康福记得有一次，韦俊不安地对他说，韩信最终还是被吕后设计杀了，“汉祖曾闻韩信勇”这句诗有点不祥。康福安慰说，不要多疑，韩信后来被杀，乃是由于他策划陈豨谋反，咎由自取。从刘邦的角度而言，他对韩信是重用不疑的。话虽是这样说，但韦俊心里总不踏实。难道说，曾国藩当初就对韦俊埋下了杀机吗？这个理学名臣一向标榜诚与信，而他的内心，实在是深不可测，至少对韦俊叔侄来说，用“背信弃义、残忍刻毒”来评价他，是毫不苛刻的。

康福怀着对韦俊、韦以德的深重愧疚，在东梁山下哭泣祭奠。冥纸在火中焚化，十多年来对曾国藩的情谊，也同时化为飞灰。他想起送给韦俊的康氏传家之宝——田妃娘娘的围棋子，现在不知下落如何，很可能就这样不明不白地永远丢失了。他很痛

心，觉得对不起列祖列宗。

这年冬天，康福左肩和右腿两处重伤全部好了。他和细脚仔向封家老两口道谢辞别，并捧出一百五十两银子酬谢。封老汉坚辞不受，并说："半年来，我看出你们俩都非等闲之辈，我们交个忘年朋友吧！"封老汉的高谊，令两条汉子感动。

在西上的船舱里，细脚仔多次劝说康福和他同去广西，为天国的复兴培养人才。康福一再婉言谢绝了。他改变了对太平军的看法，也改变了对曾国藩的看法，但他还是不愿意走上背叛朝廷、扯旗造反的道路。他对细脚仔说，下半生再也不参与世事了，要把康氏家风传给儿子康重，让康重兼祧叔父。到了沅江后，康福留细脚仔在家中住下。他自思在沅江住久了，必会为旧时袍泽所知，要不参与世事是不可能的，最妥当的办法就是卖掉田产，携眷外出。他想起封家的深恩厚德，又怜他们年老无后，遂决定迁居东梁山下，和封家老两口住一起。

康福卖掉房产田地，共得五千两银子。为答谢细脚仔的救命和护理之恩，他送三千两给细脚仔。细脚仔思量回家后要办大事，便爽快地收下告辞了。

在一个漆黑的深夜，康福带着妻子田氏和七岁的儿子康重，悄悄离开沅江下河桥。一路摇橹张帆来到东梁山封家，封氏老两口接着康福全家，又惊又喜。康福将一切都告诉了封老汉，说从此定居这里，改名康伏，以示隐伏之意，并承担老两口的养老送终。老两口欢喜无尽。康福在玉溪桥建了十间草房。从此，他跟封老汉学医采药，教子读书、练武功、下围棋，日子倒也过得安闲。有一天在长江边，被路过的李臣章认出，硬拉着他到猛虎山玩了两天。康福叫李臣章千万不要对人说起，李臣章谨遵诺言，只是在曾国荃面前，他再也保不住这个秘密了。

曾国荃在东梁山码头，带着儿子纪瑞和仆人王勇上了岸，问了一个行人后，便很容易地找到了玉溪桥康家。

这是一处环境优美的地方。连绵高耸的东梁山，以它巨大的体魄挡住外部世界的红尘喧嚣，将一片宁馨幽静的气氛送给这一带的农舍田庄。蜿蜒细长的玉溪从山谷间流出，溪水清澈见底，犹如玉液琼浆一般令人喜爱。一座半圆形拱桥横跨其上，桥墩上时见野藤蔓枝，益发衬托出石拱桥的苍劲与高龄。一个牧童倒骑在牛背上，从桥顶款款而下，为静谧的氛围增添几分生趣。就在拱桥旁边，一道矮矮的竹篱笆墙围着十来间茅瓦交错的房子。后院里，冬日温暖的阳光下，一个须发银白的老者和一个十四五岁的少年，面对面在屏息静气地对弈。曾国荃要王勇暂勿敲门，他们一行在墙外偷偷观看。只听见一个清脆的棋子落盘声响过后，老者哈哈大笑起来："你又输了，这次总没得话讲了吧！"

那少年站起来，眼睛盯着棋盘看了许久，终于扔下手里的几个白子，说："封爷爷，这次我真的认输了。"

"好哇，终于说出'认输了'三个字，不容易呀，太阳从西边出来啦！"老汉仍然乐呵呵地笑着说。

"封爷爷，我要再跟您下三盘。"看来那少年往日的犟脾气又发了。

"再下三盘可以，不过你说的话要算数，输了要玩个把戏给封爷爷看，玩过把戏后再和你下。”

“好，玩就玩！”

少年说完，从旁边一株小树枝上取下一个鸟笼来，放在棋盘上，笼子里装着三只灰色野鹁鸪，他把笼门打开。

“小重子，快把门关好，鹁鸪会飞走的。”封老汉在一旁急道。

“我就是要它飞走！”

说话间，三只灰鹁鸪都钻出笼外，展翅高飞起来。只见那少年不慌不忙，从口袋里取出三枚梅花镖来，在手心里排列了一下，然后叫一声“去”，三枚镖一枚接一枚地从手心里飞出，直向鹁鸪追去。眨眼工夫，三只鹁鸪一只接一只地坠落下来，身上都插着一枚小小的梅花镖。

“好镖法！”篱笆墙外的曾国荃不禁脱口叫起来。

“谁在外面偷看？”在老者俯身拾鹁鸪的时候，少年循声来到围墙边。

“小英雄，你让我们进来一下好吗？”怀着一股极大的赞赏之情，曾国荃满脸堆笑地问。这样的笑容，通常在这个“铁桶”九帅的脸上很难见到。

“你是什么人，为什么要进来？”少年似乎不受他这脸笑容的影响，高声责问。

“我们是从很远的地方来的，想向你们打听一个人。”

“封爷爷，你说开门让他们进来吗？”少年拿不定主意，转脸问老者。

“既是远方来的客人，就让他们进来吧！”老者和善地说。

“那你们就进来吧。”少年说完，跑到门边，把竹制的大门打开了。

老者请曾国荃一行进客厅里坐，又亲手给他们一一斟上茶。

“客官刚才说要打听一个人，他叫什么名字？”老者问。少年站在他的身后。

“他叫康福。”

“你们找康福？他是我爹爹！”少年忙欢喜地搭腔。

“你就是康福的儿子？”曾国荃欣喜地望着少年，很是高兴，又问老者，“老伯伯，你是……”

“他是封爷爷，我爹爹的大恩人。”少年又抢着说。

老者慈爱地说：“他叫康重，康福的儿子，机灵的调皮鬼。”

“我爹爹不在家，到武当山找朋友去了。”康重又大声说起来。

“不在家？”曾国荃颇觉遗憾，“几时回来？”

“说不定，少则半个月，多则二十天。”封爷爷答，“请问先生，你找康福有事吗？”

“我是康福的朋友，有好几年没有见面了。找他也没有什么大事，路过这里，上岸见见他，随便聊聊。”曾国荃说，“封老伯，康福这些年还好吗？”

“好，好！”封老汉笑着说，“康福一年四季都住在这里，不大出门，读读书，下下棋，教育儿子，也天天与老汉天南海北地瞎聊。”

曾国荃想康福既然不在，且自己又必须尽快赶到江宁，遂道：“封老伯，借你一张纸和一支笔，我给康福留几个字如何？”

“行。”封老汉刚开口，康重便一溜烟跑进屋，一会拿出全套笔墨纸砚来。曾国荃展开纸写道：

康福仁兄：

欣闻你尚活在人世，拜访不遇，当谋下次再会。大哥病重，我特为由湖南去江宁看望。韦俊伏法后，康氏祖传之棋已由大哥珍藏。能与仁兄再来一场饮酒围棋，真人生快事一件！

沅甫顿首于玉溪桥康府

尽管这个赫赫九帅名满天下，东梁山下的封老汉和康重却并不知沅甫为何人。老汉叫康重将纸折好收下，待爹爹回来后即交给他。曾国荃看着这个聪敏的少年，心里欢喜不已，想着要送件东西给他做个纪念。在身上摸了摸，又找不出一件合适的物品，正引以为憾时，猛然见胸前垂下的围巾，他立即取下来。这是一条用二十只火狐狸腋毛皮制成的大围巾，当年以九百两银子派人从京师购得。他毫不犹豫地将围巾递给康重："小重子，伯伯送给你，你收下吧！"

康重伸过手接着。那围巾异乎寻常的柔软，仿佛里面藏着一个火源似的，不断地发出温暖的热气来。康重从来没有见过这么好的东西，刚要收下，又记起父亲一再告诫的话，于是把围巾递过去："我爹爹讲的，不能要别人的东西。"

曾国荃哈哈笑起来，说："别人的东西可以不要，我这个伯伯的东西，你非收下不可。待你爹爹回来后，他会告诉你的。"

康重又转脸看着封爷爷。老汉说："客人既然这样说，想必是你爹的至交好友，你先收下，以后交给你爹。"

封老汉竭力挽留曾国荃一行在家吃饭，他哪里肯留下，遂告辞返回船上。

八、左季高是真君子

曾国荃父子一行到达水西门码头时，江宁城已沉浸在一片震耳欲聋的鞭炮声中了。各大衙门、商号，以及有钱人家的大门口，早已张灯结彩，装点一新。从他们那高高的围墙里传出的不只是爆竹的鸣响，还有各种诱人的香味和悦耳的管弦之声，以及能使满天雪花融化的热气！同治十年即将过去，楹柱上的旧桃要换新符了。人们在祭神祭祖祭天地，祈祷着新的一年里，在祖宗神祇的保佑下升官发财、阖家吉祥、平安顺畅、事事如意。

乍看起来，江宁城是繁华的、安宁的，尤其是那秦淮河的画舫丝竹、夫子庙的百业杂耍、胭脂巷的红男绿女、贡院街的肥马轻裘，更把这个六朝古都点缀得温柔富贵、风流旖旎。细看却不然。不用说城外那些烧砖的破窑里、低矮的土地庙中、城墙边一个接一个用旧席烂板搭成的小窝棚里，就在城里的屋檐下、桥墩下，以及那些形形色色的破烂棚子里，不知蜷缩着多少奄奄一息的饥民乞丐、逃荒流浪者。他们面黄肌瘦的脸孔，深凹失神的眼睛，用麻袋树皮裹着的身躯，还有那就在他们不远处躺着的一具具冻僵的饿殍，撕毁了江南第一城的繁华表象，戳穿了同治中兴的神话！

江宁城里地位最高的衙门——两江督署，迎来了它复建之后的第一个新年，本该盛装浓抹、热热闹闹地庆贺一番，但由于它的主人素来俭朴，更因他在年前到城里城外巡视了一遍，亲眼见到"朱门酒肉臭，路有冻死骨"的情景展现在他的治下，心情异常沉重。他吩咐家人只在大年三十夜晚和初一早上放两次鞭炮，其他日子一概不放，酒肉果品不可过丰，全家老老少少一律不做新衣，略比平日干净整齐点就行了。大门口除悬挂四个大红灯笼表示吉庆外，所有一切与往日无异。

因九弟的到来，曾国藩的心情异常兴奋，接连长谈了两个夜晚。曾国荃将在猛虎山上作客的一节暂时不提，先告诉他康福的消息。

"康福还活着？"曾国藩惊喜万分，接着又喃喃自语，"那年打扫战场，一直不见他的尸身，我便存着一线希望：莫非康福没有死？果然还健在，真是天佑善人！"

曾国荃把去东梁山访康福不遇，见到其子，留下字条一事简略地说了一下，又将康重着实夸奖了一番。

"你怎么会知道康福隐居在东梁山呢？"康福还活着，给重病中的曾国藩很大的安慰。

"我在荻港码头上偶遇吉字营一旧部，听他说起的。"

"哦！"曾国藩没有再追问下去了，他两眼望着烛光出神，好似在回忆与康福相处的岁月，好长时间才轻轻地说了一句，"不知康福什么时候从武当山回来，我真想有生之日再见他一面，我亏欠他的太多了！"

"这个容易。"曾国荃说，"过段时间派人把他接到江宁城来就行了。"

也许是兴奋过度的缘故，曾国藩的旧病又犯了：头昏眼花，右脚麻木，耳鸣不止，一连几天不能开口说话。同治十一年大年初一，曾国藩在仆人搀扶下，勉强出面，接受江宁文武的祝贺，并率领大家望北向太后、皇上叩拜。仪式刚一结束，便又卧倒床上。江宁官场新年互拜的闲聊中，都免不了一个重要话题：宫保曾侯病情严重。大家叹息着，说过去的军营太艰苦了，这些年的公务又如此繁重，任是铁人都难以支撑。也有人悄悄议论：老中堂的病主要来源于前年的津案，"外惭清议，内疚神明"，这种心灵深处的悔恨所造成的痛苦，要比劳累给人的伤害强过百倍。

两江总督衙门更是笼罩着一片阴云。欧阳夫人夜夜对着祖宗牌位默默祷告，祈求祖宗在天之灵保佑夫子早日康复。欧阳兆熊带着几个名医天天进府诊视。前年曾国藩在天津时写信要儿子做棺材，纪泽兄弟不忍心做。眼见这次情形严重，纪泽悄悄地跟九叔商量，要不要把寿器先做好，并说有现成的建昌花板在。曾国荃想了一下，说："迟早要做的，现在就做吧。"于是督署东侧几间杂房里，三个木匠开始敲敲打打了。

到了初七后，曾国藩病势渐有好转，头不晕了，能吃点稀饭了，便挣扎着起来，把前几天的日记一一补上。刚写上几页字，又觉得累了，只好闭着眼休息。略歇一会，感觉到好了一点，便又拿出一本《理学宗传》来阅读。

"大哥，我给你一样好东西！"曾国荃走了进来，一只手放在背后，脸上洋溢着欣喜的光彩。这一瞬间，使曾国藩想起三十年前，跟着他在京师读书的那个十七八岁九弟的神情。"有人给你寄来一封信，你猜猜是谁？"

"给我写信的人成百上千，我哪里猜得出！"看着九弟这副高兴的模样，做大哥的也受到了感染，干枯多皱的脸上略露一丝浅笑。

“你绝对想不到，是左老三从西北寄来的。”曾国荃藏在背后的手高扬起来，两个手指夹住一个长大的信封。

“是左季高的信？”突然之间似乎顿生力量，曾国藩竟然站了起来。“快给我看！”

不能怪曾国藩太激动。这个在西北战场上建立赫赫战功的老友，自金陵攻克之后，已整整八年没有来信了。尽管曾国藩曾主动给他写信表示友好，尽管有关西北的粮饷，曾国藩一粒不缺、一文不少地准时发出，尽管应他之请，将湘军的后起之秀刘松山派出支援，左宗棠始终没有一纸亲笔信给曾国藩，寄来的函件全部是冷冰冰的公文。这些年来，每当想起湘军创建之初，左宗棠所给予的大力支助，尤其是靖港败后欲再度自杀的那个夜晚，左宗棠一席与众不同的责骂所起的巨大作用，曾国藩就觉得对左宗棠有所亏欠，甚至连左宗棠骂他虚伪——这对一向以诚自命的曾国藩来说，是伤透了他的心——他也能予以体谅宽容。不过，左宗棠的倔脾气，曾国藩是知道的，实在要犟到一头去，自己也无能耐拉回来。现在，这个英雄盖世的今亮居然万里迢迢地寄来了私函，信封上端正地写着“曾涤生仁兄亲启”，跟道光、咸丰年间一个样，曾国藩不觉油然而生亲切感。

他拿起剪刀，小心翼翼地剪开信套，里面跳出左宗棠劲秀兼备的字迹。他擦了擦眼睛，然后抖开纸，聚精会神地看起来。曾国荃站在一旁，只见大哥脸在微微抽搐，手里的纸在轻轻地颤动。曾国藩看着看着，终于双眼一闭，身子向椅背一仰，长长地舒了一口气，叹道：“左季高毕竟是我辈中人！他是个真君子！”

说话间，信纸从手指缝间飘落下来。曾国荃拾起一看，信上写着：

涤翁尊兄大人阁下：

寿卿壮烈殉国，其侄锦堂求弟为之写墓志铭。弟于寿卿，只有役使之往事，而无识拔之旧恩，不堪为之铭墓。可安寿卿忠魂者，唯尊兄心声也。

八年不通音问，世上议论者何止千百！然皆以己度人，漫不着边际。君子之所争者国事，与私情之厚薄无关也；而弟素喜意气用事，亦不怪世人之妄猜臆测。寿卿先去，弟泫然自惭。弟与兄均年过花甲，垂垂老矣，今生来日有几何！尚仍以小儿意气用事，后辈当哂之。前事如烟，何须问孰是孰非；余日苦短，惟互勉自珍自爱。戏作一联相赠，三十余年交情，尽在此中：知人之明，谋国之忠，自愧不如元辅；同心若金，攻错若石，相期无负平生。

“大哥，季高向你赔罪了。”曾国荃也很激动。

“不是赔罪，这正是季高的心地光明之处。”曾国藩缓缓站起，握着扶手立着，然后离开靠椅，在屋子里慢慢走了两步。“知人之明，谋国之忠，自愧不如元辅”，他在心里默默地念着，想起处理天津教案期间，总理衙门转来的左宗棠的信。那封信以激烈的态度、尖锐的言辞，指责津案办理的错误，赞扬津民的爱国热情，就差没有明骂他是卖国贼了。以左宗棠的名望地位，当时这封信给曾国藩的压力和痛苦可想而知。而今这“谋国之忠，自愧不如”的话，岂不是委婉地表明左宗棠对曾国藩处置津案的肯定？因津案而身心受到巨大刺激的前湘军统帅，是多么需要别人在这件事情上对他的理解，尤其是像左宗棠这样的人的理解！曾国藩不仅因此而化除与左宗棠的多年嫌猜，甚至于对老友生发出感激之情来。他突然停下脚步，重新坐在靠椅上，右手习惯性地摸着胡须，笑着对弟弟说："沅甫，我给你讲一个关于季高的最新故事。"

"左季高的故事最多，今后可以编一部书。不知大哥又听到了什么好故事。"

"左季高在兰州当陕甘总督，当年他隐居的东山白水洞几个邻居想去看看他，当然也想借此出去观光观光，于是写封信寄到兰州。左季高回信邀请他们去，并且寄来三个人的盘缠，白水洞三个老农夫结伴同行，跋山涉水到了西北。左季高见到这三个老乡，比见到朝廷派去慰劳的钦差大臣还高兴。一连三天跟他们在一起吃饭，与他们共一个铜水烟壶吸烟，畅谈在东山耕作的往事。左季高待微时乡邻的真情实意，令部属们感慨不已。

"这天晚饭后，季高又与三个乡邻随便聊天。天气热，他干脆脱去衣褂，露出一个大腹便便的肚子，躺在靠椅上。他摇着大蒲扇，问乡邻：'你们看，今日左三爹爹与昔日左三爹爹有什么不同没有？'一个说：'您老跟二十年前一个样，还是那样随和没架子。'另一个说：'也没有显老，跟先前一样健健壮壮的。'第三个说：'就是一点不同，先前的肚子没有现在这样大。'季高很得意，拿蒲扇拍了拍大肚子，问：'你们可知道这里装的是什么？'一个说：'装的是鱼肉鸡鸭。'另一个说：'左三爹爹在西北吃不到猪肉鲜鱼，我看里面装的是牛肉羊肉。'第三个说，'不对，是海参、燕窝。'季高哈哈大笑起来，说：'你们都猜错了，这里面装的是绝大经纶。'三个乡邻都惊呆了。一个说：'左三爹爹，你把金子做的轮子吞到肚子里不可惜了吗？'另一个说：'而且是绝大的，怎么吞得进呢？'左季高听了，笑得手中的蒲扇都掉到地上去了。"

曾国荃也大笑起来，问："这是谁说出来的？"

"还有谁？白水洞的三个乡邻一回到湘阴，逢人便说，怪不得左三爹爹本事大，原来他肚子里有一只会转的金轮子！"曾国藩说到这里，自己也忍不住笑起来。

"大哥，你大安了？"曾国荃见他笑得开心，欢喜地问。

"大安了！"曾国藩快活地回答。

九、最后一局围棋

左宗棠这封短信的确远胜欧阳夫人的祈祷和名医的诊治，曾国藩仿佛痊愈，精神又重新兴旺起来。要办的事情太多了：年前，湖广总督李瀚章送来的淮盐运往楚境章程修改的咨文要回复，两江境内知府以上的官员同治十年政绩密考要向朝廷呈报，狼山镇总兵关于加强外洋船舰装备的呈文要批复，岳州镇总兵报来的几处兵民斗殴的事件要处理，每年春秋两季巡视一遍长江水师的军容军纪，此事亦需专折奏请，还有不少琐事也要作些交代。右目失明之前，诸如这些重要的奏折批文，以及给老朋友的信函，他都亲笔书写，不假手幕僚，这几年不行了。一会，黎庶昌、薛福成、吴汝纶等人奉命进来。曾国藩分别对他们口述大意，叫他们拟好草稿后再念给他听。

黎庶昌等人受命出去后，巡捕送来一大沓各省各府的拜年信。他看了看信封，知道是谁寄来的后，便随手扔在一边。最后一封是容闳寄的，他特为拆开。信的开头竟是一串长长的头衔："太子太保武英殿大学士一等毅勇侯兵部尚书衔两江总督南洋通商大臣兼两淮盐政总办江南机器制造总局督办夫子大人勋鉴"。曾国藩不觉失声笑了起来，略为思忖，他提笔在旁边写了四句打油诗："官儿尽大有何荣，字数太多看不清，减除几行重写过，留教他日作铭旌。"接下来又批一句："由莼斋拟一信，问出洋留学幼童选派事进展如何。"

因为曾国藩的康复，两江总督衙门的紧张气氛松弛下来，曾纪鸿带着纪瑞、纪芬等弟妹子侄们，兴高采烈地到桃叶渡看花灯。欧阳夫人指挥仆役们宰鸡杀鸭，丈夫不请客摆酒，她还是要办几桌，将江宁城里几个大衙门的夫人太太们请来热闹一天。一年到头，不知接过别人多少请柬，虽大部分没有应请，但到底别人的礼数在，得趁着新年期间回回礼。来江宁十多天了，曾国荃一直没有出过大门，这时也开始外出拜访应酬。

冬天的江南，夜色来得早，刚吃完晚饭，两江督署的各处房间便相继点起了蜡烛、油灯，西花园、湘妃竹林和晚间无人住的艺篁馆，则全部被浓重的漆黑所吞没。这时，一个身穿黑色皮衣紧腿裤的中年男子，以矫健的身手跃上督署高大的围墙，四处张望一眼后，再轻轻跳下，然后穿过斑竹林，踏过九曲桥，躲过侍卫的眼睛，径直向总督的书房走来。

门吱的一声开了，正躺在软椅上闭目养神的曾国藩并没有睁开眼睛来，只是轻轻地问了一句："谁进来了？"

灯光下，躺椅上的前湘军统帅竟是如此的衰老孱弱，使中年汉子不由得倒抽一口冷气，心里很是悲凉。见无人搭腔，曾国藩睁开余光不多的左眼。眼前的汉子壮健威武，并不是时常进出书房的兄弟子侄和卫士仆役，昏昏花花的目光看不清来者是谁，但又觉得眼熟。

"曾大人，你不认识我了？"中年汉子走前一步。

好像是康福，但他怎么可能没有经过任何通报，便只身来到书房呢？他揉了揉眼睛，虽然七年没有见面了，虽然灯光不亮，人影朦胧，曾国藩还是认出来了："价人！"刚喊了一声，又连忙补一句，"真的是你来了吗？"

"是我呀，大人，是我康福来了。"康福也激动起来。

"价人，你走过来，靠着我身边坐下，让我好好看看你。"康福走过去，在曾国藩躺椅边的凳子上坐下来。

曾国藩将康福仔仔细细地端详了很久，又握着他的手，慢慢地说："价人，自从沅甫来江宁，告诉我，说你在东梁山下生活得很好，儿子聪慧，镖艺惊人，我心里喜慰极了。价人哪，想不到今天还能见到你，这下我放心了，可以闭着眼睛去了。"

说着说着，脸上竟然滚动起泪水来。康福望着动了真情的老上司，久久说不出一句话来，只是用双手将那只干枯少热气的手紧紧地握着。

十天前，康福从武当山回来，儿子把曾国荃留下的字条给他看，又说那人还送了一条很暖和的毛围巾。看了字条，摸着围巾，康福整整半夜未合眼。七年来，康福虽然有心远离人世，但普天之下莫非王土，他仍然是大清王朝的一个子民。周围的一切，他不能闭目不视，外出访友问道，他不能不接触人和事，所有他看到的、听到的一切，莫不令他气愤至极、灰心至极。咸丰二年，他之所以投靠到曾国藩的门下，一方面固然出自于对曾的崇敬，希望在曾的提携下出人头地，光大康氏门第；另一方面，在康氏传统家风的熏陶下，他也巴望着跟随曾国藩做一些对国家对百姓有利的事情。后来，曾国藩在创办湘军，与太平军转战东西的过程中，多次跟他谈到打败长毛后，要做一番伊尹、周公的事业，使国家中兴，百姓安居乐业。那时康福相信曾国藩的这番抱负是真诚的，也是可以实现的。以后，目睹湘军从将官到兵士的日益腐败，他开始产生失望的情绪：这样一批人能真心实意为国家和百姓办事吗？现在，长毛被镇压下去六七年了，捻军也平息了，按理，朝廷的太后、皇上，两江的总督都应当把整饬吏治、谋利民生，作为第一等重要的事情来办，官场应当清廉了一些，百姓的生活应当好转一些，但事实并非如此，有些地方甚至比十多年前还要糟糕。

“这样一个奄奄待毙的王朝，为什么一定要拼死拼活地保卫它呢？”出身经历与曾国藩有很大差异的康福，这些年常常思考这个问题。从盘古开天地以来，改朝换代屡见不鲜，历代史家也并没有说哪个朝代是绝对不能推翻的，哪个朝代又是绝对不能建立的。康福记得小时听父亲讲汤武革命的故事，对商汤、周武的革命行动赞扬备至。商汤可以伐桀，周武可以伐纣，今天为什么不可以讨伐无仁无义的满人朝廷呢？康福想清楚这一层后，由对弟弟人格的尊敬进而到对其所献身的事业的理解了。在玉溪桥康宅里，康福为从康慎开始的历代先祖都树了一个牌位，最后也为弟弟康禄立了一个木主。逢年过节，他要儿子康重对着这个木主磕头，并把由细脚仔转来的三枚梅花镖，郑重其事地交给儿子。并告诉儿子，叔叔是个大英雄，这三枚镖是叔叔临终前送给你的，不要辜负叔叔的期望，练好这门康家绝技。康福甚至还决定，当儿子长到十八岁那年，就把自己的这些认识都讲给儿子听，自己不愿背叛朝廷走弟弟的道路，儿子则完全可以继承叔叔的未竟大业。

追随曾国藩十二年，对其人品的认识，康福也逐渐地在改变。曾国藩并不是他先前头脑中偶像式的人物，此人的手腕权术、巧诈诡变，也绝非一般人可比。如果说，那是因为在斗智斗勇的战争环境，不得不如此的话，康福可以理解，但金陵攻下后，却要杀韦俊叔侄，这一点康福无论如何不能接受。大功告成，韦俊叔侄也是与湘军一道打了四五年硬仗的人，不予重赏已是背信弃义了，还要强加罪名，杀头示众，以此来恫吓别人，强行裁撤湘军，这种手段，与历史上那些遭后人唾骂的背信弃义、过河拆桥的小人有何区别？何况，韦俊是康福劝降的。九泉之下的韦氏叔侄对他恨之入骨，自是不消说的了，就是整个正字营的人也莫不会仇恨他。他也要为此事顶一个骂名，被一切有良心的人所唾弃。康福本拟就这样悄没声息地与曾国藩和湘军脱离关系，他永远不想再见曾国藩。但曾国荃的一纸字条改变了他的主意，他要在曾国藩死之前去见一面，更重要的是，他已得知康氏祖传围棋在曾的手里，他要把它收回来，传给自己的儿子。

“价人啦，你曾两次救过我的命，我不曾报答你的大恩；你为湘军立过不少奇功，又是第一个冲进伪天王宫的功臣，朝廷也没有给你相应的酬庸。这些年来，我一直为

此内疚不已，派人到沅江去看望你的夫人和儿子，也找不到他们。我是一个快要死的人了，今夜能再次见到你，我满足了，只是不知你需要些什么，我要尽我的力量补救我的过失。”

曾国藩的诚恳态度，使得早已心如死灰的前亲兵营营官为难起来，沉吟良久后说：“曾大人，您老自己多保重，过去的一切都不要提了，我也什么都不需要。”

“不，价人。”曾国藩似乎突然被注入了一股生气，说话的声音洪亮干脆起来，“你隐居在东梁山这多年，一直不来见我，这说明你对我有隔阂。你心里有不满之处，我完全能体谅。你既然还健在，我就有义务向朝廷禀报，向太后、皇上为你讨赏。李臣典、萧孚泗都能有五等之爵，你也可以受这份殊荣。”

康福冷笑道：“我不稀罕朝廷的五等之爵，大人也犯不着再为我请赏。”

康福的冷淡令曾国藩气沮，稍停片刻，他又说：“你若是不需要朝廷的爵位之赏，我可以荐你去做一镇总兵。”

“我无此才干，也无此心情。”康福的态度依旧是冷冷的。

“那么，我给你一万两银票。”

“我吃穿不愁，要这银子做什么？”

“价人，这不是我送你的银子。”曾国藩的声音又变得低缓起来，“这是你分内应得的，是补给你的欠饷。”

“曾大人，请你不要误会了。我今夜来，绝不是为了向大人你索取什么。实话说，现在就是把一座金陵城送给我，我都不要。”

康福的话里带着几分恼怒，也充满了几分气概，使得曾国藩点头不已：“这我知道，我刚才也不过是为了表示我的一点心意罢了。既然官爵禄利你都不要，过会我送你一件我个人的东西，留给你做个纪念，想必你不会太不顾我的面子。”

曾国藩平生不喜奇珍异宝。做翰林时，只偶尔到琉璃厂去买点前贤字画。古董他最喜爱，但太贵，买不起。后来做军事统帅，为杜绝别人行苞苴，他连这点兴趣都抛弃了。因而除皇上所赐外，他几乎无一件珍稀。四个月前，一位从京师来的旧友带来一件礼物。去年初，周寿昌为头联络一批湘籍京官，为祝贺曾国藩六十一岁大寿，用重金在王府井珠宝店里买下一块二十斤重的昆冈玉，请一名为宫中琢玉五十年的老匠师来鉴定，并由他视这块玉的外表琢一件器具。老匠师对这块玉仔细鉴别了三天，证明是一块真正的蓝田玉即古书上所称的昆冈玉。这块昆冈玉最大的特点是正中有一块巴掌大的胭脂红。老匠师有心要恰当地利用它，琢磨来琢磨去，最后决定雕一个南极老寿星，那块胭脂红就雕作寿星手中所捧的寿桃。三个月过后，一个形神兼备的老寿星栩栩如生地展现在大家的面前，尤其是手中那颗鲜红欲滴的蟠桃，真是安排得天衣无缝，赢得所有观者的一致喝彩，当下便有人愿出三千两银子买下这尊玉雕。老匠师含笑谢绝了。玉寿星送到两江总督衙门时，曾国藩喜得开怀大笑，十分痛快地收下了。这也是他一生中接受别人所赠的唯一一份重礼。现在，他打定主意，要把这个礼物转送给康福。

这时，一个衙役进来，曾国藩吩咐他做几个精致的菜，提一壶好酒来。

“曾大人，你不必送什么东西给我做纪念，我只想收回我自己的东西，你把那副围棋子还给我吧！”

曾国藩怔怔地望着康福，好半天，才凄然地说：“那副围棋是你们康家的传家之宝，我把它从韦俊那里要来，其目的也是不能让这个宝贝长久地失落在贼人之手，今后访到你的儿子时，再归还给你们康家。现在你自己来了，那正好当面给你。”

说完，曾国藩颤巍巍地站起，走到柜子边，拿出一个黑色哈拉呢包包来。打开包包，眼前现出了那个离别多年的紫檀香木云龙盒子。康福的心一阵跳动。曾国藩双手捧起盒子，郑重地说：“价人，这盒围棋终于又回到了你的手里，我也了却了一桩心愿。”

康福接过这盒棋子，酸甜苦辣一齐涌上心头，一时不知说什么是好。

曾国藩重新坐到躺椅上，心绪苍凉地说：“自从听李臣典说你阵亡后，这些年来，我一直很少下围棋。偶尔下一两局，也从不用你的这一副。每当下棋时，脑子里就想起了你，尤其是那年洞庭湖上下的几局棋，记忆最深，就好比发生在昨天一样。围棋应当还给你，但今天一旦还给你，我心里又感到丢失什么似的。价人，我害怕你今夜亲来督署索回棋子，其实是从此断掉你我十几年的情谊。价人，你说是不是呀！”

面前的这位衰朽老头，竟完全应了那句“人之将死，其言也善”的老话，他怎么会有这样一副婆婆心肠！昔日那个杀金松龄、参陈启迈、劾翁同书、斗何桂清的不可一世的湘军统帅的威凛之气到哪里去了？康福想着想着，不觉生发出一种怜悯之情来：这个老头子真的怕离死期不远了。他本想就韦俊一事与曾国藩辩个是非，听到这番话后，打消了这个念头，言不由衷地说：“曾大人，你说哪里话来，大人对我的情分，我一辈子都忘不了。”

“好，你能这样，太令我安慰了！”曾国藩竟然大为感动起来。恰好衙役将酒菜端了进来，他忙说，“价人，你一定饿了，快吃吧，吃完饭后，我和你再下一局如何？”

康福的心一下子变得沉重起来。往日间喝一两斤烈酒他不在乎，今夜一杯酒下肚，脑子里便觉得晕晕乎乎的。他放下酒杯，随便吃了几口菜，便把杯盘推到一边。

“吃饱了？”曾国藩问，纯是一个普通老头子的口气。

康福点点头。衙役进来收拾碗筷，曾国藩吩咐点起两盏洋油灯。这是史蒂文生去年回国探亲特为曾国藩带来的礼物。为了爱惜洋油，他通常不用。洋油灯点燃后，总督的书房明亮多了，康福浏览了一下：靠窗边是一张特大的案桌，桌上一头堆着两叠尺多高的文件，另一头放着几本书，当年汤鹏送的那个荷叶古砚摆在其间；右边墙站着几个高脚木柜，漆着暗红色的油漆，柜门上都有一把三寸长的大铜锁；柜子边码着几排木箱。康福认得，这些简陋的箱子，还是在祁门时做的。

曾国藩刚任两江总督，文书信报大量增加，祁门县令包人杰为讨好总督，送来十个崭新的梓木大红柜子。康福见正是用得着的东西，没有请示曾国藩就收下了。第二天曾国藩发现了，责令他退回去，另叫他监制十二只大木箱。曾国藩说：“祁门山中樟木好，又便宜，用樟木做箱子，装书装报最好，不生虫。战争时期，经常迁徙，比起柜子来，箱子也便于搬动。”又亲自画了一个样子，定下尺寸。康福受命监造了十二个大木箱。当时没有油漆，至今这些木箱仍未上漆，黑黑的，显得很寒酸粗糙。左边墙摆着一张简易木床，床上蓝底印花被依旧是当年陈春燕缝的。除开一张躺椅、一个茶

几、几条木凳外，宽大的书房里再也没有任何其他摆设和装饰。康福对这一切太熟悉了。两江总督书房的简朴，与总督衙门的奢华极不协调，而与总督整个一生的立身却是完全一致的。康福在心里深深地叹了一口气，这些年来对曾国藩本人所滋生的不满，被眼前的这些熟悉的旧物冲去了不少。

“价人，把棋子拿出来吧！”

康福见茶几上已摆好一个棋枰，便打开云龙盒盖，将棋子分置两边。

“还是按惯例，我持黑，你持白。”曾国藩说，脸上露出一丝极浅的笑容，同时举起一枚黑子来，在空中停了好长一段时间，才慢慢按下。康福看出那只手在微微颤抖。十余年间，康福与曾国藩也不知下过多少局棋了。在康福的指点下，曾国藩的棋艺虽有提高，但始终没有跳出他几十年来所形成的格局。他的棋下得平实，很少有意外之着出现，但他很沉稳，从不心粗气浮，不管处于怎样的劣势，他都不慌不忙，冷静应付，康福为数不多的败局，又恰恰几乎全部是败在这种时候。令康福印象最深的是，曾国藩的棋德很好，从不悔子，败后也从不发脾气。有时一边下棋，一边谈古论今，康福从中学到不少知识。他记得，曾国藩在棋枰前曾两次对他说过围棋赌墅的典故，他因而知道，谢安是这个湘军统帅心中极为钦佩的人物。

黑白棋子一个个地落在棋枰上，往事也在康福的脑中一件件地浮出。他始终记得，在前往池州劝说韦俊投降的头天晚上，面对着棋枰，曾国藩和他的一番对话。

“价人，你这副祖传围棋就要送给别人了，你不心疼吗？”当康福把棋子一枚枚地放进盒子里时，曾国藩问。

“传了九代的棋子要送给别人，我当然心里不安。不过，假使真的能为朝廷招降一批悍贼，换回一座城池，那我也就不心疼了。”康福说的完全是心里话。

“你真是一个顾大局、识大体的人。”曾国藩赞扬，“不过，这副棋子我今后还得设法把它要回来的。”

“怎么个要法？”康福不解，“送出的东西还能再要回来吗？”

“我会跟韦俊讲明白，再用东西把它换回来。”

康福很感激。

待康福把全部棋子都收好后，曾国藩突然说：“价人，你想过没有，世界上的人，其实就是棋枰上的子，无论是我们还是长毛都如此。我常常这样想，每当想起这点，便很灰心，不知你想过没有？”

“我也想过。不过我想，只有我们这些人才是棋子，大人您老不是，您老是执子的人。”康福笑着说。

“不是的。”曾国藩摇摇头，凝重地说，“包括我在内都是棋子，都是身不由己任别人摆布的黑白之子。”

“别人是谁呢？”康福睁大眼睛问，“是皇上吗？”

“皇上有时是执子的人，有时又是被执的子，说到底皇上也是棋子。”曾国藩两眼望着空空的纹枰，似在深思。

“那么这个‘别人’究竟是谁呢？”康福追问。

“冥冥上苍！”曾国藩苦笑着回答。

康福很想再听下去，听听这个学识渊博、与众不同的大人物对人生的看法，他估计这中间一定会有些精辟的论述，但是他失望了。只见曾国藩站了起来，说：“今天很晚了，你明天还要启程办大事，等你把韦俊劝说过来后，我们再来好好聊聊。”

韦俊投降后，曾国藩再也没有继续这个话题。不过，康福也从中看出了湘军统帅灵府深处的另一面——怯弱！

“价人，该你走了。”曾国藩轻轻地提醒。康福从往事的回忆中醒过来，赶紧投下一子。这个子投得不是地方，本来有利的局面变得不利了。

康福今夜实在没有心思下棋，他勉力下了几个子，逐渐地把局面挽回来了。刚刚松一口气，曾国藩又开口了：“价人，我知道我活不久了，这局棋是我今生最后一局棋。虽然我很想再留你在我身边，实际上也没有这个必要了。价人，我和你二十年前以围棋相识，二十年后又以最后一局围棋结束，说起来，这也是一段缘分。你还记得那年我跟你说过，我们都是棋子的话吗？”

“记得。”康福沉重地应了一声。

“我这一生，尤其是这二十年来，做了许多身不由己的事，今夜想起来，仿佛如梦境一般；还有许多事，我想做又不能做到，更使我痛心。我正好比一枚棋子，被人放到这里或放到那里，自己竟然都做不得主。”

当年去池州的前夜，亲兵营营官康福对湘军统帅的“我们都是棋子”的话，有着一听究竟的兴趣。今夜，东梁山的隐士康伏对大学士两江总督一等毅勇侯的这句话，却顿生反感。康福想：为什么他要提起这话呢？是不是要推卸杀害韦俊叔侄的责任呢？康福终于忍不住了：“曾大人，你说你好比棋子，身不由己，难道说杀韦俊、韦以德也是身不由己吗？”

康福的严厉责问，使曾国藩颇为难堪，他无力地回答：“你说得对，杀韦俊、韦以德，也是身不由己的事。我知道这件事对你有刺激，因为你对他们许过诺言。但价人，你想过没有，此事对我自己就没有刺激了吗？我不但对他们许过诺言，我还为他们亲笔题过诗，答应凌烟阁上为他们绘像铭功。为保全整个湘军的名声，为大清王朝的长治久安，我不得不那样做呀！”

曾国藩说到这里长叹了一口气，显得十分委屈。

“怪不得世人都说他虚伪。”康福在心里说，他实在不愿意再下了，遂有意将袖口套在纹枰一角上，然后猛地站起。袖口带动纹枰，哗啦一声，一局棋全乱了。康福满以为曾国藩会感到遗憾，谁知他竟然高兴起来，说：“棋局糊了，最好。最好，分不出输赢，就等于和了。我一生下了几千局棋，最后以和局终止，真是大幸！”他用昏花的眼光望着康福，稍停片刻，又说，“价人，这人世间还是应该以和为贵，以和为贵呀！”

“是的，应该以和为贵。”康福出自内心赞同这句话，“那我就把棋子收起了？”

“收吧，收吧！”曾国藩点头，“价人，你今夜就睡在我这里。沅甫去藩司衙门去了，明天会回来，你和他叙谈叙谈。前次他听说你还活着，专程去东梁山找你哩！”

康福面无表情。他从随身包袱中取出曾国荃送的那条狐腋围巾，放到棋枰上，说：“往事如烟，早在我的脑子里消失了，我也不想再见九爷了。这条围巾是他上次在东梁山留下来的，山野逸人，用不上这么贵重的东西。明天九爷回来时，请大人代我送还给他。”

康福将檀香木盒放进包袱中，一旁的那块黑色哈拉呢包布，他连看都没有看一下。他把包袱背在背后，向曾国藩一抱拳：“棋子我带回去了，就此告辞，大人珍重！”

曾国藩怔怔地呆坐在躺椅上，望着被送回的狐腋围巾，再也没有勇气提出送玉雕的话来。康福匆匆而来，又匆匆而去，曾国藩的心绪更加悲凉了。事情明白地告诉他，康福此次来督署，正是以收回围棋的方式表示断绝他们过去十多年之间的关系，他心里有一股巨大的落寞之感，好久才挤出一句话来：“价人，你多多保重。”而这时，康福的身影早已消失在茫茫夜色中。

离开江宁后，康福又回到东梁山隐居。十多年后，他不幸得急病辞世。那时，封家老两口早已先后逝去，康重带着老母妻儿回到沅江下河桥老家。清王朝的腐败，全国人民的反抗，使从小就有侠义心肠的康重，彻底与康氏先辈忠君敬上、光宗耀祖的传统道德决裂，以叔叔为榜样，走上了驱除鞑虏、恢复中华的革命道路。他成为湖南有名的武术教师，弟子遍及三湘四水。这些弟子中有不少热血志士，其中最为杰出的便是大名鼎鼎的黄兴。辛亥革命时，黄兴在武昌登台拜将，成为革命军总司令，年过半百的康重充当他的作战参谋。辛亥革命成功后，康重郑重地将那三枚梅花镖供在康禄的牌位下，激动万分地说：“叔父大人，你和你的弟兄们的大愿终于实现了！”

这些，当然都是后话了。

十、不信书，信运气

正月十四日，是道光帝宾天的日子，曾国藩为感谢道光帝的知遇之恩，每年这一天都要在道光帝的神主面前插上几炷香，再行三跪九叩大礼。今天，他勉强行完大礼后，觉得十分疲倦，刚一坐下，脑子里便浮现二十三年前那一天的情景来。

明天就是元宵节了，三十九岁的礼部右侍郎曾国藩正在修须刮面，准备出席明晚穆相的盛宴。穆彰阿每年正月十五日都要将自己门生中的显宦们邀来府中聚会一次，借以联络感情，而被邀请者亦备感荣幸。他们都早早地准备了奇珍异宝，好在这一天孝敬座师。曾国藩与众不同。他在这一天送给恩师的总是一幅字。这幅字选的是他一年中最得意的一篇古文或几首诗，用大内珍藏、其厚如钱的淳化笺书就。他关起门来，凝神敛气、一笔不苟地写上三四天。写好后，再送到大栅栏一家专为王府裱糊字画的百年老店——海麻子装裱铺，由海麻子的五世孙海老板亲自装裱。待到一切都弄得熨帖了，曾国藩便在大年初二这天，给穆彰阿拜年的时候，亲手送给恩师。穆彰阿每年接到这份礼物后，照例都是乐呵呵地夸奖他的字又进步了，诗文也比去年的好。到了十五日这一天，这幅字被悬挂在客厅的显眼处，于是大家都来观摩，交口称赞。这时，穆彰阿则坐在厅中的太师椅上，手中滚动着两颗墨绿色和阗玉球，笑微微地望着他。而此刻的曾国藩，也是他一年中最为得意的一天。

面刮好，胡须修好了，剃头匠拿来一面玻璃镜。镜中的二品大员年轻儒雅，气色旺盛，是一副前途无量的气象。剃头匠在一旁恭维不止，曾国藩给他双倍的工钱，忽然荆七进来，神色慌忙地说："大人，刚才部里匡老爷派人来，请大人速去园子里，说是皇上要立太子了！"曾国藩大吃一惊，吩咐备车，一面赶紧穿靴戴帽，上车直奔圆明园。

道光帝今年六十九岁，患病两年多了。半个月前，宫中就传出病危的消息。大变的心理准备早已有了，但出于对皇上的情感，曾国藩仍不愿意这件事发生。清代自雍正之后，鉴于康熙朝因先立太子引起诸皇子争夺帝位的弊病，改为秘密建储。皇帝一旦在心里定下继位者后，便将他的名字写两份，一份藏在身上，一份密封于建储匣内，此匣放在乾清宫"正大光明"匾后。皇上病危之时，由亲贵王大臣共同打开身边密藏的一份，并将建储匣从"正大光明"匾后取出启封，会同廷臣一同验看，无误后再公之于世。

道光帝的皇位继承人，两年前便定下来了。那年春天在南苑射猎，皇四子奕詝一矢未发，道光帝问他为何不射猎，他说不忍伤生而干天和。道光帝一时高兴，竟忘了祖制，当着臣下之面亲口说要立奕詝为太子，而且从那以后对奕詝也另眼相看。但毕竟没有履行过祖宗传下来的正式手续，也可能发生万一。谁来继大统，这可是天上人间第一件大事。国家的前途、个人的命运，都寄托在他一人的身上。曾国藩催马夫快马加鞭，生怕迟到了，赶不上见最后一面。

马夫使劲抽打着鞭子，两匹蒙古大青马像疯了似的向西奔跑，鼻孔里呼出的气，立刻被严寒化作一团白雾。还是晚了！马车刚到园门口，便听到一片山摇地动似的哭喊声。道光帝驾崩了！曾国藩一听，立刻晕倒在马车里，好半天才苏醒过来。道光帝对他的圣恩太重了。他的尊荣、他的富贵，以及他的家族的荣耀，全部出自于道光帝的浩荡皇恩。年轻的礼部侍郎擦干泪水，立即投入耗资巨大、礼仪繁琐的大丧筹备之中。他奉献的不仅仅是尽责尽力、任劳任怨，更重要的是他和他的家族对皇家的一片耿耿忠心。大丧结束，他捧着颁发的遗念衣物，悲从中来。

随之而来的是咸丰帝罢黜穆彰阿，清除穆党，意料不到的变故使他目瞪口呆，他算是亲身领略到了官场荣耀后面的险恶。从那以后，曾国藩更加兢兢业业，谨小慎微，同时，也更加深化了对道光帝的思念。后来，每当事机不顺，与咸丰帝、慈禧不协的时候，这种思念便愈显得强烈……

"唉，想不到一晃二十三年过去了！"曾国藩从往事的回忆里走出来，进入了现实，一眼看见穿衣镜中那个佝偻衰朽的老头，顿时凉到背脊，万念俱灰！这一夜，他又失眠了，天快亮的时候才蒙蒙眬眬睡去。刚一合眼，便看到道光帝正坐在养心殿东暖阁里批阅奏章，见他来，便以手相招。他走过去，跪着。道光帝一反平时的不测天威，竟然和颜悦色地与他拉起家常来。说着说着，道光帝头一偏，碰到龙案上，曾国藩吓得大叫一声。醒来时，才发现全身衣裤都已汗湿了。

"道光爷想我了，他老人家要我去陪伴了！"曾国藩心里想，头又晕起来，伴随着肝部一阵阵疼痛。他再次明白地意识到在世之日不会太久了，他要趁着头脑还清醒的时候，将自己心里常常思考的事情告诉九弟和儿子。

听说大哥好了几天又病倒，曾国荃已知不妙，为了给大哥添几分喜悦，他终于决定将李臣章送的金毛全虎皮今天就转送给大哥。

“你哪有这种东西？”当曾国荃把这张虎皮展开时，曾国藩甚为惊喜。他抚摸着又长又软的金黄色起黑条花纹的江南虎皮，爱不释手，对九弟的这份厚礼十分满意。只颇为遗憾的是，十多年前没有得到它，那时衬托湘军统帅威风的，只是一张仿制的假虎皮。

“这是祥云的弟弟送给你的，他还送给了我一张。”见大哥喜欢，曾国荃心里高兴，他后悔进府的当天没有送上。

“祥云的兄弟？他现在哪里，他怎么会有这样好的虎皮？”李臣典死后，李臣章找过曾国藩多次，故记忆深。

“我这次在荻港码头上偶尔遇着了他，还在那里做了一天的客。”曾国荃两眼闪着亮光，将他在猛虎山一天的情形，绘声绘色地告诉了大哥。最后，他怀着一种极大的新鲜感说，“大哥，你大概没有想到吧，当年的湘军会与它的死对头长毛结伙成股，走出一条既不拥戴朝廷，又不与百姓作对的第三条路来。这世上事情的变化真令人不可思议！”

说完，他凝神望着大哥，急切地等待着回答。曾国藩没有搭腔，只是不断地缓慢地梳理着他的花白长须，两眼微微闭着。就这样，兄弟俩相对沉默了整整一刻钟。前吉字营统领，不明白前湘军统帅在长时间的沉默中究竟想些什么。

“沅甫。”曾国藩终于开口了，亲切地叫了一声弟弟，并以充满着仁爱、友悌的目光望着他。“今早晨宣宗爷已向我招手，我也早就应该回到他老人家身边去了。今夜，我们兄弟俩好好地将心里话聊聊，说不定这是最后一次话别了。”

没有想到猛虎山的经历竟然引起大哥这么长的沉默，而沉默之后的语言竟是这么凄怆，曾国荃神色沮丧，说：“大哥，你莫说这样的话，你才刚过六十岁，祖父祖母都享高寿，父母也都年近古稀，你为国家建了大功勋，为家族立了大功劳，祖宗神灵会保佑你长寿的。”

“我无德无才，不敢与父祖辈相比，至于说我是国家的功臣，这是你和一部分好心人的看法。”对于胞弟这番出自衷情的安慰，曾国藩周身感到温暖。他苦笑着说，“在另一些人的眼中，我也可能是国家的罪魁祸首。”

“大哥，你怎么能说这样的话？”原吉字营统帅一贯以拯救朝廷的特大功臣自居，他和他身边的一批荣获重赏的将领们从来也没有去想过，大功后面竟然还潜伏着大过。正因为如此，金陵攻下后，他觉得伯爵之赏不足以酬劳；鄂抚任上他目无官文，就连新湘军的失败，他也认为无损他的英名。相反地，他在荷叶塘买田起屋，都是理所当然的。

“沅甫，你以为长毛的灭亡是因为湘军的缘故吗？”曾国藩注视着九弟，目光虽然没有往昔的威厉，但仍使人不敢逼视。

“旗兵、绿营虽然也参与了一些战事，但他们不起主要作用，打败长毛的功劳，应当属于湘军。”曾国荃本想在后面再添上几个字——首先属于湘军中的吉字营，话到嘴边，又没有吐出。

“错了，沅甫。”曾国藩轻轻地摇了摇头，“这一切都是气数使然。”

曾国荃睁大眼睛望着大哥。这位贡生出身的九帅，自小就不愿意按着大哥的指教把书本深究。他崇尚的是刀兵武力，注重的是眼前的实利，从不善于作抽象的深远的哲理思考，也不大相信种田人常说的八字命运。他认为前者失之于迂腐空泛，后者又失之于懦弱无能，他要做英雄强者，要做命运的主人。

“沅甫，大哥实话对你说，以你的吉字营为主的湘军，根本就不是成就伟业的军队。当然，听这话，作为吉字营的统领，你心里是不会舒服的，但大哥是湘军的创建人，是最多时人数达二十万的湘军水陆两支人马的统帅，若不是真正的实情，大哥我会这样说吗？”曾国藩端起茶杯喝了两口茶。十年前，他可以一连说上两个时辰不喝一口水，现在他的舌干口燥的毛病越来越严重了。

“湘军或许不能与商汤周武之师相比，但论功绩，我看也不在岳家军、戚家军之下，后期军纪固然不甚佳，岳、戚两家就一定如书上所说的那样好？我就不信！这一点，还是左季高看得透。一部二十四史，不知有几多左老三梦中斗水盗的杜撰！”

曾国荃对大哥的说法不服气。去年湘中士人公推王闿运撰《湘军志》。王闿运也扬言，为湘军修志一事非他莫属，他要秉董狐之笔，不溢美、不饰恶，为湘军存一信史。曾国荃一听急了，忙致书王闿运。告诉他不许给湘军抹黑，若不听警告，对湘军，尤其是对吉字营说长道短的话，即使雕了版，印成书，也要毁版焚书，不讲情面。同时，曾国荃又要原先的幕僚，现赋闲在家的湖北东湖人王定安执笔写一部湘军史，并预支给他三百两银子的润笔费。这些事情，曾国荃都没有对大哥提起，现在看来更不宜提了。

九弟的不服气，是曾国藩预料中的事。他不跟弟弟争辩，只是淡淡一笑，顺着自己的思路继续说下去：“长毛的失败，乃至灭亡，主要的原因在他们自己身上。道光末年，从两广到两湖到两江，南方吏治甚为腐败，再加之灾情严重，民不聊生，洪、杨乘机以有田同耕、有饭同吃的口号蛊惑人心，聚众造反。那时地方官员颟顸昏聩，文不能守，武不能战，遂使洪、杨坐大，窃据江宁，公然另立伪朝。盘踞江宁后，洪、杨本性大暴露，所作所为与造反之初大不一样，于是人心丧失。到了咸丰六年的内讧，更加证明他们是一群争权夺利、残忍刻毒的强盗，当时有识之士已看到了他们的败灭定局。后来依靠诸如陈玉成、李秀成等枭悍之徒的垂死支撑，才又苟延了七八年。湘军是趁着这些空子才侥幸成功的。倘若那时不是你我兄弟筹建湘军，而由少荃兄弟早建淮军，甚或是鲍超建川军，朱洪章建黔军，沈葆桢建闽军，都有可能取湘军之功而代之。换一个侧面说，假若我们的对手洪、杨有中人之资，不急于在江宁建都称王，而是率叛卒直攻京师，那样也不容许有我湘军存在的一天。沅甫，你想想看，你的一等伯，我的一等侯，不都是靠运气好而捡来的吗？”

大哥的这番话有道理，但说侯伯之爵都是捡来的，未免贬己太甚。围安庆一年多，围金陵两年多的曾铁桶，无论如何不能接受这个观点。倘若这个话不是出自大哥之口，而是由其他人说出，他甚至会愤怒得一刀宰了此人。他凝神望着大哥，只见大哥脸色灰白，全身上下几无一丝活气，心想：大哥常说他胆气薄弱，是否他现在真的精神已尽，阳刚之气全无了呢？要不，何以如此压抑自己？曾国荃听家里人说，父亲临死前那半年，胆小得连小孩子都不如，在普通的作田人面前都谦让不已。人们都说老太爷的阳气不多了，活不长了。想到这里，曾国荃不觉对大哥生发出一股怜悯之情来。他不愤怒了，反而笑道："大哥说得也太过分了，五等爵位还有捡的？这么多人想，别人怎么捡不到？难道运气都在我们头上，别人就没有运气？"

"你信不信，我不勉强，总之我是相信的。"曾国藩再次端起茶杯来喝了两口水，右手又捋起长须来。"我给你讲几件事，你看是不是运气。咸丰四年出兵之初，我在靖港大败，长沙官场尽是白眼，我自己也对前景失望，没想到塔、罗在湘潭十战十胜，不仅抵消了我的失败之过，还赢得了湘军的彻底翻身。这是一个例子。第二个例子，咸丰五年在江西，石达开把我舢板全部引进鄱阳湖，然后全力围攻我水师，逼得我跳长江自杀，虽被救不死，但全军已溃败，正在垂手待擒之际，鲍春霆却突然率打粮之军归来，冲乱了长毛的阵脚，使我死里逃生。第三个例子，咸丰六年从樟树镇败回南昌，石达开将南昌城团团包围，炮声火光昼夜不息，南昌指日即破。做梦也没想到，长毛竟然在一夜之间撤走得干干净净。第四个例子，咸丰十年在祁门，李秀成率数万大军已杀到我的眼皮底下。祁门总共不到三千人，幕僚们几乎逃光，连李少荃都吓走了。我已写了遗嘱，枕剑而卧，随时准备自尽。结果又是让鲍春霆冲进祁门大山来救了。而可怪的是，李秀成居然不再进攻，率部西去了。倘若他不走，继续打下去，霆军很可能也挡不住。沅甫，你看看，我之能有今天，到底是靠我的本事呢？还是靠运气呢？周荇农、潘伯寅客气，称赞我是大经济从大学问中来，还说慈禧太后有次对身边的大臣说，曾某人乱极时沉得住气，全是靠的理学功夫。我给荇农、伯寅写信说，我是不信书，信运气，而且要公之言，告万世。"

说完嘿嘿笑了两声。曾国荃听得有味，也笑了起来。

"沅甫，所以我先前对你说过，你本事虽大，但不能居全功，要让一半与天。这'天'就是指的运气。这样看，这样想，就可以免去许多烦恼，少生许多闷气，这不仅是处世之道，也是养生之方。"

说到这里，曾国荃才第一次点了点头。

"现在来谈谈李臣章与瞿荣光结合一股的事。沅甫，你是怎样看的呢？"曾国藩问九弟。

"我看这也没有什么。"曾国荃想了想，说，"这也是一种谋生手段。至于瞿荣光，过去当过长毛，现在不是的了，也不必算老账。"

"沅甫，你把这事看得太简单太肤浅了。"曾国藩紧锁双眉，看着自己这个爵高秩隆的九弟，心中为他的见识浅薄而深深担忧。"胜利者的湘军和失败者的长毛结拜兄弟，共同谋事，在失败者的眼里，胜利者究竟还有几多分量？在胜利者看来，失败者又有几成罪孽？猛虎山这两支人马的组合，岂不意味着把湘军和长毛扯成了一条平线？"

前吉字营统帅压根儿没有作过这样的深思，一时间，他简直不能分辨大哥的联想究竟是精辟的见解，还是无稽之谈。他瞠目结舌，无言以对。

"这是其一，要害还不在这里，要害在于这实际上已经泯灭了大是大非的界线。我们湘军是保君父、卫孔孟的王师，行的是救国救民的光明正大的事业，而长毛干的是伤天害理、倒行逆施的勾当。这中间是非善恶泾渭分明。我们与长毛势不两立，不共戴天，怎么能够称兄道弟、平起平坐呢？哎，这班子糊涂虫！”

曾国荃听了这话，脸不觉红了起来。

“李臣章这班家伙，敢公然藐视太后、皇上，心怀不臣之心，一有风吹草动，就会重做长毛的事。湘勇战死的不算，活着的至少有二十万之多，十成中只要有一成李臣章这样的人，就有可能使天下大乱。而现在滞留安徽、江西、湖北不回原籍的湘勇还不只二万，且大部分都被哥老会所拉拢，成帮成派的，他们胆子大，手里有枪，这些人实际上就是埋在长江两岸引火待发的炸药！沅甫，你看到这一点吗？”

“有这样严重吗？大哥，你过虑了。”曾国荃不同意大哥对李臣章这批人的苛责。“他们说到底，只是一班兵油子而已，轻松饭吃惯了，不愿再做风吹雨打日头晒的农夫罢了。再说，大乱方平，你我兄弟，还有雪琴、季高、少荃都还在，谁还敢再冒天下之大不韪，重蹈长毛覆辙？”

“你说得有道理。”曾国藩轻轻颔首，“我们兄弟在，雪琴、季高、少荃等人在，有异志者不能不存戒备之心，眼见得到的这十年八年或许不会有大乱。季高精力虽过人，也已年过花甲，雪琴五十多了，你和少荃也都到五十边上了，而散布在大江南北的湘勇中许多人还只有李臣章那样的年纪，难保十年二十年，老成凋谢后他们不会目中无人。当然，倘若朝廷力量强大，也能镇住四方，但现在恰恰是女主临朝，皇上孱弱。”

这里是警戒森严的江督衙门的后院，且时已深夜，绝无人迹，出于多年谨慎过度的习性，曾国藩在说到太后、皇上时，仍把声音压得很低很低：“恭王被疑，中枢无干练之才，而十八省督抚中，凭军功起家者已过其半，他们手中至今仍掌握着属于自己的军队。我朝开基两百多年来，外重内轻之局面无有甚于今日，且洋人虎视眈眈，仗势欺凌。沅甫，你三十岁前便读完了二十四史，你仔细想想看，今日天下局势，与历代末世有何区别？我这两年来常常想，下次再乱，必定是湘军余孽起骨干作用，即或是本人老了，不上战场了，也会是他们在幕后操纵。所以我说，我们兄弟究竟是国家的功臣，还是朝廷的罪魁，现在尚不能定，甚至我死之后，盖棺亦不能定案。”说罢，曾国藩重重地叹了一口长气，又沉痛地说，“沅甫，你平素可能很少从这个方面想过吧！”

“大哥，即使如你所预测的，天下大乱，湘军有些人参与了反对朝廷的活动，但那也不是我们的责任，你何苦要这样自己给自己找烦恼呢？”曾国荃对大哥的用心还是不能理解。

“沅甫。”见九弟一直没有转过弯来，曾国藩正色道，“我何尝不知，天底下任多伟大的祖先都有不肖子孙，任多严密纪律的集团中都有不法之徒，湘军中混有朝廷的叛逆、社会的渣滓，自然难免，且你我兄弟以及死去的胡、塔、罗、李等人，对皇上的耿耿忠心可昭日月、可泣鬼神。但湘军中只要有一人叛逆，湘军就会蒙上一粒灰尘，若今后有成千上万人走上与朝廷对抗的道路，将会给湘军抹上一块多大的黑泥？江宁打下后，不上交一两银子，且纵火焚毁伪天王宫，这几年对此事的公开指责虽已平息，人们的腹诽岂可消除！我朝无论八旗兵还是绿营，从来都是世业制，没有出现过半年之间裁撤十多万军队的先例。且撤勇之时，欠巨额之饷，积无穷之弊，通通没有解决，潜伏了大量隐患。这些都是我们募勇之初所不可能想到的。倘若今后没有更大的乱子出来，朝廷和后人或不至于苛责；倘若湘军中的败类有朝一日举起反叛的旗帜，这些老账新账便会一齐算，史册上就会说曾某人建湘军是做了一件大坏事，连你曾沅甫打金陵，后人也会说你不是为了朝廷，而是冲着小天堂的金银如海、财货如山来的！”

“让他们说去吧，我不在乎。”曾国荃嘀嘀咕咕地嘟囔。

“这不是在乎不在乎的事。”曾国藩阴郁地说，“这是件可悲的事。而更可悲的，是我现在已清清楚楚看出它今后的结局，但无力扭转。前人说无可奈何花落去，明知花要落去，却不可能将春天挽留住，人世间真正的最大悲哀，莫过于此！”

曾国藩一时觉得五内隐痛、神志纷乱，他不得不停止说话。曾国荃脸色黯然，低首不语。督署书房死一般地沉寂。

过一会，曾国藩略觉心里平息一点，又坚持说下去：“我是活不久的人了，这次请你到江宁来，首先就是要提醒你，不要总以江山社稷大功臣自居。其次，世道乖乱，局势不稳，你最好的选择就是长保今日的处境，住在荷叶塘，当你的财主庄东，不要再出来做官。大哥我早在打下金陵时就想急流勇退，只是那时要让你先回去，不能两兄弟同时开缺，故而留了下来。后来捻战失利，名望大损，我三辞江督而不允，孰料又遇天津教案，致使一生清名扫地以尽。庄子说长寿多辱，确是实话。我若在金陵打下时就死去，哪有后来被人骂做汉奸卖国贼的耻辱。你也差不多。这几年做鄂抚，捻战无功，又与官秀峰不睦，上下左右都有闲言碎语，处境也不顺利。我有时想，天降我们兄弟，就是为了对付长毛。长毛一平，我辈职责已尽，就都要解甲归田。老子说‘为而不恃，功成而不居’，又说‘功遂身退天之道’，实在是很深刻很明哲的话，可惜当年还见不到这一层，自取侮辱。故大哥我死后，不希望你复出做官，只望你和澄侯一起守住父母之坟，保住曾氏家族的平安无事，就万幸了。”

曾国荃想，大哥这番话尽管说得悲观哀痛，但的确是实情，兄弟二人自大功告成之后，日子过得都不顺心。过去当统帅，冲锋陷阵，攻城略地，痛快极了，做起疆吏来，却处处掣肘、事事不顺，连指挥打仗的看家本领都不灵了。莫非真如大哥所揭示的：曾氏兄弟是为平长毛而生的？

“唔，唔。”曾国荃轻轻地哼着，点了几下头，表示记下了哥哥的话。

“沅甫，我这里有一首诗，你看看。”曾国藩抽出屉子，从一个大信套里拿出一张精美的梅花水印笺来，递给九弟。

曾国荃接过一看，水印笺上是一首七律。他轻轻念道：“只将茶荈代云觥，竹隖无尘水槛清。金紫满身皆外物，文章千古亦虚名。因逢淑景开佳宴，自趁新年贺太平。猛拍阑干思往事，一场春梦不分明。”

“你看看，这首诗像是什么人作的？”

曾国荃握纸沉思好半晌，才慢慢地说：“‘金紫满身’，看来是个大官，‘文章千古’，又是一个擅长诗文的人。只是最后两句不好理解。‘一场春梦’，这是说的什么呢？难道说诗人对自己过去的作为有所悔恨吗？”

“你分析得很有道理，这是一个身居高位而心怀郁结的人写的。”曾国藩凝视着水印笺，右手无力地在胡须上抚弄了两下。

“他是谁，我想不出来。”曾国荃疑惑地望着大哥。

“恭王。”曾国藩淡淡地说。

“恭王？”曾国荃惊讶地重复一遍。

“这是昨天荇农给我寄来的。这首诗的要害就在最后两句：‘猛拍阑干思往事，一场春梦不分明。’什么是恭王心中的春梦呢？”曾国藩问九弟，九弟直摇头。

“我看极有可能是指的十一年前的那桩事。”曾国藩自己作了回答。

“大哥是说恭王协助太后除掉肃顺的事？”曾国荃盯着大哥，心里有点紧张起来。

曾国藩点了点头。

“这么说来，恭王与太后隔阂甚深？”曾国荃说。

曾国藩仍未做声，只是又略为点了一下头。

“恭王与太后之间为何有这样深的隔阂呢？看来当年一罢一复的事，彼此的成见至今还未消除。”曾国荃喃喃自语。

“沅甫哇，这里的事情太复杂了。”经过一番很久的深思熟虑之后，曾国藩终于郑重地对弟弟说，“恭王器局开阔，重用汉人，这是恭王的长处；但恭王又过于聪明剔透，晃荡不能立足，这是恭王的短处。金陵初克，皇家内部便起矛盾，可以看出西边的太后容不得才大功高的叔子。而叔子又不甚检点，终于给嫂子抓住了把柄。一个回合下来，叔子败给了嫂子。同治八年，西太后派身边的大太监安德海南下办龙衣锦绣，被山东巡抚丁宝桢拿获。奏报到京时，恰逢西太后观剧。恭王与东太后商量后，杀了安德海。在恭王看来，以维护祖制来报当年的一箭之仇，甚是乖巧。他没有想到叔嫂的怨恨又深了一步。近来为修圆明园一事，恭王又与西太后意见不合。令人担心的是，这中间还夹杂一个醇王。醇王胸襟狭窄、才识浅陋。前年津案发生后，他甚至说出捣毁所有在京外国使馆，赶走所有洋人的糊涂话来，于此可见他的才具。可偏偏他又爱出风头，不满其兄的崇隆地位。他又是西太后的妹夫。我已预感到，恭王总有一天会彻底败下来，接替其位的必定就是那位七爷。而这一点，恭王自己似乎也有所意识，故有‘一场春梦不分明’的感叹！皇家内部的争斗历来是国家祸乱的根源。李臣章那些人所说的娘偷人、崽嫖娼之类事情，或许没有，即使有，也远不能与此相比。这就是我刚才对你说的，不要再去想起复做官，安心落意守祖坟的原因所在。你明白吗？”

这番话说得一等威毅伯目瞪口呆，惊恐不安，好半天才回过神来，心里仍寒战不止。

“大哥还有一句老话要对你说，那就是散财求福。”曾国藩从弟弟的眼神中看出了他心灵深处的震动，知道自己这番话能被他接受，于是改以平和的口气说，“这一点，大哥我知道你受了很大的委屈。得老饕恶名，其实自己没有占多少非分之财，这也是这些年来你心情郁郁的一个大原因。”

“只有大哥你真正了解我。”听了大哥这句话，曾国荃很觉宽慰，过后又愤愤地说，“不知哪个绝子灭孙的家伙取了这个名字，流毒全国。”

“《春秋》责备贤者，这是人之常情。”曾国藩笑道，“你也不必去打听谁取的名字，既然能流毒全国，这就说明苛责你的人不止一个两个。再说你也是得了好处。眼红、妒忌，是人的通病，万年以后也消除不了，唯一的办法是散去一部分。散财分谤，这是古人常用的办法。我常对纪泽兄弟说，名之所在，当与人同分，利之所在，当与人共享，也是说的这个意思。”

“长沙建湘乡会馆，我捐了一万二千两银子。”

“好，这是一件积大功德的好事。星冈公在日，常说晓得下塘，还要晓得上岸。散财正是为了上岸。”曾国藩对弟弟这个举动非常满意。“今后湘乡县的公益之事，如修路架桥起凉亭，冬天发寒衣，青黄不接时施粥汤等等，这些事，我们曾家都要走在别人前头。弟出一份，我也出一份，还要叫澄侯也出一份。耗银不多，却可赢得乡民称颂，是件惠而不大费的事，何乐而不为！京师长郡会馆多年失修，我还想邀李家、萧家一起，合资重建一座。这事意义更大，影响也更大。这件事，就由你为头如何？”

“行！”曾国荃爽快地答应。他跟大哥的性格截然相反。大哥是慎入慎出，不要一丝分外之物，也不乱给别人一文钱。他是不择手段地大量攫入，同时亦毫不心疼地大把抛出，这正是他指挥的吉字营能打胜仗的原因。“我想在长沙建一个书局，就如大哥在江宁建金陵书局一样。书局建好后，先把大哥的诗文奏章书信等刻出来，尤其是大哥在京师期间写给我们兄弟的家书，当年对我们的教育很大，现在还可以用来教育子侄，刻印出来，定然有功于世。”

听了这话，曾国藩心中大为欣慰，十分高兴地说：“你有在长沙办书局的想法，真是太令我欢喜了。金陵书局的许多现成设备都可以运到长沙去。小岑也老了，思乡之情日增，正好叫他回去办此事。弟成就这桩事，可谓有大恩于士林。但所说的第一刻我的文字，这万万不可。我的文字只可留给后世子孙观览，不可刊刻送人。”

“为什么？”曾国荃不解，多少比大哥官位低得多的、平庸无任何业绩的官吏们，一到晚年，唯一的大事便是四处张罗为自己刻集；又有多少比大哥才学差得远的读书人求人募款，甚至不惜像叫花子一样地八方化缘，为自己刻个某某馆主诗汇、某某斋文集等等。大哥究竟是怎么想的呢？

“我早年对自己的诗文很自负，见京师文坛称赞梅伯言，颇不服气，又常恨当世无韩退之、王安石辈可以谈论。我一生若孜孜矻矻，穷究不舍的话，或许也可以写出几部像样的书来，但可惜后来又不允许。对经史、对诗文，我都有不少与前人不同的看法，很想记下来，一吐胸中之块垒。军务政务太忙，无暇为此，我常为之惋惜不已，以为将成广陵之散。赵惠甫笑我有汉成帝、明武宗那样薄天子而好为臣下之癖，唉！”曾国藩叹了一口气，充满感情地说，“赵惠甫不理解我。我曾涤生出身翰林，长期埋首经丛史集，吟诗作赋、著书立说，才是我心中的帝王之业；带兵打仗，安营布寨，这是迫不得已才为之的事啊！惠甫与我天天在一起尚这样看待我，还不知后世子孙会怎样误解我哩！”

“这样的误解是好事。”曾国荃笑道。

“不管怎样，我是到死也没有一部书出来的翰林，我一生都为之不安。我不怪王壬秋讥讽我是一个没有理学著作的理学家，他说的是实话。我的诗文都是草草写成，未加细究，一时可以蒙混人，刻出来让后人一字一句来推敲，那岂不是把我推出来当一个靶子，让人射吗？”曾国藩自嘲似的笑了一下，喝了两口水，又说下去，“胡润芝死后，他家里刻了一部胡文忠公遗集，所选不当，我想若润芝九泉有知，一定会骂人的。

他写给官秀峰的一些信，说了官许多好话，那是润芝的笼络手段，并非心里话。现在官秀峰就把它拿出来，作为其治鄂的政绩。”

“那老混蛋最会来这一手。”官文是曾国荃的死对头，一提起他就有气。

“这是给人戴高帽子，虽不合事实，尚不至于结怨。我没有胡润芝的涵养，书信中对人对事多偏激之词，倘若稍不注意伤了人，即使本人不在了，他的子弟也会来找麻烦。就拿同治五年，我们兄弟私下议论李少荃人品的那些话，如果刻出来，他不恨死才怪哩！”

“有的可以删节。”

“注意到了的可以做删节，没有注意到的呢？世上事不怕一万，只怕万一，还是不刻的好。我人死了倒无所谓，受牵累的是你和老四，以及纪泽兄弟。”

隔了一会，曾国藩又说：“刚才说到刻书的事，我倒想起一件事来。荷叶塘还存了几份参劾李次青的副本。次青从我最早，在江西时功劳又很大，别人都高官厚赏，独他一人至今仍为长沙一教书先生，我觉得很对他不起。若以后你们刻什么遗集之类，参次青的那些奏稿就都会刻出来，这不仅益发加重了我的罪，甚至连我的魂魄都不得安宁，所以你们绝对不能去刻集刊印。”

“说起李次青，我记得四哥有次说过，他想退掉那门子亲事。”

“不行！”曾国藩打断九弟的话，不悦地说，“定下十多年的亲事，哪有反悔的道理。澄侯的满女多大了？”

“今年十八岁。”

“你回去对澄侯说，万不能退，端阳节完婚。我素来嫁女是二百两银子的嫁妆，侄女一百两。他的满女，我出二百两，跟纪芬的几个姐姐一样看待。”

“好吧，我回去就告诉他。书局的名字我想了一个，叫贤声书局，大哥你看要得不？”

“贤声，贤声。”曾国藩轻轻地念了两声。“我看不大合适。尽管我不同意刻我的书，我知道死后还是会刻的。你百年后，纪泽、纪瑞他们也会给你刻个集子，那不等于自吹自擂，传自己这个贤者之声了吗？我看不是传贤者之声，而是传忠贞之心。你看呢？”

“是的，大哥想得远！”曾国荃恍然大悟，“就叫传忠书局。”

“对，这个名字好。”曾国藩称赞。“沅甫，我叫你看地的事办得如何了？”

去年，曾国藩写信叫四弟九弟代他在荷叶塘觅一块墓地。这次来时两兄弟商量好了，一到江宁，见大哥病势严重，曾国荃反而不好主动说了，怕引起大哥伤感。

“我和四哥请了十多个好地仙，在荷叶塘周围找了两个月，再也找不出一块好地来，最后两兄弟合计，只有将父母亲大人的棺木取出来，重新再调摆一下，就可以腾出一穴地来。”

那年被陈广敷称之为大鹏鸟嘴口的凹地，在曾国藩出山后不久，江氏老太太的棺木就葬在上面了。当时还有意留下一个穴位，让老太爷用。后来老太爷也葬下去了，那块凹地就不能再葬了。为了让大哥满意，曾国潢提出了这个主意。

“这万万使不得。”曾国藩连连摇头。“使父母亲大人的魂魄不得安宁，我何能心安！荷叶塘既然没有地，我死之后也不必把灵柩运回湘乡。那年在长沙办团练时，我在善化坪塘看上了一块地。一个小山包处两条山脉之中，远看犹如二龙戏珠，就将我葬在这个珠上吧？这虽不是上等好地，也可以算得个中平，能使后世子孙清吉。天道忌盛，三十多岁时我就领悟了这个道理，主张求阙，故而一向喜欢'花未全开月未圆'这句话。家在我们兄弟这一代出侯出伯，应该满足了，不要指望在三四代内再出将相，只要求得子孙读书明理、平平安安就行了。"

"大哥放心，这件事可以做得到。我回湖南后专门到坪塘去看一看，问问那个山包是谁家的，把它整个买过来，干脆就在长沙城外再添一座祖山好了。"

曾国藩满意了。闭目养了会神，他突然想起久未见面的六弟国华来。

"有五六年未去看温甫了，你这次回家，顺路去看看他，把纪寿这几年读书大有长进的事告诉他，也让他高兴。"

曾国荃没有做声。曾国藩觉得奇怪："我刚才说的话，你听见了吗？"

曾国荃还是不做声，许久，才徐徐说："六哥两年前便得归道山了。"

"你是说温甫，他早就仙逝了？"曾国藩惊讶莫名，心头怦怦乱跳不已，"你们怎么知道的，为什么瞒着我？"

"前年秋天广敷先生去宝庆访友，特地绕道来到荷叶塘，将这不幸的事告诉了我们，说温甫在牯岭采药时，不慎从悬崖上跌下来，摔死了。当时大哥正在办天津教案，心情抑郁。我和四哥商议，暂时瞒着。这次我见大哥身体不好，也不敢提起。"

"就准备瞒到底？"曾国藩问，眼眶四周已湿润润的了。

"嗯。"曾国荃轻轻地回答，声音只有他自己才听得见。

"我对不起温甫。"沉默一段很长时间后，曾国藩从心底里吐出一句话来。

"我这次回湖南时将在九江上岸，把六哥的遗骸带回去归葬祖茔，不能让他孤魂无依。"曾国荃说着说着，动起手足真情来，潸然泪下。

曾国藩的心情本来就够沉重了，九弟的这句哀伤的话又益发加重了负疚之心的重量，但他想到温甫的遗骸一旦运回家中，岂不多出许多麻烦来，说不定隐瞒了十多年之久的事又会因此而彻底暴露。不能！他狠了狠心，说："你到庐山去，给他的坟头培培土，磕三个头就算了。温甫在广敷先生的启迪下，已将人情生死都看透了，也不会有孤魂在外的哀怨，不必再归葬祖茔了。"

曾国藩茫然望着九弟，眼睛里慢慢流出几滴浑浊的泪水来。许久，他才自言自语似的说："明天安排一条小火轮，叫叔耘到庐山去一趟，把广敷先生接到江宁，我要见他一面。"

十一、陈广敷三见曾国藩

十天过后，薛福成走进了督署书房。

"广敷先生呢？他不在庐山，还是不肯来？"见只有薛福成一人进来，曾国藩奇怪地问。

"广敷先生来了，他到鸡鸣寺去了。"薛福成笑着回答。

"他为何不到督署来见我，却要去鸡鸣寺？"曾国藩愈发奇怪了。

"他有一封信给大人，还有件小礼物。"薛福成取出一封信和一个野藤编织的小笼子来，放在书案上。

曾国藩打开信来，上面写着：

爵相大人钧鉴：

大人不忘旧情，派人来庐山相邀，令山人且喜且愧。然山人道装十余年，不习惯再着世人之衣冠，其貌又甚丑陋，见者皆以为钟馗复生，二者均不宜进督署。鸡鸣寺灵照长老智慧圆通，乃山人老友，山人不揣冒犯，恭请大人枉驾鸡鸣寺，一叙别情若何？

知大人近来不适，特托叔耘先生先呈小丸三粒。此乃山人采天地之精气，集山川之珍华，积数年之力而成。大人白天屏息思念，夜间临睡前吞服一粒。第四天上午，山人在鸡鸣山下敬候车驾。

江右陈敷顿首拜上

曾国荃在一旁看了，说："广敷先生倒摆起款式来了！天气寒冷，大哥身体又这样弱，如何去得鸡鸣寺？明天夜晚，打发一乘轿子把他接进衙门来就行了。"

曾国藩说："信中的潜台词你没看出来，道装、丑貌都是托词，广敷先生的本意是不愿进衙门，怕有损他的道家风骨；且信上还说鸡鸣寺的住持智慧圆通，也可能是想让我与灵照也见见面。他送来三粒丸子，话说得神奇，先吃了后再说。"

说完从藤笼子里掏出一个小油纸包。打开油纸，露出三粒褐黄色小药丸，书房里立刻香气四溢。曾国藩高兴地对九弟说："广敷先生精于岐黄，说不定这是三粒仙丹哩！"

"若真的如广敷先生所说的，吃了这三粒丸子后可以上得鸡鸣山，那真是一件大好事，我们还得好好谢谢他。"一向对陈广敷很尊敬的曾国荃也乐了。

"叔耘，你明天去鸡鸣寺告诉广敷先生，就说我一切照他的话办。"

当天，曾国藩便遵照广敷所嘱，白天什么事都不想，也不看书看文件，晚间服下一粒丸子后便早早地睡了。第二天早上醒来，觉得精神好多了。纪泽扶着父亲走出房外，绕着屋子转了一圈，进屋后居然能吃下一碗红枣稀饭。三天下来，曾国藩精神大振。到了第四天早上，他仿佛觉得百病祛除，完全康复了。曾国荃赞道："广敷先生真是神仙，我们向他多讨几粒来。"

一连晴了好些天，今天又是一个大晴天，初春的江宁城，比往年这个时候要和暖得多。吃过早饭后，两顶普通民轿抬出了总督衙门，后面跟着几个家人打扮的兵弁。

两江总督衙门与鸡鸣山相隔并不远，不到半个时辰，两顶轿子便停在山脚了。曾国藩、曾国荃兄弟刚走出轿门，老远便看见一僧一道正朝着他们走来。道人走在前面，穿一袭杏黄长棉袍，头上戴着空顶硬沿黄道冠，一束白发挽成一个圆髻露在外面，横插一根牛骨簪子，丑陋的面孔上绽开祥和的笑容，显然是广敷先生。稍后一点的和尚披一件色彩斑斓的大红销金袈裟，胸前挂一串黑亮发光的念珠，头上不戴帽子，脸上，头顶都焕发出一种奕奕神采。曾氏兄弟知道，这一定就是灵照长老。

“罪过，罪过！大冷天气，劳动大人和九帅。”广敷乐呵呵地迎上前去。

“两位大人大驾光临，寒寺生辉，请恕贫僧未能远迎。”灵照双手合十，腰微微弯曲。

“广敷先生，今天能与你重见，实为一大乐事。你还是这样健旺，真让我们羡慕。”曾国藩说完，又转脸对灵照说，“结识法师，荣幸之至，能借宝刹与故人相会，鄙人深致谢忱！”

曾国荃大声说：“广敷先生，多谢你的仙丹，大哥病了两个多月，现在全好了。”又问灵照，“长老高龄？”

广敷答道：“法师比我大五岁，今年七十八了。”

“见笑，见笑，贫僧一无所能，虚度岁月，徒增马齿，在两位大人面前无地自容。”灵照谦和地合掌叉手。

阳光下，灵照的大红袈裟闪闪发光，在曾国藩昏花的眼睛里，面前站立的仿佛一尊光芒四射的金罗汉。再看看自己这副病弱之躯，暗思：真正无地自容的，倒应该是我才对。寒暄一阵，准备上山了，广敷和灵照都坚请曾国藩再坐进轿去，以便抬着上山。曾国藩看看山不高，路也不陡，说：“还是让他们搀扶着上去吧。登山游览，是我年轻时最爱做的事，这次怕是今生最后一次了。”

见曾国藩这样说，广敷和灵照都不便再坚持，遂由两个兵士一左一右地搀扶着，一步一步地走上山来。

鸡鸣山在江宁城北，山不高，风景却很秀美，是六朝旧都的一个名胜之处，远在三国时，这里便辟为孙吴王朝的后花园，西晋将廷尉署建于此。梁武帝萧衍笃信佛教，他在鸡鸣山上首建同泰寺。那时金陵城寺庙很多，杜牧诗曰：“千里莺啼绿映红，水村山郭酒旗风。南朝四百八十寺，多少楼台烟雨中。”这就是武帝时代的真实写照。而同泰寺，则位居四百八十寺之首。不久侯景作乱，叛兵围台城时，该寺毁于兵火。以后鸡鸣山上相继建了千佛寺、净居寺、圆寂寺、法宝寺。明洪武二十年，朱元璋在紫金山看中了一块地，用它建皇陵，要将建于这块地上的灵谷寺志公墓迁走，遂在同泰寺旧址上建鸡鸣寺，志公遗骨则葬于寺前，建塔五级，塔旁建施食台。清初，施食台崩溃，近两百年间未修复。去年灵照向江宁知府禀请重建施食台，知府报告总督衙门，曾国藩同意重建，并批给二百两银子，不足部分由鸡鸣寺募捐弥补。

这时，一行正来到施食台旁，灵照竖起左手掌，对着曾国藩说：“阿弥陀佛，此台全仗总督大人的力量建成。去年，得知总督大人亲自批给银两的消息后，十方善男信女无不踊跃捐助，半个月内便得银两千多两，不仅修好了施食台，连僧寮也做了翻修，众僧日日在佛祖面前祈祷，请佛祖保佑大人早日康复。”

曾国藩听后笑了笑，也未做声。客房里早已生好了炭火。进房后，兵弁侍候脱下了披风。几个和尚忙着端茶水果品，殷勤招呼。略坐片刻，曾国荃说：“听得鸡鸣寺有一座好梅园，长老带我们去看看吧！”

灵照忙说：“是的哩，不是九帅提起，险些忘记了。眼下腊梅开得正好，贫僧这就陪二位大人前去观赏。”

出了客房，穿过僧寮，来到鸡鸣寺的后院。眼前突然出现三四百株梅树，高高低低，疏枝交错，形成一片树海，古铜色的枝杈上没有叶片，只见星星点点的黄色小花朵，一股清清幽幽的暗香弥漫在鸡鸣山上，直沁人心脾。曾国藩不觉叹道：“这么好的梅林，真是难得，千姿百态，斗霜傲雪，真个是一树梅花一首诗！不知雪琴来过没有，早知有这么一片梅树的话，一定要请他来观赏。”

广敷笑道：“还是不让他知道为好，他若看到了，定然会赖在鸡鸣寺不走。误了水师的大事，灵照长老真还担当不起哩！”

说得众人都笑起来。

曾国藩又叹道：“岁寒三友，我爱竹，雪琴爱梅，润芝在日爱松，松本最坚固，却不料润芝先凋谢。”

见曾国藩面露伤感，陈广敷忙岔开话题：“曾大人，你知这座梅园的来历吗？”

“不知，今日倒要听你说说，以广见闻。”

“我也知之不详，还是请灵照长老讲它的典故吧！”

灵照说：“据敝寺谱牒记载，明永乐年间，道衍法师佐成祖成就帝业后，复本姓姚氏，帝亲赐名广孝，遂回苏州祭祖。这天路过金陵，宿在鸡鸣寺。主持法深长老在后院大设斋宴款待，称赞道衍法师以空门而入廊庙，实为我佛家弟子的骄傲，也为佛祖脸上增添光彩。道衍听后心中甚喜，说：‘太祖以和尚而为天子，才真正可以说为佛门大增光辉，我道衍不过卿相而已，所添光彩亦不大。不过，太祖是真龙天子，非常人可比，也不是常人所应当去攀比的，倒是我佛门若常出些卿相，辅佐英主安定天下，那才是功德无量了。’法深长老和众僧一齐说：‘法师说得最好。’道衍带着几分酒醉说：‘《尚书》上说：若作和羹，尔惟盐梅。这是殷高宗命傅说为相之辞。调羹不能离盐和梅，治国不能无宰相，我希望在今天摆筵席的这块土地上，种几百株梅树，以此祝贺鸡鸣寺日后能出治国安邦的宰相。’道衍的话赢得全寺僧人的由衷赞赏。第二年春天，法深长老便带着大家种了五百株梅树。从那以后到今天，四百多年过去了，代代僧人都爱护这片梅园，施肥锄草，从不间断，遇有老死病死之树，则换幼苗以补之。据说当年法深长老所栽的五百株树中，至今尚有三十多株活着，仍然年年开花，岁岁结子。”

众人一片赞叹。曾国荃说：“古话说千年梅树开新枝，果然不假！”

曾国藩心想：都说佛门是清静无为之地，僧尼为出家离世之人，为何鸡鸣寺朝朝代代的和尚功名之心这等浓烈，一个背弃佛家宗旨的人一句醉后戏言，竟然当作圣旨似的供奉，一直被夸耀到今天！

灵照说：“梅园右侧下去几步就是胭脂井，两位大人不妨也去看看。”

曾国藩一行又来到胭脂井。相传隋文帝的兵马打到金陵，后主陈叔宝带着宠妃张丽华、孔贵嫔逃到鸡鸣山，在一口水井边停下来。张丽华掏出手帕来擦拭围井的石栏杆，好让后主坐下歇息。手帕上的胭脂涂在石头上，居然被石头吸了进去，再也磨不掉了。以后，文人们便把这口井叫做胭脂井，并借此敷衍出不少风流故事来。

曾国藩对亡国的陈后主没有同情心，看了一眼后，便走到一个高处眺望四方，只见北边的玄武湖水光潋滟，东边的紫金山山色空蒙，他觉得这造物主所结构的湖光山色，才真正可以一洗胸怀万里尘。

曾国藩已觉得累了，于是大家都回到客房。张罗一阵后，灵照说："鸡鸣寺别无长处，只是幽静得好。你们老朋友在这里叙叙旧情，我去关照一下佛事，等会再来。"

灵照轻轻把门带上，出去了。

曾国藩说："温甫在庐山这些年，多蒙道长照看。仙逝后，又多亏道长料理后事。我曾氏一门感激不尽。"

曾国荃说："温甫去世的事，那年道长告诉我们，因大哥多病，一直瞒着没有告诉他，直到这次才说出。大哥伤悼不已，说务必请道长来江宁聊一聊。"

广敷脸色沉重起来，说："六爷盛年辞世，是我有负大人的重托，内心一直为此事疚愧。但好在六爷在黄叶观几年，已将世间人事洞悉，临走时心情坦然，也确实难得。"

"是的，道长说得好。"曾国藩平静地说，"人总归有一死，温甫能无恨意而去，也就足堪告慰祖宗了。"

广敷说："六爷坟头上草木茂盛，可卜后世一定发达。"

曾国荃说："正是道长所说的，温甫的儿子纪寿在子侄辈中格外聪明些，将来或许真的有大出息。"

陈广敷提起曾国华坟头长草的事，立即勾起曾国藩对二十一年前他来荷叶塘献地时情景的回忆。当年出山，虽不完全出自于广敷那番看相预卜之类的鼓动，但那番话的确起了重要的作用，增加取得胜利的信心；而对温甫、沅甫、贞干来说，则有着不可估量的影响。曾国藩又想起十五年前，他煞费苦心在碧云观等待，以"黄老可医心病"的妙语开导自己；这些年来，老庄柔道处世的学问，使他免去许多烦恼纠葛，保住了表面上的泰裕平安。

曾国藩想到这里，对陈广敷充满感激："广敷先生，今天是我们的第三次相会，岁月匆匆，不觉过去了二十一年。鄙人有幸能在人生转捩点上，两次得到先生的点拨，于迷茫时看到希望，在急流中躲过险滩。说句实在话，若没有先生，就没有鄙人下半生的事业。鄙人素知先生超凡脱俗，早已将人世的功名富贵看破，既不需要鄙人以爵位禄利来酬谢，也不需要鄙人命幕僚记事迹于史册，传英名于后世。今日将先生从千里之外请来，目的只是为了当面表达鄙人的谢忱。同时，先生之高明，二十余年来，一直为鄙人所倾心仰慕。不瞒先生说，鄙人从二十八岁离开家乡以来，三十多年里，结交的王公大臣、贤员干吏、英雄豪杰、俊士逸才，当以数百上千计之，而真正的睿智明达、倜傥潇洒者，却少有几人可比得上先生。鄙人虽小先生十几岁，然因终未得老庄养心之真谛，致使病入膏肓，自知在世之日不多，亟欲在死之前能聆听先生对鄙人一生的批评。这些年里，鄙人听奉承的假话多，得批评的真言少。圣人曰：朝闻道，夕死可矣。倘若得先生几句真言，鄙人即使明日就死，亦无憾矣！"

一等毅勇侯这番出自肺腑的话，使黄叶观老道士备受感动："山人早年浪迹江湖，所学所交，皆零乱驳杂，知命之年以后，方才收心学道，然所得至陋至浅，虽着道袍道冠，实未进得道家门槛。这一生能经筠仙绍介，得以结识大人及大人一家，又亲眼见大人昆仲功成名就，身为侯伯之荣，像绘凌烟之首，使山人二十一年前的预言没有成为荒谬，真是万幸。大人至诚之心，令山人感佩。二十余年来，大人一举一动，尽在世人关注之中，山人也在一旁冷眼观看，确有许多话想对大人说说，惜未遇其时耳。鸡鸣寺乃化外之地，九帅又是大人手足至亲，今日山人就姑妄言之吧！”

曾国藩说：“正要听先生高论。”

曾国荃也说：“先生料事如神，析事入微，什么话都可以直说不妨。”

广敷将曾国藩凝视一眼，然后端起茶碗抿了一口，放下碗说：“大人一生功业非凡，这一面世上称颂的人已经太多了，山人也就不说了。山人要说的是另一面，那就是大人一生给自己，也给历史留下了一桩大憾事。说明白一点，即大人自己的企望和世人对大人的期望相距甚远；大人自己的期望不可能实现，而世人期望于大人的，大人又不愿意去做。这，便是憾事。”

出人意料，石破天惊，曾氏兄弟都为之愕然。

“三十年前，大人吟诗：‘生世不能作夔皋，裁量帝载归甄陶，犹当下同郭与李，手提两京归天子。’那时山人已知大人的志向，郭、李之业，犹是等而下之之事，大人的目标是要像夔和皋陶那样教化世人，辅佐皇上复兴一个风俗淳厚的尧舜之邦。因此，灭长毛、镇捻寇，建盖世军功、取五等爵位，尽管这是湘军千百个书生将官的最高愿望，然而却不是大人的极终目的。金陵收复后，大人力矫江南之弊，捻寇平复后，大人首倡洋务之举，山人知道，大人所做的，正是当年所理想的甄陶帝载的夔皋之举。”

曾国藩深深地叹息道：“广敷先生，难得你对我的苦心知道得这样深切。高山流水，不足以喻你这个知音！”

“大人谬许了。其实大人所做的事，天下能理解者甚多，不独山人一人而已。”

“不然，以鄙人自己所见，天下知者甚少。”曾国藩想起深夜来访、取走围棋的康福，心里有着无限的委屈感。

“我看大哥的心曲，真正懂得的怕也不多。”曾国荃附和着说。

“不能这样讲。”广敷正色道，“只能说知之者不少，和之者甚少而已。”

“这究竟是什么缘故呢？”“和之者甚少”一句道中了曾国藩的心病，他为此不知痛苦过多少年。作为一个时刻关心自己的老朋友，作为一个方外人，广敷先生一定能深知此中机奥，曾国藩愿向他虚心求教。

“这是因为大人之心甚善，而大人之为不可取。”陈广敷将声音稍稍压低，“满人的江山已经百孔千疮，腐烂朽败，它失去了建立尧舜之邦的基础。”

曾国藩发现这几天陡然兴起的精神已经不行了，如同海水落潮似的正在一寸一寸地向下跌落。曾国荃拾起一枚干梅子放在口里慢慢嚼着，这梅子又酸又涩。

“大人深受皇家恩泽，或许看不出这点，而许多人是看得很清楚的；也或许大人早已看出，但要知其不可而为之，竭尽全力扶起将倾的大厦。可是，许多人是宁愿看着它倒塌的。这便是知之者不少、和之者少的缘故。”

“广敷先生，鄙人倒要请教。”曾国藩强打起精神问，“鄙人幼读先贤之书，明白知其不可而为之乃圣人所肯定的血性，即使所为不成，亦是值得赞许的。鄙人的这种血性会不会得到后人的赞许呢？还有，既然这江山已百孔千疮，当年先生为何要劝我墨经出山，血战长毛，匡护朝廷呢？”

广敷淡淡一笑：“知其不可而为之，圣人虽肯定过，但并非就是至理名言，这种血性也并非就一定会受到后人的赞许。比如忠桀纣之君，复暴秦之国，为人臣者，虽具血性，亦大不可取。至于山人先前劝大人出山，乃已知长毛决不可成事，且山人亦另有所期待也。”

“另有期待？”曾国藩问，“期待何事？”

“山人所期待的，也正是许多有识之士所期待于大人的，那就是希望大人借讨伐长毛之机会，锻炼出一支强大的汉家子弟兵，先剪灭长毛，次推翻满虏，最后在我神州大地上重建尧之都、舜之壤、禹之封。正因为如此，咸丰八年，我在碧云观静候大人三个月之久，借治病为由，劝大人行黄老之术，以屈求伸，日后好建非常大业。”

曾国藩大惊，他惊的不是这番话的本身。劝他行非常之事的人已经太多，他对这话也不感到新鲜了，他惊的是一个方外之人，居然也存有这种光复汉家河山的强烈愿望，而且为了这个愿望的实现，费尽心机去点拨他，同时又将这个愿望压得深沉不露。一个如此奇特、如此高明，如此将个人名利视若敝屣的出世之人，也都希望自己行非常之事。自觉精神已散死期已近的前湘军统帅、而今位极人臣的爵相，在心里暗暗地问自己：难道满人的朝廷真的已人心失尽，自己的抉择真的错了吗？

“广敷先生，可惜了，你为何不早说呢？”前吉字营统帅、现赋闲在家的一等威毅伯面露喜色地问。

“打下安庆时，我由庐山来到黄石矶，在紫荆观住了两个多月，本拟伺机进言，后在江边偶遇王壬秋。他说起大人连送他三个‘狂妄’的事，我只得打消这个念头。打下金陵后，我又去了栖霞山，后来看到湘军几乎被裁尽，大失所望，从此不想再见大人了。”

“广敷先生，事情难道真的可为吗？”严守自己信仰的理学名臣不自觉地发出这个提问。

“怎么不可为？”陈广敷坚定地反问，“汤武革命，顺天倡义，三千年来史册赞不绝口。刘邦斩蛇起义，李渊起兵反隋，赵匡胤陈桥兵变，朱元璋驱赶鞑子，从来都认为是正义的行为，没有人指责他们是叛臣。自从满人入关以来，二百年间，汉人的反抗从未间断过，只因康乾所谓的盛世带给百姓以微利，才苟延至今。然自嘉庆朝以来，满人之腐败日见明显。到了道光末造，外辱于四夷，内烂于十八省，神人共愤，才有了洪、杨之乱。咸丰帝耽于酒色，荒废国事，女主垂帘十年来，举措倒置，普天之下，从南到北、从东到西，百姓莫不翘首盼望我汉家再出英雄，驱除膻腥，复我神州。大人手握十多万雄兵，本可挟灭长毛之威，一举而克北京。只可惜大人囿于忠君敬上之小节，无视拯国救民之大义，更加上大人禀赋拘谨怯弱，终于只为保己身及曾氏一门的安全而裁撤湘军，自剪羽翼，失去了大好时机，辜负了亿万百姓的热望，为史册留下一桩永不可挽回的遗憾！”

曾国藩听了目瞪口呆，想不到自己奉行几十年，一生沾沾自喜、以为可以流芳百世的忠君敬上，竟然被这个方外人讥为“小节”，难道说，读书千万卷，竟没有读通么？曾国藩茫然不解。曾国荃却说：“先生所论，实在高明极了。”

“大人，到了今天这个时候，山人我不得不直说了。一家一姓，国家兆民，两者相比，孰重孰轻，孰大孰小？这对普通人来说，是个不难回答的问题。然而许多读书明理的大人君子却常常愚昧得很。他们之所以在这件事上表现出愚昧，并非识见不够，乃由于私心所充塞也。大人几十年来，孜孜矻矻苦读诗书，克己复礼砥砺品行，身先士卒统率湘军，夙夜匪懈以勤政事，但这一切，都被‘忠君敬上’所匡限。若在盛世，此诚可以附骥尾而行千里，伴丽日而照后世，可是大人生不逢时。今者，爱新觉罗氏置国家于水火，令兆民遭涂炭，朝廷正可谓日薄西山，气息奄奄，朝不保夕，行将就木，大人欲灭长毛后而使满清中兴，岂不是缘木求鱼，又好比南辕北辙！孟子说得好：‘民为贵，社稷次之，君为轻。’又说：‘君之视臣如土芥，则臣视君如寇仇。’吊民伐罪，征讨寇仇，有何不可？大人要问山人对您一生的批评，批评就在这里：几十年来，一直囿于忠于一家一姓之小节，遗忘了拯救国家百姓之大义。千秋史册，或许会说大人是爱新觉罗氏的忠臣，但很可能不会认为大人是光照寰宇的伟丈夫。”

这一段话，说得曾国藩心中震惊。他想起自衡州出兵前夕王闿运的暗室密谈，到金陵打下后彭毓橘等人的大闹公堂，其间不知有多少人说出推翻满人、自立新朝的话，但所有人的立论角度都与陈广敷的不同。他们都是从不能受制于人、要自己做皇帝的角度出发，谁都没有像广敷先生这样，从天下百姓的利益着眼。是的，广敷先生所说的确是至大至公的道理，当然不能为一家一姓而牺牲国家兆民。但是，曾国藩心里有许多自己的想法，他真愿在广敷面前一吐心曲，可他已没有这个气力了，只听得陈广敷又说出一番意外的话来：“山人刚才所言颇为急切，其实，十年前，壬秋先生为大人所谋划的自请入觐，对大人来说，实在是一个两全其美的上上之策，可惜大人未及细究，便以‘狂妄’斥之。不是山人做事后诸葛亮，倘若大人当年少考虑些一己得失，多想些国家长远利益，毅然率师进京，实行兵谏，抬出‘祖制’这个尚方宝剑来，谅两宫太后不敢跋扈。肃相、恭王和大人内外携手，定可将国家置于磐石之上，决不会出现今日分崩离析之状。虽然依旧是满人坐江山，但百姓至少可过几天安宁日子；对大人来说，既是大清朝的忠臣，又是给百姓带来实惠的救星，日后在史册上的地位定然不低。”

曾国荃拊掌笑道：“广敷先生，你这些议论，句句都与我的心思暗合，你为何不早一点到江宁来呢？”

广敷叹道：“这都是天数。天数注定我华夏文明之邦要遭受劫难，这劫难大概在几十年内还不会消除……”

陈广敷正说得兴起，还想直言快语地议论一番，一眼看见曾国藩脸色灰白，额头上虚汗淋漓，头已歪倒在靠椅上，吓得赶忙停了嘴。曾国荃见状，惊呼：“大哥！大哥！”

广敷过来，按住曾国藩的脉搏，又从包袱里掏出一根两寸多长的银针来，对着中指十宣穴位深扎了一针。一刻钟后，曾国藩慢慢醒过来了。曾国荃说：“广敷先生，你托叔耘带来的三粒丸子，家兄吃后精神大好了，你是不是还可以给几粒呢？”

广敷静下心来，给曾国藩探脉，发现脉息微弱，精气已散，知他顶多只有三个月的日子了，于是低沉地说：“药丸制造不易，须采春之花、夏之叶、秋之实、冬之根，

至少历一整年方可成功。上次所送的三粒，乃集五年之功而成，用的花叶实根都是最好的。明年此时，山人再送三粒来，只是效果没有这次的好。”

这时，灵照法师进门，兴冲冲地拿着一卷发黄变黑的素绢来，对曾国藩说：“大人，历代主持都说这是当年道衍法师在寒寺的亲笔题词，请大人帮贫僧鉴定下。”

说着抖开素绢。曾国藩睁开乏神的眼睛看时，只见上面写着：

我太祖洪武皇帝在沙门中立定拯民水火之志，千辛万苦而后驱除鞑子，复我汉唐旧邦，实佛门之光彩，僧尼之荣耀。

曾国藩似乎觉得灵照是在借道衍的名义来谴责他，心里一时痛苦万状，头一晕，又昏迷过去了。

十二、遗嘱念完后，黑雨倾盆而下

曾国华的死耗给即将油尽灯干的曾国藩无疑是一个沉重的打击；陈广敷的直率批评，又造成他心灵深处新的痛苦。他反反复复念叨着“小节”“大义”四个字，将它们翻来覆去地做了多次比较，他最终还是不能接受广敷的批评。即使从国家兆民的大义出发，他也不能做赵匡胤式的人物。

当时，湘军近二十万，又挟攻克金陵的声威，作为最高统帅，在众多贴心将领的请求下，他的心只要稍稍动一下，陈桥兵变的事就会重演，黄袍加身也不是不可能的。但是，接踵而来的，必然是更加残酷的流血搏斗，更加旷日持久的兵刃相争。说不定只要他在东南登基，立即就会有人在西北称王，在中原称帝，整个中国大地就从此更无一块安宁之土，亿万百姓更无喘息之日。劫后余生的百姓第一需要的便是和平。为了改朝换代，再次把他们推入战乱兵火之中，不正是对他们犯下滔天之罪吗？千秋史册，将又会如何评价这件事呢？这一点，广敷先生却没有想到。怕不成功声名全毁的怯弱之心固然有，不忍背叛皇家的忠贞之心自然也有，但一个孔孟信徒对天下苍生的责任感，所起的作用则更大。

广敷一家一姓与国家兆民孰重孰轻的尖刻指谪，尽管堂堂正正、至大至公。这些话说来容易，做起来何等难！何况，它也并非放之四海而皆准。一部二十四史，有多少打着为国为民旗号而行窃国之实的反叛者！即便自己一人可以无私，但那些从龙者有几个可以无私？从古以来，朝代在不断更替，而政权的腐败却一脉相承，甚至愈演愈烈。可见，改朝换代并不是造福国家兆民的唯一途径。

最令曾国藩伤心的是，他那一腔从翰林时代便蓄怀的与圣贤为邻的抱负，自从离开翰苑后，几十年来几乎无人问津，无人称道。难道真的如李白所说古来圣贤皆寂寞？但不管怎样，曾国藩要将自己的这份追求坚持到底。改朝换代即便成功，也不过是一个做到极致的豪杰而已，如何能与淳化风俗、陶铸人心的圣贤相比！虽然，今生是做不到与圣贤为邻了，但不背叛朝廷，不以最后的行为颠覆奉行一生的信念，这便是将诚字贯彻到底的最大体现。它至少可以证明自己是一直走在通向圣贤这条大道上的。世人不理解，广敷不理解，千秋万代，总会有人理解的。

这样想过后，曾国藩心里坦然多了。真正让他难受的，倒是六弟的形象这些日子来常常出现在他的脑中，挥之不去、驱之不散。特别是那天深夜，贞干把温甫从破窑里带到他的面前，当他冷冷地看着温甫，要温甫到庐山去隐居，一辈子不要出来时，温甫那惊恐的面容，那绝望的眼光，深深地尖利地刺痛了他的心，扰乱了他的神智。

"是我毁了他！"这些天来，曾国藩不止一次地在心里这样谴责自己，诅咒自己。他觉得自己死后将无颜见父母，见叔父，更无颜见温甫。曾国藩很觉奇怪，十三年前的他怎么会如此残忍绝情，会如此将名望事业看得重于一切。其实，只需一纸奏章，将温甫未死侥幸逃出的事实禀明就行了，"满门忠义"的匾取下来又有何妨呢？自己也不是存心欺君的呀！再说，温甫活着回来，难道就不是忠义吗？当时如果冒着被皇上责备的风险，将温甫留下，他何至于活生生地有家不能归，有妻儿不能团聚，青灯黄卷守古观，客死异乡成野鬼！说不定他也会封侯封伯，插花翎、披黄马褂，荣荣耀耀、风风光光。不能再对不起胞弟了！他把九弟唤到病榻边，沉痛地说："过些日子你到庐山去，把温甫的遗骸挖出来，在黄叶观火化，把骨灰妥善装好。我死之后，你把温甫的骨灰盒悄悄地放在我的头边，我要和他永远相伴左右。"

曾国荃含泪点了点头。

过两天，精神略觉好一点，他挣扎着下床，在庭院里散散步。又装出一副若无其事的样子告诉夫人，墓地已最后定在善化坪塘。并风趣地说，谁先去，谁就负责看守那颗宝珠，莫让别人抢去了，待后来的一到就合冢，前面只立一块碑。又长久地抚摸着夫人的手，约定来生再结美眷。那时，他一定老老实实地待在翰林院，天天厮守着她，做一个画眉的张敞、接案的梁鸿。说得夫人微笑着，心里又甜又苦。

他又记起左宗棠嘱托的事情还没办。他很感激左宗棠对自己的真心信赖和恰如其分的赞誉。多年来，曾国藩的耳朵里已听腻了门生幕僚下属的颂扬。他们把他比作方叔、召叔、诸葛亮、房玄龄，比作郭子仪、李光弼、李泌、裴度、王阳明，比作韩愈、欧阳修、柳宗元，甚至还有人将前贤的长处都集中到他一人身上，说他德近孔孟、文如韩欧、武比郭李、勋过裴王，是一代完人、后世楷模，不仅大清朝找不出第二个，就是古代也少有几人可以比得上。这些颂扬，他只是听而后哂之。

他有自知之明，知道自己的德行不能望孔孟之项背，勋业也不足以跟裴王相比，用兵打仗其实是外行，不仅不能比郭、李，就连塔、罗、彭、杨都不及。至于他最为自信的诗文，冷静地检讨一下，也没有几篇可以传得下去的。后世文人永远记得韩欧，不一定能记得还有一个曾国藩。他自己认为，二十年来，所以能成就一番事业，一靠对皇上的忠心，二靠别人的襄助。倘若没有众多杰出的军事人才的辅佐，他一介文弱书生，凭什么以武功名世？那些人，绝大部分是他或识之于风尘，或拔之于微末，或破格委之以重任，用之任之，不猜不疑，让他们大胆地充分地施展自己的才具。他有时私下里也曾很得意地想过，人世间有大大小小数不清的才能，识人用人则是一切才能中的最大才能，自己能清醒地看到这一点，并运用得自如，的确是一桩幸事。

现在，左宗棠以丰伟之功绩，处崇隆之地位，又兼目空一切之个性，加上不睦八年之特殊关系，从遥远的西北战场给他寄来情意真切的信，用“知人之明、谋国之忠”来概括自己一生的优长，又用“自愧不如”来加以衬垫，的确是不偏不倚、不吹不捧，深中肯綮，入木三分。他对左宗棠，能不钦佩感激吗？这八个字，他自认为可以受之无愧，也必定会得到当世的公认，后人的重视。不要说刘松山是自己派到西北援左的大将，就凭左宗棠这八个字，他也要不负老友所托，带病为刘松山写一篇文意俱佳的墓志铭。

他回忆着刘松山从一个毛头小伙子来长沙投团练的情景，回忆着湘勇裁撤之后，刘作为后期重要将领所起的作用，想象着在金积堡战役冒矢冲锋，终于马革裹尸的悲壮场面。一时间，又从刘松山想到彭毓橘，从彭毓橘想到满弟贞干，想到罗泽南，想到江忠源，他心旌摇动，情不能自已。墨汁磨好了又干，干了又磨，大半天，仅只写得三百余字。他干脆搁笔，待过几天心绪平静下来再写。略歇一会，他拿出前些日子写好的那张条幅来。

这是写给纪泽、纪鸿的。这几个月来，他一直想着要给两个儿子留下点永久性的东西。通常的父母都为儿女留下金银田地，曾国藩不以为然。他对子弟们说，子孙贤，没有先人的遗产也有饭吃；子孙不肖，再多的家业也会败掉，而过多的钱财又恰好助长了纨绔习气。也有的父母为儿女留下几件珍宝，平时作为簪缨之族的象征，急难时可以变卖换钱。曾国藩自己从未积蓄过珍宝，除那尊玉寿星外，他的几件珍贵的物品，都是三朝皇帝所赏赐的衣料、佩饰，但他不愿将它们送给纪泽、纪鸿，他已捐给家庙，作为五兄弟的共同财产留给后世。

曾国藩认为真正的珍宝，还不是皇上的赐物，而是使子孙后代知道哪些是经过千百年来的考验，证明是应当遵循的家教；子孙奉行这些家教，就可以成才成器，家族就可以长盛不衰。他认真地思考了很长一段时间，终于把要对儿子所说的千言万语归纳为四条，并把它端端正正地写下来，要儿子们悬挂于中堂，每天朗诵一遍，恪遵不易，并一代一代传下去。现在，他把这四条又从头至尾看了一遍，改动两个字，自己觉得满意了，于是郑重其事地卷起来。

二月初四日，一大早曾国藩就醒过来了。这天是他一生中的悲痛日子之一。十五年前的二月初四日，他的父亲去世了。今天，他像每年的这天一样，早早地起来，想在父亲的牌位面前磕三个头，但病躯已不容许他下跪了，只得改成低头默哀。站立一会，他也觉得难以支持，便匆匆结束祭奠仪式，叫人搀扶着来到签押房。他先握起笔来，颤颤抖抖地记下昨天的日记，然后开始办理公事。

桌上堆放着一大沓公文，正中摆着几份等候接见的名刺。他把名刺拿过来，一一看了看。这些名刺中有路过江宁的朝廷钦差，有奉调离开两江的高级官员，有专来江宁禀告公事的下级僚属，也有纯来见见面聊聊天的旧雨新知。因为精神不佳，那些纯粹的官场应酬、毫无目的的闲聊，他一概婉谢，谈正事的也只得向后推几天。

打开公文卷，随手批示几份后，看见江南机器制造总局报来的关于扩建铁厂的禀报，他对此很感兴趣。阅完全文后，立即批了四个字：“同意所请。”他想，这是件很大的事，还应该向朝廷奏报才是，遂又添了几个字：“等候皇太后、皇上谕旨。”

这时巡捕进来，抱着一大沓信，向曾国藩禀告这些信是谁寄来的，来自何方。

“大人，这封是容闳从广东香山寄来的。”

“快打开，念给我听。”一听说是容闳的，曾国藩顿生精神。

巡捕念着念着，曾国藩笑容渐露。容闳信上说，他已物色了近百名十五六岁的幼童，都资质聪颖，心地纯正，出身清白之家，拟通过考核后，从中录取四十名，作为第一批派出者；已和美国朋友商定好了，这批幼童都到美国去，大部分学天文、算学、制造之术，少部分专攻欧美医学、法律。容闳满怀信心地说，他们都将会成为大清国中兴的栋梁之材。他还特为提到一个名叫詹天佑的少年，称赞这孩子是个天资非凡的英才。

曾国藩对容闳措办的这一切十分满意。他微闭双目，浮想联翩。眼前仿佛出现汪洋大海，一艘大轮船上，容闳带着四十名天真活泼的幼童，站在甲板上，向他挥手告别。水波荡漾，海轮越驶越远。另一艘从天边开过来，渐渐靠近，容闳回来了，四十名幼童都已长大成人，胸前佩戴着光彩夺目的各色勋章。曾国藩的眼色眉梢都洋溢着笑意。

“甲三，扶我到西花园去看看斑竹。”早起祭奠父亲时的哀戚已经过去，徐图自强的美梦带给他以喜悦，见纪泽进来，他才发现大腿有点发胀，想到户外去走动走动。

天空堆积着乌云，虽是午后，却如同黄昏。江宁的仲春，气候通常还是冷的，今天更显得有点寒气逼人。

“父亲，外面冷，我扶着您老到花厅里走走吧！”纪泽劝阻道。

“好几天没有到竹林去了，想看看，你给我件披风吧！”

曾纪泽找了件旧披风披在父亲的肩上，搀扶着他踱出签押房，向西花园走去。冷风吹在脸上，曾国藩不觉得冷，反倒感到一丝湿润。“毕竟是春天的风，到底和冬天不一样。”他心里想。

“甲三，下个月你还是回户部去当差。”

“是。”儿子答应着。前年，曾纪泽以荫生资格应考，被取中分发户部陕西司，不久又升为员外郎，年前因父亲旧病加剧，特地由京师来江宁省视。

“京官清闲，若不思上进，最是容易混。有无出息，全看各人了。英文还常温习吗？”

“每天都坚持读一个时辰的英文书，读书报已不感到吃力了，只是说话不甚流畅。”曾纪泽兄弟跟着英国教师亚尔泰学英文已有三四年了，进步不算慢。

“科一前几年爱读兵书。我对他说，打仗是件最害人的事，造孽，我曾家后世再也不要出带兵打仗的人了。从那以后，他不读兵书了。近来又迷上祖冲之的圆周推算，弄得茶饭不思。学术数是好事，有实用，只是他体质不好，你要劝劝他，不要太用功了。”

“他前天很得意地对我说，他已推到小数点后一百位，大大超过了祖冲之。”

“真的吗？”曾国藩笑起来了，“只怕是半途上出了差错，往后的都是白算了。”

“我也这样笑过他。他说绝对不会错，并自吹走到洋人前面去了。”

曾国藩很觉安慰。两个儿子虽说不上是治国大才，也还算克家之子。有子如此，应该知足了。

"元七今年七岁了吧！"元七是曾纪鸿的儿子广钧的乳名，曾国藩最喜欢这个长孙。"这孩子很聪明，今后或许有出息。你这个做大伯的，还要多点拨指引。元十也长得清秀，现在不哭闹了吧！"

元十就是两个多月前过继给纪泽的广铨。他刚离开母亲时，对大伯妈认生，成天哭喊。

"现在好些了。"纪泽回答。

"慢慢就亲了。"曾国藩说，"我看那孩子是个福气相，今后会带出一路弟弟来的。"

对于盼子成疾的曾纪泽来说，这是一句极好的宽慰话。

父子俩这样谈着家常，不知不觉竹林就在眼前了。忽然，一阵大风吹来，曾国藩叫声"脚麻"，便身子一倾，歪倒在儿子的身上。纪泽忙扶着，看看父亲时，不觉惊呆了：只见他张开着嘴，右手僵持在半空，已不能说话了。曾纪泽急得大叫："来人啦！"

正在竹林里锄草的仆役闻讯赶来，忙着把曾国藩背进大厅。纪泽一面叫人赶快去请医生，一面吩咐铺床褥。过不多久，曾国藩醒过来了，嘴唇也已自然地闭好，只是不能再说话。他摇了摇手，指着大厅正中的太师椅。纪泽明白，让仆役把父亲背到椅子边，扶着他慢慢坐好。这时，欧阳夫人、曾国荃父子、纪鸿夫妇、纪琛、纪纯、纪芬姐妹都已慌慌张张地赶来，大厅里挤满了人。一会，欧阳兆熊也进了府，蹲在曾国藩身边，给他探脉诊视，又扎了几针。见仍不能开口说话，欧阳心里慌了，忙把曾国荃叫到一旁，悄悄地说："老中堂病势危险，你把孙辈全部喊过来。"

曾国荃知道大事不妙，赶紧要侄媳妇各自带儿子上来；自己走到大哥面前，握着他的双手。那手已冰凉透骨了。

很快，郭氏一手牵广钧，一手牵广镕，女仆抱着女儿广珊，刘氏抱着广铨上来，一家人团团围在曾国藩的身边。欧阳夫人和三个女儿早已泣不成声了。曾国藩勉强抬起头来，将众人都望了一眼，又无力地垂下了头。良久，他将右手从九弟的双手中死劲挣出，对着签押房指了指，大家都不明白他指的什么。欧阳兆熊说："老中堂不能说话，心里又着急，不如把他老人家连椅子一起抬到签押房去。"

欧阳夫人和曾国荃都认为这个办法好，于是大家簇拥着太师椅进了签押房。椅子放正后，曾国藩又抬起手来，指了指案桌。曾纪鸿立即把案桌上的公文卷捧过来，曾国藩摇了一下头。见不对，他又把那叠信搬过来，曾国藩又摇了一下头。案桌上只剩下一卷纸了。曾纪泽过去，把这卷纸拿到父亲面前，曾国藩点点头。

曾纪泽打开一看，纸上赫然现出一行字来：谕纪泽纪鸿。他捧着不知怎么办才是，大家也都眼睁睁地看着。只见曾国藩又艰难地抬起手，指了指口。曾纪芬忙说："大哥，爹叫你念！"

室外早已阴云密布，寒风怒号，时辰还只酉初，却好比已到半夜，签押房里亮起蜡烛。荆七见光线不足，又忙将洋油灯找来点燃，屋内光亮多了。曾纪泽双手把纸展开，以颤抖的声音念道：

余通籍三十余年，官至极品，而学业一无所成，德行一无可许，老大徒伤，不胜悚惶惭赧。今将永别，特立四条以教汝兄弟。

一曰慎独则心安。自修之道，莫难于养心；养心之难，又在慎独。能慎独，则内省不疚，可以对天地、质鬼神。人无一内愧之事，则天君泰然，此心常快足宽平，是人生第一自强之道，第一寻乐之方，守身之先务也。

二曰主敬则身强。内而专静纯一，外而整齐严肃，敬之功夫也；出门如见大宾，使民如承大祭，敬之气象也；修己以安百姓，笃恭而天下平，敬之效验也。聪明睿智，皆由此出。庄敬日强，安肆日偷。若人无众寡，事无大小，一一恭敬，不敢懈慢，则身体之强健，又何疑乎？

三曰求仁则人悦。凡人之生，皆得天地之理以成性，得天地之气以成形，我与民物，其大本乃同出一源。若但知私己而不知仁民爱物，是于大本一源之道已悖而失之矣。至于尊官厚禄，高居人上，则有拯民溺救民饥之责。读书学古，粗知大义，即有觉后知觉后觉之责。孔门教人，莫大于求仁，而其最切者，莫要于欲立立人、欲达达人数语。立人达人之人，人有不悦而归之者乎？

四曰习劳则神钦。人一日所着之衣所进之食，与日所行之事所用之力相称，则旁人韪之，鬼神许之，以为彼自食其力也。若农夫织妇终岁勤动，以成数石之粟数尺之布，而富贵之家终岁逸乐，不营一业，而食必珍馐，衣必锦绣，酣豢高眠，一呼百诺，此天下最不平之事，鬼神所不许也，其能久乎？古之圣君贤相，盖无时不以勤劳自励。为一身计，则必操习技艺，磨炼筋骨，困知勉行，操心危虑，而后可以增智慧而长才识。为天下计，则必己饥己溺，一夫不获，引为余辜。大禹、墨子皆极俭以奉身而极勤以救民。勤则寿，逸则夭，勤则有材而见用，逸则无劳而见弃，勤则博济斯民而神祇钦仰，逸则无补于人而神鬼不歆。

此四条为余数十年人世之得，汝兄弟记之行之，并传之于子子孙孙，则余曾家可长盛不衰，代有人才。

签押房乃至整个两江督署没有一丝声响，都在静静地聆听曾纪泽带哭腔的朗读。这一字一句如同药汤般流进众人的心田，辛辣苦甜，样样都有。待儿子念完，曾国藩又努力把手伸起，指了指自己的胸口。纪泽纪鸿一齐说："我们一定把父亲的教导牢记在心！"

曾国藩的脸上露出一丝浅浅的笑意，头一歪，倒在太师椅上，欧阳兆熊忙去扶时，脖颈已经僵硬了！

"老中堂！"

欧阳兆熊的一声哭喊，把签押房的人吓得面如土色，大家仿佛被惊醒似的，一齐放声大哭起来，森严的两江总督衙门，立时被浓重的悲痛所浸透。

就在这时，漆黑的天空滚过一阵轰鸣，同治十一年的第一声春雷在江宁城的头顶炸开，紧接着便是一连串的电闪雷鸣。风刮得更大更起劲了，寒风裹着倾盆大雨哗哗直下。

这雨好怪！它蒙蒙的、黑黑的，像一块广阔无垠的黑布，将天地都包围起来，使

人分不出南北东西，辨不清房屋街衢。又像大风吹倒了玉皇爷的书案，将一砚墨汁倾泻宇宙，它要染黑洁白的石舫、裔皇的督署，污坏雄丽的钟山、秀媚的秦淮，它还要将活跃着万千生灵的人世间涂抹得昏昏惨惨、悲悲戚戚。

这可怕的黑雨，无情地鞭挞着西花园的斑竹林。那些历经千辛万苦从君山来到江宁的珍稀，遭遇了意外的浩劫。它苍翠的叶片被打落，修长的斜枝被扭折，洒满帝子泪珠的主干被连根拔出，七零八落地躺在地上呻吟，令人惨不忍睹。主人对它所寄予的无限希望，顷刻之间全部化为泡影！督署大门口所悬挂的四盏大红宫灯，被狂风吹得左右晃荡，虽有屋檐为它遮盖，仍然抵抗不住暴雨的侵袭，飞溅的雨花点点滴滴地浸在绸绢上。先是贴在灯笼上的“恭贺新禧”四字一笔一画地飘落，然后是红绸艳绢一片片地被剥落，最后只剩下几根嶙峋骨架，在风雨中显得格外瘦弱、寒碜。

绚丽的憧憬打碎了，美好的气象破坏了。

那黑雨似乎还不甘心，还不解恨，它下得更猛烈了，时时夹着呼呼的声音，变得格外的凶恶可怖。它像是要摧毁这座修复不久的衙门，动摇这根已成奄奄一息的国脉。万物在悲号，人心在战栗，撕心裂肺的哭喊声，哀哀欲绝的抽泣声，和着这罕见的黑雨惊雷，是如此的凄怆、如此的惊悸，如同天要裂溃、地要崩塌，如同山在发抖、水在呜咽。它使人们猛然预感到，立国二百多年的大清王朝，将要和眼前这个铁心保护它的人一道，坠入万劫不复的阴曹地府！

一九八六年十一月至一九九〇年七月　初稿于长沙强厚居

一九九二年三月　定稿于岳麓山下观弈园

二〇一六年三月　修改于湘江左岸静远楼